卷1

General Collection of Eight Great Literators' Essays of the Tang and Song Dynasties

唐宋八大家散文总集

新版校评 修订本

郭预衡 郭英德◎主编

韩愈 柳宗元

李道英◎校评

郭英德◎校评

河北出版传媒集团
河北人民出版社

图书在版编目（CIP）数据

唐宋八大家散文总集/郭预衡主编．—石家庄：河北人民出版社，2013.1
ISBN 978-7-202-07087-1

Ⅰ．①唐… Ⅱ．①郭… Ⅲ．①唐宋八大家-古典散文-散文集 Ⅳ．①I264.2

中国版本图书馆 CIP 数据核字（2012）第 312500 号

书　　名　新版校评　修订本
　　　　　唐宋八大家散文总集（全十卷）
主　　编　郭预衡　郭英德

选题策划　杜金卿　张晨光
责任编辑　李世琦
美术编辑　吴书平
装帧设计　王　梓
责任校对　张三铁　余尚敏

出版发行　河北出版传媒集团　河北人民出版社
　　　　　（石家庄市友谊北大街 330 号）
印　　刷　河北新华第二印刷有限责任公司
装　　订　河北新华第一印刷有限责任公司
开　　本　850 毫米×1168 毫米　1/32
印　　张　236.25
字　　数　5 917 000
版　　次　2013 年 1 月第 1 版
　　　　　2013 年 1 月第 1 次印刷
书　　号　ISBN 978-7-202-07087-1/I·917
定　　价　1500.00 元（全十卷）

出版说明

唐宋散文是中国文学史上的一大高峰。唐宋八大家“文起八代之衰”，是唐宋“古文运动”的积极倡导者和成功的实践者。在思想与艺术诸方面，他们代表了唐宋两代中国散文的最高成就，并且对后世的散文艺术产生了深远的影响。

唐宋以来，八位大家的文集各有诸多版本流传，也有集中选录的版本传世（如明代茅坤所编《唐宋八家文钞》）。进入现代，特别是建国以后，一些出版单位陆续出版了八大家的单人文集。但是既能适应现代的文化传播、教学与科研，又能从总体上反映八大家散文的思想深度与审美风貌的散文总集，却一直未能问世。因此，我社策划和组织了这部《唐宋八大家散文总集》的出版，希望能够在古代典籍的整理和出版方面填补一项空白。

本书为新版简体横排校评本。校评者依据历代诸多版本，以科学的古代散文分类法对八家散文进行了辑录和校勘，并在各文之后的“解题”中进行了简要的评点。作为一部八大家散文的总集，本书体现出以下几方面的特点：

一、总体编排。即将八家的散文依其生活年代和文学、政治活动的历史时期的先后为序，分集顺次编排，以求体现其共同的文学特征和唐宋“古文运动”的承递关系。

二、总量辑录。即尽最大可能力求全部收录八大家的散文作品。本书中有部分篇目是这次辑录中首次挖掘、整理出来的佚文，颇具史料价值。尚有一些存疑之作，也一并收入本书，以待后来者勘察。同时，八家之中，多有杰出文学家兼著名政治家者(如欧阳修、王安石)，他们的散文中有大量的实用文体（如奏议、诏册、书简等)。为了兼顾本书的文学与史料价值，多层面呈现八大家散文艺术与其政治生活的内在联系，对这部分作品也给予全录，以利读者的阅读与研究。

三、总括分类。本书所辑，为广义概念的古代散文，包括韵文以外的全部文体。全书以“论说”、“记叙”、“书简”、“序跋”、“赠序”、“传记”、“赋颂”、“奏议”、“诏册”、“碑志”、“祭吊”、“杂体”十二类顺次编排。每一文类的各篇作品又基本以写作年代的先后为序。这样对于八大家散文的总貌和各家散文艺术的发展脉络，读者都可有一个明晰的了解和把握。

四、统一格式。即在具体作品的校评操作上，采用统一的方法与形式。如文后“解题”基本包括写作年代、时代背景、作者当时情况、文章主旨及写作特点等几项要素，而视各文情况繁简之，以求言简意明，钩沉指要，起到导读的功用。

《总集》的校勘所据历代诸多版本，校评者在各集“前言”中均有注明，兹不一一赘述。

本书的出版是一项浩繁而复杂的工程。由于我们能力、学识所限，加之时间紧迫，书中疏漏甚至错讹之处在所难免，在此恳请海内外有关专家和广大读者朋友给予批评、斧正。

河北人民出版社

1995 年 8 月

总　序

■郭预衡

人们谈论唐宋文学，有“唐诗”、“宋词”之目，而不及其文。但唐、宋两代之文，实有突出成就。金、元、明、清的很多作者，所为文章，都受唐、宋之文的影响。元人所谓“文继韩、欧振古风”，清人所谓“文章介韩、欧之间”，其称“韩、欧”，实概括唐、宋。明人编纂古文，又有“唐宋八家”之选，也是代表唐、宋两代之文。后人对于“八家”之目，虽不免异议，但八家之文代表了唐、宋两代文章的主要成就，则可断言。

这部《唐宋八大家散文总集》，专门辑录、校评八家的散文（亦即前人所谓“古文”），而不收其诗词作品，立意即在突出八家散文之特点，体现唐宋散文之成就。研读唐、宋两代散文，案头有此一编，就有了前所未有的方便；而辑录、校评，本身也是古代文献研究工作的基础和组成部分。

为了帮助读者，这里概括谈谈八家散文的特点。

首先说唐代的韩、柳之文。

世称韩愈、柳宗元二人都是唐代“古文运动”的领导者，其实，当时并无“古文运动”，却有“政治运动”（即朝政改革）。二人为文，都在朝政改革（“永贞革新”）前后。他们以文明道，都与朝政改革有关。时代特点决定了他们的文章特点。

就韩愈而言，他是努力为文的，但也急于仕进。他说因为“有忧天下之心”，所以“自进而不知愧”。朱熹说他“作官临政”，“无甚可称”，“只是要讨官而已”。其实不然。例如贞元十九年，他和柳宗元、刘禹锡同官监察御史，曾经立即上书言事。其《御史台上论天旱人饥状》，乃“言群臣所未言”，因而贬官阳山。再如元和十四年，正当淮西平定之后，宪宗要迎佛骨，他又在“群臣不言其非，御史不举其失”的情况下，犯颜直谏，奏上《论佛骨表》，引起天子震怒，又被贬官潮阳。从这些事例来看，其“作官临政”，非无“可称”。

当然，韩愈和柳宗元相比，他不曾直接介入“永贞革新”的活动，但是，就其文章的思想倾向而言，多与朝政改革的要求一致。特别是他主张选拔人材、广开才路，反映了一些下层文人的思想情绪和切身利益。

韩愈所撰《行难》一文，反复阐述选拔人材之重要。又撰《杂说》，以相马为喻，主张当政者不可遗才。在《与祠部陆员外书》中，一次荐举十人，以为选拔人材是“为国家树根本之道”。此外，在《原毁》、《讳辨》、《进学解》、《毛颖传》、《论孔戣致仕状》以及《选温处士赴河阳军序》、《送董邵南序》等，都涉及选拔人材、广开才路的问题。

韩愈在自己的实践中，也曾培养人材。《新唐书》本传说他“成就后进士，往往知名”。他为培养人材，还曾“犯笑侮”，“抗颜而为师”。撰写《师说》，也是敢冒天下之大不韪的。

当然，韩愈文章的思想内容不仅这一方面，此外，指陈时弊，论证古今，也多有慨之言。《旧唐书》本传说他“发言真率，无所畏避”；《新唐书》本传说他“鲠言无所忌”，《论佛骨表》等一系列的文章，都是有这特点的。

柳宗元是“永贞革新”的当事者。他虽然也被称为“古文运动”的领导之一，但实际上，他早年立志，主要在于为政，而不在为文。他说过自己虽然“为文久矣，然心少之。”他不想以文“取名誉”，而要“施之事实，以辅时及物为道”；“自为罪人”，才“聊复为之”。因此之故，柳宗元为文，便与时事政治有更密切的关系。

柳宗元所谓“辅时及物”，主要是在“急生人（民）之困”。韩愈为文立论，侧重在于选拔人材，广开才路；柳宗元为文立论，则侧重在限制贵族特权，解救“生人（民）之患”。他写的《贞符》、《封建论》等一系列的文章都贯串着这样的思想。宗元这样的思想，起点高于韩愈，这样的文章，也就更加不合时宜。

柳宗元的许多文章，都写于贬官之后。这时他感到政治上已经不可能有所作为，“辅时及物之道，不可陈于今，则宜垂于后”，于是便著为文章，以遗后世。《非国语》以及一系列的讽谕杂文，都写于此时。

柳宗元的讽谕杂文所包甚广，其中一类是杂说、杂感。有的近似小品寓言。这类文章为世传诵者有《三戒》、《捕蛇者说》等篇。此外，还有《敌戒》、《鞭贾》、《谪龙说》、《复吴子松说》、《罴说》、《观八骏图说》等。还有一类是骚体之文。这类文章，有的题名为赋，如《瓶赋》、《牛赋》、《惩咎赋》、《囚山赋》等，虽名为赋，实属讽谕之文。有的题名为文，如《乞巧文》、《骂尸虫文》、《斩曲几文》、《憎王孙文》以及《吊苌弘文》、《吊屈原文》、《吊吕温文》等，虽名为文，实亦赋体。此外还有《愚溪对》、《天对》、《晋问》、《问答》、《起废答》等，也和赋体之文同类。

《贞符》、《封建论》、《非国语》一类文章，主要表现了柳宗元的思想特点；而这些讽谕杂文则主要表现了他的人品特点。例如《乞巧文》所称“抱拙”，《愚溪对》所谓“居愚”，都是柳宗元为人的自我剖析。

柳宗元文章最为世人传诵者，是《永州八记》。对于这样的文章，一般都是看作山水游记的。其实，从思想情绪看，都近于骚体。例如其中的《钴鉧潭西小丘记》，从小丘之遭遇，疑“造物者之有无”，既说“愈以为诚有”，又说“神者傥不宜如是”。这样的笔调，和司马迁的《伯夷列传》颇为相似。对“神者”质疑，即对人间不满。虽写山水，而流露的却是迁客骚人的思想情绪，仍是骚体之文的特点。

其次，再说宋代欧、苏各家之文。

宋代欧、苏各家之文，也是产生于朝政改革时期。从“庆历新政”到“熙宁变法”，这些作者一般都经历了两次朝政改革。所谓宋代的“古文运动”，和唐代的“古文运动”相似，都与当代的朝政改革有密切的关系。

“庆历新政”时期的中心人物是范仲淹，而“古文运动”的中心人物则是欧阳修。欧阳修在政治思想上是和范仲淹一致的。他虽然不是朝政改革的中心人物，但他在庆历年间，言事论政，影响甚大。苏轼曾说欧阳修是宋代之韩愈，实际上，他的影响之大远远超过韩愈。

欧阳修写于这个时期最有特点的文章，是论政诸作。《朋党论》、《与高司谏书》等最有代表性。当时范仲淹等被人指为“朋党”，朝政改革因而受到挫折。欧阳修于是著论加以驳斥。他说：“朋党之说，自古有之。”“大凡君子与君子以同道为朋，小人与小人以同利为朋。”作为天子，就要善于辨别，“当退小人之伪朋，用君子之真朋”，而不应“禁绝善人之朋”。并且指出，凡是“禁绝朋党”的帝王，都是乱亡之君。这篇文章，列举史实，指揭时弊，痛快淋漓，无所顾忌。《与高司谏书》是指斥谏官高若讷的。文章痛斥高若讷身为司谏而不肯仗义直言，却谓范仲淹当贬。于是欧阳修指斥他“不识人间有羞耻事”。此文也是写得痛快淋漓的。但欧阳修此文写得十分从容，“气尽语极，急言竭论，而容与闲易”，苏洵所称欧阳修文章的特点，在这篇文章里是体现得非常突出的。

到了“熙宁变法”时期，欧阳修与王安石持有不同政见。对于推行青苗法，欧阳修又写了文章。他当时在青州，有上《言青苗钱札子》。其中有云：“俵散青苗钱以来，中外之议，皆称不便。”“臣以老病昏忘，虽不能究述利害，其敢不言!”当时朝廷为了平息“中外之议”，曾下告谕，说是“本为利民”，并非“取利”，且引《周官·泉府》为根据。欧阳修对此便又指出：“田野之民蠢然，固不知《周官·泉府》为何物，但见官中放债，每钱一百文要二十文利尔。是以申告虽烦，而莫能谕也。”这是发表不同政见的文章，坦率明白，文风之平易，始终是一贯的。

欧阳修为世传诵的文章，是《醉翁亭记》一类。这类作品虽非论政之文，却也同当时的朝政改革颇有关联。庆历五年，欧阳修因上《论杜衍、范仲淹等罢政事状》而贬官滁州，身在贬所，不作“凄凄之文”，却写了这样一篇文字。此文既表现了欧阳修的政治态度，也体现了他为人的特点。

欧阳修的各类文章都是写得自然平易的。在他的影响下，宋人之文，多半如此。史称欧阳修知贡举时，对于转变文风，曾不遗余力。《宋史》本传说：“时士子尚为险涩奇怪之文，号太学体，修痛排抑之。凡如是者辄黜。”《梦溪笔谈》卷一九也说：“嘉祐中，士人刘几，累为国子第一人，骤为险怪之语，学者歙然效之。欧阳公深恶之。会公主文，决意痛惩。凡为新文者，一概痛黜。时体为之一变，欧阳之力也。”

在欧阳修之后，文章成就最高的作者是苏轼。在“熙宁变法”期间，苏轼写了许多言事论政之文。这些文章，是是非非，指陈时弊，和欧阳修的某些文章，基本一致。更有进者，他对于官府之营私受贿，写得更加淋漓尽致。例如《策别·决壅蔽》有云：“故凡贿赂先至者，朝请为夕得；徒手而来者，终年而不获。……举天下一毫之事，非金钱无以行之。”这样的文章，揭露甚深，而用语甚浅，不但写得平易自然，而且自由随便。这是苏轼为文的新特点。

苏轼自己曾说：“吾文如万斛泉源，不择地而出，于平地滔滔汩汩，虽一日千里无难。及其与山石曲折，随物赋形，而不可知也。所可知者，常行于所当行，常止于不可不止，如是而已矣。”这番话概括了他为文的一个重要特点。此外，苏轼论文，还有“行云流水”之喻，与此同一旨意。

最能体现这一特点的文章，是他的一些记叙作品。例如《筼筜谷偃竹记》一文，从题目看，似是一篇画记，而文章发端，却是一段画论。中间穿插他与文同的诗画交往，都似寻常叙事。直到最后，写出“元丰二年正月二十日，与可没于陈州，是岁七月七日，予在湖州曝书画，见此竹，废卷而哭失声”一段文字，才使人恍然悟出：这篇作品主要是悼念其亡友文同的。但文章的写法却与一般悼念之文不同。

苏轼文章之最著称者，在于政论、史论和记叙杂文两类。苏氏父子三人都擅长政论、史论的，而苏轼独擅者，是记叙杂文。这类文章也最能体现苏轼为人的个性特点。

苏轼之父苏洵，年岁虽长，而入仕较迟。他不曾参与朝政改革，但他的文章同样具有这个时期的时代特点。例如他在《与欧阳内翰书》中，对于庆历新政的失败，就曾表示十分愤慨。他说：“洵时在京师，亲见其事，忽忽仰天叹息，以为斯人之去，而道虽成，不复足以为荣也。”在这以后，他又写了一篇《上皇帝书》，系统、全面地阐述自己的政见。从这样的文章可以看出，苏洵当时虽未从政，他对改革朝政的看法，与范仲淹、欧阳修等人的主张，基本相同。苏洵的《权书》、《衡论》和《几策》，论政论兵，都是邵博所谓“讥时之弊”的文章。

苏洵长于政论和史论，尤以论兵著称。其《六国论》（即《权书·六国》）是为世传诵的文章。

苏辙为学为文，都受其父兄影响，他在《历代论引》中说：“予少而力学，先君，予师也；亡兄子瞻，予师友也。父兄之学，皆以古今成败得失为议论之要。”他的《历代论》，也是议论“古今成败得失”的。论到当代，亦多中肯之言。例如《新论》有云：“当今天下之势，治而不至于安，乱而不至于危，纪纲粗具而不举，无急变而有缓病，此天下所共知而不可欺者也。”这个看法，相当准确，措辞用语，也十分贴切。《宋史》本传说他“论事精确，修辞简严”，正是他的文章特点。

苏辙入仕之年，正当熙宁变法之日。当“青苗法”推行之时，他曾上书王安石，力陈不可。其思想观点，与欧阳修、苏轼大体一致。

苏辙言事论政之外，也有些记叙杂文，为人所称。例如《庐山栖贤寺僧堂记》，王士禛以为“造语奇特”。但苏辙自己则说：“子瞻之文奇，吾文但稳平。”

当“熙宁变法”时期，王安石的得失功过，主要在于政事，不在文章；但他为世传诵者仍是文章。他的为人和为文，很早就曾受到曾巩推崇。曾巩在给欧阳修的信中曾说：“巩之友有王安石者，文甚古，行称其文。”王安石最为世人传诵的文章是《答司马谏议书》，此文反驳司马光对于熙宁变法的不同政见，申述自己矢志不移的变法主张。文章写得“劲悍廉厉无枝叶”，和司马光的学者之文不同，也和欧阳修、苏轼等人的论政之文不同。其特点是吐辞简古，没有枝蔓。此文之外，《读孟尝君传》也有这样的特点。

王安石的文章，虽以简古著称，但他言事论政，亦有长篇。其《上仁宗皇帝言事书》，长达万言，不可谓简；但这篇文章，写得层次分明，条理清晰，读来爽目，虽长似简。

曾巩为王安石之友，且曾盛称王安石之文；但曾巩之文，却与王安石并不同调。当"熙宁变法"期间，曾巩官于远郡，可能由于政见不同，二人过从亦少。

曾巩的政见与欧阳修等人比较接近，但亦有分歧，欧阳修等人言事论政，多陈时弊；而曾巩对于现实，似无不满。例如他在元丰三年《移沧州过阙上殿札子》中曾说："今陛下履祖宗之基，广太平之祚，而世之治安，三代所不及。则宋兴以来，全盛之时，实在今日。"这样的观点，是和欧阳修等人很不同的。

曾巩自称"家世为儒"。他的文章也比欧阳修等人更多儒者气息。其文之波澜意度，有时近似欧阳修，所以后人或以"欧曾"并称。但实际上，二人文风并不相同。《宋史》本传论及曾巩之文曾说："曾巩立言于欧阳修王安石间，纡徐而不烦，简奥而不晦，卓然自称一家，可谓难矣。""纡徐"近于欧阳修，"简奥"近于王安石，概括了曾巩之文的主要特点。但谓之"不烦"、"不晦"，则不尽然。

以上所说，是八家之文的主要特点，并不全面。读者欲知其详，可参看每一文集所附的"前言"。当然，这篇"总序"和各篇"前言"，以及篇后所附"解题"，只是提供读者一点参考。不当之处，希望指教。

1995 年春于北京师范大学

再版总序

■郭英德

“唐宋八大家”，通常指称中唐至北宋八位著名的散文作家，即中唐的韩愈（768—824）、柳宗元（773—819）和北宋的欧阳修（1007—1072）、苏洵（1009—1066）、曾巩（1019—1083）、王安石（1021—1086）、苏轼（1037—1101）、苏辙（1039—1112）。

韩、柳散文，尤其是韩愈的散文，引领一代风骚，在北宋时期已被人们尊为典范。欧、曾、王、三苏的散文，尤其是欧阳修和苏轼的散文，开创一时风气，在南宋时期就为文坛极力推崇。而“唐宋八大家”合称，唐宋八大家散文成为文学经典，也由来已久。

南宋吕祖谦（1137—1181）编选《古文关键》，收录韩愈、柳宗元、欧阳修、三苏、曾巩、张耒等八家六十多篇文章，并加以圈抹评点，指示作文的门径与关键。“八大家”中，有七家入选，仅缺王安石一家。

元代陈绎曾（生卒年未详）撰著《文荃》一书（又名《文

章欧冶》)，自序于至顺三年（1332)，其中有《古文谱》八卷，在卷四“制”下的“家法”一节中，明确列出“别集”九种，即“韩文、柳文、宣公文、欧文、荆公文、三苏文、曾文”。其中“宣公”指唐人陆贽（754—805)，“荆公”即王安石。在陈绎曾所列举的古文“家法”中，唐宋文入选者九家，“八大家”均已在列。

元末明初浙江临海人朱右（1314—1376)，首次专门选录韩、柳、欧、曾巩、王安石和三苏之文，编成《六先生文集》。所谓“六先生”实为八家，因为他将三苏合成一家，所以《四库全书总目》卷一六九《白云稿》提要说：“八家之目，实权舆于此。”朱右另有《唐宋六家文衡》一编，据贝琼（1314—1379)《唐宋六家文衡序》(《清江文集》卷二八《中都稿》)，此书内容与《六先生文集》相仿。而且“其定《六家文衡》，因损益东莱吕氏之选”，可见《六家文衡》是以吕祖谦《古文关键》为蓝本的。朱右的这两部散文总集早已失传，但却明确地标示出，最晚在元末明初，文坛上已逐渐认可韩、柳等人为散文写作的“八大家”，并且认为：“盖韩之奇，柳之峻，欧阳之粹，曾之严，王之洁，苏之博，各有其体，以成一家之言，固有不可至者，亦不可不求其至也。”(贝琼《唐宋六家文衡序》)

明中期唐顺之（1507—1560）编纂《文编》，自序于嘉靖三十五年丙辰（1556)。该书除了收录《左传》、《国语》、《史记》等先秦两汉文章以外，秉承朱右的传统，唐宋时期仅收录八大家之文，目的在于以八大家散文作为“文之工匠，而法之至也”(唐顺之《文编·自序》)。

其后，茅坤（1512—1601）在《文编》的基础上，编选《唐宋八大家文钞》一书，并加以圈抹评点，作为后世读书作文的楷模。该书初刊于万历七年（1579)，后来一再整理重刻，流传极为广泛，以至于四库馆臣感慨道：“一二百年以来，家弦户诵，固亦有由矣。”（《四库全书总目》卷一八九《唐宋八大家文钞》提要）。于是“唐宋八大家”之名最终得以确立，并在清代派生出各种“唐宋八大家文”选本，如吕留良（1629—1683）等《晚村先生八家古文精选》、储欣（1631—1706）《唐宋八大家类选》、张伯行（1652—1725）《唐宋八大家文钞》、汪份（1655—1721）《唐宋八大家文分体读本》、沈德潜（1673—1769）《唐宋八大家文读本》、孙琮（约1692年前后在世）等《山晓阁选唐宋八大家文》等。

作为文学经典，唐宋八大家散文自有其逾越古今、千古不朽的文化内涵和审美魅力。如果说，在中国古代各体文学中，最能涵容中华民族的文化精神和哲人智慧的是散文，那么，我们可以毫不夸张地说，唐宋八大家散文正是中华民族的文化精神和哲人智慧的丰富宝藏，也是人类文明史上一枝独秀的文化宝库。因此，河北人民出版社再版这部《唐宋八大家散文总集》，便是一桩极有意义的文化事业。

这部《唐宋八大家散文总集》，由著名的中国文学史家郭预衡先生（1920—2010）主编。郭预衡先生一生致力于中国文学史教学与研究，尤其在中国散文史研究领域勤奋耕耘，硕果累累。他先后撰写《历代散文丛谈》（山西人民出版社1986年1版、山西教育出版社1991年2版），《中国散文史》（上册，上海古籍出版社1986年版；中册，上海古籍出版社1993年版；下册，上海古籍出版社1999年版；三册合集，上海古籍出版社2000年1版、2011年2版），《中国散文简史》（北京师范大学出版社1994年版），《中国散文史长编》（山西教育出版社2007年版），《历代散文史话》（中国文联出版社2009年版）等著作；主编《中国历代散文精品》（时代文艺出版社1995年版），《唐宋八大家散文总集》（河北人民出版社1995年版），《唐宋八大家文集》（人民日报出版社1997年版），《中国历代散文选注》（岳麓书社

1998年版)，《文白对照唐宋八大家文钞》（广东教育出版社2002年版)，《明清散文精选》(江苏古籍出版社1992年1版、2002年2版）等散文总集。20世纪以来，在中国散文史研究领域，用功之勤，收获之丰，创辟之精，影响之巨，郭预衡先生的确首屈一指。

尤其是郭预衡先生历时十九年，撰著《中国散文史》三大册，近160万字。这是第一部由个人独立完成的大型而厚重的中国古代散文通史，规模宏大，体制严整，思路缜密，史识精湛，材料翔实，内容浩博，文字平实，论断精辟，不愧为20世纪学术经典。著名的民俗学家钟敬文先生（1903—2002）誉之为"散文有史，创建首推君"。该书曾获华东地区古籍优秀图书一等奖（2001年)、北京市教育教学成果（高等教育）一等奖(2001年)、第三届中国高校人文社会科学优秀成果一等奖(2002年）等殊荣。

郭预衡先生驾鹤西去，但是他留下的中国散文史著述，犹如一座不朽的丰碑，将永远矗立在中国文化史上。今天我们重新出版这部《唐宋八大家散文总集》，既是对唐宋八大家及其散文成就的景仰，也是对郭预衡先生毕生从事的中国散文史研究事业的特别纪念。我们相信，就像唐宋八大家散文已经融入一代又一代中国人的心灵之中，汇入中华传统文化的滚滚洪流一样，郭预衡先生的中国散文史研究成果也将成为中华文化精神的重要组成部分，启迪并滋养着一代又一代中国人。

为了保证新版《唐宋八大家散文总集》的质量，各卷的编辑校释者对第一版中体例不当、文字舛误之处，一一进行了仔细的修订。河北人民出版社还约请专家，精心设计，精心印制，使该书成为优雅的精品图书。责任编辑李世琦先生为本书的修订再版付出了辛勤的劳动，谨致谢忱！

2012年10月草于北京师范大学

总　目

韩愈散文集

李道英　校评

前　言

韩愈是唐代古文运动无可争议的领袖。

韩愈是我国古代伟大的文学家之一，是唐宋古文八大家之首，是司马迁之后最重要的散文作家。

韩愈在我国古代文学史和思想史上都占有十分重要的地位，对后世产生了重大的影响。

苏东坡在《潮州韩文公庙碑》中，称韩愈“文起八代之衰，而道济天下之溺，忠犯人主之怒，而勇夺三军之帅”，此说虽不尽确切，但也确实道出了韩愈一生为人、为文的某些基本特点。

韩愈（768—824），字退之，河内河阳（今河南省孟县）人。本人屡称“昌黎韩愈”，故世称韩昌黎；他曾两任吏部侍郎，故世称韩吏部；死后谥号“文”，故世又称韩文公。

韩愈出生在一个世代为官的中小地主家庭。父亲韩仲卿，曾任武昌令，清正廉洁，颇有美政；其叔父韩云卿，为大历年间有名的文章家；其叔父韩少卿、韩绅卿，均为有政绩的下级官吏；韩愈的大哥韩会是当时一位名人，好谈经济之略，以王佐之材自许，官至起居舍人，与宰相元载过从甚密。韩会既是政治的热衷者，又是古文的爱好者，与当时的古文家梁肃、萧存为友。韩愈三岁丧父，由大哥韩会及大嫂郑氏抚养。这样一个没有很大权势、政治和经济地位都不算高的庶族地主家庭，浓厚的文学和儒学气氛，在很大程度上影响着韩愈一生的生活道路、政治态度和文学创作。

韩愈主要生活在中唐的德宗、顺宗、宪宗、穆宗四朝，这是一个社会矛盾极其尖锐复杂而又表面上相对稳定的时期。

唐代宗大历十二年（777），十岁的韩愈随兄嫂到韶州，二年后韩会病故，韩愈随嫂郑氏返回故乡，时值中原战乱，又随嫂迁居安徽宣城别业。家庭的不幸，磨砺了少年韩愈的心志。

韩愈七岁读书，“日记数千百言。比长，尽能通六经百家学。”（《新唐书·韩愈传》）韩愈刻苦攻读，目的就是要通过科举步入仕途，因为他清楚地知道：他不可能靠门荫而飞黄腾达，只能靠个人奋斗。

唐德宗贞元二年（786），十九岁的韩愈赴长安求官。他对自己的学问、才干十分自信，认为此去必能俯拾青紫，实现自己的宏伟志向，然而事实并非如此。他在长安蹉跎几近十载，“四举于礼部乃一得，三选于吏部卒无成”（《上宰相书》），虽于贞元八年（792）考中进士，但接连三次博学宏词科考试均名落孙山，这对他是很大的精神打击。他从到长安的第二年起，已不能从家中得到物质支援，生活陷入了极端贫困的境地。仕途不达，生活困窘，也曾使他产生过放弃仕途、归隐著书立说的念头，但思想斗争的结果，还是忧天下之心战胜了隐山林之意。他又积极为入仕而奔波，在不到两个月的时间里曾三次上书宰相，毛遂自荐，请求做官，但尸居禄位的贾耽、卢迈、赵璟等根本未予理睬。在忍无可忍的情况下，他怀着郁愤的心情，于贞元十一年（795）五月离开长安，东归洛阳。

眼看到了而立之年，韩愈竟未求得一官半职，怀才不遇之感自不待言，然而他一到洛阳，便被检校尚书左仆射同中书门下平章事、汴州节度使董晋看中，辟为汴州观察推官，正式开始了他的仕途生涯。贞元十五年二月，董晋薨，汴州乱，韩愈又至徐州，在武宁节度使张建封幕府以试协律郎的职衔任节度推官。又因其发言直率，无所畏避，竟与张建封不合，于贞元十六年夏离开徐州、返回洛阳，在一个草树茂密的乡间过着读书、写作的生活，并于贞元十六、十七年两次赴长安听从调选，终于贞元十八年二月出任国子四门博士。贞元十九年拜监察御史，又因写《御史台上论天旱人饥状》得罪幸臣李实，被贬为阳山令。在阳山任上，他关心百姓疾苦，是一位颇得民心的地方官。贞元二十一年(805)，德宗崩，顺宗即位。二月，大赦天下，韩愈本可回京任职，但为湖南观察使杨凭所抑，长期俟命于郴州。同年八月，改元永贞。不久，顺宗退位，宪宗即位，又大赦天下，韩愈依旧未能回京，他所得到的新任命是江陵府法曹参军。元和元年夏，奉调回京，任权知国子博士。在京城，不时遭人嫉妒和诬陷，遂请求分教东都。后出任都官员外郎，司祠部，正浮屠。因日与宦官为敌，不久，又被左迁为河南令。元和六年（811）回京，任职方员外郎。元和七年，又因华阴令柳涧案，以“妄论”罪被降为国子博士。韩愈“才高数黜，官又下迁，乃作《进学解》以自喻。执政览之，奇其才，改比部郎中、史馆修撰”（《新唐书·韩愈传》）。元和九年，任考功郎中，知制诰。元和十年，任中书舍人。

安史之乱后，藩镇势力恶性膨胀，中央集权进一步削弱。唐宪宗决心惩制藩镇，宰相武元衡、御史中丞裴度均积极主张武力镇压藩镇。元和十年，镇州节度使王承宗等派人刺杀了武元衡，刺伤了裴度。在藩镇气焰甚嚣尘上之际，韩愈上《论淮西事宜状》，力主武力讨伐淮西藩镇，因与主和派宰相李逢吉、韦贯之意见不合，遂被改为太子右庶子之闲职。元和十二年（817），宪宗用宰相裴度为帅讨伐淮西，韩愈为行军司马，积极参与淮西之役，平定了淮西的藩镇叛乱，韩愈因战功升任刑部侍郎，并受命撰《平淮西碑》。

淮西之役后不久，宪宗为一时的胜利所惑，认为可以高枕无忧，除奢侈享乐外，既佞佛，又信道，企求长生不老。元和十四年，唐宪宗派人将佛骨从凤翔法门寺迎入宫中供奉三天，此举轰动长安，波及全国。韩愈一向反佛，遂上《论佛骨表》一文，大骂佛骨是“凶秽之余”，指责宪宗迎佛骨是“伤风败俗”之举，由是触怒宪宗，被贬为潮州刺史。韩愈在潮州帮助老百姓消除鳄鱼之患，拿出自己的部分俸禄兴办文教事业，做了不少有益于人民之事。不久，他又量移为袁州刺史。在袁州，他曾释放奴婢七百余人。

元和十五年（820），宪宗崩，穆宗即位，九月，韩愈被诏为国子祭酒。长庆元年（821）七月转兵部侍郎。长庆二年二月，韩愈又奉旨至镇州宣抚王庭凑，不辱使命而归，转为吏部侍郎。长庆三年，又出任京兆尹兼御史大夫，因与御史中丞李绅不协，复为兵部侍郎，不久又转吏部侍郎。长庆四年因病辞官，不久病卒，赠礼部尚书。

韩愈的思想极为复杂、矛盾。这既有他的家庭和他所受教育的影响，也有社会现实的原因。

韩愈从小受到了良好的教育，“生七岁而学圣人之道，以修自身”（《上宰相书》）。“愈自知读书，……尽能通六经百家学”（《新唐书·韩愈传》）。“仆少好学问，自五经之外，百氏之书，未有闻而不求，得而不观者”（《上兵部李侍郎书》）。可见，他既读儒家的书，也读诸子百家的书；既受儒家思想影响，也受其他各家思想的影响。另一方面，韩愈又是一个热切关注现实、识时知变的人物。“前古之兴亡，未尝不经于心也；当世之得失，未尝不留于意也”（《与凤翔郑尚书书》）。因此，他并非一味照搬古圣先贤的教条，而是在总结历史的盛衰兴亡和当世的利弊得失之中，逐渐形成了自己的思想。

韩愈生活的中唐时期，是唐王朝衰落大趋势中的小中兴时期。安史之乱后，国家虽大体归于统一，德宗、顺宗、宪宗时社会也曾出现过某种中兴复苏的迹象，但社会矛盾十分尖锐：宦官酿祸于内，藩镇作乱于外；朝臣中朋党倾轧，争权夺利；社会上佛道盛行，风气败坏；长期的社会动乱，更使经济凋敝，民生多艰。要使这样一个社会走向大治，韩愈认为必须用儒家思想来统一人们的思想，所以他不遗余力地标榜儒家思想，要求按儒家思想建立起严格的封建统治秩序："君者，出令者也；臣者，行君之令而致之民者也；民者，出粟米麻丝，作器皿、通财货以事其上者也。君不出令，则失其所以为君；臣不行君令而致之民、民不出粟米麻丝，作器皿、通财货以事其上，则诛。"（《原道》）

韩愈确实是个皇权主义者，但为了建立正常的封建统治秩序，他也深知赢得民心、让百姓能够生活下去的重要。在这一点上，他又继承了儒家"仁政爱民"的传统思想。他认为统治者应体恤百姓痛苦，应让老百姓休养生息，进而安居乐业，反对对老百姓横征暴敛、竭泽而渔。为此，他不但关心农事，反映民间疾苦，认真探讨老百姓"穷且盗"的原因，而且在关键时刻敢于不顾个人安危，直言进谏，为民请命；他还敢大胆批评官吏们对老百姓无休止的诛求："财已竭而敛不休，人已穷而赋愈急，其不去为盗也亦幸矣!"（《送许郢州序》）可见，韩愈要求建立正常的封建统治秩序并非是要置老百姓于死地，而是要从根本上理顺统治者与被统治者的关系：上以治下，下以事上，保证封建统治机器正常运转，进而达到长治久安。

为了建立正常的封建统治秩序，韩愈对有害于这一目标的思想持坚决反对的态度。唐代儒、释、道三家并重，中唐时佛、道盛行，对社会危害颇大。韩愈认为：佛道之徒"外天下国家，灭其天常，子焉而不父其父，臣焉而不君其君，民焉而不事其事"（《原道》），佛、道盛行是老百姓"穷且盗"的重要根源，所以，觝排异端，攘斥佛老，就成为韩愈思想的重要特点。

由于韩愈在一些根本问题上坚持了儒家的思想路线，所以我们说，韩愈思想的基点是儒家。但同时，我们还必须看到：韩愈并非醇儒，更非腐儒。

唐朝不是周朝，韩愈当然不可能照搬孔、孟的思想来解决社会的现实问题。一方面要坚持儒家基本的思想体系，另一方面又要识时知变，解决社会矛盾，这就构成了韩愈思想的矛盾性和复杂性。

从哲学思想来说，韩愈一生的确说过不少宣扬鬼神迷信的话，除了像《原鬼》这样的荒诞之说外，还在许多场合大讲天命，鼓吹“天刑”、“人祸”，甚至宣扬阴阳五行，谶纬神学的东西。这些都表现了他的唯心主义思想，都是为了强调建立儒家道统而把它说成是天地鬼神的意志，是人力难为的，企图通过将其神圣化进而使之永恒合法化。但当韩愈直面现实之时，他在不少场合是反对鬼神迷信的：在《进士策问十三首》中，他大胆宣称“说神仙者妄矣”；在《故太学博士李君墓志铭》中，他斥服食误死者“不信常道，而务鬼怪，临死乃悔”，讥其“蕲不死，乃速得死”。此外，像《论佛骨表》、《华山女》、《谢自然》等诗文，都表现了他明显的唯物主义倾向。

在人性问题上，韩愈也表现出明显的矛盾性：当他强调建立儒家道统之时，便经常搬出性三品、天赋道德论，实际上是要人们承认统治者有天赋的特权，把人们的智愚善恶差别说成是先天的、不可变更的，以此来说明人们在现实生活中的地位是不可改变的，进而从理论上肯定封建等级制度的合理性。但当韩愈面对社会现实问题时，他又往往是批判这些谬论的。如在《师说》中，他提出“人非生而知之者，孰能无惑”的看法；在《符读书城南》一诗中，他十分强调后天教育对改变人的智愚善恶的决定性作用。

韩愈对孔孟儒学最大的不敬还在于他并不完全相信儒学万能，因而说了不少离经叛道的话。儒家历来提倡孝道，甚至鼓吹避讳、割股等愚孝之举，对此，韩愈深恶痛绝，并在《讳辩》、《鄠人对》等文章中大胆地予以揭露和批判。儒家历来讲礼治，讲仁义，反对法治，反对功利，而韩愈并不相信仁义万能，他非常讲现实，讲功利。他不仅在《进士策问十三首》中高度评价法家代表人物管仲、商鞅，而且他对解决社会现实问题的不少主张都贯穿着法治思想：如对待藩镇，他反对姑息养奸，而主张武力讨伐；他还竭力鼓吹明赏罚："兵之胜负，实在赏罚。赏厚可令廉士动心，罚重可令凶人丧魄，然可集事。不可爱惜所费，惮于行刑。"孟子称：能距杨、墨，才能称圣人之徒，而韩愈不但在《争臣论》中称禹、孔子和墨子为二圣一贤，而且在《读墨子》中强调儒墨互用："孔子必用墨子，墨子必用孔子，不相用，不足为孔墨。"儒家历来反对道家，而韩愈不但在《师说》中说"孔子师郯子、苌弘、师襄、老聃"，而且在《读鹖冠子》中推崇黄老刑名之学。对儒家历来讳莫如深的一些问题，韩愈都大胆地发表了自己的看法，冲破了传统儒家思想的藩篱。对这一点，苏东坡看得十分清楚，他在《韩愈论》一文中说："韩愈之于圣人之道，盖亦知好其名矣，而未能乐其实，……其待孔子、孟轲甚尊，其距杨、墨、佛、老甚严，此其用力亦不可谓不至也。然其论至于理而不精，支离荡佚，往往自叛其说而不知。"此论应该说是中肯的。

韩愈曾批评荀子和扬雄对儒学"择焉而不精"、"语焉而不详"，而他自己则更为"不精"、"不详"。韩愈的思想的确很复杂、很矛盾，但都在维护和巩固封建统治秩序这个基点上统一了起来，其独特之处是：合儒墨，兼名法，以儒为主，杂取先秦诸子的思想，是以解决社会现实问题为出发点的一种实用主义新儒学。他的所谓"道"，确实是"道其所道"，但其思想的主导面与当时社会现实是基本适应的。当然其思想上的唯心面、落后保守面，也是我们应该注意的。

韩愈的思想基础决定了他在现实生活中的政治态度。对韩愈的政治态度问题，历来意见不一，而争论的核心是他究竟代表哪个阶级的政治利益？他是顽固派，还是变革派？列宁在《民族自决权》一文中说："在分析任何一个社会问题时，马克思主义理论的绝对要求，就是要把问题提到一定的历史范围之内。"我们评说韩愈的政治态度也应遵循这一原则。

韩愈一生热衷仕宦，其动机何在呢？他在《答卫中行书》中说："其所以不忘于仕进者，亦将小行其志耳。"其志向又是什么呢？"事业窥皋后，文章蔑曹谢"（《岳阳楼别窦司直》）。"故凡仆之汲汲于进者，其小得，盖欲以具裘葛，养穷孤；其大得，盖欲以同吾之所乐于人耳"（《答崔立之书》）。看来，不外乎登上高位，为国家兴利除弊，忠君安民。从其一生的全部言行看，在对国家前途、命运的关心和忧虑方面，在对皇帝的竭忠尽力方面，他确实是屈原、杜甫一类的人物。他从维护唐王朝的统治出发，热切关注时政之得失，敢于正视严酷的现实，并以极大的勇气，大胆揭露和指斥时弊，积极干预现实，在一系列重大政治问题上表现了自己的立场和态度。

唐代儒、释、道三教并立，而由于最高统治阶级的提倡，佛、道泛滥，加剧了社会矛盾。所以反佛、反道的问题，首先是个重大的政治问题。韩愈一生排斥佛老，态度坚决，言辞激烈，他为此付出过沉痛的代价，但至死不变。《原道》、《论佛骨表》、《与孟尚书书》等均为其代表作。韩愈虽未能从哲学思想上、从具体的教义上对佛、道作深入的理论批判，但他敢于冒反皇帝、反世俗的风险，以大无畏的精神，着重从政治观点上批判其对社会经济的破坏作用，这正是他见识和勇气的过人之处，也是他高于其前辈之处，具有积极的政治意义和现实意义。

中唐时期，藩镇割据愈演愈烈，已成为一个极其严重的政治问题。韩愈一生坚决站在反对藩镇割据一边，力主武力镇压藩镇，主张国家统一，维护中央集权。

中唐是中国历史上宦官为害最烈的时期之一，他们控制朝政，权在人主之上。韩愈对骄横不可一世的宦官向无好感。他虽然在《送汴州监军俱文珍序》中对监军制有所称颂，在《永贞行》一诗中也骂过永贞革新不该夺北司的军权，但他一生反对宦官的倾向十分明显，在洛阳时“日与宦者为敌”，在《顺宗实录》中揭露宦官干政，反对宫市等，都是有目共睹的事实。

韩愈虽然骂过永贞革新是“小人乘时偷国柄”，但他从来未参加过反对永贞革新的政治活动；他始终认为革新集团中的许多人是有才干的好人，并始终和他们保持友好关系；更为可贵的是他的思想和政治主张与永贞革新的基本内容大体一致。

中唐朝臣内部党争剧烈，韩愈一生生活在政治斗争的漩涡之中，但他从未投靠某个帮派。他虽然在很多地方大谈先达之士与后进之士之间“前后相资”、“上下相须”的理论，但其根本出发点还在推行自己任人唯贤、奖掖后进的用人路线，而不在溜须拍马、拉帮结派以谋取私利。

作为统治阶级的一员，韩愈既有主张剥削有理、鼓吹劳心者治人和对老百姓实行愚民政策等剥削阶级的“共性”，更有同情人民苦难、反映人民不幸，体恤孤贫、为民请命的“个性”。

总之，韩愈是一个有政治抱负，有独到见解，敢作敢为，富有斗争精神的人物。他不大会“趋时”、“附势”，却不时因“抗上”而倒霉。韩愈不是当时腐败政局的制造者和既得利益者，不是现状的维持派，而是强烈要求改变现状的变革派。他代表中小地主阶级利益的政治倾向十分明显，他在政治斗争中始终态度积极。他虽然经常被人诬蔑和误会，也多次遭到贬斥，但始终没有消沉和屈服：他既没有在遭打击后屈事权贵而谋取高位，也没有逃避现实去过隐居的生活。他虽然经常有牢骚不平，在触及个人利益时他也有过软弱和动摇，但他始终热切关注现实。他是皇帝的忠臣，而不是朝秦暮楚、无原则依违于各派政治势力的政治奸商。他在思想上、人格上都有不少落后的、庸俗的习气，但仍不失为一个政治品质磊落、思想作风正派的官员。他的缺点和落后面是一般封建士大夫所共有的，而他的优点和进步面则是很多封建士大夫所远远不及的。

韩愈算不得什么出色的思想家、政治家和德行昭著的仁人君子，但他却是一位在文学上取得了辉煌成就的大家。

韩愈在中国散文发展史上，可以说是一个划时代的人物，他毕生致力于古文运动和文学创作，不但在中唐时期“手持文炳，高视寰海”（刘禹锡《祭韩吏部文》），主盟文坛，而且对后世散文发展产生了无穷的影响。

韩愈是一位杰出的文学活动家。这首先表现在他对于文学作品价值的认识和在理论上的高度自觉。他从来都十分重视文学的实际功效和社会价值。在《柳子厚墓志铭》中他明确写道：“然子厚斥不久，穷不极，其文学辞章，必不能自力以致必传于后如今无疑也。虽使子厚得所愿，为将相于一时，以彼易此，孰得孰失，必有能辨之者。”在他看来，作文立言其意义不在从政做官之下。在《答李翊书》中他又说：“君子处心有道，行已有方；用则施于人，舍则传诸其徒，垂诸文而为后世法”。显然，他把文章与事业、道德、思想放在了同等重要的地位。这种对文章的价值与作用的新看法，是他一生献身于文学事业的思想基础和基本动力，在一定程度上也反映了一个杰出文学家的高度事业心和强烈的社会责任感。

韩愈从事文学活动和领导古文运动，经历了漫长而曲折的过程。“愈少鄙钝，于时事都不通晓，家贫不足以自活，应举觅官，凡二十年矣。薄命不幸，动遭谗谤，进寸退尺，卒无所成。性本好文学，因困厄悲愁，无所告语，遂得穷究于经传史记百家之说，沈潜乎训义，反复乎句读，砻磨乎事业，而奋发乎文章”（《上兵部李侍郎书》）。仕途的不顺，使他有更多的时间和精力从事文学活动和创作研究。韩愈生活的中唐，骈体文依旧占据着文坛的统治地位。韩愈要应举求官，也不得不“时时应事作俗下文学”，但他十分憎恶这种“俳优者之辞”，每有所作，则“颜忸怩而心不宁者数月”（《答崔立之书》）。而他写作古文，又遭到讥讽和排斥。“仆为文久，每自测意中以为好，则人必以为恶矣。小称意，人亦小怪之；大称意，则人必大怪之矣”。及作俗下文字，“下笔令人惭，及示人，则人以为好矣。小惭者亦蒙谓之小好，大惭者即必以为大好矣”（《与冯宿论文书》）。但韩愈经历了挫折和磨难，坚定了信心，坚持了自己的道路。他蔑视困难，知难而进，最终完全摆脱了骈文的影响，写出了成熟的新体散文。

韩愈不但自己从事新体散文的创作，而且广交朋友，奖掖后进，团结了柳宗元、刘禹锡、李观、欧阳詹、樊宗师这样的朋友和李翱、皇甫湜、张籍、沈亚之等所谓韩门弟子，在文坛形成了一股强大的力量，并吸引了当时许多学者向往和归化，使古文运动像一股不可抗拒的洪流冲击着文坛，改革了文体，转变了文风，取得了古文运动的重大胜利。李汉在《昌黎先生集序》中评价韩愈说：“大拯颓风，教人自为。时人始而惊，中而笑且排，先生益坚，终而翕然随以定。呜呼！先生于文，摧陷廓清之功，比于武事，可谓雄伟不常者矣！”的确，韩愈是中唐古文运动的主要倡导者和组织者，是无可争议的领袖人物。在中国文学史上，前此没有一个人像他这样自觉地从事于文学事业，这对后世的作家和文学发展都产生了极为深远的影响。

韩愈又是一位杰出的文学理论家，他为中唐的古文运动提出了一系列重要的理论主张，把古文运动置于明确的理论指导之下，保证了古文运动的健康发展。

从骈文鼎盛的齐梁时代开始，就有人起来批评骈体文的弊病，揭开了古今文体之争的序幕。在从齐梁到中唐的三百年间，古文运动的先驱者们都不满意骈文的浮艳空疏，都提出过改革文体的理论，也都积极进行了各种创作尝试，为古文运动的发展做出了积极的贡献。然而，他们在理论和实践上，也都存在着不可避免的缺陷和局限性：首先，他们中的多数人在文学演进的问题上陷入了形而上学。他们对经、史、子及骈文、辞赋在文学发展中的历史地位的看法太绝对化，他们把儒家的经典视为文章千古不易的典范，而对骈文、辞赋这些颇具文学色彩的东西一概排斥和否定，即是说，他们没有处理好文学的继承与发展这个极为重要的问题。其次，他们中的多数人自觉不自觉地把文道关系绝对化，使二者对立起来，他们片面地否定文采，重道轻文，文道混淆，甚至以道代文，片面地认为一讲文采就会影响“道”的表达。未能正确处理好文道关系，这是前期古文家们的又一严重不足和失误。其三，未形成完整、系统的古文理论，也未能写出典范的古文作品。强调复古、贯道的人，往往食古不化；而另一些人则又未充分认识文体改革的重要性，他们一边批评骈体文，一边用骈体文进行创作，这种倾向又使他们划不清与骈文的界限。这两种倾向，既影响了他们理论上的完善，也影响他们的创作实践，使他们写不出典范的古文，开不出一代文风。这些经验都急待总结，失误都急待矫正，而这个集大成的重担，就历史地落在了韩、柳的肩上，而韩愈更是首当其冲。

韩愈认真总结了他的前辈们在正、反两个方面的经验和教训，结合自己的认识和创作体会，为古文运动提出了一系列重要的主张。

中唐文坛所面临的首要问题依旧是文道关系问题，重文轻道的骈文作家与重道轻文的古文作家在这个问题上均出现了偏颇。韩愈高屋建瓴，从新的角度和新的高度上较好地解决了这个问题。在《争臣论》中，他说："君子居其位，则思死其官，未得位，则思修其辞以明其道，我将以明道也。"这里明确地提出了"文以明道"的创作原则，"道"是目的，"文"是手段；"道"是内容，"文"是形式，比较明确地揭示了文章的内容与形式之间的关系问题。"明道"是当时社会的现实需要，而"为文"则是韩愈乐之终生的事业。韩愈对文学的兴趣在于写言之有物的新体古文，而不在于宣传儒家的教义。他的所谓"道"，也就不见得一定是儒家的大道理，更多的则是具体的一事一物之理，在更大程度上表现为文章的思想内容。韩愈十分重视文章要有充实的内容，"文"要为明"道"服务，但他并不重道轻文。他说："本深而末茂，形大而声宏。""体不备不可以成人，辞不足不可以成文。"(《答尉迟生书》) "文字暧昧，虽有美实，其谁观之?"(《进撰平淮西碑文表》) 韩愈避免了重道轻文和重文轻道两种倾向，把文与道有机地统一起来，使古文理论有了质的提高，并将文体改革同当时意识形态领域中的重大斗争结合起来，这是他对文学发展最富创造性的贡献之一。基于他对文道统一的要求，他又特别重视作家个人的思想品德修养。在《答尉迟生书》中，他提出了"夫所谓文者，必有诸其中，是故君子慎其实"的观点；在《答李翊书》中，他提出了"仁义之人，其言蔼如也"的观点，都强调作家思想品德修养的重要，强调道德修养应先于立言为文。他甚至说："气盛，则言之短长与声之高下者皆宜。"这"气盛言宜"的观点更强调了"气"对文的主导作用，道出了养气与为文的关系。

文以明道，文道统一，这是韩愈古文理论的基础和出发点，它为古文运动的发展端正了方向。

其次，在继承传统的基础上，坚持对文体、文风和文学语言进行变革。韩愈博览群书，师承极广，又不囿于一家一派，能"沈浸酿郁，含英咀华"，博采各家所长，铸就一家之体，这本身就是对旧文体的一种突破和解放。更可贵的是他又在此基础上大胆创新，形成了新的文体、文风和文学语言。

在文体方面，他所追求的根本目标是以散体取代骈体，他心中所向往的是质朴明晓的散文，“故愈所为文，务反近体”（《旧唐书·韩愈传》）。骈体文是古文运动的改革对象，但韩愈对骈体文并未采取虚无主义的态度而一笔抹杀。他不但对优秀的骈文作品有所肯定，而且也不一味排斥骈体文的表现方法。他反对骈体文僵死的形式，但并不反对运用骈偶句，在他的许多名作中，都大量运用排比、对偶，骈散相间，颇富气势。蒋湘南说：“浅儒但震其起八代之衰，而不知其吸六朝之髓也。”（《七经楼文钞》卷四《与田叔子论古文第二书》）吸六朝之髓，这正是韩愈的过人之处和成功之处。

在文风方面，韩愈对六朝骈文轻靡浮艳之习持坚决批评的态度。他反对雕琢，“不以雕琢为工”，力主文风应质朴自然，并通过自己优秀新体古文的示范作用来扭转文风。

文学语言是韩愈古文理论的一个重要方面，从总体而言，他主张以秦汉散文的单行句式为主；从具体内容看，他有一系列具体而明确的要求。一方面，他主张务去陈言，词必己出，反因袭，贵独创。他明确提出“惟陈言之务去”（《答李翊书》），提出“不蹈袭前人一言一句”，即使是对经典著作，也只能“师其意，不师其词”（《答刘正夫书》）。他反对抄袭剽窃，力主大胆创新：“若皆与世浮沉，不自树立，虽不为当世所怪，亦必无后世之传也。”“能者非他，能自树立，不因循者是也。”（同上）他甚至为求新、独创而主张“怪怪奇奇”，极力标新立异，不落俗套。另一方面，他又强调文学语言要“文从字顺各识职”（《南阳樊绍述墓志铭》），讲究文句的妥帖流畅，书面语言要规范化，要符合语言的规律和自然气势，反对艰涩怪异。“文章语言，与事相侔”，要“因事陈词”，并且要做到“丰而不余一言，约而不失一辞”（《上襄阳于相公书》），繁简适宜。这两个方面的结合，就是要求文学语言既新颖独到，又平易自然，于平易中见奇特，形成精炼、准确、奇特、生动、明晓、流畅的散文语言。

在文体、文风和文学语言的变革中，韩愈既重视继承传统，又重视推陈出新，他成功地继承了秦汉散文和六朝骈文这两份文学遗产，并将古人的精华与自己的创新熔为一炉，解决了他的前辈没有解决的继承与革新的关系问题，为新古文体制的确立做出了重大贡献。

再次，韩愈提出了“不平则鸣”的观点。他在《送孟东野序》中说：“大凡物不得其平则鸣……”在《荆潭唱和诗序》中说：“夫和平之音淡薄，而愁思之声要妙；欢愉之辞难工，而穷苦之言易好也。”在《柳子厚墓志铭》中，他又进一步阐明：柳宗元之所以在文学上取得卓著成就，完全是斥久、穷极所致。他认为文章都是社会现实的产物，只有备受压抑的人才能深深感触到时代的脉搏，社会的矛盾，才能写出揭露社会、抒发激情的好作品。这一观点既是对屈原“发愤以抒情”、司马迁发愤著书等传统的继承和发展，又对宋代欧阳修的“穷而后工”之说产生了直接的影响。“不平则鸣”的文学观点，实际是提出了一个文学与现实、作家与现实的关系问题，它进一步把作家的生活、思想、创作动机与现实社会联系起来。把“文”作为鸣不平的工具，这实际上又将“文以明道”与对社会的批判、揭露相联系，并成为“明道”的一种具体说明和补充。这在一定程度上突破了儒家“温柔敦厚”传统文学观的束缚，为文学更好地反映现实、表现作家思想打开了禁锢，对于增强文学作品的现实性和斗争性，都具有重要的意义。

韩愈为中唐古文运动提出了一整套理论观点，对于清除骈体文的流弊，对于廓清古文理论的偏颇和混乱，都具有重要的指导意义。这一套理论，不但指导唐代古文运动取得了重大胜利，而且也从原则上确定了宋代古文运动的理论基础，对后世文学的发展产生了巨大的影响。当然，韩愈的古文理论也有他不可讳言的缺陷，他的“道统”理论和某些唯心主义观点影响了其理论的完善，其某些过分重道的言论及过分求奇的观点，都对此后的文学发展产生了不良的影响，这也是我们应该注意的。

韩愈又是他古文理论的实践者，是唐代杰出的散文大家。

韩愈一生倡扬儒学，以儒家道统继承者自许，故历来有人把他看作圣人之徒，称他为唐代大儒。由人及文，有人就认为韩愈的文章全是“卫道”之作，思想内容无甚可取，这不能不说是一种偏见。韩愈的散文创作，是他政治思想的体现，也是他文学主张的具体实践，他的创作是在“明道”和“鸣不平”思想指导下进行的，这就确定了其文章最基本的内容。就“明道”而言，他提倡尊王攘夷，反对割据，反对分裂，反对暴乱，主张国家统一，加强中央集权；他继承儒家仁政爱民思想，坚决反对佛老，无不具有强烈的现实意义和进步性。就“鸣不平”而论，他突破儒家思想束缚，直接揭露统治阶级的昏愦鄙陋和世风之浇薄，直接表达对统治者压制人材的强烈不满，呼吁广开才路、任人唯贤；记述自己的坎坷遭遇和抒发自己的愤慨之情，都表现出对社会现实的关注、批评和大胆抗争。此外，其不少文章还表现了他对朋友、对家人的深挚情谊，表现了他进步的文学主张等，都具有积极的社会意义。当然，我们不否认韩文中有《原性》、《原鬼》一类思想性很差的作品，有《猫相乳》一类的阿谀逢迎之作，但这只不过是支流，我们切不可以偏概全，否定韩文广博而丰富的思想内容。

韩愈从事古文创作，领导古文运动，其最根本的目标在于以散体取代骈体，为达到这一目标，韩愈在文体改革方面做了一系列脚踏实地的具体工作，为新体古文的发展开创了崭新的局面。韩愈文兼众体，碑志、祭文、书启、赠序、疏奏表状、传记、辞赋、寓言，无所不包，确实是文体方面集大成的作家，但更可贵的还在于他对各种文体都敢于不拘成规，大胆突破传统的写法，为各种文体的发展开辟了广阔的前景，提供了有益的借鉴。茅坤在《八大家文钞总序》中说："其所著书、论、序、记、碑铭、颂、辩诸什，故多所独开门户。"所谓"独开门户"，就是不落别人窠臼，不蹈前人旧辙，独辟蹊径，自具面目。

韩愈对文体的革新是在充分继承前人成果的基础上进行的。秦观曾评论说："钩列、庄之微，挟苏、张之辩，摭班、马之实，猎屈、宋之英，本之以《诗》、《书》，折之以孔氏，此成体之文，韩愈之所作是也。盖前之作者多矣，而莫有备于愈；后之作者亦多矣，而无以加于愈。故曰：杜氏、韩氏，亦集诗文之大成者欤?"(《韩愈论》)此说虽不免有绝对化之处，但说韩文是"集大成"这一点无疑是正确的。韩愈的新体古文既不同于先秦盛汉之文，更不同于六朝的骈文，从总体倾向上看，韩文表现出一种著述和篇什合流、各种文体互相吸收融合的倾向，也表现出了各种文体都向实用方向发展、增强其应用文功能的倾向，这就使散文在文学独立发展的道路上大大向前发展了一步，从而实现了文体的大解放。

韩愈的文章多为实用文体，极少纯文学作品，但却以全新的面貌出现于中唐，并作为古文的典范流传于后世，其原因不仅在于其内容的充实，体格的变化，而且还在于其高超的艺术独创性，在于其雄奇不凡的艺术风格。

理直气壮，感情真挚，是韩文最重要、最普遍的特色之一。韩愈是一个颇具自信力的人物，所以无论谈什么问题，总是观点明确，斩钉截铁，绝无含糊吞吐气息，故其文章也多显得气势磅礴，不同凡响。他的明道、除弊之作，多发别人所不敢发，道别人所不敢道，如《论佛骨表》、《原道》、《讳辩》、《张中丞传后叙》、《师说》、《争臣论》、《鄠人对》等，均能举发事实，无所畏避，甚至“盭孔、孟之旨”而不顾。即使是某些求人的文章，也写得气势不凡，如其三上宰相书、《上张仆射书》、《与凤翔邢尚书书》等，都写得理由堂堂正正，气势咄咄逼人，表现了一个正直的封建知识分子孤高不群的风度和精神气质。韩文不仅气盛，而且情真。韩愈是一个感情丰富且极愿袒露自己胸怀的人。他的多数作品都有着强烈的感情色彩。祭文如《祭十二郎文》，赠序如《送李愿归盘谷序》、《送董邵南序》、《送孟东野序》，书信如《与崔群书》、《与李翱书》，墓志如《柳子厚墓志铭》、《贞曜先生墓志铭》，议论文如《师说》、《原毁》、《论佛骨表》，其他如《进学解》、《送穷文》等，无不是作家真情实感的坦诚表露，使文章具有强烈的感染力，从而引起读者感情上的共鸣。

深于立意，巧于构思，是韩文的又一普遍特色。韩愈有不少文章题材并无什么新鲜之处，但读后却能给人耳目一新之感，这在很大程度上得益于作家立意新，开掘深，构思奇。像《送李愿归盘谷序》，不过是送一隐士归山，但韩愈并未就事论事，把它写成一篇寒暄客套的送别文字，也没有把它写成一篇单纯歌颂山林隐逸的文字，而是着眼于官场和整个社会，使作品具有更广泛、更深刻的社会意义。其他像《送董邵南序》、《守戒》、《获麟解》、《故太学博士李君墓志铭》、《与孟尚书书》等，都能借题发挥，增加作品的社会意义。而立意深又往往与构思巧密不可分，韩愈十分重视文章的构思新颖。《送董邵南序》是一篇很难落笔的文章，而韩愈却靠巧妙的构思，貌似处处送之，实则处处留之，把自己反对藩镇割据、不愿董邵南去替藩镇做事的本意，明明白白地暗示出来。此外像《送高闲上人序》、《毛颖传》、《送穷文》、《进学解》、《魏博节度观察使沂国公先庙碑铭》等，均构思新颖奇特。由于韩愈能将立意与构思巧妙地结合起来，故其文多能做到因人而异，因事而异，因时而异，随事立意，穷情尽变。刘大櫆评韩文曰："一集之中篇篇变，一篇之中段段变，一段之中句句变。神变、气变、境变、音节变、字句变，惟昌黎能之。"（《论文偶记》二十二）这种多变的特点，给韩文增加了新颖奇妙的色彩。

长于描绘，形象鲜明，是韩文的又一特色。韩文长于议论，但丝毫不意味着缺乏鲜明生动的形象性。韩愈继承和发扬了中国古代各类文章重视形象性的优良传统，成功地刻画和描绘了一系列人物、人物类型和其他事物的生动形象。《柳子厚墓志铭》中的柳宗元，《试大理评事王君墓志铭》中的奇男子王适，《张中丞传后叙》中的南霁云，《蓝田县丞厅壁记》中的崔斯立，《进学解》中的国子先生，《送李愿归盘谷序》中的三种类型人物，《原毁》中的"今之君子"，《柳子厚墓志铭》中的市侩，《画记》中的人、马，《燕喜亭记》中的各种自然景物，无不给读者留下极为深刻的印象，让读者从这些艺术形象中去认识和理解事理，去了解作家的思想和感情，从而领会作品的社会意义。靠形象去叙事、说理、抒情，而不是靠枯燥的说教和无病呻吟，这就充分发挥了文学作品形象思维的特殊功能。此外，韩文中还大量使用比喻、比拟和广泛的修辞上的比喻，从而大大增加了文章的生动性和形象性，增加作品的思想深度和艺术魅力。

准确精炼，新奇自然，是韩文在语言方面的突出特点。韩愈散文的语言以秦汉式散文语言为基础，结合当时的口头语言，并吸收骈文中有表现力的语汇，融会贯通，形成文从字顺、自然流畅的新的散文语言。文句有骈有散，骈散相间；有长有短，长短错落。韩愈非常重视语言的精炼准确，力求用最简约的句子表达最丰富的内容，如用"传道、授业、解惑"来概括老师的职责，用"业精于勤荒于嬉，行成于思毁于随"来总结进德修业之道，都是成功的典范。韩愈极善于提炼古人有生命力的语言，重铸新词，又善于通过多种修辞手法，浓缩成一批含义丰富的词语，如跋前踬后、形单影只、同工异曲、动辄得咎、自强不息、蝇营狗苟、深居简出、面目可憎等，这些言简意丰的词语大大增加了文章的生动性和表现力。为了使语言更加丰富多采，韩愈还经常活用词类，错综词序，以至变换说法，拙中求巧，使人觉得新颖别致。韩愈还善于大量运用虚词、运用对话方式，运用对比句、反诘句和大量使用语气词，这些手法的交互使用，使文章缓急相间，舒卷自如，既文从字顺，动荡流畅，合于规范，又生动活泼，新颖独到，极富创造性，从而大大增强了文章的气势、色彩和表现力。韩愈对散文语言的创造，使书面语言在接近口头语言方面大大向前跨进了一步。韩愈的文学语言成为新体古文语言的典范，他自己也成为我国古代文学史上屈指可数的几位语言大师之一。

韩文内容广博，众体兼善，立意高远，构思新巧，形象生动，气盛言宜，所以也就形成了其风格的多样性，如议论文之缜密雄健、汪洋恣肆；叙事文之简洁生动、形象鲜明；抒情文之婉曲真挚、情深意切……但他的各类文章又表现出了一种共同的特色——雄奇奔放。柳宗元在《答韦珩书》中说："退之猖狂恣睢，肆意有所作。"皇甫湜在《谕业》中说："韩吏部之文，如长江秋清，千里一道，冲飚激浪，瀚流不滞。"苏洵在《上欧阳内翰第一书》中说："韩子之文，如长江大河，浑浩流转，鱼鼋蛟龙，万怪惶惑，而抑遏掩蔽，不使自露。"李涂在《文章精义》中则称"韩如海"。所有这些说法，都从不同的角度概括了韩文的总体风格特色，然而说得最准确的还是韩愈的夫子自道。他在《进学解》中说："先生之于文，可谓闳其中而肆其外矣。"这"闳中肆外"四个字更准确地抓住了韩文内容博大精深、海含地负，形式无拘无束、文辞波澜起伏的特点，是对其文章总体风格最恰如其分的概括。

韩愈毕生致力于古文运动和古文创作，主盟中唐文坛，确为一代文宗。他大大提高了新体古文的文学性和实用性，为中国古代散文的发展开拓了广阔的道路。

中唐古文运动是中国散文史上第一次自觉的文学革新运动，蔡元培称之为“文学上一次革命”，韩愈是这场革命的领袖和功勋最卓著的人物；中唐古文运动是中国散文史上的一座丰碑，具有划时代的意义，韩愈是这座丰碑最主要的奠基人。韩愈在中国散文史上处于承前启后的关键时期，他既集以往之大成，又对后世产生了无穷的影响。

韩愈的文章在当时影响很大，结集也较早。韩愈去世不久，其门人李汉即将其作品编辑为《昌黎先生集》四十卷。此集虽经五代乱离，并未缺佚。宋以前的韩文其他辑本世已无传，但据方崧卿《韩集举正序》中提及的有：唐代赵德《文录》本，令狐（澄）本和南唐保大本。宋刻韩集有：大中祥符杭本、嘉祐蜀本、李汉老和谢任伯所校秘阁本。宋人对韩集的整理，首先致力于校勘。方崧卿于宋孝宗淳熙十六年（1189）刊于南安的《韩集举正》，一时传为善本。后朱熹又撰《韩文考异》十卷，《考异》出而《举正》几废；王伯大又重编韩集，将《考异》散放于韩集正文之下，又使朱本《考异》面目全非，也称《别本韩文考异》。在注释方面，北宋末樊汝霖的《韩集谱注》为最早，南宋有韩醇的《新刊诂训唐昌黎先生文集》、文谠的《新刊经进详注昌黎先生文》、祝充的《音注韩文公文集》等。后麻沙书肆首领魏仲举综合前人成果，编辑《新刊五百家注音辨昌黎先生文集》。南宋末年，廖莹中又以朱子《考异》为主，删取五百家注中诸家要语附注其下，编定《世彩堂昌黎先生集注》四十卷、外集十卷、遗文一卷，可谓集宋人研究成果之大成。此书因廖莹中是奸相贾似道的门客，名声不佳，故未大行于世。至明万历中，徐时泰覆刻此书，将版心由“世彩堂”改为“东雅堂”，以《东雅堂昌黎集注》刊行，遂大行于时，成为韩集最通行的本子。清雍正年间，陈景云又撰《韩集点勘》，颇为精密；嘉庆年间，沈钦韩又撰《韩集补注》，引证繁富。1933年，商务印书馆将《东雅堂昌黎集注》以《韩昌黎集》之名刊行（国学基本丛书本），是目前最常见的本子。韩集一向诗文合刊，分刊者，散文以马其昶（通伯）所编《韩昌黎文集校注》（上海古籍出版社出版）为精。

此次重新校勘编辑《韩愈散文集》，仍以东雅堂《昌黎集》为底本，校以他本。对韩愈散文中有争议的文章，仍收入集中，在《解题》中略加说明；对学术界多数人认为是伪作的《与路鹄秀才序》、《赠别序》、《送毛仙翁十八兄序》、《诗之序议》、《相州刺史御史中丞田公故夫人魏氏墓志铭》、《直谏表》、《论顾威状》、《监军新竹亭记》等，概未收录。

此次校勘编辑过程中，参考了马其昶《韩昌黎文集校注》、童第德《韩愈文选》及其他多种选本和著述，在此一并致谢。由于时间迫促，水平有限，故粗疏错漏之处在所难免，望诸同仁及广大读者不吝赐教。

李道英

1994年10月

目　　录

一、论　　说

二、记　叙

三、书　简

四、序　　跋

五、赠　　序

六、传　　记

七、赋　颂

八、奏　议

九、诏　　册

十、碑　　志

十一、祭　　吊

十二、杂　　体

一 论说

争 臣 论

或问谏议大夫阳城于愈："可以为有道之士乎哉？学广而闻多，不求闻于人也。行古人之道，居于晋之鄙，晋之鄙人薰其德而善良者几千人；大臣闻而荐之，天子以为谏议大夫。人皆以为华，阳子不色喜。居于位五年矣，视其德如在野。彼岂以富贵移易其心哉？"愈应之曰："是《易》所谓'恒其德贞'而'夫子凶'者也，恶得为有道之士乎哉！在《易·蛊》之上九云：'不事王侯，高尚其事。'《蹇》之六二则曰：'王臣蹇蹇，匪躬之故。'夫不以所居之时不一，而所蹈之德不同也。若《蛊》之上九，居无用之地，而致匪躬之节；以《蹇》之六二，在王臣之位，而高不事之心，则冒进之患生，旷官之刺兴，志不可则，而尤不终无也。今阳子在位不为不久矣；闻天下之得失不为不熟矣；天子待之不为不加矣，而未尝一言及于政。视政之得失，若越人视秦人之肥瘠，忽焉不加喜戚于其心。问其官，则曰谏议也；问其禄，则曰下大夫之秩也；问其政，则曰我不知也。有道之士，固如是乎哉？且吾闻之：有官守者，不得其职则去；有言责者，不得其言则去。今阳子以为得其言，言乎哉？得其言而不言，与不得其言而不去，无一可者也。阳子将为禄仕乎？古之人有云：仕不为贫，而有时乎为贫，谓禄仕者也。宜乎辞尊而居卑，辞富而居贫，若抱关击柝者可也。盖孔子尝为委吏矣，尝为乘田矣，亦不敢旷其职，必曰‘会计当而已矣’，必曰‘牛羊遂而已矣’。若阳子之秩禄，不为卑且贫，章章明矣，而如此，其可乎哉？”

或曰：“否，非若此也。夫阳子恶讪上者，恶为人臣招其君之过而以为名者。故虽谏且议，使人不得而知焉。《书》曰：‘尔有嘉谟嘉猷，则入告尔后于内，尔乃顺之于外。’曰：‘斯谟斯猷，惟我后之德。’夫阳子之用心，亦若此者！”愈应之曰：“若阳子之用心如此，滋所谓惑者矣！入则谏其君，出不使人知者，大臣宰相者之事，非阳子之所宜行也。夫阳子本以布衣隐于蓬蒿之下，主上嘉其行谊，擢在此位，官以谏为名，诚宜有以奉其职，使四方后代知朝廷有直言骨鲠之臣，天子有不僭赏从谏如流之美，庶岩穴之士闻而慕之，束带结发，愿进于阙下，而伸其辞说，致吾君于尧舜，熙鸿号于无穷也。若《书》所谓，则大臣宰相之事，非阳子之所宜行也。且阳子之心将使君人者恶闻其过乎？是启之也。”

或曰：“阳子之不求闻而人闻之，不求用而君用之，不得已而起，守其道而不变，何子过之深也？”愈曰：“自古圣人贤士皆非有求于闻用也，闵其时之不平，人之不乂，得其道，不敢独善其身，而必以兼济天下也。孜孜矻矻，死而后已。故禹过家门不入，孔席不暇暖，而墨突不得黔，彼二圣一贤者，岂不知自安佚之为乐哉？诚畏天命而悲人穷也。夫天授人以贤圣才能，岂使自有余而已？诚欲以补其不足者也。耳目之于身也，耳司闻而目司见，听其是非，视其险易，然后身得安焉。圣贤者，时人之耳目也；时人者，圣贤之身也。且阳子之不贤，则将役于贤，以奉其上矣；若果贤，则固畏天命而闵人穷也，恶得以自暇逸乎哉？”

或曰：“吾闻君子不欲加诸人，而恶讦以为直者。若吾子之论，直则直矣，无乃伤于德而费于辞乎？好尽言以招人过，国武子之所以见杀于齐也，吾子其亦闻乎？”愈曰：“君子居其位，则思死其官；未得位，则思修其辞以明其道，我将以明道也，非以为直而加人也。且国武子不能得善人而好尽言于乱国，是以见杀。《传》曰：‘惟善人，能受尽言。’谓其闻而能改之也。子告我曰：“阳子可以为有道之士也。今虽不能及已，阳子将不得为善人乎哉？”

【解题】

本文作于贞元八年（792）。文章主要阐述自己对谏官的认识，批评阳城之失职，表现了韩愈鲠直的品格和积极用世的政治态度。文章采用问答方式进行论辩，层层辩驳，首尾一贯；引经据典，直言不讳；比喻生动贴切，颇具说服力。全文纵横驰说，体现了韩文气盛的特点。

省试颜子不贰过论

论曰：登孔氏之门者众矣，三千之徒，四科之目，孰非由圣人之道，为君子之儒者乎？其於过行过言，亦云鲜矣；而夫子举不贰过惟颜氏之子，其何故哉？请试论之：

夫圣人抱诚明之正性，根中庸之至德，苟发诸中形诸外者，不由思虑，莫匪规矩；不善之心，无自入焉；可择之行，无自加焉，故惟圣人无过。所谓过者，非谓发於行、彰於言，人皆谓之过而后为过也，生于其心则为过矣。故颜子之过此类也。不贰者，盖能止之于始萌，绝之於未形，不贰之於言行也。《中庸》曰：“自诚明谓之性，自明诚谓之教。”自诚明者，不勉而中，不思而得，从容中道，圣人也，无过者也。自明诚者，择善而固执之者也，不勉则不中，不思则不得，不贰过者也。故夫子之言曰：“回之为人也，择乎中庸，得一善，则拳拳服膺而不失之矣。”又曰：“颜氏之子，其殆庶几乎！”言犹未至也。而孟子亦云：“颜子具圣人之体而微者。”皆谓不能无生于其心，而亦不暴之於外。考之於圣人之道，差为过耳。

颜子自惟其若是也，於是居陋巷以致其诚，饮一瓢以求其志，不以富贵妨其道，不以隐约易其心，确乎不拔，浩然自守，知高坚之可尚，忘钻仰之为劳，任重道远，竟莫之致，是以夫子叹其“不幸短命”，“今也则亡”，谓其不能与己并立于至圣之域，观教化之大行也。不然，夫行发于身加于人，言发乎迩见乎远，苟不慎也，败辱随之，而后思欲不贰过，其于圣人之道不亦远乎？而夫子尚肯谓之“其殆庶几”，孟子尚复谓之“具体而微”者哉？则颜子之不贰过，尽在是矣。谨论。

【解题】

本文为韩愈贞元十年（794）应博学宏词科作。不贰过，即指能止过于始萌，绝之于未形，不贰于言行。韩愈认为：圣人不勉而中，不思而得，故无过；颜回则必思而后得，勉而后中，故可不贰过。此为应试之作，故语言纯正明白。

省试学生代斋郎议

斋郎职奉宗庙社稷之小事，盖士之贱者也。执豆笾，骏奔走，以役于其官之长。不以德进，不以言扬，盖取其人力以备其事而已矣。奉宗庙社稷之小事，执豆笾、骏奔走，亦不可以不敬也。于是选大夫、士之子弟未爵命者以塞员填阙，而教之行事。其勤虽小，其使之不可以不报也，必书其岁。岁既久矣，于是乎命之以官而授之以事，其亦微矣哉。学生或以通经举，或以能文称，其微者，至于习法律、知字书，皆有以赞于教化，可以使令于上者也。自非天姿茂异，旷日经久，以所进业发闻于乡闾，称道于朋友，荐于州府，而升之司业，则不可得而齿乎国学矣。然则奉宗庙社稷之小事，任力之小者也；赞于教化，可以使令于上者，德艺之大者也，其亦不可移易明矣。

今议者谓学生之无所事，谓斋郎之幸而进，不本其意；因谓可以代任其事而罢之，盖亦不得其理矣。今夫斋郎之所事者力也，学生之所事者德与艺也；以德艺举之，而以力役之，是使君子而服小人之事，且非国家崇儒劝学诱人为善之道也。此一说不可者也。

抑又有大不可者焉。宗庙社稷之事虽小，不可以不专，敬之至也，古之道也。今若以学生兼其事，及其岁时日月，然后授其宗彝罍洗，其周旋必不合度，其进退必不得宜，其思虑必不固，其容貌必不庄。此其无他，其事不习，而其志不专故也，非近于不敬者欤？又有大不可者，其是之谓欤！若知此不可，将令学生恒掌其事，而隳坏其本业，则是学生之教加少，学生之道益贬；而斋郎之实犹在，斋郎之名苟无也。大凡制度之改，政令之变，利于其旧不什，则不可为已，又况不如其旧哉？

考之于古则非训，稽之于今则非利。寻其名而求其实，则失其宜，故曰：议罢斋郎而以学生荐享，亦不得其理矣。

【解题】

本文题下，诸本均有“贞元十年应博学宏词”九字，而沈钦韩补注云：贞元十二年，朝廷欲以太学生令于郊庙摄事，将去斋郎以从省便。韩愈此文力辩其不可，认为此举“非国家崇儒劝学诱人为善之道”。

原　　道

博爱之谓仁，行而宜之之谓义，由是而之焉之谓道，足乎己，无待于外之谓德。仁与义，为定名；道与德，为虚位。故道有君子小人，而德有凶有吉。老子之小仁义，非毁之也，其见者小也。坐井而观天，曰天小者，非天小也。彼以煦煦为仁，孑孑为义，其小之也则宜。其所谓道，道其所道，非吾所谓道也；其所谓德，德其所德，非吾所谓德也。凡吾所谓道德云者，合仁与义言之也，天下之公言也；老子之所谓道德云者，去仁与义言之也，一人之私言也。周道衰，孔子没，火于秦，黄、老于汉，佛于晋、魏、梁、隋之间，其言道德仁义者，不入于杨，则入于墨；不入于老，则入于佛。入于彼，必出于此。入者主之，出者奴之；入者附之，出者汙之。噫！后之人其欲闻仁义道德之说，孰从而听之？老者曰：孔子，吾师之弟子也。佛者曰：孔子，吾师之弟子也。为孔子者，习闻其说，乐其诞而自小也，亦曰：吾师亦尝师之云尔。不惟举之于其口，而又笔之于其书。噫！后之人虽欲闻仁义道德之说，其孰从而求之？甚矣，人之好怪也！不求其端，不讯其末，惟怪之欲闻。

古之为民者四，今之为民者六；古之教者处其一，今之教者处其三。农之家一，而食粟之家六；工之家一，而用器之家六；贾之家一，而资焉之家六；奈之何民不穷且盗也！古之时，人之害多矣。有圣人者立，然后教之以相生养之道。为之君，为之师，驱其虫蛇禽兽而处之中土。寒，然后为之衣；饥，然后为之食；木处而颠，土处而病也，然后为之宫室。为之工，以赡其器用；为之贾，以通其有无；为之医药，以济其夭死；为之葬埋祭祀，以长其恩爱；为之礼，以次其先后；为之乐，以宣其壹郁；为之政，以率其怠倦；为之刑，以锄其强梗。相欺也，为之符玺、斗斛、权衡以信之；相夺也，为之城郭、甲兵以守之。害至而为之备，患生而为之防。今其言曰：“圣人不死，大盗不止；剖斗折衡，而民不争。”呜呼，其亦不思而已矣！如古之无圣人，人之类灭久矣。何也？无羽毛鳞介以居寒热也，无爪牙以争食也。是故：君者，出令者也；臣者，行君之令而致之民者也；民者，出粟米麻丝，作器皿、通货财，以事其上者也。君不出令，则失其所以为君；臣不行君之令而致之民，民不出粟米麻丝，作器皿、通货财，以事其上，则诛。今其法曰：必弃而君臣，去而父子，禁而相生养之道，以求其所谓清净寂灭者。呜呼！其亦幸而出于三代之后，不见黜于禹、汤、文、武、周公、孔子也；其亦不幸而不出于三代之前，不见正于禹、汤、文、武、周公、孔子也。

帝之与王，其号名殊，其所以为圣一也。夏葛而冬裘，渴饮而饥食，其事殊，其所以为智一也。今其言曰：曷不为太古之无事？是亦责冬之裘者曰：曷不为葛之之易也？责饥之食者曰：曷不为饮之之易也？传曰："古之欲明明德于天下者，先治其国；欲治其国者，先齐其家；欲齐其家者，先修其身；欲修其身者，先正其心；欲正其心者，先诚其意。"然则，古之所谓正心而诚意者，将以有为也。今也欲治其心，而外天下国家，灭其天常；子焉而不父其父，臣焉而不君其君，民焉而不事其事。孔子之作《春秋》也，诸侯用夷礼，则夷之；进于中国，则中国之。经曰："夷狄之有君，不如诸夏之亡。"《诗》曰："戎狄是膺，荆舒是惩。"今也，举夷狄之法，而加之先王之教之上，几何其不胥而为夷也！

夫所谓先王之教者，何也？博爱之谓仁，行而宜之之谓义，由是而之焉之谓道，足乎己，无待于外之谓德。其文《诗》、《书》、《易》、《春秋》，其法礼、乐、刑、政，其民士、农、工、贾，其位君臣、父子、师友、宾主、昆弟、夫妇，其服麻丝，其居宫室，其食粟米、果蔬、鱼肉，其为道易明，而其为教易行也。是故以之为己，则顺而祥；以之为人，则爱而公；以之为心，则和而平；以之为天下国家，无所处而不当。是故生则得其情，死则尽其常，郊焉而天神假，庙焉而人鬼飨。曰：斯道也，何道也？曰：斯吾所谓道也，非向所谓老与佛之道也。尧以是传之舜，舜以是传之禹，禹以是传之汤，汤以是传之文、武、周公，文、武、周公传之孔子，孔子传之孟轲，轲之死，不得其传焉。荀与扬也，择焉而不精，语焉而不详。由周公而上，上而为君，故其事行；由周公而下，下而为臣，故其说长。

然则，如之何而可也？曰：不塞不流，不止不行。人其人，火其书，庐其居，明先王之道以道之，鳏寡孤独废疾者有养也，其亦庶乎其可也？

【解题】

本文写作年代不详。与《原性》、《原毁》、《原人》、《原鬼》合称“五原”，为一时之作，极可能作于贞元十六七年（800、801）韩愈居洛阳时期。原道，即探求儒道之本源，追溯儒家道统的源流。竭力弘扬儒道，历述佛老之说的荒谬和危害，虽不免有某种偏见和卫道色彩，但确有不少精辟见解和积极意义。文章结构严谨，论辩有力，气势磅礴，是一篇出色的议论文。

原　性

性也者，与生俱生也；情也者，接于物而生也。性之品有三，而其所以为性者五；情之品有三，而其所以为情者七。

曰何也？曰：性之品有上中下三。上焉者，善焉而已矣；中焉者，可导而上下也；下焉者，恶焉而已矣。其所以为性者五：曰仁、曰礼、曰信、曰义、曰智。上焉者之于五也，主于一而行于四；中焉者之于五也，一不少有焉，则少反焉，其于四也混；下焉者之于五也，反于一而悖于四。性之于情视其品。情之品有上中下三，其所以为情者七：曰喜、曰怒、曰哀、曰惧、曰爱、曰恶、曰欲。上焉者之于七也，动而处其中；中焉者之于七也，有所甚，有所亡，然而求合其中者也；下焉者之于七也，亡与甚，直情而行者也。情之于性视其品。

孟子之言性曰：人之性善；荀子之言性曰：人之性恶；扬子之言性曰：人之性善恶混。夫始善而进恶，与始恶而进善，与始也混而今也善恶；皆举其中而遗其上下者也，得其一而失其二者也。叔鱼之生也，其母视之，知其必以贿死；杨食我之生也，叔向之母闻其号也，知必灭其宗；越椒之生也，子文以为大戚，知若敖氏之鬼不食也。人之性果善乎？后稷之生也，其母无灾；其始匍匐也，则岐岐然，嶷嶷然。文王之在母也，母不忧；既生也，傅不勤；既学也，师不烦。人之性果恶乎？尧之朱、舜之均、文王之管、蔡，习非不善也，而卒为奸；瞽叟之舜、鲧之禹，习非不恶也，而卒为圣。人之性善恶果混乎？故曰：三子之言性也，举其中而遗其之上下者也；得其一而失其二者也。曰：然则性之上下者，其终不可移乎？曰：上之性，就学而愈明；下之性，畏威而寡罪；是故上者可教，而下者可制也。其品则孔子谓不移也。

曰：今之言性者异于此，何也？曰：今之言者，杂佛老而言也；杂佛老而言也者，奚言而不异！

【解题】

本文为韩愈的“五原”之一。孟子讲性善，荀子讲性恶，扬子讲善恶混，本文取三者而折之以孔子之言。其基本观点大体沿袭董仲舒的性三品说。

原　毁

古之君子，其责己也重以周，其待人也轻以约。重以周，故不怠；轻以约，故人乐为善。闻古之人有舜者，其为人也，仁义人也。求其所以为舜者，责於己曰："彼人也，予人也；彼能是，而我乃不能是？"早夜以思，去其不如舜者，就其如舜者。闻古之人有周公者，其为人也，多才与艺人也。求其所以为周公者，责于己曰："彼人也，予人也；彼能是，而我乃不能是？"早夜以思，去其不如周公者，就其如周公者。舜，大圣人也，后世无及焉；周公，大圣人也，后世无及焉。是人也，乃曰："不如舜，不如周公，吾之病也。"是不亦责于身者重以周乎！其于人也，曰；"彼人也，能有是，是足为良人矣；能善是，是足为艺人矣。"取其一，不责其二；即其新，不究其旧；恐恐然惟惧其人之不得为善之利。一善易修也，一艺易能也，其于人也，乃曰："能有是，是亦足矣。"曰："能善是，是亦足矣。"不亦待于人者轻以约乎！

今之君子则不然。其责人也详，其待己也廉。详，故人难于为善；廉，故自取也少。己未有善，曰："我善是，是亦足矣。"己未有能，曰："我能是，是亦足矣。"外以欺于人，内以欺于心，未少有得而止矣，不亦待其身者已廉乎？其于人也，曰："彼虽能是，其人不足称也；彼虽善是，其用不足称也。"举其一，不计其十；究其旧，不图其新。恐恐然惟惧其人之有闻也，是不亦责于人者已详乎！夫是之谓不以众人待其身，而以圣人望于人，吾未见其尊己也。

虽然，为是者有本有原。怠与忌之谓也。怠者不能修，而忌者畏人修。吾尝试之矣，尝试语于众曰："某良士，某良士。"其应者，必其人之与也；不然，则其所疏远、不与同其利者也；不然，则其畏也。不若是，强者必怒于言，懦者必怒于色矣。又尝语于众曰："某非良士，某非良士。"其不应者，必其人之与也；不然，则其所疏远、不与同其利者也；不然，则其畏也。不若是，强者必说于言，懦者必说于色矣。是故事修而谤兴，德高而毁来。呜呼！士之处此世，而望名誉之光、道德之行，难已！

将有作于上者，得吾说而存之，其国家可几而理欤！

【解题】

本文为韩愈的“五原”之一。原毁，即论毁谤。文章通过对当时社会现象的精辟分析，深刻揭露某些士大夫诋毁、压抑后进之士的根源，发出公正的用人呼吁，表现作者的卓见和胆略。文章观点明确，尖锐直率，通篇排比，语言精炼、准确、生动、活泼。

原　人

形于上者谓之天，形于下者谓之地，命于其两间者谓之人。形于上，日月星辰皆天也；形于下，草木山川皆地也；命于其两间，夷狄禽兽皆人也。

曰：然则吾谓禽兽人，可乎？曰：非也。指山而问焉，曰：山乎？曰：山。可也。山有草木禽兽，皆举之矣。指山之一草而问焉，曰：山乎？曰：山。则不可。

天道乱，而日月星辰不得其行；地道乱，而草木山川不得其平；人道乱，而夷狄禽兽不得其情。天者，日月星辰之主也；地者，草木山川之主也；人者，夷狄禽兽之主也。主而暴之，不得其为主之道矣。是故圣人一视而同仁，笃近而举远。

【解题】

本文为韩愈的“五原”之一。论述的中心是何谓人？何谓人道？文虽极为简括，但作者的观点非常明确：人既为夷狄禽兽之主，则人道不能乱，人不得施暴，人必须如圣人那样，做到一视同仁。

原　　鬼

有啸于梁，从而烛之，无见也，斯鬼乎？曰：非也，鬼无声。有立于堂，从而视之，无见也，斯鬼乎？曰：非也，鬼无形。有触吾躬，从而执之，无得也，斯鬼乎？曰：非也，鬼无声与形，安有气？曰：鬼无声也，无形也，无气也，果无鬼乎？曰：有形而无声者，物有之矣，土石是也；有声而无形者，物有之矣，风霆是也；有声与形者，物有之矣，人兽是也；无声与形者，物有之矣，鬼神是也。

曰：然则有怪而与民物接者，何也？曰；是有二：有鬼，有物。漠然无形与声者，鬼之常也。民有忤于天，有违于民，有爽于物，逆于伦而感于气，于是乎鬼有形于形、有凭于声以应之，而下殃祸焉，皆民之为之也。其既也，又反乎其常。曰：何谓物？曰：成于形与声者，土石、风霆、人兽是也；反乎无声与形者，鬼神是也；不能有形与声，不能无形与声者，物怪是也。故其作而接於民也无恒，故有动于民而为祸，亦有动于民而为福，亦有动于民而莫之为祸福；适丁民之有是时也。作《原鬼》。

【解题】

本文为韩愈的“五原”之一。文章论鬼，视之为“物”之一种，且认为鬼有“常”与“反常”两种形态。漠然无形无声为鬼之“常”；当民有违天逆伦之举时，鬼则形于形、凭于声而应之，降祸于人。在这里，韩愈是有鬼神论者，表现其哲学思想中唯心主义的一面。

获　麟　解

麟之为灵昭昭也。咏于《诗》，书于《春秋》，杂出于传记百家之书，虽妇人小子皆知其为祥也。

然麟之为物，不畜于家，不恒有于天下。其为形也不类，非若马牛犬豕豺狼麋鹿然。然则，虽有麟，不可知其为麟也。

角者吾知其为牛，鬣者吾知其为马，犬豕豺狼麋鹿，吾知其为犬豕豺狼麋鹿，惟麟也不可知。不可知，则其谓之不祥也亦宜。虽然，麟之出，必有圣人在乎位。麟为圣人出也，圣人者，必知麟，麟之果不为不祥也？

又曰：麟之所以为麟者，以德不以形。若麟之出不待圣人，则谓之不祥也亦宜。

【解题】

本文约写于贞元十八年（802）以前。麟：麒麟，传说中的一种动物，古人认为其灵异、祥瑞。《春秋》载，鲁哀公十四年曾获麟，孔子以为不祥。本文就此事发议论，以麟自况，喻己生不逢时。文章处处转折，反复变化，委婉曲折。

师　　说

古之学者必有师。师者，所以传道、受业、解惑也。人非生而知之者，孰能无惑？惑而不从师，其为惑也终不解矣。生乎吾前，其闻道也固先乎吾，吾从而师之；生乎吾后，其闻道也亦先乎吾，吾从而师之。吾师道也，夫庸知其年之先后生于吾乎？是故无贵无贱，无长无少，道之所存，师之所存也。

嗟乎！师道之不传也久矣，欲人之无惑也难矣！古之圣人，其出人也远矣，犹且从师而问焉；今之众人，其下圣人也亦远矣，而耻学于师。是故圣益圣，愚益愚。圣人之所以为圣，愚人之所以为愚，其皆出于此乎？

爱其子，择师而教之；于其身也，则耻师焉，惑矣！彼童子之师，授之书而习其句读者，非吾所谓传其道解其惑者也。句读之不知，惑之不解，或师焉，或不焉，小学而大遗，吾未见其明也。

巫医乐师百工之人，不耻相师。士大夫之族，曰师、曰弟子云者，则群聚而笑之。问之，则曰：彼与彼年相若也，道相似也。位卑则足羞，官盛则近谀。呜呼，师道之不复可知矣！巫医乐师百工之人，君子不齿，今其智乃反不能及，其可怪也欤！

圣人无常师。孔子师郯子、苌弘、师襄、老聃。郯子之徒，其贤不及孔子，孔子曰："三人行，则必有我师。"是故弟子不必不如师，师不必贤于弟子，闻道有先后，术业有专攻，如是而已。

李氏子蟠，年十七，好古文，六艺经传皆通习之，不拘于时，学于余。余嘉其能行古道，作《师说》以贻之。

【解题】

本文写于贞元十八年（802），当时韩愈任四门博士。文章针对耻于从师求学的社会陋习而发，主旨在论师，而非讲道。文章提出了一系列重要的教育理论观点，是对古代教育理论的发展。文章立论鲜明，结构严谨；充分运用例证法和对比法，长于雄辩，富于气势；骈散相间，言简意明。

进　学　解

国子先生晨入太学，招诸生立馆下，诲之曰："业精于勤荒于嬉，行成于思毁于随。方今圣贤相逢，治具毕张，拔去凶邪，登崇畯良。占小善者率以录，名一艺者无不庸。爬罗剔抉，刮垢磨光。盖有幸而获选，孰云多而不扬。诸生业患不能精，无患有司之不明；行患不能成，无患有司之不公。”

言未既，有笑于列者曰：“先生欺余哉！弟子事先生，于兹有年矣。先生口不绝吟于六艺之文，手不停披于百家之编。记事者必提其要，纂言者必钩其玄。贪多务得，细大不捐。焚膏油以继晷，恒兀兀以穷年。先生之业，可谓勤矣。觝排异端，攘斥佛老，补苴罅漏，张皇幽眇。寻坠绪之茫茫，独旁搜而远绍。障百川而东之，回狂澜于既倒。先生之于儒，可谓有劳矣。沈浸醲郁，含英咀华，作为文章，其书满家。上规姚姒，浑浑无涯；《周诰》《殷盘》，佶屈聱牙；《春秋》谨严，《左氏》浮夸。《易》奇而法，《诗》正而葩。下逮《庄》、《骚》，太史所录，子云相如，同工异曲。先生之于文，可谓闳其中而肆其外矣。少始知学，勇于敢为；长通于方，左右具宜。先生之于为人，可谓成矣。然而公不见信于人，私不见助于友，跋前踬后，动辄得咎。暂为御史，遂窜南夷；三年博士，冗不见治；命与仇谋，取败几时？冬煖而儿号寒，年丰而妻啼饥。头童齿豁，竟死何裨。不知虑此，而反教人为？”

先生曰：“吁，子来前！夫大木为宗，细木为桷，欂栌侏儒，椳闑扂楔，各得其宜，施以成室者，匠氏之工也；玉札丹砂，赤箭青芝，牛溲马勃，败鼓之皮，俱收并蓄，待用无遗者，医师之良也；登明选公，杂进巧拙，纡余为妍，卓荦为杰，校短量长，惟器是适者，宰相之方也。昔者孟轲好辩，孔道以明，辙环天下，卒老于行；荀卿守正，大论是弘，逃谗于楚，废死兰陵。是二儒者，吐辞为经，举足为法，绝类离伦，优入圣域，其遇于世何如也？

今先生学虽勤而不繇其统，言虽多而不要其中，文虽奇而不济于用，行虽修而不显于众，犹且月费俸钱，岁靡廪粟；子不知耕，妇不知织，乘马从徒，安坐而食。踵常途之促促，窥陈编以盗窃。然而圣主不加诛，宰臣不见斥，兹非其幸欤？动而得谤，名亦随之，投闲置散，乃分之宜。若夫商财贿之有亡，计班资之崇庳，忘己量之所称，指前人之瑕疵，是所谓诘匠氏之不以杙为楹，而訾医师以昌阳引年，欲进其豨苓也。”

【解题】

本文写于元和七年（812）。时韩愈由职方员外郎降为国子博士，才高数黜，写此文以自喻。文章系统阐述了自己的人才学观点，表现了对当时用人路线的强烈不满。文章立意新颖，比喻生动，嬉笑怒骂，皆成文章。这篇辞赋式的散文，骈散相间，有强烈的节奏感和整齐的形式美。

本 政

周之政文，既其弊也，后世不知其承，大敷古先，遂一时之术以明示民；民始惑教，百氏之说以兴。其言曰：天下可为也。彼之政仁矣，反于谊；此之政敬矣，戾于忠。何居？我其周从乎！曰：周不及殷，其殷从乎？曰夏，曰虞，曰陶唐，曰三皇氏，曰遂古之初；暴孽情，饰淫志，枝辞琢正，纷紊纠射，以僻民和，以导民乱。呜呼，道之去世，其终不复矣乎！

长民者发一号、施一令，民莫不悱然非矣。谓不可守，遽变而从之。譬将适千里，及门而复，后虽砬砬，决不可暨。原其始，固有启之者也。闻于师曰：古之君天下者，化之，不示其所以化之之道；及其弊也，易之，不示其所以易之之道。政以是得，民以是淳。其有作者，知教化之所繇废，抑诡怪而畅皇极，伏文貌而尚忠质，茫乎天运，窅尔神化，道之行也，其庶已乎！

【解题】

本政，即探究朝廷政令。文章先论周衰文弊，诸子兴起，老庄之徒唱太古之说，导民以乱。后讲如何治民。与《原道》意旨相近，亦排老崇儒之论。文章突兀峥嵘，深博奥衍。写作年代不详，大抵为其早年所作。

守　戒

《诗》曰："大邦维翰。"《书》曰："以蕃王室。"诸侯之于天子，不惟守土地奉职贡而已，固将有以翰蕃之也。今人有宅于山者，知猛兽之为害，则必高其柴楥而外施窞阱以待之；宅于都者，知穿窬之为盗，则必峻其垣墙而内固扃鐍以防之，此野人鄙夫之所及，非有过人之智而后能也。今之通都大邑，介于屈强之间，而不知为之备。噫，亦惑矣！

野人鄙夫能之，而王公大人反不能焉，岂材力为有不足欤？盖以谓不足为而不为耳！天下之祸，莫大于不足为，材力不足者次之。不足为者，敌至而不知；材力不足者，先事而思，则其于祸也有间矣。彼之屈强者，带甲荷戈，不知其多少。其绵地则千里，而与我壤地相错，无有丘陵江河洞庭、孟门之关，其间又自知其不得与天下齿，朝夕举踵引颈，冀天下之有事，以乘吾之便。此其暴于猛兽穿窬也甚矣。呜呼！胡知而不为之备乎哉？

贲育之不戒，童子之不抗；鲁鸡之不期，蜀鸡之不支。今夫鹿之于豹，非不巍然大矣，然而卒为之禽者，爪牙之材不同，猛怯之资殊也。曰：然则如之何而备之？曰：在得人。

【解题】

本文作年不详。唐自安史乱后，藩镇嚣张，中央集权削弱，朝廷对藩镇又一味姑息，不知防范。韩愈作此文以警戒最高统治者，并指出关键“在得人”。本文用语浅，寓意深，比喻精妙，议论纵横，而又曲折多变，意味无穷。

讳　辩

愈与李贺书，劝贺举进士。贺举进士有名，与贺争名者毁之，曰：“贺父名晋肃，贺不举进士为是，劝之举者为非。”听者不察也，和而唱之，同然一辞。皇甫湜曰：“若不明白，子与贺且得罪！”

愈曰：“然。”律曰：“二名不偏讳。”释之者曰：谓若言“徵”不称“在”，言“在”不称“徵”是也。律曰：“不讳嫌名。”释之者曰：谓若“禹”与“雨”、“丘”与“苙”之类是也。今贺父名晋肃，贺举进士，为犯“二名律”乎？为犯“嫌名律”乎？父名晋肃，子不得举进士；若父名“仁”，子不得为人乎？

夫讳始于何时？作法制以教天下者，非周公孔子欤？周公作诗不讳；孔子不偏讳二名；《春秋》不讥不讳嫌名。康王钊之孙实为昭王；曾参之父名皙，曾子不讳“昔”。周之时有骐期，汉之时有杜度，此其子宜如何讳？将讳其嫌，遂讳其姓乎？将不讳其嫌者乎？汉讳武帝名“彻”为“通”，不闻又讳“车辙”之“辙”为某字也；讳吕后名“雉”为“野鸡”，不闻又讳“治天下”之“治”为某字也。今上章及诏不闻讳“浒”、“势”、“秉”、“饥”也，惟宦官宫妾乃不敢言“谕”及“机”，以为触犯。士君子言语行事，宜何所法守也？今考之于经，质之于律，稽之以国家之典，贺举进士为可邪，为不可邪？

凡事父母得如曾参，可以无讥矣；作人得如周公、孔子，亦可以止矣。今世之士，不务行曾参、周公、孔子之行，而讳亲之名则务胜于曾参、周公、孔子，亦见其惑也！夫周公、孔子、曾参卒不可胜；胜周公、孔子、曾参，乃比于宦者宫妾，则是宦者宫妾之孝于其亲，贤于周公、孔子、曾参者耶？

【解题】

本文作年不详。避讳是一种不见诸法律、却颇具无形威力的封建礼法。韩愈对其严加驳斥，为怀才不遇的李贺呐喊，向儒家传统观念抗争，确为有胆有识之举。这篇驳论文章引经据典，全用事实说话，紧扣中心。层层辩诘，无懈可击。文章笔锋犀利，气盛言宜。

改葬服议

经曰：“改葬缌。”《春秋·谷梁传》亦曰：“改葬之礼缌，举下缅也。”此皆谓子之于父母，其他则皆无服。何以识其必然？经次五等之服，小功之下然后著改葬之制，更无轻重之差；以此知惟记其最亲者，其他无服则不记也。若主人当服斩衰，其余亲各服其服，则经亦言之，不当惟云“缌”也。《传》称“举下缅者”，“缅”犹“远”也；“下”谓服之最轻者也，以其远，故其服轻也。江熙曰：“礼，天子诸侯易服而葬，以为交于神明者不可以纯凶，况其缅者乎？是故改葬之礼，其服惟轻。”以此而言，则亦明矣。

卫司徒文子改葬其叔父，问服于子思，子思曰：“礼，父母改葬缌，既葬而除之，不忍无服送至亲也。非父母无服，无服则吊服而加麻。”此又其著者也。文子又曰：“丧服既除，然后乃葬，则其服何服？”子思曰：“三年之丧未葬，服不变，除何有焉？”

然则改葬与未葬者有异矣。古者诸侯五月而葬，大夫三月而葬，士逾月。无故，未有过时而不葬者也。“过时而不葬，谓之不能葬”，《春秋》讥之。若有故而未葬，虽出三年，子之服不变，此孝子之所以著其情，先王之所以必其时之道也。虽有其文，未有著其人者，以是知其至少也。改葬者，为山崩水涌毁其墓，及葬而礼不备者。若文王之葬王季，以水啮其墓；鲁隐公之葬惠公，以有宋师，太子少，葬故有阙之类是也。丧事有进而无退。有易以轻服，无加以重服，殡于堂，则谓之殡；瘗于野，则谓之葬。近代已来，事与古异，或游或仕在千里之外，或子幼妻稚而不能自还，甚者拘以阴阳畏忌，遂葬于其土。及其反葬也，远者或至数十年，近者亦出三年，其吉服而从于事也久矣，又安可取未葬不变服之例而反为之重服欤？在丧当葬，犹宜易以轻服，况既远而反纯凶以葬乎？若果重服，是所谓未可除而除，不当重而更重也。或曰：丧与其易也宁戚，虽重服不亦可乎？曰：不然，易之与戚，则易固不如戚矣。虽然，未若合礼之为懿也。俭之与奢，则俭固愈于奢矣。虽然，未若合礼之为懿也。过犹不及，其此类之谓乎？

或曰：经称“改葬缌”，而不著其月数，则似三月而后除也。子思之对文子则曰：“既葬而除之。”今宜如何？曰：自启至于既葬而三月，则除之；未三月，则服以终三月也。曰：妻为夫何如？曰：如子，无吊服而加麻则何如？曰：今之吊服，犹古之吊服也。

【解题】

本文作年不详。文章的中心是议论改葬服，不但引经传本文正释其义，并引他书证之，而且辨改葬与未葬之异。全文叙述简洁明晓，醇雅精粹，近于儒者之言，而无雄怪奇伟惊人之语。

通　　解

今之人以一善为行而耻为之，慕达节而称夫通才者多矣。然而脂韦汩没以至于老死者相继，亦未见他之称：其岂非乱教贼名之术欤！

且五常之教，与天地皆生；然而天下之人不得其师，终不能自知而行之矣。故尧之前千万年，天下之人促促然不知其让之为美也；于是许由哀天下之愚，且以争为能，乃脱屣其九州，高揖而辞尧；由是后之人竦然而言曰："虽天下犹有薄而不售者，况其小者乎？故让之教行于天下，许由为之师也。自桀之前千万年，天下之人循循然不知忠易其死也。故龙逄哀天下之不仁，睹君父百姓入水火而不救，于是进尽其言，退就割烹；故后之臣竦然而言曰："虽万死犹有忠而不惧者，况其小者乎？"故忠之教行于天下，由龙逄为之师也。自周之前千万年，浑浑然不知义之可以换其生也，故伯夷哀天下之偷，且以强则服，食其葛薇，逃山而死；故后之人竦然而言曰："虽饿死犹有义而不惧者，况其小者乎！"故义之教行于天下，由伯夷为之师也。是三人俱以一身立教，而为师于百千万年间；其身亡而其教存，扶持天地，功亦厚矣。向令三师耻独行，慕通达，则尧之日，必曰得位而济道，安用让为？夏之日，必曰长进而否退，安用死为？周之日，必曰和光而同尘，安用饿为？若然者，天下之人促促然而争，循循然而佞，浑浑然而偷，其何惧而不为哉！是则三师生于今，必谓偏而不通者矣，可不谓之大贤者哉？呜呼，今之人其慕通达之为弊也！

且古圣人言通者，盖百行众艺备于身而行之者也；今恒人之言通者，盖百行众艺阙于身而求合者也。是则古之言通者，通于道义；今之言通者，通于私曲，其亦异矣！将欲齐之者，其不犹矜粪丸而拟质随珠者乎？且令今父兄教其子弟者曰："尔当通于行如仲尼！"虽愚者亦知其不能也；曰"尔尚力一行如古之一贤"，虽中人亦希其能矣。岂不由圣可慕而不可齐邪？贤可及而可齐也？今之人行未能及乎贤而欲齐乎圣者，亦见其病矣！

夫古人之进修，或几乎圣人。今之人行不出乎中人，而耻乎力一行为独行，且曰："我通同如圣人。"彼其欺心邪？吾不知矣！彼其欺人而贼名邪？吾不知矣！余惧其说之将深，为《通解》。

【解题】

本文作年不详，人多以为韩愈少年时期所作。通解，即关于通才的辨析。文章批评时人"以一善为行而耻为之，慕达节而称夫通才"之弊，并指出：古之言通者"通于道义"，今之言通者"通于私曲"。本文虽不见于正集，然亦赵德《文录》中所载。

择言解

火泻于密，而为用且大，能不违于道，可燔可炙，可镕可甄，以利乎生物；及其放而不禁，反为灾矣。水发于深，而为用且远，能不违于道，可浮可载，可饮可灌，以济乎生物；及其导而不防，反为患矣。言起于微，而为用且博，能不违于道，可化可令，可告可训，以推于生物；及其纵而不慎，反为祸矣。

火既我灾，有水而可伏其焰，能使不陷于灰烬矣；水既我患，有土可遏其流，能使不仆于波涛矣；言既我祸，即无以掩其辞，能不罹于过者亦鲜矣，所以知理者又焉得不择其言欤？其为慎而甚于水火！

【解题】

本文作年不详，人多以为韩愈少年时期所作。择言解，即关于择言问题的辨析。文章以水、火不违道，均有大用，放而不禁则为祸，说明言不违道，有大用，纵而不慎反为祸；而水火之灾可遏，言之为祸难掩，故理智之人必择其言。茅坤评此文曰："其思深，其调远。"

对禹问

或问曰："尧、舜传诸贤，禹传诸子，信乎？"曰："然。""然则禹之贤不及于尧与舜也欤？"曰："不然。尧、舜之传贤也，欲天下之得其所也；禹之传子也，忧后世争之之乱也。尧、舜之利民也大，禹之虑民也深。"

曰："然则尧、舜何以不忧后世？"曰："舜如尧，尧传之；禹如舜，舜传之。得其人而传之，尧舜也；无其人，虑其患而不传者，禹也。舜不能以传禹，尧为不知人；禹不能以传子，舜为不知人。尧以传舜，为忧后世；禹以传子，为虑后世。"

曰："禹之虑也则深矣，传之子而当不淑，则奈何？"曰："时益以难理，传之人则争，未前定也；传之子则不争，前定也。前定虽不当贤，犹可以守法，不前定而不遇贤，则争且乱。天之生大圣也不数，其生大恶也亦不数。传诸人，得大圣，然后人莫敢争；传诸子，得大恶，然后人受其乱。禹之后四百年，然后得桀；亦四百年，然后得汤与伊尹。汤与伊尹不可待而传也。与其传不得圣人而争且乱，孰若传诸子，虽不得贤，犹可守法。"

曰："孟子之所谓'天与贤，则与贤，天与子，则与子'者，何也？"曰："孟子之心，以为圣人不苟私于其子以害天下。求其说而不得，从而为之辞。"

【解题】

文章就孟子之言设问而为之回答，孟子主天命说，而韩愈则从人事来谈论尧、舜传贤与禹传子均为明智之举。文章议论高奇，一气贯注，逐层搜抉，笔力劲健，既疏朗雄阔，又遒简劲整，深得孟子文章之精髓。写作年代不详。

杂说四首

其一

龙嘘气成云，云固弗灵于龙也。然龙乘是气，茫洋穷乎玄间，薄日月，伏光景，感震电，神变化，水下土，汩陵谷，云亦灵怪矣哉！

云，龙之所能使为灵也，若龙之灵，则非云之所能使为灵也。然龙弗得云，无以神其灵，失其所凭依，信不可欤？异哉！其所凭依，乃其所自为也。

《易》曰："云从龙。"既曰龙，云从之矣。

【解题】

《杂说》四首是一组带寓言色彩的杂论文章。本篇借说龙与云之间的依存关系，实讲君臣遇合之关系。此文取类至深，寄托至广。虽为短幅，然层出叠见，转折跌宕，极尽变化之能事。

其二

善医者，不视人之瘠肥，察其脉之病否而已矣；善计天下者，不视天下之安危，察其纪纲之理乱而已矣。天下者，人也；安危者，肥瘠也；纪纲者，脉也。脉不病，虽瘠不害；脉病而肥者，死矣。通于此说者，其知所以为天下乎！

夏、殷、周之衰也，诸侯作而战伐日行矣。传数十王而天下不倾者，纪纲存焉耳。秦之王天下也，无分势于诸侯，聚兵而焚之。传二世而天下倾者，纪纲亡焉耳。是故四支虽无故，不足恃也，脉而已矣；四海虽无事，不足矜也，纪纲而已矣。忧其所可恃，惧其所可矜，善医善计者，谓之天扶与之。《易》曰：“视履考祥。”善医善计者为之。

【解题】

本文以脉象与人体健康的关系，讲纲纪与国运之关系，并且举历史事实加以说明，从而有力地论证了气脉之与人体，犹如纲纪之于国家。突出表现了韩愈重视存纲纪的思想。

其　三

谈生之为《崔山君传》，称鹤言者，岂不怪哉！然吾观于人，其能尽其性而不类于禽兽异物者希矣。将愤世嫉邪，长往而不来者之所为乎？

昔之圣者，其首有若牛者，其形有若蛇者，其喙有若鸟者，其貌有若蒙倛者：彼皆貌似而心不同焉，可谓之非人邪？即有平胁曼肤，颜如渥丹，美而很者，貌则人，其心则禽兽，又恶可谓之人邪？然则观貌之是非，不若论其心与其行事之可否为不失也。怪神之事，孔子之徒不言。余将特取其愤世嫉邪而作之，故题之云尔。

【解题】

本篇亦题作《题崔山君传》。《列子·黄帝》云：“庖牺氏、女娲氏、神农氏、夏后氏，蛇身人面，牛首虎鼻，此有非人之状，而有大圣之德；夏桀、殷纣、鲁桓、楚穆，状貌七窍，皆同于人，而有禽兽之心。”本文主旨与此大同，意在说明：看问题要看实质，不能只看现象。

其　四

世有伯乐，然后有千里马。千里马常有，而伯乐不常有。故虽有名马，只辱于奴隶人之手，骈死于槽枥之间，不以千里称也。

马之千里者，一食或尽粟一石，食马者不知其能千里而食也。是马也，虽有千里之能，食不饱，力不足，才美不外见，且欲与常马等不可得，安求其能千里也？

策之不以其道，食之不能尽其材，鸣之而不能通其意，执策而临之曰："天下无马。"呜呼！其真无马邪？其真不知马也！

【解题】

本文写千里马不遇伯乐的悲惨遭遇，实则以马喻人，抨击当政者不识人才、摧残人才的恶劣行径，抒发了强烈的怀才不遇之情。文章构思精巧，用比喻展开议论；篇幅短小，而灵活多变，语言丰富多采，有强烈感情色彩。

读　　荀

始吾读孟轲书，然后知孔子之道尊，圣人之道易行；王易王，霸易霸也。以为孔子之徒没，尊圣人者，孟氏而已。晚得扬雄书，益尊信孟氏。因雄书而孟氏益尊，则雄者，亦圣人之徒欤！

圣人之道不传于世：周之衰，好事者各以其说干时君，纷纷藉藉相乱，六经与百家之说错杂；然老师大儒犹在。火于秦，黄老于汉，其存而醇者，孟轲氏而止耳，扬雄氏而止耳。及得荀氏书，于是又知有荀氏者也。考其辞，时若不粹；要其归，与孔子异者鲜矣：抑犹在轲、雄之间乎？

孔子删《诗》、《书》，笔削《春秋》；合于道者著之，离于道者黜去之。故《诗》、《书》、《春秋》无疵。余欲削荀氏之不合者，附于圣人之籍，亦孔子之志欤！

孟氏醇乎醇者也；荀与扬，大醇而小疵。

【解题】

本文亦题作《读荀子》。这篇读书札记，名为读荀，实则直抒己见，论孟子、荀子、扬雄三家，评说儒家道统思想的流变。尊孔、孟是主线，评扬、荀是陪衬。文章突兀而起，戛然而止，中间数经转折，文简意明。

读鹖冠子

《鹖冠子》十有九篇，其词杂黄老、刑名。其《博选篇》，“四稽”“五至”之说当矣。使其人遇时，援其道而施于国家，功德岂少哉！《学问篇》，称贱生于无所用，中流失船，一壶千金者。余三读其辞而悲之。文字脱谬，为之正三十有五字，乙者三，灭者二十有二，注十有二字云。

【解题】

鹖冠子：诸子中之一家，汉唐时均认为其属于道家学派。《汉书·艺文志》有《鹖冠子》一篇，其下有笺云：“楚人，居深山，以鹖鸟羽为冠。”在这篇读书札记中，韩愈对其思想有所肯定，表现了虽崇儒但不拘泥一家的治学态度。

读《仪礼》

余尝苦《仪礼》难读，又其行于今者盖寡，尚袭不同，复之无由，考于今，诚无所用之，然文王、周公之法制粗在于是。孔子曰：“吾从周。”谓其文章之盛也。

古书之存者希矣！百氏杂家尚有可取，况圣人之制度邪？于是掇其大要，奇辞奥旨著于篇，学者可观焉。

惜乎！吾不及其时进退揖让于其间。呜呼，盛哉！

【解题】

《仪礼》：十三经之一，共十七篇，为周代之旧典籍。韩愈在这篇读书札记中，既借孔子之言称其文章之盛，又指出其“奇辞奥旨”的语言特点。此篇近于《史记》中《表》、《序》的风味，而格调微别。

读《墨子》

儒讥墨以上同、兼爱、上贤、明鬼，而孔子畏大人、居是邦不非其大夫，《春秋》讥专臣，不“上同”哉？孔子泛爱亲仁，以博施济众为圣，不“兼爱”哉？孔子贤贤，以四科进褒弟子，疾殁世而名不称，不“上贤”哉？孔子祭如在，讥祭如不祭者，曰我祭则受福，不“明鬼”哉？

儒墨同是尧舜，同非桀纣，同修身正心以治天下国家，奚不相悦如是哉？余以为辩生于末学，各务售其师之说，非二师之道本然也。

孔子必用墨子，墨子必用孔子；不相用，不足为孔墨。

【解题】

《墨子》：墨家学派的代表作。这篇读书札记主要论述儒墨两家互用问题。孟子说，能距杨、墨，才能称圣人之徒。韩愈既尊孟子，又敢大胆地说儒墨互用，正表现其不肯雷同附和、强调自家独到见解的学风与文风。

三　器　论

或曰：天子坐于明堂，执传国玺，列九鼎，使万方之来者惕然知天下之人意有所归，而太平之阶具矣。后王者或阙，何如？

对曰：异乎吾所闻。归天人之心，兴太平之基，是非三器之能系也。子不谓明堂天子布政者邪？周公、成王居之而朝诸侯，美矣；幽、厉居之，何如哉？子不谓传国之玺帝王所以传宝者邪？汉高、文、景得之而以为宝，美矣；新莽、胡石得之，何如哉？子不谓九鼎帝王之所谓神器邪？夏禹铸之，周文迁之而为宝，美矣；桀癸、纣辛有之，何如哉？若然，归天人之心、兴太平之阶，决非三器之所能也。夫帝王之圣者，卑宫室、贱金玉、斥无用之器，以示天下，贻子孙。而后王犹殚天下之土木不肯已，又安忍夸广之尊其为明堂欤？若传国玺之狂嬴贼新，童心侈意而为之，示既有之，不抵之足矣，称其符瑞则未也。若九鼎之死，百牢不能膏其腹火，万载不能黔其足，共烹饪祠之用乂足取，岂不为无用之器哉？尧水滔天，人禽鬼神之居相混已。禹导川决水，以分神人之居，乃销九金，乃铸九鼎，仪万有之族，露怪异之状，其护人已，其救人已。后王决不如大禹识鬼神之状，又无当时汩没之危，而徒欲阐金大广器物，与夫垫巾效郭、异名同蔺者，岂不远哉！是亦见谬也。噫！不务其修诚于内，而务其盛饰于外，匹夫之不可，而况帝王哉！

【解题】

本文作年不详。文章论帝王之明堂、玉玺、九鼎三器，说明天子能否归天人之心，在实不在名，在内不在外。只有修诚于内，才能得人心，致太平；只务盛饰于外是不行的。此文原不在韩集中，《文苑英华》、《全唐文》收入，而朱熹认为文辞浅陋，不类韩作。待考。

范蠡招大夫种议

蠡既辞越到齐，乃移书文种，亦令亡去，以逃其长颈之难。

遂使种假疾不朝，竟承赐剑之诏。悲夫！为人谋而不忠者，范蠡其近之矣。夫君存与存，君亡于亡。备三才之道，未有不显然而自知矣。勾践奋乌栖之势，申鼠窜之息，竟能焚姑苏，虏夫差，方行淮泗之上，以受东诸侯之盟者，范蠡、文种有其力也。既有其力，则宜闭雷霆，藏风云，截断三江，叱开四方，高提霸王之器，大宏夏禹之烈，使天下徘徊，知越有人矣。奈何反未及国，则背君而去。既行之于身，又移之于人，人臣之节，合如是耶？且臣之于君，其道在于全大义，宏休烈，生死之际，又何足道哉？况君者，天也，天可逃乎？君以长颈之状，难以同乐，则举吴之后，还越之日，泛轻舟游五湖者，岂惟范子乎？静而言之，则知范子有匡君之智，而无事君之义明矣。其所以移文种之书，亦犹拔勾践之剑也。勾践何过哉？予所谓为人谋而不忠者，其在于此也。

【解题】

本文作年不详。大夫种：即文种。范蠡和文种均为春秋时越王勾践之重臣，佐勾践灭吴。后范蠡逃齐，又招文种外逃，结果文种被杀。韩愈此文集中批评范蠡有匡君之智，而无事君之义，是“为人谋而不忠者”。此文不在原正集中，《文苑英华》、《全唐文》收入，朱熹认为此文文辞浅陋，不类韩作。

二 记叙

画记

杂古今人物小画共一卷：骑而立者五人，骑而被甲载兵立者十人，一人骑执大旗前立，骑而被甲载兵行且下牵者十人，骑且负者二人，骑执器者二人，骑拥田犬者一人，骑而牵者二人，骑而驱者三人，执羁靮立者二人，骑而下倚马臂隼而立者一人，骑而驱涉者二人，徒而驱牧者二人，坐而指使者一人，甲胄手弓矢鈇钺植者七人，甲胄执帜植者十人，负者七人，偃寝休者二人，甲胄坐睡者一人，方涉者一人，坐而脱足者一人，寒附火者一人，杂执器物役者八人，奉壶矢者一人，舍而具食者十有一人，挹且注者四人，牛牵者二人，驴驱者四人，一人杖而负者，妇人以孺子载而可见者六人，载而上下者三人，孺子戏者九人。凡人之事三十有二，为人大小百二十有三，而莫有同者焉。

马大者九匹；于马之中又有上者，下者，行者，牵者，涉者，陆者，翘者，顾者，鸣者，寝者，讹者，立者，人立者，龁者，饮者，溲者，陟者，降者，痒磨树者，嘘者，嗅者，喜相戏者，怒相踶啮者，秣者，骑者，骤者，走者，载服物者，载狐兔者。凡马之事二十有七，为马大小八十有三，而莫有同者焉。

牛大小十一头。橐驼三头。驴如橐驼之数，而加其一焉。隼一。犬羊狐兔麋鹿共三十。旃车三两。杂兵器弓矢旌旗刀剑矛楯弓服矢房甲胄之属，瓶盂簦笠筐筥锜釜饮食服用之器，壶矢博奕之具，二百五十有一，皆曲极其妙。

贞元甲戌年，余在京师，甚无事，同居有独孤生申叔者，始得此画而与余弹棋，余幸胜而获焉。意甚惜之，以为非一工人之所能运思，盖聚集众工人之所长耳，虽百金不愿易也。明年，出京师，至河阳，与二三客论画品格，因出而观之。座有赵侍御者，君子人也，见之戚然，若有感然。少而进曰："噫！余之手摸也，亡之且二十年矣。余少时常有志乎兹事，得国本，绝人事而摸得之，游闽中而丧焉。居闲处独，时往来余怀也，以其始为之劳而夙好之笃也。今虽遇之，力不能为已，且命工人存其大都焉。"余既甚爱之，又感赵君之事，因以赠之，而记其人物之形状与数，而时观之，以自释焉。

【解题】

本文作于贞元十一年（795），时韩愈在河阳故里。这是一篇说明性的记叙文。韩愈将一幅珍藏之画赠还临摹者，为备忘以释怀念而写此文。文章以状物见长，结构严谨，详略得当；语言简明精炼，叙写生动，情趣盎然。

汴州东西水门记　并序

贞元十四年正月戊子，陇西公命作东西水门。越三月辛巳朔，水门成。三日癸未，大合乐，设水嬉，会监军军司马宾佐僚属将校熊罴之士，肃四方之宾客以落之。士女和会，阗郭溢郛。既卒事，其从事昌黎韩愈请纪成绩。其词曰：

维汴州河水自中注，厥初距河为城，其不合者，诞寘联锁于河，宵浮昼湛，舟不潜通；然其襟抱亏疏，风气宣泄，邑居弗宁，讹言屡腾；历载已来，就究孰思。皇帝御天下十有八载，此邦之人，遭逢疾威，嚣童嗷呼，劫众阻兵，懔懔栗栗，若坠若覆。时维陇西公受命作藩，爰自洛京，单车来临。遂拯其危，遂去其疵；弗肃弗厉，薰为大和；神应祥福，五谷穰熟。既庶而丰，人力有余；监军是咨，司马是谋；乃作水门，为邦之郛；以固风气，以闬寇偷。黄流浑浑，飞阁渠渠，因而饰之，非为观游。天子之武，维陇西公是布；天子之文，维陇西公是宣。河之沄沄，源于昆崙；天子万祀，公多受祉。乃伐山石，刻之日月，尚俾来者，知作之所始。

【解题】

本文作于贞元十四年（798）。时韩愈佐董晋于汴州。陇西公：即董晋。文章记汴州东西水门修建之事。以记事为主，但写法特殊：前为序，后为记。序用散体，记用四言韵文，确为记文中之别体。文章词语雄骏，近东汉之金石体。

徐泗豪三州节度掌书记厅石记

书记之任亦难矣！元戎整齐三军之士，统理所部之甿，以镇守邦国，赞天子施教化，而又外与宾客四邻交；其朝觐聘问慰荐祭祀祈祝之文，与所部之政，三军之号令升黜，凡文辞之事，皆出书记。非闳辨通敏兼人之才，莫宜居之。然皆元戎自辟，然后命于天子。苟其帅之不文，则其所辟或不当，亦其理宜也。

南阳公自御史大夫、豪寿庐三州观察使，授节移镇徐州，历十一年，而掌书记者三人：其一人曰高阳许孟容，入仕于王朝，今为尚书礼部郎中；其一人曰京兆杜兼，今为尚书礼部员外郎、观察判官；其一人陇西李博，自前乡贡进士授秘书省校书郎，方为之。南阳公文章称天下，其所辟实所谓闳辨通敏兼人之才者也。后之人苟未知南阳公之文章，吾请观于三君子；苟未知三君子之文章，吾请观于南阳公可知矣：蔚乎其相章，炳乎其相辉，志同而气合，鱼川泳而鸟云飞也！

愈乐是宾主之相得也，故请刻石以记之，而陷置于壁间，俾来者得以览观焉。

【解题】

本文作于贞元十五年（799），时韩愈在徐州为节度推官，张建封兼徐、泗、豪三州节度使。文章写张建封的三位掌书记，主旨是写其宾主之相得。文章开门见山，喧宾显主，中心突出，了无陈言。

题李生壁

余始得李生于河中，今相遇于下邳，自始及今，十四年矣。始相见，吾与之皆未冠，未通人事，追思多有可笑者，与生皆然也。今者相遇，皆有妻子，昔时无度量之心，宁复可有是？生之为交，何其近古人也！

是来也余黜于徐州，将西居于洛阳。汎舟于清泠池，泊于文雅台下。西望商丘，东望修竹园。入微子庙，求邹阳、枚叔、司马相如之故文。久立于庙陛间，悲《那颂》之不作于是者已久。陇西李翱、太原王涯、上谷侯喜实同与焉。贞元十六年五月十四日。昌黎韩愈书。

【解题】

本文作于贞元十六年（800）五月，时韩愈离开徐州将居洛阳。李生，即李平。文章先叙自己与李生之交往，后叙自己离徐州之情况。文章低徊唱叹，古郁苍凉。

洛北惠林寺题名

韩愈、李景兴、侯喜、尉迟汾，贞元十七年七月二十二日鱼于温、洛，宿此而归。昌黎韩愈书。

【解题】

本文作于贞元十七年（801）七月，时韩愈听候调选于洛阳，与朋友出游，宿洛北惠林寺，故有此题名。

长安慈恩塔题名

韩愈退之、李翱习之、孟郊东野、柳宗元子厚、石洪濬川同登。

【解题】

慈恩塔，即慈恩寺塔，亦即今西安市之大雁塔。韩愈与李翱、孟郊、柳宗元、石洪同登慈恩塔，题名以志，时间应在贞元十八九年间，时韩愈为四门博士，或监察御史。

燕喜亭记

太原王弘中在连州，与学佛人景常、元慧游。异日，从二人者行于其居之后，丘荒之间，上高而望，得异处焉。斩茅而嘉树列，发石而清泉激，辇粪壤，燔椔翳。却立而视之：出者突然成丘，陷者呀然成谷，洼者为池，而缺者为洞，若有鬼神异物阴来相之。自是弘中与二人者晨往而夕忘归焉，乃立屋以避风雨寒暑。

既成，愈请名之，其丘曰“竢德之丘”，蔽于古而显于今，有竢之道也；其石谷曰“谦受之谷”，瀑曰“振鹭之瀑”，谷言德，瀑言容也；其土谷曰“黄金之谷”，瀑曰“秩秩之瀑”，谷言容，瀑言德也；洞曰“寒居之洞”，志其入时也；池曰“君子之池”，虚以钟其美，盈以出其恶也；泉之源曰“天泽之泉”，出高而施下也；合而名之以屋，曰“燕喜之亭”，取诗所谓“鲁侯燕喜”者颂也。

于是州民之老，闻而相与观焉，曰：吾州之山水名天下，然而无与“燕喜”者比。经营于其侧者相接也，而莫直其地。凡天作而地藏之以遗其人乎？弘中自吏部郎贬秩而来，次其道途所经，自蓝田入商洛，涉淅湍，临汉水，升岘首以望方城；出荆门，下岷江，过洞庭，上湘水，行衡山之下；繇郴逾岭，猿狖所家，鱼龙所宫，极幽遐瑰诡之观，宜其于山水饫闻而厌见也。今其意乃若不足，《传曰》：“智者乐水，仁者乐山。”弘中之德，与其所好，可谓协矣。智以谋之，仁以居之，吾知其去是而羽仪于天朝也不远矣。遂刻石以记。

【解题】

本文作于贞元二十年（804），时韩愈被贬为连州阳山令。燕喜亭：在连州，司户参军王弘中建。此记纯属叙事之文，集中写燕喜亭之美。叙山水多用铺陈排比写法，但无铺张堆砌之弊；后借贬秩翻出新意，语言精美，风格温厚和雅。

福先塔寺题名

处士石洪濬川、吏部员外王仲舒弘中、水部员外郑楚相叔敖、洛阳县令潘宿阳乾明、国子博士韩愈退之、前试左武卫胄曹李演广文、前杭州钱塘县尉郑纮文明，元和三年十月九日同游。

【解题】

本文作于元和三年（808）十月，时韩愈在洛阳为东都国子博士。福先塔寺：佛寺，在洛阳附近。韩愈与友人游此寺，有此题名。题名在福先寺塔下。

谒少室李渤题名

愈同樊宗师、卢仝谒少室李拾遗。

【解题】

本文作于元和四年（809）三月二十九日，时韩愈在洛阳任东都国子博士。李渤于元和初被荐为左拾遗，不拜，隐于少室山。韩愈与樊宗师、卢仝谒见李渤，因有此题名。

嵩山天封宫题名

元和四年三月二十六日，与著作佐郎樊宗师、处士卢仝，自洛中至少室，谒李徵君渤。樊次玉泉寺，疾作归。明日，遂与李、卢、道士韦濛、僧荣并少室而东，抵众寺，上太室中峰，宿封禅坛下石室。遂自龙泉寺钓龙潭水。遇雷。明日，观启母石。入此观，与道士赵玄遇乃归。闰月三日，国子博士韩愈题。

【解题】

本文与《谒少室李渤题名》写于同时而稍后几日，时韩愈为国子博士。天封宫：道观，在嵩山上。题名记自己与友人几日之游踪。题名刻于天封宫之石柱上。

迓杜兼题名

河南尹水陆运使杜兼、尚书都官员外郎韩愈、水陆运判官洛阳县尉李宗闵、水陆运判官伊阙县尉牛僧孺、前同州韩城县尉郑伯义，元和四年九月二十二日，大尹给事奉诏祠济渎回，愈与二判官于此迎候，遂陪游宿。愈题。

【解题】

本文作于元和四年（809）九月二十二日，时韩愈在洛阳任都官员外郎。是日，同李宗闵、牛僧孺迎候河南尹杜兼，故有此题名。

河南府同官记

永贞元年，愈自阳山移江陵法曹参军，获事河东公。公尝与其从事言：建中初，天子始纪年更元，命官司举贞观、开元之烈。群臣惕慄奉职，命材登良，不敢私违。当时自齿朝之士而上，以及下百执事，官阙一人，将补，必取其良。然而河南同时于天下称多，独得将相五人。故于府之参军则得我公，于河南主簿则得故相国范阳卢公，于汜水主簿，则得故相国今太子宾客荥阳郑公，于陆浑主簿则得相国今吏部侍郎天水赵公，于登封主簿则得故吏部尚书东都留守吴郡顾公。卢公去河南为右补阙，其后由尚书左丞至宰相；郑公去汜水为监察御史，佐山南军，其后由工部侍郎至宰相，罢而又为；赵公去陆浑为右拾遗，其后由给事中为宰相；顾公去登封为监察御史，其后由京兆尹至吏部尚书东都留守；我公去府为长水尉，其后由膳部郎中为荆南节度行军司马，遂为节度使，自工部尚书至吏部尚书。三相国之劳在史册。顾吏部慎职小心，于时有声。我公愿洁而沈密，开亮而卓伟，行茂于宗，事修于官，嗣绍家烈，不违其先。作帅南荆，厥闻休显，武志既扬，文教亦熙；登槐赞元，其庆且至。故好语故事者，以为五公之始迹也同，其后进而偕大也亦同，其称名臣也又同，官职虽分，而功德有巨细，其有忠劳于国家也同，有若将同其后而先同其初也。有闻而问者，于是焉书。

既五年，始立石刻其语河南府参军舍庭中。于时河东公为左仆射宰相，出藩大邦，开府汉南。郑公以工部尚书留守东都。赵公以吏部尚书镇江陵。汉南地连七州，戎士十万，其官宰相也。留守之官，居禁省中，岁时出旌旗，序留司文武百官于宫城门外而衙之。江陵故楚都也，戎士五万。三公同时，千里相望，可谓盛矣。河东公名均，姓裴氏。

【解题】

本文作于元和五年（810），时韩愈为河南令。文章记出自河南府而后为将相的五位同官。文章记他们的为官情况，四番叙述，不觉其冗，可见作者叙事笔力不凡。此文不见于正集，然为赵德《文录》所载。

蓝田县丞厅壁记

丞之职所以贰令，于一邑无所不当问。其下主簿、尉，主簿、尉乃有分职。丞位高而偪，例以嫌不可否事。文书行，吏抱成案诣丞，卷其前，钳以左手，右手摘纸尾，雁鹜行以进，平立，睨丞曰："当署！"丞涉笔占位署，惟谨，目吏，问"可不可"，吏曰"得"，则退，不敢略省，漫不知何事。官虽尊，力势反出主簿、尉下。谚数慢，必曰丞，至以相訾謷。丞之设，岂端使然哉！

博陵崔斯立种学绩文，以蓄其有，泓涵演迤，日大以肆。贞元初，挟其能，战艺于京师，再进再屈□人；元和初，以前大理评事言得失黜官，再转而为丞兹邑。始至，喟曰：“官无卑，顾材不足塞职。”既噤不得施用，又喟曰：“丞哉，丞哉！余不负丞，而丞负余。”则尽枿去牙角，一蹑故迹，破崖岸而为之。

丞厅故有记，坏漏污不可读，斯立易桷与瓦，墁治壁，悉书前任人名氏。庭有老槐四行，南墙钜竹千梃，俨立若相持，水漉漉循除鸣，斯立痛扫溉，对树二松，日哦其间。有问者，辄对曰：“余方有公事，子姑去！”

考功郎中、知制诰韩愈记。

【解题】

本文作于元和十年（815）。韩愈之友崔斯立为蓝田县丞，颇不得意，故为之记。文中详写崔斯立的遭遇，揭露官场之丑行，为崔作不平之鸣。文章突破传统厅壁记的成例，用一系列生动具体的细节，对人物进行描写，生动传神，发人深省。

科斗书后记

愈叔父当大历世，文辞独行中朝，天下之欲铭述其先人功行取信来世者，咸归韩氏。于时李监阳冰独能篆书，而同姓叔父择木善八分，不问可知其人，不如是者不称三服，故三家传子弟往来。

贞元中，愈事董丞相幕府于汴州，识开封令服之者，阳冰子。授余以其家科斗《孝经》，汉卫宏《官书》，两部合一卷，愈宝蓄之而不暇学。后来京师，为四门博士，识归公。归公好古书，能通之，愈曰：“古书得其据依，盖可讲。”因进其所有书属归氏。

元和来，愈亟不获让，嗣为铭文，荐道功德。思凡为文辞宜略识字，因从归公乞观二部书，得之，留月馀。张籍令进士贺拔恕写以留愈，盖得其十四五，而归其书归氏。

十一年六月四日，右庶子韩愈记。

【解题】

本文写于元和十一年（816），时韩愈为太子右庶子。科斗书：此指科斗《孝经》。科斗：科斗文字，我国古代字体之一，以其笔画头圆大尾细长，状如蝌蚪而得名。本文主要是叙述，文字简明，略无冗闲。

华岳题名

淮西宣慰处置使门下侍郎平章事裴度、副使刑部侍郎兼御史大夫马总、行军司马太子右庶子兼御史中丞韩愈、判官司勋员外郎兼侍御史李正封、都官员外郎兼侍御史冯宿、掌书记礼部员外郎兼侍御史李宗闵、都知兵马使左骁卫将军威远军使兼御史大夫李文悦、左厢都押衙兼都虞候左卫将军兼御史中丞密国公高承简，元和十一年八月，丞相奉诏平淮右，八日，东过华阴，礼于岳庙，总等八人，实备将佐以从。

【解题】

本文作于元和十一年（816）八月，时韩愈以行军司马太子右庶子兼御史中丞随裴度讨淮西，路过华阴，礼于华岳庙，有此题名。此文刻于金刚祠石阙之上。

平淮西碑 并序

天以唐克肖其德。圣子神孙，继继承承，于千万年，敬戒不怠。全付所覆，四海九州，罔有内外，悉主悉臣。高祖、太宗，既除既治。高宗、中、睿，休养生息。至于玄宗，受报收功，极炽而丰，物众地大，孽牙其间。肃宗、代宗，德祖顺考，以勤以容。大慝适去，稂莠不薅，相臣将臣，文恬武嬉，习熟见闻，以为当然。

睿圣文武皇帝既受群臣朝，乃考图数贡，曰："呜呼！天既全付予有家，今传次在予，予不能事事，其何以见于郊庙？"群臣震慑，奔走率职：明年，平夏。又明年，平蜀。又明年，平江东。又明年，平泽潞，遂定易、定，致魏、博、贝、卫、澶、相，无不从志。皇帝曰："不可究武，予其少息！"

九年，蔡将死；蔡人立其子元济以请，不许。遂烧舞阳，犯叶、襄城，以动东都，放兵四劫。皇帝历问于朝，一二臣外皆曰："蔡帅之不廷授，于今五十年，传三姓四将，其树本坚，兵利卒顽，不与他等。因抚而有，顺且无事。"大官臆决唱声，万口和附，并为一谈，牢不可破。

皇帝曰："惟天惟祖宗所以付任予者，庶其在此，予何敢不力！况一二臣同，不为无助。"曰："光颜，汝为陈、许帅，维是河东、魏博、郃阳三军之在行者，汝皆将之！"曰："重胤，汝故有河阳怀，今益以汝，维是朔方、义成、陕、益、凤翔、延庆七军之在行者，汝皆将之！"曰："弘，汝以卒万二千属而子公武往讨之！"曰："文通，汝守寿，维是宣武、淮南、宣歙、浙西四军之行于寿者，汝皆将之！"曰："道古，汝其观察鄂岳！"曰："愬，汝帅唐、邓、随，各以其兵进战！"曰："度，汝长御史，其往视师！”曰：“度，惟汝予同，汝遂相予，以赏罚用命不用命！”曰：“弘，汝其以节都统诸军！”曰：“守谦，汝出入左右，汝惟近臣，其往抚师！”曰：“度，汝其往，衣服饮食予士，无寒无饥。以既厥事，遂生蔡人。赐汝节斧，通天御带，卫卒三百。凡兹廷臣，汝择自从，惟其贤能，无惮大吏。庚申，予其临门送汝！”曰：“御史，予闵士大夫战甚苦，自今以往，非郊庙祠祀，其无用乐！”

颜、胤、武合攻其北，大战十六，得栅城县二十三，降人卒四万。道古攻其东南，八战，降万三千，再入申，破其外城。文通战其东，十余遇，降万二千，愬人其西、得贼将，辄释不杀，用其策，战比有功。十二年八月，丞相度至师，都统弘责战益急，颜、胤、武合战益用命，元济尽并其众洄曲以备。十月壬申，愬用所得贼将，自文城因天大雪疾驰百二十里，用夜半到蔡，破其门，取元济以献，尽得其属人卒。辛巳，丞相度入蔡，以皇帝命赦其人。淮西平，大飨赉功；师还之日，因以其食赐蔡人。凡蔡卒三万五千，其不乐为兵愿归为农者十九，悉纵之。斩元济京师。

册功：弘加侍中；愬为左仆射，帅山南东道；颜、胤皆加司空；公武以散骑常侍帅鄜、坊、丹、延；道古进大夫；文通加散骑常侍。丞相度朝京师，道封晋国公，进阶金紫光禄大夫，以旧官相，而以其副揔为工部尚书，领蔡任。既还奏，群臣请纪圣功，被之金石，皇帝以命臣愈。臣愈再拜稽首而献文曰：

唐承天命，遂臣万邦。孰居近土，袭盗以狂。往在玄宗，崇极而圮，河北悍骄，河南附起。四圣不宥，屡兴师征；有不能尅，益戍以兵。夫耕不食，妇织不裳；输之以车，为卒赐粮。外多失朝，旷不岳狩；百隶怠官，事亡其旧。

帝时继位，顾瞻咨嗟；惟汝文武，孰恤予家。既斩吴、蜀，旋取山东；魏将首义，六州降从。淮、蔡不顺，自以为强；提兵叫讙，欲事故常。始命讨之，遂连奸邻。阴遣刺客，来贼相臣。方战未利，内惊京师；群公上言，莫若惠来。帝为不闻，与神为谋；乃相同德，以讫天诛。

乃敕颜、胤，愬、武、古、通；咸统于弘，各奏汝功。三方分攻，五万其师。大军北乘，厥数倍之。常兵时曲，军士蠢蠢，既翦陵云，蔡卒大窘。胜之邵陵，郾城来降。自夏入秋，复屯相望。兵顿不励，告功不时。帝哀征夫，命相往釐。士饱而歌，马腾于槽。试之新城，贼遇败逃。尽抽其有，聚以防我。西师跃入，道无留者。

頟頟蔡城，其疆千里。既入而有，莫不顺俟。帝有恩言，相度来宣："诛止其魁，释其下人。"蔡之卒夫，投甲呼舞；蔡之妇女，迎门笑语。蔡人告饥，船粟往哺；蔡人告寒，赐以缯布。始时蔡人，禁不往来。今相从戏，里门夜开。始时蔡人，进战退戮。今旰而起，左飧右粥。为之择人，以收余憊。选吏赐牛，教而不税。

蔡人有言，始迷不知。今乃大觉，羞前之为。蔡人有言，天子明圣。不顺族诛，顺保性命。汝不吾信，视此蔡方。孰为不顺，往斧其吭。凡叛有数，声势相倚。吾强不支，汝弱奚恃。其告而长，而父而兄。奔走偕来，同我太平。淮、蔡为乱，天子伐之。既伐而饥，天子活之。

始议伐蔡，卿士莫随。既伐四年，小大并疑。不赦不疑，由天子明。凡此蔡功，惟断乃成。既定淮、蔡，四夷毕来。遂开明堂，坐以治之。

【解题】

元和十二年（817），裴度讨淮西，韩愈为其行军司马。淮西平，韩愈以战功升刑部侍郎，并受诏撰《平淮西碑》。此文作于元和十三年（818）。文章热情歌颂了淮西之役的胜利，和主战派的功劳，批评了朝臣中的主和派。这篇大作，前为序，后为铭，序用散体，铭用韵文，风格古雅庄重。

记宜城驿

此驿置在古宜城内，驿东北有井，传是昭王井，有灵异，至今人莫汲。驿前水，传是白起堰西山下涧，灌此城坏，楚人多死，流城东陂，臭闻远近，因号其陂“臭陂”，有蛟害人，渔者避之。井东北数十步有楚昭王庙，有旧时高木万株，多不得其名，历代莫敢剪伐，尤多古松大竹。于太傅帅襄阳，迁宜城县，并改造南境数驿，材木取足此林。旧庙屋极宏盛，今惟草屋一区。然问左侧人，尚云：“每岁十月，民相率聚祭其前。”庙后小城，盖王居也。其内处偏高，广员八九十亩，号“殿城”，当是王朝内之所也，多砖可为书砚。自小城内地今皆属甄氏。甄氏于小城北立墅以居。甄氏有节行，其子逢以学行为助教。元和十四年二月二日题。

【解题】

本文作于元和十四年（819）二月，时韩愈正在被贬赴潮州途中。文题一作《宜城驿记》，下或有“愈代侄孙作”五字。宜城，即襄州县。文章记宜城驿之环境及沿革，条理清楚。有人认为此文为韩愈侄孙所写，误收入韩集，存疑。

新修滕王阁记

愈少时则闻江南多临观之美，而滕王阁独为第一，有瑰伟绝特之称；及得三王所为序、赋、记等，壮其文辞，益欲往一观而读之，以忘吾忧；系官于朝，愿莫之遂。十四年，以言事斥守揭阳，便道取疾以至海上，又不得过南昌而观所谓滕王阁者。其冬，以天子进大号，加恩区内，移刺袁州。袁于南昌为属邑，私喜幸自语，以为当得躬诣大府，受约束于下执事，及其无事且还，傥得一至其处，窃寄目偿所愿焉。至州之七月，诏以中书舍人太原王公为御史中丞，观察江南西道；洪、江、饶、虔、吉、信、抚、袁悉属治所。八州之人，前所不便及所愿欲而不得者，公至之日，皆罢行之。大者驿闻，小者立变，春生秋杀，阳开阴闭，令修于庭户数日之间，而人自得于湖山千里之外。吾虽欲出意见，论利害，听命于幕下；而吾州乃无一事可假而行者，又安得舍己所事以勤馆人？则滕王阁又无因而至焉矣！

其岁九月，人吏浃和，公与监军使燕于此阁，文武宾士皆与在席。酒半，合辞言曰："此屋不修，且坏。前公为从事此邦，适理新之，公所为文，实书在壁。今三十年而公来为邦伯，适及期月，公又来燕于此，公乌得无情哉?"公应曰："诺。"于是栋楹梁桷板槛之腐黑挠折者，盖瓦级砖之破缺者，赤白之漫漶不鲜者，治之则已；无侈前人，无废后观。

工既讫功，公以众饮，而以书命愈曰："子其为我记之!"愈既以未得造观为叹，窃喜载名其上，词列三王之次，有荣耀焉，乃不辞而承公命。其江山之好，登望之乐，虽老矣，如获从公游，尚能为公赋之。

元和十五年十月某日，袁州刺史韩愈记。

【解题】

本文写于元和十五年（820）。滕王阁：在洪州。时王仲舒为洪州刺史、江南西道观察使，重修滕王阁，请韩愈为记。文章以大部分篇幅写自己未能一睹滕王阁胜景，极表向往之意，后写王公修阁并命己作记，于阁本身全为虚写。寻常颂扬文字，而写得瑰玮宏丽，变化多端，可谓自出机杼。

三　书简

上贾滑州书

愈儒服者，不敢用他术干进。又惟古执贽之礼，窃整顿旧所著文一十五章以为贽，而喻所以然之意于此曰：丰山上有钟焉，人所不可至，霜既降，则铿然鸣；盖气之感，非自鸣也。

愈年二十有三，读书学文十五年，言行不敢戾于古人，愚固泯泯不能自计。周流四方，无所适归。伏惟阁下昭融古之典义，含和发英，作唐德元；简弃诡说，保任皇极，是宜小子刻心悚慕，又焉得不感而鸣哉！

徒以献策阙下，方勤行役，且有负薪之疾，不得稽首轩阶，遂拜书家仆，侍命于郑之逆旅。伏以小子之文，可见于十五章之内；小子之志，可见于此书。与之进，敢不勉？与之退，敢不从？进退之际，实惟阁下裁之。

【解题】

本文作于贞元六年（790），时韩愈考进士未第。贾滑州，即贾耽，贞元二年为检校右仆射、兼滑州刺史。韩愈上书贾耽，献文十五章，以求引荐提携。此文虽雅洁，然贾耽未予理睬。贞元十一年，韩愈三上宰相书求仕，贾耽为相，仍不报，是知贾耽乃庸碌之徒。

应科目时与人书

月日，愈再拜：天池之滨，大江之渍，曰有怪物焉，盖非常鳞凡介之品汇匹俦也！其得水，变化风雨、上下于天不难也；其不及水，盖寻常尺寸之间耳。无高山大陵旷途绝险为之关隔也，然其穷涸不能自致乎水，为猵獭之笑者，盖十八九矣。如有力者哀其穷而运转之，盖一举手一投足之劳也。

然是物也，负其异于众也，且曰：烂死于沙泥，吾宁乐之；若俯首帖耳摇尾而乞怜者，非我之志也。是以有力者遇之，熟视之若无睹也。其死其生，固不可知也。今又有有力者当其前矣，聊试仰首一鸣号焉，庸讵知有力者不哀其穷，而忘一举手一投足之劳而转之清波乎？

其哀之，命也；其不哀之，命也；知其在命而且鸣号之者，亦命也，愈今者实有类于是。是以忘其疏愚之罪，而有是说焉。阁下其亦怜察之！

【解题】

本文作于贞元九年（793），时韩愈应博学宏词试。文章题目一作《应科目时与韦舍人书》。韩愈写此信与主考官，意在求其提携，然干禄之文，难于致辞，故托物以喻，水滨怪物，实为韩愈之自况。文章转捩曲折，诙诡瑰玮，其轩昂之气，亦见韩文本色。

上考功崔虞部书

愈不肖，行能诚无可取：行己颇僻，与时俗异态；抱愚守迷，固不识仕进之门。乃与群士争名竞得失，行人之所甚鄙，求人之所甚利，其为不可，虽童昏实知之。如执事者，不以是为念，援之幽穷之中，推之高显之上。是知其文之或可，而不知其人之莫可也；知其人之或可，而不知其时之莫可也。既以自咎，又叹执事者所守异于人人，废耳任目，华实不兼，故有所进，故有所退。且执事始考文之明日，浮嚣之徒已相与称曰："某得矣，某得矣。"问其所从来，必言其有自。一日之间，九变其说。凡进士之应此选者，三十有二人；其所不言者，数人而已，而愈在焉。及执事既上名之后，三人之中，其二人者，固所传闻矣。华实兼者也，果竟得之，而又升焉。其一人者，则莫之闻矣，实与华违，行与时乖，果竟退之。如是则可见时之所与者，时之所不与者之相远矣。

然愚之所守，竟非偶然，故不可变。凡在京师八九年矣，足不迹公卿之门，名不誉于大夫士之口。始者谬为今相国所第，此时惟念以为得失固有天命，不在趋时，而偃仰一室，啸歌古人。今则复疑矣。未知夫天竟如何，命竟如何？由人乎哉，不由人乎哉？欲事干谒，则患不能小书，困于投刺；欲学为佞，则患言讷词直，卒事不成，徒使其躬儽焉而不终日。是以劳思长怀，中夜起坐，度时揣己，废然而返，虽欲从之，末由也已。

又常念古之人日已进，今之人日已退。夫古之人四十而仕，其行道为学，既已大成，而又之死不倦，故其事业功德，老而益明，死而益光，故《诗》曰："虽无老成人，尚有典刑。"言老成之可尚也。又曰："乐只君子，德音不已。"谓死而不亡也。夫今之人务利而遗道，其学其问，以之取名致官而已。得一名，获一位，则弃其业而役役于持权者之门，故其事业功德日以忘，月以削，老而益昏，死而遂亡。愈今二十有六矣，距古人始仕之年尚十四年，岂为晚哉？行之以不息，要之以至死，不有得于今，必有得于古；不有得于身，必有得于后，用此自遣，且以为知己者之报，执事以为如何哉？其信然否也？今所病者在于穷约，无僦屋赁仆之资，无缊袍粝食之给。驱马出门，不知所之，斯道未丧，天命不欺，岂遂殆哉，岂遂困哉？

窃惟执事之于愈也，无师友之交，无久故之事，无颜色言语之情。卒然振而发之者，必有以见知尔。故尽暴其所志，不敢以默。又惧执事多在省，非公事不敢以至，是则拜见之不可期，获侍之无时也。是以进其说如此，庶执事察之也。

【解题】

本文作于贞元九年（793），时韩愈试博学宏词于吏部。崔虞部，即崔元翰，时为虞部员外郎，博学宏词考官，故文题或作《上考功宏词官虞部崔员外书》。韩愈试宏词，得而复失，故写此信，先言己之得而复失是因所守与时异，次言天命未可凭，而己守终不可变，末写己不得于时而求得于后。文章是求崔虞部详察此事，然不平之气溢于言表。

与凤翔邢尚书书

愈再拜：布衣之士身居穷约，不借势于王公大人，则无以成其志；王公大人功业显著，不借誉于布衣之士，则无以广其名。是故，布衣之士虽甚贱而不谄，王公大人虽甚贵而不骄，其事势相须，其先后相资也。今阁下为王爪牙，为国藩垣，威行如秋，仁行如春，戎狄弃甲而远遁，朝廷高枕而不虞，是岂负大丈夫平生之志愿哉？岂负明天子非常之顾遇哉？赫赫乎，洸洸乎，功业逐日以新，名声随风而流，宜乎讙呼海隅高谈之士，奔走天下慕义之人，使或愿驰一传，或愿操一戈，纳君于唐、虞，收地于河、湟。然而未至乎是者，盖亦有说云：岂非待士之道未甚厚，遇士之礼未甚优？请粗言其事，阁下试详而听之。

夫士之来也，必有求于阁下。夫以贫贱而求于富贵，正其宜也。阁下之财，不可以偏施于天下，在择其人之贤愚而厚薄等级之可也。假如贤者至，阁下乃一见之；愚者至，不得见焉，则贤者莫不至，而愚者日远矣。假如愚者至，阁下以千金与之；贤者至，亦以千金与之，则愚者莫不至，而贤者日远矣。欲求得士之道，尽于此而已；欲求士之贤愚，在于精鉴博采之而已。精鉴于己，固已得其十七八矣；又博采于人，百无一二遗者焉。若果能是道，愈见天下之竹帛不足书阁下之功德，天下之金石不足颂阁下之形容矣！

愈也布衣之士也。生七岁而读书，十三而能文，二十五而擢第于春官，以文名于四方。前古之兴亡，未尝不经于心也；当世之得失，未尝不留于意也。常以天下之安危在边，故六月于迈，来观其师。及至此都，徘徊而不能去者，诚悦阁下之义，愿少立于阶墀之际，望见君子之威仪也。居十日而不敢进者，诚以左右无先为容，惧阁下以众人视之，则杀身不足以灭耻，徒悔恨于无穷。故先此书，序其所以来之意，阁下其无以为狂而以礼进退之，幸甚，幸甚！愈再拜。

【解题】

本文约作于贞元八年（792）之后、十年（794）之前，时韩愈已中进士而未获官。邢尚书，即邢君牙。韩愈致书邢君牙，大讲布衣之士与王公大人之相须、相资，大讲王公大人的待士之道、遇士之礼，意在求邢君牙用己也。求人之文而能理直气壮，确亦不易。

上宰相书

正月二十七日，前乡贡进士韩愈谨伏光范门下，再拜，献书相公阁下：

《诗》之序曰：“《菁菁者莪》，乐育材也。君子能长育人材，则天下喜乐之矣。”其诗曰：“菁菁者莪，在彼中阿；既见君子，乐且有仪。”说者曰:“菁菁”者，盛也;“莪”，微草也；“阿”，大陵也！言君子之长育人材，若大陵之长育微草，能使之菁菁然盛也。“既见君子，乐且有仪”云者，天下美之之辞也。其三章曰：“既见君子，锡我百朋。”说者曰：“百朋”，多之之辞也，言君子既长育人材，又当爵命之，赐之厚禄以宠贵之云尔。其卒章曰：“泛泛杨舟，载沈载浮。既见君子，我心则休。”说者曰：“载”，载也；“沈浮”者，物也；言君子之于人才，无所不取，若舟之于物，浮沈皆载之云尔。“既见君子，我心则休”云者，言若此则天下之心美之也。君子之于人也，既长育之，又当爵命宠贵之，而于其才无所遗焉。孟子曰：“君子有三乐，王天下不与存焉。”其一曰：“乐得天下之英才而教育之。”此皆圣人贤士之所极言至论。古今之所宜法者也；然则孰能长育天下之人材，将非吾君与吾相乎？孰能教育天下之英材，将非吾君与吾相乎？幸今天下无事，小大之官各守其职，钱谷甲兵之问不至于庙堂；论道经邦之暇，舍此宜无大者焉。

今有人生二十八年矣，名不著于农工商贾之版，其业则读书著文，歌颂尧舜之道。鸡鸣而起，孜孜焉亦不为利。其所读皆圣人之书，杨、墨、释、老之学无所入于其心。其所著皆约六经之旨而成文，抑邪与正，辨时俗之所惑。居穷守约，亦时有感激怨怼奇怪之辞。以求知于天下，亦不悖于教化。妖淫谀佞涛张之说，无所出于其中。四举于礼部乃一得，三选于吏部卒无成。九品之位其可望，一亩之宫其可怀。遑遑乎四海无所归，恤恤乎饥不得食，寒不得衣；滨于死而益固，得其所者争笑之。忽将弃其旧而新是图，求老农老圃而为师。悼本志之变化，中夜涕泗交颐。虽不足当诗人孟子之谓，抑长育之使成材，其亦可矣；教育之使成才，其亦可矣！

抑又闻古之君子相其君也，一夫不获其所，若己推而内之沟中。今有人生七年而学圣人之道以修其身，积二十年，不得已一朝而毁之，是亦不获其所矣！伏念今有仁人在上位，若不往告之而遂行，是果于自弃而不以古之君子之道待吾相也，其可乎？宁往告焉，若不得志，则命也，其亦行矣！

《洪范》曰："凡厥庶民，有猷、有为、有守，汝则念之。不协于极，不罹于咎，皇则受之，而康而色。曰：予攸好德，汝则锡之福。"是皆与善之辞也。抑又闻古之人有自进者，而君子不逆之矣，曰"予攸好德，汝则锡之福"之谓也。抑又闻上之设官制禄，必求其人而授之者，非苟慕其才而富贵其身也，盖将用其能理不能，用其明理不明者耳。下之修己立诚必求其位而居之者，非苟没于利而荣于名也，盖将推己之所余以济其不足者耳。然则上之于求人，下之于求位，交相求而一其致焉耳。苟以是而为心，则上之道不必难其下，下之道不必难其上。可举而举焉，不必让其自举也；可进而进焉，不必廉于自进也。抑又闻上之化下，得其道，则劝赏不必遍加乎天下而天下从焉，因人之所欲为而遂推之之谓也。今天下不由吏部而仕进者几希矣，主上感伤山林之士有逸遗者，屡诏内外之臣旁求于四海。而其至者盖阙焉，岂其无人乎哉？亦见国家不以非常之道礼之而不来耳。彼之处隐就闲者亦人耳，其耳目鼻口之所欲、其心之所乐、其体之所安、岂有异于人乎哉？今所以恶衣食，穷体肤，麋鹿之与处，猿狖之与居，固自以其身不能与时从顺俯仰，故甘心自绝而不悔焉。而方闻国家之仕进者，必举于州县，然后升于礼部吏部，试之以绣绘雕琢之文，考之以声势之逆顺、章句之短长，中其程式者，然后得从下士之列；虽有化俗之方、安边之画，不由是而稍进，万不有一得焉。彼惟恐入山之不深，入林之不密，其影响昧昧，惟恐闻于人也。今若闻有以书进宰相而求仕者，而宰相不辱焉，而荐之天子，而爵命之，而布其书于四方，枯槁沈溺魁闳宽通之士，必且洋洋焉动其心，峨峨焉缨其冠，于于焉而来矣。此所谓劝赏不必遍加乎天下而天下从焉者也，因人之所欲为而遂推之之谓者也。

伏惟览《诗》、《书》、《孟子》之所指，念育才锡福之所以，考古之君子相其君之道，而忘自进自举之罪，思设官制禄之故，以诱致山林逸遗之士，庶天下之行道者知所归焉。

小子不敢自幸，其尝所著文，辄采其可者若干首，录在异卷，冀辱赐观焉。干黩尊严，伏地待罪。愈再拜。

【解题】

本文作于贞元十一年（795）正月廿七日。韩愈进京求官，几近十年，未得一官半职。在困境中，他接连三次向宰相赵璟、贾耽、卢迈上书，自荐求官，此为第一书。文中自叙自己的才学、遭遇，道出了怀才不遇者的不平。文章引经据典，以古比今，理直气壮，无摇尾乞怜之态。

后十九日复上书

二月十六日，前乡贡进士韩愈谨再拜言相公阁下：

向上书及所著文后，待命凡十有九日，不得命，恐惧不敢逃遁，不知所为，乃复敢自纳于不测之诛，以求毕其说而请命于左右。

愈闻之：蹈水火者之求免于人也，不惟其父兄子弟之慈爱然后呼而望之也，将有介于其侧者，虽其所憎怨、苟不至乎欲其死者，则将大其声疾呼而望其仁之也。彼介于其侧者，闻其声而见其事，不惟其父兄子弟之慈爱然后往而全之也，虽有所憎怨、苟不至乎欲其死者，则将狂奔尽气、濡手足、焦毛发救之而不辞也。若是者何哉？其势诚急，而其情诚可悲也。愈之强学力行有年矣，愚不惟道之险夷，行且不息，以蹈于穷饿之水火，其既危且亟矣，大其声而疾呼矣，阁下其亦闻而见之矣，其将往而全之欤？抑将安而不救欤？有来言于阁下者曰：有观溺于水而爇于火者，有可救之道而终莫之救也，阁下且以为仁人乎哉？不然，若愈者，亦君子之所宜动心者也。

或谓愈：子言则然矣，宰相则知子矣，如时不可何？愈窃谓之不知言者。诚其材能不足当吾贤相之举耳。若所谓时者，固在上位者之为耳，非天之所为也。前五六年时，宰相荐闻尚有自布衣蒙抽擢者，与今岂异时哉？且今节度观察使及防御营田诸小使等，尚得自举判官，无间于已仕未仕者，况在宰相，吾君所尊敬者，而曰不可乎？

古之进人者，或取于盗，或举于管库；今布衣虽贱，犹足以方于此。情隘辞戚，不知所裁，亦惟少垂怜焉。愈再拜。

【解题】

本文作于贞元十一年二月十六日，是韩愈三上宰相书中的第二书。文中自比蹈水火者，大声疾呼；自比于盗贼、管库，求其垂怜。文章情隘辞慼，文势如奔湍急箭。

后廿九日复上书

三月十六日，前乡贡进士韩愈谨再拜言相公阁下：

愈闻周公之为辅相，其急于见贤也，方一食三吐其哺，方一沐三捉其发。当是时，天下之贤才皆已举用，奸邪谗佞欺负之徒皆已除去，四海皆已无虞，九夷八蛮之在荒服之外者，皆已宾贡，天灾时变、昆虫草木之妖，皆已销息；天下之所谓礼乐刑政教化之具，皆已修理；风俗皆已敦厚；动植之物、风雨霜露之所霈被者，皆已得宜；休征嘉瑞、麟凤龟龙之属，皆已备至，而周公以圣人之才，凭叔父之亲，其所辅理承化之功又尽章章如是，其所求进见之士岂复有贤于周公者哉？不惟不贤于周公而已，岂复有贤于时百执事者哉？岂复有所计议能补于周公之化者哉？然而周公求之如此其急，惟恐耳目有所不闻见，思虑有所未及，以负成王托周公之意，不得于天下之心。如周公之心，设使其时辅理承化之功未尽章章如是，而非圣人之才，而无叔父之亲，则将不暇食与沐矣；岂特吐哺捉发为勤而止哉！维其如是，故于今颂成王之德而称周公之功不衰。

今阁下为辅相亦近耳，天下之贤才岂尽举用？奸邪谗佞欺负之徒岂尽除去？四海岂尽无虞？九夷八蛮之在荒服之外者，岂尽宾贡？天灾时变，昆虫草木之妖，岂尽销息？天下之所谓礼乐刑政教化之具，岂尽修理？风俗岂尽敦厚？动植之物、风雨霜露之所霈被者，岂尽得宜？休征嘉瑞、麟凤龟龙之属，岂尽备至？其所求进见之士，虽不足以希望盛德，至比于百执事，岂尽出其下哉？其所称说，岂尽无所补哉？今虽不能如周公吐哺捉发，亦宜引而进之，察其所以而去就之，不宜默默而已也。愈之待命四十余日矣，书再上，而志不得通；足三及门，而阍人辞焉。惟其昏愚不知逃遁，故复有周公之说焉。阁下其亦察之！

古之士三月不仕则相吊，故出疆必载质，然所以重于自进者，以其于周不可，则去之鲁；于鲁不可，则去之齐；于齐不可，则去之宋、之郑、之秦、之楚也。今天下一君，四海一国，舍乎此则夷狄矣，去父母之邦矣。故士之行道者不得于朝，则山林而已矣。山林者，士之所独善自养而不忧天下者之所能安也；如有忧天下之心，则不能矣。故愈每自进而不知愧焉，书亟上，足数及门，而不知止焉。宁独如此而已？惴惴焉惟不得出大贤之门下是惧，亦惟少垂察焉。渎冒威尊，惶恐无已。愈再拜。

【解题】

本文作于贞元十一年三月十六日，是韩愈三上宰相书之第三书。文中以周公处盛世而礼贤纳士，斥今日之宰臣对才士之傲慢无礼。理愈直，气愈足，势愈重，辞愈厉。求人之作而文势咄咄逼人，确属不凡。

答侯继书

裴子自城来，得足下一书。明日，又于崔大处得足下陕州所留书。玩而复之，不能自休。寻知足下不得留，仆又为考官所辱，欲致一书开足下，并自舒其所怀，含意连辞，将发复已，卒不能成就其说。及得足下二书，凡仆之所欲进于左右者，足下皆以自得之，仆虽欲重累其辞，谅无居足下之意外者，故绝意不为。行自念方当远去，潜深伏隩，与时世不相闻，虽足下之思我，无所窥寻其声光，故不得不有书为别，非复有所感发也。

仆少好学问，自五经之外，百氏之书，未有闻而不求、得而不观者，然其所志，惟在其意义所归。至于礼乐之名数，阴阳土地星辰方药之书，示尝一得其门户。虽今之仕进者不要此道，然古之人未有不通此而能为大贤君子者。仆虽庸愚，每读书，辄用自愧。今幸不为时所用，无朝夕役役之劳，将试学焉。力不足而后止，犹将愈于汲汲于时俗之所争，既不得而怨天尤人者，此吾今之志也。惧足下以吾退归，因谓我不复能自强不息，故因书奉晓，冀足下知吾之退未始不为进，而众人之进未始不为退也。

既货马，即求船东下，二事皆不过后月十日。有相问者，为我谢焉。

【解题】

本文作于贞元十一年，韩愈第三次试博学宏词失利之后。侯继与韩愈同为贞元八年进士。信中韩愈向朋友一吐情怀：为官不得，将隐居试学，以退为进，自强不息。

答崔立之书

斯立足下：仆见险不能止，动不得时，颠顿狼狈，失其所操持，困不知变，以至辱于再三，君子小人之所悯笑，天下之所背而驰者也。足下犹复以为可教，贬损道德，乃至手笔以问之，扳援古昔，辞义高远，且进且劝，足下之于故旧之道得矣。虽仆亦固望于吾子，不敢望于他人者耳。然尚有似不相晓者，非故欲发余乎？不然，何子之不以丈夫期我也！不能默默，聊复自明。

仆始年十六七时，未知人事，读圣人之书，以为人之仕者皆为人耳，非有利乎己也。及年二十时，苦家贫，衣食不足，谋于所亲，然后知仕之不唯为人耳。及来京师，见有举进士者，人多贵之，仆诚乐之，就求其术，或出礼部所试赋诗策等以相示，仆以为可无学而能，因诣州县求举。有司者好恶出于其心，四举而后有成，亦未即得仕。闻吏部有以博学宏辞选者，人尤谓之才，且得美仕，就求其术，或出所试文章，亦礼部之类，私怪其故，然犹乐其名，因又诣州府求举，凡二试于吏部，一既得之，而又黜于中书，虽不得仕，人或谓之能焉。退自取所试读之，乃类于俳优者之辞，颜忸怩而心不宁者数月。既已为之，则欲有所成就，《书》所谓耻过作非者也。因复求举，亦无幸焉，乃复自疑，以为所试与得之者不同其程度；及得观之，余亦无甚愧焉。夫所谓博学者，岂今之所谓者乎？夫所谓宏辞者，岂今之所谓者乎？诚使古之豪杰之士若屈原、孟轲、司马迁、相如、扬雄之徒进于是选，必知其怀惭乃不自进而已耳。设使与夫今之善进取者竞于蒙昧之中，仆必知其辱焉。然彼五子者，且使生于今之世，其道虽不显于天下，其自负何如哉！肯与夫斗筲者决得失于一夫之目而为之忧乐哉！故凡仆之汲汲于进者，其小得，盖欲以具裘葛、养穷孤；其大得，盖欲以同吾之所乐于人耳。其他可否，自计已熟，诚不待人而后知。今足下乃复比之献玉者，以为必竢工人之剖然后见知于天下，虽两刖足不为病，且无使勍者再刖。诚足下相勉之意厚也，然仕进者岂舍此而无门哉？足下谓我必待是而后进者，尤非相悉之辞也。仆之玉固未尝献，而足固未尝刖，足下无为为我戚戚也。

方今天下风俗尚有未及于古者，边境尚有被甲执兵者，主上不得怡而宰相以为忧。仆虽不贤，亦且潜究其得失，致之乎吾相，荐之乎吾君，上希卿大夫之位，下犹取一障而乘之。若都不可得，犹将耕于宽闲之野，钓于寂寞之滨，求国家之遗事，考贤人哲士之终始，作唐之一经，垂之于无穷，诛奸谀于既死，发潜德之幽光，二者将必有一可。足下以为仆之玉凡几献，而足凡几刖也。又所谓勍者果谁哉？再刖之刑信如何也？士固信于知己，微足下无以发吾之狂言。愈再拜。

【解题】

本文作于贞元十一年。韩愈三选于吏部无成，好友崔立之以书相勉，韩愈以此书答之。文中先述其隐忍就试之由，次鸣其悲愤不平，末抒其怀抱，始终充满自信。文章直抒胸臆，信笔写来，郁勃雄劲，真气动人。

答张籍书

愈始者望见吾子于人人之中，固有异焉；及聆其音声，接其辞气，则有愿交之志；因缘幸会，遂得所图，岂惟吾子之不遗，抑仆之所遇有时焉耳。近者尝有意吾子之阙焉无言，意仆所以交之之道不至也。今乃大得所图，脱然若沈疴去体，洒然若执热者之濯清风也。然吾子所论：排释、老不若著书，嚣嚣多言，徒相为訾。若仆之见，则有异乎此也！

夫所谓著书者，义止于辞耳。宣之于口，书之于简，何择焉？孟轲之书，非轲自著，轲既殁，其徒万章、公孙丑相与记轲所言焉耳。仆自得圣人之道而诵之，排前二家有年矣。不知者以仆为好辩也；然从而化者亦有矣，闻而疑者又有倍焉。顽然不入者，亲以言谕之不入，则其观吾书也固将无得矣。为此而止，吾岂有爱于力乎哉？

然有一说：化当世莫若口，传来世莫若书。又惧吾力之未至也。三十而立，四十而不惑，吾于圣人，既过之犹惧不及；矧今未至，固有所未至耳。请待五六十然后为之，冀其少过也。

吾子又讥吾与人人为无实驳杂之说，此吾所以为戏耳，比之酒色，不有间乎？吾子讥之，似同浴而讥裸裎也。若商论不能下气，或似有之，当更思而悔之耳。博塞之讥，敢不承教？其他俟相见。

薄晚须到公府，言不能尽。愈再拜。

【解题】

本文作于贞元十三年（797），时愈佐董晋于汴州。前此，张籍曾写《上韩昌黎书》，批评韩愈喜博塞，好为无实驳杂之说，与人辩论不肯服输，并认为排释老不如著书。针对此，韩愈在复信中一一答复，从中可看出韩愈排佛老的一贯精神，亦可见韩愈性格的某些特点和弱点。

重答张籍书

吾子不以愈无似，意欲推而纳诸圣贤之域，拂其邪心，增其所未高；谓愈之质有可以至于道者，浚其源，导其所归，溉其根，将食其实，此盛德者之所辞让，况于愈者哉？抑其中有宜复者，故不可遂已。

昔者圣人之作《春秋》也，既深其文辞矣，然犹不敢公传道之，口授弟子，至于后世，然后其书出焉。其所以虑患之道微也。今夫二氏之所宗而事之者，下乃公卿辅相，吾岂敢昌言排之哉？择其可语者诲之，犹时与吾悖，其声哓哓；若遂成其书，则见而怒之者必多矣，必且以我为狂为惑；其身之不能恤，书于吾何有？夫子，圣人也，且曰："自吾得子路，而恶声不入于耳。"其余辅而相者周天下，犹且绝粮于陈，畏于匡，毁于叔孙，奔走于齐、鲁、宋、卫之郊；其道虽尊，其穷也亦甚矣！赖其徒相与守之，卒有立于天下。向使独言之而独书之，其存也可冀乎？

今夫二氏行乎中土也，盖六百年有余矣。其植根固，其流波漫，非所以朝令而夕禁也。自文王没，武王、周公、成、康相与守之，礼乐皆在，及乎夫子，未久也；自夫子而及乎孟子，未久也；自孟子而及乎扬雄，亦未久也，然犹其勤若此，其困若此，而后能有所立，吾其可易而为之哉！其为也易，则其传也不远，故余所以不敢也。

然观古人，得其时行其道，则无所为书。书者，皆所为不行乎今而行乎后世者也。今吾之得吾志失吾志未可知，竢五六十为之未失也。天不欲使兹人有知乎，则吾之命不可期；如使兹人有知乎，非我其谁哉？其行道，其为书，其化今，其传后，必有在矣。吾子其何遽戚戚于吾所为哉！

前书谓吾与人商论，不能下气，若好胜者然。虽诚有之，抑非好己胜也，好己之道胜也；非好己之道胜也，己之道乃夫子、孟轲、扬雄所传之道也。若不胜，则无以为道。吾岂敢避是名哉！夫子之言曰："吾与回言终日，不违如愚。"则其与众人辨也有矣。驳杂之讥，前书尽之，吾子其复之。昔者夫子犹有所戏，《诗》不云乎："善戏谑兮，不为虐兮。"《记》曰："张而不弛，文武不能也。"恶害于道哉！吾子其未之思乎？

孟君将有所适，思与吾子别，庶几一来。愈再拜。

【解题】

本文亦作于贞元十三年佐汴之时。韩愈答张籍书后，张籍遗之第二书，重申己见，故韩愈又为此书答之。此书就排释老不如著书、商论不能下气等问题，进一步阐述了自己观点。其排释老，令人起敬。其文如水奔泻，颇富气势。

上张徐州荐薛公达书

愈闻士有己未达而达人者，大夫意宁实之哉？小子诚其人。今言则无故过濡恩惠，思以极报之谓也。伏惟阁下仁义风天下，任帝室宏寄，名誉之美，刑政之威，化道之事，使四方无声色之娱，金帛之富，车服之制以从之，则亦称显位，雍容暇豫，而又何求？则可以取特达不羁之士，奉之以非常之礼，俾耀名天下，答天子鸿恩。

侧见河东薛公达，年二十有六。抱惊世之伟材，发言挺志，夐绝天秀；服仁食义，融内光外；直刚简质，与世不常。想其升朝廷议，凛莹冰玉，隐慝潛奸，灭心铄谋；然今尚幽塞未光，跧缩銛利，静居河、洛。惟高公之清风，驱马千里，文以为贽，求拜华轩。公则见之矣，遇采甚厚。惧左右者不明，喜蔽能，善黩视听，不以今之誉言；故小子忘惧，激愤献此，惟公明之。

夫垂纤饵溟泉，冀吞舟之鱼则疏；施薄礼天下，取特达之士亦难。大夫其裁之。

【解题】

本文约作于贞元十五年（799），时韩愈在徐州任节度推官。张徐州，即徐帅张建封。薛公达，奇伟不遇之士。韩愈上此书，即向张建封举荐薛公达。本文原不在韩集中，《文苑英华》、《全唐文》收入，而朱熹则认为文辞浅陋，不类韩作。待考。

与李翱书

使至，辱足下书，欢愧来并，不容于心。嗟乎，子之言意皆是也！仆虽巧说，何能逃其责邪？然皆子之爱我多，重我厚，不酌时人待我之情，而以子之待我之意使我望于时人也。

仆之家本穷空，重遇攻劫，衣服无所得，养生之具无所有，家累仅三十口，携此将安所归讬乎？舍之入京不可也，挈之而行不可也，足下将安以为我谋哉？此一事耳，足下谓我入京城有所益乎？仆之有子，犹有不知者，时人能知我哉？持仆所守，驱而使奔走伺候公卿间，开口论议，其安能有以合乎？仆在京城八九年，无所取资，日求于人以度时月，当时行之不觉也，今而思之，如痛定之人思当痛之时，不知何能自处也。今年加长矣，复驱之使就其故地，是亦难矣！

所贵乎京师者，不以明天子在上，贤公卿在下，布衣韦带之士谈道义者多乎？以仆遑遑于其中，能上闻而下达乎？其知我者固少，知而相爱不相忌者又加少。内无所资，外无所从，终安所为乎？嗟乎！子之责我诚是也，爱我诚多也，今天下之人有如子者乎？自尧舜已来，士有不遇者乎，无也？子独安能使我洁清不洿而处其所可乐哉？非不愿为子之所云者，力不足，势不便故也。仆于此岂以为大相知乎？累累随行，役役逐队，饥而食，饱而嬉者也。其所以止而不去者，以其心诚有爱于仆也。然所爱于我者少，不知我者犹多，吾岂乐于此乎哉？将亦有所病而求息于此也。

嗟乎！子诚爱我矣，子之所责于我者诚是矣，然恐子有时不暇责我而悲我，不暇悲我而自责且自悲也。及之而后知，履之而后难耳。孔子称颜回“一箪食、一瓢饮，人不堪其忧，回也不改其乐”。彼人者，有圣者为之依归，而又有箪食瓢饮足以不死，其不忧而乐也岂不易哉！若仆无所依归，无箪食，无瓢饮，无所取资，则饿而死，其不亦难乎？子之闻我言亦悲矣。嗟乎，子亦慎其所之哉！

离违久，乍还侍左右，当日欢喜，故专使驰此候足下意，并以自解。愈再拜。

【解题】

本文作于贞元十五年，时韩愈佐戎徐州。李翱与韩愈的关系，介于师友之间。时李翱在长安，写信劝韩愈回京，韩愈以此书作答，详述自己暂不能回京的苦衷。此信向朋友倾吐情怀，感情强烈，真诚坦率。

贺徐州张仆射白兔书

伏闻今月五日，营田巡官陈从政献瑞兔，毛质皦白，天驯其心。其始，实得之符离安阜屯。屯之役夫，朝行遇之，迫之弗逸，人立而拱。窃惟休咎之兆，天所以启觉于下；依类托喻，事之纤悉不可图验：非睿智博通，孰克究明？愈虽不敏，请试辨之：

兔，阴类也。又窟居，狡而伏，逆象也。今白其色，绝其群也；驯其心，化我德也；人立而拱，非禽兽之事，革而从人，且服罪也；得之符离，符离实戎国名，又附丽也；不在农夫之田，而在军田，武德行也，不战而来之之道也，有安阜之嘉名焉。

伏惟阁下股肱帝室，藩垣天下，四方其有逆乱之臣，未血斧锧之属，畏威崩析归我乎哉？其事兆矣！是宜具迹表闻，以承答天意。小子不惠，猥以文句微识蒙念，睹兹盛美，焉敢避不让之责而默默耶？愈再拜。

【解题】

本文作于贞元十五年秋，时韩愈在徐州。张仆射，即徐帅张建封。张建封得白兔，韩愈认为是吉兆，故写此书以辨。文中多阴阳、谶纬附会之语，表现了韩愈思想上的唯心一面及人品之庸俗一面。

上张仆射书

九月一日，愈再拜：受牒之明日，在使院中，有小吏持院中故事节目十余事来示愈。其中不可者，有自九月至明年二月之终，皆晨入夜归，非有疾病事故辄不许出。当时以初受命不敢言。古人有言曰：人各有能有不能。若此者，非愈之所能也。抑而行之，必发狂疾。上无以承事于公，忘其将所以报德者；下无以自立，丧失其所以为心。夫如是，则安得而不言？

凡执事之择于愈者，非为其能晨入夜归也，必将有以取之。苟有以取之，虽不晨入而夜归，其所取者犹在也。下之事上，不一其事；上之使下，不一其事。量力而任之，度才而处之，其所不能，不强使为是。故为下者不获罪于上，为上者不得怨于下矣。孟子有云：今之诸侯无大相过者，以其皆“好臣其所教，而不好臣其所受教”。今之时，与孟子之时又加远矣，皆好其闻命而奔走者，不好其直己而行道者。闻命而奔走者，好利者也；直己而行道者，好义者也。未有好利而爱其君者，未有好义而忘其君者。今之王公大人惟执事可以闻此言，惟愈于执事也可以此言进。

愈蒙幸于执事，其所从旧矣。若宽假之使不失其性，加待之使足以为名。寅而入，尽辰而退；申而入，终酉而退，率以为常，亦不废事。天下之人闻执事之于愈如是也，必皆曰：执事之好士也如此，执事之待士以礼如此，执事之使人不枉其性而能有容如此，执事之欲成人之名如此，执事之厚于故旧如此。又将曰：韩愈之识其所依归也如此，韩愈之不谄屈于富贵之人如此，韩愈之贤能使其主待之以礼如此，则死于执事之门无悔也。若使随行而入，遂队而趋，言不敢尽其诚，道有所屈于己，天下之人闻执事之于愈如此，皆曰：执事之用韩愈，哀其穷、收之而已耳；韩愈之事执事，不以道，利之而已耳。苟如是，虽日受千金之赐，一岁九迁其官，感恩则有之矣，将以称于天下曰“知己，知己”，则未也。

伏惟哀其所不足，矜其愚，不录其罪；察其辞，而垂仁采纳焉。愈恐惧再拜。

【解题】

本文作于贞元十五年，韩愈佐戎徐州。韩愈忍受不了晨入夜归、刻板的幕僚生活，写此信与徐帅张建封商谈他的上班时间。这本是下级求上级之事，而韩愈此文却毫无乞求之意，理由堂堂正正，文气咄咄逼人。

上张仆射第二书

愈再拜：以击球事谏执事者多矣。谏者不休，执事不止，此非为其乐不可舍、其谏不足听故哉？谏不足听者，辞不足感心也；乐不可舍者，患不能切身也。今之言球之害者必曰：有危堕之忧，有激射之虞，小者伤面目，大者残形躯。执事闻之若不闻者，其意必曰：进若习熟，则无危堕之忧；避能便捷，则免激射之虞；小何伤于面目，大何累于形躯者哉！愈今所言皆不在此，其指要非以他事外物牵引相比也，特以击球之间之事明之耳。

马之与人，情性殊异；至于筋骸之相束，血气之相持，安佚则适，劳顿则疲者同也。乘之有道，步骤折中，少必无疾，老必后衰。及以之驰球于场，荡摇其心腑，振挠其骨筋，气不及出入，走不及回旋。远者三四年，近者一二年，无全马矣。然则球之害于人也决矣！凡五脏之系络甚微，坐立必悬垂于胸臆之间，而以之颠顿驰骋，呜呼，其危哉！

《春秋传》曰："夫有尤物，足以移人，苟非德义，则必有祸。"虽岂弟君子，神明所扶持，然广虑之，深思之，亦养寿命之一端也。愈恐惧再拜。

【解题】

本文作于贞元十五六年，愈佐戎徐州时。前有第一书，论晨入夜归事，故此为第二书。徐帅张建封嗜马球，屡谏不听，韩愈复为此文，极言击马球之害。寥寥数百言，使人意动神悚。

与孟东野书

与足下别久矣，以吾心之思足下，知足下悬悬于吾也。各以事牵，不可合并，其于人人，非足下之为见而日与之处，足下知吾心乐否也？吾言之而听者谁欤？吾唱之而和者谁欤？言无听也，唱无和也，独行而无徒也，是非无所与同也，足下知吾心乐否也？

足下才高气清，行古道，处今世，无田而衣食，事亲左右无违，足下之用心勤矣！足下之处身劳且苦矣！混混与世相浊，独其心追古人而从之，足下之道其使吾悲也！

去年春，脱汴州之乱，幸不死，无所于归，遂来于此。主人与吾有故，哀其穷，居吾于符离睢上，及秋将辞去，因被留以职事。默默在此，行一年矣。到今年秋，聊复辞去。江湖，余乐也，与足下终幸矣！

李习之娶吾亡兄之女，期在后月，朝夕当来此。张籍在和州居丧，家甚贫。恐足下不知，故具此白，冀足下一来相视也。自彼至此虽远，要皆舟行可至，速图之，吾之望也！春且尽，时气向热，惟侍奉吉庆。愈眼疾比剧，甚无聊，不复一一。愈再拜。

【解题】

本文作于贞元十六年（800）三月，时韩愈佐戎徐州。在信中，韩愈既向孟郊详述自己的遭遇和处境，又对孟郊的道德才气表示佩服。普通书信，娓娓道来，似漫不经心，然真气、真情充溢，颇能动人。

与冯宿论文书

辱示《初筮赋》，实有意思。但力为之，古人不难到。但不知直似古人，亦何得于今人也？仆为文久，每自则意中以为好，则人必以为恶矣：小称意人亦小怪之，大称意即人必大怪之也。时时应事作俗下文字，下笔令人惭。及示人，则人以为好矣：小惭者亦蒙谓之小好，大惭者即必以为大好矣。不知古文直何用于今世也？然以竢知者知耳。

昔扬子云著《太玄》，人皆笑之，子云之言曰："世不我知无害也，后世复有扬子云，必好之矣。"子云死近千载，竟未有扬子云，可叹也！其时桓谭亦以为雄书胜老子，老子未足道也，子云岂止与老子争强而已乎？此未为知雄者。其弟子侯芭颇知之，以为其师之书胜《周易》，然侯之他文不见于世，不知其人果如何耳。以此而言，作者不祈人之知也明矣。直百世以竢圣人而不惑，质诸鬼神而不疑耳。足下岂不谓然乎？

近李翱从仆学文，颇有所得，然其人家贫多事，未能卒其业。有张籍者，年长于翱，而亦学于仆，其文与翱相上下，一二年业之，庶几乎至也，然闵其弃俗尚而从于寂寞之道，以之争名于时也！

久不谈，聊感足下能自进于此，故复发愤一道。愈再拜。

【解题】

本文约作于韩愈佐董晋于汴州之时，一说作于韩愈佐张建封于徐州之时。此信与冯宿论文，中心是关于古文的写作问题。韩愈反对骈文，坚持写古文，但又反对“直似古人”；愈之古文遭世俗讥议，仍不悔，以俟智者知耳。

答李翊书

六月二十六日，愈白李生足下：生之书辞甚高，而其问何下而恭也！能如是，谁不欲告生以其道。道德之归也有日矣，况其外之文乎？抑愈所谓望孔子之门墙而不入于其宫者，焉足以知是且非邪？虽然，不可不为生言之。

生所谓立言者，是也。生所为者与所期者，甚似而几矣。抑不知生之志，蕲胜于人而取于人邪？将蕲至于古之立言者邪？蕲胜于人而取于人，则固胜于人而可取于人矣；将蕲至于古之立言者，则无望其速成，无诱于势利，养其根而竢其实，加其膏而希其光。根之茂者其实遂，膏之沃者其光晔，仁义之人，其言蔼如也。

抑又有难者，愈之所为，不自知其至犹未也。虽然，学之二十余年矣。始者非三代、两汉之书不敢观，非圣人之志不敢存，处若忘，行若遗，俨乎其若思，茫乎其若迷。当其取于心而注于手也，惟陈言之务去，戛戛乎其难哉！其观于人，不知其非笑之为非笑也。如是者亦有年，犹不改，然后识古书之正伪，与虽正而不至焉者，昭昭然白黑分矣，而务去之，乃徐有得也。当其取于心而注于手也，汩汩然来矣。其观于人也，笑之则以为喜，誉之则以为忧，以其犹有人之说者存也。如是者亦有年，然后浩乎其沛然矣。吾又惧其杂也，迎而距之，平心而察之，其皆醇也，然后肆焉。虽然，不可以不养也。行之乎仁义之途，游之乎《诗》、《书》之源，无迷其途，无绝其源，终吾身而已矣。

气，水也；言，浮物也。水大而物之浮者大小毕浮，气之与言犹是也，气盛则言之短长与声之高下者皆宜。虽如是，其敢自谓几于成乎？虽几于成，其用于人也奚取焉？虽然，待用于人者，其肖于器邪？用与舍属诸人。君子则不然，处心有道，行己有方，用则施诸人，舍则传诸其徒，垂诸文而为后世法。如是者，其亦足乐乎？其无足乐也？

有志乎古者希矣！志乎古必遗乎今，吾诚乐而悲之。亟称其人，所以劝之，非敢褒其可褒而贬其可贬也。问于愈者多矣，念生之言不志乎利，聊相为言之。愈白。

【解题】

本文作于贞元十七年（801），是一篇书信体的论说文。文中着重叙述了韩愈自己学习古文的三个阶段，并提出了“气盛言宜”的主张。韩愈把古文创作当作自己终生的事业，不倦地追求，表现其排击世俗的勇气和顽强进取的精神。

重答李翊书

愈白李生：生之自道其志可也，其所疑于我者非也。人之来者，虽其心异于生，其于我也，皆有意焉。君子之于人，无不欲其入于善，宁有不可告而告之，孰有可进而不进也？言辞之不酬，礼貌之不答，虽孔子不得行于互乡，宜乎余之不为也。苟来者，吾斯进之而已矣，乌待其礼踰而情过乎？

虽然，生之志求知于我邪，求益于我邪？其思广圣人之道邪？其欲善其身而使人不可及邪？其何汲汲于知而求待之殊也！贤不肖固有分矣，生其急乎其所自立，而无患乎人不已知；未尝闻有响大而声微者也，况愈之于生恳恳邪？

属有腹疾无聊，不果自书。愈白。

【解题】

本文作于贞元十七年，后于《答李翊书》。文中主要讲君子的待人之道，无不欲其入于善。不可告则不告之，可进则进之。又肯定李翊“急乎其所自立”、“无患乎人不已知”。文章多以设问出之，不乏盛气。

与卫中行书

大受足下：辱书，为赐甚大。然所称道过盛，岂所谓诱之而欲其至于是欤？不敢当，不敢当！其中择其一二近似者而窃取之，则于交友忠而不反于背面者，少似近焉。亦其心之所好耳，行之不倦，则未敢自谓能尔也。不敢当，不敢当！

至于汲汲于富贵以救世为事者，皆圣贤之事业，知其智能谋力能任者也。如愈者，又焉能之？始相识时，方甚贫，衣食于人，其后相见于汴、徐二州，仆皆为之从事，日月有所入，比之前时丰约百倍，足下视吾饮食衣服亦有异乎？然则仆之心或不为此汲汲也，其所不忘于仕进者，亦将小行乎其志耳。此未易遽言也。

凡祸福吉凶之来，似不在我。惟君子得祸为不幸，而小人得祸为恒；君子得福为恒，而小人得福为幸，以其所为似有以取之也。必曰“君子则吉，小人则凶”者，不可也。贤不肖存乎己，贵与贱、祸与福存乎天，名声之善恶存乎人。存乎己者，吾将勉之；存乎天、存乎人者，吾将任彼而不用吾力焉，其所守者岂不约而易行哉！足下曰，“命之穷通，自我为之”，吾恐未合于道。足下征前世而言之，则知矣；若曰以道德为己任，穷通之来，不接吾心，则可也。

穷居荒凉，草树茂密，出无驴马，因与人绝，一室之内，有以自娱。足下喜吾复脱祸乱，不当安安而居、迟迟而来也！

【解题】

本文作于贞元十七年，时韩愈赋闲于洛阳。卫中行，字大受，贞元九年进士。韩愈于贞元十六年离徐州，不久张建封卒，徐军乱。中行喜韩愈脱祸，以书遗愈。愈以此书答之，既明自己汲汲于仕进是为行志，又论君子、小人之祸福。

答杨子书

辱书并示表记述书辞等五篇，比于东都，略见颜色。未得接言语，心固已相奇，但不敢果于貌定。知人尧舜所难，又尝服宰予之诫，故未敢决然挹，亦不敢忽然忘也。

到城已来，不多与人还往。友朋之中，所敬信者，平昌孟东野。东野砣砣说足下不离口；崔大敦诗不多见，每每说人物，亦以足下为处子之秀；近又得李七翱书，亦云足下之文，远其兄甚。夫以平昌之贤，其言一人固足信矣；况又崔与李继至而交说邪？故不待相见，相信已熟；既相见，不要约已相亲；审知足下之才充其容也。

今辱书乃云云，是所谓以黄金注，重外而内惑也。然恐足下少年与仆老者不相类，尚须验以言，故具白所以。而今而后，不置疑于其间可也。

若曰长育人才，则有天子之大臣在。若仆者，守一官且不足以修理，况如是重任邪？学问有暇，幸时见临。愈白。

【解题】

本文写于贞元十七年，时韩愈在长安。杨子，即杨敬之。杨子以文五篇示愈，求为指点，愈以此书答之。

与祠部陆员外书

执事好贤乐善，孜孜以荐进良士、明白是非为己任，方今天下，一人而已。愈之获幸于左右，其足迹接于门墙之间，升乎堂而望乎室者，亦将一年于今矣。念虑所及，辄欲不自疑外，竭其愚而道其志，况在执事之所孜孜为己任者，得不少助而张之乎？诚不自识其言之可采与否；其事则小人之事君子尽心之道也。天下之事不可遽数，又执事之志或有待而为，未敢一二言也，今但言其最近而切者尔。

执事之与司贡士者相知诚深矣。彼之所望于执事，执事之所以待乎彼者，可谓至而无间疑矣。彼之职在乎得人，执事之志在乎进贤，如得其人而授之，所谓两得其求，顺乎其必从也。执事之知人其亦博矣，夫子之言曰“举尔所知”，然则愈之知者亦可言已。

文章之尤者，有侯喜者、侯云长者。喜之家，在开元中衣冠而朝者兄弟五六人，及喜之父仕不达，弃官而归。喜率兄弟操耒耜而耕于野，地薄而赋多，不足以养其亲，则以其耕之暇，读书而为文，以干于有位者而取足焉。喜之文章，学西京而为也，举进士十五六年矣。云长之文，执事所自知。其为人淳重方实，可任以事，其文与喜相上下。有刘述古者，其文长于为诗，文丽而思深，当今举于礼部者，其诗无与为比，而又工于应主司之试。

其为人温良诚信，无邪佞诈妄之心，强志而婉容，和平而有立。其趋事静以敏，著美名而负屈称者，其日已久矣。有韦群玉者，京兆之从子，其文有可取者，其进而未止者也，其为人贤而有材，志刚而气和，乐于荐贤为善。其在家无子弟之过，居京兆之侧，遇事辄争，不从其令而从其义，求子弟之贤而能业其家者，群玉是也。凡此四子皆可以当执事首荐而极论者。主司疑焉，则以辨之；问焉，则以告之；未知焉，则殷勤而语之，期乎有成而后止可也。有沈杞者、张苰者、尉迟汾者、李绅者、张后余者、李翊者，或文或行皆出群之才也。凡此数子，与之足以收人望、得才实。主司疑焉，则与解之；问焉，则以对之；广求焉，则以告之可也。

往者陆相公司贡士，考文章甚详，愈时亦幸在得中，而未知陆之得人也。其后一二年，所与及第者皆赫然有声。原其所以，亦由梁补阙肃、王郎中础佐之。梁举八人，无有失者，其余则王皆与谋焉。陆相之考文章甚详也，待梁与王如此不疑也，梁与王举人如此之当也，至今以为美谈。自后主司不能信人，人亦无足信者，故蔑蔑无闻。今执事之与司贡士者有相信之资，谋行之道，惜乎其不可失也！

方今在朝廷者，多以游燕娱乐为事；独执事眇然高举，有深思长虑，为国家树根本之道，宜乎小子之以此言闻于左右也。愈恐惧再拜。

【解题】

本文作于贞元十八年（802），时韩愈在长安为四门博士。此年，中书舍人权德舆典贡举，陆傪佐之。韩愈写此信，向陆傪推荐侯喜等十人，并认为为国得人才，是为国家树根本之道。足见韩愈之奖掖后进之士及在人才问题上之卓见。韩愈信笔直书，而文自有波澜意度。

与崔群书

自足下离东都，凡两度枉问，寻承已达宣州，主人仁贤，同列皆君子，虽抱羁旅之念，亦且可以度日，无入而不自得。乐天知命者，固前修之所以御外物者也，况足下度越此等百千辈，岂以出处近远累其灵台邪！宣州虽称清凉高爽，然皆大江之南，风土不并以北，将息之道，当先理其心，心闲无事，然后外患不入，风气所宜，可以审备，小小者亦当自不至矣。足下之贤，虽在穷约犹能不改其乐，况地至近、官荣禄厚、亲爱尽在左右者邪？所以如此云云者，以为足下贤者，宜在上位，托于幕府则不为得其所，是以及之，乃相亲重之道耳，非所以待足下者也。

仆自少至今，从事于往还朋友间一十七年矣！日月不为不久，所与交往相识者千百人，非不多，其相与如骨肉兄弟者亦且不少。或以事同，或以艺取，或慕其一善，或以其久故，或初不甚知而与之已密、其后无大恶因不复决舍，或其人虽不皆入于善，而于己已厚，虽欲悔之不可。凡诸浅者固不足道，深者止如此。至于心所仰服，考之言行而无瑕尤，窥之阃奥而不见畛域，明白淳粹，辉光日新者，惟吾崔君一人。仆愚陋无所知晓，然圣人之书无所不读，其精粗巨细，出入明晦，虽不尽识，抑不可谓不涉其流者也。以此而推之，以此而度之，诚知足下出群拔萃。无谓仆何从而得之也，与足下情义，宁须言而后自明邪？所以言者，惧足下以为吾所与深者多，不置白黑于胸中耳。既谓能粗知足下，而复惧足下之不我知，亦过也。

比亦有人说足下诚尽善尽美，抑犹有可疑者。仆谓之曰："何疑？"疑者曰："君子当有所好恶，好恶不可不明。如清河者，人无贤愚，无不说其善，伏其为人，以是而疑之耳。"仆应之曰：“凤皇芝草，贤愚皆以为美瑞；青天白日，奴隶亦知其清明。譬之食物，至于遐方异味，则有嗜者，有不嗜者；至于稻也、粱也、脍也、炙也，岂闻有不嗜者哉？”疑者乃解。解不解，于吾崔君无所损益也。

自古贤者少，不肖者多。自省事已来，又见贤者恒不遇，不贤者比肩青紫；贤者恒无以自存，不贤者志满气得；贤者虽得卑位则旋而死，不贤者或至眉寿。不知造物者意竟如何？无乃所好恶与人异心哉？又不知无乃都不省记，任其死生寿夭邪？未可知也。人固有薄卿相之官、千乘之位，而甘陋巷菜羹者，同是人也，犹有好恶如此之异者，况天之与人，当必异其所好恶无疑也！合于天而乖于人，何害？况又时有兼得者邪！崔君，崔君，无怠，无怠！

仆无以自全活者，从一官于此，转困穷甚，思自放于伊、颍之上，当亦终得之。近者尤衰惫：左车第二牙无故动摇脱去，目视昏花，寻常间便不分人颜色，两鬓半白，头发五分亦白其一，须亦有一茎两茎白者。仆家不幸，诸父诸兄皆康强早世，如仆者又可以图于久长哉？以此忽忽思与足下相见，一道其怀。小儿女满前，能不顾念！足下何由得归北来？仆不乐江南，官满便终老嵩下，足下可相就，仆不可去矣。珍重自爱，慎饮食，少思虑，惟此之望。愈再拜。

【解题】

本文作于贞元十八年，时韩愈在京城任四门博士。崔群为韩愈同年至交，时任宣州观察判官。信中有对朋友的劝慰关切及称颂，但核心是抒发怀才不遇的牢骚不平。文章条理井然，感情真切，语言明白晓畅，娓娓如叙家常，又时露郁勃不平之气。

与于襄阳书

七月三日，将仕郎守国子四门博士韩愈谨奉书尚书阁下：

士之能享大名显当世者，莫不有先达之士负天下之望者为之前焉；士之能垂休光照后世者，亦莫不有后进之士负天下之望者为之后焉。莫为之前，虽美而不彰；莫为之后，虽盛而不传。是二人者，未始不相须也，然而千百载乃一相遇焉。岂上之人无可援，下之人无可推欤？何其相须之殷而相遇之疏也？其故：在下之人负其能不肯谄其上，上之人负其位不肯顾其下。故高材多戚戚之穷，盛位无赫赫之光，是二人者之所为皆过也。未尝干之，不可谓上无其人；未尝求之，不可谓下无其人。愈之诵此言久矣，未尝敢以闻于人。

侧闻阁下抱不世之才，特立而独行，道方而事实，卷舒不随乎时，文武唯其所用，岂愈所谓其人哉？抑未闻后进之士有遇知于左右、获礼于门下者，岂求之而未得邪？将志存乎立功，而事专乎报主，虽遇其人，未暇礼邪？何其宜闻而久不闻也！愈虽不材，其自处不敢后于恒人，阁下将求之而未得欤？古人有言："请自隗始。"

愈今者惟朝夕刍米仆赁之资是急，不过费阁下一朝之享而足也。如曰："吾志存乎立功，而事专乎报主，虽遇其人，未暇礼焉。"则非愈之所敢知也。世之龊龊者既不足以语之，磊落奇伟之人又不能听焉，则信乎命之穷也！

谨献旧所为文一十八首，如赐览观，亦足知其志之所存。愈恐惧再拜。

【解题】

本文作于贞元十八年秋，时韩愈在长安为国子四门博士。于襄阳，即于頔，贞元十四年以工部尚书为山南东道节度使。此书大讲上下相须，意在求于頔提携，所谓“惟朝夕刍米仆赁之资是急”，所谓“请自隗始”，其意甚明。

答胡生书

愈顿首，胡生秀才足下：雨不止，薪刍价益高，生远客，怀道守义，非其人不交，得无病乎？斯须不展，思想无已。愈不善自谋，口多而食寡，然犹月有所入，以愈之不足，知生之穷也。至于是而不悔，非信道笃者其谁能之！所示千百言，略不及此，而以不屡相见为忧，谢相知为急，谋道不谋食，乐以忘忧者，生之谓矣。顾无以当之，如何？

夫别是非，分贤与不肖，公卿贵位者之任也，愈不敢有意于是。如生之徒于我厚者，知其贤，时或道之，于生未有益也；不知者，乃用是为谤。不敢知爱，惧生之无益而有伤也，如之何？若曰：彼有所合，吾不利其求，则庶可矣。生又离乡邑，去亲爱，甘辛苦而不厌者，本非为是也，如之何？愈之于生既不变矣，戒生无以示愈者语于人，用息不知者之谤，生慎从之！

《讲礼》、《释友》二篇，比旧尤佳，志深而喻切，因事以陈辞，古之作者正如是尔。愈顿首。

【解题】

胡生，即胡直均。胡生求谒于韩愈，望其称荐于公卿，以为科举进身之阶。韩愈以此书答之，盛赞其安贫守道，但戒胡生不要随便求人，以免遭不知者之谤，深寄爱惜之意。胡生贞元十九年（803）中进士，故此文约作于贞元十八年。

上李尚书书

月日，将仕郎前守四门博士韩愈，谨载拜奉书尚书大尹阁下：

愈来京师，于今十五年，所见公卿大臣不可胜数，皆能守官奉职，无过失而已；未见有赤心事上，忧国如家如阁下者。

今年已来，不雨者百有余日，种不入土，野无青草，而盗贼不敢起，谷价不敢贵，百坊、百二十司、六军、二十四县之人，皆若阁下亲临其家，老奸宿赃，销缩摧沮，魂亡魄丧，影灭迹绝，非阁下修理镇服，布宣天子威德，其何能及此！

愈也少从事于文学，见有忠于君、孝于亲者，虽在千百年之前，犹敬而慕之，况亲逢阁下，得不候于左右以求效其恳恳？谨献所为文两卷，凡十五篇，非敢以为文也，以为谒见之资也。进退惟命。愈恐惧再拜。

【解题】

本文作于贞元十九年（803），时韩愈在长安，已罢四门博士，而尚未授监察御史。李尚书，即检校工部尚书李实，此时任京兆尹。此书为献文求荐之作，故对李实这个大权在握的权贵，多有过誉之词。

与陈给事书

愈再拜：愈之获见于阁下有年矣。始者亦尝辱一言之誉，贫贱也，衣食于奔走，不得朝夕继见。其后阁下位益尊，伺候于门墙者日益进。夫位益尊，则贱者日隔；伺候于门墙者日益进，则爱博而情不专。愈也道不加修而文日益有名。夫道不加修，则贤者不与；文日益有名，则同进者忌。始之以日隔之疏，加之以不专之望，以不与者之心而听忌者之说，由是阁下之庭无愈之迹矣！

去年春，亦尝一进谒于左右矣，温乎其容若加其新也，属乎其言若闵其穷也，退而喜也，以告于人。其后如东京取妻子，又不得朝夕继见。及其还也，亦尝一进谒于左右矣，邈乎其容若不察其愚也，悄乎其言若不接其情也，退而惧也，不敢复进。今则释然悟，翻然悔曰：其邈也，乃所以怒其来之不继也；其悄也，乃所以示其意也。不敏之诛，无所逃避。不敢遂进，辄自疏其所以，并献近所为《复志赋》已下十首为一卷，卷有标轴；《送孟郊序》一首，生纸写，不加装饰，皆有揩字注字处，急于自解而谢，不能竢更写，阁下取其意而略其礼可也。愈恐惧再拜。

【解题】

陈给事，即陈京，贞元十九年自考功员外迁给事中，本文当作于此时，信中叙自己与陈交往过程，主要是解释自己未能常与陈接近的原因。

答窦秀才书

愈白：愈少驽怯，于他艺能，自度无可努力；又不通时事，而与世多龃龉；念终无以树立，遂发愤笃专于文学。学不得其术，凡所辛苦而仅有之者，皆符于空言而不适于实用，又重以自废。是故学成而道益穷，年老而智愈困。今又以罪黜于朝廷，远宰蛮县，愁忧无聊，瘴疠侵加，惴惴焉无以冀朝夕。

足下年少才俊，辞雅而气锐，当朝廷求贤如不及之时，当道者又皆良有司，操数寸之管，书盈尺之纸，高可以钓爵位，循次而进，亦不失万一于甲科。今乃乘不测之舟，入无人之地，以相从问文章为事。身勤而事左，辞重而请约，非计之得也。虽使古之君子，积道藏德遁其光而不曜，胶其口而不传者，遇足下之请恳恳，犹将倒廪倾囷，罗列而进也，若愈之愚不肖，又安敢有爱于左右哉！

顾足下之能，足以自奋；愈之所有，如前所陈，是以临事愧耻而不敢答也。钱财不足以贿左右之匮急，文章不足以发足下之事业，稛载而往，垂橐而归，足下亮之而已。愈白。

【解题】

本文作于贞元二十年（804），时韩愈因言事由监察御史贬为阳山令。窦秀才，即窦存亮，慕愈之文名，相从以问文章之事。愈以此书答之，态度坦诚，于雄硬直达之中，自有抑扬起伏之妙。

上兵部李侍郎书

十二月九日，将仕郎守江陵府法曹参军韩愈，谨上书侍郎阁下：

愈少鄙钝，于时事都不通晓，家贫不足以自活，应举觅官，凡二十年矣。薄命不幸，动遭谗谤，进寸退尺，卒无所成。性本好文学，因困厄悲愁无所告语，遂得究穷于经传史记百家之说，沈潜乎训义，反复乎句读，砻磨乎事业，而奋发乎文章。凡自唐、虞已来，编简所存，大之为河海，高之为山岳，明之为日月，幽之为鬼神，纤之为珠玑华实，变之为雷霆风雨，奇辞奥旨，靡不通达。惟是鄙钝不通晓于时事，学成而道益穷，年老而智益困，私自怜悼，悔其初心，发秃齿豁，不见知己。

夫牛角之歌，辞鄙而义拙；堂下之言，不书于传记。齐桓举以相国，叔向携手以上，然则非言之难为，听而识之者难遇也！

伏以阁下内仁而外义，行高而德钜，尚贤而与能，哀穷而悼屈，自江而西，既化而行矣。今者入守内职，为朝廷大臣，当天子新即位，汲汲于理化之日，出言举事，宜必施设。既有听之之明，又有振之之力，宁戚之歌，鬷明之言，不发于左右，则后而失其时矣。

谨献旧文一卷，扶树教道，有所明白；南行诗一卷，舒忧娱悲，杂以瑰怪之言，时俗之好，所以讽于口而听于耳也。如赐览观，亦有可采，干黩严尊，伏增惶恐。愈再拜。

【解题】

本文作于永贞元年（805）十二月，时韩愈为江陵府法曹参军。兵部李侍郎，即李巽，是时由江西观察使入为兵部侍郎。此文亦献诗文求荐之作。文中述自己读书为文情况颇为真切。求人之作，而内气尤足，恣睢放肆，笔力雄奇。

上襄阳于相公书

伏蒙示《文武顺圣乐辞》、《天保乐诗》、《读蔡琰胡笳辞诗》、《移族从》并《与京兆书》，自幕府至邓之北境凡五百余里，自庚子至甲辰凡五日，手披目视，口咏其言，心惟其义，且恐且惧，忽若有亡，不知鞍马之勤，道途之远也！

夫涧谷之水，深不过咫尺，丘垤之山，高不能逾寻丈，人则狎而玩之；及至临泰山之悬崖，窥巨海之惊澜，莫不战掉悼慄，眩惑而自失。所观变于前，所守易于内，亦其理宜也。阁下负超卓之奇材，蓄雄刚之俊德，浑然天成，无有畔岸，而又贵穷乎公相，威动乎区极，天子之毗，诸侯之师，故其文章言语与事相侔，惮赫若雷霆，浩汗若河汉，正声谐《韶》、《濩》，劲气沮金石，丰而不余一言，约而不失一辞，其事信，其理切。孔子之言曰：“有德者必有言。”信乎其有德且有言也！扬子云曰：“商书灏灏尔，周书噩噩尔。”信乎其能灏灏而且噩噩也！

昔者齐君行而失道，管子请释老马而随之；樊迟请学稼，孔子使问之老农。夫马之智不贤于夷吾，农之能不圣于尼父，然且云尔者，圣贤之能多，农马之知专故也。今愈虽愚且贱，其从事于文，实专且久；则其赞王公之能，而称大君子之美，不为僭越也。伏惟详察。愈恐惧再拜。

【解题】

本文作于元和元年（806），时韩愈自江陵掾召为国子博士，行至邓州北境作此书。于相公：指于頔。于頔以四首诗示愈，愈以此书作答。其中评于頔诗文数语，多过其实。然作为文学见解，不失为精辟之论。

答陈商书

愈白：辱惠书，语高而旨深，三四读尚不能通晓，茫然增愧赧。又不以其浅弊无过人知识，且喻以所守，幸甚！愈敢不吐情实？然自识其不足补吾子所须也。

齐王好竽，有求仕于齐者操瑟而往，立王之门三年不得入，叱曰：“吾瑟鼓之能使鬼神上下，吾鼓瑟合轩辕氏之律吕。”客骂之曰：“王好竽而子鼓瑟，虽工，如王不好何？”是所谓工于瑟而不工于求齐也。今举进士于此世，求禄利行道于此世，而为文必使一世人不好，得无与操瑟立齐门者比欤？文虽工不利于求，求不得则怒且怨，不知君子必尔为不也！故区区之心，每有来访者，皆有意于不肖者也。略不辞让，遂尽言之，惟吾子谅察。愈白。

【解题】

本文约作于元和初年，时韩愈为国子博士，陈商未第，以文求益于愈，愈为书答之。陈商来信令韩愈难以诵读，故此文主要是批评陈商文章古奥，不合时宜。文章以“工于瑟而不工于求齐”为喻，意奇辞足，自然简峻。

答冯宿书

垂示仆所阙，非情之至，仆安得闻此言？朋友道缺绝久，无有相箴规磨切之道，仆何幸乃得吾子！仆常闵时俗人有耳不自闻其过，懔懔然惟恐已之不自闻也，而今而后，有望于吾子矣！

然足下与仆交久，仆之所守，足下之所熟知。在京城时，嚣嚣之徒相訾百倍，足下时与仆居，朝夕同出入起居，亦见仆有不善乎？然仆退而思之，虽无以获罪于人，亦有以获罪于人者。仆在京城一年，不一至贵人之门，人之所趋，仆之所傲。与己合者，则从之游；不合者，虽造吾庐未尝与之坐。此岂徒足致谤而已，不戮于人则幸也！追思之，可为战慄寒心。故至此已来，剋己自下，虽不肖人至，未尝敢以貌慢之，况时所尚者邪？以此自谓庶几无时患，不知犹复云云也。闻流言不信其行，呜呼，不复有斯人也！君子不为小人之恟恟而易其行，仆何能尔？委曲从顺，向风承意，汲汲恐不得合，犹且不免云云，命也，可如何！然子路闻其过则喜，禹闻昌言则下车拜。古人有言曰：“告我以吾过者，吾之师也。”愿足下不惮烦，苟有所闻，必以相告，吾亦有以报子，不敢虚也，不敢忘也！

【解题】

冯宿，韩愈之同年。本文作于元和二年（807）。时韩愈分教东都。冯宿写信指出韩愈的缺点，韩愈以此信答之，既感谢冯宿能告之以过，能尽朋友箴规磨切之道，又叙说自己因慢待权贵而遭谤，并表示自己决不为小人之恂恂而易其行。

上郑尚书相公启

愈启：伏蒙仁恩，猥赐示问，感戴战悚，若无所容措。然尚有厥诚须尽露于左右者，敢避其烦黩，怀不满之意于受恩之地哉!

愈幸甚，三得为属吏，朝夕不离门下，出入五年。窃自计较，受与报不宜在门下诸从事后，故事有当言，未尝敢不言，有不便于己，辄吐私情，阁下所宜怜也。

分司郎官职事惟祠部为烦且重，愈独判二年。日与宦者为敌，相伺候罪过，恶言詈辞，狼藉公牒，不敢为耻，实虑陷祸。故前者怀状乞与诸郎官更判，意虽甚专，事似率尔，言语精神，不能自明，不蒙察允，遽以惭归，俛俛日日，遂逾累旬，私图其宜，敢以病告。鸤鸠平均，歌于《国风》；从事独贤，《雅》以怨刺，伏惟俯加怜察。幸甚，幸甚！愈再拜。

【解题】

本文作于元和三年（808），时韩愈为都官员外郎，分司东都。郑尚书，即检校兵部尚书兼东都留守郑余庆。愈分管祠部，任务繁重，且日与宦者为敌，故求郑余庆予以调换。前已有求，未蒙察允，故又上书言之。

与少室李拾遗书

十二月某日，愈顿首。伏承天恩，诏河南敦谕拾遗公，朝廷之士，引颈东望，若景星凤皇之始见也，争先观之为快。方今天子仁圣，小大之事，皆出宰相；乐善言，如不得闻。自即大位已来，于今四年，凡所施者，无不得宜。勤俭之声，宽大之政，幽闺妇女、草野小人，皆饱闻而厌道之。愈不通于古，请问先生：世非太平之运欤？加又有非人力而至者；年谷熟衍，符贶委至；若干纪之奸，不战而拘累；强梁之凶，销铄缩栗，迎风而委伏。其有一事未就正，自视若不成人。四海之所环，无一夫甲而兵者。若此时也，拾遗公不疾起与天下之士君子乐成而享之，斯无时矣。

昔者孔子知不可为而为之不已，足迹接于诸侯之国。即可为之时，自藏深山，牢关而固距，即与仁义者异守矣。想拾遗公冠带就车，惠然肯来，舒所蓄积，以补缀盛德之有阙遗，利加于时，名垂于将来，踊跃悚企，倾刻以冀。

又窃闻朝廷之议，必起拾遗公。使者往若不许，即河南必继以行；拾遗徵君若不至，必加高秩：如是则辞少就多，伤于廉而害于义，拾遗公必不为也。善人斯进，其类皆有望于拾遗公；拾遗公傥不为起，使众善人不与斯人施也。由拾遗公而使天子不尽得良臣，君子不尽得显位，人庶不尽被惠利，其害不为细，必望审察而远思之，务使合于孔子之道。幸甚！愈再拜。

【解题】

本文作于元和三年，时韩愈在洛阳任东都国子博士。李拾遗，即李渤，元和元年征为左拾遗，其刻志于学，隐于少室山，众人交章荐之，不拜。此时韩愈致书李渤，意在劝其出山从政，文章清挺劲直，颇为有力。

上留守郑相公启

愈启：愈为相公官属五年，辱知辱爱。伏念曾无丝毫事为报答效，日夜思虑谋画，以为事大君子当以道，不宜苟且求容悦。故于事未尝敢疑惑，宜行则行，宜止则止，受容受察，不复进谢，自以为如此真得事大君子之道。今虽蒙沙汰为县，固犹在相公治下，未同去离门墙为故吏，为形迹嫌疑改前所为以自疏外于大君子，固当不待烦说于左右而后察也。

人有告人辱骂其妹与妻，为其长者得不追而问之乎？追而不至，为其长者得不怒而杖之乎？坐军营操兵守御、为留守出入前后驱从者，此真为军人矣；坐坊市卖饼又称军人，则谁非军人也！愚以为此必奸人以钱财赂将吏，盗相公文牒，窃注名姓于军籍中，以陵驾府县，此固相公所欲去，奉法吏所当嫉，虽捕系杖之未过也。

昨闻相公追捕所告受辱骂者，愚以为大君子为政当有权变，始似小异，要归于正耳。军吏纷纷入见告屈，为其长者，安得不小致为之之意乎？未敢以此仰疑大君子。及见诸从事说，则与小人所望信者少似乖戾。虽然，岂敢生疑于万一？必诸从事与诸将吏未能去朋党心，盖覆黪黩，不以真情状白露左右。小人受私恩良久，安敢闭蓄以为私恨，不一二陈道！伏惟相公怜察。幸甚，幸甚！

愈无适时才用，渐不喜为吏，得一事为名可自罢去，不啻如弃涕唾，无一分顾藉心；顾失大君子纤芥意如丘山重。守官去官，惟今日指挥。愈惶惧再拜。

【解题】

本文作于元和五年（810）冬，韩愈由都官员外郎被沙汰为河南令。此信主要是以军人胡作非为事辨于东都留守郑余庆。其言剀切，其气壮盛，其文无沮。

代张籍与李浙东书

月日，前某官某，谨东向再拜，寓书浙东观察使中丞李公阁下：

籍闻议论者皆云：方今居古方伯连帅之职，坐一方得专制于其境内者，惟阁下心事荦荦，与俗辈不同。籍固以藏之胸中矣！

近者阁下从事李协律翱到京师，籍于李君友也，不见六七年，闻其至，驰往省之，问无恙外，不暇出一言，且先贺其得贤主人。李君曰："子岂尽知之乎？吾将尽言之。"数日籍益闻所不闻。籍私独喜；常以为自今已后，不复有如古人者，于今忽有之。退自悲不幸两目不见物，无用于天下，胸中虽有知识，家无钱财，寸步不能自致；今去李中丞五千里，何由致其身于其人之侧，开口一吐出胸中之奇乎？因饮泣不能语。

既数日，复自奋曰：无所能人乃宜以盲废；有所能人虽盲，当废于俗辈，不当废于行古人之道者。浙水东七州，户不下数十万，不盲者何限；李中丞取人固当问其贤不贤，不当计盲与不盲也。当今盲于心者皆是，若籍自谓独盲于目尔，其心则能别是非。若赐之坐而问之，其口固能言也。幸未死，实欲一吐出心中平生所知见：阁下能信而致之于门邪？籍又善于古诗，使其心不以忧衣食乱，阁下无事时一致之座侧，使跪进其所有，阁下凭几而听之，未必不如听吹竹弹丝敲金击石也。夫盲者业专，于艺必□，故乐工皆盲；籍傥可与此辈比并乎！

使籍诚不以蓄妻子忧饥寒乱心，有钱财以济医药，其盲未甚，庶几其复见天地日月，因得不废，则自今至死之年，皆阁下之赐。阁下济之以已绝之年，赐之以既盲之视，其恩轻重大小，籍宜如何报也！阁下裁之度之。籍惭靦再拜。

【解题】

本文题目或作《代张籍与浙东观察李中丞》。李浙东，即李巽。元和五年（810）八月，巽兼御史中丞，充浙东观察使。时张籍为太常寺太祝，病眼而盲。韩愈于是代张籍与李巽书，冀其录用，以一吐胸中之奇，以解衣食之忧。

与鄂州柳中丞书

淮右残孽，尚守巢窟，环寇之师，殆且十万，瞋目语难。自以为武人不肯循法度，颉颃作气势，窃爵位自尊大者，肩相磨地相处也。不闻有一人援枹鼓誓众而前者，但日令走马来求赏给，助寇为声势而已！

阁下书生也，《诗》、《书》、《礼》、《乐》是习，仁义是修，法度是束。一旦去文就武，鼓三军而进之，陈师鞠旅，亲与为辛苦，慷慨感激，同食下卒，将二州之牧以壮士气，斩所乘马以祭踶死之士，虽古名将，何以加兹！此由天资忠孝，郁于中而大作于外，动皆中于机会，以取胜于当世，而为戎臣师，岂常习于威暴之事，而乐其斗战之危也哉？

愈诚怯弱，不适于用，听于下风，窃自增气，夸于中朝稠人广众会集之中，所以羞武夫之颜，令议者知将国兵而为人之司命者，不在彼而在此也。

临敌重慎，诫轻出入，良食自爱，以副见慕之徒之心，而果为国立大功也。幸甚，幸甚！不宣。愈再拜。

【解题】

本文作于元和八年（813）。柳中丞，即柳公绰。元和八年，公绰为鄂州刺史、鄂岳观察使。淮西吴元济叛，诏公绰起兵赴行营，公绰引兵渡江，如古名将，每战辄胜。韩愈写此信给柳公绰，极表称颂之意。

又一首

愈愚不能量事势可否。比常念淮右以靡弊困顿三州之地，蚊蚋蚁虫之聚，感凶竖煦濡饮食之惠，提童子之手坐之堂上，奉以为帅，出死力以抗逆明诏，战天下之兵；乘机逐利，四出侵暴，屠烧县邑，贼杀不辜，环其地数千里莫不被其毒，洛、汝、襄、荆、许、颍、淮、江为之骚然。丞相、公卿、士大夫劳于图议，握兵之将、熊罴貙虎之士畏懦蹙蹜，莫肯杖戈为士卒前行者。独阁下奋然率先，扬兵界上，将二州之守，亲出入行间，与士卒均辛苦，生其气势。见将军之锋颖凛然，有向敌之意；用儒雅文字章句之业，取先天下武夫，关其口而夺之气。愚初闻时方食，不觉弃匕箸起立，岂以为阁下真能引孤军单进，与死寇角逐，争一旦侥幸之利哉？就令如是，亦不足贵，其所以服人心，在行事适机宜，而风采可畏爱故也。是以前状辄述鄙诚，眷惠手翰还答，益增欣悚。

夫一众人心力耳目，使所至如时雨，三代用师，不出是道。阁下果能充其言，继之以无倦，得形便之地，甲兵足用，虽国家故所失地，旬岁可坐而得，况此小寇，安足置齿牙间？勉而卒之，以俟其至，幸甚！夫远征军士，行者有羁旅离别之思，居者有怨旷骚动之忧，本军有馈饷烦费之难，地主多姑息形迹之患。急之则怨，缓之则不用命。浮寄孤悬，形势销弱，又与贼不相谙委，临敌恐骇，难以有功。若召募士人，必得豪勇，与贼相熟，知其气力所极，无望风之惊，爱护乡里，勇于自战。征兵满万，不如召募数千。阁下以为何如？傥可上闻行之否？

计已与裴中丞相见，行营事宜，不惜时赐示及，幸甚！不宣。愈再拜。

【解题】

本文与上篇约写于同时。本文进一步论述柳公绰起兵平叛的意义，并积极为之出谋划策，建议以召募士兵来代替征兵。这两封信均为论事之文，稽古而不迂，适时而不诡。作者激情澎湃，文章如河决而东注。

答刘秀才论史书

六月九日，韩愈白秀才。辱问见爱，教勉以所宜务，敢不拜赐。愚以为凡史氏褒贬大法，《春秋》已备之矣。后之作者，在据事迹实录，则善恶自见，然此尚非浅陋偷惰者所能就，况褒贬邪？

孔子圣人，作《春秋》，辱于鲁、卫、陈、宋、齐、楚，卒不遇而死；齐太史氏兄弟几尽；左丘明纪春秋时事以失明；司马迁作《史记》，刑诛；班固瘐死；陈寿起又废，卒亦无所至；王隐谤退死家；习凿齿无一足；崔浩、范晔赤诛；魏收夭绝；宋孝王诛死；足下所称吴兢，亦不闻身贵而今其后有闻也。夫为史者，不有人祸，则有天刑，岂可不畏惧而轻为之哉！

唐有天下二百年矣，圣君贤相相踵，其余文武之士，立功名跨越前后者，不可胜数；岂一人卒卒能纪而传之邪？仆年志已就衰退，不可自敦率。宰相知其无他才能，不足用，哀其老穷，龃龉无所合，不欲令四海内有戚戚者，猥言之上，苟加一职荣之耳；非必督责迫蹙令就功役也；贱不敢逆盛指，行且谋引去。且传闻不同，善恶随人所见，甚者附党憎爱不同，巧造语言，凿空构立善恶事迹，于今何所承受取信，而可草草作传记令传万世乎？若无鬼神，岂可不自心惭愧；若有鬼神，将不福人。仆虽骙，亦粗知自爱，实不敢率尔为也。

夫圣唐钜迹，及贤士大夫事，皆磊磊轩天地，决不沉没。今馆中非无人，将必有作者勤而纂之。后生可畏，安知不在足下？亦宜勉之！愈再拜。

【解题】

本文作于元和八年，时韩愈为史馆修撰。刘秀才，即刘轲，作论史官书以勉韩愈，韩愈以此书答之。文中言作史不有人祸，则有天刑，极言史不易为，史官不易当。此文问世，柳宗元作与韩愈论史官书，批评韩愈不肯任作史之责，而曾国藩则认为：退之不为史，正识力大过人处。

答魏博田仆射书

季冬极寒，伏惟仆射尊体动止万福。即日愈蒙免，蒙恩改职事，不任感惧。使至，奉十一月十二日示问，欣慰殊深，赞善十一郎行，已附状，伏计寻上达。

愈虽未获拜识，尝承仆射眷私，猥辱荐闻，待之上介，事虽不允，受赐实多。顷者，又蒙不以文字鄙薄，令撰《庙碑》，见遇殊常，荷德尤切。安有书问稍简，遂敢自疏？此所与杨书记书，盖缘久阙附状，求因间粗述下情。忽奉累纸示问，辞意重叠，捧读再三，但增惭悚。

仆射公忠贤德为内外所宗，位望益尊，谦巽滋甚。谬承知遇，欣荷实深，伏望照察。限以官守，拜奉末由，无任驰恋。谨因使回奉状，不宣。谨状。

【解题】

本文作于元和九年（814），时韩愈为考功郎中知制诰。田仆射：指田弘正。时田弘正由魏博节度使拜检校尚书右仆射。贞元八年十一月，韩愈曾奉诏撰写田弘正《先庙碑》。不久，田弘正致书示问，韩愈以此书答之。

答元侍御书

九月五日，愈顿首，微之足下：前岁辱书，论甄逢父济识安禄山必反，即诈为喑弃去。禄山反，有名号，又逼致之，济死执不起，卒不汙禄山父子事。又论逢知读书，刻身立行，勤己取足，不干州县，斥其馀以救人之急。足下繇是与之交，欲令逢父子名迹存诸史氏。

足下以抗直喜立事，斥，不得立朝，失，所不自悔，喜事益坚。微之乎，子真安而乐之者！谨详足下所论载，校之史法，若济者固当得附书。今逢又能行身，幸于方州大臣以标白其先人事，载之天下耳目，彻之天子，追爵其父第四品，赫然惊人，逢与其父俱当得书矣。

济逢父子自吾人发。《春秋》美君子乐道人之善，夫苟能乐道人之善，则天下皆去恶为善，善人得其所，其功实大，足下与济父子俱宜牵聊得书。足下勉逢令终始其躬，而足下年尚强，嗣德有继，将大书特书，屡书不一书而已也。愈既承命，又执笔以俟。愈再拜。

【解题】

本文作于元和九年，时韩愈拜比部郎中、史馆修撰。元侍御，即元稹。元稹以书言甄济父子事，乞韩愈书之以史，韩愈以此书答之。

与郑相公书

再奉示问，皆缘孟家事，辞旨恻恻，忧虑深远，窃有以见大人君子笃于仁爱，终始不倦。伏读感欷，不知所喻。

旧与孟往还数人，昨已共致百千已来，寻已至东都，计供葬事外尚有余资。今裴押衙所送二百七十千，足以益业，为遗孀永久之赖。孟氏兄弟在江东未至。先与相识，亦甚循善，所虑才干不足任事。郑氏兄弟惟最小者在东都，固如所示，不可依仗。孟之深友太子舍人樊宗师，比持服在东都，今已外除，经营孟家事，不啻如己。前后人所与及裴押衙所送钱物，并委樊舍人主之，营致生业，必能不失利宜。候孟氏兄弟到，分付成事，庶可静守，无大阙败。伏惟不至远忧，续具一一谘报，不宣。愈再拜。

【解题】

本文作于元和九年。郑相公，即郑余庆。元和九年八月，孟郊卒，郑余庆等送钱给孟氏，并来商量家事。郑余庆给韩愈写信又谈及此事，韩愈回复此信以致谢意。

与华州李尚书书

比来不审尊体动止何似？乍离阙庭，伏计倍增恋慕。

愈于久故游从之中，伏蒙恩奖知待，最深最厚，无有比者。懦弱昏塞，不能奋励出奇，少答所遇。拜辞之后，窃念旬朔不即获侍言笑，东望殒涕，有儿女子之感。独宿直舍，无可告语，展转歔欷，不能自禁。

华州虽实百郡之首，重于藩维，然阁下居之，则为失所。愚以为苟虑有所及，宜密以上闻，不宜以疏外自待。接过客俗子，绝口不挂时事，务为崇深，以拒止嫉妬之口，亲近药物方书，动作步趋，以致和宣滞，为国自爱，副鄙陋拳拳之心，幸甚幸甚！谨奉状，不宣。愈再拜。

【解题】

本文作于元和十年（815），时韩愈以考功郎中知制诰。李尚书：即李绛，与韩愈同年，元和十年二月出为华州刺史。韩愈写信给李绛，既谢其恩奖，又戒其“不宜以疏外自待”。

答殷侍御书

某月日，愈顿首：辱赐书，周览累日，竦然增敬，蹙然汗出以惭。愈于进士中，粗为知读经书者。一来应举，事随日生，虽欲加功，竟无其暇。游从之类，相熟相同，不教不学，闷然不见己缺，日失月亡，以至于老，所谓无以自别于常人者。每逢学士真儒，叹息踧踖，愧生于中，颜变于外，不复自比于人。

前者蒙示新注《公羊春秋》，又闻口授指略，私心喜幸，恨遭逢之晚，愿尽传其学。职事羁缠，未得继请，怠惰因循，不能自强，此宜在摈而不教者。今反谓少知根本，其辞章近古，可令叙所注书；惠出非望，承命反侧，善诱不倦，斯为多方，敢不喻所指？八月益凉，时得休假，傥矜其拘缀不得走请，务道之传而赐辱临，执经座下，获卒所闻，是为大幸！

况近世公羊学几绝，何氏注外，不见他书。圣经贤传，屏而不省，要妙之义，无自而寻，非先生好之乐之，味于众人之所不味，务张而明之，其孰能勤勤绻绻若此之至！固鄙心之所最急者。如遂蒙开释，章分句断，其心晓然，直使序所注，挂名经端，自托不腐，其又奚辞？将惟先生所以命。愈再拜。

【解题】

本文约作于元和十三年（818）八月。殷侍御，即殷侑。元和十二年，韩愈曾写序送殷侑副李孝诚使回鹘。殷侑写信给韩愈，并示其新注《公羊春秋》，韩愈以此书作答，主要是赞殷侑的著作。

与大颠师书

其　一

愈启：孟夏渐热，惟道体安和。愈弊劣无谓，坐事贬官到此，久闻道德，切思见颜。缘昨到来，未获参谒；傥能暂垂见过，实为多幸。已帖县令具人船奉迎，日久竚瞻，不宣，愈白。

其　二

愈启：海上穷处，无与话言，侧承道高，思获披接。专辄有此咨屈，傥惠能降喻，非所敢望也。至此一二日却归高居，亦无不可。旦夕渴望。不宣。愈白。

其　三

愈启：惠匀至，辱答问，珍悚无已。所示广大深迴，非造次可谕。《易大传》曰：“书不尽言，言不尽意，然则圣人之意，其终不可得而见邪？”如此而论，读来一百遍，不如亲□颜色，随问而对之易了。此旬来晴明，旦夕不甚热，傥能乘闲一访，幸甚。旦夕驰望。愈闻道无疑滞，行止系缚，苟非所恋著，则山林闲寂与城郭无异。大颠师论甚宏博，而必守山林，义不至城郭，自激修行，独立空旷，无累之地者，非通道也。劳于一来，安于所适，道故如是。不宣。愈顿首。

【解题】

本文作于元和十四年（819），时韩愈贬官为潮州刺史。大颠师，即潮州之大颠禅师。韩愈到潮州，无可与语，而大颠和尚聪明，识道理，遂与之交往，并留此三书。此书诸本皆无，唯嘉祐小杭本有之。欧阳修《集古录跋尾》亦有有关记载。至于韩愈为何与大颠交往，韩愈在《与孟尚书书》中辨之甚详。

皇帝即位贺宰相启

愈启，伏见册命，皇帝以闰月三日嗣临大位，以主神人。含生之类，疏不蒙赖。相公翼亮圣明，大庆资始，伏惟永永与国同休。愈下情不胜庆跃，限以所守，不获随例拜贺，谨差某奉启。不宣。谨启。

【解题】

本文作于元和十五年（820），时韩愈为袁州刺史。皇帝，即唐穆宗。唐宪宗于元和十五年正月崩，穆宗于闰正月三日即位。新皇帝即位，韩愈为此文向宰相表示祝贺。

与孟尚书书

愈白：行官自南迴，过吉州，得吾兄二十四日手书数番，忻悚兼至，未审入秋来眠食何似，伏惟万福！

来示云：有人传愈近少信奉释氏，此传之者妄也。潮州时，有一老僧号大颠，颇聪明，识道理。远地无可与语者，故自山召至州郭，留十数日，实能外形骸以理自胜，不为事物侵乱。与之语，虽不尽解，要自胸中无滞碍；以为难得，因与来往。及祭神至海上，遂造其庐；及来袁州，留衣服为别，乃人之情，非崇信其法，求福田利益也。孔子云："丘之祷久矣。"凡君子行己立身自有法度，圣贤事业，具在方册，可效可师；仰不愧天，俯不愧人，内不愧心，积善积恶，殃庆自各以其类至，何有去圣人之道，舍先王之法，而从夷狄之教以求福利也？《诗》不云乎："恺悌君子，求福不回。"《传》又曰："不为威惕，不为利疚。"假如释氏能与人为祸祟，非守道君子之所惧也，况万万无此理。且彼佛者果何人哉？其行事类君子邪？小人邪？若君子也，必不妄加祸于守道之人；如小人也，其身已死，其鬼不灵。天地神祇，昭布森列，非可诬也；又肯令其鬼行胸臆，作威福于其间哉？进退无所据，而信奉之，亦且惑矣！

且愈不助释氏而排之者，其亦有说。孟子云："今天下不之杨则之墨。杨、墨交乱，而圣贤之道不明，则三纲沦而九法斁，礼乐崩而夷狄横，几何其不为禽兽也？故曰：能言拒杨、墨者，皆圣人之徒也。"扬子云云："古者杨、墨塞路，孟子辞而辟之，廓如也。"夫杨、墨行，正道废，且将数百年，以至于秦，卒灭先王之法，烧除其经，坑杀学士，天下遂大乱。及秦灭，汉兴且百年，尚未知修明先王之道。其后始除挟书之律，稍求亡书，招学士，经虽少得，尚皆残缺，十亡二三。故学士多老死，新者不见全经，不能尽知先王之事，各以所见为守，分离乖隔，不合不公，二帝三王群圣人之道于是大坏。后之学者无所寻逐，以至于今，泯泯也。其祸出于杨、墨肆行而莫之禁故也。孟子虽贤圣，不得位，空言无施，虽切何补？然赖其言，而今学者尚知宗孔氏，崇仁义，贵王贱霸而已。其大经大法皆亡灭而不救，坏烂而不收，所谓存十一于千百，安在其能廓如也？然向无孟氏，则皆服左衽而言侏离矣。故愈尝推尊孟氏，以为功不在禹下者，为此也。

汉氏已来，群儒区区修补，百孔千疮，随乱随失，其危如一发引千钧，绵绵延延，浸以微灭。于是时也，而唱释、老于其间，鼓天下之众而从之。呜呼！其亦不仁甚矣！释、老之害过于杨、墨。韩愈之贤不及孟子，孟子不能救之于未亡之前，而韩愈乃欲全之于已坏之后，呜呼！其亦不量其力，且见其身之危，莫之救以死也！虽然，使其道由愈而粗传，虽灭死万万无恨！天地鬼神临之在上，质之在傍，又安得因一摧折，自毁其道以从于邪也！

籍湜辈虽屡指教，不知果能不叛去否？辱吾兄眷厚而不获承命，惟增惭惧，死罪死罪！愈再拜。

【解题】

本文作于元和十五年，时韩愈由潮州刺史量移为袁州刺史。孟尚书，即孟简，曾任检校工部尚书。简佞佛过甚，闻韩愈信奉释氏，写信询问，愈以此书答之。信中极言佛不足信，自己辟佛卫道至死不变。文章理足气盛，浑灏变化。

与袁相公书

伏闻宾位尚有阙员，幸蒙不以常辈知遇，恒不自知愚且贱，思有论荐。

窃见朝议郎前太子舍人樊宗师，孝友聪明，家故饶材，身居长嫡，悉推与诸弟。诸弟皆优赡有余，而宗师妻子常寒露饥馁，宗师怡然处之，无有难色。穷究经史，章通句解，至于阴阳、军法、声律，悉皆研极原本。又善为文章，词句刻深，独追古作者为徒，不顾世俗轻重，通微晓事，可与晤语。又习于吏职，识时知变，非如儒生文士止有偏长。退勇守专，未为宰物者所识，年近五十，遑遑勉勉。思有所试。阁下傥引而致之，密加识察，有少不如所言，愈为欺罔大君子，便宜得弃绝之罪于门下。诚不忍奇宝横弃道侧，而阁下箧椟尚有少阙不满之处，犹足更容。辄冒言之，退增汗慑。谨状。

【解题】

本文约作于元和年间。袁相公，即袁滋，元和初年，拜山南东道节度使、带平章事，故称“相公”。韩愈致书与袁滋，意在向其推荐樊宗师。

京尹不台参答友人书

所示情眷之至，不胜悚荷。台参实奏云；容、桂观察使带中丞尚不台参；京尹郡国之首，所管神州赤县，官带大夫，岂得却不如，事须台参？圣恩以为然，便令宣与李绅不用。台参亦是何典故？赤令尚与中丞分道而行，何况京尹？人见近事，习耳目所熟，稍殊异即怪之，其于道理有何所伤？圣君使行，即是故事。自古岂有定制也？

停推巡缘府中褊迫是实，若别差人，即是妄说，岂有此事？小人言不可信，类如此，亦在大贤斟酌而断之。流言止于智者，正谓此耳。

客多，自修报状不得，伏惟照察。

【解题】

本文作于长庆三年（823）。时韩愈为京兆尹兼御史大夫，李绅为御史中丞，诏韩愈不台参。李绅弹劾愈，愈以诏自解，文刺纷然。后朝廷以台府不协，两改其官。韩愈此文即是向友人论说此事。

答李秀才书

愈白：故友李观元宾十年之前示愈别吴中故人诗六章，其首章则吾子也，盛有所称引。元宾行峻洁清，其中狭隘不能苞容，于寻常人不肯苟有论说；因究其所以，于是知吾子非庸众人。时吾子在吴中，其后愈出在外，无因缘相见。元宾既殁，其文益可贵重。思元宾而不见，见元宾之所与者则如元宾焉。

今者辱惠书及文章，观其姓名，元宾之声容怳若相接；读其文辞，见元宾之知人，交道之不污。甚矣，子之心有似于吾元宾也！

子之言，以愈所为不违孔子，不以琢雕为工，将相从于此，愈敢自爱其道而以辞让为事乎？然愈之所志于古者，不惟其辞之好，好其道焉尔。读吾子之辞而得其所用心，将复有深于是者与吾子乐之，况其外之文乎？愈顿首。

【解题】

本文题中“李”字下或有“师锡”字，或注“图南”。李观为韩愈挚友，卒于贞元十年。此文中称元宾为“故友”，则当作于贞元十年之后。李秀才以书与文章遗愈，愿从愈学习，韩愈以此书作答。

答陈生书

愈白陈生足下：今之负名誉享显荣者，在上位几人。足下求速化之术，不于其人，乃以访愈，是所谓借听于聋，求道于盲，虽其请之勤勤，教之云云，未有见其得者也。愈之志在古道，又甚好其言辞。观足下之书及十四篇之诗，亦云有志于是矣，而其所问则名，所慕则科，故愈疑于其对焉。虽然，厚意不可虚辱，聊为足下诵其所闻。

盖君子病乎在己，而顺乎在天，待己以信而事亲以诚。所谓病乎在己者，仁义存乎内，彼圣贤者能推而广之，而我蠢焉为众人。所谓顺乎在天者，贵贱穷通之来，平吾心而随顺之，不以累于其初。所谓待己以信者，己果能之，人曰不能，勿信也；己果不能，人曰能之，勿信也，孰信哉？信乎己而已矣。所谓事亲以诚者，尽其心不夸于外，先乎其质，后乎其文者也。尽其心不夸于外者，不以己之得于外者为父母荣也，名与位之谓也。先乎其质者，行也；后乎其文者，饮食旨甘，以其外物供养之道也。诚者，不欺之名也。待于外而后为养，薄于质而厚于文，斯其不类于欺欤？果若是，子之汲汲于科名，以不得进为亲之羞者，惑也！

速化之术如是而已。古之学者惟义之问，诚将学于太学，愈犹守是说而俟见焉。愈曰。

【解题】

本文写作年代不详。题中“生”字下或有“商”字。陈生以书向韩愈求速化之术，韩愈先说明自己志在古道、古文，于速化之术一窍不通，后以“待己以信而事亲以诚”相告。其说虽不无迂阔处，然其理实不谬。

与李秘书论小功不税书

曾子称“小功不税”，则是远兄弟终无服也，而可乎？郑玄注云：“以情责情。”今之士人，遂引此不追服小功。小功服最多，亲则叔父之下殇，与适孙之下殇，与昆弟之下殇；尊则外祖父母；常服则从祖祖父母，礼沿人情，其不可不服也明矣。

古之人行役不逾时，各相与处一国，其不追服，虽不可，犹至少；今之人男出仕，女出嫁，或千里之外，家贫讣告不及时，则是不服小功者恒多，而服小功者恒鲜矣。君子之于骨肉，死则悲哀而为之服者，岂牵于外哉？闻其死则悲哀，岂有间于新故死哉？今特以讣告不及时，闻死出其月数，则不服，其可乎？愈常怪此。近出吊人，见其颜色戚戚类有丧者，而其服则吉，问之，则云“小功不税”者也。《礼》文残缺，师道不传，不识《礼》之所谓不税，果不追服乎？无乃别有所指，而传注者失其宗乎？

伏惟兄道德纯明，躬行古道，如此之类，必经于心；而有所决定，不惜示及。幸甚，幸甚！

泥水马弱不敢出，不果鞠躬亲问而以书，悚息尤深。愈再拜。

【解题】

本文写作年代不详。《博雅》云：“过制追服谓之税”。古礼称小功不税，时人多不服小功。韩愈认为：礼沿人情，不可不服，故作此书与李秘书论此事。

为人求荐书

某闻木在山，马在肆，遇之而不顾者虽日累千万人，未为不材与下乘也。及至匠石过之而不睨，伯乐遇之而不顾，然后知其非栋梁之材、超逸之足也。以某在公之宇下非一日，而又辱居姻娅之后，是生于匠石之园，长于伯乐之厩者也。于是而不得知，假有见知者千万人，亦何足云。今幸赖天子每岁诏公卿大夫贡士，若某等比咸得以荐闻，是以冒进其说，以累于执事，亦不自量已。

然执事其知某如何哉？昔人有鬻马不售于市者，知伯乐之善相也，从而求之；伯乐一顾价增三倍：某与其事颇相类，是故终始言之耳。某再拜。

【解题】

本文写作年代不详。唐于科举之外，皇帝每年诏公卿大夫贡士，韩愈受人之讬，代为写此书，求其主人引荐。此文前设两喻，喻己之材；后用一喻作结，表达求荐之意，确实善为说词。此文首尾似有文意不畅之处，疑尚有脱误。

答刘正夫书

愈白进士刘君足下：辱笺教以所不及，既荷厚赐，且愧其诚然。幸甚，幸甚！

凡举进士者，于先进之门何所不往？先进之于后辈，苟见其至，宁可以不答其意邪？来者则接之，举城士大夫莫不皆然，而愈不幸独有接后辈名，名之所存，谤之所归也。

有来问者，不敢不以诚答。或问：为文宜何师？必谨对曰："宜师古圣贤人。"曰："古圣贤人所为书具存，辞皆不同，宜何师？"必谨对曰："师其意，不师其辞。"又问曰："文宜易宜难？"必谨对曰："无难易，惟其是尔。"如是而已，非固开其为此，而禁其为彼也。

夫百物朝夕所见者，人皆不注视也。及睹其异者，则共观而言之，夫文岂异于是乎？汉朝人莫不能为文，独司马相如、太史公、刘向、扬雄为之最。然则用功深者，其收名也远。若皆与世沉浮，不自树立，虽不为当时所怪，亦必无后世之传也。足下家中百物，皆赖而用也，然其所珍爱者，必非常物。夫君子之于文，岂异于是乎？今后进之为文，能深探而力取之、以古圣贤人为法者，虽未必皆是，要若有司马相如、太史公、刘向、扬雄之徒出，必自于此，不自于循常之徒也。若圣人之道不用文则已，用则必尚其能者。能者非他，能自树立，不因循者是也。有文字来，谁不为文，然其存于今者，必其能者也。顾常以此为说耳。

愈于足下忝同道而先进者，又常从游于贤尊给事，既辱厚赐，又安得不进其所有以为答也。足下以为何如？愈白。

【解题】

本文写作年代不详。刘正夫为一后进之士，写信求韩愈指点为文，愈以此书答之。这是韩愈极为重要的一篇文论著作，提出了“师其意，不师其辞”，“无难易，惟其是尔”，“能自树立，不因循”等许多观点。文章言简意明，比喻生动。

答尉迟生书

愈白：尉迟生足下：夫所谓文者，必有诸其中，是故君子慎其实。实之美恶，其发也不掩：本深而末茂，形大而声宏，行峻而言厉，心醇而气和。昭晰者无疑，优游者有余。体不备不可以为成人，辞不足不可以为成文。愈之所闻者如是，有问于愈者，亦以是对。

今吾子所为皆善矣，谦谦然若不足而以征于愈，愈又敢有爱于言乎？抑所能言者，皆古之道；古之道不足以取于今，吾子何其爱之异也？

贤公卿大夫在上比肩，始进之贤士在下比肩，彼其得之必有以取之也。子欲仕乎？其往问焉，皆可学也。若独有爱于是而非仕之谓，则愈也尝学之矣，请继今以言。

【解题】

本文写作年代不详。尉迟生，即尉迟汾，曾写信向韩愈请教为文之道，愈以此书答之。信中论文道关系一段颇为精采。此文文字简古而不乏顿折；昭晰无疑，而又优游有余，心醇气和，耐人玩味。

答侯生问论语书

愈白，侯生足下：所示《论语问》甚善。圣人践形之说，孟子详于其书，当终始究之。若万物皆备于我，反身而诚是也；苟有伪焉，则万物不备矣。践形之道无他，诚是也。

足下谓贤者不能践形，非也。贤者非不能践形，能而不备耳。形，言其备也，所谓具体而微是也。“充实之谓美，充实而有光辉之谓大”，充实则具体，未大则微；故或去圣一间，或得其一体，皆践形而未备者。唯反身而诚，则能践形之备者耳。

愈昔注解其书，而不敢过求其意；取圣人之旨而合之，则足以信后生辈耳。此说甚为稳当，切更思之。愈白。

【解题】

本文作年不详。侯生：不详其人，或谓即侯喜。侯生示《论语问》，韩愈答之。韩愈曾作《论语注》，未成而殁。文中云：“不敢过求其意”，要“稳当”，对后人读古书颇有启示。

答渝州李使君书

乖隔年多，不获数附书，慕仰风味，未尝敢忘。使至，连辱两书，告以恩情迫切，不自聊赖。重序河南事迹本末，文字绸密，典实可寻，而推究之明，万万无一可疑者。钦想所为，益深勤企，岂以愈为粗有知识，可语以心而告之急哉？是比数愈于人而收之，何幸之大也！

愈虽无节概，知感激。若使在形势，亲狎于要路，有言可信之望，虽百悔吝，不敢默默。今既无由缘进言，言之恐益累高明，是以负所期待，窃窃转语于人，不见成效，此愈之罪也。然不敢去心。期之无已，以报见待，惟且迟之，勿遽捐罢，幸甚！《庄子》云：“知其无可奈何而安之若命者，圣也。”《传》曰：“君子俟命。”然无所补益，进其厌饫者，祇增愧耳。良务宽大。愈再拜。

【解题】

本文写作时代不详。李使君，即李方古，贞元十二年进士。李以河南事迹嘱韩愈言于朝，愈以此书答之。因韩愈感到有所不便，故以安身俟命之说言之。

答吕毉山人书

愈白：惠书责以不能如信陵执辔者。夫信陵，战国公子，欲以取士声势倾天下而然耳。如仆者，自度若世无孔子，不当在弟子之列。以吾子始自山出，有朴茂之美意，恐未砻磨以世事。又自周后文弊，百子为书，各自名家，乱圣人之宗，后生习传，杂而不贯，故设问以观吾子。其已成熟乎，将以为友也；其未成熟乎，将以讲去其非而趋是耳。不如六国公子有市于道者也。

方今天下入仕，惟以进士、明经及卿大夫之世耳。其人率皆习熟时俗，工于语言，识形势，善候人主意。故天下靡靡，日入于衰坏，恐不复振起。务欲进足下趋死不顾利害去就之人于朝，以争救之耳，非谓当今公卿间无足下辈文学知识也，不得以信陵比。

然足下衣破衣，系麻鞋，率然叩吾门，吾待足下虽未尽宾主之道，不可谓无意者。足下行天下，得此于人盖寡，乃遂能责不足于我，此真仆所汲汲求者。议虽未中节，其不肯阿曲以事人者灼灼明矣。方将坐足下三浴而三熏之，听仆之所为，少安无躁。愈顿首。

【解题】

本文写作年代不详。吕䜣曾谒韩愈以求引荐，未获成果，写信责韩愈不能礼贤下士，韩愈写此信答之。信中反驳了吕䜣的指责，对其沽名钓誉进行了揶揄和嘲讽。文章坦率明快，而又抑扬变化，奇瑰莫测，令人叫绝。

四 序跋

上巳日燕太学听弹琴诗序

与众乐之之谓乐。乐而不失其正，又乐之尤也。四方无斗争金革之声，京师之人既庶且丰，天子念致理之艰难，乐居安之闲暇，肇置三令节，诏公卿群有司，至于其日，率厥官属饮酒以乐，所以同其休、宣其和、感其心、成其文者也。

三月初吉，实惟其时，司业武公于是总太学儒官三十有六人，列燕于祭酒之堂。罇俎既陈，肴羞惟时，醆斝序行，献酬有容，歌风雅之古辞，斥夷狄之新声，褒衣危冠，与与如也。有儒一生，魁然其形，抱琴而来，历阶以昇，坐于樽俎之南，鼓有虞氏之《南风》，赓之以文王、宣父之操，优游夷愉，广厚高明，追三代之遗音，想舞雩之咏叹，及暮而退，皆充然若有得也。武公于是作歌诗以美之，命属官咸作之，命四门博士昌黎韩愈序之。

【解题】

本文作于贞元十八九年间（802、803），时韩愈为国子四门博士。上巳日，古时郑国之俗，三月上巳日，于溱洧水上执兰招魂，魏以后改为三月三日。唐德宗诏二月一日、三月三日、九月九日三节日，宜任文武百官选胜地追赏为乐。韩愈此文即记三月三日太学听琴事。

荆潭唱和诗序

从事有示愈以《荆潭酬唱诗》者，愈既受以卒业，因仰而言曰：

夫和平之音淡薄，而愁思之声要妙；欢愉之辞难工，而穷苦之言易好也。是故文章之作，恒发于羁旅草野。至若王公贵人气满志得，非性能而好之，则不暇以为。今仆射裴公开镇蛮荆，统郡惟九。常侍杨公领湖之南壤地二千里，德刑之政并勤，爵禄之报两崇。乃能存志乎诗书，寓辞乎咏歌，往复循环，有唱斯和，搜奇抉怪，雕镂文字，与韦布里闾憔悴专一之士较其毫厘分寸，铿锵发金石，幽眇感鬼神，信所谓材全而能钜者也。两府之从事与部属之吏属而和之，苟在编者咸可观也，宜乎施之乐章，纪诸册书。

从事曰："子之言是也。"告于公，书以为《荆潭唱和诗序》。

【解题】

本文作于永贞元年（805）。时韩愈为江陵府法曹参军。当时裴均任荆南节度使，杨凭为湖南观察使，二人互相唱和，编为一集，名为《荆潭唱和集》，韩愈为诗集作此序。序中极赞裴、杨这些王公贵人之诗写得好是"性能而好之"。然文中所谓"愁思之声要妙"，"穷苦之言易好"，正是其"不平则鸣"观点的进一步阐释。

张中丞传后叙

元和二年四月十三日夜，愈与吴郡张籍阅家中旧书，得李翰所为《张巡传》。翰以文章自名，为此传颇详密，然尚恨有阙者：不为许远立传，又不载雷万春事首尾。

远虽材若不及巡者，开门纳巡，位本在巡上，授之柄而处其下，无所疑忌，竟与巡俱守死、成功名；城陷而虏，与巡死先后异耳。两家子弟材智下，不能通知二父志，以为巡死而远就虏，疑畏死而辞服于贼。远诚畏死，何苦守尺寸之地，食其所爱之肉，以与贼抗而不降乎？当其围守时，外无蚍蜉蚁子之援，所欲忠者，国与主耳；而贼语以国亡主灭，远见救援不至，而贼来益众，必以其言为信。外无待而犹死守，人相食且尽，虽愚人亦能数日而知死处矣，远之不畏死亦明矣！乌有城坏其徒俱死，独蒙愧耻求活，虽至愚者不忍为，呜呼！而谓远之贤而为之邪？

说者又谓远与巡分城而守，城之陷，自远所分始。以此诟远，此又与儿童之见无异。人之将死，其脏腑必有先受其病者；引绳而绝之，其绝必有处，观者见其然，从而尤之，其亦不达于理矣。小人之好议论，不乐成人之美，如是哉！如巡、远之所成就，如此卓卓，犹不得免，其他则又何说！

当二公之初守也，宁能知人之卒不救，弃城而逆遁？苟此不能守，虽避之他处何益？及其无救而且穷也，将其创残饿羸之余，虽欲去，必不达。二公之贤，其讲之精矣。守一城，捍天下，以千百就尽之卒，战百万日滋之师，蔽遮江淮，沮遏其势，天下之不亡，其谁之功也！当是时，弃城而图存者，不可一二数；擅强兵坐而观者，相环也。不追议此，而责二公以死守，亦见其自比于逆乱，设淫辞而助之攻也！

愈尝从事于汴徐二府，屡道于两府间，亲祭于其所谓双庙者，其老人往往说巡、远时事，云：南霁云之乞救于贺兰也，贺兰嫉巡、远之声威功绩出己上，不肯出师救。爱霁云之勇且壮，不听其语，强留之，具食与乐，延霁云坐。霁云慷慨语曰："云来时，睢阳之人不食月余日矣！云虽欲独食，义不忍；虽食，且不下咽。”因拔所佩刀，断一指，血淋漓，以示贺兰。一座大惊，皆感激为云泣下。云知贺兰终无为云出师意，即驰去，将出城，抽矢射佛寺浮图，矢著其上砖半箭，曰：“吾归破贼，必灭贺兰，此矢所以志也！”愈贞元中过泗州，船上人犹指以相语。城陷，贼以刃胁降巡，巡不屈，即牵去，将斩之；又降霁云，云未应，巡呼云曰：“南八，男儿死耳，不可为不义屈！”云笑曰；欲将以有为也。公有言，云敢不死。”即不屈。

张籍曰：有于嵩者，少依于巡。及巡起事，嵩常在围中。籍大历中于和州乌江县见嵩，嵩时年六十余矣。以巡初尝得临涣县尉，好学，无所不读。籍时尚小，粗问巡、远事，不能细也。云：巡长七尺余，须髯若神。尝见嵩读《汉书》，谓嵩曰：“何为久读此？”嵩曰：“未熟也。”巡曰：“吾于书读不过三遍，终身不忘也。”因诵嵩所读书，尽卷不错一字。嵩惊，以为巡偶熟此卷，因乱抽他帙以试，无不尽然。嵩又取架上诸书试以问巡，巡应口诵无疑。嵩从巡久，亦不见巡常读书也。为文章，操纸笔立书，未尝起草。初守睢阳时，士卒仅万人，城中居人户亦且数万，巡因一见问姓名，其后无不识者。巡怒，须髯辄张。及城陷，贼缚巡等数十人坐，且将戮，巡起旋。其众见巡起，或起或泣，巡曰：“汝勿怖！死，命也。”众泣不能仰视。巡就戮时，颜色不乱，阳阳如平常。远宽厚长者，貌如其心，与巡同年生，月日后于巡，呼巡为兄，死时年四十九。嵩贞元初死于亳、宋间。或传嵩有田在亳、宋间，武人夺而有之，嵩将诣州讼理，为所杀。嵩无子。张籍云。

【解题】

本文写于元和二年（807），时韩愈任权知国子博士。张中丞：即张巡，抗击安史叛军的名将。韩愈此文表彰了为国捐躯的英雄，痛斥了一切无耻之徒，表现了韩愈反对割据、维护中央集权的思想。文章夹叙夹议，前后脉络贯通；人物形象生动，语言义正辞严，丰富多变。

石鼎联句诗序

元和七年十二月四日，衡山道士轩辕弥明自衡下来，旧与刘师服进士衡、湘中相识，将过太白，知师服在京，夜抵其居宿。有校书郎侯喜，新有能诗声。夜与刘说诗，弥明在其侧，貌极丑，白须黑面，长颈而高结喉，中又作楚语，喜视之若无人。弥明忽轩衣张眉指炉中石鼎谓喜曰："子云能诗，能与我赋此乎？"刘往见衡、湘间人说云年九十余矣，解捕逐鬼物，拘囚蛟螭虎豹，不知其实能否也。见其老，颇貌敬之，不知其有文也。闻此说大喜，即援笔题其首两句，次传于喜。喜踊跃即缀其下云云。道士哑然笑曰："子诗如是而已乎？"即袖手竦肩倚北墙坐，谓刘曰："吾不解世俗书，子为我书！"因高吟曰："龙头缩菌蠢，豕腹涨彭亨。"初不似经意，诗旨有似讥喜，二子相顾惭骇。欲以多穷之，即又为而传之喜，喜思益苦，务欲厌道士，每营度欲出口吻，声鸣益悲，操笔欲书，将下复止，竟亦不能奇也。毕，即传道士，道士高踞大唱曰："刘把笔，吾诗云云。"其不用意而功益奇，不可附说，语皆侵刘、侯。喜益忌之。刘与侯皆已赋十余韵，弥明应之如响，皆颖脱含讥讽。夜尽三更，二子思竭不能续，因起谢曰："尊师非世人也，某伏矣，愿为弟子，不敢更论诗。"道士奋曰："不然，章不可以不成也。"又谓刘曰："把笔来，吾与汝就之！"即又唱出四十字为八句。书讫，使读；读毕，谓二子曰："章不已就乎？"二子齐应曰："就矣。"道士曰："此皆不足与语，此宁为文邪？吾就子所能而作耳，非吾之所学于师而能者也。吾所能者，子皆不足以闻也，独文乎哉？吾语亦不当闻也，吾闭口矣。"二子大惧，皆起立床下，拜曰："不敢他有问也，愿闻一言而已。先生称吾不解人间书，敢问解何书？请闻此而已。”道士寂然若无闻也，累问不应。二子不自得，即退就座，道士倚墙睡，鼻息如雷鸣，二子怛然失色不敢喘。斯须，曙鼓动咚咚，二子亦困，遂坐睡。及觉，日已上，惊顾，觅道士不见。即问童奴，奴曰：“天且明，道士起，出门，若将便旋然，奴怪久不返，即出到门觅，无有也。”二子惊惋，自责若有失者。闲遂诣余言，余不能识其何道士也。尝闻有隐君子弥明，岂其人耶？韩愈序。

附：石鼎联句诗

巧匠斲山骨，刳中事煎烹。师服直柄未当权，塞口且吞声。喜龙头缩菌蠢，豕腹涨彭亨。弥明外苞乾藓文，中有暗浪惊。师服在冷足自安，遭焚意弥贞。喜谬当鼎鼐间，妄使水火争。弥明大似烈士胆，圆如战马缨。师服上比香炉尖，下与镜面平。喜秋瓜未落蒂，冻芋强抽萌。弥明一块元气闭，细泉幽窦倾。师服不值输写处，焉知怀抱清。喜方当洪炉然，益见小器盈。弥明睆睆无刃迹，团团类天成。师服遥疑龟负图，出曝晓正晴。喜旁有双耳穿，上为孤髻撑。弥明或讶短尾铫，又似无足铛。师服可惜寒食毬，掷此傍路坑。喜何当出灰灺，无计离缾罂。弥明陋质荷斟酌，狭中愧提擎。师服岂能煮仙药，但未污羊羹。喜形模妇女笑，度量儿童轻。弥明徒示坚重性，不过升合盛。弥明傍似废毂仰，侧见折轴横。喜时于蚯蚓窍，微作苍蝇鸣。弥明以兹翻溢愆，实负任使诚。师服常居顾眄地，敢有漏泄情。喜宁依暖热弊，不与寒凉并。弥明区区徒自效，琐琐不足呈。喜回旋但兀兀，开阖惟铿铿。师服全胜瑚琏贵，空有口传名。岂比俎豆古，不为手所撜。磨礲去圭角，浸润著光精。愿君莫嘲诮，此物方施行。

【解题】

本文作于元和七年（812）。有人认为文中所说时间是假，应为元和十三年（818）作品，存而备考。古以鼎鼐比三公，故有人认为此文是借石鼎来讥刺时相，可供参考。此文刻画人物的各种神态，穷形尽相。此乃韩愈拟当时传奇文体之戏笔，与《毛颖传》等近似。

韦侍讲盛山十二诗序

韦侯昔以考功副郎守盛山。人谓韦侯美士，考功显曹，盛山僻郡，夺所宜处，纳之恶地以枉其材，韦侯将怨且不释矣。

或曰："不然。夫得利则跃跃以喜，不利则戚戚以泣，若不可生者，岂韦侯谓哉？韦侯读六艺之文，以探周公、孔子之意，又妙能为辞章，可谓儒者。夫儒者之于患难，苟非其自取之，其拒而不受于怀也，若筑河堤以障屋霤；其容而消之也，若水之于海，冰之于夏日；其玩而忘之以文辞也，若奏金石以破蟋蟀之鸣、虫飞之声，况一不快于考功、盛山一出入息之间哉！"

未几，果有以韦侯所为十二诗遗余者，其意方且以入谿谷，上岩石，追逐云月，不足日为事。读而歌咏之，令人欲弃百事往而与之游，不知其出于巴东以属朐䏰也。

于时应而和者凡十人。及此年，韦侯为中书舍人，侍讲六经禁中，和者通州元司马为宰相，洋州许使君为京兆，忠州白使君为中书舍人，李使君为谏议大夫，黔府严中丞为秘书监，温司马为起居舍人，皆集阙下。于是《盛山十二诗》与其和者，大行于时，联为大卷，家有之焉。慕而为者将日益多，则分为别卷，韦侯俾余题其首。

【解题】

本文作于长庆二年（822）。韦侍讲，即韦处厚，宪宗时，曾为开州刺史，作《盛山诗》十二首。元和十五年，充侍讲学士。长庆二年春，请韩愈为其诗题词，韩愈为撰此序。文章直叙其事，而又奇崛跌宕。

郓州谿堂诗 并序

宪宗之十四年，始定东平，三分其地，以华州刺史、礼部尚书兼御史大夫扶风马公为郓、曹、濮节度、观察等使，镇其地。既一年，褒其军号曰“天平军”。上即位之二年，召公入，且将用之，以其人之安公也，复归之镇。上之三年，公为政于郓、曹、濮也适四年矣，治成制定，众志大固，恶绝于心，仁形于色，竦心一力，以供国家之职。于时沂、密始分而残其帅，其后幽、镇、魏不悦于政，相扇继变，复归于旧，徐亦乘势逐帅自置，同于三方，惟郓也截然中居，四邻望之，若防之制水，恃以无恐。

然而皆曰：郓为虏巢，且六十年，将强卒武。曹、濮于郓，州大而近，军所根柢，皆骄以易怨。而公承死亡之后，掇拾之余，剥肤椎髓，公私扫地赤立，新旧不相保持，万目睽睽。公于此时能安以治之，其功为大；若幽、镇、魏、徐之乱不扇而变，此功反小。何也？公之始至，众未孰化，以武则忿以憾，以恩则横而肆，一以为赤子，一以为龙蛇，惫心罢精，磨以岁月，然后致之，难也。及教之行，众皆戴公为亲父母，夫叛父母从仇雠，非人之情，故曰易。

于是天子以公为尚书右仆射，封扶风县开国伯以褒嘉之。公亦乐众之和，知人之悦，而侈上之赐也。于是为堂于其居之西北隅，号曰“谿堂”，以飨士大夫，通上下之志。既飨，其从事陈曾谓其众言：“公之畜此邦，其勤不亦至乎？此邦之人，累公之化，惟所令之，不亦顺乎？上勤下顺，遂济登兹，不亦休乎？昔者人谓斯何，今者人谓斯何！虽然，斯堂之作，意其有谓，而喑无诗歌，是不考引公德，而接邦人于道也。”乃使来请，其诗曰：

帝奠九壥，有叶有年。有荒不条，河、岱之间。及我宪考，一收正之。视邦选侯，以公来尸。公来尸之，人始未信。公不饮食，以训以徇。孰饥无食，孰呻孰叹。孰冤不问，不得分愿。孰为邦蟊，节根之螟。羊很狼贪，以口覆城。吹之煦之，摩手拊之。箴之石之，膊而磔之。凡公四封，既富以强。谓公吾父，孰违公令？可以师征，不宁守邦。公作谿堂，播播流水。浅有薄莲，深有蒹苇。公以宾燕，其鼓骇骇。公燕谿堂，宾校醉饱。流有跳鱼，岸有集鸟。既歌以舞，其鼓考考。公在谿堂，公御琴瑟。公暨宾赞，稽经诹律。施用不差，人用不屈。谿有蓑苽，有龟有鱼。公在中流，右《诗》左《书》。无我斁遗，此邦是庥。

【解题】

本文作于长庆二年。马公，即马总。郓州谿堂，即为马总所建。堂成，遣使请愈为诗，故有此作。诗及序文均为叙马总之事，颂马总之功。文章以记事为主，穿插议论，使文章颇显壮阔。

五　赠序

赠张童子序

天下之以明二经举于礼部者，岁至三千人。始自县考试定其可举者，然后升于州若府——其不能中科者，不与是数焉。州若府总其属之所升，又考试之如县，加察详焉，定其可举者，然后贡于天子而升之有司——其不能中科者，不与是数焉，谓之乡贡。有司者总州府之所升而考试之，加察详焉，第其可进者，以名上于天子而藏之属之吏部，岁不及二百人，谓之出身。能在是选者，厥惟艰哉！二经章句，仅数十万言，其传注在外皆诵之，又约知其大说，繇是举者，或远至十余年，然后与乎三千之数，而升于礼部矣。又或远至十余年然后与乎二百之数，而进于吏部矣。班白之老半焉，昏塞不能及者，皆不在是限，有终身不得与者焉。

张童子生九年，自州县达礼部，一举而进立于二百之列。又二年，益通二经。有司复上其事，由是拜卫兵曹之命。人皆谓童子耳目明达，神气以灵，余亦伟童子之独出于等夷也。童子请于其官之长，随父而宁母。岁八月，自京师道陕南，至虢东及洛师，北过大河之阳，九月始来及郑。自朝之闻人以及五都之伯长群吏，皆厚其饩赂，或作谓诗以嘉童子，童子亦荣矣！

虽然，愈将进童子于道，使人谓童子求益者，非欲速成者。夫少之与长也异观：少之时，人惟童子之异；及其长也，将责成人之礼焉。成人之礼，非尽于童子所能而已也，然则，童子宜暂息乎其已学者，而勤乎其未学者可也！

愈与童子俱陆公之门人也。慕回、路二子之相请赠与处也，故有以赠童子。

【解题】

本文作于贞元十年（794）。张童子，不详其名，中“童子科”，故称。韩愈于贞元八年陆贽门下及第，张童子亦于时升于礼部，故称“俱陆公之门人”。本文前半部分记选举，疏健顿挫；后半部分勖勉张童子，简洁跌宕。

送汴州监军俱文珍序　并诗

今之天下之镇，陈留为大。屯兵十万，连地四州，左淮右河，抱负齐、楚，浊流浩浩，舟车所同。故自天宝已来，当藩垣屏翰之任，有弓矢铁钺之权，皆国之元臣，天子所左右。其监统中贵，必材雄德茂，荣耀宠光，能俯达人情、仰喻天意者，然后为之。故我监军俱公，辍侍从之荣，受腹心之寄，奋其武毅，张我皇威，遇变出奇，先事独运，偃息谈笑，危疑以平。天子无东顾之忧，方伯有同和之美。十三年春，将如京师，相国陇西公饮饯于青门之外，谓功德皆可歌之也，命其属咸作诗以铺绎之。诗曰；

奉使羌池静，临戎汴水安。冲天鹏翅阔，报国剑铓寒。晓日驱征骑，春风咏采兰。谁言臣子道，忠孝两全难？

【解题】

本文作于贞元十三年（797）。时董晋为汴州陈留郡节度使，俱文珍为监军，韩愈为观察推官。俱文珍将如京师，董晋与之饯行，且命僚属作诗颂其功德。韩愈既作诗，又写此序。有人认为此文是韩歌颂监军制度，有意巴结宦官，恐言之太过，像这种逢场作戏文字，所在多有。

爱直赠李君房别

左右前后皆正人也，欲其身之不正，乌可得邪？吾观李生在南阳公之侧，有所不知，知之未尝不为之思；有所不疑，疑之未尝不为之言。勇不动于气，义不陈乎色。南阳公举措施为不失其宜，天下之所窥观称道洋洋者，抑亦左右前后有其人乎！

凡在此趋公之庭，议公之事者，吾既从而游矣。言而公信之者，谋而公从之者，四方之人则既闻而知之矣。李生，南阳公之甥也。人不知者将曰："李生之托婚于贵富之家，将以充其所求而止耳。"故吾乐为天下道其为人焉。今之从事于彼也，吾为南阳公爱之；又未知人之举李生于彼者何辞，彼之所以待李生者何道。举不失辞，待不失道，虽失之此足爱惜，而得之彼为欢忻，于李生道犹若也；举之不以吾所称，待之不以吾所期，李生之言不可出诸其口矣，吾重为天下惜之。

【解题】

本文写于贞元十五年（799），时韩愈在徐州帅张建封部下任节度推官。李君房：张建封之女婿，亦韩愈之同僚。南阳公：即徐帅张建封。李君房要易地为官，韩愈写此文赠别，文中主要是称赞李君房之意。

送权秀才序

伯乐之厩多良马，卞和之匮多美玉，卓荦瑰怪之士，宜乎游于大人君子之门也！相国陇西公既平汴州，天子命御吏大夫吴县男为军司马，门下之士权生实从之来。权生之貌，固若常人耳。其文辞引物连类，穷情尽变，宫商相宣，金石谐和，寂寥乎短章，舂容乎大篇。如是者，阅之累日而无穷焉。

愈常观于皇都，每年贡士至千余人，或与之游，或得其文，若权生者，百无一二焉。如是而将进于明有司，重之以吴县之知，其果有成哉！于是咸赋诗以赠之。

【解题】

本文作于贞元十二（796）至十五年（799）韩愈佐汴州之时。权秀才将举进士京师，韩愈写此序送之。文章既赞权秀才之文才，亦赞其主人陆长源等为能知人。虽为应酬之作，亦自清新脱俗。

送孟东野序

大凡物不得其平则鸣：草木之无声，风挠之鸣；水之无声，风荡之鸣。其跃也或激之，其趋也或梗之，其沸也或炙之；金石之无声，或击之鸣。人之于言也亦然：有不得已者而后言，其歌也有思，其哭也有怀，凡出乎口而为声者，其皆有弗平者乎！乐也者，郁于中而泄于外者也，择其善鸣者而假之鸣：金、石、丝、竹、匏、土、革、木八者，物之善鸣者也。维天之于时也亦然，择其善鸣者而假之鸣，是故以鸟鸣春，以雷鸣夏，以虫鸣秋，以风鸣冬，四时之相推夺，其必有不得其平者乎！

其于人也亦然：人声之精者为言，文辞之于言，又其精也，尤择其善鸣者而假之鸣。其在唐、虞，咎陶、禹其善鸣者也，而假以鸣。夔弗能以文辞鸣，又自假于《韶》以鸣。夏之时，五子以其歌鸣。伊尹鸣殷，周公鸣周。凡载于《诗》、《书》六艺，皆鸣之善者也。周之衰，孔子之徒鸣之，其声大而远。《传》曰："天将以夫子为木铎。"其弗信矣乎！其末也，庄周以其荒唐之辞鸣。楚，大国也，其亡也，以屈原鸣。臧孙辰、孟轲、荀卿以道鸣者也。杨朱、墨翟、管夷吾、晏婴、老聃、申不害、韩非、昚到、田骈、邹衍、尸佼、孙武、张仪、苏秦之属，皆以其术鸣。秦之兴，李斯鸣之。汉之时，司马迁、相如、扬雄，最其善鸣者也。其下魏、晋氏，鸣者不及于古，然亦未尝绝也。就其善者，其声清以浮，其节数以急，其辞淫以哀，其志弛以肆，其为言也，乱杂而无章。将天丑其德莫之顾耶？何为乎不鸣其善鸣者也？

唐之有天下，陈子昂、苏源明、元结、李白、杜甫、李观皆以其所能鸣。其存而在下者，孟郊东野始以其诗鸣，其高出魏、晋，不懈而及于古，其他浸淫乎汉氏矣。从吾游者，李翱、张籍其尤也。三子者之鸣信善矣，抑不知天将和其声，而使鸣国家之盛邪，抑将穷饿其身，思愁其心肠，而使自鸣其不幸邪，三子者之命，则悬乎天矣。其在上也奚以喜，其在下也奚以悲！

东野之役于江南也，有若不释然者，故吾道其命于天者以解之。

【解题】

本文作于贞元十七年（801）。孟东野，即孟郊，时出为溧阳尉，颇感不平，韩愈作此序送之。文章的中心是讲不平则鸣，并将其作为文学主张提出。文章观点明确，条理清晰；多方取喻，文笔纵横；感情强烈，一气贯注，充分体现韩文气盛之特色。

送李愿归盘谷序

太行之阳有盘谷，盘谷之间，泉甘而土肥，草木藂茂，居民鲜少。或曰："谓其环两山之间，故曰'盘'。"或曰："是谷也，宅幽而势阻，隐者之所盘旋。"友人李愿居之。

愿之言曰："人之称大丈夫者，我知之矣：利泽施于人，名声昭于时，坐于庙朝，进退百官，而佐天子出令。其在外，则树旗旄，罗弓矢，武夫前呵，从者塞途，供给之人，各执其物，夹道而疾驰。喜有赏，怒有刑，才畯满前，道古今而誉盛德，入耳而不烦。曲眉丰颊，清声而便体，秀外而惠中，飘轻裾，翳长袖，粉白黛绿者，列屋而闲居，妒宠而负恃，争妍而取怜。大丈夫之遇知于天子，用力于当世者之所为也。吾非恶此而逃之，是有命焉，不可幸而致也。穷居而野处，升高而望远，坐茂树以终日，濯清泉以自洁。采于山，美可茹；钓于水，鲜可食；起居无时，惟适之安。与其有誉于前，孰若无毁于其后；与其有乐于身，孰若无忧于其心。车服不维，刀锯不加，理乱不知，黜陟不闻，大丈夫不遇于时者之所为也，我则行之。伺候于公卿之门，奔走于形势之途，足将进而趑趄，口将言而嗫嚅，处秽污而不羞，触刑辟而诛戮，徼幸于万一，老死而后止者，其于为人贤不肖何如也？"

昌黎韩愈，闻其言而壮之，与之酒而为之歌曰："盘之中，维子之宫。盘之土，可以稼。盘之泉，可濯可沿。盘之阻，谁争子所。窈而深，廓其有容。缭而曲，如往而复。嗟盘之乐兮，乐且无殃，虎豹远迹兮，蛟龙遁藏，鬼神守护兮，呵禁不祥。饮则食兮寿而康，无不足兮奚所望！膏吾车兮秣吾马，从子于盘兮，终吾生以徜徉。

【解题】

本文作于贞元十七年，时韩愈赋闲于洛阳。隐士李愿将归盘谷，愈为此文而送之。文章借李愿之口，讽刺了得意的达官显贵，揭露了投机钻营之徒，赞美了怀才不遇的隐士，表现了愤世嫉俗的批判精神。本文突破成规，借题发挥，抒情性和形象性极强。语言骈散相间，灵活多变，颇具抒情诗赋之特色。

送窦从事序

踰瓯闽而南，皆百越之地，于天文，其次星纪，其星牵牛。连山隔其阴，钜海敌其阳，是维岛居卉服之民，风气之殊，著自古昔。

唐之有天下，号令之所加，无异于远近。民俗既迁，风气亦随，雪霜时降，疠疫不兴，濒海之饶，固加于初。是以人之之南海者，若东西州焉。

皇帝临天下二十有二年，诏工部侍郎赵植为广州刺史，尽牧南海之民。署从事扶风窦平。平以文辞进。于其行也，其族人殿中侍御史牟合东都交游之能文者二十有八人，赋诗以赠之。于是昌黎韩愈嘉赵南海之能得人；壮从事之答于知我，不惮行之远也；又乐贻周之爱其族叔父，能合文辞以宠荣之，作《送窦从事少府平序》。

【解题】

本文作于贞元十七年。是年，诏赵植为广州刺史，署窦平为从事。将赴任，其族人窦牟与朋友赋诗赠之。韩愈既写诗，又作此序。本文题目一作《送窦从事少府平序》。

送齐暤下第序

古之所谓公无私者，其取舍进退无择于亲疏远迩，惟其宜可焉。其下之视上也，亦惟视其举黜之当否，不以亲疏远迩疑乎其上之人。故上之人行志择谊，坦乎其无忧于下也；下之人刻己慎行，确乎其无惑于上也。是故为君不劳，而为臣甚易。见一善焉，可得详而举也；见一不善焉，可得明而去也。及道之衰，上下交疑，于是乎举雠、举子之事，载之传中而称美之，而谓之忠。见一善焉，若亲与迩不敢举也；见一不善焉，若疏与远不敢去也。众之所同好焉，矫而黜之乃公也；众之所同恶焉，激而举之乃忠也。于是乎有违心之行，有佛志之言，有内媿之名。若然者，俗所谓良有司也。肤受之诉不行于君，巧言之诬不起于人矣。呜呼！今之君天下者，不亦劳乎！为有司者，不亦难乎！为人向道者，不亦勤乎！是故端居而念焉，非君人者之过也；则曰有司焉，则非有司之过也；则曰今举天下人焉，则非今举天下人之过也。盖其渐有因，其本有根，生于私其亲，成于私其身。以己之不直，而谓人皆然。其植之也固久，其除之也实难，非百年必世不可得而化也，非知命不惑不可得而改也。已矣乎，其终能复古乎！

若高阳齐生者，其起予者乎？齐生之兄为时名相，出藩于南，朝之硕臣皆其旧交。齐生举进士，有司用是连枉齐生，齐生不以云，乃曰："我之未至也，有司其枉我哉？我将利吾器而俟其时耳。"抱负其业，东归于家。吾观于人，有不得志则非其上者众矣，亦莫计其身之短长也。若齐生者既至矣，而曰："我未也。"不以闵于有司，其不亦鲜乎哉！吾用是知齐生后日诚良有司也，能复古者也，公无私者也，知命不惑者也。

【解题】

齐皞，时相齐映之弟，贞元十九年登进士第，韩愈此序送其下第，当作于贞元十七八年。齐皞有才，但因是宰相之弟，故有司为避嫌而连枉之。韩愈此序既指责有司"私其身"而不公不忠，又赞齐皞之磊落人品。

送陆歙州诗序

贞元十八年二月十八日，祠部员外郎陆君出刺歙州，朝廷夙夜之贤，都邑游居之良，赍咨涕洟，咸以为不当去。歙，大州也；刺史，尊官也，由郎官而往者，前后相望也。当今赋出于天下，江南居十九；宣使之所察，歙为富州。宰臣之所荐闻，天子之所选用，其不轻而重也较然矣。如是而赍咨涕洟以为不当去者，陆君之道行乎朝廷，则天下望其赐；刺一州，则专而不能咸；先一州而后天下，岂吾君与吾相之心哉？于是昌黎韩愈道愿留者之心泄其思，作诗曰：

我衣之华兮，我佩之光。陆君之去兮，谁与翱翔。敛此大惠兮，施于一州。今其去矣，胡不为留？我作此诗，歌于逵道。无疾其驱，天子有诏。

【解题】

本文作于贞元十八年（802）二月。陆歙州，指陆傪，时由祠部员外郎出为歙州刺史。文章题目一作《送陆员外出刺歙州诗并序》。陆傪将赴任，韩愈作诗并序送之。

送何坚序

何于韩同姓为近；坚以进士举，于吾为同业；其在太学也，吾为博士，坚为生，生、博士为同道；其识坚也十年，为故人。同姓而近也，同业也，同道也，故人也，于其不得愿而归，其可以无言邪？

坚，道州人，道之守阳公贤也；道于湖南为属州，湖南杨公又贤也；坚为民，坚又贤也。湖南得道为属，道得坚为民，坚归唱其州之父老子弟服阳公之令，道亦唱其县与其比州服杨公之令。吾闻鸟有凤者，恒出于有道之国。当汉时，黄霸为颍川，是鸟实集而鸣焉。若吏可信，坚归，吾将贺其见凤而闻其鸣也已。

【解题】

本文约作于贞元十九年（803），时韩愈为国子四门博士。太学生何坚不得意而归道州，愈写此文送之。前半部分写自己与何坚之关系，磊落而含游戏之声；后半部分写何坚回道州必有助于社会教化，以赞何坚之贤，奇情幻出，令人难测。

送许郢州序

愈尝以书自通于公，累数百言。其大要言：先达之士，得人而托之，则道德彰而名问流；后进之士，得人而托之，则事业显而爵位通。下有矜乎能，上有矜乎位，虽恒相求而喜不相遇。于公不以其言为不可，复书曰："足下之言是也。"于公身居方伯之尊，蓄不世之材，而能与卑鄙庸陋相应答如影响，是非忠乎君而乐乎善，以国家之务为己任者乎？愈虽不敢私其大恩，抑不可不谓之知己，恒矜而诵之。情已至而事不从，小人之所不为也；故于使君之行，道刺史之事，以为于公赠。

凡天下之事，成于自同而败于自异。为刺史者，恒私于其民，不以实应乎府；为观察使者，恒急于其赋，不以情信乎州。由是刺史不安其官，观察使不得其政，财已竭而敛不休，人已穷而赋愈急，其不去为盗也亦幸矣。诚使刺史不私于其民，观察使不急于其赋，刺吏曰，吾州之民天下之民也，惠不可以独厚；观察使亦曰，某州之民天下之民也，敛不可以独急，如是而政不均、令不行者，未之有也。其前之言者，于公既已信而行之矣；

今之言者，其有不信乎？县之于州，犹州之于府也。有以事乎上，有以临乎下，同则成，异则败者，皆然也。非使君之贤，其谁能信之。

愈于使君，非燕游一朝之好也，故其赠行，不以颂而以规。

【解题】

本文作于贞元十九年。许郢州，即许仲舆，时出为郢州刺史。郢州属山南东道，于頔节制山南东道。当时于頔敛民方急，韩愈对此不满，故借送许仲舆赴任之机，托此文以讽谏。文末所谓“不以颂而以规”，即此意也。

赠崔复州序

有地数百里，趋走之吏，自长史、司马已下数十人。其禄足以仁其三族及其朋友故旧。乐乎心，则一境之人喜；不乐乎心，则一境之人惧，丈夫官至刺史，亦荣矣！

虽然，幽远之小民，其足迹未尝至城邑，苟有不得其所，能自直于乡里之吏者鲜矣，况能自辨于县吏乎？能自辨于县吏者鲜矣，况能自辨于刺史之庭乎？由是刺史有所不闻，小民有所不宣。赋有常而民产无恒，水旱疠疫之不期，民之丰约悬于州。县令不以言，连帅不以信，民就穷而敛愈急，吾见刺史之难为也！

崔君为复州，其连帅则于公。崔君之仁足以苏复人，于公之贤足以庸崔君，有刺史之荣而无其难为者，将在于此乎？

愈尝辱于公之知，而旧游于崔君，庆复人之将蒙其休泽也，于是乎言。

【解题】

本文作于贞元十九年。崔复州，名字无考，出为复州刺史，韩愈著文送之。复州隶属山南东道，而于頔为节度使。文中着重讲民穷歛急，意在讽谏于頔，大略与写于同时的《送许郢州序》同旨。

送牛堪序

以明经举者，诵数十万言；又约通大义、徵辞引类、旁出入他经者，又诵数十万言，其为业也勤矣。登第于有司者，去民亩而就吏禄，由是进而累为卿相者，常常有之，其为获也亦大矣。

然吾未尝闻有登第于有司而进谢于其门者，岂有司之待之也，抑以公不以情？举者之望于有司也，亦将然乎？其进而谢于其门也，则为私乎？抑无乃人事之未思，或者不能举其礼乎？若牛堪者，思虑足以及之，材质足以行之，而又不闻其往者，其将有以哉！违众而求识，立奇而取名，非堪心之所存也。由是而观之，若堪之用心，其至于大官也不为幸矣！

堪，太学生也；余，博士也。博士师属也，于其登第而归，将荣于其乡也，能无说乎？

【解题】

本文作于贞元十九年，时韩愈为国子四门博士。太学生牛堪登第荣归乡里，愈写此序送之，意在赞牛堪学业之勤和不拜谒有司而立奇取名。

送浮屠文畅师序

人固有儒名而墨行者，问其名则是，校其行则非，可以与之游乎？如有墨名而儒行者，问之名则非，校其行而是，可以与之游乎？扬子云称：“在门墙则挥之，在夷狄则进之。”吾取以为法焉。

浮屠师文畅喜文章，其周游天下，凡有行，必请于搢绅先生以求咏歌其所志。贞元十九年春，将行东南，柳君宗元为之请。解其装，得所得叙诗累百余篇；非至笃好，其何能致多如是邪？惜其无以圣人之道告之者，而徒举浮屠之说赠焉。夫文畅，浮屠也。如欲闻浮屠之说，当自就其师而问之，何故谒吾徒而来请也？彼见吾君臣父子之懿，文物事为之盛，其心有慕焉，拘其法而未能入，故乐闻其说而请之。如吾徒者，宜当告之以二帝三王之道，日月星辰之行，天地之所以著，鬼神之所以幽，人物之所以蕃，江河之所以流而语之，不当又为浮屠之说而渎告之也。

民之初生，固若禽兽夷狄然。圣人者立，然后知宫居而粒食，亲亲而尊尊，生者养而死者藏。是故道莫大乎仁义，教莫正乎礼乐刑政。施之于天下，万物得其宜；措之于其躬，体安而气平。尧以是传之舜，舜以是传之禹，禹以是传之汤，汤以是传之文、武，文、武以是传之周公、孔子，书之于册，中国之人世守之。今浮屠者，孰为而孰传之邪？夫鸟俛而啄，仰而四顾；夫兽深居而简出，惧物之为己害也，犹且不脱焉。弱之肉，强之食。今吾与文畅安居而暇食，优游以生死，与禽兽异者，宁可不知其所自邪？

夫不知者，非其人之罪也；知而不为者，惑也；悦乎故不能即乎新者，弱也；知而不以告人者，不仁也；告而不以实者，不信也。余既重柳请，又嘉浮屠能喜文辞，于是乎言。

【解题】

本文作于贞元十九年，韩愈时为国子四门博士。文章题为送浮屠文畅，实则大肆宣扬儒道，尖锐批评佛教，是一篇激烈的排佛文字。文章构思新巧，不生枝节；理直气盛，语言流转，确为别开生面之作。

送区册序

阳山，天下之穷处也。陆有丘陵之险，虎豹之虞。江流悍急，横波之石廉利侔剑戟，舟上下失势，破碎沦溺者往往有之。县郭无居民，官无丞尉，夹江荒茅篁竹之间，小吏十余家，皆鸟言夷面。始至言语不通，画地为字，然后可告以出租赋、奉期约，是以宾客游从之士无所为而至。

愈待罪于斯且半岁矣。有区生者，誓言相好，自南海挐舟而来，升自宾阶，仪观甚伟，坐与之语，文义卓然。庄周云："逃虚空者，闻人足音跫然而喜矣。"况如斯人者，岂易得哉！入吾室，闻《诗》、《书》仁义之说，欣然喜，若有志于其间也。与之翳嘉林，坐石矶，投竿而渔，陶然以乐，若能遗外声利而不厌乎贫贱也。

岁之初吉，归拜其亲，酒壶既倾，序以识别。

【解题】

本文作于贞元二十年（804）正月，时韩愈由监察御史被贬为阳山令。区册为一安贫守道、文义卓然之士，与韩愈相好。此时区册要回南海省亲，韩愈写此序送之。此文命意幽洁，文字高古简峻，耐人寻味。

送杨支使序

愈在京师时，尝闻当今藩翰之宾客惟宣州为多贤。与之游者二人：陇西李博、清河崔群。群与博之为人吾知之：道不行于主人，与之处者非其类，虽有享之以季氏之富，不一日留也。以群、博论之，凡在宣州之幕下者，虽不尽与之游，皆可信而得其为人矣。愈未尝至宣州，而乐颂其主人之贤者，以其取人信之也。

今中丞之在朝，愈日侍言于门下，其来而镇兹土也，有问湖南之宾客者，愈曰："知其客可以信其主者，宣州也；知其主可以信其客者，湖南也。"去年冬，奉诏为邑于阳山，然后得谒湖南之宾客于幕下，于是知前之信之也不失矣。及仪之之来也，闻其言而见其行，则向之所谓群与博者，吾何先后焉？仪之智足以造谋，材足以立事，忠足以勤上，惠足以存下，而又侈之以《诗》、《书》六艺之学，先圣贤之德音，以成其文，以辅其质，宜乎从事于是府而流声实于天朝也。

夫乐道人之善以勤其归者，乃吾之心也。谓我为邑长于斯而媚夫人云者，不知言者也。工乎诗者，歌以系之。

【解题】

本文作于贞元二十年，时韩愈为连州阳山令。杨支使，即杨仪之。贞元十八年，杨凭为湖南观察使，辟杨仪之为观察支使。本文名为送杨支使，实则颂主客之相得。

送王秀才序

吾少时读《醉乡记》，私怪隐居者无所累于世而犹有是言，岂诚旨于味邪？及读阮籍、陶潜诗，乃知彼虽偃蹇不欲与世接，然犹未能平其心，或为事物是非相感发，于是有托而逃焉者也。若颜氏子操瓢与箪，曾参歌声若出金石，彼得圣人而师之，汲汲每若不可及，其于外也固不暇，尚何麴糵之托而昏冥之逃邪？吾又以为悲醉乡之徒不遇也！

建中初，天子嗣位，有意贞观、开元之丕绩，在廷之臣争言事。当此时，醉乡之后世又以直废。吾既悲醉乡之文辞，而又嘉良臣之烈，思识其子孙。今子之来见我也，无所挟，吾犹将张之；况文与行不失其世守，浑然端且厚。惜乎吾力不能振之，而其言不见信于世也！于其行，姑与之饮酒。

【解题】

本文当作于贞元末年。王秀才，即王含。王含为初唐诗人王绩之后代。仕途不达，求韩愈引荐，不果。将去，愈写此序送之。因王绩为隐士，尝著《醉乡记》，此序即从此入笔，为不遇之士鸣不平。文章含蓄深婉，风神绝远。

送廖道士序

五岳于中州，衡山最远。南方之山巍然高而大者以百数，独衡为宗。最远而独为宗，其神必灵。衡之南八九百里，地益高，山益峻，水清而益驶。其最高而横绝南北者岭。郴之为州，在岭之上，测其高下得三之二焉。中州清淑之气，于是焉穷。气之所穷，盛而不过，必蜿蟺扶舆磅礴而郁积。衡山之神既灵，而郴之为州，又当中州清淑之气蜿蟺扶舆磅礴而郁积，其水土之所生，神气之所感，白金、水银、丹砂、石英、钟乳、橘柚之包，竹箭之美，千寻之名材，不能独当也。意必有魁奇忠信材德之民生其间，而吾又未见也。其无乃迷惑溺没于老、佛之学而不出邪？

廖师郴民，而学于衡山，气专而容寂，多艺而善游，岂吾所谓魁奇而迷溺者邪？廖师善知人，若不在其身，必在其所与游，访之而不吾告，何也？于其别，申以问之。

【解题】

本文作于永贞元年（805）韩愈由阳山令徙江陵府法曹参军途经衡山之时。韩愈毕生反道，此文则偏送道士。文章先竭力渲染衡山、郴州形胜神灵，必有魁奇之民生焉；最后则婉言其无，否定了廖道士，文章变幻莫测，文境奇绝。

送孟秀才序

今年秋，见孟氏子琯于郴，年甚少，礼甚度，手其文一编甚钜。退披其编以读之，尽其书，无有不能，吾固心存而目识矣。其十月，吾道于衡、潭以之荆，累累见孟氏子焉，其所与偕尽善人长者，吾益以奇之。今将去是而随举于京师，虽不有请，犹将强而授之以就其志，况其请之烦邪？

京师之进士以千数，其人靡所不有，吾常折肱焉，其要在详择而固交之。善虽不吾与，吾将强而附；不善虽不吾恶，吾将强而拒。苟如是，其于高爵犹阶而升堂，又况其细者邪？

【解题】

本文作于永贞元年十月，时韩愈徙江陵府法曹参军。孟秀才，即孟琯，元和五年进士。此时，孟琯将随举于京师，韩愈作序送之。文章叙事简洁，用词得当。

送陈秀才彤序

读书以为学，缵言以为文，非以夸多而斗靡也，盖学所以为道，文所以为理耳。苟行事得其宜，出言适其要，虽不吾面，吾将信其富于文学也。

颍川陈彤始吾见之杨湖南门下，颀然其长，薰然其和，吾目其貌，耳其言，因以得其为人，及其久也，果若不可及。夫湖南之于人，不轻以事接；争名者之于艺，不可以虚屈：吾见湖南之礼有加，而同进之士交誉也，又以信吾信之不失也。如是而又问焉以质其学，策焉以考其文，则何信之有？故吾不征于陈，而陈亦不出于我，此岂非古人所谓“可为智者道，难与俗人言”者类邪？

凡吾从事于斯也久，未见举进士有如陈生而不如志者，于其行，姑以是赠之。

【解题】

本文作于永贞元年。时韩愈徙掾江陵府。陈彤举进士，韩愈写此序送之。

送董邵南序

燕赵古称多感慨悲歌之士。董生举进士，连不得志于有司，怀抱利器，郁郁适兹土。吾知其必有合也。董生勉乎哉！

夫以子之不遇时，苟慕义强仁者，皆爱惜焉，矧燕、赵之士出乎其性者哉！然吾尝闻风俗与化移易，吾恶知其今不异于古所云邪？聊以吾子之行卜之也。董生勉乎哉！

吾因子有所感矣，为我吊望诸君之墓，而观于其市，复有昔时屠狗者乎？为我谢曰：“明天子在上，可以出而仕矣！”

【解题】

本文约作于元和初年（805）。董邵南举进士失意，将游河北，韩愈写序送之，故文章题目亦作《送董邵南游河北序》。韩愈既同情董的遭遇，又不同意他到河北为藩镇作事。故文章貌似送之，实则留之。文章错综变化，波澜起伏；委婉含蓄，言外传意；布局严谨，层层深入。

送郑十校理序

秘书，御府也。天子犹以为外且远，不得朝夕视，始更聚书集贤殿，别置校雠官，曰“学士”、曰“校理”，常以宠丞相为大学士。其他学士皆达官也，校理则用天下之名能文学者。苟在选，不计其秩次，惟所用之。由是集贤之书盛积，尽秘书所有不能处其半。书日益多，官日益重。四年，郑生涵始以长安尉选为校理，人皆曰：是宰相子，能恭俭守教训，好古义施于文辞者；如是而在选，公卿大夫家之子弟其劝耳矣。

愈为博士也，始事相公于祭酒；分教东都生也，事相公于东太学；今为郎于都官也，又事相公于居守。三为属吏，经时五年，观道德于前后，听教诲于左右，可谓亲薰而炙之矣。其高大远密者，不敢隐度论也；其勤己而务博施，以己之有，欲人之能，不知古君子何如耳。今生始进仕，获重语于天下，而慊慊若不足，真能守其家法矣。其在门者可进贺也。

求告来宁，朝夕侍侧，东都士大夫不得见其面。于其行日，分司吏与留守之从事，窃载酒肴席定鼎门外，盛宾客以饯之。既醉，各为诗五韵，且属愈为序。

附：诗 洛字

相公倦台鼎，分正新邑洛。才子富文华，校雠天禄阁。寿觞佳节过，归骑春衫薄。鸟哢正交加，杨花共纷泊。亲交谁不羡，去去翔寥廓。

【解题】

本文作于元和五年（810）春，时韩愈为都官员外郎，分司东都。郑十校理，即东都留守郑余庆之子郑瀚，时为集贤院校理，来东都省亲，将返京师，韩愈写此序及诗送之。文章既叙自己与郑氏父子之关系，又赞郑瀚之贤，能守家法。

送幽州李端公序

元年，今相国李公为吏部员外郎，愈尝与偕朝，道语幽州司徒公之贤，曰："某前年被诏告礼幽州，入其地，迓劳之使里至，每进益恭。及郊，司徒公红帓首、鞾袴握刀，左右杂佩，弓韔服，矢插房，俯立迎道左。某礼辞曰："公天子之宰，礼不可如是。"及府又以其服即事，某又曰："公三公，不可以将服承命。"卒不得辞。上堂即客阶，坐必东向。

愈曰："国家失太平，于今六十年矣。夫十日十二子相配，数穷六十，其将复平。平必自幽州始，乱之所出也。今天子大圣，司徒公勤于礼，庶几帅先河南北之将来觐奉职，如开元时乎?"李公曰："然。"今李公既朝夕左右，必数数为上言，元年之言殆合矣。

端公岁时来寿其亲东都，东都之大夫士莫不拜于门。其为人佐甚忠，意欲司徒公功名流千万岁，请以愈言为使归之献。

【解题】

本文作于元和五年。李端公，即李益。李益时佐幽州节度使刘济幕，兼任御史之职，唐时称御史为端公。此时李益至洛阳寿其亲，韩愈亦在洛阳为官，故于李益回幽州时写此序以送之。此序的中心是要李益劝刘济率先归顺朝廷，表现了韩愈反对藩镇割据的思想。此文用意高妙，造语瑰奇。

送石处士序

河阳军节度御史大夫乌公为节度之三月，求士于从事之贤者。有荐石先生者，公曰："先生何如?"曰："先生居嵩、邙、瀍、谷之间，冬一裘，夏一葛。食：朝夕饭一盂、蔬一盘。人与之钱则辞。请与出游，未尝以事辞。劝之仕，不应。坐一室，左右图书。与之语道理，辨古今事当否，论人高下，事后当成败，若河决下流而东注，若驷马驾轻车就熟路，而王良造父为之先后也，若烛照数计而龟卜也。"大夫曰："先生有以自老，无求于人，其肯为某来邪?"从事曰："大夫文武忠孝，求士为国，不私于家。方今寇聚于恒，师环其疆，农不耕收，财粟殚亡，吾所处地，归输之涂，治法征谋，宜有所出。先生仁且勇，若以义请而强委重焉，其何说之辞!"于是课书词，具马币，卜日以授使者，求先生之庐而请焉。

先生不告于妻子，不谋于朋友，冠带出见客，拜受书礼于门内。宵则沐浴，戒行李，载书册，问道所由，告行于常所来往。晨则毕至，张上东门外。酒三行，且起，有执爵而言者曰："大夫真能以义取人，先生真能以道自任，决去就，为先生别。"又酌而祝曰："凡去就出处何常，惟义之归。遂以为先生寿。"又酌而祝曰："使大夫恒无变其初，无务富其家而饥其师，无甘受佞人而外敬正士，无昧于谄言，惟先生是听，以能有成功，保天子之宠命。"又祝曰："使先生无图利于大夫而私便其身。"先生起拜祝辞曰："敢不敬蚤夜以求从祝规。"

于是东都之人士咸知大夫与先生果能相与以有成也。遂各为歌诗六韵。退，愈为之序云。

【解题】

本文作于元和五年。石处士，即石洪，曾任黄州录事参军，退居洛阳，十年不仕。乌重胤为河阳军节度使，求石洪为节度参谋，韩愈此文即为送石洪而作。文章前半极写石洪之贤，后半是借祝辞表达韩愈对石、乌的期望。文章多以议代叙，语言精到简洁，比喻形象生动。

送温处士赴河阳军序

伯乐一过冀北之野，而马群遂空。夫冀北马多天下，伯乐虽善知马，安能空其群邪？解之者曰："吾所谓空，非无马也，无良马也。"伯乐知马，遇其良，辄取之，群无留良焉。苟无良，虽谓无马，不为虚语矣。

东都固士大夫之冀北也。恃才能，深藏而不市者，洛之北涯曰石生，其南涯曰温生。大夫乌公以铁钺镇河阳之三月，以石生为才，以礼为罗，罗而致之幕下。未数月也，以温生为才，于是以石生为媒，以礼为罗，又罗而致之幕下。东都虽信多才士，朝取一人焉，拔其尤；暮取一人焉，拔其尤。自居守、河南尹以及百司之执事，与吾辈二县之大夫，政有所不通，事有所可疑，奚所咨而处焉？士大夫之去位而巷处者，谁与嬉游？小子后生于何考德而问业焉？搢绅之东西行过是都者，无所礼于其庐。若是而称曰：大夫乌公一镇河阳，而东都处士之庐无人焉，岂不可也？

夫南面而听天下，其所托重而恃力者惟相与将耳。相为天子得人于朝廷，将为天子得文武士于幕下，求内外无治，不可得也。

愈縻于兹，不能自引去，资二生以待老，今皆为有力者夺之，其何能无介然于怀邪？生既至，拜公于军门，其为吾以前所称，为天下贺，以后所称为吾致私怨于尽取也。

留守相公首为四韵诗歌其事，愈因推其意而序之。

【解题】

本文作于元和六年（811）。温处士，即温造。原为张建封幕僚，后隐于洛阳。乌重胤镇河阳，遣使请其出仕，韩愈写此序送之。有人认为此文讥温造为轻出之假隐士。从文章看，则主要在突出温造的过人之才。文章构思精巧，表达含蓄，是一篇匠心独运的应酬文字。

送湖南李正字序

贞元中，愈从太傅陇西公平汴州，李生之尊府以侍御史管汴之盐铁，日为酒杀羊享宾客，李生则尚与其弟学读书，习文辞，以举进士为业。愈于太傅府年最少，故得交李生父子间。公薨军乱，军司马从事皆死，侍御亦被谗为民日南。其后五年，愈又贬阳山令，今愈以都官郎守东都省，侍御自衡州刺史为亲王长史，亦留此掌其府事。李生自湖南从事请告来觐。于时，太傅府之士惟愈与河南司录周君独存，其外则李氏父子，相与为四人。离十三年，幸而集处，得燕而举一觞相属，此天也，非人力也！

侍御与周君于今为先辈成德，李生温然为君子，有诗八百篇，传咏于时。惟愈也业不益进，行不加修，顾惟未死耳。往拜侍御，谒周君，抵李生，退未尝不发愧也。

往时侍御有无尽费于朋友，及今则又不忍其三族之寒饥，聚而馆之，疏远毕至，禄不足以养。李生虽欲不从事于外，其势不可得已也。重李生之还者皆为诗，愈最故，故又为序云。

【解题】

本文作于元和六年，时韩愈在洛阳为都官员外郎。李正字，即李础。李础自湖南至洛阳省亲，于其还，韩愈以诗及此序送之。文章主要叙自己与李础父子交往情况，文章叙交游聚散之感，真切感人，故极详而不觉其冗。

送水陆运使韩侍御归所治序

六年冬，振武军吏走驿马诣阙告饥，公卿廷议以转运使不是其人，宜选才干之士往换之，吾族子重华适当其任。

至则出贼罪吏九百余人，脱其桎梏，给耒耜与牛，使耕其傍便近地，以偿所负，释其粟之在吏者四十万斛不徵。吏得去罪死，假种粮，齿平人有以自效，莫不涕泣感奋，相率尽力以奉其令，而又为之奔走经营，相原隰之宜，指授方法，故连二岁大熟，吏得尽偿其所亡失四十万斛者而私其赢余，得以苏息，军不复饥。君曰："此未足为天子言。请益募人为十五屯，屯置百三十人而种百顷，令各就高为堡。东起振武，转而西，过云州界，极于中受降城，出入河山之际，六百余里，屯堡相望，寇来不能为暴，人得肆耕其中，少可以罢漕輓之费。"朝廷从其议，秋果倍收，岁省度支钱千三百万。

八年，诏拜殿中侍御史，锡服朱银。其冬来朝，奏曰："得益开田四千顷，则尽可以给塞下五城矣。田五千顷，法当用人七千，臣令吏于无事时督习弓矢为战守备，因可以制虏，庶几所谓兵农兼事，务一而两得者也。"大臣方持其议。吾以为边军皆不知耕作，开口望哺，有司常僦人以车船自他郡往输，乘沙逆河，远者数千里，人畜死，蹄踵交道，费不可胜计。中国坐耗，而边吏恒苦食不继。今君所请田，皆故秦、汉时郡县地，其课绩又已验白。若从其言，其利未可遽以一二数也。今天子方举群策以收太平之功，宁使士有不尽用之叹，怀奇见而不得施设也？君又何忧？而中台士大夫亦同言侍御韩君前领三县，纪纲二州，奏课常为天下第一。行其计于边，其功烈又赫赫如此。使尽用其策，西北边故所没地，可指期而有也。闻其归，皆相勉为诗以推大之，而属余为序。

【解题】

本文作于元和八年（813）冬。韩侍御，即殿中侍御史韩重华。元和六年，韩重华出为振武军营田和籴水陆运使。元和八年，诏拜侍御史，其冬来朝，将归，韩愈写此文送之。文章叙事详尽，文词古奥而又错落自然。

送张道士序

张道士，嵩高之隐者，通古今学，有文武长材，寄迹老子法中，为道士以养其亲。九年，闻朝廷将治东方贡赋之不如法者，三献书，不报，长揖而去。京师士大夫多为诗以赠，而属愈为序。诗曰：

大匠无弃材，寻尺各有施。况当营都邑，杞梓用不疑。张侯嵩高来，面有熊豹姿。开口论利害，剑锋白差差。恨无一尺捶，为国笞羌夷。诣阙三上书，臣非黄冠师。臣有胆与气，不忍死茅茨。又不媚笑语，不能伴儿嬉，乃著道士服，众人莫臣知。臣有平贼策，狂童不难治。其言简且要，陛下幸听之。天空日月高，下照理不遗。或是章奏繁，裁择未及斯。宁当不俟报，归袖风披披。答我事不尔，吾亲属吾思。昨宵梦倚门，手取连环持。今日有书至，又言归何时。霜天熟柿栗，收拾不可迟。岭北梁可构，寒鱼下清伊。既非公家用，且复还其私。从容进退间，无一不合宜。时有利不利，虽贤欲奚为？但当励前操，富贵非公谁。

【解题】

本文作于元和九年（814），韩愈在京城为官。时嵩山张道士闻朝廷将讨伐淮西藩镇吴元济，亲至京师，三献书，不报，长揖而去。京师士大夫多为诗以赠，韩愈亦写诗，并写此序，诗文赞扬张道士力主平贼，同时亦为其不遇而惋惜。

送殷员外序

唐受天命为天子，凡四方万国，不问海内外，无小大，咸臣顺于朝。时节贡水土百物，大者特来，小者附集。

元和睿圣文武皇帝既嗣位，悉治方内就法度。十二年诏曰："四方万国，惟回鹘于唐最亲，奉职尤谨，丞相其选宗室四品一人，持节往赐君长，告之朕意。又选学有经法通知时事者一人，与之为贰。"由是殷侯侑自太常博士迁尚书虞部员外郎兼侍御史，朱衣象笏，承命以行，朝之大夫莫不出饯。

酒半，右庶子韩愈执盏言曰："殷大夫：今人适数百里，出门惘惘，有离别可怜之色；持被入直三省，丁宁顾婢子语，刺刺不能休。今子使万里外国，独无几微出于言面，岂不真知轻重大丈夫哉！丞相以子应诏，真诚知人。士不通经，果不足用。"于是相属为诗以道其引云。

【解题】

本文作于元和十二年（817），时韩愈为太子右庶子。殷侑作为朝廷副使出使回鹘，朝之士大夫为之饯行，韩愈为写此序。文章赞殷侑之为国忘私，讽刺某些朝臣苟安自私。文章庄严简重，气象轩伟。

送郑尚书序

岭之南，其州七十，其二十二隶岭南节度府，其四十余分四府。府各置帅，然独岭南节度为大府。大府始至，四府必使其佐启问起居，谢守地不得即贺以为礼。岁时必遣贺问，致水土物。大府帅或道过其府，府帅必戎服，左握刀，右属弓矢，帕首袴鞾迎郊。及既至，大府帅先入据馆，帅守屏，若将趋入拜庭之为者。大府与之为让至一再，乃敢改服，以宾主见。适位执爵皆兴拜，不许乃止，虔若小侯之事大国。有大事咨而后行，隶府之州离府远者至三千里，悬隔山海，使必数月而后能至。蛮夷悍轻，易怨以变，其南州皆岸大海，多洲岛，飒风一日踔数千里，漫澜不见踪迹。控御失所，依险阻，结党仇，机毒矢以待将吏，撞搪呼号以相和应，蜂屯蚁杂不可爬梳，好则人，怒则兽；故常薄其征入，简节而疏目，时有所遗漏，不究切之，长养以儿子；至纷不可治，乃草薙而禽狝之，尽根株痛断乃止。其海外杂国若耽浮罗、流求、毛人、夷亶之州，林邑、扶南、真腊、于陀利之属，东南际天地以万数，或时候风潮朝贡，蛮胡贾人舶交海中。若岭南帅得其人，则一边尽治，不相寇盗贼杀，无风鱼之灾、水旱疠毒之患。外国之货日至，珠香象犀玳瑁奇物溢于中国，不可胜用，故选帅常重于他镇。非有文武威风，知大体，可畏信者，则不幸往往有事。

长庆三年四月，以工部尚书郑公为刑部尚书兼御史大夫往践其任。郑公尝以节镇襄阳，又帅沧、景、德、棣，历河南尹，华州刺史，皆有功德可称道。入朝为金吾将军、散骑常侍、工部侍郎、尚书。家属百人，无数亩之宅，僦屋以居，可谓贵而能贫，为仁者不富之效也。

及是命，朝廷莫不悦。将行，公卿大夫士苟能诗者，咸相率为诗以美朝政，以慰公南行之思。韵必以“来”字者，所以祝公成政而来归疾也。

【解题】

本文作于长庆三年（823）四月。郑尚书，即郑权，曾官工部尚书。是时郑权出为岭南节度使，将行，韩愈为此序而送之。文章主要写岭南节度使职任之重和郑尚书堪当其事。文章简古奥峭，颇有余意。

送高闲上人序

苟可以寓其巧智，使机应于心，不挫于气，则神完而守固，虽外物至，不胶于心。尧、舜、禹、汤治天下，养叔治射，庖丁治牛，师旷治音声，扁鹊治病，僚之于丸，秋之于弈，伯伦之于酒，乐之终身不厌，奚暇外慕？夫外慕徙业者，皆不造其堂，不哜其胾者也。

往时张旭善草书，不治他伎，喜怒窘穷，忧悲愉佚，怨恨思慕，酣醉无聊不平，有动于心，必于草书焉发之。观于物，见山水崖谷，鸟兽虫鱼，草木之花实，日月列星，风雨水火，雷霆霹雳，歌舞战斗，天地事物之变，可喜可愕，一寓于书。故旭之书，变动犹鬼神，不可端倪。以此终其身，而名后世。

今闲之于草书，有旭之心哉？不得其心，而逐其迹，未见其能旭也。为旭有道：利害必明，无遗锱铢，情炎于中，利欲斗进，有得有丧，勃然不释，然后一决于书，而后旭可几也。今闲师浮屠氏，一死生，解外胶，是其为心，必泊然无所起；其于世，必淡然无所嗜。泊与淡相遭，颓堕委靡，溃败不可收拾，则其于书得无象之然乎？然吾闻浮屠人善幻，多技能，闲如通其术，则吾不能知矣。

【解题】

本文约作于唐穆宗长庆年间。高闲，浮屠，善草书。韩愈写此序送高闲，即从书法讲起。表面上讲书法之道，实则借此讲为文之道，并借批评高闲草书不及张旭而对佛教进行批评。文章论说精辟，结构严谨，文笔纵横驰骋，语言丰富多彩。

送杨少尹序

昔疏广、受二子以年老一朝辞位而去，于时公卿设供张，祖道都门外，车数百两，道路观者多叹息泣下，共言其贤，汉史既传其事，而后世工画者又图其迹，至今照人耳目，赫赫若前日事。国子司业杨君巨源方以能诗训后进，一旦以年满七十，亦白丞相去归其乡。世常说古今人不相及，今杨与二疏其意岂异也？

予忝在公卿后，遇病不能出，不知杨侯去时，城门外送者几人？车几两？马几疋？道边观者亦有叹息知其为贤以否？而太史氏又能张大其事、为传继二疏踪迹否？不落莫否？见今世无工画者，而画与不画固不论也。然吾闻杨侯之去，丞相有爱而惜之者，白以为其都少尹，不绝其禄，又为歌诗以劝之，京师之长于诗者亦属而和之；又不知当时二疏之去有是事否？古今人同不同，未可知也。

中世士大夫以官为家，罢则无所于归。杨侯始冠举于其乡，歌《鹿鸣》而来也。今之归，指其树曰："某树吾先人之所种也，某水某丘吾童子时所钓游也。"乡人莫不加敬，诫子孙以杨侯不去其乡为法。古之所谓"乡先生没而可祭于社"者，其在斯人欤，其在斯人欤！

【解题】

本文作于长庆年间韩愈为吏部侍郎之时。杨少尹，即杨巨源。杨巨源致仕返乡，韩愈写此文送之。文章以杨离京时的冷落与汉代二疏离京时之场面热烈隆重作比，论古今人同与不同，意在讽朝廷寡恩。文章言婉思深，唱叹抑扬，曲尽行文之妙。

送陈密序

太学生陈密请于余曰："密承训于先生，今将归覲其亲，不得朝夕见，愿先生赐之言，密将以为戒。密来太学，举明经，累年不获选，是弗利于是科也。今将易其业而《三礼》是习，愿先生之张之也。密将以为乡荣。"

余愧乎其言，遗之言曰："子之业信习矣，其容信合于礼矣，抑吾所见者外也？夫外不足以信内；子诵其文则思其义，习其仪则行其道，则将谓子君子也。爵禄之来也不可辞矣，科宁有利不利邪？"

【解题】

本文作于韩愈为国子博士之时，具体时间不确。太学生陈密将返乡，韩愈写此序送之。全文只有陈密请韩愈赐言和韩愈的赐言两段话，简淡有体，不拘成法。

送王秀才序

吾常以为孔子之道大而能博，门弟子不能遍观而尽识也，故学焉而皆得其性之所近；其后离散分处诸侯之国，又各以所能授弟子，原远而末益分。

盖子夏之学，其后有田子方；子方之后，流而为庄周，故周之书，喜称子方之为人。荀卿之书，语圣人必曰孔子、子弓，子弓之事业不传，惟太史公书《弟子传》有姓名字，曰馯臂子弓，子弓受《易》于商瞿。孟轲师子思，子思之学盖出曾子，自孔子没，群弟子莫不有书，独孟轲氏之传得其宗，故吾少而乐观焉。

太原王埙示予所为文，好举孟子之所道者。与之言，信悦孟子而屡赞其文辞。夫沿河而下，苟不止，虽有迟疾，必至于海；如不得其道也，虽疾不止，终莫幸而至焉。故学者必慎其所道，道于杨、墨、老、庄、佛之学，而欲之圣人之道，犹航断港绝潢以望至于海也。故求观圣人之道，必自孟子始。今埙之所由，既几于知道，如又得其船与楫，知沿而不止。呜呼，其可量也哉！

【解题】

本文写作年代不详。韩愈写此文送太原王埙秀才，中心是赞王埙之学得孔孟之真传，并断言王埙学儒道已入正轨，如坚持不懈，则前途不可限量。

送浮屠令纵西游序

其行异，其情同，君子与其进可也。令纵，释氏之秀者，又善为文，浮游徜徉，迹接天下。藩维大臣，文武豪士，令纵未始不褰衣而负业，往造其门下。其有尊行美德，建功树业，令纵从而为之歌颂，典而不谀，丽而不淫，其有中古之遗风与？乘闲致密，促席接膝，讥评文章，商较人士，浩浩乎不穷，愔愔乎深而有归，于是乎吾忘令纵之为释氏之子也。其来也云凝，其去也风休，方欢而已辞，虽义而不求，吾于令纵不知其不可也，盍赋诗以道其行乎？

【解题】

本文写作年代不详。浮屠令纵西游，韩愈作此序送之。文中说“吾忘令纵之为释氏之子也”，此语颇值得回味。韩集中有送浮屠氏文多篇，皆能取其行，而不取其名。每文均可作到内不失己，外不失人，精心撰结，各不相袭。

六　传记

故金紫光禄大夫检校尚书左仆射同中书门下平章事兼汴州刺史充宣武军节度副大使知节度事管内支度营田汴宋亳颍等州观察处置等使上柱国陇西郡开国公赠太傅董公行状

曾祖仁琬，皇任梁州博士。祖大礼，皇赠右散骑常侍。父伯良，皇赠尚书左仆射。

公讳晋，字混成，河中虞乡万岁里人。少以明经上第。宣皇帝居原州，公在原州，宰相以公善为文，任翰林之选闻，召见，拜秘书省校书郎，入翰林为学士，三年出入左右，天子以为谨愿，赐绯鱼袋，累升为卫尉寺丞。出翰林，以疾辞，拜汾州司马。崔圆为扬州，诏以公为圆节度判官，摄殿中侍御史。以军事如京师朝，天子识之，拜殿中侍御史内供奉；由殿中为侍御史，入尚书省为主客员外郎。由主客为祠部郎中。

先皇帝时，兵部侍郎李涵如回纥立可敦，诏公兼侍御史，赐紫金鱼袋，为涵判官。回纥之人来曰："唐之复土疆，取回纥力焉。约我为市，马既入而归我贿不足，我于使人乎取之。"涵惧不敢对，视公。公与之言曰："我之复土疆，尔信有力焉。吾非无马，而与尔为市，为赐不既多乎？尔之马岁至，吾数皮而归资。边吏请致诘也，天子念尔有劳，故下诏禁侵犯。诸戎畏我大国之尔与也，莫敢校焉。尔之父子宁而畜马蕃者，非我谁使之？"

于是其众皆环公拜，既又相率南面序拜，皆两举手曰：“不敢复有意大国。”自回纥归，拜司勋郎中。未尝言回纥之事。

迁秘书少监，历太府、太常二寺亚卿，为左金吾卫将军。今上即位，以大行皇帝山陵出财赋，拜太府卿；由太府为左散骑常侍，兼御史中丞，知台事。三司使选擢才俊有威风，始公为金吾，未尽一月拜太府，九日又为中丞，朝夕入议事，于是宰相请以公为华州刺史；拜华州刺史、潼关防御镇国军使。朱泚之乱，加御史大夫，诏至于上所，又拜国子祭酒，兼御史大夫，宣慰恒州。于是朱滔自范阳以回纥之师助乱，人大恐。公既至恒州，恒州即日奉诏出兵与滔战，大破走之，还至河中。

李怀光反，上如梁州。怀光所率皆朔方兵，公知其谋与朱泚合也，患之，造怀光言曰：“公之功，天下无与敌；公之过，未有闻于人。某至上所，言公之情，上宽明，将无不赦宥焉；乃能为朱泚臣乎？彼为臣而背其君，苟得志，于公何有？且公既为太尉矣，彼虽宠公，何以加此？彼不能事君，能以臣事公乎?，公能事彼，而有不能事君乎？彼知天下之怒，朝夕戮死者也，故求其同罪而与之比，公何所利焉？公之敌彼有余力，不如明告之绝，而起兵袭取之，清宫而迎天子，庶人服而请罪有司，虽有大过，犹将掩焉；如公则谁敢议?”语已，怀光拜曰：“天赐公活怀光之命。”喜且泣，公亦泣。则又语其将卒如语怀光者，将卒呼曰：“天赐公活吾三军之命。”拜且泣，公亦泣，故怀光卒不与朱泚。当是时，怀光几不反。公气仁，语若不能出口。及当事，乃更踈亮捷给。其词忠，其容貌温然，故有言于人无不信。

明年，上复京师，拜左金吾卫大将军。由大金吾为尚书左丞，又为太常卿。由太常拜门下侍郎平章事。在宰相位凡五年，所奏于上前者，皆二帝三王之道，由秦、汉以降未尝言。退归，示尝言所言于上者于人。子弟有私问者，公曰：“宰相所职系天下。天下安危，宰相之能与否可见；欲知宰相之能与否，如此视之其可，凡所谋议于上前者，不足道也。”故其事卒不闻。以疾病辞于上前者不记，退以表辞者八，方许之。拜礼部尚书。制曰：“事上尽大臣之节。”又曰：“一心奉公。”于是天下知公之有言于上也。初，公为宰相时，五月朔会朝，天子在位，公卿百执事在廷，侍中赞，百僚贺，中书侍郎平章事窦参摄中书令，当传诏，疾作，不能事。凡将大朝会，当事者既受命，皆先日习仪。于时未有诏，公卿相顾，公逡巡进，北面言曰：“摄中书令臣某病不能事，臣请代某事。”于是南面宣致诏词。事已，复位，进退甚详。

为礼部四年，拜兵部尚书，入谢，上语问日晏。复有入谢者，上喜曰：“董某疾且损矣！”出语人曰：“董公且复相。”既二日，拜东都留守，判东都尚书省事，充东都畿汝州都防御使，兼御史大夫，仍为兵部尚书。由留守未尽五月，拜检校尚书左仆射同中书门下平章事、汴州刺史、宣武军节度副大使、知节度事，管内支度营田汴、宋、亳、颍等州观察处置等使。

汴州自大历来多兵事：刘玄佐益其师至十万，玄佐死，子士宁代之，畋游无度。其将李万荣乘其畋也，逐之。万荣为节度一年，其将韩惟清、张彦林作乱，求杀万荣不克。三年，万荣病风，昏不知事，其子乃复欲为士宁之故。监军使俱文珍与其将邓惟恭执之归京师，而万荣死。诏未至，惟恭权军事。公既受命，遂行。刘宗经、韦弘景、韩愈实从，不以兵卫。及郑州，逆者不至，郑州人为公惧，或劝公止以待。有自汴州出者，言于公曰：“不可入！”公不对，遂行，宿圃田。明日，食中牟，逆者至，宿八角。明日，惟恭及诸将至，遂逆以入。及郛，三军缘道欢声，庶人壮者呼，老者泣，妇人啼，遂入以居。初，玄佐死，吴凑代之，及巩闻乱归，士宁、万荣皆自为而后命，军士将以为常，故惟恭亦有志。以公之速也，不及谋，遂出逆，既而私其人，观公之所为以告，曰：“公无为。”惟恭喜，知公之无害己也，委心焉。进见公者，退皆曰“公仁人也”，闻公言者，皆曰“公仁人也”，环以相告，故大和。

初，玄佐遇军士厚。士宁惧，复加厚焉，至万荣，如士宁志，及韩、张乱，又加厚以怀之；至于惟恭，每加厚焉。故士卒骄不能御，则置腹心之士幕于公庭庑下，挟弓执剑以须。日出而入，前者去；日入而出，后者至。寒暑时至，则加劳赐酒肉。公至之明日，皆罢之。贞元十二年七月也。

八月，上命汝州刺史陆长源为御史大夫、行军司马，杨凝自左司郎中为检校吏部郎中、观察判官，杜伦自前殿中侍御史为检校工部员外郎、节度判官，孟叔度自殿中侍御史为检校金部员外郎、支度营田判官。职事惰，人俗化，嘉禾生，白鹊集，苍鸟来巢，嘉瓜同蒂联实。四方至者归以告其帅，小大威怀。有所疑，辄使来问；有交恶者，公与平之。累请朝，不许。及有疾，又请之，且曰：“人心易动，军旅多虞，及臣之生，计不先定，至于他日，事或难期。”犹不许。十五年二月三日，薨于位。上三日罢朝，赠太傅，使吏部员外郎杨於陵来祭，吊其子，赠布帛米有加。公之将薨也，命其子三日敛。既敛而行，于行之四日，汴州乱：故君子以公为知人。公之薨也，汴州人歌之曰：“浊流洋洋，有阚其郛；阗道欢呼，公来之初；今公之归，公在丧车。”又歌曰：“公既来止，东人以完；今公殁矣，人谁与安！”

始公为华州，亦有惠爱，人思之。公居处恭，无妾媵，不饮酒，不谄笑，好恶无所偏，与人交泊如也。未尝言兵，有问者，曰：“吾志于教化。”享年七十六。阶累升为金紫光禄大夫，勋累升为上柱国，爵累升为陇西郡开国公。娶南阳张氏夫人，后娶京兆韦氏夫人，皆先公终。四子：全道、溪、全素、澥。全道、全素皆上所赐名。全道为秘书省著作郎，溪为秘书省秘书郎，全素为大理评事，澥为太常寺太祝：皆善士，有学行。

谨具历官行事状，伏请牒考功，并牒太常议所谥，牒史馆请垂编录。谨状。

贞元十五年五月十八日，故吏前汴、宋、亳、颍等州观察推官将仕郎试秘书省校书郎韩愈状。

【解题】

本文作于贞元十五年（799）五月，时韩愈丢掉汴州观察推官之职，逃至徐州。董公，即董晋。韩愈从董晋于汴州，知其事最详。此文详叙董晋历官行事，但最突出的是“谕回纥”、“谕李怀光”、“入汴州”三事，其他均较略。本文记董晋事，多为唐书董晋本传所采用。

太学生何蕃传

太学生何蕃，入太学者廿余年矣。岁举进士，学成行尊，自太学诸生推颂不敢与蕃齿，相与言于助教、博士，助教博士以状申于司业、祭酒，司业、祭酒撰次蕃之群行焯焯者数十余事，以之升于礼部，而以闻于天子。京师诸生以荐蕃名文说者，不可选纪。公卿大夫知蕃者比肩立，莫为礼部；为礼部者，率蕃所不合者，以是无成功。

蕃，淮南人，父母俱全。初入太学，岁率一归，父母止之；其后间一二岁乃一归、又止之，不归者五岁矣。蕃，纯孝人也。闵亲之老，不自克，一日，揖诸生，归养于和州；诸生不能止，乃闭蕃空舍中。于是太学六馆之士百余人，又以蕃之义行言于司业阳先生城，请谕留蕃。于是太学阙祭酒，会阳先生出道州，不果留。

欧阳詹生言曰：蕃，仁勇人也。或者曰：蕃居太学，诸生不为非义，葬死者之无归，哀其孤而字焉，惠之大小必以力复，斯其所谓仁欤！蕃之力不任其体，其貌不任其心，吾不知其勇也。

欧阳詹生曰：朱泚之乱，太学诸生举将从之，来请起蕃，蕃正色叱之，六馆之士不从乱，兹非其勇欤？

惜乎蕃之居下，其可以施于人者不流也。譬之水，其为泽，不为川乎？川者高，泽者卑；高者流，卑者止，是故蕃之仁义，充诸心，行诸太学，积者多，施者不遐也。天将雨，水气上，无择于川泽涧溪之高下，然则泽之道其亦有施乎？抑有待于彼者欤？故凡贫贱之士必有待，然后能有所立，独何蕃欤！吾是以言之，无亦使其无传焉。

【解题】

本文作于贞元十五年冬。韩愈在本文中反复说明贫贱之士“必有待”然后能有所立的观点，力荐学成行尊、仁勇双全而不遇时的何蕃，隐然希望当权者引用何蕃。这篇为贫士鸣不平之作，实非传体，乃纪事之属。文章善用缩笔，纡余顿宕，叙写和用比也较生动。

圬者王承福传

圬之为技，贱且劳者也。有业之其色若自得者。听其言，约而尽。问之，王其姓，承福其名，世为京兆长安农夫。天宝之乱，发人为兵，持弓矢十三年，有官勋。弃之来归，丧其土田，手镘衣食，余三十年。舍于市之主人，而归其屋食之当焉。视时屋食之贵贱，而上下其圬之佣以偿之。有余，则以与道路之废疾饿者焉。

又曰：粟，稼而生者也；若布与帛，必蚕绩而后成者也。其他所以养生之具，皆待人力而后完也，吾皆赖之。然人不可遍为，宜乎各致其能以相生也。故君者，理我所以生者也；而百官者，承君之化者也。任有小大，惟其所能，若器皿焉。食焉而怠其事，必有天殃，故吾不敢一日舍镘以嬉。夫镘，易能可力焉，又诚有功，取其直，虽劳无愧，吾心安焉。夫力，易强而有功也；心，难强而有智也。用力者使于人，用心者使人，亦其宜也，吾特择其易为而无愧者取焉。嘻！吾操镘以入贵富之家有年矣，有一至者焉，又往过之，则为墟矣；有再至三至者焉，而往过之，则为墟矣。问之其邻，或曰：噫！刑戮也。或曰：身既死，而其子孙不能有也。或曰：死而归之官也。吾以是观之，非所谓食焉怠其事而得天殃者邪？非强心以智而不足，不择其才之称否而冒之者邪？非多行可愧，知其不可而强为之者邪？将贵富难守，薄功而厚飨之者邪？抑丰悴有时，一去一来而不可常者邪？吾之心悯焉，是故择其力之可能者行焉。乐富贵而悲贫贱，我岂异于人哉！

又曰：功大者，其所以自奉也博。妻与子，皆养于我者也，吾能薄而功小，不有之可也。又吾所谓劳力者，若立吾家而力不足，则心又劳也。一身而二任焉，虽圣者不可能也。

愈始闻而惑之，又从而思之，盖贤者也！盖所谓独善其身者也！然吾有讥焉，谓其自为也过多，其为人也过少，其学杨朱之道者邪？杨之道，不肯拔我一毛而利天下。而夫人以有家为劳心，不肯一动其心以畜其妻子，其肯劳其心以为人乎哉？虽然，其贤于世之患不得之而患失之者，以济其生之欲，贪邪而亡道以丧其身者，其亦远矣！又其言有可以警余者，故余为之传而自鉴焉。

【解题】

本文约写于贞元十七年（801）左右。圬者：粉刷墙壁之泥水匠。表面看，此文是传体文，而实则为作者对社会问题发表己见的杂文。作者赞扬王承福的行为品德，对统治者的腐朽丑恶表示不满，有其积极意义。文中宣扬劳力者治于人等思想，是其局限。

唐故赠绛州刺史马府君行状

君讳某，字某。其先为嬴姓。当周之衰，处晋为赵氏。晋亡，而赵氏为诸侯，其后益大，与齐、楚、韩、魏、燕为六国，俱称王。其别子赵奢，当赵时，破秦军阏与，有功，号马服君，子孙由是以马为氏。梁有安州刺史诗中赠太尉岫，岫生乔卿，任襄州主簿，国乱去官不仕。乔卿生君才，隋末为蓟令，燕王艺师之，以有幽都之众，武德初，朝京师，拜武候大将军，封南阳郡公，卒葬大梁新里，赵郡李华刻碑颂之。君才生珉，为玉钤卫仓曹参军事，赠尚书左仆射。生季龙，为岚州刺史，赠司空，清河崔元翰铭其德于碑，在新里。司空生燧，为司徒侍中北平王，赠太傅，谥庄武。庄武之勋劳在策书，君其长子也。少举明经，司徒公作藩太原，授河南府参军。建中四年，司徒公使将武人子弟才力之士三百人朝行在扞卫，献御服、用物、弓甲、煮器、幄幕，奔走危难。上嘉其勤，超拜太常丞，赐章服，迁少府少监、太仆少卿。司徒公之薨也，刺臂出血，书佛经千余言，期以报德；庐墓侧，植松柏。终丧又拜太仆少卿。疾病一年，贞元十八年七月二十五日终于家。凡年四十有五。其弟少府监畅上印绶求追赠。赠绛州刺史，布帛百匹。

君在家行孝友，待宾客朋友有信义，其守官恭慎举职，其朝献奉父命不避难，其居丧有过人行。初，司徒公娶河南元氏，封颍川郡夫人，赠许国夫人。许国薨，少府始孩，顾托以其侄为继室，是为陈国夫人。陈国无子，爱君与少府如己生。其薨也，君与少府丧之犹实生己，亲负土封其墓。夫人荥阳郑氏，王屋县令况之女，有贤行。侍君疾，逾年不下堂，食菜饮水，药物必自择，将进辄先尝，方书《本草》，恒置左右。子男二人：赦，前左卫仓曹参军；敭，右清道率府胄曹参军。女子二人在室，虽皆幼，侍疾居丧如成人。

愈既世通家详闻其世系事业。今葬有期日，从少府请，掇其大者为行状，托立言之君子而图其不朽焉。

【解题】

本文作于贞元十九年（803），时韩愈在京为国子四门博士。马府君，即指北平王马燧之长子马汇。韩愈详其世系事业，故本文掇其大者为行状，托言以图其不朽。

毛颖传

毛颖者，中山人也。其先明眎，佐禹治东方土，养万物有功，因封于卯地，死为十二神。尝曰："吾子孙神明之后，不可与物同，当吐而生。"已而果然。明眎八世孙䨲，世传当殷时居中山，得神仙之术，能匿光使物，窃姮娥，骑蟾蜍入月，其后代遂隐不仕云。居东郭者曰㕙，狡而善走，与韩卢争能，卢不及，卢怒，与宋鹊谋而杀之，醢其家。

秦始皇时，蒙将军恬南伐楚，次中山，将大猎以惧楚，召左左庶长与军尉，以《连山》筮之，得天与人文之兆。筮者贺曰："今日之获，不角不牙，衣褐之徒，缺口而长须，八窍而趺居，独取其髦，简牍是资。天下其同书，秦其遂兼诸侯乎！"遂猎，围毛氏之族，拔其豪，载颖而归，献俘于章台宫，聚其族而加束缚焉。秦皇帝使恬赐之汤沐，而封诸管城，号曰管城子，日见亲宠任事。

颖为人强记而便敏，自结绳之代以及秦事，无不纂录。阴阳、卜筮、占相、医方、族氏、山经、地志、字书、图画、九流、百家、天人之书，及至浮图、老子、外国之说，皆所详悉。

又通于当代之务，官府簿书、市井货钱注记，惟上所使。自秦皇帝及太子扶苏、胡亥、丞相斯、中车府令高，下及国人，无不爱重。又善随人意，正直、邪曲、巧拙，一随其人；虽见废弃，终默不泄。惟不喜武士，然见请亦时往。累拜中书令，与上益狎，上尝呼为“中书君”。上亲决事，以衡石自程，虽宫人不得立左右，独颖与执烛者常侍，上休方罢。颖与绛人陈玄、弘农陶泓及会稽褚先生友善，相推致，其出处必偕。上召颖，三人者，不待诏辄俱往，上未尝怪焉。

后因进见，上将有任使，拂拭之，因免冠谢。上见其发秃，又所摹画不能称上意，上嘻笑曰：“中书君，老而秃，不任吾用。吾尝谓君中书，君今不中书邪?”对曰：“臣所谓尽心者。”因不复召，归封邑，终于管城。其子孙甚多，散处中国夷狄，皆冒管城；惟居中山者，能继父祖业。

太史公曰：毛氏有两族：其一姬姓，文王之子，封于毛，所谓鲁、卫、毛、聃者也，战国时有毛公、毛遂，独中山之族不知其本所出，子孙最为蕃昌。《春秋》之成，见绝于孔子，而非其罪。及蒙将军拔中山之豪，始皇封诸管城，世遂有名，而姬姓之毛无闻。颖始以俘见，卒见任使。秦之灭诸侯，颖与有功，赏不酬劳，以老见疏，秦真少恩哉！

【解题】

本文约作于元和初年，时韩愈在京任权知国子博士。毛颖，即毛笔。借为毛笔立传，以斥统治者寡恩，以抒胸中之不平。本文从结构、语言、格调、体例看，是传记体；通过讲故事说明一种道理，又是寓言。设幻为文，以写情节、人物为主，又近小说，而李汉又编入“杂文”。用郑重的史笔写为毛笔立传的游戏文字，新颖独到。

下邳侯革华传

下邳侯革华者，其先陇西人也。三十六代祖守犍为，黄帝时以力见召，拜大司农。以其辟土有功，又知稼穑艰难，迁轻车都尉，子孙相继。至周武王时徙桃林，冠冕遂绝。其后人思其济世之才，因复其位而加任使焉。

华父犨，生五年，袭先祖爵，仕至上轻车都尉。华母居长乐，有乳哺之恩。越王勾践时，尝侍宴姑苏台，《诗》所谓“有觉德行”者也。犨因引重至太行山，力不任事，遂死于轘辕下。上嗟悼，命太宰申屠公执刀而解之，其枝派分离散在他处。革华，长子也。上念其父劬劳而死于王事，封华为下邳侯，诏将作大匠治之。华性坚劲崛强，难以直御；匠以其膏润之，然后去其豪族而加裁割焉。会太原人金十奴与新郑人㶉斯生荐华于五木大夫，是后稍稍得成其名。上嘉之，遂释褐，赐墨绶焉。

华尝曰：“吾辛勤久，今方成名，得处在上左右，足矣。”及献之，果然。华为人善履道，别威仪，进止趋跄，一随人意。上将驾出游，畋猎驰骋，毬击射御，及交宾接贤，礼神祭祀，未尝不召华俱往，伏事上。久之，因开口论议，泄露密旨，上由是疏之，诏将作大匠治之，又命其友金十奴等令补过之。寻献于上，上虽纳之，然亦不甚见重。有泥涂贱处，方召使之，余并不得预焉。

顷之，上见其颜色憔悴，衰惫失度，上咨嗟曰：“下邳侯老而惫，不任吾事，今弃于市朝，不复召子矣。”遂弃之而终。华无子，其继者，族人矣。

太史公曰：华之先皮姓，轩辕时，苍颉观鸟迹制文字，以其始于皮而声于革，故从“革”焉。初，华自胡而为，赵武灵王时见重，是后子孙盛于中国。《汉书·功臣表》有煮枣侯革朱者，即其后也。

【解题】

本文作年不详。文章叙下邳侯革华的家世及经历，由受皇帝嘉幸到“衰惫失度”而被弃，最后有“太史公曰”作结。文章之形式，完全仿史传体，而实则亦《毛颖传》一类的文字。本文原不见于韩集，《文苑英华》、《全唐文》收入。朱熹认为其文辞浅陋，不类韩作。待考。

七　赋颂

河中府连理木颂

司空咸宁王尹蒲之七年，木连理生于河之东邑。野夫来告，且曰：吾不知古，殆气之交畅也。维吾王之德，交畅者有五，是其应乎？训戎奋威，荡戮凶回；举政宣和，人则宁嘉；入践台阶，庶尹克司；来帅熊罴，四方作仪；闵仁鳏寡，不宁燕息。人乐王德，祝年万亿，府有群吏，王有从事，异体同心，归民于理。天子是嘉，俾锡劳王。王拜稽首："天子之光，庶德昭融，神斯降祥。"殊本连理之柯，同荣异垄之禾，吾傒之产兹土也久矣。今欲明于大君，纪于策书，王抑余也；冶金伐石，垂耀无极，王余抑也。奋肆婉婾，不知所如，愿托颂词，长言之于康衢。颂曰：

木何为兮此祥，洵厥美兮在吾王。愿封植兮永固，俾斯人兮不忘。

【解题】

本文约作于贞元七年（791），韩愈时年二十四岁，尚未及第。咸宁王浑瑊曾为河中府节度使。在韩愈于长安应试求官之时，浑瑊曾给过韩愈帮助。愈甚感其恩，因借河中府连理木事，作此颂以赞浑瑊之德，以报相助之恩。

明水赋

古者圣人之制祭祀也，必主忠敬，崇吉蠲。不贵其丰，乃或荐之以水。不可以黩，斯用致之于天。其事信美，其义惟玄。月实水精，故求其本也；明为君德，因取以名焉。

于是命烜氏，候清夜。或将祀圆丘于玄冬，或将祭方泽于朱夏。持鉴而精气旁射，照月而阴灵潜下。视而不见，谓合道于希夷；挹之则盈，方同功于造化。应于有，生于无。形象未分，徒骋离娄之目；光华暗至，如还合浦之珠。既齐芳于酒醴，讵比贱于潢污。明德惟馨，玄功不宰，于以表诚洁，于以戒荒怠。苟失其道，杀牛之祭何为？如得其宜，明水之荐斯在。不引而自致，不行而善至。虽辞麴蘖之名，实处罇罍之器。降于圆魄，殊匪金茎之露；出自方诸，乍似鲛人之泪。将以赞于阴德，配夫阳燧。

夜寂天清，烟消气明。桂华吐耀，兔影腾精。聊设监以取水，伊不注而能盈。霏然而象，的尔而呈。始漠漠而霜积，渐微微而浪生。岂不以德协于坎，同类则感；形藏在空，气应则通。鹤鸣在阴之理不谬，虎啸于谷之义可崇。足以验圣贤之无党，知天地之至公。窃比大羹之遗味，幸希荐于庙中。

【解题】

愈贞元八年（792）登第。时礼部侍郎陆贽典贡举，试题为《明水赋》和《御沟新柳诗》，愈之诗逸赋存。明水：古代祭祀所用的净水。《周礼·秋官·司烜氏》：“以鉴取明水于月。”此赋未收入《昌黎先生集》，而见于赵德之《文录》。

感二鸟赋 并序

贞元十一年五月戊辰，愈东归。癸酉，自潼关出，息于河之阴。时始去京师，有不遇时之叹。见行有笼白乌、白鸜鹆而西者，号于道曰："某土之守某官，使使者进于天子！"东西行者皆避路，莫敢正目焉。因窃自悲。幸生天下无事时，承先人之遗业，不识干戈耒耜、攻守耕获之勤；读书著文，自七岁至今，凡二十二年，其行己不敢有愧于道，其闲居思念前古当今之故，亦仅志其一二大者焉；选举于有司，与百十人偕进退，曾不得名荐书，齿下士于朝，以仰望天子之光明。今是鸟也，惟以羽毛之异，非有道德智谋承顾问赞教化者，乃反得蒙采擢荐进，光耀如此。故为赋以自悼，且明夫遭时者，虽小善必达；不遭时者，累善无所容焉。其辞曰：

吾何归乎！吾将既行而后思；诚不足以自存，苟有食其从之。出国门而东骛，触白日之隆景；时返顾以流涕，念西路之羌永。过潼关而坐息，窥黄流之奔猛；感二鸟之无知，方蒙恩而入幸。惟进退之殊异，增余怀之耿耿。彼中心之何嘉，徒外饰焉是逞。余生命之湮阨，曾二鸟之不如！汩东西与南北，恒十年而不居；辱饱食其有数，况策名于荐书；时所好之为贤，庸有谓余之非愚！

昔殷之高宗，得良弼于宵寐。孰左右者为之先，信天同而神比。及时运之未来，或两求而莫致；虽家到而户说，只以招尤而速累。盖上天之生余，亦有期于下地；盍求配于古人，独怊怅于无位！惟得之而不能，乃鬼神之所戏。幸年岁之未暮，庶无羡于斯类！

【解题】

韩愈自贞元二年（786）至十一年（795），在京求官未遂。

贞元十一年正月至三月，曾三上宰相书，不报。五月东归，至潼关遇献鸟事，深感生不逢时，人不如鸟，故作赋自悼。时愈年壮气锐，文悲愤顿挫，确有骚人之风。

复志赋 并序

愈既从陇西公平汴州，其明年七月，有负薪之疾，退休于居，作复志赋。其辞曰：

居悒悒之无解兮，独长思而永叹；岂朝食之不饱兮，宁冬裘之不完。

昔余之既有知兮，诚坎轲而艰难，当岁行之未复兮，从伯氏以南迁。凌大江之惊波兮，过洞庭之漫漫；至曲江而乃息兮，逾南纪之连山。嗟日月其几何兮，携孤嫠而北旋。值中原之有事兮，将就食于江之南。始专专于讲习兮，非古训为无所用其心。窥前灵之逸迹兮，超孤举而幽寻。既识路又疾驱兮，孰知余力之不任。

考古人之所佩兮，阅时俗之所服。忽忘身之不肖兮，谓青紫其可拾。自知者为明兮，故吾之所以为惑。择吉日余西征兮，亦既造夫京师。君之门不可迳而入兮，遂从试于有司。惟名利之都府兮，羌众人之所驰。竞乘时而附势兮，纷变化其难推。全纯愚以靖处兮，将与彼而异宜。欲奔走以及事兮，顾初心而自非。朝骋惊乎书林兮，夕翱翔乎艺苑。谅却步以图前兮，不浸近而愈远。

哀白日之不与吾谋兮，至今十年其犹初！岂不登名于一科兮，曾不补其遗余。进既不获其志愿兮，退将遁而穷居。排国门而东出兮，慨余行之舒舒。时凭高以回顾兮，涕泣下之交如；庚洛师而怅望兮，聊浮游以踌躇。假大龟以视兆兮，求幽贞之所庐。甘潜伏以老死兮，不显著其名誉。非夫子之洵美兮，吾何为乎浚之都？小人之怀惠兮，犹知献其至愚。固余异于牛马兮，宁止乎饮水而求刍？伏门下而默默兮，竟岁年以康娱。时乘闲以获进兮，颜垂欢而愉愉。仰盛德以安穷兮，又何忠之能输？

昔余之约吾心兮，谁无施而有获？嫉贪佞之洿浊兮，曰吾其既劳而后食。惩此志之不修兮，爱此言之不可忘；情怊怅以自失兮，心无归之茫茫。苟不内得其如斯兮，孰与不食而高翔？抱关之阨陋兮，有肆志之扬扬。伊尹之乐于畎亩兮，焉贵富之能当？恐誓言之不固兮，斯自讼以成章。往者不可复兮，冀来今之可望。

【解题】

贞元十二年（796）七月，董晋辟愈为汴州观察推官。次年七月，以病辞，赋即作于此时。愈闲居悒郁，作赋自解。述半生奔波，叹仕途坎坷，所谓复志，即复其隐逸之志也。此赋笔势跳跃，句法近似《离骚》。

闵己赋

余悲不及古之人兮，伊时势而则然；独闵闵其曷已兮，凭文章以自宣。

昔颜氏之庶几兮，在隐约而平宽。固哲人之细事兮，夫子乃嗟叹其贤。恶饮食乎陋巷兮，亦足以颐神而保年；有至圣而为之依归兮，又何不自得于艰难？曰：余昏昏其无类兮，望夫人其已远；行舟楫而不识四方兮，涉大水之漫漫。勤祖先之所贻兮，勉汲汲于前修之言；虽举足以蹈道兮，哀与我者为谁。众皆舍而已用兮，忽自惑其是非；下士茫茫其广大兮，余壹不知其可怀。就水草以休息兮，恒未安而既危；久拳拳其何故兮，亦天命之本宜。

惟否泰之相极兮，咸一得而一违。君子有失其所兮，小人有得其时。聊固守以静俟兮，诚不及古之人兮其焉悲！

【解题】

贞元十五年（799）二月，愈抵徐州，张建封辟他为节度推官。愈因直言无忌而与张建封不合，遂于贞元十六年夏去徐而西居洛阳，作此赋。闵，同悯，哀伤、怜念之意。愈伤其才高而不遇，写此赋以自宣。此赋亦学骚体。

别知赋

余取友于天下，将岁行之两周。下何深之不即，上何高之不求？纷扰扰其既多，咸喜能而好修。宁安显而独裕，顾阨穷而共愁。惟知心之难得，斯百一而为收。

岁癸未而迁逐，侣虫蛇于海陬。遇夫人之来使，辟公馆而罗羞。索微言于乱志，发孤笑于群忧；物何深而不镜，理何隐而不抽？始参差以异序，卒烂漫而同流。何此欢之不可恃，遂驾马而回辀？山磝磝其相轧，树蓊蓊其相摎；雨浪浪其不止，云浩浩其常浮。知来者之不可以数，哀去此而无由。倚郭郛而掩涕，空尽日以迟留。

【解题】

贞元十九年（803）冬，愈以监察御史论天旱人饥获罪，贬连州阳山令，贞元二十年春到任。时杨仪之以湖南支使来，临别，愈作此赋。赋叙知己之难得，又叙别后良友不可多见。于贬谪地写挚友之离别情，文简而情深。

子产不毁乡校颂

我思古人，伊郑之侨，以礼相国，人未安其教，游于乡之校，众口嚣嚣。或谓子产，毁乡校则止。曰：“何患焉，可以成美。夫岂多言，亦各其志。善也吾行，不善吾避，维善维否，我于此视。川不可防，言不可弭，下塞上聋，邦其倾矣！”既乡校不毁，而郑国以理。

在周之兴，养老乞言；及其已衰，谤者使监；成败之迹，昭哉可观。

维是子产，执政之式，维其不遇，化止一国。诚率是道，相天下君，交畅旁达，施及无垠。于乎！四海所以不理，有君无臣，谁其嗣之，我思古人。

【解题】

子产，春秋时郑国著名政治家。郑人常在乡校聚会议论时政，子产不毁乡校，主张广开言路。韩愈颂子产不毁乡校，意在讽谕当时的执政者，表现了对时政的关切。文章颂古讽今，纵横跌宕，意简而明，词温而厉，以散文法度写韵文，文从字顺。本文约写于贞元末年。

伯夷颂

士之特立独行，适于义而已。不顾人之是非，皆豪杰之士，信道笃而自知明者也。一家非之，力行而不惑者，寡矣；至于一国一州非之，力行而不惑者，盖天下一人而已矣；若至于举世非之，力行而不惑者，则千百年乃一人而已耳。若伯夷者，穷天地亘万世而不顾者也。昭乎日月不足为明，崒乎泰山不足为高，巍乎天地不足为容也！

当殷之亡、周之兴，微子贤也，抱祭器而去之。武王、周公，圣也，从天下之贤士与天下之诸侯而往攻之，未尝闻有非之者也。彼伯夷、叔齐者，乃独以为不可。殷既灭矣，天下宗周，彼二子乃独耻食其粟，饿死而不顾。由是而言，夫岂有求而为哉？信道笃而自知明也。

今世之所谓士者，一凡人誉之，则自以为有余；一凡人沮之，则自以为不足。彼独非圣人，而自是如此。夫圣人乃万世之标准也，余故曰：若伯夷者，特立独行，穷天地亘万世而不顾者也。虽然，微二子，乱臣贼子接迹于后世矣。

【解题】

本文作年不详。文章赞扬伯夷的“特立独行”、“信道笃而自知明”的精神，严厉批评当世之士以世俗之是非为是非的处世态度。“特立独行”既是对伯夷的称颂，也是韩愈一生立身行事的重要原则，表现了他不与世俗同流的精神。

后汉三贤赞 三首

王充者何？会稽上虞。本自元城，爰来徙居。师事班彪，家贫无书。阅书于肆，市肆是游，一见诵忆，遂通众流。闭门潜思，《论衡》以修。为州治中，自免归欤。同郡友人，谢姓夷吾，上书荐之，待诏公车。以病不行，年七十余。乃作《养性》，一十六篇。肃宗之时，终于永元。

王符节信，安定临泾。好学有志，为乡人所轻。愤世著论，《潜夫》是名。《述赦》之篇，以赦为贼良民之甚，其旨甚明。皇甫度辽，闻至乃惊，衣不及带，屣履出迎，岂若雁门，问雁呼卿。不仕终家，吁嗟先生！

仲长统公理，山阳高平。谓高干有雄志而无雄才，其后果败，以此有声。俶傥敢言，语默无常，人以为狂生。州郡会召，称疾不就，著论见情。初举尚书郎，后参丞相军事，卒不至于荣。论说古今，发愤著书，《昌言》是名。友人缪袭，称其文章，足继《西京》。四十一终，何其短邪，呜呼先生！

【解题】

本文作年不详。王充、王符、仲长统，《后汉书》均有传。韩愈合而赞之，意在扬其人品学问。文章用韵语将三贤之事迹扼要叙述出来，用画家速写手法，寥寥数笔，即将人物形象生动地勾勒出来，文章虽为韵语，但不拘泥。

高君画赞

君子温间，骨气委和。迹不拒物，心不扬波。澄源卷璞，含白瑳瑳。遗纸一张，德音不忘。

【解题】

本文作年不详。高君：不详其人。本文据蜀本韩集录之。或疑本文非韩愈所作。姑存之待考。

八 奏议

奏汴州得嘉禾嘉瓜状

右谨按《符瑞图》：王者德至于地，则嘉禾生。伏惟皇帝陛下，道合天地，恩霑种植；迩无不协，远无不宾，神人以和，风雨咸若。前件嘉禾等，或两根并植，一穗连房，或延蔓敷荣，异实共蒂：既叶和同之庆，又标丰稔之祥。感自皇恩，微茎何极于造化；亲逢嘉瑞，小臣喜遇于休明。无任。

【解题】

本文作于韩愈在汴州为观察推官之时，即贞元十二至十五年(796—799)，盖为董晋所作。董晋为汴州节度使，汴州得嘉禾嘉瓜，是为祥瑞之兆，故韩愈作此文。此文见于《文苑英华》。

与汝州卢郎中论荐侯喜状

进士侯喜。

右其人为文甚古，立志甚坚，行止取舍有士君子之操。家贫亲老，无援于朝，在举场十余年，竟无知遇。愈常慕其才而恨其屈。与之还往，岁月已多，尝欲荐之于主司，言之于上位，名卑官贱，其路无由，观其所为文，未尝不掩卷长叹。去年，愈从调选，本欲携持同行，适遇其人自有家事，迍邅坎轲，又废一年。

及春末自京还，怪其久绝消息。五月初至此，自言为阁下所知，辞气激扬，面有矜色，曰："侯喜死不恨矣！喜辞亲入关，羁旅道路，见王公数百，未尝有如卢公之知我也。比者分将委弃泥途，老死草野，今胸中之气勃勃然，复有仕进之路矣！"

愈感其言，贺之以酒，谓之曰："卢公天下之贤刺史也，未闻有所推引：盖难其人而重其事。今子郁为选首，其言'死不恨'，固宜也。古所谓知己者，正如此耳。身在贫贱，为天下所不知，独见遇于大贤，乃可贵耳。若自有名声，又托形势，此乃市道之事，又何足贵乎？子之遇知于卢公，真所谓知己者也。士之修身立节而竟不遇知己，前古已来，不可胜数：或日接膝而不相知；或异世而相慕。以其遭逢之难，故曰'士为知己者死'，不其然乎，不其然乎！"

阁下既已知侯生，而愈复以侯生言于阁下者，非为侯生谋也，感知己之难遇，大阁下之德，而怜侯生之心，故因其行而献于左右焉。谨状。

【解题】

汝州卢郎中，即卢虔。侯喜，韩愈之朋友。贞元十八年(802)，韩愈曾向陆傪推荐侯喜，贞元十九年侯喜登进士第，故知此文应写于贞元十八年之前。此文向卢虔荐侯喜，出于天性，出于诚意，故语言沉郁，有无限曲折。

请复国子监生徒状

国子监应三馆学士等准《六典》：国子馆学生三百人，皆取文武三品已上及国公子孙从三品已上曾孙补充；太学馆学生五百人，皆取五品已上及郡县公子孙从三品已上曾孙补充；四门馆学生五百人，皆取七品已上及侯伯子男子补充。

右国家典章，崇重庠序；近日趋竞，未复本源。至使公卿子孙，耻游太学；工商凡冗，或处上庠。今圣道大明，儒风复振，恐须革正，以赞鸿猷。今请国子馆并依《六典》；其太学馆量许取常参官八品已上子弟充；其四门馆亦量许取无资荫有才业人充；如有资荫不补学生应举者，请礼部不在收试限；其新补人有冒荫者，请牒送法司科罪。缘今年举期已近，伏请去上都五百里内，特许非时收补；其五百里外，且任乡贡，至来年春一时收补。其厨粮度支，先给二百七十四人，今请准新补人数量加支给。谨具如前，伏听处分。

【解题】

本文作于贞元十九年（803），时韩愈为国子四门博士。此状中心是奏请恢复国子监收录生徒的数量和条件，表明韩愈对“公卿子孙，耻游太学”风气的不满及对国子监培养人才的关心。

禘 祫 议

右今月十六日敕旨，宜令百僚议，限五日内闻奏者，将仕郎守国子监四门博士臣韩愈谨献议曰：

伏以陛下追孝祖宗，肃敬祀事，凡在拟议，不敢自专，聿求厥中，延访群下。然而礼文繁漫，所执各殊，自建中之初，迄至今岁，屡经禘祫，未合适从。臣生遭圣明，涵泳恩泽，虽贱不及议，而志切效忠。今辄先举众议之非，然后申明其说。

一曰“献、懿庙主，宜永藏之夹室”。臣以为不可。夫祫者，合也，毁庙之主，皆当合食于太祖，献、懿二祖，即毁庙主也。今虽藏于夹室，至禘祫之时，岂得不食于太庙乎？名曰“合祭”，而二祖不得祭焉，不可谓之合矣。

二曰“献、懿庙主，宜毁之瘗之”。臣又以为不可。谨按《礼记》，天子立七庙，一坛一墠，其毁庙之主，皆藏于祧庙，虽百代不毁，祫则陈于太庙而飨焉。自魏、晋已降，始有毁瘗之议，事非经据，竟不可施行。今国家德厚流光，创立九庙，以周制推之，献、懿二祖犹在坛墠之位；况于毁瘗而不禘祫乎？

三曰“献、懿庙主，宜各迁于其陵所”。臣又以为不可。二祖之祭于京师，列于太庙也，二百年矣。今一朝迁之，岂惟人听疑惑，抑恐二祖之灵眷顾依迟，不即飨于下国也！

四曰“献、懿庙主，宜附于兴圣庙而不禘祫”。臣又以为不可。《传》曰“祭如在”。景皇帝虽太祖，其于属，乃献、懿之子孙也。今欲正其子东向之位，废其父之大祭，固不可为典矣。

五曰“献、懿二祖，宜别立庙于京师”。臣又以为不可。夫礼有所降，情有所杀，是故去庙为祧，去祧为坛，去坛为墠，去墠为鬼，渐而之远，其祭益稀。昔者鲁立炀宫，《春秋》非之，以为不当取已毁之庙，既藏之主，而复筑宫以祭。今之所议，与此正同。又虽违礼立庙，至于禘祫也；合食则禘无其所，废祭则于义不通。

此五说者皆所不可，故臣博采前闻，求其折中。以为殷祖玄王、周祖后稷，太祖之上，皆自为帝；又其代数已远，不复祭之，故太祖得正东向之位，子孙从昭穆之列。《礼》所称者，盖以纪一时之宜，非传于后代之法也。《传》曰：“子虽齐圣，不先父食。”盖言子为父屈也。景皇帝虽太祖也，其于献、懿则子孙也。当禘祫之时，献祖宜居东向之位，景皇帝宜从昭穆之列。祖以孙尊，孙以祖屈，求之神道，岂远人情？又常祭甚众，合祭甚寡，则是太祖所屈之祭至少，所伸之祭至多。比于伸孙之尊，废祖之祭，不亦顺乎？事异殷、周，礼从而变，非所失礼也。

臣伏以制礼作乐者，天子之职也。陛下以臣议有可采，粗合天心，断而行之，是则为礼；如以为犹或可疑，乞召臣对面陈得失，庶有发明。谨议。

【解题】

贞元十九年三月，德宗有敕：禘祫之祭，礼之大者，先有众议犹未精详，宜令百僚集议以闻。时韩愈为四门博士，故作此议。这篇状先举众议之非，后申明其说。全文直叙事意，明白晓畅，而又反复曲折，说尽事理。

论今年权停举选状

右臣伏见今月十日敕：今年诸色举选宜权停者。道路相传，皆云以岁之旱，陛下怜悯京师之人，虑其乏食，故权停举选以绝其来者，所以省费而足食也。

臣伏思之：窃以为，十口之家，益之以一二人，于食未有所费。今京师之人，不啻百万，都计举者不过五七千人，并其僮仆畜马，不当京师百万分之一。以十口之家计之，诚未为有所损益。又今年虽旱，去岁大丰，商贾之家，必有储蓄，举选者皆赍持资用，以有易无，未见其弊。今若暂停举选，或恐所害实深：一则远近惊惶；二则人士失业，臣闻古之求雨之词曰："人失职欤！"然则人之失职，足以致旱。今缘旱而停举选，是使人失职而召灾也。

臣又闻：君者，阳也；臣者，阴也。独阳为旱，独阴为水。今者陛下圣明在上，虽尧、舜无以加之，而群臣之贤，不及于古，又不能尽心于国、与陛下同心、助陛下为理，有君无臣，是以久旱。以臣之愚，以为宜求纯信之士，骨鲠之臣，忧国如家、忘身奉上者，超其爵位，置在左右，如殷高宗之用傅说，周文王之举太公，齐桓公之拔宁戚，汉武帝之取公孙弘。清闲之余，时赐召问，必能辅宣王化，销殄旱灾。

臣虽非朝官，月受俸钱，岁受禄粟，苟有所知，不敢不言。谨诣光顺门奉状以闻。伏听圣旨。

【解题】

本文作于贞元十九年，时韩愈为国子四门博士。此年天旱，朝廷决定停止吏部、礼部贡举，韩愈上此状反对。文章从暂停选举之害和为国求才两方面加以论述，议论博大，气势旺盛，颇具说服力，然朝廷并未采纳。

御史台上论天旱人饥状

右臣伏以今年已来，京畿诸县夏逢亢旱，秋又早霜，田种所收，十不存一。陛下恩逾慈母，仁过春阳，租赋之间，例皆蠲免。所征至少，所放至多。上恩虽弘，下困犹甚，至闻有弃子逐妻以求口食，坼屋伐树以纳税钱，寒馁道涂，毙踣沟壑。有者皆已输纳，无者徒被追征。臣愚以为：此皆群臣之所未言，陛下之所未知者也！

臣窃见陛下怜念黎元，同于赤子。至或犯法当戮，犹且宽而宥之，况此无辜之人，岂有知而不救？又京师者，四方之腹心，国家之根本，其百姓实宜倍加忧恤，今瑞雪频降，来年必丰，急之则得少而人伤，缓之则事存而利远。伏乞特敕京兆府：应今年税钱及草粟等在百姓腹内征未得者，并且停征，容至来年，蚕麦庶得少有存立。

臣至陋至愚，无所知识；受恩思效，有见辄言，无任恳款，惭惧之至。谨录奏闻。谨奏。

【解题】

本文作于贞元十九年，时韩愈在京为监察御史。此年关中大旱，百姓困苦，而贪官聚敛不已，韩愈出于公心，如实反映情况，为民请命，确属难能可贵。文章直言不讳，感情强烈；多用当时口语，明白晓畅。

复 仇 状

右伏奉今月五日敕："复仇：据《礼经》，则义不同天；征法令，则杀人者死。礼法二事，皆王教之端，有此异同，必资论辩。宜令都省集议闻奏者。"朝议郎行尚书职方员外郎上骑都尉韩愈议曰：

伏以子复父仇，见于《春秋》，见于《礼记》，又见《周官》，又见诸子史，不可胜数，未有非而罪之者也，最宜详于律，而律无其条，非阙文也，盖以为不许复仇，则伤孝子之心，而乖先王之训；许复仇，则人将倚法专杀，无以禁止其端矣。夫律虽本于圣人，然执而行之者，有司也。经之所明者，制有司者也。丁宁其义于经，而深没其文于律者，其意将使法吏一断于法，而经术之士得引经而议也。

《周官》曰："凡杀人而义者，令勿仇，仇之则死。"义，宜也。明杀人而不得其宜者，子得复仇也；此百姓之相仇者也。《公羊传》曰："父不受诛；子复仇可也。"不受诛者，罪不当诛也。诛者，上施于下之辞，非百姓之相杀者也。又《周官》曰："凡报仇仇者，书于士，杀之无罪。"言将复仇，必先言于官，则无罪也。

今陛下垂意典章，思立定制，惜有司之守，怜孝子之心，示不自专，访义群下。臣愚以为复仇之名虽同，而其事各异：或百姓相仇，如《周官》所称，可议于今者；或为官所诛，如《公羊》所称，不可行于今者；又《周官》所称，将复仇，先告于士则无罪者，若孤稚羸弱，抱微志而伺敌人之便，恐不能自言于宜，未可以为断于今也。然则杀之与赦，不可一例，宜定其制曰："凡有复父仇者，事发，具其事申尚书省，尚书省集议奏闻，酌其宜而处之，则经律无失其指矣。"谨议。

【解题】

本文作于元和六年（811）九月，时韩愈在京为职方员外郎。时有富平人梁悦因为父报仇而杀人，又投案自首，朝廷遂就复仇杀人宜如何处置事让群臣集议，韩愈遂有此文。文章引经据典，而辞令简易明直，说理周尽。

进顺宗皇帝实录表状

臣愈言：今之所以知古，后之所以知今，不可口传，必凭诸史。自虽二帝三王之盛，若不存纪录，则名氏年代，不闻于兹，功德事业，无可称道焉。

顺宗皇帝以上圣之姿，早处储副，晨昏进见，必有所陈，二十余年，未尝懈倦，阴功隐德，利及四海。及嗣守大位，行其所闻，顺天从人，传授圣嗣。陛下钦承先志，绍致太平，原大推功，实资撰次。

去八年十一月，臣在史职，监修李吉甫授臣以前史官韦处厚所撰《先帝实录》三卷，云未周悉，令臣重修。臣与修撰左拾遗沈传师，直馆京兆府咸阳县尉宇文籍等共加采访，并寻检诏敕，修成《顺宗皇帝实录》五卷，削去常事，著其系于政者，比之旧录，十益六七，忠良奸佞，莫不备书，苟关于时，无所不录。吉甫慎重其事，欲更研讨，比及身殁，尚未加功。臣于吉甫宅取得旧本，自冬及夏，刊正方毕。文字鄙陋，实惧尘玷，谨随表献上。臣愈诚惶诚恐，顿首顿首，谨言：

右臣去月二十九日进前件实录。今月四日，宰臣宣进止，其间有错误，令臣改毕，却进旧本者。臣当修撰之时，史官沈传师等采事得于传闻，诠次不精，致有错误；圣明所鉴，毫发无遗，恕臣不逮，重令刊正。今并添改讫，其奉天功烈，更加寻访；已据所闻，载于首卷。傥所论著，尚未周详，臣所未知，乞赐宣示，庶获编录，永传无穷，谨录奏闻。谨奏。

【解题】

元和八年（813），韩愈为比部郎中、史馆修撰。李吉甫卒于元和九年十月，故韩愈进《顺宗实录》及此表状在元和十年夏。韩愈主笔撰《顺宗皇帝实录》五卷，因多涉禁中事，宦官不悦，故多次修改，从本文亦可见一斑。

为韦相公让官表

臣某言：伏奉今日制命，以臣为尚书右丞，同中书门下平章事。非常之宠，忽降于上天；不次之恩，遽属于庸品。承命震骇，心神靡宁，顾己惭腼，手足失措，臣某诚惶诚恐，顿首顿首。

臣本非长才，又乏敏识，学不能通达经训，文不足缘饰吏事。徒知立志廉谨，绝朋势之交；处官恪恭，免请托之累。因缘资序，骤历台阁，蒙生成于天地，无裨补于涓尘；忝冒以居，涯分遂极。常以盈满自诫，方思退处里闾；何意恩泽益深，猥令超参鼎铉；窃自惟度，实不堪任。臣某诚惶诚恐，顿首顿首。

臣闻宰相者：上熙陛下覆焘之恩，下遂群生性命之理，以正百度，以和四时，澄其源而清其流，统于一而应于万。毫厘之差，或致弊于寰海；晷刻之误，或遗患于历年。固宜旁求隐士，必得能者，然后授之；不可轻以付臣，使人失望，上累圣主知人之哲，下乖微臣量己之义，无补于理，有妨于贤。况今俊乂至多，耆硕咸在，苟以登用，皆逾于臣。伏乞特回所授，以示至公之道，天下幸甚。

【解题】

本文作于元和九年（814）十二月，时韩愈在京以考功郎中知制诰。韦相公，即韦贯之。其时，宪宗以尚书右丞、同中书门下事章事授韦贯之，韦以自己才德不堪胜任，故提出让官，请韩愈代为此表。

为宰相贺雪表

臣某言：臣伏以去岁冬间，雨雪颇少；今年春首，宿麦未滋。陛下深念黎甿，屡形词旨，神监昭达，皇情感通。春云始繁，时雪遂降，实丰穰之嘉瑞，销疠疫于新年，东作可期，南亩有望，此皆陛下与天合德，视人如伤，每发圣言，则获灵贶。见天人之相应，知朝野之同欢。臣等职在燮和，惭无效用，睹斯庆泽，寔荷鸿休。

【解题】

本文作于元和十年（815），时韩愈在京以考功郎中知制诰。当时宰相为武元衡、张弘靖、韦贯之。元和九年冬天旱，十年春降雪，韩愈认为是嘉瑞之兆，故为表以贺，实应酬、颂圣之作。

论捕贼行赏表

臣愈言：臣伏见六月八日敕，以狂贼伤害宰臣，擒捕未获，陛下悲伤震悼，形于寝食，特降诏书，明立条格，云有能捉获贼者，赐钱万贯，仍加超授。今下手贼等，四分之内，已得其三；

其余两人，盖不足计。根寻踪迹，知自承宗，再降明诏，绝其朝请；又与王士则、士平等官：八日之制，无不行者；独有赏钱，尚未赐给，群情疑惑，未测圣心。闻初载钱置市之日，市中观者日数万人，巡绕瞻视，咨嗟叹息，既去复来，以至日暮。百姓小人，重财轻义，不能深达事体，但见不给其赏，便以为朝廷爱惜此钱，不守言信。自近传远，无由辩明。且出赏所以求贼，今贼已诛斩，若无人捉获，国家何因得此贼而正刑法也？承宗何故而赐诛绝也？士则、士平何故与美官也？三事既因获贼，获贼必有其人，不给赏钱，实亦难晓。假如圣心独有所见，审知不合加赏；其如天下百姓及后代久远之人哉！

况今元济、承宗，尚未擒灭；两河之地，太半未收；陇右、河西，皆没戎狄，所宜大明约束，使信在言前，号令指摩，以图功利。况自陛下即位已来，继有丕绩：斩杨惠琳，收夏州；斩刘辟，收剑南东、西川；斩李锜，收江东；缚卢从史，收泽、潞等五州；威德所加，兵不汙刃，收魏、博等六州；致张茂昭、张愔，收易、定、徐、泗、濠等五州。创业已来，列圣功德未有能高于陛下者，可谓赫赫巍巍，光照前后矣。此由天授陛下神圣英武之德，为巨唐中兴之君，宗庙神灵，所共祐助。勉强不已，守之以信，则故地不足收，而太平不难致；如乘快马行平路，迟速进退，自由其心，有所欲往，无不可者。于此之时，特宜示人以信。孔子欲存信去食：人非食不生，尚欲舍生以存信，况可无故而轻弃也！

昔秦孝公用商鞅为相，欲富国强兵；行令于国，恐人不信，立三丈之木于市南门，募人有能徙置北门者与五十金。有一人徙之，辄与五十金。秦人以君言为必信，法令大行，国富兵强，无敌天下。三丈之木，非难徙也；徙之非有功也；孝公辄与之金者，所以示其言之必信也。昔周成王尚小，与其弟叔虞为戏，削桐叶为珪，曰："以晋封汝。"其臣史佚因请择日立叔虞为侯。

成王曰："吾与之戏耳。"史佚曰："天子无戏言。言之则史书之，礼成之，乐歌之。"于是遂封叔虞于晋。昔汉高祖出黄金四万斤与陈平，恣其所为，不问出入，令谋项羽。平用金间楚，数年之间，汉得天下。论者皆言汉高祖深达于利，能以金四万斤致得天下。以此观之：自古以来，未有不信其言而能有大功者，亦未有不费少财而能收大利者也。

臣于告贼之人，本无恩义，彼虽获赏，了不关臣。所以区区尽言不避烦黩者，欲令陛下之信行于天下也。伏望恕臣愚陋僻惷之罪，而收其恳款诚至之心，天下之幸，非臣之幸也。谨奉表以闻，臣愈诚惶诚恐。

【解题】

本文作于元和十年六月，时韩愈为考功郎中知制诰。时镇州节度使王承宗遣盗在京城刺杀力主讨伐藩镇的宰相武元衡，并刺伤御史中丞裴度。为捉拿凶手，朝廷降诏：能捕贼者，赏钱万贯，赐五品官。但贼已捕而赏末兑现，为此，韩愈上表朝廷，极论捕贼行赏，以取信于天下。

为裴相公让官表

臣某言：伏奉今日制书，以臣为朝议大夫、守中书侍郎同中书门下平章事。承命惊惶，魂爽飞越，俯仰天地，若无所容。臣某诚惶诚恐，顿首顿首。

臣少涉经史，粗知古今，天与朴忠，性惟愚直。知事君以道，无惮杀身；慕当官而行，不求利己。人以为拙，臣行不疑。元和之初，始拜御史，旋以论事过切，为宰臣所非，移官府廷，因佐戎幕。陛下恕臣之罪，怜臣之心，拔居侍从之中，遂掌丝纶之重，受恩益大，顾己益轻：苟耳目所闻知，心力所追及，少关政理，辄以陈闻，于裨补无涓埃之微，而谗谤有丘山之积。陛下知其孤立，赏其微诚，独断不谋，奖待逾量。臣诚见陛下具文武之德，有神圣之姿，启中兴之宏图，当太平之昌历；勤身以俭，与物无私，威怒如雷霆，容覆如天地：实群臣尽节之日，才智效能之时。圣君难逢，重德宜报，苦心焦思，以日继夜；苟利于国，知无不为，徒欲竭愚，未免妄作。陛下不加罪责，更极宠光，既领台纲，又毗邦宪。圣君所厚，凶逆所雠，阙于防虞，几至毙踣。恩私曲被，性命获全，忝累祖先，玷尘班列，未知所措，只自内惭。岂意陛下擢臣于伤残之馀，委臣以燮和之任，忘其陋污，使佐圣明：此虽成汤举伊尹于庖厨，高宗登傅说于版筑，周文用吕望于屠钓，齐桓起甯戚于饭牛；雪耻蒙光，去辱居贵，以今准古，拟议非伦。陛下有四君之明，行四君之事，微臣无四子之美，获四子之荣，岂可叨居，以彰非据。

方今干戈未尽戢，夷狄未尽宾；麟凤龟龙，未尽游郊薮；草木鱼鳖，未尽被雍熙。当大有为之时，得非常人之佐，然后能上宣圣德，以代天工，如臣等类，实不克堪。伏愿博选周行，旁及岩穴，天生圣主，必有贤臣，得而授之，乃可致理。乞回所授，以叶群情，无任恳款之至。

【解题】

本文作于元和十年六月，时韩愈为考功郎中知制诰。裴相公，即裴度，是时由御史中丞擢为中书侍郎同中书门下平章事。裴度辞让，请韩愈代为此表。文章虽多用俳句，然文辞质直、文气动荡。

论淮西事宜状

右臣伏以淮西三州之地，自少阳疾病，去年春夏已来，图为今日之事。有职位者，劳于计虑抚循；奉所役者，修其器械防守。金帛粮畜，耗于赏给。执兵之卒，四向侵掠，农夫织妇，携持幼弱，飨于其后；虽时侵掠小有所得，力尽筋疲，不偿其费。又闻畜马甚多，自半年已来，皆上槽枥。譬如有人，虽有十夫之力，自朝及夕，常自大呼跳跃，初虽可畏，其势不久，必自委顿。乘其力衰，三尺童子可使制其死命；况以三小州残弊困剧之余，而当天下之全力？其破败可立而待也。然所未可知者，在陛下断与不断耳。夫兵多不足以必胜；必胜之师，必在速战。兵多而战不速，则所费必广。两界之间，疆场之上，日相攻劫，必有杀伤。近贼州县，征役百端，农夫织妇，不得安业。或时小遇水旱，百姓愁苦。当此之时，则人人异议以惑陛下之听，陛下持之不坚，半途而罢，伤威损费，为弊必深。所以要先决于心，详度本末，事至不惑，然可图功。为统帅者，尽力行之于前；而参谋议者，尽心奉之于后，内外相应，其功乃成。昔者殷高宗，大圣之主也，以天子之威，伐背叛之国，三年乃克，不以为迟。志在立功，不计所费。《传》曰："断而后行，鬼神避之。"迟疑不断，未有能成其事者也。臣谬承恩宠，获掌纶诰，地亲职重，不同庶寮，辄竭愚诚，以效裨补。谨条次平贼事宜一一如后：

一：诸道发兵或三二千人，势力单弱，羁旅异乡，与贼不相谙委；望风慑惧，难便前进。所在将帅，以其客兵，难处使先，不存优恤。待之既薄，使之又苦，或被分割队伍，隶属诸头，士卒本将，一朝相失，心孤意怯，难以有功。又其本军各须资遣，道路辽远，劳费倍多。士卒有征行之艰，闾里怀离别之思。今闻陈、许、安、唐、汝、寿等州与贼界连接处，村落百姓，悉有兵器，小小俘劫，皆能自防，习于战斗，识贼深浅。既是土人护惜乡里，比来未有处分，犹愿自备衣粮，共相保聚，以备寇贼。若今召募，立可成军；若要添兵，自可取足；贼平之后，易使归农。伏请诸道先所追到行营者，悉令却牒归本道，据行营所追人额器械弓矢，一物已上，悉送行营，充给所召募人。兵数既足，加之教练，三数月后，诸道客军一切可罢；比之征发远人，利害悬隔。

一：绕逆贼州县堡栅等各置兵马，都数虽多，每处则至少；又相去阔远，难相应接：所以数被攻劫，致有损伤。今若分为四道，每道各置三万人，择要害地屯聚一处，使有隐然之望，审量事势，乘时逐利。可入则四道一时俱发，使其狼狈惊惶，首尾不相救济；若未可入，则深壁高垒，以逸待劳，自然不要诸处多置防备。临贼小县，可收百姓于便地，作行县以主领之，使免散失。

一：蔡州士卒，为元济迫胁，势不得已，遂与王师交战。原其本根，皆是国家百姓。进退皆死，诚可闵伤。宜明敕诸军，使深知此意。当战斗之际，固当以尽敌为心；若形势已穷，不能为恶者，不须过有杀戮。喻以圣德，放之使归，销其凶悖之心，贷以生全之幸，自然相率弃逆归顺。

一：《论语》曰："欲速则不达，见小利则大事不成。"比来征讨无功，皆由欲其速捷。有司计算所费，苟务因循，小不如意，即求休罢。河北、淮西等见承前事势，知国家必不与之持久，并力苦战，幸其一胜，即希冀恩赦。朝廷无至忠忧国之人，不惜伤损威重，因其有请，便议罢兵，往日之事患皆然也。臣愚以为：淮西三小州之地，元济又甚庸愚，而陛下以圣明英武之姿，用四海九州之力，除此小寇，难易可知。太山压卵，未足为喻。

一：兵之胜负，实在赏罚。赏厚可令廉士动心，罚重可令凶人丧魄，然可集事。不可爱惜所费，惮于行刑。

一：淄青、恒冀两道，与蔡州气类略同，今闻讨伐元济，人情必有救助之意。然皆阘弱，自保无暇。虚张声势，则必有之；至于分兵出界，公然为恶，亦必不敢。宜特下诏云：蔡州自吴少诚已来，相承为节度使，亦微有功效。少阳之殁，朕亦本拟与元济。恐其年少未能理事，所以未便处置。待其稍能缉绥，然拟许其承继。今忽自为狂勃侵掠，不受朝命，事不得已，所以有此讨伐。至如淄青、恒州、范阳等道，祖父各有功业，相承命节，年岁已久，朕必不利其土地，轻有改易，各宜自安。如妄自疑惧，敢相扇动，朕即赦元济不问，回军讨之。自然破胆，不敢妄有异说。

以前件谨录奏闻，伏乞天恩，特赐裁择。谨奏。

【解题】

本文作于元和十一年（816），时韩愈为中书舍人。淮西三州之地为彰义军，元和九年，节度使吴少阳卒，其子吴元济自立，宪宗欲讨之。元和十年，盗杀宰相武元衡，藩镇气焰嚣张。韩愈上此次论淮西事宜，坚决主张武力平定淮西藩镇，并对形势作了详尽分析，其经略措置，多确实可行。但因与宰相意见不合，被降为太子右庶子。

为宰相贺白龟状

鄂岳观察使所进白龟。

右今日某宣进止，示臣前件白龟者。伏以祯祥之见，必有从来，物象既呈，可以推究。古者谓龟为“蔡”，“蔡”者，龟也。今始入贼地而获龟者，是获蔡也。白者，西方之色，刑戮之象也。是必擒其帅而得地也。提挈而来，生致阙下，此象既见，其应不遥。斯皆陛下圣德所施，灵物来效，太平之运，其在于今。臣等谬列台衡，亲睹嘉瑞，无任抃跃之至。

【解题】

元和十一年，李道古为鄂岳观察使，得白龟以献。当时宰相为裴度、张弘靖、韦贯之。韩愈为中书舍人，作此状以贺得白龟之兆。

冬荐官殷侑状

前天德军都防御判官承奉郎试大理评事兼监察御史殷侑

右伏准贞元五年六月十一日敕：停使郎官御史在城者，委常参官每年冬季闻荐者。前件官兼通三传，傍习诸经，注疏之外，自有所得。久从使幕，亮直著名，朴厚端方，少见伦比。以臣所见，堪任御史、太常博士。臣所谙知，不敢不举。谨录奏闻，伏听敕旨。

【解题】

本文作于元和十一年冬，时韩愈为太子右庶子。当时朝臣推荐官员均在冬季，故韩愈为此状以荐殷侑，前此，韩愈曾有《答殷侍御书》。

进王用碑文状

故检校左散骑常侍兼右金吾卫大将军赠工部尚书王用神道碑文

右京兆尹李翛，是王用亲表，传用男沼等意，请臣与亡父用撰前件碑文者。伏以王用国之元舅，位望颇崇，岂臣短才，所能褒饰？不敢辞让，辄以撰讫。其碑文谨录本随状封进，伏听进止。其王用男所与臣马一匹，并鞍衔金白玉腰带一条，臣并未敢受领。谨奏。

【解题】

本文作于元和十一年十一月，时韩愈为太子右庶子。王用，唐宪宗之舅。卒，韩愈为其撰《唐故银青光禄大夫检校左散骑常侍兼右金吾卫大将军赠工部尚书太原郡公神道碑文》，本文为进此碑文的表状。

谢许受王用男人事物状

某官某乙

右今日品官唐国珍到臣宅，奉宣进止，缘臣与王用撰神道碑文，令臣领受用男沼所与臣马一匹，并鞍衔及白玉腰带一条者。臣才识浅博，词艺荒芜，所撰碑文，不能备尽事迹。圣恩弘奖，特令中使宣谕，并令臣受领人事物等。承命震悚，再欣再跃，无任荣抃之至。谨附状陈谢以闻。谨状。

【解题】

本文作于元和十一年十一月，时韩愈为太子右庶子。韩愈为宪宗之舅王用撰写了神道碑文，王用之子送韩愈马匹、玉带之物。韩愈不敢私受，请示皇帝，皇帝恩准其领受，故韩愈撰此状，感谢皇帝圣恩。

荐樊宗师状

摄山南西道节度副使朝议郎前检校水部员外郎兼殿中侍御史赐绯鱼袋樊宗师

右件官孝友忠信，称于宗族朋友，可以厚风俗。勤于艺学，多所通解，议论平正有经据，可以备顾问。谨洁和敏，持身甚苦，遇物仁恕，有材有识，可任以事。今左右司并阙员外郎，侍御史亦未备员，若蒙擢授，必有补益。忝在班列，知贤不敢不论。谨录状上，伏听处分。

【解题】

本文写作年代不详，约在元和十一二年间。樊宗师，字绍述，古文家，韩愈之友。韩愈曾荐之于东都留守郑余庆、故相袁滋，这次又荐之于朝廷。

举钱徽自代状

朝散大夫守太子右庶子飞骑尉钱徽

右臣伏准建中元年正月五日敕，常参官授上后三日内举一人以自代者。前件官器质端方，性怀恬淡，外和内敏，洁静精微，可以专刑宪之司，参轻重之议。况时名年辈，俱在臣前，擢以代臣，必允众望。伏乞天恩，遂臣诚请。谨录奏闻。谨奏。

【解题】

本文作于元和十二年（817）十二月，时韩愈因平淮西有功，升为刑部侍郎。按当时唐制；常参官高升，三日之内可举荐一人代替自己原来的职务。韩愈即向朝廷举钱徽代替自己原有的太子右庶子之职。

进撰平淮西碑文表

臣某言：伏奉正月十四日敕牒，以收复淮西，群臣请刻石纪功，明示天下，为将来法式。陛下推劳臣下，允其志愿，使臣撰《平淮西碑文》者。闻命震骇，心识颠倒，非其所任，为愧为恐，经涉旬月，不敢措手。

窃惟自古神圣之君，既立殊功异德卓绝之迹，必有奇能博辩之士，为时而生，持简操笔，从而写之，各有品章条贯，然后帝王之美，巍巍煌煌，充满天地。其载于《书》，则尧、舜二《典》，夏之《禹贡》，殷之《盘庚》，周之五《诰》。于诗，则《玄鸟》、《长发》，归美殷宗；《清庙》、《臣工》、小大二《雅》，周王是歌。辞事相称，善并美具，号以为经，列之学官，置师弟子，读而讲之，从始至今，莫敢指斥。向使撰次不得其人，文字暧昧，虽有美实，其谁观之？辞迹俱亡，善恶惟一；然则兹事至大，不可轻以属人。

伏惟唐至陛下，再登太平，划刮群奸，扫洒疆土，天之所覆，莫不宾顺。然而淮西之功，尤为俊伟，碑石所刻，动流亿年，必得作者，然后可尽能事。今词学之英，所在麻列；儒宗文师，磊落相望；外之则宰相、公卿、郎官、博士，内之则翰林、禁密、游谈、侍从之臣，不可一二遽数，召而使之，无有不可。至于臣者，自知最为浅陋，顾贪恩待，趋以就事，丛杂乖戾，律吕失次。乾坤之容，日月之光，知其不可绘画，强颜为之，以塞诏旨，罪当诛死。其碑文今已撰成，谨录封进。无任惭羞战怖之至。

【解题】

本文作于元和十三年（818）正月，时韩愈为刑部侍郎。裴度平淮西，群臣请刻石纪功，诏敕韩愈撰《平淮西碑》。碑文撰成后上呈皇帝，此文即为进撰《平淮西碑》碑文表。

奏韩弘人事物表

右臣先奉恩敕撰平淮西碑文，伏缘圣恩以碑本赐韩弘等；今韩弘寄绢五百匹与臣充人事，未敢受领，谨录奏闻，伏听进止。谨奏。

【解题】

本文作于元和十三年四月。韩愈撰《平淮西碑》，其中写到了韩弘的功劳。朝廷将碑文副本赐给韩弘一本，韩弘感激，送给韩愈“人事物”，韩愈不敢私受，故撰此表向朝廷请示。

谢许受韩弘物状

臣某言：今日品官第五文嵩至臣宅，奉宣圣旨，令臣受领韩弘等所寄撰碑人事绢者。恩随事至，荣与幸并，惭抃怵惕，罔知所喻。

伏以上赞圣功，臣子之职；下沾群帅，文字所宜。陛下谦光自居，劝励为事，各赐立功节将碑文一通，使知朝廷备录劳效。韩弘荣于宠赐，遂寄缣帛与臣，于臣何为，坐受厚贶？恩由上致，利则臣归，惭戴兢惶，举措无地，无任感恩惭恳之至。

【解题】

本文作于元和十三年四月，时韩愈为刑部侍郎。韩愈上表请示可否接受韩弘所赠撰《平淮西碑》人事物，得到朝廷恩准。韩愈在接受赠物后，撰此状以谢皇恩。

论 佛 骨 表

臣某言：伏以佛者夷狄之一法耳。自后汉时流入中国，上古未尝有也。昔者黄帝在位百年，年百一十岁；少昊在位八十年，年百岁；颛顼在位七十九年，年九十八岁；帝喾在位七十年，年百五岁；帝尧在位九十八年，年百一十八岁；帝舜及禹年皆百岁。此时天下太平，百姓安乐寿考，然而中国未有佛也。其后殷汤亦年百岁，汤孙太戊在位七十五年，武丁在位五十九年，书史不言其年寿所极，推其年数，盖亦俱不减百岁。周文王年九十七岁，武王年九十三岁，穆王在位百年，此时佛法亦未入中国，非因事佛而致然也。汉明帝时，始有佛法，明帝在位才十八年耳！其后乱亡相继，运祚不长。宋、齐、梁、陈、元魏已下，事佛渐谨，年代尤促。惟梁武帝在位四十八年，前后三度舍身施佛，宗庙之祭，不用牲牢，昼日一食，止于菜果，其后竟为侯景所逼，饿死台城，国亦寻灭。事佛求福，乃更得祸。由此观之：佛不足事，亦可知矣！

高祖始受隋禅，则议除之。当时群臣材识不远，不能深知先王之道、古今之宜，推阐圣明，以救斯弊，其事遂止，臣常恨焉。伏惟睿圣文武皇帝陛下，神圣英武，数千百年已来，未有伦比。即位之初，即不许度人为僧尼道士，又不许创立寺观，臣常以为高祖之志必行于陛下之手。今纵未能即行，岂可恣之转令盛也？今闻陛下令群僧迎佛骨于凤翔，御楼以观，舁入大内，又令诸寺递迎供养。臣虽至愚，必知陛下不惑于佛，作此崇奉，以祈福祥也，直以年丰人乐，徇人之心，为京都士庶设诡异之观，戏玩之具耳。安有圣明若此，而肯信此等事哉！然百姓愚冥，易惑难晓，苟见陛下如此，将谓真心事佛，皆云："天子大圣，犹一心敬信；百姓何人，岂合更惜身命！"焚顶烧指，百十为群；解衣散钱，自朝至暮；转相仿效，惟恐后时；老少奔波，弃其业次。若不即加禁遏，更历诸寺，必有断臂脔身以为供养者，伤风败俗，传笑四方，非细事也。

夫佛本夷狄之人，与中国言语不通，衣服殊制，口不言先王之法言，身不服先王之法服，不知君臣之义，父子之情。假如其身至今尚在，奉其国命，来朝京师，陛下容而接之，不过宣政一见，礼宾一设，赐衣一袭，卫而出之于境，不令惑众也。况其身死已久，枯朽之骨，凶秽之余，岂宜令入宫禁？孔子曰："敬鬼神而远之。”古之诸侯行吊于其国，尚令巫祝先以桃茢祓除不祥，然后进吊。今无故取朽秽之物，亲临观之，巫祝不先，桃茢不用，群臣不言其非，御史不举其失，臣实耻之。乞以此骨付之有司，投诸水火，永绝根本，断天下之疑，绝后代之惑，使天下之人知大圣人之所作为，出于寻常万万也，岂不盛哉！岂不快哉！佛如有灵，能作祸祟，凡有殃咎，宜加臣身；上天鉴临，臣不怨悔。无任感激恳悃之至，谨奉表以闻。臣某诚惶诚恐。

【解题】

本文作于元和十四年（819）正月，时韩愈任刑部侍郎。是年正月，唐宪宗派太监、宫女从凤翔法门寺将佛骨迎入大内供奉三天，王公士庶，争相佞佛。韩愈素不喜佛，遂上此疏，列举事实，论述佛不足事，对最高统治者及社会佞佛之风进行了有力批判。文章感情激烈，放言无忌，说理明白，言辞激切雄辩，是我国历史上著名的反佛文章。韩愈也因此文被贬潮州。

潮州刺史谢上表

臣某言：臣以狂妄戆愚，不识礼度，上表陈佛骨事，言涉不敬，正名定罪，万死犹轻。陛下哀臣愚忠，恕臣狂直，谓臣言虽可罪，心亦无他，特屈刑章，以臣为潮州刺史，既免刑诛，又获禄食，圣恩弘大，天地莫量；破脑刳心，岂足为谢！臣某诚惶诚恐，顿首顿首。

臣以正月十四日蒙恩除潮州刺史，即日奔驰上道，经涉岭海，水陆万里，以今月二十五日到州上讫。与官吏百姓等相见，具言朝廷治平，天子神圣，威武慈仁，子养亿兆人庶，无有亲疏远迩，虽在万里之外，岭海之陬，待之一如畿甸之间、辇毂之下。有善必闻，有恶必见，早朝晚罢，兢兢业业，惟恐四海之内，天地之中，一物不得其所，故遣刺史面问百姓疾苦，苟有不便，得以上陈。国家宪章完具，为治日久，守令承奉诏条，违犯者鲜，虽在蛮荒，无不安泰。闻臣所称圣德，惟知鼓舞欢呼，不劳施为，坐以无事。臣某诚惶诚恐，顿首顿首。

臣所领州，在广府极东界上，去广府虽云才二千里，然来往动皆经月。过海口，下恶水；涛泷壮猛，难计程期，飓风鳄鱼，患祸不测；州南近界，涨海连天；毒雾瘴氛，日夕发作。臣少多病，年才五十，发白齿落，理不久长；加以罪犯至重，所处又极远恶，忧惶惭悸，死亡无日。单立一身，朝无亲党，居蛮夷之地，与魑魅为群，苟非陛下哀而念之，谁肯为臣言者？

臣受性愚陋，人事多所不通，惟酷好学问文章，未尝一日暂废，实为时辈所见推许。臣于当时之文，亦未有过人者。至于论述陛下功德，与《诗》、《书》相表里；作为歌诗，荐之郊庙；纪泰山之封，镂白玉之牒；铺张对天之闳休，扬厉无前之伟迹；编之乎《诗》、《书》之策而无愧，措之乎天地之间而无亏，虽使古人复生，臣亦未肯多让！

伏以大唐受命有天下，四海之内，莫不臣妾；南北东西，地各万里。自天宝之后，政治少懈，文致未优，武克不刚，孽臣奸隶，蠹居棋处，摇毒自防，外顺内悖，父死子代，以祖以孙，如古诸侯自擅其地，不贡不朝六七十年。四圣传序以至陛下，陛下即位以来，躬亲听断；旋乾转坤，关机阖开；雷厉风飞，日月清照；天戈所麾，莫不宁顺；大宇之下，生息理极。高祖创制天下，其功大矣，而治未太平也；太宗太平矣，而大功所立，咸在高祖之代，非如陛下承天宝之后，接因循之余，六七十年之外，赫然兴起，南面指麾，而致此巍巍之治功也。宜定乐章，以告神明，东巡泰山，奏功皇天，具著显庸，明示得意，使永永年代，服我成烈。当此之际，所谓千载一时不可逢之嘉会，而臣负罪婴衅，自拘海岛，戚戚嗟嗟，日与死迫，曾不得奏薄伎于从官之内、隶御之间，穷思毕精，以赎罪过，怀痛穷天，死不闭目，瞻望宸极，魂神飞去，伏惟皇帝陛下，天地父母，哀而怜之，无任感恩恋阙、惭惶恳迫之至。谨附表陈谢以闻。

【解题】

本文作于元和十四年三月，时韩愈因谏迎佛骨被贬为潮州刺史。韩愈不怕佛降灾，但受不了皇帝的淫威，因此，他到潮州后写下此表，感谢皇帝的不杀之恩。文中叙其在潮州的处境，自己的文才，并盛赞宪宗之功德，以期皇帝哀怜之。

贺册尊号表

臣某言：臣伏闻宰相公卿百官及关辅百姓耆耋等，以陛下功崇德钜，天成地平，宜加号于殊常，以昭示于来代，陈请恳至，于再于三。陛下仰稽乾符，俯顺人志，乃以新秋首序，今月吉辰，发扬鸿休，膺受显册。天人合庆，日月扬光，环海之间，含生之类，欢欣踊跃，以歌以舞。臣某诚欢诚喜，顿首顿首。

臣闻体仁长人之谓“元”，发而中节之谓“和”，无所不通之谓“圣”，妙而无方之谓“神”，经纬天地之谓“文”，戡定祸乱之谓“武”，先天不违之谓“法天”，道济天下之谓“应道”。伏惟元和圣文神武法天应道皇帝陛下，子育亿兆，视之如伤，可谓体仁以长人矣；喜怒以类，刑赏不差，可谓发而中节矣；明照无私，幽隐毕达，可谓无所不通矣；发号出令，云行雨施，可谓妙而无方矣；三光顺轨，草木遂长，可谓经纬天地矣；除划寇盗，宇县清夷，可谓戡定祸乱矣；风雨以时，祥瑞辐凑，可谓先天而天不违矣；国内无饥寒，四夷皆朝贡，可谓道济天下矣；众美备具，名实相当，赫赫巍巍，超今冠古。方当议明堂、辟雍之事，撰泰山、梁父之仪，搜三代之逸礼，补百王之漏典，时乘六龙，肆觐东后。

微臣幸生圣代，触犯刑章，假息海隅，死亡无日；瞻望宸极，心魂飞扬，有永弃之悲，无自新之望；曾不得与鸟兽率舞，蛮夷纵观为比；衔酸抱痛，且耻且惭，无任感恩恋阙恳迫彷徨之至，谨奉表陈贺以闻。

【解题】

本文作于元和十四年七月，时韩愈在潮州为刺史。此时群臣为宪宗上尊号为“元和圣文神武法天应道皇帝”，韩愈撰此《贺册尊号表》以颂宪宗之德。

潮州谢孔大夫状

伏奉七月二十七日牒：以愈贬授刺史，特加优礼，以州小俸薄，虑有阙乏，每月别给钱五十千，以送使钱充者。开缄捧读，惊荣交至；顾己量分，惭惧益深。欲致辞为让，则乖伏属之礼；承命苟贪，又非循省之道，进退反侧，无以自宁。其妻子男女并孤遗孙侄奴婢等，尚未到官。穷州使宾罕至，身衣口食，绢米足充，过此以往，实无所用。积之于室，非廉者所为；受之于官，名且不正。恃蒙眷待，辄此披陈。

【解题】

本文作于元和十四年八月，时韩愈为潮州刺史。孔大夫：即岭南节度使孔戣。孔以韩愈俸薄，每月另给钱以补不足，韩愈撰此状以谢。韩愈贬潮州，家眷未能偕行，故文中言“尚未到官”。有人说韩愈妻子侄孙皆同行，说“尚未到官”与事实不合，认为此状为妄。然此说过于武断。

潮州请置乡校牒

孔子曰："道之以政，齐之以刑，则民免而无耻；不如以德礼为先，而辅以政刑也。"夫欲用德礼，未有不由学校师弟子者。

此州学废日久。进士明经，百十年间，不闻有业成贡于王庭、试于有司者。人吏目不识乡饮酒之礼，耳未尝闻《鹿鸣》之歌。忠孝之行不劝，亦县之耻也。夫十室之邑，必有忠信；今此州户万有余，岂无庶几者邪？刺史县令不躬为之师，里闾后生无所从学。

尔赵德秀才：沈雅专静，颇通经，有文章，能知先王之道，论说且排异端而宗孔氏，可以为师矣。请摄海阳县尉，为衙推官，专勾当州学，以督生徒，兴恺悌之风。刺史出己俸百千以为举本，收其赢余，以给学生厨馔。

【解题】

本文作于元和十四年，时韩愈为潮州刺史。潮州地僻，乡校毁废已久。为兴办教育，韩愈拿自己的薪俸予以资助，并委派秀才赵德专门料理州学之事，此文即为此而发的文书。牒：官府公文之一种。

袁州刺史谢上表

臣某言：臣以去年正月上疏论佛骨事，先朝恕臣愚直，不加大罪，自刑部侍郎贬授潮州刺史。伏遇其年七月十三日恩赦至，其年十月二十四日，准例量移，改授袁州刺史。以今月八日到任上讫。臣某诚欢诚喜，顿首顿首。

伏以州小地狭，税赋及时，人安吏循，闾里无事。微臣惟当布陛下惟新之泽，守国家承平之规，劝以耕桑，使无怠惰而已。臣以愚陋无堪，累蒙朝廷奖用，掌诰西掖，司刑南宫，显荣频烦，称效寂蔑；又蒙赦其罪累，授以方州，德重恩弘，身微命贱，无阶答谢，惟积惭惶，无任感恩惭惕之至。谨差军事副将郝泰奉表陈谢以闻。

【解题】

韩愈因《潮州刺史谢上表》得宪宗欢心，于元和十四年十月，量移为袁州刺史。唐宪宗于元和十五年正月崩。韩愈这篇谢上表称宪宗朝为“先朝”，其写作时间当在元和十五年（820）正月之后。

举韩泰自代状

使持节漳州诸军事守漳州刺史韩泰

右伏准建中元年正月五日制：常参官及刺史授上讫，三日内举一人自代者。前件官词学优长，才器端实，早登科第，亦更台省；往因过犯，贬黜至今，十五余年。自领漳州，悉心为治，官吏惩惧，不敢为非；百姓安宁，并得其所。臣在潮州之日，与其州界相接，臣之政事，远所不如。乞以代臣，庶为允当。谨录奏闻。

【解题】

本文作于元和十五年正月，时韩愈由潮州刺史量移为袁州刺史，准唐制，以袁州刺史身份举韩泰以自代。韩泰，永贞革新骨干成员，八司马之一。

宪宗崩慰诸道疏

愈言：上天降祸，大行皇帝奄弃万国。伏惟攀慕永痛，哀感难胜。某承诏不任号绝，限以官守，拜慰末由，伏增惶恋。谨差某奉疏，不宣。韩愈再拜。

【解题】

本文作于元和十五年正月，时韩愈为袁州刺史。宪宗于是年正月崩，韩愈撰此疏以慰诸道。

慰国哀表

臣某言：伏奉正月二十七日诏书，大行皇帝奄弃万国，承诏哀惶，号踊无地。伏惟圣情，何可堪处！大行皇帝功济寰区，仁沾动植；奉讳之日，率土崩心，凡在臣子，不胜殒裂。伏惟陛下，痛贯宸极，圣情难居；臣拘守远郡，不获匍匐奉慰，瞻望阙廷，且悲且恋。谨奉表陈慰以闻。

【解题】

本文作于元和十五年正月，时韩愈为袁州刺史。唐宪宗于元和十五年正月崩，韩愈上此表以慰国哀。

贺皇帝即位表

臣某言：伏闻皇帝陛下以闰正月三日虔奉遗诏，昭升大位；天地神祇，永有依归；华夏蛮貊，永有承事；神人交庆，日月贞明。臣某诚欢诚喜，顿首顿首。

臣闻王者必为天所相，为人所归，上符天心，下合人志，然后奄有四海，以君万邦。伏惟皇帝陛下，承列圣之丕绩，当中兴之昌运；爰自主鬯春宫，齿胄国学，孝友之美，实形四方；英伟之姿，久动群听。及初嗣位，遐迩莫不欢心；爰降诏书，老幼或至垂泣。举用俊乂，流窜奸邪，虽虞舜之去“四凶”，举“十六相”，不能过也。天下翘首以望太平，天下倾心以观至化，臣某诚欢诚喜，顿首顿首。

臣闻昔者尧、舜以吁嗟君臣相戒以致至治，周文王以忧勤日中不食以和万民，故能泽流无穷，名配日月。伏惟皇帝陛下，仪而象之，以永多福，天下幸甚，天下幸甚！

微臣往因言事，得罪先朝，守郡远方，拘限条制；不获奔走称庆阙庭，无任欣欢踊跃感恩恋阙之至。谨奉表以闻。

【解题】

本文作于元和十五年闰正月，时韩愈任袁州刺史。唐宪宗于元和十五年正月崩，闰正月三日，唐穆宗即位，韩愈于袁州撰此表以祝贺。

皇帝即位贺诸道状

伏见敕命，皇帝以闰正月三日嗣临宝位。海内惟新，凡在臣庶，不胜庆幸。惟俯同下情，未由拜贺，但增驰恋，谨奉状，不宣。某再拜。

【解题】

本文作于元和十五年。皇帝：即唐穆宗。宪宗于元和十五年正月崩，穆宗于闰正月三日即位。时韩愈为袁州刺史，撰此文以贺诸道。

贺册皇太后表

臣某言：伏承闰正月二十七日，皇太后光膺令典，受册宫闱，欢心始自于内朝，孝理遂形于寰海。臣某诚欢诚喜，顿首顿首。

皇太后夙赞先皇，弼成至化，诞生明圣，缵继鸿休，华胥实赞于轩图，文母有光于周道，恭惟懿德，克配前芳。皇帝陛下出震承乾，垂衣御极，式展臣子之志，以明教化之源，礼命载崇，华夷同庆。臣待罪外郡，不获随例称贺阙廷，无任踊跃欣欢之至，谨奉表陈贺以闻。

【解题】

穆宗即位后，于元和十五年闰正月二十七日，册尊其母懿安皇后郭氏为皇太后。时韩愈任袁州刺史。制书下，韩愈撰此表以贺。

贺　赦　表

臣某言：伏奉二月五日制书，大赦天下：常赦所不原者，咸蒙除罪，与之更始，令得自新。恩浃幽明，庆溢寰海。臣某诚欢诚喜，顿首顿首。

臣闻王者必于嗣位之始，降非常之恩，所以象德乾坤，同明日月。伏惟皇帝陛下，文思聪明，圣神睿哲，发号出令，云行雨施。惧刑政之或差，怜鳏寡之重困，知事久之滋弊，虑法讹之益奸。罪人悉原，坠典咸举。生恩既及于四海，和气遂充于八纮。臣某诚欢诚喜，顿首顿首。

微臣往因论事，获谴海隅，旋沐朝奖，待罪山郡。未离贬窜之地，忽逢旷荡之恩，踊跃欣欢，实倍常品。限以官守，不获随例称广阙廷。无任感恩恋阙之至，谨奉表陈贺以闻。

【解题】

唐穆宗于元和十五年闰正月三日即位，于二月五日大赦天下。制书到达袁州，韩愈撰此表以贺。

皇帝即位降赦贺观察使状

二月五日恩赦，今月二十四日卯时到州。当时集百官僧道百姓宣示讫。圣上以继明之初，垂惟新之泽；曲成不遗于万物，大赉遂延于四海；寰宇斯泰，品类皆苏；渥恩普沾，远近同庆。愈以藩条有制，拜贺无由，不胜欣抃之至。谨差萍乡县丞李某奉状陈贺。

【解题】

本文作于元和十五年二月，时韩愈为袁州刺史。唐穆宗于闰正月三日即位，二月五日大赦天下，二十四日赦书到袁州。韩愈就大赦事上此状于湖南观察使，以示祝贺。

贺 庆 云 表

臣某言：臣所领州，今月十六日申时有庆云见于西北，至暮方散。臣及举州官吏百姓等无不见者。五采五色，光华不可遍观；非烟非云，容状讵能详述；抱日增丽，浮空不收；既变化而无穷，亦卷舒而莫定，斯为上瑞，实应太平。臣某诚欢诚喜，顿首顿首。

谨按：沈约《宋书》云："庆云五色者，太平之应。"又据《孝经援神契》曰："王者德至山陵，则庆云出。"故黄帝因之以纪事，虞舜由之而作歌。又按季夏六月，土王用事；其日景戌，亦主于土；西北方者，京师所在，土为国家之德，祥见京师之位，既征于古，又验于今。伏惟皇帝陛下，德合覆载，道光轩虞；嗣位之初，祯祥继至，升平之符既兆，仁寿之域以跻。

微臣往在先朝，以论事得罪，身居贬黜之地，目睹殊常之庆，抃跃欣幸，实倍常情。伏乞宣付史官，以彰圣德所致。瞻恋阙廷，心魂飞驰，无任欣抃踊跃之至，谨差某官奉表陈贺以闻。

【解题】

本文作于元和十五年六月，时韩愈任袁州刺史。五月十六日，袁州有庆云见于西北，韩愈认为是祥祯之兆，故撰此表以贺。

袁州申使状

使司牒州牒

右自今月二日后，每奉公牒，牒尾"故牒"字皆为"谨牒"字，有异于常。初不敢陈论，以为错误。今既频奉文牒，前后并同，在愈不胜战惧之至。伏乞仁恩，特令改就常式，以安下情。

【解题】

本文约作于元和十五年，时韩愈任袁州刺史。当时王仲舒为江南西道观察使。按惯例，观察使牒部刺史，牒尾皆书"故牒"。王与韩愈为旧好，不以上司常式待之，牒尾皆书"谨牒"。韩愈战惧不安，故为此状，恳请改为常式。

举张惟素自代状

中散大夫守左散骑常侍上柱国赐紫金鱼袋张惟素

右伏准建中元年正月五日制：常参官上后三日，举一人自代者。前件官文学治行，众所推与；累历中外，资序已深；和而不同，静而有守；敦厚退让，可以训人。臣所不如，辄举自代。谨录奏闻。

【解题】

本文作于元和十五年冬，时韩愈由袁州刺史召为国子祭酒，准唐制以国子监官员身份举张惟素代替自己的袁州刺史职务。

举荐张籍状

登仕郎守祕书省校书郎张籍

右件官学有师法，文多古风。沉默静退，介然自守。声华行实，光映儒林。臣当司见阙国子监博士一员，生徒藉其训导，伏乞天恩，特授此官，以彰圣朝崇儒尚德之道。谨录奏闻。伏听敕旨。

【解题】

本文作于元和十五年，时韩愈为国子祭酒，张籍，字文昌，中唐诗人、古文家，韩愈之友。韩愈以此状举荐张籍为国子博士，张籍遂自秘书省校书郎除国子博士。

国子监论新注学官牒

国子监应今新注学官等牒，准今年赦文，委国子祭酒选择有经艺堪训导生徒者，以充学官。近年吏部所注，多循资叙。不考艺能，至今生徒不自劝励。伏请非专通经传，博涉坟史，及进士五经诸色登科人，不以比拟。其新受官，上日必加研试，然后放上，以副圣朝崇儒尚学之意。具状牒上吏部，仍牒监者，谨牒。

【解题】

本文作于元和十五年，时韩愈为国子祭酒。韩愈有感于吏部近年所注学官“多循资叙，不考艺能”，效果不佳，故就新选学官问题具此牒呈吏部。牒：官府中公文之一种。

应所在典帖良人男女等状

应所在典帖良人男女等

右准律不许典帖良人男女作奴婢驱使。臣往任袁州刺史日，检责州界内，得七百三十一人，并是良人男女。准律计佣折直，一时放免。原其本末，或因水旱不熟，或因公私债负，遂相典帖，渐以成风。名目虽殊，奴婢不别，鞭笞役使，至死乃休。既乖律文，实亏政理。袁州至小，尚有七百余人，天下诸州，其数固当不少。今因大庆，伏乞令有司重举旧章，一皆放免。仍敕长吏严加检责，如有隐漏，必重科惩，则四海苍生，孰不感荷圣德？右前件如前谨具奏闻。伏听敕旨。

【解题】

本文应作于元和十五年九月韩愈自袁州召为国子祭酒之后。典帖良人男女作奴婢，乃当时边远地区之陋习，唐律已明令禁止，但边远地区却屡禁不止，韩愈上此状，即要求朝廷重举旧章，一皆放免；如有隐漏，必重科惩。

请上尊号表

臣某言：臣得所管国子、太学、广文，四门，及书、筭、律等七馆学生沈周封等六百人状，称身虽贱微，然皆以选择得备学生，读六艺之文，修先王之道，粗有知识，皆由上恩。今天子整齐乾坤，出入神圣；经营乎无为之业，游息乎混元之宫，不谋于廷，不战于野；坐收冀部，旋定幽都；析木、天街，星宿清润；北岳医闾，神鬼受职，地弥天区，界轶海外。舜之十有二州，周之千七百国，章、亥所步，禹、契所书，四面辐辏，各修贡职。西戎之首，北虏之渠，怛威愧德，失据狼狈，收其种落，逃遁远去，来献羊马，千里不绝。功既如此，德又如彼；爰初嗣位，首去奸嬖，随所顾指，应时清宁。哀天下之鳏寡，释四海之郁结；左右前后，莫非俊良；小大之材，咸尽其用；无所诛诘，一和以仁。由是五谷岁登，百瑞时见；六府三事，惟序惟歌。昔者娲皇杀黑龙以济冀州，尧诛九婴以定下土，血兵刓刃，仅就厥功；以方吾君，一何远也。尧之在位七十余载，戒饬咨嗟，以致平治；孔子之圣，自云三年有成；今自嗣位以来，岁有余耳，臻此功德，其何捷哉！置邮传命，未足以谕。以非常之功，袭寻常之号；以冠古之美，屈守文之名；臣子之诚，阙而不奏；天号人称，不满事实，斯亦缙绅先生之过也。

谓臣官居师长，不言谓何？考其所陈，中于义理，天人合愿，不谋而同，非臣之愚所敢隐蔽，辄冒死以闻。伏乞天恩，特允诚志，令公卿大夫得竭思虑，取正于经，以定大号，有司备礼择日以颂，天下幸甚，天下幸甚！臣某诚惶诚恐。

【解题】

本文作于长庆元年（821），时韩愈为国子祭酒。尊号：尊崇帝后或其先王及宗庙等的称号。自唐代起，又在帝、后称号之上再加称号。唐穆宗即位一年有余，韩愈上此表称颂其功德，劝其加尊号。

黄家贼事宜状

一：臣去年贬岭外刺史，其州虽与黄家贼不相邻接，然见往来过客，并谙知岭外事人，所说至精至熟。其贼并是夷僚，亦无城郭可居。依山傍险，自称洞主，衣服言语，都不似人。寻常亦各营生，急则屯聚相保。比缘邕管经略使多不得人，德既不能绥怀，威又不能临制，侵欺虏缚，以致怨恨。蛮夷之性，易动难安，遂至攻劫州县，侵暴平人，或复私雠，或贪小利，或聚或散，终亦不能为事。近者征讨，本起于裴行立、阳旻。此两人者，本无远虑深谋，意在邀功求赏。亦缘见贼未屯聚之时，将谓单弱，立可摧破，争献谋计，惟恐后时。朝廷信之，遂允其请。自用兵已来，已经二年，前后所奏杀获，计不下一二万人。傥皆非虚，贼已寻尽。至今贼犹依旧，足明欺罔朝廷。邕、容两管因此凋弊，杀伤疾患，十室九空，百姓怨嗟，如出一口。阳旻、行立，相继身亡，实由自邀功赏，造作兵端，人神共嫉，以致殃咎，阳旻、行立事既已往，今所用严公素者，亦非抚御之才，不能别立规模，依前还请攻讨。如此不已，臣恐岭南一道，未有宁息之时。

一：昨者并邕、容两管为一道，深合事宜。然邕州与贼逼近，容州则甚悬隔。其经略使若置在邕州，与贼隔江对岸，兵镇所处，物力必全：一则不敢轻有侵犯；一则易为逐便控制。今置在容州，则邕州兵马必少，贼见势弱，易生奸心。伏请移经略使于邕州，其容州但置刺史，实为至便。

一：比者所发诸道南讨兵马，例皆不谙山川，不伏水土，远乡羁旅，疾疫杀伤。臣自南来，见说江西所发共四百人，曾未一年，其所存者，数不满百。岳鄂所发都三百人，其所存者，四分才一。续添续死，每发倍难。若令于邕、容侧近召募添置千人，便割诸道见供行营人数粮赐，均融充给，所费既不增加，而兵士又皆便习。长有守备，不同客军，守则有威，攻则有利。

一：自南讨已来，贼徒亦甚伤损。察其情理，厌苦必深。大抵岭南人稀地广，贼之所处，又更荒僻。假如尽杀其人，尽得其地，在于国计，不为有益。容贷羁縻，比之禽兽，来则捍御，去则不追，亦未亏损朝廷事势。以臣之愚，若因改元大庆，赦其罪戾，遣一郎官御史，亲往宣谕，必望风降伏，欢呼听命。仍为选择有材用威信谙岭南事者为经略使，处理得宜，自然永无侵叛之事。

【解题】

本文作于长庆元年，时韩愈为国子祭酒。黄家贼：指邕、容等州以黄氏为首的少数民族武装。他们被逼攻劫州县，官府穷讨不效。对此，韩愈上此状，指责地方官多不得人，应选官前往宣抚，不能穷讨。文章说理有据，态度理智。

举韦颉自代状

中散大夫守大理少卿骁骑尉韦颉

右伏准建中元年正月五日制，常参官上后三日，举一人自代者。前件官学识该达，器量宏深，朝推直道，代仰清节，显映班序，十五年余，夷险一致，风猷益茂，屈居少列，未副群情。文昌政本，侍郎官重，尚德之举，颉宜当之。乞回臣所授，庶弭官谤，谨录奏闻。谨奏。

【解题】

本文作于长庆元年七月，时韩愈自国子祭酒除兵部侍郎，准唐制举韦颉以自代。

论变盐法事宜状

张平叔所奏盐法条件

右奉敕将变盐法，事贵精详，宜令臣等各陈利害可否闻奏者。平叔所上变法条件，臣终始详度，恐不可施行。各随本条分析利害如后：

一件：平叔请令州府差人自粜官盐，收实估匹段，省司准旧例支用，自然获利一倍已上者。臣今通计所在百姓，贫多富少，除城郭外，有见钱籴盐者，十无二三。多用杂物及米谷博易。盐商利归于己，无物不取，或从赊贷升斗，约以时熟填还。用此取济，两得利便。今令州县人吏坐铺自粜，利不关己，罪则加身。不得见钱及头段物，恐失官利，必不敢粜。变法之后，百姓贫者无从得盐而食矣。求利未得，敛怨已多，自然坐失盐利常数。所云“获利一倍”，臣所未见。

一件：平叔又请乡村去州县远处，令所由将盐就村粜易，不得令百姓阙盐者。臣以为乡村远处，或三家五家，山谷居住，不可令人吏将盐家至户到。多将则粜货不尽，少将则得钱无多，计其往来，自充粮食不足。比来商人或自负檐斗石，往与百姓博易，所冀平价之上，利得三钱两钱，不比所由为官所使，到村之后，必索百姓供应。所利至少，为弊则多。此又不可行者也。

一件：平叔云，所务至重，须令庙堂宰相充使。臣以为若法可行，不假令宰相充使；若不可行，虽宰相为使，无益也。又宰相者，所以临察百司，考其殿最；若自为使，纵有败阙，遣谁举之？此又不可者也。

一件：平叔又云：法行之后，停减盐司所由粮课，年可收钱十万贯。臣以为变法之后，弊随事生，尚恐不登常数，安得更望赢利？

一件：平叔欲令府县粜盐，每月更加京兆尹料钱百千，司录及两县令每月各加五十千，其余观察及诸州刺史县令录事参军多至每月五十千，少至五千三千者。臣今计此用钱已多，其余官典及巡察手力所由等粮课，仍不在此数。通计所给，每岁不下十万贯。未见其利，所费已广。平叔又云停盐司诸色所由粮课，约每岁合减得十万贯钱。今臣计其新法，亦用十万不啻。减得十万，却用十万，所亡所得，一无赢余也。平叔又请以粜盐多少为刺史县令殿最，多者迁转不拘常例；如阙课利，依条科责者。刺史县令职在分忧，今惟以盐利多少为之升黜，不复考其治行，非唐、虞三载考绩黜陟幽明之义也。

一件：平叔请定盐价每斤三十文；又每二百里每斤价加收二文，以充脚价；量地远近险易加至六文；脚价不足，官与出。名为每斤三十文，其实已三十六文也。今盐价京师每斤四十，诸州则不登此。变法之后，只校数文，于百姓未有厚利也。脚价用五文者官与出二文，用十文者官与出四文：是盐一斤，官粜得钱名为三十，其实斤多得二十八，少得二十六文，折长补短，每斤收钱不过二十六七。百姓折长补短，每斤用钱三十四。则是公私之间每斤常失七八文也。下不及百姓，上不归官家，积数至多，不可遽筭，以此言之，不为有益。平叔又请令所在及农隙时，并召车牛，般盐送纳都仓，不得令有阙绝者。州县和雇车牛，百姓必无情愿。事须差配，然付脚钱。百姓将车载盐，所由先皆无检，齐集之后，始得载盐。及至院监请受，又须待其轮次，不用门户，皆被停留；输纳之时，人事又别：凡是和雇无不皆然。百姓宁为私家载物取钱五文，不为官家载物取十文钱也。不和雇则无可载盐，和雇则害及百姓，此又不可也。

一件：平叔称停减盐务，所由收其粮课，一岁尚得十万贯文。今又称既有巡院，请量闲剧留官吏于仓场，勾当要害守捉；少置人数，优恤粮料，严加把捉；如有漏失私粜等，并准条处分者。平叔所管盐务，所由人数有几？量留之外，收其粮课，一岁尚得十万贯，此又不近理也。比来要害守捉，人数至多，尚有漏失私粜之弊；今又减置人数，谓能私盐断绝，此又于理不可也。

一件：平叔云：变法之后，岁计必有所余，日用还恐不足；谓一年已来，且未责以课利，后必数倍校多者。此又不可。方今国用常言不足，若一岁顿阙课利，为害已深；虽云明年校多，岂可悬保？此又非公私蓄积尚少之时可行者也。

一件：平叔又云：浮寄奸猾者转富，土著守业者日贫。若官自粜盐，不问贵贱贫富、士农工商、道士僧尼，并兼游惰，因其所食，尽输官钱；并诸道军诸使家口亲族，递相影占，不曾输税，若官自粜盐，此辈无一人遗漏者。臣以此数色人等，官未自粜盐之时，从来籴盐而食，不待官自粜然后食盐也。若官不自粜盐，此色人等不籴盐而食；官自粜盐，即籴而食之：则信如平叔所言矣。若官自粜与不自粜，皆常籴盐而食：则今官自粜，亦无利也。所谓知其一而不知其二，见其近而不见其远也。国家榷盐，粜与商人；商人纳榷，粜与百姓，则是天下百姓无贫富贵贱皆已输钱于官矣，不必与国家交手付钱，然后为输钱于官也。

一件：平叔云：初定两税时，绢一匹直钱三千，今绢一匹直钱八百。百姓贫虚，或先取粟麦价，及至收获，悉以还债，又充官税，颗粒不残。若宫中粜盐，一家五口，所食盐价，不过十钱，随日而输，不劳驱遣，则必无举债逃亡之患者。臣以为百姓困弊，不皆为盐价贵也。今官自粜盐，与依旧令商人粜，其价贵贱，所校无多。通计一家五口所食之盐，平叔所计，一日以十钱为率，一月当用钱三百；是则三日食盐一斤，一月率当十年。新法实价，与旧每斤不校三四钱以下。通计五口之家，以平叔所约之法计之：贱于旧价，日校一钱，月校三十，不满五口之家，所校更少；然则改用新法，百姓亦未免穷困流散也。初定税时，一匹绢三千，今只八百。假如特变盐法，绢价亦未肯贵。五口之家，因变盐法日得一钱之利，岂能便免作债，收获之时，不被征索，输官税后有赢余也？以臣所见，百姓困弊日久，不以事扰之，自然渐裕，不在变盐法也。今绢一匹八百，百姓尚多寒无衣者；若使匹直三千，则无衣者必更众多。况绢之贵贱，皆不缘盐法，以此言之，盐法未要变也。

一件：平叔云：每州粜盐不少，长吏或有不亲公事，所由浮词云："当界无人籴盐。"臣即请差清强巡官检责所在实户，据口团保，给一年盐，使其四季输纳盐价。口多粜少，及盐价迟违，请停观察使见任，改散慢官。其刺史已下，贬与上佐；其余官贬远处者。平叔本请官自粜盐以宽百姓，令其苏息，免更流亡。今令责实户口团保给盐，令其随季输纳盐价，所谓扰而困之，非前意也。百姓贫家食盐至少，或有淡食动经旬月。若据口给盐，依时征价，办与不办，并须纳钱。迟违及违条件，观察使已下各加罪谴。官吏畏罪，必用威刑。臣恐因此所在不安，百姓转致流散。此又不可之大者也。

一件：平叔请限商人盐纳官后，不得辄于诸军诸使觅职，掌把钱捉店、看守庄硙，以求影庇。请令所在官吏严加防察，如有违犯，应有资财，并令纳官，仍牒送府县充所由者。臣以为盐商纳榷，为官粜盐，子父相承，坐受厚利，比之百姓，实则校优。今既夺其业，又禁不得求觅职事，及为人把钱捉店、看守庄硙：不知何罪，一朝穷蹙之也！若必行此，则富商大贾必生怨恨，或收市重宝，逃入反侧之地，以资寇盗。此又不可不虑者。

一件：平叔云：行此策后，两市军人，富商大贾，或行财贿，邀截喧诉。请令所由切加收捉。如获头首，所在决杀；连状聚众人等，各决脊杖二十。检责军司军户，盐如有隐漏，并准府县例科决，并赏所由告人者。此一件若果行之，不惟大失人心，兼亦惊动远近。不知粜盐所获几何，而害人蠹政，其弊实甚！

右前件状，奉今月九日敕，令臣等各陈利害者。谨录奏闻，伏听敕旨。

【解题】

本文作于长庆二年（822）。时户部侍郎张平叔上疏，请官自卖盐，陈利害十八条，谓可以富国强兵。穆宗诏下其说，令公卿详议。韩愈及韦处厚逐条诘之，事遂不行。张平叔所陈十八条，韩愈此状涉及其中十六条的内容。

论孔戣致仕状

某官某

右臣与孔戣同在南省为官，数得相见。戣为人守节清苦，议论平正。今年才七十，筋力耳目，未觉衰老。忧国忘家，用意深远，所谓朝之耆德老成人者。臣知戣上疏求致仕，故往看戣；戣为臣言，已蒙圣主允许。伏以陛下优贤尚齿，见戣频上三疏，言词恳到，重违其意，遂即许之。此诚陛下仁德之至；然如戣辈在朝，不过三数人，实可为国爱惜！

自古以来及圣朝故事：年虽八九十，但视听心虑苟未昏错，尚可顾问委以事者，虽求退罢，无不殷勤留止，优以禄秩，不听其去，以明人君贪贤敬老之道也。《礼》：“大夫七十而致事，若不得谢，则必赐之几杖安车。”七十求退，人臣之常礼；若有德及气力尚壮，则君优而留之，不必年过七十尽许致事也。《诗》曰：“虽无老成人，尚有典刑。”此言老成人重于典刑，不可不惜而留也。

今戣幸无疾疹，但以年当致事，据礼求退。陛下若不听许，亦无伤于义，而有贪贤之美。况左丞职事，亦极清简，若戣尚以繁要为辞，自可别授秩崇而务少者。今中外之臣，有年过于戣尚未得退，戣独何人，得遂其愿？然人皆求进，戣独求退，尤可贤重。

臣所领官，无事不敢请对。蒙陛下厚恩，苟有所见，不敢不言。伏望圣恩，特垂察纳。

【解题】

本文作于长庆三年（823），时韩愈为吏部侍郎。唐制：官员七十致仕，孔戣年七十求退，韩愈认为其尚未衰老，且能忧国忘家，宜留任，于是上此状，劝说穆宗留之，“以明人君贪贤敬老之道。”穆宗未许，孔戣于长庆四年卒，韩愈为其撰《唐正议大夫尚书左丞孔公墓志铭》。

举马总自代状

银青光禄大夫检校尚书右仆射兼户部尚书马总。

右伏准建中元年正月五日制：常参官上后三日，举一人自代者。伏以近者京尹用人稍轻，所以市井之间，盗贼未断；郊野之外，疲瘵尚多。前件官文武兼资，宽猛得所，累更方镇，皆有功能。若以代臣，实为至当。谨录奏闻，谨奏。

【解题】

本文作于长庆三年，时韩愈由吏部侍郎授京兆尹兼御史大夫，上此状举马总自代。马总自天平军节度使方入为户部尚书。

贺雨表

臣某言：臣闻圣人之德，与天地通，诚发于中，事应于外。始闻其语，今见其真。臣诚欢诚喜，顿首顿首。

伏以季夏以来，雨泽不降。臣职司京邑，祈祷实频，青天湛然，旱气转甚。陛下悯兹黎庶，有事山川。中使才出于九门，阴云已垂于四野，龙神效职，雷雨应期，嘉谷奋兴，根叶肥润，抽茎展穗，不失时宜，人和年丰，莫大之庆。

微臣幸蒙宠任，获睹殊祥，庆抃欢呼，倍于常品。无任踊跃之至，谨奉表陈贺以闻。

【解题】

本文作于长庆三年，时韩愈为京兆尹兼御史大夫。是夏天旱不雨，穆宗遣中使祭山川求雨，雷雨应期而至，韩愈上此表以贺。

贺太阳不亏状

司天台奏今月一日太阳不亏。

右司天台奏：今日辰卯间太阳合亏。陛下敬畏天命，克己修身，诚发于中，灾销于上，自卯及巳，当亏不亏。虽隔阴云，转更明朗。比于常日，不觉有殊。天且不违，庆孰为大？臣官忝京尹，亲睹殊祥，欣感之诚，实倍常品。谨奉状贺以闻。

【解题】

本文作于长庆三年十月，时韩愈为京兆尹兼御史大夫。是年九月朔日蚀，十月朔当亏，然太阳当亏不亏，故韩愈上此状以贺。

举张正甫自代状

通议大夫守右散骑常侍上柱国南阳县开国子食邑五百户赐紫金鱼袋张正甫

右臣蒙恩除尚书兵部侍郎，伏准建中元年正月五日制，常参官上后三日，举一人自代者，前件官禀正直之性，怀刚毅之姿，嫉恶如仇雠，见善若饥渴；备更内外，灼有名声；年齿虽高，气力愈励；甘贫苦节，不愧神明，可谓古之老成，朝之硕德。久处散地，实非所宜。乞以代臣，以副公望。

【解题】

本文作于长庆三年十月，时韩愈自京兆尹再除兵部侍郎，准唐制，举张正甫自代，故上此状。

请迁玄宗庙议

右礼仪使奏：谨按《周礼》："天子七庙，三昭三穆与太祖之庙而七。"《尚书·咸有一德》亦曰："七世之庙，可以观德。"荀卿子曰："有天下者祭七代，有一国者祭五代。"则知天子上祭七庙，典籍通规，祖功宗德，不在其数。

国朝九庙之制，法周之文。太祖景皇帝始为唐公，肇基天命，义同周之后稷。高祖神尧皇帝创业经始，化隋为唐，义同周之文王。太宗文皇帝神武应期，造有区夏，义同周之武王。其下三昭三穆，谓之亲庙，与太祖而七。四时常飨，自如礼文。

伏以今年宗庙递迁，玄宗明皇帝在三昭三穆之外，是亲尽之祖，虽有功德，新主入庙，礼合祧藏太庙中第一夹室。每至禘祫之岁，合食如常。谨议。

【解题】

本文作于长庆四年（824）五月，时韩愈为吏部侍郎。古制：天子七庙。时穆宗崩，当入祖庙，而玄宗已在三昭三穆之外，故应迁出。是时，礼仪使奏此事，韩愈撰此文以议其事。议论颇为谨严。

钱重物轻状

右臣伏准御史台牒：准中书门下贴奉进止，钱重物轻，为弊颇甚，详求适变，可以便人。所贵缗货通行，里闾宽息。宜令百寮随所见作利害状者。

臣愚以为钱重物轻，救之之法有四。一曰在物土贡：夫五谷布帛，农人之所能出也，工人之所能为也。人不能铸钱，而使之卖布帛谷米以输钱于官，是以物愈贱而钱愈贵也。今使出布之乡，租赋悉以布；出绵丝百货之乡，租赋悉以绵丝百货；去京百里，悉出草；三百里以粟；五百里之内，及河、渭可漕入，愿以草粟租赋，悉以听之：则人益农，钱益轻，谷米布帛益重。二曰在塞其隙，无使之泄：禁人无得以铜为器皿；禁铸铜为浮屠佛像钟磬者；蓄铜过若干斤者，铸钱以为他物者，皆罪死不赦；禁钱不得出五岭，买卖一以银，盗以钱出岭，及违令以买卖者，皆坐死；五岭旧钱，听人载出。如此，则钱必轻矣。三曰更其文贵之：使一当五，而新旧兼用之。凡铸钱千，其费亦千；今铸一而得五，是费钱千，而得钱五千，可立多也。四曰扶其病，使法必立：凡法始立必有病。今使人各输其土物以为租赋，则州县无见钱；州县无见钱，而谷米布帛未重，则用不足；而官吏之禄俸，月减其旧三之一；各置铸钱使新钱一当五者以给之，轻重平乃止。四法用，钱必轻，谷米布帛必重，百姓必均矣。

谨录奏闻，伏听敕旨。谨奏。

【解题】

本文作于唐穆宗长庆年间。唐自德宗建中年间始实行两税法，物轻钱重，农民日困，国用不充，穆宗遂诏百官议此事，韩愈作此文。文中提出救弊的四项措施，从中可见韩愈的经济思想。

九　诏册

除崔群户部侍郎制

敕：地官之职，邦教是先，必选国华，以从人望。具官崔群，体道履仁，外和内敏；清而容物，善不近名；从容礼乐之间，特达珪璋之表。比参密命，弘益既多；及贰仪曹，升擢惟允；迈兹令德，蔼然休声；选贤与能，于今虽重；择才均赋，自古尤难。往慎乃司，以服嘉命。可。

【解题】

本文作于元和十年（815），时韩愈为考功郎中知制诰。崔群，韩愈之同年好友，元和初为翰林学士，以谠言正论闻于时；元和十年知贡举，选才公当，转户部侍郎。此文系韩愈为朝廷起草的任命崔群的制文。

十 碑志

李元宾墓铭

李观字元宾，其先陇西人也。始来自江之东，年二十四举进士，三年登上第。又举博学宏词，得太子校书一年。年二十九，客死于京师。既敛之三日，友人博陵崔弘礼葬之于国东门之外七里，乡曰庆义，原曰嵩原。友人韩愈书石以志之，辞曰：

已呼元宾！寿也者，吾不知其所慕；夭也者，吾不知其所恶。生而不淑，孰谓其寿？死而不朽，孰谓之夭？已呼元宾！才高乎当世，而行出乎古人。已呼元宾！竟何为哉，竟何为哉！

【解题】

本文作于贞元十一年（795）。李元宾，李观字元宾，韩愈之好友。卒年二十九岁，德未成，业未著，但其“才高乎当世，而行出乎古人”，信其死而不朽，韩愈对其充满赞美惋惜之情。

清边郡王杨燕奇碑文

公讳燕奇，字燕奇，弘农华阴人也。大父知古，祁州司仓；烈考文诲，天宝中实为平卢衙前兵马使，位至特进检校太子宾客，封弘农郡开国伯，世掌诸蕃互市，恩信著明，夷人慕之。

禄山之乱，公年几二十，进言于其父曰：“大人守官，宜不得去。王室在难，某其行矣!”其父为之请于戎帅，遂率诸将校之子弟各一人间道趋阙，变服诡行，日倍百里。天子嘉之，特拜左金吾卫大将军员外置，赐勋上柱国。

宝应二年春，诏从仆射田公平刘展，又从下河北。大历八年，帅师纳戎帅勉于滑州。九年，从朝于京师。建中二年，城汴州，功劳居多。三年，从攻李希烈，先登。贞元二年，从司徒刘公复汴州。十二年，与诸将执以城叛者归之于京师；事平，授御史大夫，食实封百户，赐缯彩有加。十四年，年六十一，五月某日终于家。自始命左金吾大将军，凡十五迁为御史大夫，职为节度押衙、右厢兵马使，兼马军先锋兵马使，阶为特进，勋为上柱国，爵为清边郡王，食虚邑自三百户至三千户，真食五百户终焉。

公结发从军四十余年，敌攻无坚，城守必完，临危蹈难，歔欷感发，乘机应会，捷出神怪；不畏义死，不荣幸生；故其事君无疑行，其事上无间言。

初，仆射田公其母隔于冀州，公独请往迎之，经营贼城，出入死地，卒致其母。田公德之，约为父子，故公始姓田氏；田公终而后复其族焉。嗣子通王属良祯，以其年十月庚寅葬公于开封县鲁陵冈，陇西郡夫人李氏祔焉。夫人清夷郡太守祐之孙，渔阳郡长史献之女。柔嘉淑明，先公而殂。有男四人，女三人。后夫人河南郡夫人雍氏，某官之孙，某官之女。有男一人，女二人，咸有至性纯行。夫人同仁均养，亲族不知异焉。君子于是知杨公之德又行于家也。铭曰：

烈烈大夫，逢时之虞。感泣辞亲，从难于秦。维兹爰始，遂勤其事。四十余年，或裨或专。攻牢保危，爵位已跻；既明且慎，终老无隳。鲁陵之冈，蔡河在侧；烝烝孝子，思显勋绩。斫石于此，式垂后嗣。

【解题】

本文作于贞元十四年（798），时韩愈在汴州为观察推官。

杨燕奇，事多无考，鲜有赫赫可记者，故文中于其事多为虚叙和总写。文中虽总称其贤，在与田神功之关系，述之颇详，韩愈对此似有微辞。

崔评事墓铭

君讳翰，字叔清，博陵安平人。曾大父知道，仕至大理司直。大父玄同，为刑部侍郎，出刺徐、相州。父倚，举进士，天宝之乱，隐居而终。

君既丧厥父，携扶孤老，托于大江之南。卒丧，通儒书。作五字句诗，敦行孝悌，诙谐纵谑，卓诡不羁。又善饮酒，江南人士多从之游。

贞元八年，君生四十七年矣，自江南应节度使王栖曜命于鄜州。既至，表授右卫胄曹参军，实参幕府事。直道正言，补益弘多。既去职，遂家于汝州，汝州刺史吴郡陆长源引为防御判官，表授试大理评事。十二年，相国陇西公作藩汴州，而吴郡为军司马，陇西公以为吴郡之从则贤也，署为观察巡官。实掌军田，凿浍沟，斩茭茅，为陆田千二百顷，水田五百顷，连岁大穰，军食以饶。幕府以其功状闻，使者未复命。以十五年正月五日寝疾终于家，年五十有六矣。陇西公赙赠有加。自始有疾，吴郡率幕府寮属日一至其庐问焉；其既甚也，日再往问焉；其终也，往哭焉；比小敛大敛三哭焉。于敛之二十日，其妻与其子以君之丧旋葬于汝州；其二月某日，遂葬于某县某乡某原。

君内仁九族，外尽宾客，于其所止，其来如归。苟亲矣，虽不肖收之如贤；苟贤矣，虽贫贱待之如贵人：是故其殁也，其吊者与其哭者，其声也必哀尽焉。妻，郑氏也；有子二人，女一人。吾闻位不称德者有后，呜呼！君其终有后乎！铭曰：

朝之言嘻嘻，夕之言怡怡；偕入而出乘马驰，一日不见而死：吁其悲！

【解题】

本文作于贞元十五年（799）二月。崔评事，即崔翰，曾表授其试大理评事。时崔翰与韩愈均在汴州作董晋之幕僚。此文着重叙崔翰之长，文法近于《史记·酷吏列传》。

故贝州司法参军李君墓志铭

贞元十七年九月丁卯，陇西李翱合葬其皇祖考贝州司法参军楚金、皇祖妣清河崔氏夫人于汴州开封县某里。昌黎韩愈纪其世，著其德行，以识其葬。

其世曰：由梁武昭王六世至司空，司空之后二世为刺史清渊侯，由侯至于贝州凡五世。

其德行曰：事其兄如事其父，其行不敢有出焉。其夫人事其姒如事其姑，其于家不敢有专焉。其在贝州，其刺史不悦于民，将去官，民相率谨哗，手瓦石，胥其出击之。刺史匿不敢出，州县吏由别驾已下不敢禁，司法君奋曰："是何敢尔！"属小吏百余人持兵仗以出，立木而署之曰："刺史出，民有敢观者，杀之木下！"民闻皆惊，相告散去。后刺史至，加擢任，贝州由是大理。

其葬曰：翱既迁贝州君之丧于贝州，殡于开封，遂迁夫人之丧于楚州。八月辛亥，至于开封。圹于丁巳，坟于九月辛酉，窆于丁卯。人谓："李氏世家也，侯之后，五世仕不遂，蕴必发，其起而大乎！"四十年而其兄之子衡始至户部侍郎。君之子四人，官又卑。翱，其孙也。有道而甚文，固于是乎在。

【解题】

本文作于贞元十七年（801）九月，时韩愈居洛阳，听候朝廷调选。李君，即李翱之祖父李楚金，曾官贝州司法参军。文章略其世系，而详叙其在贝州之事。作者意在扬其忠于职守，实则是镇压百姓之举。文章结尾处意在赞李翱，但不露痕迹。

施先生墓铭

贞元十八年十月十一日，太学博士施先生士丐卒，其寮太原郭伉买石志其墓，昌黎韩愈为之辞，曰：

先生明《毛郑诗》，通《春秋左氏传》，善讲说。朝之贤士大夫从而执经考疑者继于门，太学生习《毛郑诗》、《春秋左氏传》者，皆其弟子。贵游之子弟时先生之说二经，来太学帖帖坐诸生下，恐不卒得闻。先生死，二经生丧其师，仕于学者亡其朋，故自贤士大夫、老师宿儒、新进小生闻先生之死，哭泣相吊，归衣服货财。

先生年六十九，在太学者十九年。由四门助教为太学助教，由助教为博士。太学秩满当去，诸生辄拜疏乞留：或留或迁，凡十九年不离太学。

祖曰旭，袁州宜春尉；父曰婼，豪州定远丞；妻曰太原王氏，先先生卒；子曰友直，明州鄮县主簿；曰友谅，太庙斋郎。系曰：

先生之祖，氏自施父。其后施常，事孔子以彰。雠为博士，延为太尉。太尉之孙，始为吴人。曰然曰续，亦载其迹。先生之兴，公车是召；纂序前闻，于光有曜。古圣人言，其旨密微；笺注纷罗，颠倒是非；闻先生讲论，如客得归。卑让肫肫，出言孔扬；今其死矣，谁嗣为宗！县曰万年，原曰神禾；高四尺者，先生墓邪！

【解题】

本文作于贞元十八年（802）十一月，时韩愈在长安为四门博士。施先生，即施士丐。此墓铭先表其能而后及其世系，开拓铺叙，极有章法。

河南府法曹参军卢府君夫人苗氏墓志铭

夫人姓苗氏，讳某，字某，上党人。曾大父袭夔，赠礼部尚书。大父殆庶，赠太子太师。父如兰，仕至太子司议郎，汝州司马。

夫人年若干，嫁河南法曹卢府君讳贻，有文章德行，其族世所谓甲乙者，先夫人卒。夫人生能配其贤，殁能守其法。男二人：于陵、浑。女三人，皆嫁为士妻。贞元十九年四月四日，卒于东都敦化里，年六十有九。其年七月某日，祔于法曹府君墓，在洛阳龙门山。其季女婿昌黎韩愈为之志。其词曰：

赫赫苗宗，族茂位尊：或毗于王，或贰于藩。是生夫人，载穆令闻。爰初在家，孝友惠纯。乃及于行，克媲德门。肃其为礼，裕其为仁。法曹之终，诸子实幼。茕茕其哀，介介其守。循道不违，厥声弥劭。三女有从，二男知教。闾里叹息，母妇思效。岁时之嘉，嫁者来宁。累累外孙，有携有婴。扶床坐膝，嬉戏欢争。既寿而康，既备而成。不歉于约，不矜于盈。伊昔淑哲，或图或书。嗟咨夫人，孰与为俦？刻铭置墓，以赞硕休。

【解题】

本文作于贞元十九年（803）七月，时韩愈在京为监察御史。卢府君夫人苗氏，即韩愈之岳母苗氏。文章略于志，而详于铭，极称其能守妇德及生前所享天伦之乐。

施州房使君郑夫人殡表

夫人之先出于周，以郑为氏因初侯。曾祖讳随祖讳玠，厥考讳绛咸垂休。归于房宗生九子，左右黍稷祠春秋。道顺德严显且裕，宜寿而富今何谬！永贞冬至前四日，寓殡坟此非其丘。

【解题】

本文作于永贞元年（805）冬，时韩愈任江陵府法曹参军。房使君，即房武。房武为施州刺史，其妻郑夫人卒，殡于江陵。此表简短，文字平易明白。

虢州司户韩府君墓志铭

安定桓王五世孙叡素为桂州长史，化行南方。有子四人，最季曰绅卿。文而能官，尝为扬州录事参军，事故宰相崔圆。圆狎爰州民丁某，至顾省其家。后大衙会日，司录君趋以前大言曰："请举公过！公与小民狎，至至其家，害于政。"圆惊谢曰："录事言是，圆实过。"乃自署罚五十万钱。由是迁泾阳令，破豪家水碾利民田，顷凡百万。

君讳岌，桂州君之孙，司录君之子，亦以能官名。少而奇，壮而强，老而通。以元和元年六月十四日卒，年五十七。娶京兆田氏女。男曰家；女曰门、曰都：皆幼。初，君乐虢之土田山水，求掾其州，去官犹家之。既卒，因以其年九月某日葬州北十里崔长史墓西，铭曰：

凡兆于兹，唯其家之材，盖归有时。

【解题】

本文作于元和元年（806）九月，时韩愈在京城为权知国子博士。韩府君，即韩愈季叔父韩绅卿之子、韩愈之堂兄韩岌，曾官虢州司户参军。因岌无可记政绩，故叙之甚略，而于其父韩绅卿，则叙其为人较详。

考功员外卢君墓铭

愈之宗兄故起居舍人君，以道德文学伏一世。其友四人，其一范阳卢君东美。少未出仕，皆在江、淮间，天下大夫士谓之“四夔”。其义以为道可与古之夔、皋者侔，故云尔。或曰，夔尝为相，世谓“相夔”，四人者虽处而未仕，天下许以为相，故云。

大历初，御史大夫李栖筠由工部侍郎为浙西观察使。当是时，中国新去乱，仕多避处江、淮间，尝为显官得名声，以老故自任者以千百数，大夫莫之取，独晨衣朝服，从骑吏，入下里舍请卢君。君时始任戴冠，通《诗》、《书》，与其群日讲说周公、孔子以相磨砻浸灌，婆娑嬉游，未有舍所为为人意。既起从大夫，天下未知君者，惟奇大夫之取人也不常，必得人；其知君者，谓君之从人也非其常守，必得其从。其后为太常博士、监察御史、河南府司录、考功员外郎。年若干而终，在官举其职。

夫人李姓，陇西人。君在，配君子无违德；君殁，训子女得母道甚。后君二十年，年六十六而终。将合葬，其子畅命其孙立曰：“乃祖德烈靡不闻，然其详而信者，宜莫若吾先人之友。先人之友无在者，起居丈有季曰愈，能为古文业其家，是必能道吾父事业，汝其往请铭焉。”立于是奉其父命奔走来告。愈谓立曰：“子来宜也，行不可一二举。且吾之生也后，不与而祖接，不得详也。其大者莫若众所与，观所与众寡，兹可以审其德矣。乃祖未出而处也，天下大夫士以为与古之夔、皋者侔，且可以为相，其德不既大矣乎！讲说周公、孔子，乐其道，不乐从事于俗；得所从，不择外内奋而起：其进退不既合于义乎！铭如是，可以示于今与后也欤!”立拜手曰：“唯唯。”

君祖子舆，濮州濮阳令；父同，舒州望江令。夫人之祖延宗，郓州司马；父进成，鄜州洛交令。男三人，畅、申、易；女三人，皆嫁为士人妻。墓在河南缑氏县梁国之原。其年月日，元和二年二月十日云。

【解题】

本文作于元和二年（807）二月，时韩愈在长安为权知国子博士。卢君，即卢东美，曾官考功员外郎。东美与韩愈之长兄韩会友善。本文主要叙其经历，赞其道德、学问。

处士卢君墓志铭

处士讳于陵，其先范阳人。父贻为河南法曹参军。河南尹与人有仇，诬仇与贼通，收掠取服。法曹曰：“我官司也，我在不可以为是!”廷争之以死。河南怒，命卒捽之；法曹争尤强，遂并收法曹，竟奏杀仇，籍其家，而释法曹。法曹出，径归卧家，念河南势弗可败，气愤弗食，欧血卒。东都人至今犹道之。

处士少而孤，母夫人怜之，读书学文，皆不待强教，卒以自立。在母夫人侧，油油翼翼，不忍去时岁。母夫人既终，育幼弟与归宗之妹，经营勤甚，未暇进仕也。年三十有六，元和二年五月壬辰以疾卒。有男十岁，曰义；女九岁，曰孟；又有女生处士卒后，未名。于其年九月乙酉，其弟浑以家有无，葬以车一乘于龙门山先人兆。愈于处士，妹婿也。为其志，且铭其后曰：

贵兮富兮如其材，得何数兮；名兮寿兮如其人，岂无有兮。彼皆逢其臧，子独迎其凶。兹命也邪！兹命也邪！

【解题】

本文作于元和二年九月，时韩愈以国子博士分教东都。处士卢君，即韩愈之内兄卢于陵。于陵因少孤，故侍母和抚育弟妹，一生未仕。文章主要叙其理家一事。

太原府参军苗君墓志铭

君讳蕃，字陈师。其先楚之族大夫，亡晋而邑于苗，世遂以苗命氏。其后有守上党者，惠于民，卒，遂家壶关。曾大父延嗣，中书舍人；大父含液，举进士第，官卒河南法曹；父颖，扬州录事参军。

君少丧父，受业母夫人。举进士第，佐江西使有劳；三年使卒，后辟，不肯留，独护其丧葬河南。选补太原参军，假使职，狱平，货滋息，吏敛手不敢为非。年四十有二，元和二年六月辛巳暴病卒。其妻清河张氏，以其年十二月丙寅，葬君于洛阳平阴之原。男三人：执规、执矩、必复。其季生君卒之三月。

君同生昆弟姊凡三人，皆先死。四室之孤男女凡二十人，皆幼，遗资无十金，无田无宫以为归，无族亲朋友以为依也：天将以是安施耶！铭曰：

有行以为本，有文以为华。恭以事其职，而勤以嗣其家。位卑而无年，吁，其奈何！

【解题】

本文作于元和二年十二月，时韩愈在长安任权知国子博士。苗君，即苗蕃，曾官太原府参军。

河南少尹裴君墓志铭

公讳复，字茂绍，河东人。曾大父元简，大理正。大父旷，御史中丞、京畿采访使。父虬，以有气略敢谏诤为谏议大夫，引正大疑，有宠代宗朝，屡辞官不肯拜，卒赠工部尚书。

公举贤良，拜同官尉。仆射南阳公开府徐州，召公主书记，二迁至侍御史，入朝历殿中侍御史，累迁至刑部郎中。疾病，改河南少尹，舆至官，若干日卒，实元和三年四月二十三日，享年五十。夫人博陵崔氏，少府监颋之女。男三人，璟、质皆既冠，其季始六岁，曰充郎。卜葬，得公卒之四月壬寅，遂以其日葬东都芒山之阴杜翟村。

公幼有文，年十四上《时雨诗》，代宗以为能，将召入为翰林学士，尚书公请免曰："愿使卒学。"丁后母丧，上使临吊，又诏尚书公曰："父忠而子果孝，吾加赐以厉天下。"终丧，必且以为翰林。其在徐州府，能勤而有劳；在朝，以恭俭守其职；居丧必有闻；待诸弟友以善；教馆嫠妹，畜孤甥，能别而有恩。历十一官而无宅于都，无田于野，无遗资以为葬，斯其可铭也已！铭曰：

裴为显姓，入唐尤盛。支分族离，各为大家。惟公之系，德隆位细。曰子曰孙，厥声世继。晋阳之色，愉愉翼翼。无外无私，幼壮若一。何寿之不遐，而录之不多！谓必有后，其又信然耶！

【解题】

本文作于元和三年（808）四月，时韩愈在洛阳为国子博士。裴君，即裴复，曾官河南少尹。文章除叙其世系、履历外，重点赞其文章道德，称其"历十一官而无宅于都，无田于野，无遗资以为葬”。

河南缑氏主簿唐充妻卢氏墓志铭

夫人卢氏，讳某，兰陵太守景柔八世孙。父贻，卒河南法曹。法曹娶上党苗氏，太师晋卿兄女，生三女三男，夫人最长。法曹卒，苗夫人嫁之唐氏充。充，明经，宰相休憬曾侄孙，出郄氏。外王父昂，中书舍人。夫人年若干嫁唐氏，凡生男与女九人。年四十二，元和四年正月二十二日卒。其年四月十五日，葬河南府河南县之大石山下。铭曰：

夫人本宗，世族之后。率其先猷，令德是茂。爰归得家，九子一母。婉婉有仪，柔静以和。命不侔身，兹其奈何！刻铭墓石，以告观者。

【解题】

本文作于元和四年（809）四月，时韩愈在洛阳任东都国子博士。卢氏，即韩愈妻姊，嫁缑氏主簿唐充。

国子助教河东薛君墓志铭

君讳公达，字大顺，薛姓。曾祖曰希庄，抚州刺史，赠大理卿。祖曰元晖，果州流溪县丞，赠左散骑常侍。父曰播，尚书礼部侍郎。侍郎命君后兄据，据为尚书水部郎中，赠给事中。

君少气高，为文有气力，务出于奇，以不同俗为主。始举进士，不与先辈揖，作《胡马》及《圆丘》诗，京师人未见其书，皆口相传以熟。及擢第，补家令主簿，佐凤翔军。军帅武人，君为作书奏，读不识句，传一幕以为笑，不为变。后九月九日大会射，设标的，高出百数十尺，令曰："中，酬锦与金若干。"一军尽射，莫能中。君执弓，腰二矢，指一矢以兴，揖其帅曰："请以为公欢。"遂适射所，一座皆起，随之。射三发，连三中，的坏不可复射。中，辄一军大呼以笑，连三大呼笑，帅益不喜，即自免去。后佐河阳军，任事去害兴利，功为多。拜协律郎，益弃奇，与人为同。今天子修太学官，有公卿言，诏拜国子助教，分教东都生。元和四年年四十七，二月十四日疾暴卒。

君再娶。初娶琅邪王氏，后娶京兆韦氏。凡产四男五女。男生辄即死。自给事至君，后再绝。皆有名。遗言曰："以公仪之子已已后我。"其年闰二月廿一日，弟试太子通事舍人公仪，京兆府司录公干，以君之丧归，以五月十五日葬于京兆府万年县少陵原，合祔王夫人茔。铭曰：

宦不遂，归讥于时。身不得年，又将尤谁？世再绝而绍，祭以不堕。

【解题】

本文作于元和四年五月，时韩愈在洛阳任都官员外郎，兼判祠部。薛君，即薛公达，诏拜国子助教，分教洛阳。文章叙其家世、为文及行事，尤于其佐凤翔帅、参加会射一节为详、为奇，使人物形象栩栩如生。

监察御史元君妻京兆韦氏夫人墓志铭

夫人讳丛，字茂之，姓韦氏。其上七世祖父封龙门公。龙门之后，世率相继为显官。夫人曾祖父讳伯阳，自万年令为太原少尹、副留守北都，卒赠秘书监。其大王父迢，以都官郎为岭南军司马，卒赠同州刺史。王考夏卿以太子少保卒赠左仆射。仆射娶裴氏皋女。皋为给事中，皋父宰相耀卿。

夫人于仆射为季女。爱之，选婿得今御史河南元稹。稹时始以选校书秘书省中，其后遂以能直言策第一，拜左拾遗，果直言失官。又起为御史，举职无所顾。夫人固前受教于贤父母，得其良夫，又及教于先姑氏，率所事所言皆从仪法。

年二十七，以元和四年七月九日卒。卒三月，得其年之十月十三日葬咸阳，从先舅姑兆。铭曰：

诗歌《硕人》，爰叙宗亲；女子之事，有以荣身。夫人之先，累公累卿；有赫外祖，相我唐明。归逢其良，夫夫妇妇；独不与年，而卒以夭。实生五子，一女之存。铭于好辞，以永于闻。

【解题】

本文作于元和四年十月，时韩愈任都官员外郎分司东都兼判祠部。元君妻，即元稹之妻韦丛。韦丛卒年二十七岁，无可多述，故文中详叙其家世，略叙其行。

唐河中府法曹张君墓碣铭

有女奴抱婴儿来，致其主夫人之语，曰：“妾，张圆之妻刘也。妾夫常语妾云：‘吾常获私于夫子。’且曰：‘夫子天下之名能文辞者，凡所言必传世行后。’今妾不幸，夫逢盗死途中，将以日月葬。妾重哀其生志不就，恐死遂沈泯，敢以其稚子汴见先生，将赐之铭，是其死不为辱，而名永长存，所以盖覆其遗胤子若孙。且死万一能有知，将不悼其不幸于土中矣！”又曰：“妾夫在岭南时，尝疾病，泣语曰：‘吾志非不如古人，吾才岂不如今人而至于是，而死于是邪！若尔吾哀，必求夫子铭，是尔与吾不朽也。’”愈既哭吊辞，遂叙次其族世名字事始终而铭曰：

君字直之。祖谨，父孝新，皆为官汴、宋间。君尝读书，为文辞有气；有吏才，尝感激欲自奋拔，树功名以见世。初，举进士，再不第，因去，事宣武军节度使，得官至监察御史，坐事贬岭南；再迁至河中府法曹参军，摄虞乡令；有能名，进摄河东令；又有名，遂署河东从事。绛州阙刺史，摄绛州事，能闻朝廷。元和四年秋，有事适东方，既还，八月壬辰，死于汴城西双丘，年四十有七。明年二月日，葬河南偃师。妻彭城人，世有衣冠，祖好顺，泗州刺史；父泳，卒蕲州别驾。女四人，男一人，婴儿汴也。是为铭。

【解题】

本文作于元和五年（810），时韩愈为河南令。张君，即张圆，曾官河中府法曹，后逢盗死途中。本文摆脱一般墓志铭的惯例，先记女奴转述其主夫人之语，述张圆遇害之情况。后叙其世系履历，确为墓志文之变体。

故中散大夫河南尹杜君墓志铭

杜氏自戴侯畿始分。戴侯之子恕为幽州刺史，今居京兆诸杜其后也。其季宽，孝廉郎中。宽后三世曼，为河东太守，葬其父洹水之阳。其后世皆从葬洹水。及正伦为太宗宰相，犹封襄阳公。太宗始诏葬京兆。襄阳公无子，以兄正藏子志静后，遂嗣襄阳公。生侨，为怀州长史，弃官老沁水上，为富家，卒葬怀州武陟。长史生损，为左司郎中，卒赠少大理。大理生廙，为郑州录事参军，死思明乱，赠吏部郎中。

公讳兼，字某，郎中第三子。举进士第。司徒北平王燧战河北，掌书记，累官至监察御史。其后佐徐、泗州军，遂至濠州刺史。徐、泗州军乱，以兵甲三千人防淮道不绝，有功，加御史中丞，赐紫衣金鱼。入为刑部郎中，以能官拜苏州刺史。既辞行，上书曰："李锜且反，必且奏族臣。"上固爱其才，书奏，即除吏部郎中，遂为给事中，出为商州刺史、金商防御使。改河南少尹，行大尹事。半岁，拜大尹。元和四年十一月二十二日无疾暴薨，年六十。明年二月甲午从葬怀州。

夫人常山郡君张氏，彭州刺史赠礼部侍郎蒁之女。生子男三人：柔立为天长主簿，词立为寿州参军，谊立为顺宗挽郎。女一人。将葬，公之母兄太学博士冀与公之夫人及子男女谋曰："葬宜有铭，凡与我弟游而有文者谁乎？"遂来请铭，铭曰：

杜氏大家，世有显人。承继绵绵，以及公身。始为进士，乃笃朋友。及作大官，克施克守。纂辞奋笔，涣若不思。公牒盈前，笑语指麾。禄以给求，食以会同。不畜不收，库廐虚空。事在于人，日远日忘。何以传之，刻此铭章。

【解题】

本文作于元和五年二月，时韩愈任都官员外郎。杜君，即杜兼，曾官河南尹。韩愈与杜兼皆曾佐张建封于徐州。文章重在叙其世系及历官情况，志无美词，铭多虚语。

唐朝散大夫赠司勋员外郎孔君墓志铭

昭义节度卢从史有贤佐曰孔君，讳戡，字君胜。从史为不法，君阴争，不从，则于会肆言以折之，从史羞，面颈发赤，抑首伏气，不敢出一语以对，立为君更令改章辞者前后累数十。坐则与从史说古今君臣父子道，顺则受成福，逆辄危辱诛死，曰："公当为彼，不得为此。"从史常耸听喘汗。居五六岁，益骄，有悖语，君争，无改悔色，则悉引从事空一府往争之。从史虽羞，退益甚。君泣语其徒曰："吾所为止于是，不能以有加矣！"遂以疾辞去，卧东都之城东，酒食伎乐之燕不与。当是时，天下以为贤，论士之宜在天子左右者，皆曰“孔君、孔君”云。

会宰相李公镇扬州，首奏起君，君犹卧不应；从史读诏，曰：“是故舍我而从人耶！”即诬奏君前在军有某事。上曰：“吾知之矣。”奏三上，乃除君卫尉丞，分司东都。诏始下，门下给事中吕元膺封还诏书；上使谓吕君曰：“吾岂不知戡也，行用之矣。”明年，元和五年正月，将浴临汝之汤泉；壬子，至其县食，遂卒，年五十七。公卿大夫士相吊于朝，处士相吊于家。君卒之九十六日，诏缚从史送阙下，数以违命，流于日南。遂诏赠君尚书司勋员外郎，盖用尝欲以命君者信其志。其年八月甲申，从葬河南河阴之广武原。

君于为义若嗜欲，勇不顾前后；于利与禄，则畏避退处如怯夫然。始举进士第，自金吾卫录事为大理评事，佐昭义军。军帅死，从史自其军诸将代为帅，请君曰：“从史起此军行伍中。凡在幕府，唯公无分寸私。公苟留，唯公之所欲为。”君不得已，留一岁，再奏自监察御史至殿中侍御史。从史初听用其言，得不败；后不听信，恶益闻，君弃去，遂败。

祖某，某官，赠某官。父某，某官，赠某官。君始娶弘农杨氏女，卒；又娶其舅宋州刺史京兆韦屺女，皆有妇道。凡生一男四女，皆幼。前夫人从葬舅姑兆次。卜人曰：“今兹岁未可以祔。”从卜人言不祔。君母兄戣，尚书兵部员外郎；母弟戢，殿中侍御史，以文行称朝廷。将葬，以韦夫人之弟前进士楚材之状授愈曰：“请为铭。”铭曰：

允义孔君，兹惟其藏；更千万年，无敢坏伤。

【解题】

本文作于元和五年八月，时韩愈任河南令。孔君，即孔戡，孔子三十六世孙，与韩愈偕分司东都，卒，诏赠尚书司勋员外郎。文章开头即详写其因强谏卢从史之事，突出其为人大节，而后才略叙其历官及事卢从史之由，笔力警耸、朴拙。

登封县尉卢殷墓志

元和五年十月日，范阳卢殷以故登封县尉卒登封，年六十五。

君能为诗，自少至老诗可录传者，在纸凡千余篇。无书不读，然止用以资为诗。与谏议大夫孟简、协律孟郊、监察御史冯宿好，期相推挽，卒以病不能为官。在登封尽写所为诗抵故宰相东都留守郑公余庆。留守数以帛米周其家，书荐宰相，宰相不能用，竟饥寒死登封。将死，自为书告留守与河南尹，乞葬已。又为诗与常所来往河南令韩愈，曰："为我具棺。"留守尹为具凡葬事，韩愈与买棺，又为作铭。十一月某日葬嵩下郑夫人墓中。

君始娶荥阳郑氏，后娶陇西李氏。生男辄死，卒无子。女一人，学浮屠法，不嫁，为比丘尼云。

【解题】

本文作于元和五年十一月，时韩愈为河南令。文中详写卢殷之好读书写诗，及其晚年贫病交加之境遇，可谓当时一落魄文人之典型。

兴元少尹房君墓志

房故为官族，称世有人。自太尉琯，以德行为相，相玄宗、肃宗，名声益彰彻大行，世号其门为"太尉家"。宗族子弟皆法象其贤。公曾祖讳玄静，尚书膳部郎中，历资、简、泾、隰四州刺史，太尉之叔父也。祖讳肱，为虢州司马。父讳峦，都水使者。皆名能守家法。

公讳武，字某，以明经历官至兴元少尹。谨饬畏慎。年七十三，以其官终。幼壮为良子弟，老为贤父兄，历十二官，处事无纤毫过差。尝以殿中侍御史副丹阳军使，其后为周至令，施州刺史，丹阳、周至、施州吏民至今思之。

娶荥阳郑氏女，生男六人。其长曰次卿。次卿有大才，不能俯仰顺时，年四十余，尚守京兆兴平尉，然其友皆曰：“房氏有子也。”次曰次公、次膺、次回、次衡、次元，始学而未仕。女三人，皆嫁为士人妻。

初，公之在施州，夫人卒焉，殡于江陵。元和五年，次卿与其群弟奉公之丧自兴元至，堂殡于伊水之南。六年正月，次公奉夫人之丧自江陵至，遂以其月十四日合葬河南缑氏之高龙原。

公母弟式自给事中为河南尹，孝友慈良，尽费其财以奉公葬。未葬之一月，诏以河南为御史中丞，领宣州观察使。将行，召河南令韩愈泣谓曰：“吾兄之葬于是，而吾为尹于是，吾以为得尽其道于吾兄也。今压于上命，不得视吾兄之棺入此土也，岂非天邪！子与吾儿次卿游，我重知子，凡吾兄之终事，将子是托焉！”愈既不获辞，既助其凡役事，退又为铭云：

有位有年，有弟有子。从先人葬，是谓受祉。

【解题】

本文作于元和六年（811）正月，时韩愈任河南令。房君，即房武，曾官兴元少尹。房武一生无煊赫功绩，故文章志其人甚略，而详述其先世及其弟，详略取舍十分得体。

唐故河南府王屋县尉毕君墓志铭

毕氏出东平，历汉、魏、晋、宋、齐、梁、陈，士大夫不绝。入国朝有为司卫少卿、贝、邢、庐、许州刺史者曰憬。憬之子构，累官至吏部尚书，卒赠黄门监，是为景公。景公生抗，为广平太守，抗安禄山，城陷覆其宗，赠户部尚书。尚书生坰。家破时，坰生始四岁，与其弟增以俱小漏名籍，得不诛，为赏口贼中。宝应二年，河北平，宗人宏以家财赎出之，求增不得。增长为河北从事，兼官至御史中丞。坰既至长安，宏养于家，教读书，明经第。宏死，坰益壮，始自别为毕氏。历尉临涣、安邑、王屋。年六十一，以元和六年二月二日卒于官。

初罢临涣，徐州节度张建封慕广平之节死，闻君笃行能官，请相见，署诸从事，摄符离令四年。及尉王屋，徐之从事有为河南尹者，闻君当来，喜谓人曰："河南库岁入钱以千计者五六十万，须谨廉吏，今毕侯来，吾济矣！"继数尹，诸署于府者无不变，而毕侯固如初。竟以其职死。君睦亲，善事过客，未尝问有无。既卒，家无一钱，凡棺与墓事，皆同官与相识者事之。

娶清河张氏女，生男四人：曰镐、钚、铩、锐；女子三人；其长学浮屠法为比丘尼，其季二人未嫁。以其月二十五日从葬偃师之土娄。铭曰：

上古爱民，为官求人。苟可以任，位加其身。其后喜权，人自求官。退而缓者，身后人先。故广平死节，而子不荷其泽。王屋谨廉，而神不福其谦。呜呼！天与人，苟无伤其穴与坟！

【解题】

本文作于元和六年二月，时韩愈为河南令。毕君，即毕坰，曾官河南府王屋县尉。文章主要叙其家世及历官之谨廉。

乳母墓铭

乳母李，徐州人，号正真。入韩氏，乳其儿愈。愈生未再周月，孤失怙恃，李怜不忍弃去，视保益谨，遂老韩氏。及见所乳儿愈举进士第，历佐汴、徐军，入朝为御史、国子博士、尚书都官员外郎、河南令，娶妇，生二男五女。时节庆贺，辄率妇孙列拜进寿。年六十四，元和六年三月十八日疾卒。卒三日，葬河南县北十五里。愈率妇孙视窆封，且刻其语于石，纳诸墓为铭。

【解题】

本文作于元和六年三月，时韩愈任河南令。乳母，即韩愈之乳母李正真。此文叙李氏与自己之关系，充满亲情。

唐故江西观察使韦公墓志铭

公讳丹，字某，姓韦氏。六世祖孝宽，仕周有功，以公开号于郧。郧公之子孙世为大官，唯公之父政，卒洛县丞，赠虢州刺史。

公既孤，以甥孙从太师鲁公真卿学，太师爱子。举明经第，选授峡州远安令，以让其庶兄，入紫阁山，事从父熊通。五经登科，历校书郎、咸阳尉，佐邠宁军。自监察御史为殿中侍御史，征拜太子舍人，益有名，迁起居郎。吴少诚袭许州，拜河阳行军司马，未行，少诚死，改驾部员外郎。新罗国君死，公以司封郎中兼御史中丞，紫衣金鱼往吊，立其嗣。故事，使外国者，常赐州县官十员，使以名上，以便其私，号“私觌官”。公将行，曰：“吾天子吏，使海外国，不足于资，宜上请，安有卖官以受钱邪?”即具疏所以。上以为贤，命有司与其费。至郓州，会新罗告所当立君死，还拜容州刺史、容管经略招讨使。始城容州，周十三里，置屯田二十四所，化大行，诏加太中大夫。顺宗嗣位，拜河南少尹，行未至，拜郑滑行军司马。始至襄阳，诏拜谏议大夫。既至，日言事，不阿权臣，謇然有直名，遂号为才臣。

刘闢反，围梓州，诏以公为东川节度使、御史大夫。公行至汉中，上疏言：“梓州在围间，守方尽力，不可易将”。征还，入议蜀事。刘阚去梓州，因以梓州让高崇文，拜晋、慈、隰等州观察防御使，自扶风县男进封武阳郡开国公，食邑二千户。将行上言：“臣所治三州非要害地，不足张职，为国家费，不如属之河东便。”上以为忠；一岁，拜洪州刺史、江南西道观察使；以晋、慈、隰属河东。公既至，则计口受俸钱，委其余于官。罢八州无事之食者，以聚其财。始教人为瓦屋，取材于山，召陶工教人陶，聚材瓦于场，度其费以为估，不取赢利；凡取材瓦于官，业定而受其偿，从令者免其赋之半，逃未复者官与为之，贫不能者畀之财，载食与浆亲往劝之；为瓦屋万三千七百，为重屋四千七百，民无火忧，暑湿则乘其高。别命置南北市营诸军。岁旱，种不入土，募人就功，厚与之直而给其食，业成，人不病饥。为长衢，南北夹两营，东西七里，人去渫污，气益苏。复作南昌县，徙厩于高地，因其废仓大屋，马以不连死。明年，筑堤扞江，长十二里，疏为斗门，以走潦水。公去位之明年，江水平堤，老幼泣而思曰：“无此堤，吾尸其流入海矣!”灌陂塘五百九十八，得田万二千顷。凡为民去害兴利若嗜欲；居三年，于江西八州无遗便。其大如是，其细可略也。

卒有违令当死者，公不果于诛，杖而遣之去。上书告公所为不法若干条，朝廷方勇于治，且以为公名才能臣，治功闻天下，不辨则受垢，诏罢官留江西待辨。使未至月余，公以疾薨。使至，辨凡卒所告事若干条，皆无丝毫实，诏笞卒百，流岭南，公能益明。春秋五十八，薨于元和五年八月六日。

公好施与，家无剩财。自校书郎至为观察使，拥吏卒，前走七州刺史。与宾客处如布衣时，自持卑一不易。

娶清河崔氏，故支江令讽之女，某官某之孙。有子曰寘，年十五，明经及第，嗣其家业。后夫人兰陵萧氏，中书令华之孙，殿中侍御史恒之女，皆先公终。有女一人。凡公男若干人，女若干人。明年七月壬寅，从葬万年县少陵原。将葬，其从事东平吕宗礼与其子寘谋曰：“我公宜得直而不华者铭传于后，固不朽矣。”寘来请铭，铭曰：

武阳受业，始于太师，以官让兄，自待不疑。勤于紫阁，取益以卑；可谓有源，卒用无疵。慊慊为人，矫矫为官；爰及江西，功德具完。名声之下，独处为难；辩而益明，仇者所叹。碑于墓前，维昭美故；纳铭墓中，以识公墓。

【解题】

本文作于元和六年七月，时韩愈在长安为职方员外郎。韦公，即韦丹，曾任江南西道观察使。文章按时间为序叙其历官，就事直书，而其事迹则因其大小而详略之，初读似觉无奇，细味则知其精赡。

襄阳卢丞墓志铭

范阳卢行简将葬其父母，乞铭于职方员外郎韩愈，曰：“吾先世世载族姓书：吾胄于拓拔氏之弘农守。守后四代吾祖也，为沂录事参军。五世而吾父也，为襄阳丞。始吾父自曹之南华尉历万年县尉，至襄阳丞，以材任烦，能持廉名。去襄阳则署盐铁府，出入十年，常最其列。贞元十三年，终其家，年六十七，殡河南河阴。吾母燉煌张氏也。王父瓘，为兖之金乡令。先君殁而十三年夫人终，年七十三，从殡河阴。生子男三人：居简，金吾兵曹；行简则吾，其次也，大理主簿佐江西军；其幼可久。女子嫁浮梁尉崔叔宝。将以今年十月自河阴启葬汝之临汝之汝原。”

吾曰：“阴阳星历，近世儒莫学，独行简以其力余学，能名一世；舍而从事于人，以材称；葬其父母，乞铭以图长存：是真能子矣，可铭也。遂以铭”。

弘农讳怀仁，沂讳璥，襄阳讳某。今年实元和六年。

【解题】

本文作于元和六年，时韩愈在长安任职方员外郎。卢丞，即卢行简之父，曾任襄阳丞。本文主要叙其家世生平，但几乎通篇均用乞铭者话，自己不置一词，真可谓“不苟毁誉于人。”

唐银青光禄大夫守左散骑常侍致仕上柱国襄阳郡王平阳路公神道碑铭

惟路氏远有代序，自隋尚书兵部侍郎讳兖，四代而至冀公。冀公讳嗣恭，以小邑萧关令发闻，开元受赐更名，书于太史。治行灵州，终功南邦，享有丕祉，绍开厥家。官至兵部尚书，封冀国公，薨赠尚书右仆射司空。

公讳应，字从众，冀公之嫡子。用大臣子，谨饬，擢至侍御史、著作郎。选刺虔州，割余雩都，作县安远，以利人属。凿败滩石，以平赣梗。陶甓而城，罢人屡筑。诏嗣冀封，又加尚书屯田郎中，进服色，遂临于温，筑堤岳城横阳界中，二邑得上田，除水害。拜尚书兵部郎中兼御史中丞、淮南军司马，改刺庐州，又甓其城，人不岁苦。入为尚书职方郎中，兼御史中丞，佐盐铁使。使江东有功，用半岁历常州迁至宣、歙、池观察使，进封襄阳郡王。至则出仓米，下其估半，以廪饿人。蜀辟诛，行军千五百人于蜀。李锜将反，以闻，置乡兵万二千人；锜反，命将期以卒救湖、常，坐牢江东心。锜以无助败缚。作响山亭，营军于左右，权丞相善之，镵其说响山石。居宣五年，以疾去位，校其仓得石者五十万余，府得钱千者八十万。公之为州，逢水旱，喜贱出与人；岁熟，以其得收，常有赢利：故在所人不病饥，而官府畜积。

元和六年，天子悯公疾，不可烦以职，即其处拜左散骑常侍，以其禄居。其岁九月望，薨于东都正平里第，年六十七。明年，葬京兆万年少陵原，夫人荥阳郑氏祔。既，其子临汉县男贯与其弟赏、贞谋曰："宜有刻也。"告于叔父御史大夫鄜坊丹延观察使恕，因其族弟进士群以来请铭，遂以其事铭曰：

冀公之封，维艰就功。襄阳继大，启庆自躬。于虔洎温，厥绪既作。以及职方，遂都邦伯。朝夕人事，下完上实。师于其乡，邻寇逼屈。营军响山，墙屋修施。褒功刻表，丞相之辞。受代而家，叙疏及迩。病不能廷，食禄卒齿。凡代大家，维难其保。既显既愿，戒于终咎。伊我襄阳，克慎以有。延畀后承，莫不率守。有墓于原，维树在经。以告无期，博士是铭。

【解题】

本文作于元和七年（812），时韩愈由职方员外郎下迁为国子博士。路公，即路应，曾官左散骑常侍。神道碑，即立于墓道前记载死者生平事迹的石碑。

河南少尹李公墓志铭

元和七年二月一日，河南少尹李公卒，年五十八。欲之三月某甲子，葬河南伊阙鸣皋山下。前事之月，其子道敏哭再拜授使者公行状，以币走京师，乞铭于博士韩愈曰："少尹将以某月日葬，宜有铭。其不肖嗣道敏杖而执事，不敢违次，不得跣以请。"愈曰："公行应铭法，子又礼葬，敢不诺而铭诸？"

公讳素，字某。生七岁丧其父，贫不能家，母夫人提以归，教育于其外氏。以明经选，主虢之弘农簿，又尉陕之芮城。李丞相泌观察陕、虢，以材署运使从事，以课迁尉京兆鄠。考满，以书判出其伦，选主万年簿，而母夫人固在，食其禄。母夫人卒三年，改尉长安，迁监察御史，奏贬九卿一人，改詹事丞，迁殿中侍御史，由度支员外郎选令万年。公主夺驿田，京兆尹符县割畀之；公不与，改度支郎中。使侍郎介恃，不礼其属大夫士，擅喜怒赏罚，公独入让，不受。刘阚平，上以蜀赏高崇文。尚书省以崇文幕府争盐井因革便不便，命公使崇文，崇文命幕府唯公命从，即其日事已。疏奏，侍郎外称其能，竟坐前敢抗己；衢州饥，择刺史，侍郎曰："莫如郎李某。"遂刺衢州。至一月，迁苏州。李锜前反，权将之戍诸州者，刺史至，敛手无敢与敌。公至十二日锜反，公将左右与贼战州门，不胜，贼呼入，公端立责以义，皆歛兵立，不逼。锜命械致公军，将斩以徇；及境，锜适败缚，公脱械还走，州贼急卒不暇走死，民抱扶迎尽出。天子使贵人持紫衣金鱼以赐。居三年，州称治。拜河南少尹，行大尹事。吕氏子炅弃其妻，著道士衣冠，谢母曰："当学仙王屋山。"去数月复出。间诣公，公立之府门外，使吏卒脱道士冠。给冠带，送付其母。黜属令二人以赃，减民赋钱岁五千万，请缓民输期一月，诏天下输皆缓一月。公一断治不收声，事常出名上。

曾祖弘泰，简州刺史。祖乾秀，伊阙令。父燮，宣州长史，赠绛州刺史。母夫人，敦煌张氏。其舅参有大名。公之配曰彭城刘氏夫人，夫人先卒，其葬以夫人祔。夫人曾祖曰子玄，祖曰餗，皆有大名。公之子男四人：长曰道敏，举进士；其次曰道枢，其次曰道本、道易，皆好学而文。女一人，嫁苏之海盐尉韦潜。自简州而下皆葬鸣皋山下。铭曰：

高其上而坎其中，以为公之宫，奈何乎公！

【解题】

本文作于元和七年五月，时韩愈在长安为国子博士。李公，即李素，曾官河南少尹。文章重点在述其事迹，而能以其历官为线索，巧妙地将事迹附于其中，条理清楚，文章自然。

集贤院校理石君墓志铭

君讳洪，字濬川。其先姓乌石兰，九代祖猛始从拓拔氏入夏，居河南，遂去“乌”与“兰”，独姓石氏，而官号大司空。后七世至行褒，官至易州刺史，于君为曾祖。易州生婺州金华令讳怀一，卒葬洛阳北山。金华生君之考讳平，为太子家令，葬金华墓东；而尚书水部郎刘复为之铭。

君生七年丧其母，九年而丧其父，能力学行；去黄州录事参军，则不仕而退处东都洛上十余年，行益修，学益进，交游益附，声号闻四海。故相国郑公余庆留守东都，上言洪可付史笔。李建拜御史，崔周祯为补阙，皆举以让。宣、歙、池之使，与浙东使交牒署君从事。河阳节度乌大夫重胤间以币先走庐下，故为河阳得。佐河阳军，吏治民宽，考功奏从事考，吾独于天下为第一。元和六年诏下河南，征拜京兆昭应尉、校理集贤御书。明年六月甲午疾卒，年四十二。

娶彭城刘氏女，故相国晏之兄孙。生男二人：八岁曰壬，四岁曰申。女子二人。顾言曰：“葬死所。”七月甲申，葬万年白鹿原。既病，谓其游韩愈曰：“子以吾铭。”铭曰：

生之艰，成之又艰。若有以为，而止于斯。

【解题】

本文作于元和七年六月，时韩愈为国子博士。石君，即石洪，曾官集贤院校理。石洪佐乌重胤于河阳，韩愈撰《送石处士序》；石洪卒，韩愈又撰此墓志铭，以志其先世及出处仕宦，简洁明晰。

唐故河东节度观察使荥阳郑公神道碑文

河东节度使赠尚书右仆射郑公葬在荥阳索上，元和八年六月庚子，太史尚书比部郎中护军韩愈刻其墓碑曰：

司马氏迁江南，有郑豁者，仕慕容垂国，为其太子少保。其孙简，当拓拔魏为荥阳太守。后简者号其族为“南祖”。南祖之郑，入唐有为利之景谷令者曰嘉范，于公为曾祖。是生抚俗，为泗之徐城令。徐城生公之父曰洪，卒官凉之户曹参军。

公讳儋，少依母家陇西李氏，举止异凡儿，其舅吏部侍郎季卿谓其必能再立郑氏。稍长，能自课学，明《左氏春秋》，以进士选为太原参军事。对直言策，拜京兆高陵尉。考府之进士，能第上下以实不奸。樊仆射泽以襄阳兵战淮西，公以参谋留府，能任后事。户曹殡于凉，凉地入西戎，自景谷、徐城三世皆未还荥阳葬。公解官，举五丧为三墓，葬索东。徐城墓无表，公能幼长哀感，心求不置，以得旧人指告其处。其后为大理丞太常博士，迁起居郎、尚书司封吏部二郎中，能官举其名。德宗晚节储将于其军，以公为河东军司马，能以无心处嫌间，卒用有就。贞元十六年，将说死，即诏授司马节，节度河东军，除其官为工部尚书、太原尹，兼御史大夫、北都留守。

公之为司马，用宽廉平正得吏士心；及升大帅，持是道不变。部将有因贵人求要职者，公不用；用老而有功无势而远者。削四邻之交贿，省姱嬉之大燕，校讲民事，施罢不竢日：用能以十月成政，氓征就宽，军给以饶。十七年，疾废朝夕，八月庚戌薨，享年六十一。天子为之不能临朝者三日，赠尚书右仆射。即以其年十月辛卯葬索上。疾比薨，医问交道；比葬，吊赠赐使者相及。凡河东军之士，与太原之氓吏，及旁九郡百邑之鳏寡，外夷狄之统于府者，闻公之薨，皆哭曰：“吾其如何！”

公与宾客朋游饮酒，必极醉，投壶博弈，穷日夜，若乐而不厌者。平居帘阁，据几终日，不知有人，别自号“白云翁。”名人魁士鲜不与善，好乐后进，及门接引，皆有恩意。始娶范阳卢氏女，生仁本、仁约、仁载，皆有文行。二季举进士，皆早死；仁本为后子独存，不乐举选，年三十余始佐河阳军。后娶赵郡李氏，生三女。二夫人凡三男五女。长女嫁辽东李繁，繁亦名臣子，有才学。遗命二夫人各别为墓，不合葬。系曰：

士常患势卑，不能推功德及人；常患贫，无以奉所欲得。若郑公勤一生以得其位，而曾不得须臾有焉。虽然，观其所既立，其可知已。呜呼哀哉！

【解题】

本文作于元和八年（803）六月，时韩愈在长安任比部郎中。郑公，即郑儋，曾官河东节度观察使。本文着重叙其历官及德行，叙事清楚得当，典型事迹点缀于其中，恰到好处。

息国夫人墓志铭

贞元十五年，灵州节度使御史大夫李公讳栾，守边有劳，诏曰：“栾妻何氏可封息国夫人。”元和二年，李公入为户部尚书，薨，夫人遂专家政。公之男五人，女二人，而何氏出者二男一女。夫人教养嫁娶如一，虽门内亲戚不觉有纤毫薄厚。御僮使，治居第生产，皆有条序。居卑尊间，无不顺适。命服在躬，承祀孔时。年若干，元和七年甲子日南至，以疾卒。明年八月庚寅，葬河南河阳。

夫人曾祖某，绥州刺史。祖某，潞州别驾。父某，晋州录事参军。二男：戡，左威卫仓曹参军；成，左清道率府录事参军。

戡强以肃，成敏以和。女子嫁兴元参军郑博古。将葬，戡与成以其事乞铭于其邻韩愈。愈乃为铭曰：

男主外事，治不为易；施于其家，难甚吏治。又况公族，族大而贵；夫人是专，厥声惟懿。昔在贞元，有锡自天。启封备服，以畤时勋。婉婉夫人，有籍宫门。克承其后，以嫁以婚。随葬东上，在河之阳。遥望公坟，而不同藏。

【解题】

本文作于元和八年八月，时韩愈在京城任比部郎中、史馆修撰。息国夫人，即御史大夫李栾之妻。文中主要赞其善主家政之事。

乌氏庙碑铭

元和五年，天子曰："卢从史始立议用师于恒，乃阴与寇连，夸谩凶骄，出不逊言，其执以来！"其四月，中贵人承璀即诱而缚之。其下皆甲以出，操兵趋哗，牙门都将乌公重胤当军门叱曰："天子有命，从有赏，敢违者斩！"于是士皆敛兵还营，卒致从史京师。壬辰，诏用乌公为银青光禄大夫、河阳军节度使，兼御史大夫，封张掖郡开国公，居三年，河阳称治，诏赠其父工部尚书，且曰："其以庙享。"即以其年营庙于京师崇化里。军佐窃议曰："先公既位常伯，而先夫人无加命，号名差卑，于配不宜。"语闻，诏赠先夫人刘氏沛国太夫人。八年八月，庙成，三室同宇，祀自左领府君而下，作主于第。乙巳，升于庙。

乌氏著于《春秋》，谱于《世本》，列于《姓苑》，在莒者存，在齐有余枝鸣，皆为大夫。秦有获，为大官。其后世之江南者，家鄱阳；处化者，家张掖，或入夷狄为君长。唐初，察为左武卫大将军，实张掖人。其子曰令望，为左领军卫大将军。孙曰蒙，为中郎将。是生赠尚书，讳承玼，字某。乌氏自莒、齐、秦大夫以来，皆以材力显；及武德已来，始以武功为名将家。

开元中，尚书管平卢先锋军，属破奚、契丹；从战捺禄，走可突干。渤海扰海上，至马都山，吏民逃徙失业，尚书领所部兵塞其道，堑原累石，绵四百里，深高皆三丈，寇不得进，民还其居，岁罢运钱三千万余。黑水室韦以骑五千来属麾下，边威益张。其后与耿仁智谋说史思明降。思明复叛，尚书与兄承恩谋杀之。事发，族夷，尚书独走免。李光弼以闻，诏拜“冠军将军”，守右威卫将军，检校殿中监，封昌化郡王、石岭军使。积粟厉兵，出入耕战。以疾去职。贞元十一年二月丁巳薨于华阴告平里，年若干，即葬于其地。二子：大夫为长，季曰重元，为某官。铭曰：

乌氏在唐，有家于初，左武左领，二祖绍居。中郎少卑，属于尚书。不偿其劳，乃相大夫。授我戎节，制有壃墟。数备礼登，以有宗庙。作庙天都，以致其孝。右祖左孙，爰飨其报。云谁无子，其有无孙。克对无羞，乃惟有人。念昔平卢，为艰为瘁；大夫承之，危不弃义。四方其平，士有追息。来觐来斋，以馈黍稷。

【解题】

本文作于元和八年八月，时韩愈改授比部郎中、史馆修撰。因乌重胤有功，诏许其家营庙于崇化里，庙成，韩愈为撰碑铭。文章先叙建庙及写碑铭之由来，再叙其家。庙碑虽记三世，但作者不叙左领、中郎事迹，专叙尚书之事，故文章简洁遒劲。

殿中侍御史李君墓志铭

殿中侍御史李君名虚中，字常容。其十一世祖冲，贵显拓拔世。父恽，河南温县尉，娶陈留太守薛江童女，生六子，君最后生，爱于其父母。年少长，喜学。学无所不通，最深于五行书。以人之始生年月日所直日辰支干相生胜衰死王相，斟酌推人寿夭贵贱利不利，辄先处其年时，百不失一二。其说汪洋奥美，关节开解，万端千绪，参错重出。学者就传其法，初若可取，卒然失之。星官历翁莫能与其校得失。

进士及第，试书判入等，补秘书正字，母丧去官。卒丧，选补太子校书。河南尹奏疏授伊阙尉，佐水陆运事。故宰相郑公余庆继尹河南，以公为运佐如初。宰相武公元衡之出剑南，奏夺为观察推官，授监察御史。未几，御史台疏言行能高，不宜用外府，即诏为真御史。半岁，分部东都台，迁殿中侍御史。元和八年四月，诏征，既至，宰相欲白以为起居舍人。经一月，疽发背，六月乙酉卒，年五十二。其年十月戊申，葬河南洛阳县，距其祖渑池令府君侨墓十里。

君昆弟六人，先君而殁者四人。其一人尝为郑之荥泽尉，信道士长生不死之说，既去官，绝不营人事，故四门之寡妻孤孩，与荥泽之妻子，衣食百须，皆由君出。自初为伊阙尉，佐河南水陆运使，换两使，经七年不去，所以为供给教养者。及由蜀来，辈类御史皆乐在朝廷进取，君独念寡稚，求分司东出。呜呼，其仁哉！

君亦好道士说，于蜀得秘方，能以水银为黄金，服之冀果不死。将疾，谓其友卫中行大受、韩愈退之曰："吾梦大山裂，流出赤黄物如金。左人曰，是所谓大还者，今三矣。"君既殁，愈追占其梦曰："山者艮，艮为背，裂而流赤黄，疽象也。大还者：大归也。其告之矣。"

妻范阳卢氏，郑、滑节度使兼御史大夫群之女。与君合德，亲戚无退一言。男三人：长曰初，协律；次曰彪；其幼曰还，适三岁。女子九人。铭曰：

不羸其躬，以尚其后人。

【解题】

本文作于元和八年十月，时韩愈在京为比部郎中、史馆修撰。李君，即李虚中，曾官殿中侍御史，韩愈之友，深于五行，好道士说，韩愈撰此墓志，叙其家世、历官，尤详于信道之事，意在言学仙服食之愚妄也。

唐故朝散大夫商州刺史除名徙封州董府君墓志铭

公讳溪，字惟深，丞相赠太师陇西恭惠公第二子。十九岁明两经，获第有司。沈厚精敏，未尝有子弟之过。宾接门下，推举人士，侍侧无虚口；退而见其人，淡若与之无情者。太师贤而爱之，父子间自为知己，诸子虽贤，莫敢望之。太师累践大官，臻宰相，致平治，终始以礼，号称名臣；晨昏之助，盖有赖云。太师之平汴州，年考益高，挈持维纲，锄削荒颣，纳之大和而已；其囊箧细碎无遗漏，繄公之功。上介尚书左仆射陆公长源，齿差太师，标望绝人，闻其所为，每称举以戒其子。杨凝、孟叔度以材德显名朝廷，及来佐幕府，诣门请交，屏所挟为。

太师薨，始以秘书郎选参军京兆府法曹，日伏阶下，与大尹争是非，大尹屡黜己见。岁中奏为司录参军，与一府政。以能拜尚书度支员外郎，迁仓部郎中、万年令。兵诛恒州，改度支郎中，摄御史中丞，为粮料使。兵罢，迁商州刺史。粮料吏有忿争相牵告者，事及于公，因征下御史狱。公不与吏辨，一皆引伏，受垢除名，徙封州。元和六年五月十二日死湘中，年四十九。明年，立皇太子，有赦令许归葬。其子居中始奉丧归，元和八年十一月甲寅，葬于河南河南县万安山下太师墓左，夫人郑氏祔。

公凡再娶，皆郑氏女。生六子，四男二女。长曰全正，惠而早死。次曰居中，好学善为诗，张籍称之。次曰从直、曰居敬，尚小。长女嫁吴郡陆畅；其季女，后夫人之子。公之母弟全素孝慈友弟，公坐事，弃同官令归。公殁，比葬三年，哭泣如始丧者。大臣高其行，白为太子舍人。将葬，舍人与其季弟澥问铭于太史氏韩愈。愈则为之铭。辞曰：

物以久弊，或以轹毁。考致要归，孰有彼此。由我者吾，不我者天。斯而以然，其谁使然？

【解题】

本文作于元和八年十一月，时韩愈在长安为史馆修撰。董府君，即董晋之子董溪，曾官商州刺史，因事下狱除名，徙封州，至长沙，赐死，后遇赦，许归葬，韩愈为撰此墓志铭。

魏博节度观察使沂国公先庙碑铭

元和八年十一月壬子，上命丞相元衡、丞相吉甫、丞相绛，召太史尚书比部郎中韩愈至政事堂，传诏曰："田弘正始有庙京师，朕惟弘正先祖父，厥心靡不向帝室，讫不得施，乃以教付厥子；维弘正衔训事嗣，朝夕不怠，以能迎天子休，显有丕功：维父子继忠孝，予维宠嘉之。是以命汝愈铭。钦哉！"惟时臣愈承命悸恐。明日，诣东上阁门拜疏辞谢，不报。退，伏念昔者鲁僖公能遵其祖伯禽之烈，周天子实命其史臣克作为《駉駜泮閟》之诗，使声于其庙，以假鲁灵。今天子嘉田侯服父训不违，用康靖我国家，盖宠铭之，所以休宁田氏之祖考；而臣适执笔隶太史，奉明命，其可以辞？

谨案：魏博节度使、银青光禄大夫、检校工部尚书，兼魏州大都督府长史、御史大夫、沂国公田弘正，北平卢龙人。故为魏博诸将，忠孝畏慎。田季安卒，其子幼弱，用故事代父，人吏不附，迎弘正于其家，使领军事。弘正籍其军之众与六州之人，还之朝廷，悉除河北故事，比诸州，故得用为帅。已而复赠其父故沧州刺史兵部尚书，母夫人郑氏梁国太夫人，得立庙祭三代：曾祖都水使者府君祭初室，祖安东司马赠襄州刺史府君祭二室，兵部府君祭东室。其铭曰：

唐继古帝，海外受制。狎于太宁，燕盗以惊。群党相维，河北失平。号登元和，大圣载营。风挥日舒，咸顺指令。岦岦魏土，婴儿戏兵。吏戎愁毒，莫保腰颈。人曰田侯，其德可倚，叫譟奔趋，乘门请起。田侯摄事，奉我天明，束缚弓戈，考校度程。提疆籍户，来复邦经。帝钦良臣，曰维锡予。嗟我六州，始复故初；告庆于宗，以降命书。旌节有韬，豹尾神旗；櫜兜戟纛，以长魏师。田侯稽首，臣愚不肖；迨兹有成，祖考之教。帝曰俞哉，维汝忠孝。予思乃父，追秩夏卿；媲德娠贤，梁国是荣。田侯作庙，相方视阯；见于蓍龟，祖考咸喜。暨暨田侯，两有文武；讫其外庸，可作承辅。咨汝田侯，勿亟勿迟；觐飨式时，尔祖尔思。

【解题】

本文作于元和八年十一月，时愈任太史尚书比部郎中。魏博节度观察使沂国公：即田弘正。田弘正及其父均为河北藩镇，后田弘正表示归顺朝廷，故诏许建先庙碑于京长。韩愈对藩镇无好感，故此文序文疏而简，着意在铭文，然始终未称其先世功德，构思巧妙，可谓有体。

扶风郡夫人墓志铭

夫人姓卢氏，范阳人，亳州城父丞序之孙，吉州刺史彻之女。嫁扶风马氏，为司徒侍中庄武王之冢妇，少府监西平郡王赠工部尚书之夫人。

初，司徒与其配陈国夫人元氏惟宗庙之尊重，继序之不易，贤其子之才，求妇之可与齐者。内外亲戚曰："卢某旧门，承守不失其初，其子女闻教训，有幽闲之德，为公子择妇，宜莫如卢氏。"媒者曰："然。"卜者曰："祥。"夫人适年若干，入门而媪御皆喜，既馈而公姑交贺。克受成福，母有多子。为妇为母，莫不法式。天资仁恕，左右媵侍常蒙假与颜色，人人莫不自在，杖婢使数未尝过二三，虽有不怿，未尝见声气。

元和五年，尚书薨，夫人哭泣成疾，后二年亦薨，年四十有六。九年正月癸酉，祔于其夫之封。长子殿中丞继祖，孝友以类。葬有日，言曰："吾父友惟韩丈人视诸孤，其往乞铭。"以其状来，愈读，曰："尝闻乃公言然，吾宜铭。"铭曰：

阴幽坤从，维德之恒。出为辨强，乃匪妇能。淑哉夫人，夙有多誉。来嫔大家，不介母父。有事宾祭，酒食只饬。协于尊章，畏我侍侧。及嗣内事，亦莫有施。齐其躬心，大小顺之。夫先其归，其室有丘。合葬有铭，壶彝是收。

【解题】

本文作于元和九年（814）正月，时韩愈在京城任考功郎中知制诰。扶风郡夫人，即少府监、赠工部尚书、扶风人马畅之妻。马畅系北平王马燧之子，韩愈与马家过从甚密，故为撰此墓志铭。

贞曜先生墓志铭

唐元和九年，岁在甲午八月己亥，贞曜先生孟氏卒。无子，其配郑氏以告，愈走位哭，且召张籍会哭。明日，使以钱如东都供葬事，诸尝与往来者咸来哭吊韩氏，遂以书告兴元尹故相余庆。闰月，樊宗师使来吊，告葬期，征铭。愈哭曰："呜呼，吾尚忍铭吾友也夫！"兴元人以币如孟氏赙，且来商家事；樊子使来速铭，曰："不则无以掩诸幽。"乃序而铭之。

先生讳郊，字东野。父庭玢，娶裴氏女，而选为昆山尉，生先生及二季酆、郢而卒。先生生六七年，端序则见，长而愈骞，涵而揉之，内外完好，色夷气清，可畏而亲。及其为诗，刿目鉥心，刃迎缕解，钩章棘句，掐擢胃肾，神施鬼设，间见层出。唯其大玩于词而与世抹杀，人皆劫劫，我独有余。有以后时开先生者；曰："吾既挤而与之矣，其犹足存邪！"

年几五十，始以尊夫人之命来集京师，从进士试，既得，即去。间四年，又命来选，为溧阳尉，迎侍溧上。去尉二年，而故相郑公尹河南，奏为水陆运从事，试协律郎。亲拜其母于门内。母卒五年，而郑公以节领兴元军，奏为其军参谋，试大理评事。

挈其妻行之兴元，次于阌乡，暴疾卒，年六十四。买棺以敛，以二人舆归。酆、郢皆在江南，十月庚申，樊子合凡赠赙而葬之洛阳东其先人墓左，以余财附其家而供祀。将葬，张籍曰：先生揭德振华，于古有光，贤者故事有易名，况士哉？如曰"贞曜先生"，则姓名字行有载，不待讲说而明。皆曰"然"。遂用之。

初，先生所与俱学同姓简，于世次为叔父，由给事中观察浙东，曰："生吾不能举，死吾知恤其家。"铭曰：

于戏贞曜！维执不猗，维出不訾；维卒不施，以昌其诗。

【解题】

本文作于元和九年八月，时韩愈在长安任比部郎中。贞曜先生：孟郊死后的私谥。孟郊是中唐著名诗人，有"孟诗韩笔"之称。本文叙述了孟郊穷愁潦倒的生平和耿直傲岸的性格，并竭力称赞其诗歌成就。全文充满了强烈的感情，但语言较为艰涩难解。

唐故检校尚书左仆射右龙武军统军刘公墓志铭

公讳昌裔，字光后，本彭城人。曾大父讳承庆，朔州刺史。大父巨敖，好读老子庄周书，为太原晋阳令。再世宦北方，乐其土俗，遂著籍太原之阳曲，曰："自我为此邑人可也，何必彭城?"父讼，赠右散骑常侍。

公少好学问。始为儿时，重迟不戏，恒若有所思念计画。及壮自试，以《开吐番说》干边将，不售，入三蜀，从道士游。久之，蜀人苦杨琳寇掠，公单船往说，琳感欷，虽不即降，约其徒不得为虐。琳降，公常随琳不去。琳死，脱身亡，沉浮河朔之间。建中中，曲环招起之，为环檄李纳，指摘切刻。纳悔恐动心，恒、魏皆疑惑气懈。环封奏其本，德宗称焉。环之会下濮州，战白塔，救宁陵、襄邑，击李希烈陈州城下，公常在军间。环领陈许军，公因为陈许从事。以前后功劳，累迁检校兵部郎中、御史中丞、营田副使。

吴少诚乘环丧，引兵叩城，留后上官说咨公以城守，所以能擒诛叛将，为抗拒，令敌人不得其便。围解，拜陈州刺史。韩全义败，引军走陈州，求入保，公自城上揖谢全义曰："公受命诣蔡，何为来陈?公无恐，贼必不敢至我城下。"明日领骑步十余抵全义营，全义惊喜，迎拜叹息，殊不敢以不见舍望公。改授陈许军司马。

上官涚死，拜金紫光禄大夫，检校工部尚书，代涚为节度使。命界上吏不得犯蔡州人，曰："俱天子人，奚为相伤?"少诚吏有来犯者，捕得缚送，曰："妄称彼人，公宜自治之。"少诚惭其军，亦禁界上暴者，两界耕桑交迹，吏不何问。封彭城郡开国公，就拜尚书右仆射。

元和七年，得疾，视政不时。八年五月，涌水出他界，过其地，防穿不补，没邑屋，流杀居人，拜疏请去职即罪，诏还京师。即其日与使者俱西，大热，旦暮驰不息，疾大发。左右手辔止之，公不肯，曰："吾恐不得生谢天子。"上益遣使者劳问，敕无亟行。至则不得朝矣。天子以为恭，即其家拜检校左仆射、右龙武军统军知军事。十一月某甲子薨，年六十二。上为之一日不视朝，赠潞州大都督，命郎吊其家。明年某月某甲子，葬河南某县某乡某原。

公不好音声，不大为居宅，于诸帅中独然。夫人，邠国夫人武功苏氏。子四人：嗣子光禄主簿纵，学于樊宗师，士大夫多称之；长子元一，朴直忠厚，便弓马，为淮南军衙门将；次子景阳、景长，皆举进士。葬得日，相与选使者哭拜阶上，使来乞铭。铭曰：

提将之府，尸我一方；配古侯公，维德不爽；我铭不亡，后人之庆。

【解题】

本文与《刘统军碑》大体写于同时，先有此墓志铭，后有碑，均在元和九年。此文主要是志其家世及历官情况，铭文极短；而碑则主要是一段铭文，于事极简。二文参读，可得其全。

刘统军碑

唐故陈许军节度使，金紫光禄大夫、检校尚书左仆射、兼御史大夫、右龙武统军、彭城郡开国公，食邑二千户，赠潞州大都督刘公讳昌裔，字光后，薨既葬，将反机于京，舍于墓次。故吏文武士门人送客讫事，会哭将退，咸顾恋牵连，一口言曰："自我公薨至葬，凡所以较德焯勤者莫不粗完。隐卒崇终，有都督之诏；日事时功，以著不可诬，有太史之状、太常之状，有谥，有诔，有幽堂之铭；又如即外碑刻文以显诗之，其于传无已，岂不益可保?”于是相许诺，以告其孤纵。纵哭，舍杖拜曰：“纵不敢违。”则相与刻铭。文曰：

刘处彭城，本自楚元。阳曲之别，由公祖迁。公曾祖考，为朔州守。祖令太原，仍世北边。乐其高寒，弃楚不还。逮于公身，三世晋人。

公生而异，魋颜钜鼻。幼如舒退，少长好事。西戎乘势，盗有河外。公虽家居，为国喑噫。来告边帅，可破之计。杨琳为横，巴蜀靡彫。公由游寄，单船谕招。折其尾毒，不得动摇。琳后来降，公不有功。终琳之已，还卧民里。盖古有云，“人职其忧”。无事于职，而与国谋。

德宗之始，为曲环起。奋笔为檄，强寇气死。决败筭成，效于屈指。环有许师，公遂佐之。苏民轧敌，多出公画。累拜郎中，进兼中丞。虽在陪贰，天子所凭。蔡卒幸丧，围我许郛。新师不牢，劻勷将逋。公为陈方，应变为械。与之上下，寇无所赖，遂至遁败。以功迁陈，实许之半。声驾元侯，以势自惮。复入居许，为军司马。脱权下威，士心益归。卒嗣环职，弃恶从德。乃与蔡通，涂其榛棘。稚耋嬉遨，连手歌讴。上无可怨，外无与仇。

既长事官，峻之大夫。其偿未塞，仆射以都。及癸巳岁，秋涌水出。流过其部，破民庐室。公即疏言，此皆臣僁。防断不补，渍民于泉。臣耄且疾，宜即大罚。上曰灾害，大臣其来。允余之思，其可止哉?驿隶走呼，有中使来。公迎于驿，遂行不回。六月隆热，上下歊赩。公鞭公驱，去马以舆。公病日恶，不能造阙。仆卧在宅，闵有加锡。命为统军，龙武之右。兼官左相，百僚长首。

冬十一月，日将南至。公遂薨殂，年六十二。奏闻怛悼，俾官临吊。悲不听朝，赠督潞州。存殁之赍，于数为优。明年九月，东葬金谷。公往有命，匪后人卜。

【解题】

本文作于元和九年十一月，时韩愈为考功郎中知制诰。刘统军，即刘昌裔，曾官检校尚书左仆射、兼右龙武统军。韩愈为其撰写了《唐故检校尚书左仆射右龙武军统军刘公墓志铭》，又撰此碑。此碑主要是铭文。

试大理评事王君墓志铭

君讳适，姓王氏。好读书，怀奇负气，不肯随人后举选。见功业有道路可指取，有名节可以戾契致，困于无资地，不能自出，乃以干诸公贵人，借助声势。诸公贵人既志得，皆乐熟软媚耳目者，不喜闻生语，一见辄戒门以绝。

上初即位，以四科募天下士。君笑曰："此非吾时邪！"即提所作书，缘道歌吟，趋直言试。既至，对语惊人。不中第，益困。

久之，闻金吾李将军年少喜士，可撼。乃蹐门告曰："天下奇男子王适，愿见将军白事。"一见语合意，往来门下。卢从史既节度昭义军，张甚，奴视法度士，欲闻无顾忌大语。有以君生平告者，即遣客钩致。君曰："狂子不足以共事。"立谢客。李将军由是待益厚，奏为其卫胄直曹参军，充引驾仗判官，尽用其言。将军迁帅凤翔，君随往。改试大理评事，摄监察御史观察判官。栉垢爬痒，民获苏醒。

居岁余，如有所不乐。一旦载妻子入阌乡南山不顾。中书舍人王涯、独孤郁，吏部郎中张惟素，比部郎中韩愈日发书问讯，顾不可强起，不即荐。明年九月，疾病，舆医京师，其月某日卒，年四十四。十一月某日，即葬京城西南长安县界中。曾祖爽，洪州武宁令。祖微，右卫骑曹参军。父嵩，苏州昆山丞。妻上谷侯氏处士高女。高固奇士，自方阿衡、太师，世莫能用吾言，再试吏，再怒去，发狂投江水。

初，处士将嫁其女，惩曰："吾以龃龉穷，一女，怜之，必嫁官人，不以与凡子。"君曰："吾求妇氏久矣，唯此翁可人意；且闻其女贤，不可以失。"即谩谓媒妪："吾明经及第，且选，即官人。侯翁女幸嫁，若能令翁许我，请进百金为妪谢。"诺许，白翁。翁曰："诚官人邪？取文书来！"君计穷吐实。妪曰："无苦，翁大人，不疑人欺我，得一卷书粗若告身者，我袖以往，翁见未必取视，幸而听我。"行其谋。翁望见文书衔袖，果信不疑，曰："足矣！"以女与王氏。生三子，一男二女。男三岁夭死，长女嫁亳州永城尉姚挺，其季始十岁，铭曰：

鼎也不可以柱车，马也不可使守闾。佩玉长裾，不利走趋。只系其逢，不系巧愚。不谐其须，有衔不祛。钻石埋辞，以列幽墟。

【解题】

本文作于元和九年，时韩愈在京任比部郎中。王君，即王适，曾官试大理评事，韩愈之朋友。文中主要叙王适这个奇男子之不遇于时，并寄以深切同情。此文完全摆脱"铺排郡望，藻饰官阶"之旧套，选取人物最富典型性之事加以渲染，突出人物性格特征。文章新颖独到，颇具传奇小说色彩。

唐故秘书少监赠绛州刺史独孤府君墓志铭

君讳郁，字古风，河南人。常州刺史赠礼部侍郎宪公讳及之第二子。宪公躬孝践行，笃实而辨于文，劝饬指诲以进后生，名声垂延，绍德惟克。君生子年，宪公殁世，与其兄朗，畜于伯父氏。始微有知，则好学问，咨禀教饬，不烦提谕，月开日益，卓然早成。年二十四登进士第。时故相太常权公掌出诏文，望临一时，登君于门，归以其子，选授奉礼郎。杨于陵为华州，署君镇国军判官，奏授协律郎。朋游益附，华问弥大。元和元年，对诏策，拜右拾遗。二年，兼职史馆。四年，迁右补阙。诏中贵人承璀将兵诛王承宗河北，君奏疏谏，召见问状，有言动听。其后上将有所相，不可于众，君与起居舍人李约交章指摘，事以不行。五年，迁起居郎，为翰林学士，愈被亲信，有所补助。权公既相，君以嫌自列，改尚书考功员外郎，复史馆职。七年，以考功知制诰，入谢，因赐五品服。八年，迁驾部郎中，职如初。权公去相，复入翰林。九年，以疾罢，寻迁秘书少监，即闲于郊。十年正月，病遂殆。甲午，舆归，卒于其家。赠绛州刺史。年四十。

男子二人：长曰某，早死；次曰天官，始十岁，有至性，闻呼父官与闻吊客至，辄号泣以绝。女子一人。夫人天水权氏，赠太子太保贞孝公皋之承孙，故相今太常德舆之女。胤庆配良，是似是宜。四月己酉，其兄右拾遗朗以丧东葬河南寿安之甘泉乡家茔宪公基侧。将以五月壬申窆，谓愈曰："子知吾弟久，敢属以铭！"铭曰：

于古风，襮顺而裹方。不耀其章，其刚不伤。戴美世令，而年再不赢。惟后之成。

【解题】

本文作于元和十年（815）正月，时韩愈在京城任考功郎中知制诰。独孤府君，即独孤郁，曾官秘书少监，卒，赠绛州刺史。独孤郁为当时宰相权德舆之女婿，有文名而寿不永。

清河郡公房公墓碣铭

公讳启，字某，河南人。其大王父融，王父琯，仍父子为宰相：融相天后，事远不大传；琯相玄宗、肃宗，处艰难中，与道进退，薨赠太尉，流声于兹。父乘，仕至秘书少监，赠太子詹事。

公胚胎前光，生长食息，不离典训之内，目濡耳染，不学以能。始为凤翔府参军，尚少，人吏迎观望见，咸曰："真房太尉家子孙也。"不敢弄以事。转同州澄城丞，益自饰理，同官惮伏。卫晏使岭南黜陟，求佐得公，抉摘良奸，南土大喜，还进昭应主簿。裴胄领湖南，表公为佐。拜监察御史，部无遗事。胄迁江西，又以节镇江陵，公一随迁，佐胄，累功进至刑部员外郎，赐五品服，副胄使事为上介。上闻其名，征拜虞部员外，在省籍籍。迁万年令，果辨憿绝。

贞元末，王叔文用事，材公之为，举以为容州经略使，拜御史中丞，服佩视三品，管有岭外十三州之地。林蛮洞蜒，守条死要，不相渔劫，税节赋时，公私有余。削衣贬食，不立资遗，以班亲旧朋友为义。在容九年，迁领桂州，封清河郡公，食邑三千户。

中人使授命书，应待失礼，客主违言，征贰太仆；未至，贬虔州长史，而坐使者。以疾卒官，年五十九。其子越，能辑父事无失，谨谨致孝。既葬，碣墓请铭，铭曰：

房氏二相，厥家以闻。条叶被泽，况公其孙。公初为吏，亦以门庇。佐使于南，乃始已致。既办万年，命屏容服。功绪卓殊，氓僚循业。维不顺随，失署亡资。非公之怨，铭以著之。

【解题】

本文作于元和十年，时韩愈在长安为考功郎中知制诰。房公，即房启，曾封清河郡公。文章主要叙其家世及历官情况。依次叙述，简古清峻。

唐故虞部员外郎张府君墓志铭

尚书虞部员外郎安定张君讳季友，字孝权，年五十四，病卒东都。明年，兄子塗与其弟庾、掞等，护柩归葬长安县马额原。夫人北海唐氏之封。前事，塗进韩氏门，伏哭庭下，曰："叔父且死，几于不能言矣，张目而言曰：'吾不可无告韩君别，藏而不得韩君记，犹不葬也。塗为书致吾意。'已而自署其末与封，敢告以请。"愈既与为礼，发书云云，其未有复语"千万永诀"八字，名日月与封，皆孝权迹。

孝权与余同年进士，其上世有鬳者，当宇文时为车骑大将军、鄜城太守，卒葬河北，谥曰忠公，至孝权，间五世矣。孝权大父讳孝先，太子通事舍人。父讳庭光，赠绥州刺史。绥州之卒，孝权盖尚小。母曰太原县君。卒，既葬，孝权守墓，树松柏，三年而后归。选为河南府文学。去官，徐州使拜章请为判官，授协律郎。孝权始不痛绝，诏下，大悔，即诈称疾不言三年。元和初，徐使死，孝权疾即日已。试判入高等，授鄠县尉。

明年，故相赵宗儒镇荆南，以孝权为判官，拜监察御史。经二年，拜真御史。明年，分司东台，转殿中。按皇甫氏子母病不侍，走京师求试职。宰相怒曰："吾故皇甫氏，御史助所善相戏法侮我，皇甫媪何疾！"衔未决，皇甫母病果死，得解，迁留司虞部员外郎。孝权为人孝谨，与人语恐伤之，而时嶷嶷有立。与孝权游者极众，而独以其死累余，可尚也已！是为铭。

【解题】

本文作于元和十年，时韩愈在京城任考功郎中知制诰。张府君，即张季友，与韩愈同年进士，曾官虞部员外郎。

唐故监察御史卫府君墓志铭

君讳某，字某，中书舍人御史中丞讳某之子，赠太子洗马讳某之孙。家世习儒，学词章。昆弟三人俱传父祖业，从进士举，君独不与俗为事，乐弛置自便。

父中丞薨，既三年，与其弟中行列曰："若既克自敬勤，及先人存，趾美进士，续闻成宗，唯服任遂功，为孝子在不怠。我恨已不及，假令今得，不足自贯。我闻南方多水银、丹砂，杂他奇药，爊为黄金，可饵以不死。今于若丐我，我即去。"遂逾岭阨，南出。药贵不可得，以干容帅，帅且曰："若能从事于我，可一日具。"许之，得药，试如方，不效。曰："方良是，我治之未至耳。"留三年，药终不能为黄金，而佐帅政成，以功再迁监察御史。帅迁于桂，从之。帅坐事免，君摄其治，历三时，夷人称便。新帅将奏功，君舍去，南海马大夫使谓君曰："幸尚可成，两济其利。"君虽益厌，然不能无万一冀。至南海，未几竟死，年五十三。

子曰某。元和十年十二月某日，归葬河南某县某乡某村，祔先茔。于时中行为尚书兵部郎，号名人，而与余善，请铭。铭曰：

嗟惟君，笃所信。要无有，弊精神。以弃余，贾于人。脱外累，自贵珍。讯来世，述墓文。

【解题】

本文作于元和十年十二月，时韩愈在京城任考功郎中知制诰。卫府君，即卫中立。中立字退之，饵奇药求不死而卒死。故文中独详述其采药铸金之事，愚不可及。白居易诗所谓"退之服硫黄，一病讫不痊”，即指卫中立，非指韩愈。此文淡宕隽永，造语雄奇。

衢州徐偃王庙碑

徐与秦俱出柏翳为嬴姓，国于夏、殷、周世，咸有大功。秦处西偏，专用武胜。遭世衰，无明天子，遂虎吞诸国为雄。诸国既皆入秦为臣属，秦无所取利，上下相贼害，卒偾其国而沈其宗。徐处得地中，文德为治，及偃王诞当国，益除去刑争末事，凡所以君国子民待四方，一出于仁义。当此之时，周天子穆王无道，意不在天下，好道士说，得八龙，骑之西游，同王母宴于瑶池之上，歌讴忘归。四方诸侯之争辩者无所质正，咸宾祭于徐：贽玉帛死生之物于徐之庭者，三十六国，得朱弓赤矢之瑞。穆王闻之恐，遂称受命，命造父御，长驱而归，与楚连谋伐徐。徐不忍斗其民，北走彭城武原山下，百姓随而从之万有余家。偃王死，民号其山为徐山，凿石为室，以祠偃王。偃王虽走死失国，民戴其嗣为君如初。驹王章禹，祖孙相望。自秦至今，名公巨人继迹史书。徐氏十望，其九皆本于偃王，而秦后迄兹无闻家。天于柏翳之绪，非偏有厚薄，施仁与暴之报，自然异也。

衢州，故会稽太末也。民多姓徐氏，支县龙丘有偃王遗庙，或曰：偃王之逃战，不之彭城，之越城之隅，弃玉几研于会稽之水。或曰：徐子章禹既执于吴，徐之公族子弟散之徐扬二州间，即其居立先王庙云。

开元初，徐姓二人相属为刺史，帅其部之同姓，改作庙屋，载事于碑。后九十年，当元和九年，而徐氏放复为刺史。放字达夫；前碑所谓今户部侍郎，其大父也。春行视农至于龙丘，有事于庙，思惟本原，曰：“故制粥朴下窄，不足以揭虔妥灵。而又梁桷赤白，陊剥不治，图像之威，黮昧就灭。藩拔级夷，庭木秃㮚。祈甿日慢，祥庆弗下。州之群支，不获荫庥。余惟遗绍，而尸其上，不即不图，以有资聚，罚其可辞!”乃命因故为新，众工齐事，惟月若日，工告讫功，大祠于庙，宗卿咸序应。是岁，州无怪风剧雨，民不夭厉，谷果完实，民皆曰：“耿耿祉哉，其不可诬!”乃相与请辞京师，归而镵之于石，辞曰：

秦杰以颠，徐由逊绵。秦鬼久饥，徐有庙存。婉婉偃王，惟道之耽。以国易仁，为笑于顽。自初擅命，其实几姓。历短詈长，有不偿亡。课其利害，孰与王当。姑蔑之墟，太末之里。谁思王恩，立庙以祀。王之闻孙，世世多有。唯临兹邦，庙上实守。坚峤之后，达夫廓之。王殁万年，如始祔时。王孙多孝，世奉王庙。达夫之来，先慎诏教。尽惠庙民，不主于神。维是达夫，知孝之元。太末之里，姑蔑之城。庙事时修，仁孝振声。宜宠其人，以及后生。嗟嗟维王，虽古谁亢？王死于仁，彼以暴丧。文追作诔，刻示茫茫。

【解题】

本文作于元和十年十二月，时韩愈为考功郎中知制诰。徐偃王：春秋时人，徐氏之祖，在徐州有偃王庙。元和九年，徐放刺徐州，重修此庙，请韩愈撰此碑文。此文借秦抒论，又略举小说稗史所载，以证其非淫祠可比。其事支离漫诞，而此文以恢诡出之。

袁氏先庙碑

袁公滋既成庙，明岁二月，自荆南以旂节朝京师，留六日，得壬子春分，率宗亲子属用少牢于三室。既事退言曰：“呜呼远哉！维世传德，袭训集余，乃今有济。今祭既不荐金石音声，使工歌诗载烈象容，其奚以饬稚昧于长久？唯敬系羊豕幸有石，如具著先人名迹，因为诗系之语下，于义其可。虽然，余不敢；必属笃古而达于词者。”遂以命愈，愈谢非其人，不获命；则谨条袁氏本所以出，与其世系里居；起周历汉、魏、晋、拓拔魏、周、隋入国家以来，高曾祖考所以劬躬恭后，委祉于公。公之所以逢将承应者：有概有详，而缀以诗。

其语曰：周树舜后陈，陈公子有为大夫食国之地袁乡者，其子孙世守不失，因自别为袁氏。春秋世陈常压于楚，与中国相加尤疏，袁氏犹班班见，可谱。常居阳夏，阳夏至晋属陈郡，故号陈郡袁氏。博士固，申儒遏黄，唱业于前；至司徒安，怀德于身，袁氏遂大显，连世有人。终汉连魏、晋，分仕南北。始居华阴，为拓拔魏鸿胪。鸿胪讳恭，生周梁州刺史新县孝侯讳颖。孝侯生隋左卫大将军讳温，去官居华阴，武德九年以大耋薨，始葬华州。左卫生南州刺史讳士政。南州生当阳令讳伦，于公为曾祖。当阳生朝散大夫石州司马讳知玄。司马生赠工部尚书咸宁令讳晔，是为皇考。袁氏旧族，而当阳以通经为儒，位止县令。石州用春秋持身治事，为州司马以终。咸宁备学而贯以一，文武随用，谋行功从，出入有立，不爵于朝：比三世宜达而窒，归成后人，数当于公。公惟曾大父、大父、皇考比三世存不大夫食，殁祭在子孙。唯将相能致备物。世祢远，礼则益不及。在慎德行业治，图功载名，以待上可。无细大，无敢不敬畏；无早夜，无敢不思。成于家，进于外，以立于朝。自侍御史历工部员外郎、祠部郎中、谏议大夫、尚书右丞、华州刺史、金吾大将军，由卑而钜，莫不官称，遂为宰相，以赞辨章；仍持节将蜀、滑、襄、荆：略苞河山，秩登禄富，以有庙祀，具如其志。又垂显刻，以教无忘，可谓大孝。诗曰：

袁自陈分，初尚蹇连。越秦造汉，博士发论。司徒任德，忍不锢人。收功厥后，五公重尊。晋氏于南，来处华下。鸿胪孝侯，用适操舍。南州勤治，取最不懈。当阳耽经，唯义之畏。石州烈烈，学专春秋。懿哉咸宁，不名一休。趋难避成，与时泛浮。是生孝子，天子之宰。出把将符，群州承楷。数以立庙，禄以备器。由曾及考，同堂异置。柏版松楹，其筵肆肆。维袁之庙，孝孙之为。顺势即宜，以诹以龟。以平其峨，屋墙持持。孝孙来享，来拜庙庭。陟堂进室，亲登笾铏。肩臑胉骼，其樽玄清。降登受胙，于庆尔成。维曾维祖，维考之施。于汝孝嗣，以报以祇。凡我有今，非本曷思？刻诗牲系，维以告之。

【解题】

元和十一年（816）二月，袁滋朝京师，时韩愈在长安为中书舍人，袁滋乃请韩愈撰此先庙碑。碑文主要述立碑之由及袁滋的历官、功绩。本文有文有诗，文追《周诰》、《殷盘》，诗亦极返风雅，且多瑰怪雄奇之语。

四门博士周况妻韩氏墓志铭

四门博士周况妻韩氏讳好，尚书礼部郎中讳云卿之孙，开封尉讳俞之女。开封娶赵氏，生二女三男。开封卓越豪纵，不治资业，喜酒色狗马。赵氏卒十一年而开封亦卒。开封从父弟愈于时为博士，乞分教东都生，以收其奴于开封界中教畜之，而归其长女于周氏况。

况，进士，家世儒者。曾祖讳延，潭州长沙令。祖讳晦，常州参军。父讳良甫，左骁卫兵曹参军。况立名行，人士誉之。韩氏嫁九年，生一男一女，年二十七以疾卒。葬长安城南凤栖原。其从父愈于时为中书舍人，为铭曰：

夫失少妇，子失壮母。归咎无处。

【解题】

本文作于元和十一年，时韩愈在长安为中书舍人。周况妻韩氏，即韩愈之堂兄韩俞之长女好好，嫁四门博士周况。文中主要叙韩俞喜酒色狗马及韩愈自己抚养并嫁好好之事。

唐故银青光禄大夫检校左散骑常侍兼右金吾卫大将军赠工部尚书太原郡公神道碑文

公讳用，字师柔，太原人，庄宪皇太后之弟，今天子之舅，太师之子，太尉之孙，司徒之曾孙。元和元年，上朝太后南宫，大褒外氏，自外高王父而下至外王父，咸册登公师，事载之史。皇太后昆弟唯公一人，于是特拜银青光禄大夫、太子少詹事。未三月，因迁大詹事，赐勋上柱国，爵封郡公，国于太原，益掌厩苑之事。

公起外戚子弟，秩卑年少，岁余超居上班，官尊职大，朝夕两宫，而能敬让以敏，持以礼法，不挟不矜，宾接士大夫，高下中度，兴官耆事，滋久愈谨：由是朝廷推贤，所处号治。转少府监，太子宾客，别职仍初。迁左散骑常侍，兼右金吾大将军，皆以选进，不专为恩。

十一年秋，将以八月葬庄宪太后。前一月壬申，以疾告薨，春秋四十有七。上罢朝二日，为位以哭，赠工部尚书。十一月壬申，葬于万年县落女原。夫人河南胡氏，号太原郡夫人。有子六人，女子一人。葬得日，公之姊婿京兆尹李翛谓太子右庶子韩愈曰："子以文常铭贤公卿，今不可以辞。"应曰"诺"。而为铭曰：

有蛴氏国，实出炎轩。蜀、涂、莘、挚，正妃之门。孰丰其川，不羡其源。王氏周胄，官封继继。实生圣女，以母唐帝。公惟后季，天子吾甥。卑躬慎德，不与宠横。方年未老，后哀犹新。如何不惠，而殒其身！刻文兹石，久载攸存。

【解题】

本文作于元和十一年秋，时韩愈在京任大子右庶子。大原郡公，即唐宪宗的舅舅王用，曾官银青光禄大夫、检校左散骑常侍兼右金吾大将军，卒赠工部尚书。王用以外戚进身，本人亦碌碌无可多称。韩愈为此碑文，将其写成谦恭谨重、礼贤下士的彬彬君子，确有阿谀之嫌。

曹成王碑

王姓李氏，讳皋，字子兰，谥曰成。其先王明，以太宗子国曹。绝复封，传五王至成王。成王嗣封在玄宗世，盖于时年十七八。绍爵三年而河南、北兵作，天下震扰。王奉母太妃逃祸民伍，得间走蜀从天子。天子念之，自都水使者拜左领军卫将军，转贰国子秘书。

王生十年而失先王，哭泣哀悲，吊客不忍闻。丧除，痛刮磨豪习，委己于学。稍长重知人情，急世之要，耻一不通。侍太妃从天子于蜀，既孝既忠；持官持身，内外斩斩：由是朝廷滋欲试之于民。上元元年，除温州长史，行刺史事。江东新刳于兵，郡旱饥，民交走死无吊。王及州，不解衣，下令掊锁扩门，悉弃仓实与民，活数十万人。奏报，升秩少府。与平袁贼，仍徙秘书，兼州别驾，部告无事。

迁真于衡，法成令修，治出张施，声生势长。观察使噎媢不能出气，诬以过犯御史助之，贬潮州刺史。杨炎起道州相德宗，还王于衡，以直前谩。王子遭诬在理，念太妃老，将惊而戚，出则囚服就辩，入则拥笏垂鱼，坦坦施施。即贬于潮，以迁入贺。及是然后跪谢告实。初，观察使虐使将国良往戍界，良以武冈叛，戍众万人。敛兵荆、黔、洪、桂伐之。二年尤张，于是以王帅湖南，将五万士，以讨良为事。王至则屏兵，投良以书，中其忌讳。良羞畏乞降，狐鼠进退。王即假为使者，从一骑，踔五百里，抵良壁，鞭其门大呼："我曹王，来受良降，良今安在?"良不得已，错愕迎拜，尽降其军。太妃薨，王弃部随丧之河南葬，及荆，被诏责还。会梁崇义反，王遂不敢辞以还。升秩散骑常侍。

明年，李希烈反，迁御史大夫，授节帅江西以讨希烈。命至，王出止外舍，禁无以家事关我。裒兵大选江州，群能著职，王亲教之搏力、勾卒、嬴越之法，曹诛五界。舰步二万人，以与贼遻。嘬锋蔡山，踣之，剜蕲之黄梅，大鞣长平，钹广济，掀蕲春，撇蕲水，掇黄冈，筴汉阳，行跐汉川，还大膊蕲水界中，披安三县，拔其州，斩伪刺史，标光之北山，馅隋光化，捁其州，十抽一推，救兵州东北属乡，还开军受降：大小之战三十有二，取五州十九县；民老幼妇女不惊，市买不变，田之果谷下无一迹。加银青光禄大夫、工部尚书，改户部。再换节临荆及襄，真食三百。王之在兵，天子西巡于梁，希烈北取汴、郑，东略宋，围陈，西取汝，薄东都。王坐南方北向，落其角距，贼死咋不能入寸尺，亡将卒十万，尽输其南州。

王始政于温，终政于襄，恒平物估，贱敛贵出，民用有经。一吏轨民，使令家听户视，奸宄无所宿。府中不闻急步疾呼。治民用兵，各有条次，世传为法。任马彝，将慎、将锷、将潜，偕尽其力能。薨，赠右仆射。元和初，以子道古在朝，更赠太子太师。

道古进士，司门郎。刺利、随、唐、睦，征为少宗正，兼御史中丞，以节督黔中。朝京师，改命观察鄂、岳、蕲、沔、安、黄，提其师以伐蔡。且行泣曰："先王讨蔡，实取沔、蕲、安、黄，寄惠未亡。今余亦受命有事于蔡，而四州适在吾封，庶其有集。先王薨于今二十五年，吾昆弟在，而墓碑不刻无文，其实有待，子无用辞！”乃序而诗之，辞曰：

太支十三，曹于弟季。或亡或微，曹始就事。曹之祖王，畏塞绝迁。零王黎公，不闻仅存。子父易封，三王守名。延延百载，以有成王。成王之作，一自其躬。文被明章，武荐畯功。苏枯弱强，龃其奸猖。以报于宗，以昭于王。王亦有子，处王之所，唯旧之视。蹶蹶陛陛，实取实似，刻诗其碑，为示无止。

【解题】

本文作于元和十一年，时韩愈在京为太子右庶子。曹成王，即李皋，贞元八年三月卒。二十五年后，其子李道古求韩愈撰此碑文。此文为韩碑中之最详者，而尤以讨伐李希烈一事为特详，余事或虚或实，均简略述之，可见其叙事之文精于裁剪，简严生动。但文中时用古字，句法拗峭，确有佶屈聱牙之感。

试大理评事胡君墓铭

胡之氏，别于陈，明允先，河东人。世勤固，戴厥身；籍文谱，进连伦。惟明允，加武资；牛力虎，柔不持。吏夏阳，有施为；去平阳，民思悲，河东土，河陆原；宜兹人，肖厚完。五十七，不足年；孤儿啼，死下官。母弟证，秩大夫；摭君遗，哭泣书。友韩愈，司马徒；作后铭，系序初。

【解题】

本文作于元和十二年（817），时韩愈为行军司马，佐裴度讨伐蔡州。胡君，不详其名，曾官试大理评事。本文只是铭文，无志，应是先已有志，又作此后铭系于初序之后。

唐故河南令张君墓志铭

君讳署，字某，河间人。大父利贞，有名玄宗世。为御史中丞，举弹无所避，由是出为陈留守，领河南道采访处置使，数岁卒官。皇考讳郇，以儒学进，官至侍御史。

君方质有气，形貌魁硕，长于文词。以进士举博学宏词，为校书郎。自京兆武功尉拜监察御史；为幸臣所谗，与同辈韩愈、李方叔三人俱为县令南方。二年，逢恩俱徙掾江陵。半岁，邕管奏君为判官，改殿中侍御史，不行。

拜京兆府司录，诸曹白事，不敢平面视；共食公堂，抑首促促就哺歠，揖起趋去，无敢阑语；县令丞尉畏如严京兆：事以办治。京兆改凤翔尹，以节镇京西，请与君俱，改礼部员外郎，为观察使判官。帅他迁，君不乐久去京师，谢归，用前能拜三原令。岁余，迁尚书刑部员外郎。守法争议，棘棘不阿。

改虔州刺史。民俗相朋党，不诉杀牛，牛以大耗。又多捕生鸟雀鱼鳖，可食与不可食相买卖；时节脱放期为福祥：君视事，一皆禁督立绝。使通经吏与诸生之旁大郡，学乡饮酒丧婚礼，张施讲说，民吏观听从化，大喜。度支符州，折民户租，岁征绵六千屯，比郡承命惶怖，立期日，唯恐不及事被罪；君独疏言："治迫岭下，民不识蚕桑。"月余，免符下，民相扶携，守州门叫讙为贺。

改澧州刺史。民税出杂产物与钱，尚书有经数；观察使牒州征民钱倍经。君曰："刺史可为法，不可贪官害民。"留噤不肯从，竟以代罢。观察使使剧吏案簿书，十日不得毫毛罪。改河南令。而河南尹适君平生所不好者，君年且老，当日日拜走，仰望阶下，不得已就官。数月，大不适，即以病辞免。

公卿欲其一至京师，君以再不得意于守令，恨曰："义不可更辱，又奚为于京师间。"竟闭门死，年六十。君娶河东柳氏女。二子：昇奴、胡师。将以某年某月某日葬某所。

其兄将作少监昔请铭于右庶子韩愈。愈前与君为御史被谗，俱为县令南方者也，最为知君。铭曰：

谁之不如，而不公卿！奚养之违，以不久生！唯其颉颃，以世厥声。

【解题】

本文作于元和十二年，时韩愈在长安为太子右庶子。张君，即张署，曾官河南令。贞元十九年，韩愈与张署同自监察御史以言事被黜，后又同徙江陵府，关系甚密。这篇墓志铭主要是叙述张署的历官及政绩。韩愈另撰《祭河南张员外文》以祭之。

唐故相权公墓碑

上之元和五年，其相曰权公，讳德舆，字载之。其本出自殷帝武丁，武丁之子降封于权——权，江汉间国也。周衰，入楚为权氏。楚灭徙秦，而居天水略阳。苻秦之王中国，其臣有安丘公翼者，有大臣之言。后六世至平凉公文诞，为唐上庸太守、荆州大都督长史，焯有声烈。平凉曾孙讳倕，赠尚书礼部郎中，以艺学与苏源明相善，卒官羽林军录事参军，于公为王父。郎中生赠太子太保讳皋，以忠孝致大名，去官，累以官征，不起，追谥贞孝，是实生公。

公在相位三年，其后以吏部尚书授节镇山南，年六十以薨。赠尚书左仆射，谥文公。

公生三岁，知变四声；四岁能为诗；七岁而贞孝公卒，来吊哭者见其颜色声容，皆相谓"权氏世有其人"。及长，好学，孝敬祥顺。贞元八年，以前江西府监察御史征拜博士，朝士以得人相庆。改左补阙，章奏不绝，讥排奸倖，与阳城为助。转起居舍人，遂知制诰，凡撰命词九年，以类集为五十卷，天下称其能。十八年，以中书舍人典贡士，拜尚书礼部侍郎。荐士于公者：其言可信，不以其人布衣不用；即不可信，虽大官势人交言，一不以缀意。奏广岁所取进士明经，在得人，不以员拘。转户兵吏三曹侍郎、太子宾客，复为兵部，迁太常卿，天下愈推为钜人长德。

时天子以为宰相宜参用道德人，因拜礼部尚书，同中书门下平章事。公既谢辞，不许。其所设张举措，必本于宽大；以几教化，多所助与；维匡调娱，不失其正；中于和节，不为声章；因善与贤，不矜主己。以吏部尚书留守东都，东方诸帅有利病不能自请者，公常与疏陈，不以露布。复拜太常，转刑部尚书，考定新旧令式为三十编，举可长用。其在山南、河南，勤于选付，治以和简，人以宁便。

以疾求还，十三年某月甲子，道薨于洋之白草。奏至，天子痫伤，为之不御朝，郎官致赠锡。官居野处，上下吊哭，皆曰："善人死矣！"其年某月日，葬河南北山，在贞孝东五里。

公由陪属升列，年除岁迁，以至公宰，人皆喜闻，若己与有，无忌嫉者。于頔坐子杀人，失位自囚，亲戚莫敢过门省顾，朝莫敢言者；公将留守东都，为上言曰："頔之罪既贳不竟，宜因赐宽诏。"上曰："然，公为吾行谕之！"頔以不忧死。前后考第进士及庭所策试士踵相蹑为宰相达官，与公相先后；其余布处台阁外府凡百余人。自始学至疾未病，未尝一日去书不观。公既以能为文辞擅声于朝，多铭卿大夫功德；然其为家不视簿书，未尝问有亡，费不待余。

公娶清河崔氏女，其父造，尝相德宗，号为名臣。既葬，其子监察御史璩累然服丧来有请。乃作铭文曰：

权在商周，世无不存。灭楚徙秦，嬴、刘之间。甘泉始侯，以及安丘。诋诃浮屠，皇极之扶。贞孝之生，凤鸟不至。爵位岂多，半涂以税。寿考岂多，四十而逝。惟其不有，以惠厥后。是生相君，为朝德首。行世祖之，文世师之。流连六官，出入屏毗。无党无雠，举世莫疵。人所惮为，公勇为之。其所竞驰，公绝不窥。孰克知之，德将在斯。刻诗墓碑，以永厥垂。

【解题】

本文作于元和十三年（818），时韩愈在长安为刑部侍郎。权公，即权德舆，是当时著名的宰相。此墓碑详叙其先世、历官及大事数件，枝枝节节，前后错注，矜慎简练，一字不苟，锤炼字句，雄浑高古，可谓韩愈碑志文之力作。

唐故中散大夫少府监胡良公墓神道碑

少府监胡公者，讳珦，字润博，年七十九以官卒。明年八月十四日，葬京兆奉先，夫人天水赵氏祔焉。其子逞、逌、巡、遇、述、迁、造与公婿广文博士吴郡张籍，以公之族出、行、治、历官、寿年为书，使人自京师南走八千里至闽南、两越之界，上请为公铭刻之墓碑于潮州刺史韩愈，曰：

胡姓本出安定，后徙清河，于今为宗城，属贝州。大父讳秀，武后时以文材征为麟台正字。父宰臣，用进士卒官平阳冀氏令，赠潭州大都督。公早孤，能自劝学，立节概，非其身力，不以衣食。凡一试进士，二即吏部选，皆以文章占上第。乐为俭勤，自刻削，不干人，以矫时弊。及为富平尉，一府称其断决。建中四年，侍郎赵赞为度支使，荐公为监察御史，主馈给渭桥以东军，洗手奉职，不以一钱假人。贼平，有司考覆群吏，多坐贬死；独公以清苦能检饬，无漏失，迁河南仓曹。魏公贾耽以节镇郑滑，以公佐观察事、检校尚书工部员外郎。以刚直龃龉不阿忤权贵，除献陵令。居陵下七年，市置田宅，务种树为业以自给，教授子弟。贞元十一年，吏部大选，以公考选人艺学，以劳迁奉先令，以治办迁尚书膳部郎中，改坊州刺史。州经乱，无孔子庙，公至则命筑宫造祭器，率博士生讲读以时，如法以祠，人吏聚观叹息。迁舒州刺史。州岁大熟，麦一茎数穗，闾里歌舞之。考功以闻，迁尚书驾部郎中。数以事犯尚书李巽；巽时主盐铁事，富骄恃势，以语丞相，由是退公为凤翔少尹。巽死，迁少大理，改少詹事。元和十二年，朝廷以公年老能自祗力，事职不懈，可嘉，拜少府监，兼知内中尚。明年，以病卒。

公始以进士孤身旅长安，致官九卿为大家。七子皆有学守。女嫁名人。年几八十，坚悍不衰，事可传载，可谓成德。铭曰：

朅朅胡公，既果以方；挟艺射科，每发如望。人求于人，我已为之；自始讫终，不降色辞。因官立事，随有可载；发迹馈军，遭谗府界，去居陵下，为吏为隐；坊舒之政，于兹有靳。守官驾部，名升己屈；跻于少府，甚宜秩物。不配其有，君子耻之；少府古卿，公优止之。刻文碑石，以显公行。维公后人，无怠嗣庆。

【解题】

本文作于元和十三年，时韩愈在京城任刑部侍郎。胡良公，即胡珦，曾官少府监，系张籍之岳父。文章主要是综括其生平和历官情况。

凤翔陇州节度使李公墓志铭

公讳惟简，字某，司空平章事赠太傅之子。太傅初姓张氏，肃宗时，举恒、赵、深、冀、易、定六州战卒五万人、马五千匹以归听命。天子嘉之，赐姓曰：“李”，更其名“宝臣”，立其军，号之曰“成德”，由是姓李氏。

太傅薨，公兄弟让嗣，公竟弃其家自归京师。及兄死家覆，有司设防守。德宗如奉天，守卒出公，即驰归，与母韩国夫人郑氏拜诀，属家徒随走所幸，道与贼遇，七斗乃至。有功，迁太子谕德，加御史中丞。从幸梁州，天黑失道，识焦中人声，得见德宗于周至西。上曰：“卿有母，可随我耶！”曰：“臣以死从卫。”及幸还，录功，封武安郡王，号“元从功臣”，图其形御阁，而以神威将军居北军卫，久乃加御史大夫。丁韩国忧去官，累迁神威大将军，加工刑二曹尚书、天威统军，又改户部尚书，金吾大将军。有长上万国俊者，以军势夺兴平人地，吏惮莫敢治。及公为金吾，兴平人曰：“久闻李将军为人公平，庶能直吾屈。”即赍县牒来见。公发视，立杖国俊，废之，以地还兴平人。闻者莫不称叹。

于是天子以公材果可任用，治人将兵，无所不宜。元和六年，即以公为凤翔陇州节度使、户部尚书、兼凤翔尹。陇州地与吐蕃接，旧常朝夕相伺，更入攻抄，人吏不得息。公以为国家于夷狄当用长筭：边将当承上旨，谨条教，蓄财谷，完吏农力以俟；不宜规小利，起事盗恩；禁不得妄入其地。益市耕牛，铸、镈、钐、鉏、斸，以给农之不能自具者；丁壮兴励，岁增田数十万亩。连八岁，五种俱熟，公私有余。贩者负入褒斜，船循渭而下，首尾相继不绝。十三年，公与忠武军节度使司空光颜，邠宁节度使尚书钊俱来朝，上为之燕三殿，张百戏，公卿侍臣咸与。既事敕还，公因进曰：“臣幸得宿卫二十余年，今年老斥外任，不胜慕恋，愿得死辇下。”天子加慰遣焉。还镇告疾，其夏五月戊子薨，年五十五。讣至，上悼怆罢朝，遣郎中临吊，赠尚书左仆射。以其年十一月景申，葬万年凤楼原。

夫人博陵郡崔氏，河阳尉镐之孙，大理评事可观之女，贤有法度。公有四子：长曰元孙，三原尉；次曰元质，彭之濛阳尉；曰元立，兴平尉；曰元本，河南参军，皆愿敏好善。元立、元本皆崔氏出。葬得日，嗣子元立与其昆弟四人，请铭于韩氏，曰："先人尝有讬于夫子也。"愈曰："太傅功在史氏记，仆射以孤童囚羁京师，卒能以忠为节自显，取爵位，立名绩，使天下拭目观，父母与荣焉。既忠又孝，法宜铭。"铭曰：

太傅之显，自其躬兴。仆射童羁，孰与之朋。遭国之难，以节自发。致其勤艰，以复考烈。孝由忠立，爵名随之。铭此玄石，维昧之诒。

【解题】

本文作于元和十三年十一月，时韩愈在京城任刑部侍郎。李公，即李惟简，曾官凤翔陇州节度使。文章主要叙述李惟简的历官及事迹，文风峻洁。

柳子厚墓志铭

子厚讳宗元。七世祖庆为拓跋魏侍中，封济阴公。曾伯祖奭为唐宰相，与褚遂良、韩瑗俱得罪武后，死高宗朝。皇考讳镇，以事母弃太常博士，求为县令江南，其后以不能媚权贵失御史。权贵人死，乃复拜侍御史。号为刚直，所与游皆当世名人。

子厚少精敏，无不通达。逮其父时，虽少年已自成人，能取进士第，崭然见头角，众谓柳氏有子矣。其后，以博学宏词授集贤殿正字，俊杰廉悍，议论证据今古，出入经史百子，踔厉风发，率常屈其座人，名声大振，一时皆慕与之交，诸公要人争欲令出我门下，交口荐誉之。

贞元十九年，由蓝田尉拜监察御史。顺宗即位，拜礼部员外郎。遇用事者得罪，例出为刺史；未至，又例贬州司马。居闲，益自刻苦，务记览，为词章，汎滥停蓄，为深博无涯涘，而自肆于山水间。元和中，尝例召至京师，又偕出为刺史，而子厚得柳州。既至，叹曰："是岂不足为政邪!"因其土俗，为设教禁，州人顺赖。其俗以男女质钱，约不时赎，子本相侔，则没为奴婢。子厚与设方计，悉令赎归；其尤贫力不能者，令书其佣，足相当，则使归其质。观察使下其法于他州，比一岁，免而归者且千人。衡、湘以南为进士者，皆以子厚为师，其经承子厚口讲指画为文词者，悉有法度可观。

其召至京师而复为刺史也，中山刘梦得禹锡亦在遣中，当诣播州。子厚泣曰："播州非人所居，而梦得亲在堂，吾不忍梦得之穷，无辞以白其大人，且万无母子俱往理。"请于朝，将拜疏，愿以柳易播，虽重得罪，死不恨。遇有以梦得事白上者，梦得于是改刺连州。呜呼！士穷乃见节义。今夫平居里巷相慕悦，酒食游戏相征逐，诩诩强笑语以相取下，握手出肺肝相示，指天日涕泣，誓生死不相背负，真若可信；一旦临小利害，仅如毛发比，反眼若不相识；落陷阱，不一引手救，反挤之，又下石焉者，皆是也。此宜禽兽夷狄所不忍为，而其人自视以为得计，闻子厚之风，亦可以少愧矣!

子厚前时少年，勇于为人，不自贵重顾藉，谓功业可立就，故坐废退。既退，又无相知有气力得位者推挽，故卒死于穷裔，材不为世用，道不行于时也。使子厚在台省时，自持其身已能如司马刺史时，亦自不斥；斥时，有人力能举之，且必复用不穷。然子厚斥不久，穷不极，虽有出于人，其文学辞章，必不能自力以致必传于后如今无疑也。虽使子厚得所愿，为将相于一时；以彼易此，孰得孰失，必有能辨之者。

子厚以元和十四年十一月八日卒，年四十七。以十五年七月十日归葬万年先人墓侧。子厚有子男二人：长曰周六，始四岁；季曰周七，子厚卒乃生。女子二人，皆幼。其得归葬也，费皆出观察使河东裴君行立。行立有节概，立然诺，与子厚结交，子厚亦为之尽，竟赖其力。葬子厚于万年之墓者，舅弟卢遵。遵，涿人，性谨慎，学问不厌。自子厚之斥，遵从而家焉，逮其死不去；既往葬子厚，又将经纪其家，庶几有始终者。铭曰：

是惟子厚之室，既固既安，以利其嗣人。

【解题】

本文作于元和十五年（820）七月，时韩愈为袁州刺史。柳子厚，即柳宗元。柳宗元去世，韩愈前后共写三篇文章悼之。本文主要述其人品、政绩和文学成就，塑造了柳宗元的光辉形象。此文用纯净的散文语言、史传笔法，重在写人；同时又杂以议论，富有感情。

韩滂墓志铭

滂，韩氏子。其先仕魏，号安定桓王。滂父老成，厚谨以文，为韩氏良子弟，未仕而死。有二子，滂其季也。其祖讳介，为人孝友，一命率府军佐以卒。二子：百川、老成。老成为伯父起居舍人会后。起居有德行言词，为世轨式。滂既兄弟二人，而率府长子百川早死，无嗣，其叔祖愈命滂归后其祖。

滂清明逊悌以敏，读书倍文，功力兼人。为文词，一旦奇伟骤长，不类旧常。吾曰：“尔得无假之人邪？”退大喜，谓其兄湘曰：“某违翁且逾年，惧无以为见，今翁言乃然，可以为贺。”群辈来见，皆曰：“滂之大进，不唯于文词，为人亦然。”

既数月，得疾以死，年十九矣。吾与妻哭之伤心，三日而敛，既敛七日，权葬宜春郭南一里。呜呼！其可惜也已！铭曰：

天固生之邪，偶自生邪？天杀也邪，其偶自死邪？莫不归于死，寿何少多？铭以送汝，其悲奈何！

【解题】

本文作于元和十五年，时韩愈任袁州刺史。韩滂，韩愈之侄孙。韩愈因谏迎佛骨被贬潮州、袁州，韩老成之二子韩湘、韩滂皆从之。滂早逝，无可记者，故文章详叙其世系及读书作文之事。韩愈另撰有《祭滂文》。

南海神庙碑

海于天地间为物最钜。自三代圣王莫不祀事，考于传记，而南海神次最贵，在北东西三神、河伯之上，号为祝融。天宝中，天子以为古爵莫贵于公侯，故海岳之祝，牺币之数，放而依之，所以致崇极于大神。今王亦爵也，而礼海岳尚循公侯之事，虚王仪而不用，非致崇极之意也。由是册尊南海神为广利王。祝号祭式，与次俱升，因其故庙，易而新之，在今广州治之东南海道八十里，扶胥之口，黄木之湾。常以立夏气至，命广州刺史行事祠下，事讫驿闻。

而刺史常节度五岭诸军，仍观察其郡邑，于南方事无所不统，地大以远，故常选用重人。既贵而富，且不习海事，又当祀时海常多大风，将往皆忧戚。既进，观顾怖悸：故常以疾为解，而委事于其副，其来已久。故明宫斋庐上雨旁风，无所盖障；牲酒瘠酸，取具临时；水陆之品，狼藉笾豆；荐祼兴俯，不中仪式；吏滋不供，神不顾享；盲风怪雨，发作无节，人蒙其害。

元和十二年，始诏用前尚书右丞国子祭酒鲁国孔公为广州刺史兼御史大夫以殿南服。公正直方严，中心乐易，只慎所职：治人以明，事神以诚，内外单尽，不为表襮。至州之明年，将夏，祝册自京师至，吏以时告，公乃斋祓视册，誓群有司曰：“册有皇帝名，乃上所自署，其文曰：‘嗣天子某，谨遣官某敬祭。’

其恭且严如是，敢有不承！明日，吾将宿庙下，以供晨事。”明日，吏以风雨白，不听。于是州府文武吏士凡百数，交谒更谏，皆揖而退。

公遂升舟，风雨少弛，櫂夫奏功，云阴解驳，日光穿漏，波伏不兴。省牲之夕，载旸载阴；将事之夜，天地开除，月星明穊。五鼓既作，牵牛正中，公乃盛服执笏以入即事。文武宾属，俯首听位，各执其职。牲肥酒香，樽爵静洁，降登有数，神具醉饱。海之百灵祕怪，慌惚毕出，蜿蜿虵虵，来享饮食。阖庙旋舻，祥飙送飒，旗纛旄麾，飞扬晻蔼，饶鼓嘲轰，高管噭噪，武夫奋櫂，工师唱和，穹龟长鱼，踊跃后先，乾端坤倪，轩豁呈露。祀之之岁，风灾熄灭，人厌鱼蟹，五谷胥熟。明年祀归，又广庙宫而大之：治其庭坛，改作东西两序、斋庖之房，百用具修。明年其时，公又固往，不懈益虔，岁仍大和，耋艾歌咏。

始公之至，尽除他名之税，罢衣食于官之可去者，四方之使，不以资交；以身为帅，燕享有时，赏与以节。公藏私畜，上下与足。于是免属州负逋之缗钱廿有四万，米三万二千斛。赋金之州，耗金一岁八百，困不能偿，皆以丐之。加西南守长之俸，诛其尤无良不听令者，由是皆自重慎法。人士之落南不能归者与流徙之胄百廿八族，用其才良，而廪其无告者。其女子可嫁，与之钱财，令无失时。刑德并流，方地数千里不识盗贼；山行海宿，不择处所；事神治人，其可谓备至耳矣。咸愿刻庙石以著厥美，而系以诗，乃作诗曰：

南海阴墟，祝融之宅。即祀于旁，帝命南伯。吏惰不躬，正自今公。明用享锡，右我家邦。惟明天子，惟慎厥使。我公在官，神人致喜。海岭之陬，既足既濡。胡不均弘，俾执事枢。公行勿迟，公无遽归。非我私公，神人具依。

【解题】

此碑建于元和十五年十月一日，时韩愈为袁州刺史，撰此碑文。文章先叙南海神之尊，继写前刺史不严祀事，再写孔戣亲往视事及事神获福，并附叙孔戣诸善政，篇末系之以诗。全文多用四字句，确近汉赋之体；刻画万态，富丽雄奇；叙事条理清晰，惟少伤于平直。

处州孔子庙碑

自天子至郡邑守长通得祀而遍天下者，唯社稷与孔子为然。而社祭土，稷祭谷，句龙与弃乃其佐享，非其专主，又其位所不屋而坛，岂如孔子用王者事，巍然当座，以门人为配，自天子而下，北面跪祭，进退诚敬，礼如亲弟子者？句龙、弃以功，孔子以德，固自有次第哉！自古多有以功德得其位者，不得常祀，句龙、弃、孔子皆不得位而得常祀。然其祀事皆不如孔子之盛，所谓生人以来未有如孔子者，其贤过于尧、舜远者，此其效欤？

郡邑皆有孔子庙，或不能修事；虽设博士弟子，或役于有司，名存实亡，失其所业。独处州刺史邺侯李繁至官，能以为先。既新作孔子庙，又令工改为颜子至子夏十人像，其余六十子，及后大儒公羊高、左丘明、孟轲、荀况、伏生、毛公、韩生、董生、高堂生、扬雄、郑玄等数十人，皆图之壁。选博士弟子必皆其人。又为置讲堂，教之行礼，肄习其中。置本钱廪米，令可继处以守。庙成，躬率吏及博士弟子入学行释菜礼，耆老叹嗟，其子弟皆兴于学。邺侯尚文，其于古记无不贯达，故其为政知所先后，可歌也已！乃作诗曰：

惟此庙学，邺侯所作。厥初庳下，神不以宇；生师所处，亦窘寒暑。乃新斯宫，神降其献。讲读有常，不诫用劝。揭揭元哲，有师之尊；群圣严严，大法以存。像图孔肖，咸在斯堂；以瞻以仪，俾不惑忘。后之君子，无废成美。琢词碑石，以赞攸始。

【解题】

此碑文未标年月，然石刻本题下有“朝散大夫国子祭酒赐紫金鱼袋韩愈撰”，而韩愈为祭酒在元和十五年（820）。文章未对孔子作泛颂，而是以社稷之祀不如孔子之祀盛，来衬托以德尊胜于以功尊。文章不蹈袭前人，变化多端。

中大夫陕府左司马李公墓志铭

公讳郱，字某，雍王绘之后。王孙道明，唐初以属封淮阳王，又追王其祖父曰雍王、长平王。淮阳生景融，景融亲益疏，不王；生务该，务该生思一，思一生岌。比四世官不过县令州佐，然益读书为行，为士大夫家。

岌为蜀州晋原尉，生公，未晬以卒。无家，母抱置之姑氏以去，姑怜而食之。至五六岁，自问知本末，因不复与群儿戏，常默默独处，曰：“吾独无父母，不力学问自立，不名为人！”年十四五，能闇记《论语》、《尚书》、《毛诗》、《左氏》、《文选》，凡百余万言，凛然殊异，姑氏子弟莫敢为敌。浸传之闻诸父，诸父泣曰：“吾克尚有子耶？”迎归而坐问之，应对横从无难。诸父悲喜，顾语群子弟曰：“吾为汝得师。”于是纵学无不观。

以朝邑员外尉选，鲁公真卿第其所试文上等，擢为同官正尉，曰：“文如李尉，乃可望此。”其后比以书判拔萃，选为万年尉，为华州录事参军。争事于刺史，去官，为陆浑令。河南尹郑余庆荐之朝，拜南郑令。尹家奴以书抵县请事，公走府，出其书投之尹前。尹惭其廷中人，曰：“令辱我，令辱我！”且曰：“令退！”遂怨之。拾掇三年，无所得。拜宗正丞。宰相以文理白为资州刺史，公喜曰：“吾将有为也！”谗宰相者言之上曰：

“是与其故，故得用。”改拜陕府左司马，公又喜曰：“是官无所职，吾其不以吏事受责死矣！”长庆元年正月丙辰以疾卒，春秋七十三。公内外行完，洁白奋厉，再成有家，士大夫谈之。

夫人博陵崔氏，朝邑令友之之女，其曾伯父玄玮有功中宗时。夫人高明，遇子妇有节法，进见侍侧肃如也。七男三女：郃为澄城主簿；其嫡激，鄜城令；放，芮城尉；汉，监察御史；浐、洸、潘，皆进士。及公之存，内外孙十有五人。五月庚申，葬华阴县东若干里。汉，韩氏婿也。故予与为铭。其词曰：

愈下而微，既极复飞，其自公始。公多孙子，将复庙祀。

【解题】

李郱为韩愈女婿李汉之父，卒于长庆元年（821）正月。韩愈既为之撰《祭故陕府李司马文》，又撰此墓志铭。文中重点叙其苦学自立，为官鲠直不阿的情况。文章序次世系，骨法大类于《史记》。

唐故昭武校尉守左金吾卫将军李公墓志铭

公讳道古，字某，曹成王子。其先王明，以太宗子王曹，绝辄复封，五世而至成王。成王讳皋，有功建中、贞元间，以多才能，能行赏诛为名。至今追数当时内外文武大臣，成王必在其间。

公以进士举及第，献《文舆》三十卷，拜校书郎、集贤学士，四迁至宗正丞。宪宗即位，选擢宗室，迁尚书司门员外郎，以选为利、随、唐、睦州刺史，迁少宗正。元和九年，以御史中丞持节镇黔中。十一年来朝，迁镇鄂州，以鄂岳道兵会平淮西，以功加御史大夫。十三年，征拜宗正，转左金吾。

上即位，以先朝时尝信妄人柳泌能烧水银为不死药荐之，泌以故起闾阎岷为刺史，不效，贬循州司马。其年九月三日，以疾卒于贬所，年五十三。长庆元年诏曰：左降而死者，还其官以葬，遂以其年某月日葬于东都某县。

公三娶，元配韦氏讳修，修生子纮，纮为进士学。女贡，嫁崔氏。夫人隋雍州牧郧公叔裕五世孙，父士佺，蓬山令。次配崔氏讳药，生绰、绍、绾，女会，嫁郑氏季毗。夫人父昭，尝为京兆尹。今夫人韦氏，无子；父光宪，光禄卿。其葬用古今礼，以元配韦氏夫人祔而葬。次配崔氏夫人于其域异墓。

公宗室子，生而贵富，能学问以中科取名，善自倾下，以交豪杰，身死卖宅以葬。铭曰：

太支于今，其尚有封。当公弟兄，未续又亡。其迁于南，年及始衰。谁黜不复，而以丧归。海丰弥弥，万里于畿。载其始终，以哀表之。

【解题】

本文作于长庆元年，时韩愈在长安任国子祭酒，或兵部侍郎。李公，即曹成王李皋之子李道古，曾官左金吾卫将军。韩愈既为其父撰《曹成王碑》，又为其撰此墓志以叙其生平。

黄陵庙碑

湘旁有庙曰黄陵，自前古以祠尧之二女——舜二妃者。庭有石碑，断裂分散在地，其文剥缺，考《图记》，言“汉荆州牧刘表景升之立”，题曰“湘夫人碑”。今验其文，乃晋太康九年。又其额曰：“虞帝二妃之碑”，非景升立者。

秦博士对始皇帝云：“湘君者，尧之二女，舜妃者也。”刘向、郑玄亦皆以二妃为湘君，而《离骚·九歌》既有《湘君》，又有《湘夫人》。王逸之解，以为湘君者，自其水神，而谓湘夫人乃二妃也，从舜南征三苗不及，道死沅、湘之间。《山海经》曰：“洞庭之山，帝之二女居之。”郭璞疑二女者帝舜之后，不当降小水为其夫人，因以二女为天帝之女。以余考之，璞与王逸俱失也。尧之长女娥皇为舜正妃，故曰：“君”，其二女女英自宜降曰“夫人”也。故《九歌》辞谓娥皇为“君”，谓女英“帝子”，各以其盛者推言之也。《礼》有“小君君母”，明其正自得称君也。《书》曰“舜陟方乃死”，传谓“舜昇道南方以死”。或又曰：“舜死葬苍梧，二妃从之不及，溺死沅、湘之间。”余谓《竹书纪年》帝王之没皆曰“陟”。“陟”，昇也，谓昇天也。《书》曰：“殷礼陟配天”，言以道终，其德协天也。《书》纪舜之没云“陟”者，与《竹书》、《周书》同文也。其下言“方乃死”者，所以释“陟”为“死”也。地之势东南下，如言舜南巡而死，宜言“下方”，不得言“陟方”也。以此谓舜死葬苍梧，于时二妃从之不及而溺者，皆不可信。

二妃既曰以谋语舜，脱舜之厄，成舜之圣。尧死而舜有天下为天子，二妃之力。宜常为神，食民之祭。今之渡湖江者，莫敢不进礼庙下。

元和十四年春，余以言事得罪，黜为潮州刺史。其地于汉为南海之揭阳，厉毒所聚，惧不得脱死，过庙而祷之。其冬，移袁州刺吏。明年九月，拜国子祭酒。使以私钱十万抵岳州，愿易庙之圮桷腐瓦于刺史王堪。长庆元年，刺史张愉自京师往，与愉故善，谓曰：“丐我一碑石，载二妃庙事，且令后世知有子名。”愉曰：“诺。”既至州，报曰：“碑谨具。”道篆其事俾刻之。

【解题】

本文作于长庆元年，时韩愈在京为兵部侍郎。黄陵庙：在潇水、湘江之尾，洞庭湖之口，一说在岳州。文章的中心在辨原黄陵庙碑是否为刘表所立，以及何谓湘君、湘夫人。文章高古简明，而不霑滞晦涩。

唐故朝散大夫越州刺史薛公墓志铭

公讳戎，字元夫。其上祖懿，为晋安西将军，实始居河东。公之四世祖嗣汾阴公讳德儒，为隋襄城郡书佐以卒。襄城有子二人皆贵，其后皆蕃以大，而其季尤盛，官至邠州刺史。邠州讳宝胤，有子九人，皆有名位，其最季讳缣，为河南令以卒。河南有子四人，其长讳同，卒官湖州长史，赠刑部尚书。尚书娶吴郡陆景融女，有子五人，皆有名迹，其达者四人。

公于伦次为中子，仁孝慈爱，忠厚而好学，不应征举，沈浮闾巷间，不以事自累为贵。常州刺史李衡迁江西观察使，曰："州客至多，莫贤元夫，吾得与之俱，足矣。"即署公府中职，公不辞让，年四十余，始脱褐衣为吏。衡迁给事中，齐映自桂州以故相代衡为江西。公因留佐映治。映卒，湖南使李巽、福建使柳冕交表奏公自佐，诏以公与冕。在冕府累迁殿中侍御史。冕使公摄泉州，冕文书所条下，有不可者，公辄正之。冕恶其异于己，怀之未发也。遇马总以郑滑府佐忤中贵人，贬为泉州别驾，冕意欲除总，附上意为事，使公按置其罪。公叹曰："公乃以是待我，我始不愿仕者，正为此耳。"不许。冕遂大怒，囚公于浮图寺，而致总狱，事闻远近。值冕亦病且死，不得已，俱释之。冕死，后使至，奏公自副，又副使事于浙东府，转侍御史。元和四年，征拜尚书刑部员外郎，迁河南令，历衢、湖、常三州刺史，所至以廉贞宽大为称，朝廷嘉之。某年，拜越州刺史，兼御史中丞、浙东观察使。至则悉除去烦弊，俭出薄入，以致和富。部刺史得自为治，无所牵制，四境之内，竟岁无一事。公笃于恩义，尽用其禄以周亲旧之急，有余颁施之内外亲，无疏远皆家归之。

疾病去官，长庆元年九月庚申，至于苏州以卒，春秋七十五。奏至，天子为之罢朝，赠左散骑常侍，使临吊祭之。士大夫多相吊者。以其年十一月庚申，葬于河南偃师先人之兆次，以韦氏夫人祔。公凡再娶：先夫人京兆韦氏，后夫人赵郡李氏，皆先卒。子男二人：曰沂曰洽。长生九岁，而幼七岁矣。女四人，皆已嫁。愈既与公诸昆弟善，又尝代公令河南。公之葬也，故公弟集贤殿学士尚书刑部侍郎放属余以铭。其文曰：

薛氏近世，莫盛公门。公伦五人，咸有显闻。公之初志，不以事累。俛俛以随，亦贵于位。无怨无恶，中以自宝。不能百年，曷足谓寿。公宜有后，有二稚子；其祐成之，公食庙祀。

【解题】

本文作于长庆元年十一月，时韩愈在京城任兵部侍郎。薛公，即薛戎，曾官越州刺史。薛戎卒，元稹为其撰写神道碑，韩愈为其撰此墓志铭。

唐故朝散大夫尚书库部郎中郑君墓志铭

君讳群，字弘之，世为荥阳人。其祖于元魏时有假封襄城公者，子孙因称以自别。曾祖匡时，晋州霍邑令。祖千寻，彭州九陇丞。父迪，鄂州唐年令，娶河南独孤氏女，生二子，君其季也。

以进士选吏部，考功所试判为上等，授正字，自鄠县尉拜监察御史，佐鄂岳使。裴均之为江陵，以殿中侍御史佐其军。均之征也，迁虞部员外郎。均镇襄阳，复以君为襄府左司马、刑部员外郎，副其支度使事。均卒，李夷简代之，因以故职留君。岁余，拜复州刺史，迁祠部郎中。会衢州无刺史，方选人，君愿行，宰相即以君应诏。治衢五年，复入为库部郎中。行及扬州，遇疾，居月余，以长庆元年八月二十四日卒，春秋六十。即以其年十一月二十二日，从葬于郑州广武原先人之墓次。

君天性和乐，居家事人与待交游，初持一心，未尝变节，有所缓急曲直薄厚疏数也。不为翕翕热，亦不为崖岸斩绝之行。俸禄入门，与其所过逢吹笙弹筝，饮酒舞歌，诙调醉呼，连日夜不厌，费尽不复顾问，或分挈以去，一无所爱惜，不为后日毫发计留也；遇其空无时，客至，清坐相看，或竟日不能设食，客主各自引退，亦不为辞谢；与之游者，自少及老，未尝见其言色有若忧叹者：岂列御寇、庄周等所谓“近于道者”邪！其治官守身，又极谨慎，不挂于过差；去官而人民思之，身死而亲故无所怨议，哭之皆哀，又可尚也。

初娶吏部侍郎京兆韦肇女。生二女一男。长女嫁京兆韦词，次嫁兰陵萧儹。后娶河南少尹赵郡李则女。生一女二男。其余男二人，女四人，皆幼。嗣子退思，韦氏生也。铭曰：

再鸣以文进涂辟，佐三府治蔼厥迹。郎官郡守愈著白，洞然浑朴绝瑕谪。甲子一终反玄宅。

【解题】

本文作于长庆元年十一月，时韩愈在京城任兵部侍郎。郑君，即郑群，曾官尚书库部郎中，韩愈在江陵府时与之同官。文章叙其世系、历官及性情、治行等，风神遒逸，略近太史公。

殿中少监马君墓志

君讳继祖，司徒赠太师北平庄武王之孙，少府监赠太子少傅讳畅之子。生四岁，以门功拜太子舍人。积三十四年，五转而至殿中少监。年三十七以卒，有男八人，女二人。

始余初冠，应进士贡在京师，穷不自存，以故人稚弟拜北平王于马前，王问而怜之，因得见于安邑里第。王轸其寒饥，赐食与衣。召二子使为之主，其季遇我特厚，少府监赠太子少傅者也。姆抱幼子立侧，眉眼如画，发漆黑，肌肉玉雪可念，殿中君也。当是时，见王于北亭，犹高山深林钜谷，龙虎变化不测，杰魁人也；退见少傅，翠竹碧梧，鸾鹄停峙，能守其业者也；幼子娟好静秀，瑶环瑜珥，兰茁其牙，称其家儿也。后四五年，吾成进士，去而东游，哭北平王于客舍；后十五六年，吾为尚书都官郎，分司东都，而分府少傅卒，哭之；又十余年至今，哭少监焉。呜呼！吾未耄老，自始至今未四十年，而哭其祖子孙三世，于人世何如也！人欲久不死而观居此世者，何也？

【解题】

本文约作于长庆初年，时韩愈在京城供职。马君，即北平王马燧之孙马继祖，曾官殿中少监。马继祖是庸碌之才，靠门荫入仕，无甚可记，故韩愈在文中主要写自己三十多年间哭马家三代之事，于故旧盛衰之中深寄哀叹，构思极为巧妙，颇似哀诔之文。

楚国夫人墓志铭

楚国夫人姓翟氏，故检校御史大夫宋州刺史良佐之女，今司徒兼中书令许国公之妻，前鄜坊节度使散骑常侍兼御史大夫公武之母。

夫人在家，以孝友聪明为父母所偏爱。选所宜归，以适韩氏。韩氏族大且贵，又太尉刘公甥，内外尊显。夫人入门，上下莫不赞贺。事皇姑齐国太夫人，肃恭诚至，奉养不怠。皇姑以夫人能尽妇道，称之六亲。其事夫，义以顺；其教子，爱以公。司徒公曰：“我之能守贵富不危溢者，楚国有助焉耳。”大夫领梁偏师，卒就蔡功，受节居藩，为邦家令人，父母之教然也。

夫人以元和十四年十一月一日薨于鄜之公府，春秋若干。大夫委节去位，奉丧以居东都。诏起之，辞以羸毁不任即命。又加喻勉，固不变。天子嗟叹之。长庆二年三月某日，葬夫人于洛阳北山。夫人生二子：长曰肃元，为太子司议郎以卒，赠尚书主客郎中。其次大夫公武也。铭曰：

翟氏之先，盖出宗周。璜显于魏，以佐文侯。高陵相汉，义以家酬。迁于南阳，始自郎苗。逮魏、晋、宋，代不绝史。以至夫人，太守之子，司徒之妻，大夫之母。公居河东，子在鄜畤。为王屏翰，有壤千里。公曰姑止，以承我祀。子曰母兮，莫我抚已。文驷雕轩，往来有炜。莫尊于母，莫荣于妻。从古迄今，孰盛与夷！用昭厥裔，篆此铭诗。

【解题】

本文作于长庆二年（822）三月，时韩愈在京城任兵部侍郎。楚国夫人，即许国公韩弘之妻。韩愈与韩弘关系较密切，故为撰此墓志铭。

唐故国子司业窦公墓志铭

国子司业窦公讳牟，字某。六代祖敬远，尝封西河公。大父同昌司马，比四代仍袭爵名。同昌讳胤，生皇考讳叔向，官至左拾遗，溧水令，赠工部尚书。

尚书于大历初名能为诗文，及公为文，亦最长于诗。孝谨厚重，举进士登第。佐六府五公，八迁至检校虞部郎中。元和五年，真拜尚书虞部郎中，转洛阳令、都官郎中、泽州刺史，以至司业。年七十四，长庆二年二月丙寅，以疾卒。其年八月某日，葬河南偃师先公尚书之兆次。

初，公善事继母，家居未出，学问于江东，尚幼也，名声词章行于京师，人迟其至。及公就进士，且试，其辈皆曰：“莫先窦生。”于时，公舅袁高为给事中，方有重名，爱且贤公，然实未尝以干有司。公一举成名而东，遇其党必曰：“非我之才，维吾舅之私。”其佐昭义军也，遇其将死，公权代领以定其危。后将卢从史重公不遣，奏进官职。公视从史益骄不逊，伪疾经年，舆归东都。从史卒败死。公不以觉微避去为贤告人。

公始佐崔大夫纵留守东都，后佐留守司徒余庆，历六府五公，文武细粗不同，自始及终，于公无所悔望有彼此言者。六府从事几且百人，有愿奸易险贤不肖不同，公一接以和与信，卒莫与公有怨嫌者。其为郎官令守，慎法宽惠不刻；教诲于国学也，严以有礼，扶善遏过，益明上下之分，以躬先之，恂恂恺悌，得师之道。

公一兄三弟：常、群、庠、巩。常，进士，水部员外郎，朗、夔、江、抚四州刺史；群以处士征，自吏部郎中拜御史中丞，出帅黔、容以卒；庠三佐大府，自奉先令为登州刺史；巩亦进士，以御史佐淄青府：皆有材名。公子三人：长曰周余，好善学文，能谨谨致孝，述父之志，曲而不黩；次曰某，曰某，皆以进士贡。女子三人。

愈少公十九岁，以童子得见，于今四十年。始以师视公，而终以兄事焉。公待我一以朋友，不以幼壮先后致异。公可谓笃厚文行君子矣。其铭曰：

后缗窦逃闵腹子，夏以再家窦为氏。圣愕旋河犊引比，相婴拔汉纳孔轨。后去观津，而家平陵；遥遥厥绪，夫子是承。我敬其人，我怀其德；作诗孔哀，质于幽刻。

【解题】

本文作于长庆二年八月，时韩愈在京城为兵部侍郎。窦公，即窦牟，曾官国子司业。韩愈与窦牟，介于师友之间，故为撰此墓志，以叙其家世、历官及人品节操。

故太学博士李君墓志铭

太学博士顿丘李于，余兄孙女婿也。年四十八，长庆三年正月五日卒。其月二十六日，穿其妻墓而合葬之，在某县某地。子三人，皆幼。

初，于以进士为鄂岳从事。遇方士柳泌，从受药法，服之往往下血。比四年，病益急，乃死。其法以鉛满一鼎，按中为空，实以水银，盖封四际，烧为丹沙云。

余不知服食说自何世起，杀人不可计，而世慕尚之益至，此其惑也！在文书所记及耳闻相传者不说，今直取目见亲与之游而以药败者六七公，以为世诫。

工部尚书归登、殿中御史李虚中、刑部尚书李逊、逊弟刑部侍郎建、襄阳节度使工部尚书孟简、东川节度御史大夫卢坦、金吾将军李道古：此其人皆有名位，世所共识。工部既食水银得病，自说若有烧铁杖自颠贯其下者，摧而为火，射窍节以出，狂痛号呼乞绝。其茵席常得水银，发且止，唾血十数年以毙。殿中疽发其背死。刑部且死，谓余曰："我为药误。"其季建，一旦无病死。襄阳黜为吉州司马，余自袁州还京师，襄阳乘舸邀我于萧洲，屏人曰："我得秘药，不可独不死，今遗子一器，可用枣肉为丸服之。"别一年而病，其家人至，讯之，曰："前所服药误，方且下之，下则平矣。"病二岁竟卒。卢大夫死时，溺出血肉，痛不可忍，乞死，乃死。金吾以柳泌得罪，食泌药，五十死海上。此可以为诫者也！蕲不死，乃速得死，谓之智，可不可也？

五谷三牲、盐醯果蔬，人所常御。人相厚勉，必曰强食。今惑者皆曰："五谷令人夭，不能无食，当务减节。"盐醯以济百味，豚鱼鸡三者，古以养老，反曰："是皆杀人，不可食。"一筵之馔，禁忌十常不食二三。不信常道而务鬼怪，临死乃悔。后之好者又曰："彼死者皆不得其道也，我则不然。"始病，曰："药动故病，病去药行，乃不死矣。"及且死，又悔。呜呼！可哀也已，可哀也已！

【解题】

本文作于长庆三年（823）五月，时韩愈在京城为京兆尹兼御史大夫。李君，即李于，韩愈之侄孙女婿，曾官大学博士。本文打破墓志铭传统写法，极少写墓主，而主要是举例讲服食之害，是一篇诫世的反道教文章。文章叙写生动，叙议结合，语言质直，毫不隐晦。

司徒兼侍中中书令赠太尉许国公神道碑铭

韩，姬姓，以国氏。其先有自颍川徙阳夏者，其地于今为陈之太康。太康之韩，其称盖久，然自公始大著。公讳弘。公之父曰海，为人魁伟沉塞，以武勇游仕许、汴之间，寡言自可，不与人交，众推以为钜人长者，官至游击将军，赠太师。娶乡邑刘氏女，生公，是为齐国太夫人。

夫人之兄曰司徒玄佐，有功建中、贞元之间，为宣武军帅，有汴、宋、亳、颍四州之地，兵士十万人。公少依舅氏，读书习骑射，事亲孝谨，侃侃自将，不纵为子弟华靡遨放事。出入敬恭，军中皆目之。尝一抵京师，就明经试。退曰："此不足发名成业。"复去，从舅氏学，将兵数百人，悉识其材鄙怯勇，指付必堪其事，司徒叹奇之，士卒属心，诸老将皆自以为不及。司徒卒，去为宋南城将。比六七岁，汴军连乱不定。贞元十五年刘逸淮死，军中皆曰："此军司徒所树，必择其骨肉为士卒所慕赖者付之，今见在人，莫如韩甥，且其功最大，而材又俊。"即柄授之，而请命于天子。天子以为然。遂自大理评事拜工部尚书，代逸淮为宣武军节度使，悉有其舅司徒之兵与地。

当此时，陈许帅曲环死，而吴少诚反，自将围许，求援于逸淮，啖之以陈归汴，使数辈在馆，公悉驱出斩之。选卒三千人，会诸军击少诚许下，少诚失势以走，河南无事。

公曰："自吾舅殁，五乱于汴者，吾苗薅而发栉之几尽；然不一揃刈，不足令震骇。"命刘锷以其卒三百人待命于门，数之以数与于乱，自以为功，并斩之以徇，血流波道。自是讫公之朝京师廿有一年，莫敢有欢呶叫号于城郭者。

李师古作言起事，屯兵于曹，以吓滑帅，且告假道。公使谓曰："汝能越吾界而为盗邪？有以相待，无为空言！"滑师告急，公使谓曰："吾在此，公无恐！"或告曰："翦棘夷道，兵且至矣，请备之！"公曰："兵来不除道也。"不为应。师古诈穷变索，迁延旋军。

少诚以牛皮鞋材遗师古，师古以盐资少诚，潜过公界，觉，皆留输之库。曰："此于法不得以私相馈。"田弘正之开魏博，李师道使来告曰："我代与田氏约相保援，今弘正非其族，又首变两河事，亦公之所恶，我将与成德合军讨之，敢告。"公谓其使曰："我不知利害，知奉诏行事耳。若兵北过河，我即东兵以取曹。"师道惧，不敢动，弘正以济。诛吴元济也，命公都统诸军，曰："无自行以遏北寇！"公请使子公武以兵万三千人会讨蔡下，归财与粮，以济诸军，卒擒蔡奸，于是以公为侍中，而以公武为鄜、坊、丹、延节度使。

师道之诛，公以兵东下，进围考城，克之。遂进迫曹，曹寇乞降。郓部既平，公曰：吾无事于此，其朝京师。天子曰："大臣不可以暑行，其秋之待。"公曰："君为仁，臣为恭，可矣。"

遂行。既至，献马三千匹，绢五十万匹，他锦纨绮缬又三万，金银器千。而汴之库厩，钱以贯数者尚余百万，绢亦合百余万匹，马七千，粮三百万斛，兵械多至不可数。初公有汴，承五乱之后，掠赏之余，且歛且给，恒无宿储；至是公私充塞，至于露积不垣。

册拜司徒兼中书令，进见上殿，拜跪给扶，赞元经体，不治细微，天子敬之。元和十五年，今天子即位，公为冢宰，又除河中节度使。在镇三年，以疾乞归。复拜司徒中书令，病不能朝。以长庆二年十二月三日薨于永崇里第，年五十八。天子为之罢朝三日，赠太尉，赐布粟，其葬物有司官给之，京兆尹监护。明年七月某日，葬于万年县少陵原京城东南三十里，楚国夫人翟氏祔。子男二人：长曰肃元，某官；次曰公武，某官。肃元早死。公之将薨，公武暴病先卒，公哀伤之，月余遂薨。无子，以公武子——孙绍宗为主后。

汴之南则蔡，北则郓，二寇患公居间，为己不利，卑身佞辞，求与公好。荐女请昏，使日月至。既不可得，则飞谋钓谤，以间染我。公先事候情，坏其机牙，奸不得发，王诛以成。最功定次，孰与高下！

公子公武，与公一时俱授弓钺，处藩为将，疆土相望。公武以母忧去镇，公母弟充自金吾代将渭北。公以司徒中书令治蒲，于时，弟充自郑滑节度平宣武之乱，以司空居汴。自唐以来，莫与为比。

公之为治，严不为烦，止除害本，不多教条。与人必信，吏得其职，赋入无所漏失，人安乐之，在所以富。公与人有畛域，不为戏狎，人得一笑语，重于金帛之赐。其罪杀人，不发声色，问法何如，不自为轻重：故无敢犯者。其铭曰：

在贞元世，汴兵五猘。将得其人，众乃一愒。其人为谁，韩姓许公。磔其枭狼，养以雨风。桑谷奋张，厥壤大丰。贞元元孙，命正我宇。公为臣宗，处得地所。河流两壖，盗连为群。雄唱雌和，首尾一身。公居其间，为帝督奸。察其嚬呻，与其眴眴。左顾失视，右顾而跽。蔡先郓鉏，三年而墟。槁乾四呼，终莫敢濡。常山幽都，孰陪孰扶？天施不留，其讨不逋。许公预焉，其赉何如。

悠悠四方，既广既长。无有外事，朝廷之治。许公来朝，车马干戈。相乎将乎，威仪之多。将则是矣，相则三公。释师十万，归居庙堂。上之宅忧，公让太宰。养安蒲坂，万邦绝等。有弟有子，提兵守藩。一时三侯，人莫敢扳。生莫与荣，殁莫与令。刻文此碑，以鸿厥庆。

【解题】

本文作于长庆三年七月，时韩愈为京兆尹兼御史大夫。许国公，即韩弘，曾官司徒兼侍中中书令，卒赠太尉。文章叙其历官，重在镇汴及朝京师等大节，文辞雄伟威重，首尾一贯，真可谓不袭《左》、《史》之格调，而师其义法。

女挐圹铭

女挐，韩愈退之第四女也，惠而早死。

愈之为少秋官，言佛夷鬼，其法乱治，梁武事之，卒有侯景之败，可一扫刮绝去，不宜使烂漫。天子谓其言不祥，斥之潮州——汉南海揭阳之地。愈既行，有司以罪人家不可留京师，迫遣之。女挐年十二，病在席，既惊痛与其父诀，又舆致走道，撼顿失食饮节，死于商南层峰驿，即瘗道南山下。五年，愈为京兆，始令子弟与其姆易棺衾，归女挐之骨于河南之河阳韩氏墓，葬之。

女挐死当元和十四年二月二日；其发而归，在长庆三年十月之四日；其葬在十一月之十一日。铭曰：

汝宗葬于是，汝安归之，惟永宁！

【解题】

本文作于长庆三年十月，时韩愈在长安为京兆尹兼御史大夫。挐为韩愈第四女，病死于韩愈贬官潮州途中。韩愈此时将其由商南层峰驿迁葬至河阳祖坟，故撰此圹铭及《祭女挐女文》。圹，墓穴。

唐故江南西道观察使中大夫洪州刺史兼御史中丞上柱国赐紫金鱼袋赠左散骑常侍太原王公神道碑铭

王氏皆王者之后，在太原为姬姓。春秋时，王子成父败狄有功，因赐氏，厥后世居太原。至东汉隐士烈，博士征不就，居祁县，因号所居乡为“君子”，公其君子乡人也。魏、晋涉隋，世有名人。国朝大王父玄暕，历御史属三院，止尚书郎；生景肃，守三郡，终傅凉王；生政，襄、邓等州防御使，鄂州采访使，赠吏部尚书。

公尚书之弟某子，公讳仲舒，字弘中。少孤，奉母夫人家江南。读书著文，其誉蔼郁，当时名公，皆折官位辈行愿为交。贞元初，射策拜左拾遗，与阳城合遏裴延龄不得为相。德宗初怏怏无奈，久而嘉之。其后入阁，德宗顾列谓宰相曰：“第几人必王某也。”果然。月余，特改右补阙，迁礼部考功吏部三员外郎。在礼部奏议详雅，省中伏其能。在考功吏部提约明故，吏无以欺。同列有恃恩自得者，众皆媚承；公嫉其为人，不直视，由此贬连州司户。移夔州司马，又移荆南，因佐其节度事，为参谋，得五品服。放迹在外积四年。

元和初，收拾俊贤，征拜吏部员外郎。未几，为职方郎中、知制诰。友人得罪斥逐后，其家亲知过门缩颈不敢视；公独省问，为计度论议，直其冤。由是出为峡州刺史，转庐州。未至，丁母夫人忧。服除，又为婺州。时疫旱甚，人死亡且尽，公至，多方救活，天遂雨，疫定，比数年里闾完复。制使出巡，人填道迎显公德。事具闻，就加金紫。转苏州，变其屋居以绝火延，堤松江路，害绝阻滞。秋夏赋调，自为书与人以期，吏无及门而集，政成为天下守之最。

天子曰："王某之文可思，最宜为诰，有古风，岂可久以吏事役之？"复拜中书舍人。既至京师，侪流无在者，视同列皆邈然少年，益自悲，而谓人曰："岂可复治笔砚于其间哉！上若未弃臣，宜用所长。在外久，周知俗之利病，俾治之，当不自愧。"宰相以闻，遂得观察江南西道。奏罢榷酤钱九千万。军息之无已，掌吏坏产犹不释，囚之。公至，脱械不问。人遭水旱，赋窘，公曰："我且减燕乐，绝他用钱，可足乎？"遂以代之。罢军之息钱，禁浮屠诳诱，坏其舍以葺公宇。三年，法大成，钱余于库，粟余廪，人享于田庐，讴谣于道途。天子复思，且征以代，虚吏部左丞位以待之。长庆三年十一月十七日薨于洪州，年六十二。上哀恸辍朝，赠左散骑常侍。某日，归葬于某处。

某既以公之德刻而藏之墓矣，子初又请诗以揭之。词曰：

生人之治，本乎斯文。有事其末，而忘其源；切近昧陋，道由是堙。有志其本，而泥古陈；当用而迂，乖戾不伸：较是二者，其过也均。

有美王公，志儒之本，达士之经。秩秩而积，涵涵而停。韡为华英，不矜不盈，孰播其馨？孰发其明？介然而居，士友以倾。

敷文帝阶，擢列侍从。以忠远名，有直有讽；辨遏坚恳，巨邪不用。秀出班行，乃动帝目。帝省竭心，恩顾日渥。翔于郎署，骞于禁密。发帝之令，简古而蔚。

不比于权，以直友冤。敲撼挫揠，竟遭斥奔。久淹于外，历守大藩。所至极思，必悉利病。萎枯以膏，燠暍以醒。坦之敞之，必绝其径。浚之澄之，使安其泳。

帝思其文，复命掌诰。公潜谓人，此职宜少。岂无凋郡，庸以自效。上藉其实，俾统于洪。逋滞攸除，奸讹革风。祛蔽于目，释负于躬。方乎所部，禁绝浮屠。风雨顺易，杭稻盈畴。人得其所，乃恬乃讴。化成有代，思以息劳。虚位而竢，奄忽滔滔：维德维绩，志于斯石，日远弥高。

【解题】

本文作于长庆三年，时韩愈在京城为吏部侍郎。王公，即王仲舒。曾官江南西道观察使，卒赠左散骑常侍。韩愈既为其撰《故江南西道观察使赠左散骑常侍太原王公墓志铭》，又撰此神道碑文。文章叙王仲舒之历官与政绩，多直叙，首尾神气贯注。

故江南西道观察使赠左散骑常侍太原王公墓志铭

公讳仲舒，字弘中。少孤，奉其母居江南，游学有名。贞元十年，以贤良方正拜左拾遗，改右补阙，礼部、考功、吏部三员外郎。贬连州司户参军，改夔州司马。佐江陵使，改祠部员外郎，复除吏部员外郎，迁职方郎中，知制诰。出为峡州刺史，迁庐州，未至，丁母忧。服阕，改婺州、苏州刺史。

征拜中书舍人，既至，谓人曰："吾老，不乐与少年治文书。得一道，有地六七郡，为之三年，贫可富，乱可治，身安功立，无愧于国家可也。"日日语人，丞相闻问，语验，即除江南西道观察使，兼御史中丞。至则奏罢榷酒钱九千万，以其利与民；又罢军吏官债五千万，悉焚簿文书；又出库钱一千万，以丐贫民遭旱不能供税者；禁浮屠及老子为僧、道士，不得于吾界内因山野立浮屠、老子象，以其诳丐渔利，夺编人之产。在官四年，数其蓄积，钱余于库，米余于廪。

朝廷选公卿于外，将征以为左丞，吏部已用薛尚书代之矣。长庆三年十一月十七日，未命而薨，年六十二。天子为之罢朝，赠左散骑常侍。远近相吊。以四年二月某日葬于河南某县先茔之侧。

公之为拾遗，朝退，天子谓宰相曰："第几人非王某邪?"是时，公方与阳城更疏论裴延龄诈妄，士大夫重之。为考功吏部郎也，下莫敢有欺犯之者；非其人，虽与同列，未尝比数收拾；故遭谗而贬。在制诰，尽力直友人之屈，不以权臣为意。又被谗而出。元和初，婺州大旱，人饿死，户口亡十七八，公居五年，完富如初；按劾群吏，奏其赃罪，州部清整。加赐金紫。其在苏州，治称第一。

公所至，辄先求人利害废置所宜，闭阁草奏，又具为科条与人吏约。事备，一旦张下，民无不抃叫喜悦；或初若小烦，旬岁皆称其便。公所为文章，无世俗气，其所树立，殆不可学。

曾祖讳玄暕，比部员外郎。祖讳景肃，丹阳太守。考讳政，襄、邓等州防御使、鄂州采访使，赠工部尚书。公先妣渤海李氏，赠渤海郡太君。公娶其舅女，有子男七人：初、哲、贞、弘、泰、复、洄。初进士及第，哲文学俱善，其余幼也。长女婿刘仁师，高陵令；次女婿李行修，尚书刑部员外郎。铭曰：

气锐而坚，又刚以严，哲人之常。爱人尽己，不倦以止，乃吏之方。与其友处，顺若妇女，何德之光。墓之有石，我最其迹，万世之藏。

【解题】

本文作于长庆三年十一月，时韩愈在京城为吏部侍郎。王公，即王仲舒，卒赠左散骑常侍。本文前部分叙其官阶，后部分叙其政绩，中间特叙其为观察使一段以为核心，极尽章法变化之能事。

柳州罗池庙碑

罗池庙者，故刺史柳侯庙也。柳侯为州，不鄙夷其民，动以礼法。三年，民各自矜奋："兹土虽远京师，吾等亦天氓，今天幸惠仁侯，若不化服，我则非人。"于是老少相教语，莫违侯令。凡有所为于其乡闾及于其家，皆曰："吾侯闻之，得无不可于意否?"莫不忖度而后从事。凡令之期，民劝趋之，无有后先，必以其时。于是民业有经，公无负租，流逋四归，乐生兴事：宅有新屋，步有新船，池园洁修，猪牛鸭鸡，肥大蕃息；子严父诏，妇顺夫指，嫁娶葬送，各有条法，出相弟长，入相慈孝。先时，民贫以男女相质，久不得赎，尽没为隶；我侯之至，按国之故，以佣除本，悉夺归之。大修孔子庙，城郭巷道，皆治使端正，树以名木。柳民既皆悦喜。

尝与其部将魏忠、谢宁、欧阳翼饮酒驿亭，谓曰："吾弃于时，而寄于此，与若等好也。明年吾将死，死而为神，后三年为庙祀我。"及期而死。三年孟秋辛卯，侯降于州之后堂，欧阳翼等见而拜之。其夕，梦翼而告曰："馆我于罗池。"其月景辰，庙成大祭，过客李仪醉酒慢侮堂上，得疾，扶出庙门即死。明年春，魏忠、欧阳翼使谢宁来京师，请书其事于石。

余谓柳侯生能泽其民，死能惊动福祸之以食其土，可谓灵也已。作《迎享送神诗》遗柳民，俾歌以祀焉，而并刻之。柳侯，河东人，讳宗元，字子厚，贤而有文章，尝位于朝，光显矣；已而摈不用。其辞曰：

荔子丹兮蕉黄，杂肴蔬兮进侯堂。侯之船兮两旗，度中流兮风泊之，待侯不来兮不知我悲。侯乘驹兮入庙，慰我民兮不颦以笑。鹅之山兮柳之水，桂树团团兮白石齿齿。侯朝出游兮暮来归，春与猨吟兮秋鹤与飞。北方之人兮为侯是非，千秋万岁兮侯无我违。福我兮寿我，驱厉鬼兮山之左。下无苦湿兮高无干，秔稌充羡兮蛇蛟结蟠。我民报事兮无怠其始，自今兮钦于世世。

【解题】

本文的写作年代历来说法不一，约作于长庆元年至三年间。罗池：池名，在柳州市东，当地名胜，池旁建柳宗元庙。本文主要写柳宗元在柳州的政绩。文中多写柳宗元为神显灵之事，实为柳宗元“弃于时”作不平之鸣。此文脱去一般碑文之俗套。风格近柳文，而又受楚辞影响。

南阳樊绍述墓志铭

樊绍述既卒，且葬。愈将铭之，从其家求书，得书号《魁纪公》者三十卷，曰《樊子》者又三十卷，《春秋集传》十五卷，表牋、状策、书序、传记、纪志、说论、今文谠铭凡二百九十一篇，道路所遇及器物门里杂铭二百二十，赋十，诗七百一十九。曰：多矣哉！古未尝有也。然而必出于己，不袭蹈前人一言一句，又何其难也！必出入仁义，其富若生蓄万物，必具海含地负、放恣横从，无所统纪；然而不烦于绳削而自合也。呜呼！绍述于斯术其可谓至于斯极者矣！

生而其家贵富，长而不有其藏一钱。妻子告不足，顾且笑曰：“我道盖是也。”皆应曰：“然。”无不意满。尝以金部郎中告哀南方，还，言某师不治，罢之，以此出为绵州刺史。一年，征拜左司郎中，又出刺绛州。绵、绛之人至今皆曰：“于我有德。”以为谏议大夫，命且下，遂病以卒。年若干。

绍述讳宗师，父讳泽，尝帅襄阳、江陵，官至右仆射，赠某官。祖某官，讳泳。自祖及绍述三世，皆以军谋堪将帅策上第以进。

绍述无所不学，于辞于声天得也，在众若无能者。尝与观乐，问曰：“何如？”曰：“后当然。”已而果然。铭曰：

惟古于词必己出，降而不能乃剽贼，后皆指前公相袭，从汉迄今用一律。寥寥久哉莫觉属，神徂圣伏道绝塞。既极乃通发绍述，文从字顺各识职。有欲求之此其躅。

【解题】

樊绍述即是樊宗师，韩愈之好友，卒于长庆三、四年间，此文亦写于此时。樊宗师是有名的古文家，与韩志同道合，而其一生政绩及历官又无甚可写，故韩愈主要写其文学成就，并借此宣传自己的文学主张。

唐正议大夫尚书左丞孔公墓志铭

孔子之后三十八世，有孙曰戣，字君严，事唐为尚书左丞。年七十三，三上书去官，天子以为礼部尚书，禄之终身，而不敢烦以政。吏部侍郎韩愈常贤其能，谓曰：“公尚壮，上三留，奚去之果？”曰：“吾敢要君？吾年至，一宜去；吾为左丞，不能进退郎官，唯相之为，二宜去。”愈又曰：“古之老于乡者，将自佚，非自苦；闾井田宅具在，亲戚之不仕与倦而归者，不在东阡在北陌，可杖屦来往也。今异于是，公谁与居？且公虽贵而无留资，何恃而归？”曰：“吾负二宜去，尚奚顾子言？”愈面叹曰：“公于是乎贤远于人！”明日奏疏曰：“臣与孔戣同在南省，数与相见。戣为人守节清苦，论议正平，年才七十，筋力耳目，未觉衰老，忧国忘家，用意至到。如戣辈在朝不过三数人，陛下不宜苟顺其求，不留自助也。”不报。明年，长庆四年正月己未，公年七十四，告薨于家，赠兵部尚书。

公始以进士佐三府，官至殿中侍御史。元和元年，以大理正征，累迁江州刺史、谏议大夫。事有害于正者，无所不言。加皇太子侍读，改给事中，言京兆尹阿纵罪人，诏夺京兆尹三月之俸。权知尚书右丞，明年，拜右丞，改华州刺史。明州岁贡海虫淡菜蛤蚶可食之属，自海抵京师，道路水陆，递夫积功岁为四十三万六千人，奏疏罢之。下邽令笞外按小儿，系御史狱，公上疏理之。诏释下邽令，而以华州刺史为大理卿。

十二年，自国子祭酒拜御史大夫、岭南节度等使。约以取足。境内诸州负钱至二百万，悉放不收。蕃舶之至泊步，有下碇之税，始至有阅货之燕，犀珠磊落，贿及仆隶，公皆罢之。绝海之商有死于吾地者，官藏其货，满三月无妻子之请者，尽没有之。公曰：“海道以年计往复，何月之拘？苟有验者，悉推与之，无筭远近。”厚守宰俸，而严其法。岭南以口为货，其荒阻处父子相缚为奴，公一禁之。有随公吏得无名儿，蓄不言官；有讼者，公召杀之。山谷诸黄，世自聚为豪，观吏厚薄缓急，或叛或从。容、桂二管利其虏掠，请合兵讨之，冀一有功，有所指取。当是时，天子以武定淮西、河南、北，用事者以破诸黄为类，向意助之。公屡言远人急之则惜性命相屯聚为寇，缓之则自相怨恨而散，此禽兽耳；但可自计利害，不足与论是非。天子入先言，遂歛兵江西、岳鄂、湖南、岭南，会容、桂之吏以讨之，被雾露毒，相枕藉死，百无一还。安南乘势杀都护李象古。桂将裴行立，容将杨旻皆无功，数月自死。岭南嚣然。祠部岁下广州祭南海庙，庙入海口，为州者皆惮之，不自奉事，常称疾，命从事自代，唯公岁常自行。官吏刻石为诗美之。

十五年，迁尚书吏部侍郎。公之北归，不载南物，奴婢之籍，不增一人。长庆元年，改右散骑常侍。二年而为尚书左丞。曾祖讳务本，沧州东光令。祖讳如珪，海州司户参军，赠尚书工部郎中。皇考讳岑父，秘书省著作佐郎，赠尚书左仆射。公夫人京兆韦氏，父种，大理评事。有四子：长曰温质，四门博士；遵孺、遵宪、温裕，皆明经。女子长嫁中书舍人平阳路隋，其季者幼。公之昆弟五人，载、戡、戢、戳。公于次为第二。公之薨，戢自湖南入为少府监。其年八月甲申，戢与公子葬公于河南河阴广武原先公仆射墓之左。铭曰：

孔世卅八，吾见其孙。白而长身，寡笑与言。其尚类也，莫与之伦。德则多有，请考于文。

【解题】

本文作于长庆四年（824）正月，时韩愈在京城为吏部侍郎。孔公，即孔戣，曾官尚书左丞。文章从其致仕写起，叙其历官、政绩及家庭情况，全文跌宕变化，颇富气势。

故幽州节度判官赠给事中清河张君墓志铭

张君名彻，字某，以进士累官至范阳府监察御史。长庆元年，今牛宰相为御史中丞，奏君名迹中御史选，诏即以为御史。其府惜不敢留，遣之，而密奏：“幽州将父子继续，不廷选且久，今新收，臣又始至孤怯，须强佐乃济。”发半道，有诏以君还之，仍迁殿中侍御史，加赐朱衣银鱼。至数日，军乱，怨其府从事，尽杀之，而囚其帅。且相约：张御史长者，毋侮辱轹蹙我事，无庸杀，置之帅所。

居月余，闻有中贵人自京师至。君谓其帅：“公无负此土人。上使至，可因请见自辨，幸得脱免归。”即推门求出。守者以告其魁，魁与其徒皆骇曰：“必张御史。张御史忠义，必为其帅告此余人，不如迁之别馆。”即与众出君。君出门骂众曰：“汝何敢反！前日吴元济斩东市，昨日李师道斩于军中，同恶者父母妻子皆屠死，肉餧狗鼠鸱鸦。汝何敢反！汝何敢反！”行且骂。众畏恶其言，不忍闻，且虞生变，即击君以死。君抵死口不绝骂，众皆曰：“义士！义士！”或收瘗之以俟。

事闻，天子壮之，赠给事中。其友侯云长佐郓使，请于其帅马仆射，为之选于军中，得故与君相知张恭、李元实者，使以币请之范阳，范阳人义而归之。以闻，诏所在给船舆，传归其家，赐钱物以葬。长庆四年四月某日，其妻子以君之丧葬于某州某所。

君弟复亦进士，佐汴、宋，得疾，变易丧心，惊惑不常。君得闲即自视衣褥薄厚，节时其饮食，而匕箸进养之，禁其家无敢高语出声。医饵之药，其物多空青雄黄，诸奇怪物，剂钱至十数万；营治勤剧，皆自君手，不假之人。家贫，妻子常有饥色。

祖某，某官。父某，某官。妻韩氏，礼部郎中某之孙，汴州开封尉某之女，于余为叔父孙女。君常从余学，选于诸生而嫁与之。孝顺祇修，群女效其所为。男若干人，曰某；女子曰某。铭曰：

呜呼彻也！世慕顾以行，子揭揭也；噎喑以为生，子独割也。为彼不清，作玉雪也；仁义以为兵，用不缺折也。知死不失名，得猛厉也；自申于阍，明莫之夺也。我铭以贞之，不肖者之呾也。

【解题】

本文作于长庆四年（824）四月，时韩愈在京城任吏部侍郎。张君，即张彻，韩愈既为之撰《祭张给事》一文，又撰此墓志铭。张彻为义士，死于乱，故本文详叙其事，生动感人。

卢浑墓志铭

前汝父母右汝兄，汝从之居，视汝如生。迁汝居兮，日月之良。汝居孔固兮，后无有殃。如不信兮，视此铭章。

【解题】

本文写作年代不详。卢浑，韩愈之妻弟。一生无可叙之事，故此文只有铭而没有志，铭文亦极简，且重在宽慰死者，并无赞语，足见韩愈写墓志铭能因人而异，不苟毁誉。

十一　祭吊

祭田横墓文

贞元十一年九月，愈如东京，道出田横墓下，感横义高能得士，因取酒以祭，为文而吊之，其辞曰：

事有旷百世而相感者，余不自知其何心。非今世之所稀，孰为使余歔欷而不可禁？余既博观乎天下，曷有庶几乎夫子之所为？死者不复生，嗟余去此其从谁？当秦氏之败乱，得一士而可王；何五百人之扰扰，而不能脱夫子于剑芒？抑所宝之非贤，亦天命之有常。昔阙里之多士，孔圣亦云其遑遑。苟余行之不迷，虽颠沛其何伤？自古死者非一，夫子至今有耿光。跽陈辞而荐酒，魂仿佛而来享。

【解题】

本文作于贞元十一年（795）九月，时韩愈在京求仕失意，郁郁东归洛阳，途经田横墓，有感而为此文。文章借田横能得士来讽刺时相不能用人，怀才不遇之情溢于言表，与其《感二鸟赋》寓意相近。文章感情强烈，措词愤激。

祭周氏侄女文

维年月日，十八叔、叔母具时羞清酌之奠，祭于周氏二十娘子之灵。

嫁而有子，女子之庆。缠疾中年，又命不永。今当长归，与一世违。凡汝亲戚，孰能不哀。撰此酒食，以与汝诀。汝曾知乎？我念曷阕。尚飨！

【解题】

本文作于贞元十一年。周氏侄女，即韩愈之从兄韩俞之女，嫁周况为妻，故称。韩愈另撰有《四门博士周况妻韩氏墓志铭》一文。

祭郑夫人文

维年月日，愈谨于逆旅备时羞之奠，再拜顿首，敢昭祭于六嫂荥阳郑氏夫人之灵。

呜呼！天祸我家，降集百殃。我生不辰，三岁而孤。蒙幼未知，鞠我者兄；在死而生，实维嫂恩。

未乱一年，兄宦王官，提携负任，去洛居秦。念寒而衣，念饥而飧。疾疹水火，无灾及身。劬劳闵闵，保此愚庸。年方及纪，荐及凶屯。兄罹谗口，承命远迁。穷荒海隅，夭阏百年。万里故乡，幼孤在前。相顾不归，泣血号天。微嫂之力，化为夷蛮。

水浮陆走，丹旐翩然。至诚感神，返葬中原。既克反葬，遭时艰难。百口偕行，避地江渍。春秋霜露，荐敬蘋蘩。以享韩氏之祖考，曰此韩氏之门。视余犹子，诲化谆谆。

爰来京师，年在成人。屡贡于王，名乃有闻。念兹顿顽，非训曷因。感伤怀归，陨涕熏心。苟容躁进，不顾其躬。禄仕而还，以为家荣。奔走乞假，东西北南。孰云此来，乃睹灵车！有志弗及，长负殷勤。呜呼哀哉！

昔在韶州之行，受命于元兄；曰："尔幼养于嫂，丧服必以期！"今其敢忘？天实临之！呜呼哀哉，日月有时，归合茔封，终天永辞。绝而复苏，伏惟尚飨！

【解题】

本文作于贞元十一年韩愈往河阳之时，当时韩愈未仕。郑夫人，即韩愈之大哥韩会之妻郑氏。愈三岁丧父，由韩会及郑氏抚养成人。故祭文中历叙家中变故，充满着对嫂夫人的深沉感激之情。

祭董相公文

维贞元十五年岁次己卯二月乙亥朔某日，节度行军司马检校右散骑常侍兼御史大夫知使事吴县开国男食邑三百户陆长源、度支营田判官检校金部员外郎侍御史孟叔度、观察支使监察御史里行丘颖、观察推官守秘书省校书郎韩愈等，谨以少牢之奠，敬祭于故尚书右仆射平章事陇西公之灵。

呜呼！天高而明，地厚而平。五气叙行，万汇顺成。交感旁畅，圣贤以生。雨水于云，渎水于坤。蕃昌生物，有假有因。天睠唐邦，锡之元臣。

肫肫元臣，其德孔硕。不谄不笑，不威不赫。不求其盈，不致其敌。爰立作相，讦谟实勤。出若无辞，畴德之闻。帝念东土，公其来抚。乃守洛都，乃藩浚郊。乃去厥疾，乃施厥膏。不知其劳，鳏寡以饶。

维昔浚郊，厥乱维旧。有狡有狂，其群孔丑。公其来矣，为民父母：父诲其义，母仁其愚。既变既从，孰云其初？自迩徂远，混然一区。

公来自中，天子所倚；公今不归，谁佐天子？公既来止，东人以完；公既殁矣，人谁与安？浊流浑浑，有阚其郛。填道欢呼，公来之初；今公之归，公在丧车。旨酒既盈，嘉肴在盛；呜呼我公，庶享其诚。尚飨！

【解题】

本文作于贞元十五年（799）二月，时韩愈为汴州观察推官。董相公，即董晋。董晋薨三日而敛，既敛而行，此文为韩愈与一时僚吏共为文祭于丧之将行之时。本祭文主要是称颂董晋之功德。

独孤申叔哀辞

众万之生，谁非天邪？明昭昏蒙，谁使然邪？行何为而怒，居何故而怜邪？胡喜厚其所可薄，而恒不足于贤邪？将下民之好恶与彼苍悬邪；抑苍茫无端而暂寓其间邪？死者无知，吾为子恸而已矣！如有知也，子其自知之矣！

濯濯其英，晔晔其光。如闻其声，如见其容。呜呼远矣，何日而忘！

【解题】

本文作于贞元十八年（802），时韩愈为国子四门博士。独孤申叔字子重，曾任校书郎，英才早逝，韩愈作此辞以哀之。文中之意主要是讲上天不公，好恶异于人世，“喜厚其所可薄”，“恒不足于贤”。

欧阳生哀辞

欧阳詹世居闽、越。自詹已上皆为闽、越官，至州佐县令者，累累有焉。闽、越地肥衍，有山泉禽鱼之乐，虽有长材秀民通文书吏事与上国齿者，未尝肯出仕。

今上初，故宰相常兖为福建诸州观察使，治其地。兖以文辞进，有名于时，又作大官，临莅其民，乡县小民有能诵书作文辞者，兖亲与之为客主之礼，观游宴飨，必召与之。时未几，皆化翕然。詹于时独秀出，兖加敬爱，诸生皆推服，闽、越之人举进士由詹始。

建中、贞元间，余就食江南，未接人事，往往闻詹名闾巷间，詹之称于江南也久。贞元三年，余始至京师举进士，闻詹名尤甚。八年春，遂与詹文辞同考试登第，始相识。自后詹归闽中，余或在京师他处，不见詹久者惟詹归闽中时为然，其他时与詹离率不历岁，移时则必合，合必两忘其所趋，久然后去。故余与詹相知为深。

詹事父母尽孝道，仁于妻子，于朋友义以诚。气醇以方，容貌嶷嶷然。其燕私善谑以和，其文章切深喜往复，善自道。读其书，知其于慈孝最隆也。十五年冬，余以徐州从事朝正于京师，詹为国子监四门助教，将率其徒伏阙下举余为博士，会监有狱，不果上。观其心，有益于余，将忘其身之贱而为之也。呜呼，詹今其死矣！

詹，闽、越人也。父母老矣，舍朝夕之养以来京师，其心将以有得于是而归为父母荣也，虽其父母之心亦皆然。詹在侧，虽无离忧，其志不乐也；詹在京师，虽有离忧，其志乐也。若詹者，所谓以志养志者欤！詹虽未得位，其名声流于人人，其德行信于朋友，虽詹与其父母皆可无憾也。詹之事业文章，李翱既为之传，故作哀辞，以舒余哀，以传于后，以遗其父母而解其悲哀，以卒詹志云。

求仕与友兮，远违其乡；父母之命兮，子奉以行。友则既获兮，禄实不丰；以志为养兮，何有牛羊。事实既修兮，名誉又光；父母忻忻兮，常若在旁。命虽云短兮，其存者长；终要必死兮，愿不永伤。友朋亲视兮，药物甚良；饮食孔时兮，所欲无妨。寿命不齐兮，人道之常；在侧与远兮，非有不同。山川阻深兮，魂魄流行；祀祭则及兮，勿谓不通。哭泣无益兮，抑哀自强；推生知死兮，以慰孝诚。呜呼哀哉兮，是亦难忘！

【解题】

本文约作于贞元十八年（802），时韩愈为四门博士。欧阳生，即欧阳詹，韩愈之挚友。韩愈作此哀辞，哀其生不显荣，惧其泯灭于后。文章重在叙述欧阳詹一生事亲和交友之道，抒自己悲思慕恋离合之情，反复低回，如自肺腑流出，真切感人。

题哀辞后

愈性不喜书，自为此文，惟自书两通：其一通遗清河崔群。群与余皆欧阳生友也，哀生之不得位而死，哭之过时而悲；其一通今书以遗彭城刘君伉。君喜古文，以吾所为合于古，诣吾庐而来请者八九至，而其色不怨，志益坚。

凡愈之为此文，盖哀欧阳生之不显荣于前，又惧其泯灭于后也。今刘君之请，未必知欧阳生，其志在古文耳。虽然，愈之为古文，岂独取其句读不类于今者邪？思古人而不得见，学古道则欲兼通其辞。通其辞者，本志乎古道者也。古之道，不苟誉毁于人。刘君好其辞，则其知欧阳生也无惑焉。

【解题】

本文与《欧阳生哀辞》写于同时，题一作《题欧阳生哀辞后》。此文主要为刘伉而作。文中说明自己做古文是学古道，将文与道合一。文末又讲自己写文章“不苟誉毁于人”，这些均为韩愈文学主张的重要内容。

祭十二郎文

年月日，季父愈闻汝丧之七日，乃能衔哀致诚，使建中远具时羞之奠，告汝十二郎之灵：

呜呼！吾少孤，及长，不省所怙，惟兄嫂是依。中年，兄殁南方，吾与汝俱幼，从嫂归葬河阳，既又与汝就食江南，零丁孤苦，未尝一日相离也。吾上有三兄，皆不幸早世，承先人后者，在孙惟汝，在子惟吾，两世一身，形单影只。嫂常抚汝指吾而言曰：“韩氏两世，惟此而已！”汝时尤小，当不复记忆；吾时虽能记忆，亦未知其言之悲也！

吾年十九，始来京城，其后四年，而归视汝。又四年，吾往河阳省坟墓，遇汝从嫂丧来葬。又二年，吾佐董丞相于汴州，汝来省吾，止一岁，请归取其孥；明年，丞相薨，吾去汴州，汝不果来。是年吾佐戎徐州，使取汝者始行，吾又罢去，汝又不果来。吾念汝从于东，东亦客也，不可以久；图久远者，莫如西归，将成家而致汝。呜呼，孰谓汝遽去吾而殁乎！吾与汝俱少年，以为虽暂相别，终当久相与处；故舍汝而旅食京师，以求斗斛之禄；诚知其如此，虽万乘之公相，吾不以一日辍汝而就也！

去年孟东野往，吾书与汝曰：“吾年未四十，而视茫茫，而发苍苍，而齿牙动摇。念诸父与诸兄，皆康强而早世，如吾之衰者，其能久存乎！吾不可去，汝不肯来，恐旦暮死，而汝抱无涯之戚也！”孰谓少者殁而长者存，强者夭而病者全乎！呜呼，其信然邪？其梦邪？其传之非其真邪？信也，吾兄之盛德而夭其嗣乎？汝之纯明而不克蒙其泽乎？少者强者而夭殁，长者衰者而存全乎？未可以为信也。梦也，传之非其真也，东野之书，耿兰之报，何为而在吾侧也？呜呼！其信然矣！吾兄之盛德而夭其嗣矣！汝之纯明宜业其家者不克蒙其泽矣！所谓天者诚难测，而神者诚难明矣！所谓理者不可推，而寿者不可知矣！虽然，吾自今年来，苍苍者或化而为白矣，动摇者或脱而落矣，毛血日益衰，志气日益微，几何不从汝而死也！死而有知，其几何离？其无知，悲不几时，而不悲者无穷期矣！汝之子始十岁，吾之子始五岁，少而强者不可保，如此孩提者又可冀其成立邪？呜呼哀哉，呜呼哀哉！

汝去年书云：比得软脚病，往往而剧。吾曰：是疾也，江南之人常常有之。未始以为忧也。呜呼！其竟以此而殒其生乎？抑别有疾而至斯乎？汝之书六月十七日也；东野云：汝殁以六月二日，耿兰之报无月日：盖东野之使者不知问家人以月日，如耿兰之报不知当言月日，东野与吾书乃问使者，使者妄称以应之耳。其然乎？其不然乎？

今吾使建中祭汝，吊汝之孤与汝之乳母。彼有食可守以待终丧，则待终丧而取以来；如不能守以终丧，则遂取以来。其余奴婢，并令守汝丧。吾力能改葬，终葬汝于先人之兆，然后惟其所愿。呜呼！汝病吾不知时，汝殁吾不知日；生不能相养以共居，殁不得抚汝以尽哀，敛不凭其棺，窆不临其穴，吾行负神明而使汝夭，不孝不慈，而不得与汝相养以生，相守以死，一在天之涯，一在地之角，生而影不与吾形相依，死而魂不与吾梦相接：吾实为之，其又何尤？彼苍者天，曷其有极！

自今已往，吾其无意于人世矣。当求数顷之田于伊、颍之上，以待余年，教吾子与汝子幸其成，长吾女与汝女待其嫁；如此而已。呜呼！言有穷而情不可终，汝其知也邪？其不知也邪？呜呼哀哉，尚飨！

【解题】

本文作于贞元十九年，时韩愈在长安任监察御史。十二郎，即韩会之嗣子韩老成。韩愈从小与他一起生活，感情笃深。文章通过对以往生活的回忆，倾吐了无限哀痛的骨肉之情及宦海浮沉的人生感慨。文章不拘常格，尽情抒写，具有极强的抒情性和感染力；语言朴素自然，句句出自肺腑，被誉为祭文中的“千年绝调”。

祭郴州李使君文

维年月日，将仕郎守江陵府法曹参军韩愈谨以清酌庶羞之奠，敬祭于故郴州李使君之灵。

古语有之：“白头如新，倾盖若旧。”顾意气之何如，何日时之足究！

当贞元之癸未，惕皇威而左授，伏荒炎之下邑，嗟名颓而位仆。历贵部而西迈，迩清光于暂觏；言莫交而情无由，既不贾而奚售！哀穷遐之无徒，挈百忧以自副；辱问讯之绸缪，恒饱饥而愈疚。接雄词于章句，窥逸迹于篆籀；苞黄甘而致贻，获纸笔之双贸；投《叉鱼》之短韵，愧韬瑕而举秀。

竢新命于衡阳，费薪刍于馆候；空大亭以见处，憩水木之幽茂。逞英心于纵博，沃烦肠以清酎；航北湖之空明，觑鳞介之惊透。宴州楼之豁达，众管啾而并奏；得恩惠于新知，脱穷愁于往陋。辍行谋于俄顷，见秋月之三彀；逮天书之下降，犹低徊以宿留。念睽离之在期，谓此会之难又；授缟纡以托心，示兹诚之不谬。傥后日之北迁，约穷欢于一昼；虽掾俸之酸寒，要拔贫而为富。

何人生之难信，捐斯言而莫就；始讶信于暂疏，遂承凶于不救。见明旌之低昂，尚迟疑于别袖；亿交酬而迭舞，奠单杯而哭柩。

美夫君之为政，不桡志于谗构；遭唇舌之纷罗，独陵晨而孤雒。彼俭人之浮言，虽百车其何诟；洞古往而高观，固邪正之相寇。幸窃睹其始终，敢不明白而蔽覆。神乎来哉，辞以为侑。尚飨！

【解题】

本文作于元和元年（806），时韩愈为江陵府法曹参军。李使君，即李伯康，永贞元年十月卒。韩愈贞元十九年贬阳山令，过郴州，识李使君；贞元二十一年又待命于郴州，文中叙自己与李使君之平生离合，运用赋体，不用秾丽字句，风骨遒劲。

祭十二兄文

月日，从父弟某官某乙，谨以清酌庶羞之奠，敢昭告于十二兄故虢州司户府君之灵。

呜呼！维我皇祖，有孙八人；惟兄与我，后死孤存。奈何于今，又弃而先！生不偕居，疾药不亲，敛不摩棺，瘗不绕坟；趋奔束制，生死亏恩。归女教男，反骨本原。其不有年，以补我愆。长号送哀，以荐此文。尚飨！

【解题】

本文作于元和元年九月，时韩愈在长安为权知国子博士。十二兄，即韩愈之从兄韩岌。

祭薛助教文

维元和四年岁次己丑后三月二十一日景寅，朝散郎守国子博士韩愈、太学助教侯继，谨以清酌之奠，祭于亡友国子助教薛君之灵。

呜呼！吾徒学而不见施设，禄又不足以活身；天于此时，夺其友人。同官太学，日得相因；奈何永违，只隔数晨；笑语为别，恸哭来门。藏棺蔽帷，欲见无缘；皎皎眉目，在人目前。酹以告诚，庶几有神。呜呼哀哉，尚飨！

【解题】

本文作于元和四年（809），韩愈时为太学博士，分教东都。薛助教，即薛公达，国子助教，韩愈之好友。本祭文是韩愈以自己和侯继的名义写的。关于薛公达的情况，韩愈在写于同时的《国子助教河东薛君墓志铭》有详细记载。

祭石君文

维元和七年岁次壬辰七月二十七日，右补阙宋景、国子博士韩愈，谨以清酌庶羞之奠，敬祭于石三学士之灵。

惟君学成于身，名彰于人。知道之可行，见人之不幸。不事顾让，以图就功；知何奄忽，永丧其躬。曰景与愈，与游为久。自君之逝，相遇辄哀。傍无强亲，子孩妻姖。敢忘分济，念力未任。客葬秦原，孤魂谁附？奠以送诀，悲何可穷。尚飨！

【解题】

本文作于元和七年七月，时韩愈在长安为国子博士。石君，即石洪。韩愈曾作《送石处士序》，石洪卒，韩愈为其撰《集贤院校理石君墓志铭》，此处又与宋景为文共祭之。

祭虞部张员外文

维年月日，愈等谨以清酌庶羞之奠，敬祭于亡友张十三员外之灵。呜呼！往在贞元，俱从宾荐；司我明试，时维邦彦。各以文售，幸皆少年；群游旅宿，其欢甚焉。出言无尤，有获同喜；他年诸人，莫有能比。倏忽逮今，二十余岁；存皆衰白，半亦辞世。外缠公事，内迫家私；中宵兴叹，无复昔时。如何今者，又失夫子！懿德柔声，永绝心耳。

庐亲之墓，终丧乃归；阳瘖避职，妻子不知。分司宪台，风纪由振；遂迁司虞，以播华问。不能老寿，孰究其因？讬嗣于宗，天维不仁。酒食备设，灵其降止；论德叙情，以视诸诔。尚飨！

【解题】

本文作于元和十年（815），时韩愈为考功郎中知制诰。张员外，即张季友，为韩愈之同年进士，官尚书虞部员外郎。其详情见韩愈写于同时的《唐故虞部员外郎张府君墓志铭》。本祭文前半部分主要是叙情，后半部分主要为论德。

祭河南张员外文

维年月日，彰义军行军司马守太子右庶子兼御史中丞韩愈，谨遣某乙以庶羞清酌之奠，祭于亡友故河南县令张十二员外之灵。

贞元十九，君为御史；余以无能，同诏并跱。君德浑刚，标高揭己；有不吾如，唾犹泥滓。余戆而狂，年未三纪；乘气加人，无挟自恃。

彼婉娈者，实惮吾曹；侧肩贴耳，有舌如刀。我落阳山，以尹鼯猱；君飘临武，山林之牢。岁弊寒凶，雪虐风饕；颠于马下，我泗君咷。夜息南山，同卧一席；守隶防夫，抵顶交跖。洞庭漫汗，粘天无壁；风涛相豗，中作霹雳；追程盲进，帆船箭激。南上湘水，屈氏所沉；二妃行迷，泪踪染林；山哀浦思，鸟兽叫音。余唱君和，百篇在吟。

君止于县，我又南逾；把盏相饮，后期有无。期宿界上，一夕相语；自别几时，遽变寒暑。枕臂欹眠，加余以股，仆来告言，虎人厩处，无敢惊逐，以我骤去。君云是物，不骏于乘；虎取而往，来寅其徵。我预在此，与君俱膺；猛兽果信，恶祷而凭。

余出岭中，君竢州下；偕掾江陵，非余望者。郴山奇变，其水清写；泊砂倚石，有遌无舍。衡阳放酒，熊咆虎嗥；不存令章，罚筹蝟毛。委舟湘流，往观南岳；云壁潭潭，穹林攸擢。避风太湖，七日鹿角，钩登大鲇，怒颊豕狗；脔般炙酒，群奴余啄。走官阶下，首下尻高；下马伏涂，从事是遭。

予征博士，君以使已，相见京师，过愿之始。分教东生，君掾雍首，两都相望，于别何有。解手背面，遂十一年；君出我入，如相避然；生阔死休，吞不复宣。

邢官蜀郎，引章讦夺；权臣不爱，南昌是斡。明条谨狱，氓獠户歌；用迁沣浦，为人受瘥。还家东都，起令河南；屈拜后生，愤所不堪。屡以正免，身伸事蹇；竟死不升，孰劝为善！

丞相南讨，余辱司马；议兵大梁，走出洛下。哭不凭棺，奠不亲斝；不抚其子，葬不送野；望君伤怀，有陨如泻。铭君之绩，纳石壤中；爰及祖考，纪德事功；外著后世，鬼神与通；君其奚憾，不余鉴衷！呜呼哀哉，尚飨！

【解题】

本文作于元和十二年八月，时韩愈为彰义军行军司马佐裴度讨伐吴元济。张员外，即张署。贞元十九年冬，韩愈与张署俱自御史贬为南方县令，永贞元年又同为江陵府僚属。祭文详叙二人交往，层见叠出，笔力坚净。

潮州祭神文五首

其　一

维年月日，潮州刺史韩愈谨差摄潮阳县尉史虚己以特羊庶羞之奠，告于大湖神之灵。

愈承朝命，为此州长，今月二十五日至治下。凡大神降依庇贶斯人者，皆愈所当率徒属奔走致诚，亲执祀事于庙庭下。今以始至，方上奏天子，思虑不能专一，冠衣不净洁，与人吏未相识知，牲糈酒食器皿粗弊，不能严清，又未卜日时，不敢自荐见。使摄潮阳县尉史虚己以告，神其降临，尚飨！

其　二

维年月日，潮州刺史韩愈谨以清酌腶修之奠，祈于大湖神之灵曰：

稻既穟矣，而雨不得熟以获也。蚕起且眠矣，而雨不得老以簇也。岁且尽矣，稻不可以复种，而蚕不可以复育也，农夫桑妇将无以应赋税继衣食也。非神之不爱人，刺史失所职也。百姓何罪，使至极也！神聪明而端一，听不可滥以惑也。刺史不仁，可坐以罪；惟彼无辜，惠以福也。划劙云阴，卷月日也。幸身有衣，口得食，给神役也。充上之须，脱刑辟也。选牲为酒，以报灵德也；吹击管鼓，侑香洁也；拜庭跪坐，如法式也；不信当治，疾殃殛也。神其尚飨！

其　三

维年月日，潮州刺史韩愈谨以柔毛刚鬣清酌庶羞之奠，祭于城隍之神。

间者以淫雨将为人灾，无以应贡赋供给神明，上下获罪罚之故，乃以六月壬子，奔走分告乞晴于尔明神。明神闵人之不辜，若飨若答。粪除天地山川，清风时兴，白日显行，蚕谷以登，人不咨嗟。惟神之恩，夙夜不敢忘怠。谨卜良日，躬率将吏，荐兹血毛清酌嘉羞，侑以音声，以谢神贶。神其飨之！

其　四

维年月日，潮州刺史韩愈谨遣耆寿成寓以清酌少牢之奠，告于界石神之灵曰：

惟封部之内，山川之神，克庥丁人，官则置立室宇，备具服器，奠飨以时。淫雨既霁，蚕谷以成，织妇耕男，忻忻衎衎：是神之庥庇于人也，敢不明受其赐！谨选良月吉日，斋洁以祀，神其鉴之。尚飨！

其　五

维年月日，潮州刺史韩愈谨以清酌庶羞之奠，祭于大湖之神。

惟神降依兹土，以庇其人：今兹无有水旱雷雨风火疾疫为灾，各宁阙宇，以供上役；长吏免被其谴。赖神之德，夙夜不敢忘。谨具食饮，躬斋洗，奏音声，以献以乐，以谢厥赐，不敢有所祈。尚飨！

【解题】

这五首祭神文，其一或题作《祭湖神文》，其二或题作《又祭止雨文》，其三或题作《祭城隍文》，其四或题作《祭界石神文》，皆作于元和十四年（819）夏秋间，愈时为潮州刺史。

祭柳子厚文

维年月日，韩愈谨以清酌庶羞之奠，祭于亡友柳子厚之灵。

嗟嗟子厚，而至然邪？自古莫不然，我又何嗟！人之生世，如梦一觉。其间利害，竟亦何校？当其梦时，有乐有悲；及其既觉，岂足追惟！

凡物之生，不愿为材；牺尊青黄，乃木之灾。子之中弃，天脱馽羁；玉佩琼琚，大放厥辞。富贵无能，磨灭谁纪；子之自著，表表愈伟。不善为斫，血指汗颜；巧匠旁观，缩手袖间。子之文章，而不用世；乃令吾徒，掌帝之制。子之视人，自以无前；一斥不复，群飞刺天。

嗟嗟子厚，今也则亡；临绝之音，一何琅琅。遍告诸友，以寄厥子；不鄙谓余，亦讬以死。凡今之交，观势厚薄；余岂可保，能承子讬。非我知子，子实命我；犹有鬼神，宁敢遗堕！念子永归，无复来期；设祭棺前，矢心以辞。呜呼哀哉，尚飨！

【解题】

柳子厚，即柳宗元，韩愈之挚友。子厚卒于元和十四年十月五日，同月，韩愈由潮州量移袁州，此祭文作于袁州。祭文主要叹柳宗元材不为世用，道不行于时，文词精炼，峻洁直上。

祭　滂　文

维年月日，十八翁及十八婆卢氏，以清酌庶羞之奠，祭于二十三郎滂之灵曰：

汝聪明和顺，出于辈流；强记好文，又少与比。将谓成长，以兴吾家，如何不祥，未冠而夭，吾与卢氏，痛伤可言！思母之恩，连呼以绝。执兄之手，勉以无悲。情一何长，命一何短！权葬远地，孤魂无依。沥酒告情，哀何有极。尚飨！

【解题】

本文作于元和十四年冬，时韩愈为袁州刺史。滂，即韩愈之侄孙、韩老成之子韩滂。韩愈谪潮州、袁州，韩滂皆偕行。韩愈另撰有《韩滂墓志铭》一文，详叙其事。

袁州祭神文三首

其　一

维年月日，袁州刺史韩愈谨告于城隍神之灵：

刺史无治行，无以媚于神祇。天降之罚，以久不雨，苗且尽死。刺史虽得罪，百姓何辜？宜降疾咎于某躬身，无令鳏寡蒙兹滥罚。谨告。

其　二

维年月日，袁州刺史韩愈谨以少牢之奠，祭于仰山之神曰：

神之所依者惟人，人之所事者惟神。今既大旱，嘉谷将尽，人将无以为命，神亦将无所降依，不敢不以告。若守土有罪，宜被疾殃于其身；百姓可哀，宜蒙恩闵。以时赐雨，使获承祭不怠，神亦永有饮食。谨告。

其　三

维年月日，袁州刺史韩愈谨以少牢之奠，祭于仰山之神曰：

田谷将死，而神膏泽之；百姓无所告，而神恤之；刺史有罪，而神释之：敢不有荐也。尚飨！

【解题】

这三首祭神文，其一或题作《祭城隍文》，其二或题作《祭仰山神祈雨文》，其三或题作《又祭仰山神文》，均作于元和十五年（820）夏，时韩愈任袁州刺史。

祭女挐女文

维年月日，阿爹阿八使汝奶以清酒时果庶羞之奠，祭于第四小娘子挐子之灵。

呜呼！昔汝疾极，值吾南逐。苍黄分散，使女惊忧。我视汝颜，心知死隔。汝视我面，悲不能啼。我既南行，家亦随谴。扶汝上舆，走朝至暮。天雪冰寒，伤汝羸肌。撼顿险阻，不得少息，不能食饮，又使渴饥。死于穷山，实非其命。不免水火，父母之罪。使汝至此，岂不缘我！

草葬路隅，棺非其棺；既瘗遂行，谁守谁瞻？魂单骨寒，无所讬依，人谁不死，于汝即冤。我归自南，乃临哭汝：汝目汝面，在吾眼傍；汝心汝意，宛宛可忘！

逢岁之吉，致汝先墓；无惊无恐，安以即路。饮食芳甘，棺舆华好；归于其丘，万古是保，尚飨！

【解题】

本文作于元和十五年九月，时韩愈由袁州刺史入为国子祭酒。挐，韩愈之第四女。元和十四年正月，韩愈因论佛骨被贬为潮州刺史，女挐时十二岁，死于途中，权葬于商州南之层峰驿。韩愈另撰有《女挐圹铭》。

祭湘君夫人文

维元和十五年岁次庚子十月某日，朝散大夫守国子祭酒护军赐紫金鱼袋韩愈，谨使前袁州军事判官张得一，以清酌之奠，敢昭告于湘君、湘夫人二妃之神：

前岁之春，愈以罪犯黜守潮州。惧以谴死，且虞海山之波雾瘴毒为灾以殒其命，舟次祠下，是用有祷于神。神享其衷，赐以吉卜，曰："如汝志。"蒙神之福，启帝之心；去潮即袁，今又获位于朝，复其章绶。退思往昔，实发梦寐，凡卅年，于今乃合。夙夜怵惕，敢忘神之大庇！

伏以祠宇毁顿，凭附之质、丹青之饰，暗昧不圭，不称灵明；外无四垣，堂陛颓落，牛羊入室，居民行商不来祭享：辄敢以私钱十万修而作之。旧碑断折，其半仆地，文字缺灭，几不可读，谨修而树之。庙成之后，将求玉石，仍刻旧文，因铭其阴，以大振显君、夫人之威神，以报灵德；俾民承事，万世不怠，惟神其鉴之。尚飨！

始将既修树旧碑，仍刻其文于新石，因铭其阴。旧碑石既多破落，文不可尽识，移之于新，或失其真，遂不复刻。

【解题】

本文作于元和十五年十月，时韩愈由袁州刺史升任国子祭酒，但尚未离开袁州。本祭文祭湘君湘夫人，感谢对他的保祐。

祭张给事文

维年月日，兵部侍郎韩愈谨以清酌之奠，祭于故殿中侍御史赠给事中张君之灵：

惟君之先，以儒名家；逮君皇考，再振厥华。乡贡进秀，有司第之。从事元戎，谨职以治。遂拜郎官，以职王宪。不长其年，飞不尽翰。乃生给事，松贞玉刚。干父之业，纂文有光。屡辟侯府，亦佐梁师。前人是似，耋吏嗟咨。御史阙人，夺之于朝；大厦之构，斧斤未操。府迁幽都，顽悖未孚。繄君之赖，乃奏乞留。乃迁殿中，朱衣象版。惟义之趋，岂利之践。

虺豺发觉，阉府屠割。偿其恨犯，君独高脱。露刀成林，弓矢穰穰。千万为徒，噪欢为狂。君独叱之：上不负汝，为此不祥，将死无所！虽愚何知？惭屈变色；君义不辱，杀身就德。天子嘉之，赠官近侍。归于一死，万古是记。

我之从女，为君之配。君于其家，行实高世。无所于葬，舆魂东归。诔以赠之，莫知我哀。呜呼哀哉，尚飨！

【解题】

本文作于长庆元年（821），时韩愈为兵部侍郎。张给事，即张彻，韩愈之从女婿，时为范阳府监察御史。幽州节度使为张弘靖，长庆元年七月，幽州军乱，张彻死于乱军之中。诏赠给事中，韩愈另撰有《故幽州节度判官赠给事中清河张君墓志铭》。

祭故陕府李司马文

维年月日，守国子祭酒赐紫金鱼袋韩愈，谨以清酌之奠，祭于故陕府左司马李公之灵曰：

公学以为耕，文以为获。发愤孤身，后续厥家。选于吏部，亟以科进。历临大邑，惟政有声。遂丞宗正，日朝帝庭。出辅陕都，吏畏僚慕。子妇诸孙，盈于室堂。公姑悦喜，五福具有。大夫士家，孰不荣羡？如何不常，以至大故。呜呼哀哉！

愈以守官，不获吊送，昏姻之好，以哀以悲。敬致微礼，公其歆之。尚飨！

【解题】

本文作于长庆元年，时韩愈任国子祭酒。李司马，即李汉之父李郱，曾官陕府左司马。李汉是韩愈的女婿，故两家有亲戚关系。韩愈还为李郱撰写了《中大夫陕府左司马李君墓志铭》一文。

祭侯主簿文

维年月日，吏部侍郎韩愈谨遣男殿中省进马佶，致祭于亡友故国子主簿侯君之灵。

呜呼！惟子文学，今谁过之？子于道义，困不舍遗。我狎我爱，人莫与夷。自始及今，二纪于兹。我或为文，笔俾子持。唱我和我，问我以疑。我钓我游，莫不我随；我寝我休，莫尔之私。朋友昆弟，情敬异施；惟我于子，无适不宜。弃我而死，嗟我之衰；相好满目，少年之时；日月云亡，今其有谁！谁不富贵，而子为羁；我无利权，虽怨曷为！

子之方葬，我方斋祠；哭送不可，谁知我悲！呜呼哀哉，尚飨！

【解题】

本文作于长庆二年（822），时韩愈由兵部侍郎转为吏部侍郎。侯主簿，即侯喜，曾任国子主簿。祭文中主要写侯喜的文学、道义及同自己交游情况，深寄哀痛。

祭窦司业文

维年月日，兵部侍郎韩愈谨以清酌庶羞之奠，祭于故国子司业窦君二兄之灵。

惟君文行夙成，有声江东，魁然厚重，长者之风。一举于乡，遂收厥功；屡佐大侯，以调兵戎。诏曰予虞，汝为郎中；乃令洛阳，岁且四终。惟刑之慎，掌正隶僮。命守高平，命副儒宫。朱衣银鱼，象服以崇；锡荣考妣，孝道上穷。官不满能，亦云达通；逾七望八，年孰非翁：在君无憾，我意不充。

君之昆弟，三以辞雄；刺史郎中，四继三同；于士大夫，可谓显融。我之获见，实自童蒙；既爱既劝，在麻之蓬。自视雏鷇，望君飞鸿；四十年余，事如梦中。

分宰河、洛，愧立并躬。俱官于学，以纤临洪。惠许不酬，报德以空。死生莫接，孰明我衷？于祭告情，文以自攻。呜呼哀哉，尚飨！

【解题】

本文作于长庆二年，时韩愈任兵部侍郎。窦司业，即窦牟，曾任国子司业，卒年七十四岁。韩愈于是年八月又为窦牟撰《唐故国子司业窦公墓志铭》。

祭竹林神文

维年月日，京兆尹兼御史大夫韩愈，谨以酒脯之奠，再拜稽首告于竹林之神曰：

天子不以愈为愚不能，使尹兹大众二十三县之人。今农既勤于稼，有苗盈野，而天不雨，将尽槁以死，农将无所食，鬼神将无以为飨。国家之礼天地百祀神祇，不失其常；惠天之人，不失其和；人又无罪，何为造兹旱虐以罚也？将俾尹者不仁不明，不能承帝之敕以化正其下？闻无香惟腥，神于惠罚无差，施罪瘠于尹愈身，是甘是宜；雨则时降，神无爽其聪明，永飨于人无愧。尚飨！

【解题】

本文作于长庆三年（823），时韩愈为京兆尹兼御史大夫。其年季夏之后，天久旱不雨，韩愈为祈雨而写此祭竹林神文。

曲江祭龙文

维年月日，京兆尹兼御史大夫韩愈，谨以香果之奠，敢昭告于东方青龙之神。

天作旱灾，嘉谷将槁；乃于甲乙之日，依准古法，作神之象，斋戒祀祷。神其享祐之，时降甘雨，以惠兹人。急急如律令。

【解题】

本文作于长庆三年，时韩愈为京兆尹兼御史大夫，因天久旱不雨，愈至曲江祭龙祈雨，因撰此文。

祭马仆射文

维年月日，吏部侍郎韩愈，谨以清酌庶羞之奠，敬祭于故仆射马公十二兄之灵。

惟公弘大温恭，全然德备，天故生之，其必有意。将明将昌，实艰初试。佐戎滑台，斥由尹寺；适彼瓯、闽，鵕鵕跋踬。颠而不踒，乃得其地。于泉于虔，始执郡符；遂殿交州，抗节番禺，去其螟蠹，蛮越大苏。

擢亚秋官，朝得硕士。人谓其崇，我势始起。东征淮、蔡，相臣是使。公兼邦宪，以副经纪。歼彼大魁，厥勋孰似。丞相归治，留长蔡师。茫茫黍稷，昔实棘茨，鸠鸣雀乳，不见枭鸱。惟蔡及许，旧为血仇；命公并侯，耕借之牛；束其弓矢，礼让优优。始诛郓戎，厥墟腥臊；公往涤之，兹惟乐郊。惟东有猘，惟西有虺；颠覆朋邻，我余有几。律崒中居，斩其脊尾；岱定河安，惟公之韪。

帝念厥功，远公于朝；陟于地官，且长百僚。度彼四方，孰乐可据；顾瞻衡钧，将举以付。惟公积勤，以疾以忧；及其归时，当谢之秋。贺门未归，吊庐已萃；未燕于堂，已哭于次。昔我及公，实同危事；且死且生，誓莫捐弃。归来握手，曾不三四，曾不濡翰，酬酢文字；曾不醉饱，以劝酒胾。奠以叙哀，其何能致！呜呼哀哉，尚飨！

【解题】

本文作于长庆三年冬，时韩愈又迁吏部侍郎。马仆射，即马总，长庆二年曾任检校尚书左仆射。长庆三年韩愈为京兆尹时，曾有《举马总自代状》一文。此祭文主要述马总一生事迹，借以叙哀。

祭左司李员外太夫人文

维年月日，某官某等谨以清酌庶羞之奠，敬祭于某县太君郑氏尊夫人之灵。

胄于茂族，配此德门，克成厥家，享有全福。为妇为母，再朝中宫。搢绅推荣，宗党是则。某等幸随令子，同服官僚；庶展哀诚，式陈醴牢。尚飨！

【解题】

本文作年不详，可能是韩愈官职方员外郎之时。李员外，不详其名字及官职，可能为韩愈之同僚。此祭文乃韩愈为李员外之母所作。

祭薛中丞文

维年月日，某官某乙等谨以清酌庶羞之奠，祭于亡友故御史中丞赠刑部侍郎薛公之灵。

公之懿德茂行，可以励俗。清文敏识，足以发身。宗族称其孝慈，友朋归其信义。累升科第，亟践班行。左掖南台，共传故事。诗人墨客，争讽新篇。羽仪朝廷，辉映中外。长途方骋，大限俄穷。圣上轸不慭之悲，具僚兴云亡之叹；况某等忘言斯久，知我俱深。青春之游，白首相失，来陈薄奠，讵尽哀诚！呜呼哀哉，尚飨！

【解题】

本文作年不详，《文苑英华》作元和九年。薛中丞，即薛存诚，韩愈之朋友。此文平平，无甚特色，故曾国藩称：此文“无俊健之骨，当是同僚所为，而薛氏讬公名为重耳”。可供参考。

祭裴太常文

维年月日，愈等谨以庶羞清酌之奠，敬祭于故太常裴二十一兄之灵。

朝廷之重，莫过乎礼，虽经策具存，而精通盖寡。自郊丘故事，宗庙时宜，大君之所旁求，丞相之所卒问，群儒拱手，宗祝醉心；兄皆指陈根源，斟酌通变，莫不允符天旨，克协神休。至乎公卿冠昏，士庶丧祭，疑皆响答，问必实归。从我者足为轨仪，异我者无逃指笑；动为时法，言比古经。独立一朝，高视千古，而又驱驰朋执，僶俛宗亲。檐石之储，常空于私室；方丈之食，每盛于宾筵；赠必固辞，求无不应。孰云具美而不永年！某等早接游从，实钦道义，致诚薄奠，以诀终天。呜呼哀哉，尚飨！

【解题】

本文作年不详，《文苑英华》作为元和九年，并于月日下具有李逢吉、孟简、张惟素、张贾等人，知为同官联祭之文。裴太常，即裴茝。后人多认为此文浅直多俗语，不类韩作，应是他人所为，裴氏托韩愈之名为重耳。

祭穆员外文

于乎！建中之初，予居于嵩，携扶北奔，避盗来攻。晨及洛师，相遇一时；顾我如故，眷然顾之。子有令闻，我来自山；子之畯明，我钝而顽。道既云异，谁从知我；我思其厚，不知其可。于后八年，君从杜侯。我时在洛，亦应其招。留守无事，多君子僚；罔有疑忌，维其嬉游。草生之春，鸟鸣之朝；我鞫在手，君扬其镳。君居于室，我既来即；或以啸歌，或以偃侧。诲余以义，复我以诚；终日以语，无非德声。

主人信谗，有惑其下；杀人无罪，诬以成过；人救不从，反以为祸。赫赫有闻，王命三司；察我于狱，相从系缧。曲生何乐，直死何悲；上怀主人，内闵其私；进退之难，君处之宜！

既释于囚，我来徐州；道之悠悠，思君为忧。我如京师，君居父丧；哭泣而拜，言词不通。我归自西，君反吉服；晤言无他，往复其昔。不日而违，重我心恻。

自后闻君，母丧是丁；痛毒之怀，六年以并。孰云孝子，而殒厥灵！今我之至，入门失声。酒肉在前，君胡不餐；升君之堂，不与我言。于乎死矣，何日来远！

【解题】

本文写作年代不详。此文为韩愈代崔侍御作。穆员外，即穆员，工为文，卒检校员外郎。崔侍御，即崔翘，史无传。祭文主要写崔穆的交往，叙事朴实。全文均用四言，文风瘦折奥峭。

祭房君文

维某年月日，愈谨遣旧吏皇甫悦以酒肉之馈，展祭于五官蜀客之柩前。

呜呼！君乃至于此，吾复何言？若有鬼神，吾未死，无以妻子为念！呜呼，君其能闻吾此言否！尚飨。

【解题】

本文作年不详。房君，即房次卿，字蜀客，房琯之后，房武之子。韩愈尝为房武撰墓志铭，此时又为文祭次卿。文中曰："吾未死，无以妻子为念"，表明韩愈抚孤之意甚厚。

祭李氏二十九娘子文

维年月日，十八叔翁及十八叔婆卢氏遣昶以庶羞之奠，祭于李氏二十九娘子之灵曰：

汝之警敏和静，人莫及之；姿相丰端，不见阙亏。幼而孤露，其然何为？出从于人，既相谐熙。又暴以夭，神何所疵！生杀减益，竟谁主尸？我哀汝母，孰慰穷嫠？我憐汝儿，谁与抱持？念此伤心，不能去离。奠以送汝，知乎不知？尚飨！

【解题】

本文写作年代不详。李氏二十九娘子，即韩愈之姪孙女、李于之妻。

吊武侍御所画佛文

御史武君当年丧其配，敛其遗服栉珥鞶帨于箧，月旦十五日则一出而陈之，抱婴儿以泣。

有为浮屠之法者，造武氏而谕之曰："是岂有益耶？吾师云：人死则为鬼，鬼且复为人，随所积善恶受报，环复不穷也。极西之方有佛焉，其土大乐，亲戚姑能相为图是佛而礼之，愿其往生，莫不如意。"武君怃然辞曰："吾儒者，其可以为是！"

既又逢月旦十五日，复出其箧实而陈之，抱婴儿以泣，且殆而悔曰："是真何益也！吾不能了释氏之信不，又安知其不果然乎？"于是悉出其遗服栉佩合若干种，就浮屠师请图前所谓佛者。浮屠师受而图之。

韩愈闻而吊之曰：晢晢兮目存，丁宁兮耳言。忽不见兮不闻，莽谁穷兮本源？图西佛兮道予懃，以妄塞悲兮慰新魂。呜呼奈何兮，吊以兹文！

【解题】

本文写作时间无考。武侍御，亦不详其究竟为何人（一说为武少仪，一说为武儒衡，难以确指）。本文为韩愈吊武侍御所画佛文。武侍御原为儒者，后因丧偶，伉俪情深，不能自已。乃转信佛，此文曲折叙其经过，且以"以妄塞悲"讽之。

十二 杂体

讼风伯

维兹之旱兮，其谁之由？我知其端兮，风伯是尤。山升云兮泽上气，雷鞭车兮电摇帜。雨寖寖兮将坠，风伯怒兮云不得止。旸乌之仁兮，念此下民；闷其光兮，不斗其神。

嗟风伯兮，其独谓何！我于尔兮，岂有其他？求其时兮修祀事，羊甚肥兮酒甚旨。食足饱兮饮足醉，风伯之怒兮谁使？云屏屏兮吹使醨之，气将交兮吹使离之；铄之使气不得化，寒之使云不得施。嗟尔风伯兮，欲逃其罪又何辞！

上天孔明兮，有纪有纲；我今上讼兮，其罪谁当？天诛加兮不可悔，风伯虽死兮人谁汝伤！

【解题】

本文写于贞元十九年（803），时作者为四门博士。此年京畿大旱，权臣李实等专事诛求，置百姓于水火，韩愈写此文，以风吹云散雨泽不得坠讽权臣弄权而使人君恩泽不得下流。文章虽用楚辞体，但文风朴厚近于西汉。

五箴 并序

人患不知其过。既知之，不能改，是无勇也。余生三十有八年，发之短者日益白，齿之摇者日益脱，聪明不及于前时，道德日负于初心，其不至于君子而卒为小人也，昭昭矣！作《五箴》以讼其恶云。

游　箴

余少之时，将求多能，蚤夜以孜孜；余今之时，既饱而嬉，蚤夜以无为。呜呼余乎，其无知乎？君子之弃，而小人之归乎？

言　箴

不知言之人，乌可与言？知言之人，默焉而其意已传。幕中之辩，人反以汝为叛；台中之评，人反以汝为倾。汝不惩邪！而呶呶以害其生邪！

行　箴

行与义乖，言与法违，后虽无害，汝可以悔；行也无邪，言也无颇，死而不死，汝悔而何？宜悔而休，汝恶曷瘳？宜休而悔，汝善安在？悔不可追，悔不可为。思而斯得，汝则弗思。

好恶箴

无善而好，不观其道；无悖而恶，不详其故。前之所好，今见其尤。从也为比，舍也为雠。前之所恶，今见其臧。从也为愧，舍也为狂。维雠维比，维狂维愧，于身不祥，于德不义。不义不详，维恶之大，几如是为，而不颠沛？齿之尚少，庸有不思；今其老矣，不慎胡为！

知名箴

内不足者，急于人知；霈焉有余，厥闻四驰。今日告汝，知名之法：勿病无闻，病其晔晔。昔者子路，惟恐有闻，赫然千载，德誉愈尊。矜汝文章，负汝言语，乘人不能，揜以自取。汝非其父，汝非其师，不请而教，谁云不欺？欺以贾憎，揜以媒怨，汝曾不寤，以及于难。小人在辱，亦克知悔，及其既宁，终其能戒。既出汝心，又铭汝前，汝如不顾，祸亦宜然！

【解题】

本文写于永贞元年（805），时韩愈为江陵府法曹参军。箴：以告诫规劝为主的一种文体。本文既箴己，亦箴世，体现作者严于律己、自强不息之精神。小序词简意挚，箴文多警动之语，小序用散体，箴文为四言韵文，且不袭《诗经》之形貌，词旨深切，笔势奇宕。

释言

元和元年六月十日，愈自江陵法曹诏拜国子博士，始进见今相国郑公。公赐之坐，且曰：“吾见子某诗，吾时在翰林，职亲而地禁，不敢相闻。今为我写子诗书为一通以来。”愈再拜谢，退录诗书若干篇，择日时以献。

于后之数月，有来谓愈者曰：“子献相国诗书乎？”曰：“然。”曰：“有为谗于相国之座者曰：‘韩愈曰：相国徵余文，余不敢匿，相国岂知我哉！’子其慎之！”愈应之曰：“愈为御史，得罪德宗朝，同迁于南者凡三人，独愈为先收用，相国之赐大矣；百官之进见相国者，或立语以退，而愈辱赐坐语，相国之礼过矣；四海九州之人，自百官已下，欲以其业彻相国左右者多矣，皆惮而莫之敢，独愈辱先索，相国之知至矣。赐之大，礼之过，知之至，是三者于敌以下受之宜以何报？况在天子之宰乎？人莫不自知，凡适于用之谓才，堪其事之谓力，愈于二者，虽日勉焉而不逮；束带执笏立士大夫之行，不见斥以不肖，幸矣，其何敢敖于言乎？夫敖虽凶德，必有恃而敢行。愈之族亲鲜少，无扳联之势于今；不善交人，无相先相死之友于朝；无宿资蓄货以钓声势，弱于才而腐于力，不能奔走乘机抵巇以要权利，夫何恃而敖？若夫狂惑丧心之人，蹈河而入火，妄言而骂詈者，则有之矣；而愈人知其无是疾也，虽有谗者百人，相国将不信之矣，愈何惧而慎欤？”

既累月，又有来谓愈曰：“有谗子于翰林舍人李公与裴公者，子其慎欤！”愈曰：“二公者，吾君朝夕访焉，以为政于天下而阶太平之治，居则与天子为心膂，出则与天子为股肱。四海九州之人，自百官已下，其孰不愿忠而望赐？愈也不狂不愚，不蹈河而入火，病风而妄骂，不当有如谗者之说也。虽有谗者百人，二公将不信之矣。愈何惧而慎？”

既以语应客，夜归，私自尤曰：咄！市有虎，而曾参杀人，谗者之效也！诗曰：“取彼谗人，投畀豺虎。豺虎不食，投畀有北。有北不受，投畀有昊。”伤于谗，疾而甚之之辞也。又曰：“乱之初生，僭始既涵。乱之又生，君子信谗。”始疑而终信之之谓也。孔子曰：“远佞人。”夫佞人不能远，则有时而信之矣。今我恃直而不戒，祸其至哉！徐又自解之曰：市有虎，听者庸也；曾参杀人，以爱惑聪也；《巷伯》之伤，乱世是逢也。今三贤方与天子谋所以施政于天下而阶太平之治，听聪而视明，公正而敦大。夫聪明则听视不惑，公正则不迩谗邪，敦大则有以容而思，彼谗人者，孰敢进而为谗哉？虽进而为之，亦莫之听矣！我何惧而慎？

既累月，上命李公相，客谓愈曰："子前被言于一相，今李公又相，子其危哉！"愈曰：前之谤我于宰相者，翰林不知也；后之谤我于翰林者，宰相不知也。今二公合处而会言，若及愈，必曰："韩愈亦人耳，彼敖宰相，又敖翰林，其将何求？必不然！"吾乃今知免矣，既而谗言果不行。

【解题】

本文作于元和二年（807）春。释言：以言自我开释也。时韩愈自江陵府法曹参军诏拜权知国子博士，因才高、不合流俗而屡遭诽谤，被迫作此文以自解。文中之宰相指郑细，翰林学士指李吉甫，中书舍人指裴垍。本篇虽为自解之文，但仍不失峻嶒之气。

送　穷　文

元和六年正月乙丑晦，主人使奴星结柳作车，缚草为船，载糗舆粻，牛系轭下，引帆上樯，三揖穷鬼而告之曰："闻子行有日矣，鄙人不敢问所涂，窃具船与车，备载糗粻。日吉时良，利行四方，子饭一盂，子啜一觞，携朋挈俦，去故就新，驾尘彍风，与电争先。子无底滞之尤，我有资送之恩，子等有意于行乎？"

屏息潜听，如闻音声，若啸若啼，砉欻嘎嘤。毛发尽竖，竦肩缩颈。疑有而无，久乃可明。若有言者曰："吾与子居，四十年余：子在孩提，吾不子愚。子学子耕，求官与名；惟子是从，不变于初。门神户灵，我叱我呵。包羞诡随，志不在他。子迁南荒，热烁湿蒸，我非其乡，百鬼欺陵。太学四年，朝齑暮盐；惟我保汝，人皆汝嫌。自初及终，未始背汝。心无异谋，口绝行语。于何听闻，云我当去。是必夫子信谗，有间于予也。我鬼非人，安用车船？鼻齅臭香，糗粻可捐。单独一身，谁为朋俦？子苟备知，可数已不？子能尽言，可谓圣智；情状既露，敢不回避？”

主人应之曰：“子以吾为真不知也邪？子之朋俦，非六非四，在十去五，满七除二。各有主张，私立名字，捩手覆羹，转喉触讳。凡所以使吾面目可憎，语言无味者，皆子之志也。其名曰‘智穷’：矫矫亢亢，恶圆喜方；羞为奸欺，不忍害伤。其次名曰‘学穷’：傲数与名，摘抉杳微；高挹群言，执神之机。又其次曰‘文穷’：不专一能，怪怪奇奇；不可时施，秪以自嬉。又其次曰‘命穷’：影与形殊，面丑心妍；利居众后，责在人先。又其次曰‘交穷’：磨肌戛骨，吐出心肝；企足以待，寘我仇冤。凡此五鬼，为吾五患。饥我寒我，兴讹造讪。能使我迷，人莫能间。朝悔其行，暮已复然。蝇营狗苟，驱去复还。”

言未毕，五鬼相与张眼吐舌，跳踉偃仆，抵掌顿脚，失笑相顾。徐谓主人曰：“子知我名，凡我所为，驱我令去，小黠大痴。人生一世，其久几何。吾立子名，百世不磨。小人君子，其心不同，惟乖于时，乃与天通。携持琬琰，易一羊皮。饫于肥甘，慕彼糠糜。天下知子，谁过于予？虽遭斥逐，不忍子疏。谓予不信，请质诗书。”

主人于是垂头丧气，上手称谢，烧车与船，延之上座。

【解题】

本文作于元和六年（811）正月，时韩愈任河南令。送穷，古时一种风俗。韩愈长期仕途不达，故借送穷来发牢骚。他用五鬼表示自己五种好的品质，先送后尊，本儒家“君子固穷”之意。这篇讽世之作仿扬雄《逐贫赋》形式，通过主人骂、穷鬼辩的对话，生动活泼，淋漓尽致地抒发了自己的悲愤抑郁之情。

鳄鱼文

维年月日，潮州刺史韩愈，使军事衙推秦济，以羊一猪一投恶溪之潭水，以与鳄鱼食，而告之曰：

昔先王既有天下，列山泽，罔绳擉刃，以除虫蛇恶物为民害者，驱而出之四海之外，及后王德薄，不能远有，则江、汉之间，尚皆弃之以与蛮、夷、楚、越，况潮岭海之间，去京师万里哉？鳄鱼之涵淹卵育于此，亦固其所。今天子嗣唐位，神圣慈武，四海之外，六合之内，皆抚而有之，况禹迹所揜，扬州之近地，刺史县令之所治，出贡赋以供天地宗庙百神之祀之壤者哉？鳄鱼其不可与刺史杂处此土也！

刺史受天子命，守此土，治此民，而鳄鱼睅然不安溪潭，据处食民畜熊豕鹿獐，以肥其身，以种其子孙，与刺史亢拒，争为长雄。刺史虽驽弱，亦安肯为鳄鱼低首下心，伈伈睍睍，为民吏羞，以偷活于此邪！且承天子命以来为吏，固其势不得不与鳄鱼辨，鳄鱼有知，其听刺史言：

潮之州，大海在其南，鲸鹏之大，虾蟹之细，无不容归，以生以食，鳄鱼朝发而夕至也。今与鳄鱼约：尽三日，其率丑类南徙于海，以避天子之命吏。三日不能，至五日；五日不能，至七日；七日不能，是终不肯徙也，是不有刺史，听从其言也。不然，则是鳄鱼冥顽不灵，刺史虽有言，不闻不知也。夫傲天子之命吏，不听其言，不徙以避之；与冥顽不灵而为民物害者，皆可杀。刺史则选材技吏民，操强弓毒矢，以与鳄鱼从事，必尽杀乃止。其无悔！

【解题】

本文作于元和十四年（819）四月，时韩愈被贬为潮州刺史。潮州地僻，鳄鱼为患，韩愈曾帮助百姓消除鳄鱼为害。本文实为讨伐鳄鱼的一篇檄文。先晓之以理，后令其南徙，否则，则杀之。文章辞旨深妙，明于古义；曲折次第，曲尽情理，雄深矫健，一派浩然之气。

高君仙砚铭　并序

儒生高常，与予下天坛中路，获砚石，似马蹄状，外稜孤耸，内发墨色，幽奇天然，疑神仙遗物。宝而用之，请予铭底：

仙马有灵，迹在于石。稜而宛中，有点墨迹。文字之祥，君家其昌。

【解题】

本文作年不详，约为少作。仙砚：旧传大宛有天马，其蹄坚利，踏石有迹。高常所获砚石状如马蹄，故名。

鄠人对

鄠有以孝为旌门者，乃本其自于鄠人，曰："彼自剔股以奉母，疾瘳，大夫以闻其令尹，令尹以闻其上，上俾聚土以旌其门，使勿输赋，以为后劝。"鄠大夫常曰："他邑有是人乎！"

愈曰："母疾则止于烹粉药石以为是，未闻毁伤支体以为养，在教未闻有如此者。苟不伤于义，则圣贤当先众而为之也；是不幸因而致死，则毁伤灭绝之罪有归矣。其为不孝，得无甚乎！苟有合孝之道，又不当旌门：盖生人之所宜为，曷足为异乎？既以一家为孝，是辨一邑里皆无孝矣；以一身为孝，是辨其祖父皆无孝矣。

然或陷于危难，能固其忠孝，而不苟生之逆乱，以是而死者，乃旌表门闾，爵禄其子孙，斯为为劝已；矧非是而希免输者乎？曾不以毁伤为罪，灭绝为忧；不腰于市，而已黩于政；况复旌其门？”

【解题】

本文作年不详。约为早期作品。鄠，当时京兆县名。《新唐书·孝友传》载，唐时陈藏器注《本草拾遗》，谓人肉可治羸疾。自是，民间以父母疾，多刲股肉以进，官府则加以奖励或表彰。对此愚孝陋习，韩愈在此文中进行了严厉的批评。

瘗砚铭

陇西李观元宾始从进士贡在京师，或贻之砚。既四年，悲欢穷泰，未尝废其用。凡与之试艺春宫，实二年登上第。行于褒谷，役者刘胤误坠之地，毁焉。乃匣归埋于京师里中。昌黎韩愈，其友人也。赞且识云：

土乎质，陶乎成器。复其质，非生死类。全斯用，毁不忍弃。埋而识，之仁之义。砚乎砚乎，与瓦砾异！

【解题】

本文的写作年代不详。瘗，掩埋。韩愈的朋友李观有一方砚台，被役者摔毁，不忍随意弃之，匣归埋于京城住所附近，韩愈为此作《瘗砚铭》。

猫相乳

司徒北平王家猫有生子同日者，其一死焉。有二子饮于死母，母且死，其鸣咿咿。其一方乳其子，若闻之，起而若听之，走而若救之，衔其一置于其栖，又往如之，反而乳之若其子然。噫，亦异之大者也！

夫猫，人畜也，非性于仁义者也，其感于所畜者乎哉！北平王牧人以康，伐罪以平，理阴阳以得其宜。国事既毕，家道乃行，父父子子，兄兄弟弟，雍雍如也，愉愉如也，视外犹视中，一家犹一人。夫如是，其所感应召致，其亦可知矣。《易》曰“信及豚鱼”，非此类也夫！

愈时获幸于北平王，客有问王之德者，愈以是对。客曰：“夫禄位，贵富人之所大欲也。得之之难，未若持之之难也。得之于功，或失于德；得之于身，或失于子孙。今夫功德如是，祥祉如是，其善持之也可知已。”既已，因叙之为《猫相乳》说云。

【解题】

本文为韩愈早年之作，时间不详。司徒北平王，即马燧。韩愈入长安求官，时获马燧相助，甚为感激。本文借马家猫相乳之事以颂马燧之德，确有谄谀之嫌。然此文构思巧妙，叙事简明，叙议结合，不失为文章之佳构。

行　难

或问“行孰难”？曰：“舍我之矜，从尔之称。”“孰能之？”曰：“陆先生参何如？”曰：“先生之贤闻天下，是是而非非。贞元中，自越州徵拜祠部员外郎，京师之人日造焉，闭门而拒之满街。愈尝往间客席，先生矜语其客曰，‘某胥也，某商也，其生某任之，其死某诔之，某与某可人也，任与诔也非罪欤？’皆曰：‘然’。愈曰：‘某之胥，某之商，其得任与诔也，有由乎？抑有罪不足任而诛之邪?’先生曰:‘否,吾恶其初;不然,任与诛也何尤。’愈曰:‘苟如是,先生之言过矣!昔者管敬子取盗二人为大夫于公,赵文子举管库之士七十有余家:夫恶求其初?’先生曰:‘不然,彼之取者贤也。’愈曰:‘先生之所谓贤者,大贤欤,抑贤于人之贤欤?齐也、晋也,且有二与七十;而可谓今之天下无其人邪?先生之选人也已详。’先生曰:‘然’。愈曰:‘圣人不世出,贤人不时出,千百岁之间傥有焉;不幸而有出于胥商之族者,先生之说传,吾不忍赤子之不得乳于其母也!’先生曰:‘然’。”

他日,又往坐焉。先生曰:“今之用人也不详。位乎朝者吾取某与某而已,在下者多于朝,凡吾与者若干人。”愈曰:“先生之与者尽于此乎?其皆贤乎?抑犹有举其多而缺其少乎?”先生曰:“固然,吾敢求其全。”愈曰:“由宰相至百执事凡几位?由一方至一州凡几位?先生之得者,无乃不足充其位邪!不早图之,一朝而举焉,今虽详,其后用也必粗。”先生曰:“然。子之言,孟轲不如。”

【解题】

韩愈《与祠部陆员外书》写于贞元十八(802)年,故此文当写于此前。文章既表陆先生之贤,又欲存其理。本文几乎全部采用对话体,语言精炼,句法瘦硬,宋代王安石等人多师此体。

进士策问十三首

其　一

问:《书》称:“汝则有大疑,谋及乃心,谋及卿士,以至于庶人龟筮,考其从违,以审吉凶。”则是圣人之举事兴为,无不与人共之者也。于《易》则又曰："君不密则失臣，臣不密则失身，几事不密则害成。"而《春秋》亦有讥"漏言"之词。如是，则又似不与人共之而独运者。《书》与《易》、《春秋》，经也。圣人于是乎尽其心焉耳矣。今其文相戾悖如此，欲人之无疑，不可得已。是二说者，其信有是非乎？抑所指各殊，而学者不之能察也？谅非深考古训，读圣人之书者，其何能辨之？此固吾子之所宜无让者，愿承教焉！

其　二

问：古之人有云：夏之政尚忠，殷之政尚敬，而周之政尚文。是三者相循环终始，若五行之与四时焉。原其所以为心，皆非故立殊而求异也，各适于时，救其弊而已矣。夏、殷之书存者可见矣，至周之典籍咸在。考其文章，其所尚若不相远然，焉所谓三者之异云乎？抑其道深微不可究欤？将其词隐而难知也？不然，则是说为谬矣。周之后，秦、汉、蜀、吴、魏、晋之兴与霸，亦有尚乎无也？观其所为，其亦有意云尔。循环之说安在？吾子其无所隐焉！

其　三

问：夫子之序帝王之书，而系以秦、鲁；及次列国之风，而宋、鲁独称颂焉。秦穆之德，不逾于二霸；宋、鲁之君，不贤乎齐晋。其位等，其德同，升黜取舍，如是之相远，亦将有由乎？愿闻所以辨之之说。

其　四

问：夫子既没，圣人之道不明，盖有杨、墨者，始侵而乱之，其时天下咸化而从焉。孟子辞而辟之，则既廓如也。今其书尚有存者，其道可推而知不可乎？其所守者何事？其不合于道者几何？孟子之所以辞而辟之者何说？今之学者有学于彼者乎？有近于彼者乎？其已无传乎？其无乃化而不自知乎？其无传也，则善矣；如其尚在，将何以救之乎？诸生学圣人之道，必有能言是者，其无所为让。

其　五

问：所贵乎道者，不以其便于人而得于己乎？当周之衰，管夷吾以其君霸，九合诸侯，一匡天下，戎狄以微，京师以尊，四海之内无不受其赐者。天下诸侯奔走其政令之不暇，而谁与为敌！此岂非便于人而得于己乎？秦用商君之法，人以富，国以强，诸侯不敢抗，及七君而天下为秦。使天下为秦者，商君也。而后代之称道者，咸羞言管、商氏，何哉？庸非求其名而不责其实欤？愿与诸生论之，无惑于旧说。

其　六

问：夫子之言“盍各言尔志”。又曰“居则曰：不吾知也。如或知尔，则何以哉？”今之举者，不本于乡，不序于庠，一朝而群至乎有司，有司之不之知也宜矣。今将自州县始，请各诵所怀，聊以观诸生之志。死者可作，其谁与归？事其大夫之贤者？友其士之仁者？敢问诸生之所事而友者为谁乎？所谓贤而仁者，其事如何哉？言及之而不言，亦君子之所不为也。

其　七

问：春秋之时，百有余国，皆有大夫士，详于传者，无国无贤人焉，其余皆足以充其位，不闻有无其人而阙其官者？春秋之后，其书尤详，以至于吴、蜀、魏，下及晋氏之乱，国分如锱铢，读其书，亦皆有人焉。今天下九州四海，其为土地大矣；国家之举士，内有明经、进士，外有方维大臣之荐，其余以门地勋力进者又有倍于是，其为门户多矣。而自御史台、尚书省以至于中书门下省咸不足其官，岂今之人不及于古之人邪？何求而不得也？夫子之言曰："十室之邑，必有忠信如丘者焉。"诚得忠信如圣人者，而委之以大臣宰相之事，有不可乎？况于百执事之微者哉！古之十室必有任宰相大臣者，今之天下而不足士、大夫于朝，其亦有说乎？

其　八

问：夫子曰："洁净精微，《易》教也。"今习其书，不识四者之所谓，盍举其义而陈其数焉？

其　九

问：《易》之说曰："乾，健也。"今考《乾》之爻，在初者曰"潜龙勿用"，在三者曰"夕惕若厉无咎"，在四者亦曰"无咎"，在上曰"有悔"。卦六位：一"勿用"，二"苟得无咎有一悔"，安在其为健乎？又曰："乾以易知，坤以简能。"《乾》之四位既不为易矣，《坤》之爻又曰"龙战于野"，战之于事，其足为简乎？《易》，六经也。学者之所宜用心，愿施其词陈其义焉。

其　十

问：人之仰而生者谷帛。谷帛丰，无饥寒之患，然后可以行之于仁义之途，措之于安平之地，此愚智所同识也。今天下谷愈多而帛愈贱人愈困者何也？耕者不多而谷有余，蚕者不多而帛有余。有余宜足，而反不足，此其故又何也？将以救之，其说如何？

其十一

问：夫子言"尧舜垂衣裳而天下理"，又曰"无为而理者，其舜也欤”。《书》之说，尧曰“亲九族”，又曰“平章百姓”，又曰“协和万邦”，又曰“历象日月星辰，敬授人时”，又曰洪水“怀山襄陵，下人其咨”。夫亲九族、平百姓、和万邦，则天道。授人时、愁水祸，非无事也。而其言曰“垂衣裳而天下理”者，何也？于舜则曰“慎五典”，又曰“叙百揆”，又曰“宾四门”，又曰“齐七政”，又曰“类上帝，禋六宗，望山川，遍群神”，又曰“协时月正日，同律度量衡，五载一巡狩”，又曰“分十二州，封山濬川，恤五刑，典三礼，彰施五色，出纳五言”。呜呼，其何勤且烦如是！而其言曰“无为而理”者何也？将亦有深辞隐义不可晓邪？抑其年代已远失其传邪？二三子其辨焉！

其十二

问：古之学者必有师，所以通其业，成就其道德者也。由汉氏已来，师道日微，然犹时有授经传业者。及于今，则无闻矣。德行若颜回，言语若子贡，政事若子路，文学若子游，犹且有师。非独如此，虽孔子亦有师，问礼于老聃，问乐于苌弘是也。今之人不及孔子、颜回远矣，而且无师，然其不闻有业不通而道德不成者，何也？

其十三

问：食粟、衣帛、服行仁义以竢死者，二帝三王之所守，圣人未之有改焉者也。今之说者，有神仙不死之道，不食粟、不衣帛、薄仁义以为不足为，是诚何道邪？圣人之于人，犹父母之于子。有其道而不以教之，不仁；其道虽有而未之知，不智。仁与智且不能，又乌足为圣人乎？不然，则说神仙者妄矣！

【解题】

策问：以经义或政事等设问，要求解答以试士。此文中所列十三个问题，均为为应进士试者所出题目，不作于一时，编文集者收而集之。这十三个问题，涉及到现实政事的许多方面，充分表现韩愈对政事之关切和其思想之活跃。

柳宗元散文集

郭英德　校评

前　言

一

柳宗元(773—819)，字子厚，祖籍河东（今山西永济），人称“柳河东”；最后贬官柳州刺史，所以又称“柳柳州”。他出生于唐朝都城长安（今陕西西安）。他的曾祖和祖父都做过县令。父亲柳镇先后任过录事参军、长安主簿等职，唐德宗李适贞元年间任殿中侍御史。柳镇为人廉直，曾因触犯权贵而被贬谪，这对柳宗元无疑产生了深刻的影响。

柳宗元在青少年时期就立下了宏伟的志愿，在后来写的《答贡士元公瑾论仕进书》中说：“始仆之志学也，甚自尊大，颇慕古之大有为者。”向往于“励材能，兴功力，致大康于民，垂不灭之声”。贞元九年（793）二月，柳宗元二十一岁，考中进士。五年后（798），又中博学宏词科，授集贤殿正字。仕途顺达，并没有使柳宗元消泯远大的志向，也没有使他淡忘对家国的忧虑。面对当时藩镇割据、宦官专权的黑暗现实，柳宗元始终以“辅时及物”为己任，想要在政治上有所作为。

贞元十七年（801），柳宗元调为蓝田县尉。两年后（803），调任监察御史里行，与韩愈、刘禹锡等同官，并结识了王叔文。贞元二十一年（805）正月，顺宗李诵即位，王叔文等当权，柳宗元升任礼部员外郎，参与政治革新活动。他抱定主意，要“唯以中正信义为志，以兴尧舜孔子之道，利安元元为务”（《寄京兆许孟容书》)。王叔文等人执政后，实行了一系列革新措施，如取缔劫掠民财的“宫市”和“五坊小儿”，免除正税以外的苛捐杂税，把长期被藩镇垄断的盐铁转运大权收归中央，并试图接管宦官兵权，等等。没想到事与愿违，不到八个月时间，在宦官和藩镇势力的逼迫下，顺宗让位于他的儿子宪宗李纯。宪宗一即位，王叔文等人便相继被贬。柳宗元被贬为邵州刺史，未及到任，又加贬为永州司马。同时被贬为司马的还有刘禹锡、韦执谊、韩泰、陈谏、韩晔、凌准、程异等共八人，历史上称为“八司马”。

永州的州治在今湖南省零陵县，在当时相当荒僻。柳宗元虽官为司马，实际上是形同“编管”的罪犯，有职无权。元和元年（806），宪宗改元大赦，但却明确诏令：“八司马”“纵逢恩赦，不在量移（即调升）之限”。王叔文也被朝廷处死。朝廷内外一些趋炎附势的人，对柳宗元等“诋诃万端，旁午构扇，尽为仇敌”(《寄京兆许孟容书》)。柳宗元虽然自认为是“以愚触罪”(《愚溪诗序》)，但身在贬所，又遭受朝廷内外种种诬陷诽谤，心情不免十分痛苦。

政治的挫折，处境的困难，并没有压垮柳宗元的铮铮铁骨。在《诫惧箴》里他说：“起而获祸，君子不耻。”认为为了实现自己的政治理想，即便遭受灾祸，也无所畏惧。在《忧箴》里他更明确地指出：“所忧在道，不在乎祸。”他真正所忧虑的是“道”之不行，而不是个人的安危与得失。

于是柳宗元就像孔子、司马迁等先哲一样，既不能进而得志于今世，就退而著书立说，以贻后世。在《答吴武陵论非国语书》中他说：“仆之为文久矣，然心少之，不务也，以为特是博弈之雄耳。故在长安时，不以是取名誉，意欲施之事实，以辅时及物为道。自为罪人，舍恐惧则闲无事，故聊复为之。然而辅时及物之道，不可陈于今，则宜垂于后。今而不文则泥，然则文者固不可少耶!”这就是说，在贬官之前，柳宗元锐意于朝政改革，虽为文已久，却不自重视；在贬官之后，“辅时及物之道”在现实中行不通了，他才着意著书立说，期望能将此道传于后世。他发奋钻研经史诸子，“读百家书，上下驰骋”(《与杨京兆凭书》)，并大胆地“断往古，明圣法”(《与顾十郎书》)。有时也“长吟哀歌，舒泄幽郁”(《上李中丞献所著文启》)，创作讽谕杂文和抒情诗歌。他的许多重要的著述，都是在永州的十年中写成的。

到了元和十年(815)，柳宗元与同时被贬诸人被召回京师，但不久又出为柳州刺史。他深深地感叹：“十年憔悴到秦京，谁料翻为岭外行!”(《衡阳与梦得分路赠别》)《旧唐书》本传说柳宗元贬后不复起用，是因为“众畏其才高”，他自己也说：“直以慵疏招物议，休将文字占时名。”(同上诗)其实，这恐怕不是主要原因，主要原因还在于柳宗元的思想和为人不合时宜。

柳宗元的思想无疑是以儒家思想为主，他曾表示自己“好求尧舜孔子之志唯恐不得”，“遇行尧舜孔子之道唯恐不慊”(《送娄图南秀才游淮南将入道序》)。但他也汲取诸子，兼融佛老，并有所侧重。他明确不二地以“急生民之困”为本，从解救“生人之患”出发，强调“辅时及物之道”，这就是他“行尧舜孔子之道”的真正内涵。为此他坚定不移，百折不挠，在《答周君巢饵药久寿书》中他说：“苟守先圣之道，由大中以出，虽万受摈弃，不更乎其内。……仕虽不达，无忘生人之患，则圣人之道幸甚。”

柳宗元的为人愚拙耿直，方正不阿，肆言无忌，这常常使他被误解，甚至遭诽谤。当他身在贬所之际，虽然常常希望有人为他剖白辩冤，为此也给一些关心他的官僚写过“陈情书”之类的书简；但是，他却从来不曾明确忏悔自己有什么“罪过”，更不曾向皇帝乞怜请罪。皇帝是以对自己的忠诚程度来检验臣下的，而柳宗元却执着地以对“圣人之道”的忠诚和对“生人之患”的关心来要求自己，这怎么不落下不合时宜的口实呢？这一点韩愈比柳宗元“聪明”，在《潮州刺史谢上表》中他曾坦率而诚恳地对皇帝说：“倘非陛下哀而念之，谁肯为臣言者?”所以他在被贬之后不久就复官了。

柳宗元在永州时已经多病，到柳州后由于心情抑郁，工作勤苦，健康状况更加恶化。元和十四年（819）十一月八日，他因病在柳州逝世，终年四十七岁。次年，柳州百姓为他修了衣冠墓。三年后（822），又为他在罗池地方盖了一座庙（现为柳侯祠），永远纪念他。

二

柳宗元的文学主张，与他的思想和为人是相表里的。

首先，柳宗元明确地主张“文以明道”，反对“以辞为工”，在《答韦中立论师道书》中他说：“始吾幼且少，为文章，以辞为工。及长，方知文者以明道，是固不苟为炳炳烺烺、务采色、夸声音而以为能也。”在《报崔黯秀才论为文书》中他也说：“道假辞而明，辞假书而传，要之，之道而已耳。”他认为文学的功能是歌颂赞扬美好的事物，批判讽刺丑恶的事物，在《杨评事文集后序》中说：“文之用，辞令褒贬，导扬讽谕而已。”那么，他要“明”的是什么“道”呢？在《报袁君陈秀才避师名书》中，他说：“其归在不出孔子。”原来，他要“明”的首先是孔子之道。他又说：“大都文以行为本，在先诚其中”，可见他所说的“明道”，又首重德行和中诚，与“教条主义”地要求文学本于六经的观点是不甚相同的。

其次，柳宗元强调要有严肃认真的写作态度和旁通博采的学习精神。在《答韦中立论师道书》中他说：“故吾每为文章，未尝敢以轻心掉之，惧其剽而不留也；未尝敢以怠心易之，惧其弛而不严也；未尝敢以昏气出之，惧其昧没而杂也；未尝敢以矜气作之，惧其偃蹇而骄也。抑之欲其奥，扬之欲其明，疏之欲其通，廉之欲其节，激而发之欲其清，固而存之欲其重，此吾所以羽翼夫道也。本之《书》以求其质，本之《诗》以求其恒，本之《礼》以求其宜，本之《春秋》以求其断，本之《易》以求其动，此吾所以取道之原也。参之穀梁氏以厉其气，参之孟、荀以畅其支，参之庄、老以肆其端，参之《国语》以博其趣，参之《离骚》以致其幽，参之《太史公》以著其洁，此吾所以旁推交通而以为文也。”这就是说，文学创作既要戒除“轻心”、“怠心”、“昏气”、“矜气”，采取严肃认真的写作态度；又要追求“奥”而“明”、“通”而“节”、“清”而“重”，即含蕴不露而又意义明朗、文气疏畅而又言辞简洁、清雅不俗而又庄重不浮的多样化的艺术风格；还要旁通博采经、史、子、集等著作中前人的艺术经验。类似的看法，柳宗元在《报袁君陈秀才避师名书》、《与杨京兆凭书》等文章里也多次谈到。

柳宗元曾把文章分为两大类：“辞令褒贬，本乎著述”，“导扬讽谕，本乎比兴”（《杨评事文集后序》），他是二者兼能的。他一生创作了五百多篇散文，其中成就较高的是论说文、寓言、山水游记和传记。

柳宗元的论说文，包括哲学、政治专门论著以及带有论事说理性质的书简、序跋、杂体等文章。这些论说文，在思想倾向上往往论证古今，独抒己见，敢破传统，立意深远。有的学究天人，独立不惑，如《贞符》、《天说》、《时令论》、《断刑论》、《褚说》、《非国语》等；有的针砭时弊，有感而发，如《封建论》、《六逆论》、《晋文公问守原议》、《桐叶封弟辨》、《伊尹五说桀赞》、《梁丘据赞》、《序棋》等。柳宗元自己曾说：“余勇不自制，以当后世之讪怒”（《与吕道州温论非国语书》），他的论说文在思想上的确具有一种冲破传统、所向无敌的锐气。

在写作特点上，柳宗元的论说文大多观点尖锐，显豁明朗，毫不遮遮掩掩、吞吞吐吐。例如，《贞符》大胆揭示："是故受命不于天，于其人；休符不于祥，于其仁"；《封建论》强调指出："故封建非圣人意也，势也"；《时令论》简捷说明："然而圣人之道，不穷异以为神，不引天以为高，利于人，备于事，如斯而已矣"；《断刑论》深刻揭露："是知苍苍者焉能与吾事"，"且古之言天者，盖以愚蚩蚩耳"。所有这些，论点都精确透辟，一针见血，醒人耳目，发人深思。

而且，柳宗元的论说文大都运用丰富的论据和雄辩的论证，从而造成强大的逻辑力量。文章常常在正面阐述自己的论点的同时，逐层驳斥反面论点，并举出可靠的历史材料和生活事实来加以证明，有破有立。在篇章结构上一般完整谨严，线索明晰，而又富于曲折变化。修辞用语则精炼准确，饱含情感。正如韩愈《柳子厚墓志铭》所说的："隽杰廉悍，议论证据古今，出入经史百子，踔厉风发，率常屈其座人"。

在中国文学史上，柳宗元是第一个较多地把寓言正式写成独立的文学作品的作家。他的寓言显然受到《庄子》的影响，但是他不像庄子所说的那样"不谴是非，以与世俗处"（《庄子·天下》），而是鲜明地以寓言来讽刺现实社会政治中种种丑恶的现象。在他的寓言作品中，柳宗元巧妙地描写了小鹿（《临江之麋》）、驴子（《黔之驴》）、老鼠（《永某氏之鼠》）、蝜蝂（《蝜蝂传》）、小猴子（《哀王孙文》）、蝮蛇（《宥蝮蛇文》）、鸱夷（《瓶赋》）、猎人（《罴说》）、商贾（《鞭贾》、《招海贾文》）等生动的形象，借以对当时社会上那些仗势欺人、恃宠而骄、得意忘形、外强中干、虚张声势、凶残暴虐、追逐名利、贪得无厌、趋炎附势等等的丑恶人物加以猛烈的鞭挞和辛辣的讽刺，表示了对他们的蔑视、鄙视和憎恨。

清人吴德旋《初月楼古文绪论》卷三三认为，柳宗元"贬谪后之文，则篇篇古雅，而短篇尤妙，盖得力于《檀弓》、《左》、《国》最深”。如仅就他的寓言而言，则更多地得力于周秦诸子散文，但他绝不是因袭摹拟，而是自出心裁，戛戛独造。他的寓言一般都短小精悍，含意深刻，并大多意在言外，旁敲侧击，作者的讽刺并不直接表露在字面，而是凝聚在整个故事情节之中。柳宗元往往把深刻的道理寄托在简短的故事里，把自己的宏识孤怀寄托在生动的形象里，创造一种“天地有大美而不言，四时有明法而不议，万物有成理而不说”（《庄子·知北游》）的艺术境界，要读者去深思力索，心领神会。他的寓言娴熟地运用了比喻、夸张、幽默、对比、拟人化等寓言创作常用的表现手法，并能因文而异，因意而异。他借物讽人时，善于体物察微，抓住物类的特征，加以想象和夸张，塑造成真实而生动的形象。他的语言简练、犀利、明确，风格幽默沉郁。

柳宗元的散文最为世间传诵的是山水游记，特别是著名的“永州八记”。他的山水游记渊源于郦道元的《水经注》，清人刘熙载《艺概》卷一《文概》就说：“郦道元叙山水，峻洁层深，奄有楚辞《山鬼》、《招隐士》胜境，柳柳州游记，此其先导也。”但和《水经注》中山水的片断描写不同，柳宗元的山水游记不仅独立成篇，而且多写骚人迁客的感受。“游记而带骚体，这是宗元文章的新特征”（郭预衡《中国散文史》中册第九章第一节《柳宗元的用世之文》）。作者不只是模山范水，而是借物写心，抒发失意情怀和牢骚怨气，带有浓厚的主观色彩。如前人评点《钴鉧潭西小丘记》，说文中写小丘为“唐氏之弃地”，就是以“弃地比迁客”；写小丘经过修葺后，面貌焕然一新，但因地在偏远的永州，所以无人赏识，这是“全为放臣写照”；篇末总评又说：“因贱直得丘而发感慨，即隐以自喻。”前人评《小石城山记》，也说是“借石之瑰玮，以吐胸中之气。”（均见高步瀛《唐宋文举要》甲编）当然，作者的高明之处在于，他并没有游离于山水景物之外，而是把自己的性格、遭际与山水景物在精神上有机地融为一体，即物即我，即我即物，描写山水即是抒发感慨，从而创造出一种“心凝形释，与万物冥合”的艺术境界（《始得西山宴游记》）。

柳宗元的山水游记，表现出作者准确而精细地捕捉和描绘山水形象的高超的艺术造诣。如《至小丘西小石潭记》描写小石潭水的清澄明净，道：“潭中鱼可百许头，皆若空游无所依；日光下澈，影布石上，怡然不动。俶尔远逝，往来翕忽，似与游者相乐。”以游鱼、日光、鱼影等具体的形象来写水的清浅，正如画家用落叶的飞舞来画风一样，采用形象衬托的表现手法，让人回味无穷。而《游黄溪记》也写潭水，但因为初潭很深，“其略若剖大瓮，侧立各尺”，所以他就突出潭水颜色的深绿和浓重，道：“溪水积焉，黛蓄膏渟，来若白虹，沉沉无声。”又如《钴鉧潭西小丘记》写山石“突怒偃蹇，负土而出”之奇，和《小石潭记》写水石“为坻为屿，为堪为岩”，用笔也因景而异，各有特色。

而且，柳宗元的山水游记，和他的其他散文一样，语言极其精美，正如他在《愚溪诗序》中所说的：“清莹秀彻，锵鸣金石”。林纾《春觉斋论文·流别论》评道：“记山水则子厚为专家，昌黎（韩愈）不能及也”。他认为“子厚之文，古丽奇峭”，“体物既工，造语尤古，读之令人如在郁林、阳朔间”。

柳宗元早年曾与韩愈“期为史志甚壮”（《与史官韩愈致段秀实太尉逸事书》），后因被贬逐远荒，不曾担任史职，但他却始终有着很强的写史的责任感。从他的《段太尉逸事状》中，我们可以多少看出柳宗元的史道、史笔和史才。正因为柳宗元有一片“辅时及物”之心，所以他特别看中了段秀实这位为民除暴、为民请命而不畏强权的历史人物，为他立传。而且，他所记载的段太尉的逸事，是经过实地考察采录而得的，在文章结尾处他说："宗元尝出入岐周邠斄间，过真定，北上马岭，历亭障堡戍，窃好问老校退卒，能言其事。"这种讲究"录其事实"的"实录"精神(《汉书·司马迁传赞》)，正是中国古代史家的优良传统。文中描写段太尉形象，用笔传神，栩栩如生，柳宗元曾自许为"比画工传容貌差尚胜"(《与史官韩愈致段秀实太尉逸事书》)。

柳宗元的史笔和史才，还表现在他那些不入史乘的人物传记。特别是他极力为小人物立传，体现了中唐传记文学发展的新特征。他的这些人物传记也往往借题发挥，寓意深远。如《宋清传》写卖药致富的"长安西部药市人"，感叹士大夫不如"居市不为市之道"的市人；《梓人传》写一位名叫杨潜的建筑工，说明"梓人之道类于相"；《种树郭橐驼传》写长安西乡一位以种树为业的农艺家，引申出对政令烦苛的现实政治的批评。这种见识独到的史笔，可以说神似司马迁的人物传记。此外，柳宗元的这些人物传记还受到唐代新兴的传奇小说的影响。吴德旋《初月楼古文绪论》从反面说明了这一点："柳文如《宋清传》、《蝜蝂传》等篇，未免小说气，故姚惜抱（姚鼐）于诸传中只选《郭橐驼》一篇也。所谓小说气，不专在字句；有字句古雅，而用意太纤太刻，则亦近小说。"

此外，柳宗元的骚体之文，如《惩咎》、《闵生》、《梦归》、《囚山》诸赋，《吊屈原》、《吊苌弘》、《吊乐毅》诸文，以及《愚溪对》、《答问》、《起废答》诸对问之作，大都悲叹远谪，怀念故乡，忧怨愤懑，低回郁结，凄切动人。宋人严羽说："唐人唯柳子厚深得骚学。"(《沧浪诗话》)这是因为柳宗元与屈原有着类似的生活遭遇和相通的思想精神，他以屈原作为自己立身行事的楷模，所以他效屈骚作文，就能深得屈骚之魂。

"总的看来，宗元文章具有两大特征。一是立论新颖，打破传统；一是牢骚太盛，出言多讽。宗元文章之两大特征，也是其人的个性特征。在韩柳之后，世之学为古文者，学韩者多，学柳者少。大概由于柳文个性太强，苟非其人，难于学到。”（郭预衡《中国散文史》中册第九章第一节《柳宗元的用世之文》）

三

柳宗元的诗文著作，早在他去世后不久，就由他的好友刘禹锡编为《河东先生集》，共三十卷。但此本在北宋初就已很少流传。据穆修在《河东先生文集后序》中说，他多年想找一部完整的柳集而未得，直到晚年才见到一个本子，收录诗文共四十五卷，显然已非刘禹锡原编旧物。这个本子经穆修校定，曾于北宋仁宗天圣元年（1023）重新刊行，称《河东先生文集》。到北宋徽宗政和四年（1114），沈晦校定刊行《四明新本河东先生集》，即以穆修的本子为底本，以小字三十三卷本、曾丞相家本和晏元献家本等参考互证，还参校了有关书籍，共收诗文六百七十四篇。遗憾的是，上述几种柳宗元集，都早已亡佚了。

南宋以后，历代都有柳宗元著作的新校注本刊行，留传至今比较好的柳宗元著作的版本有：宋刻蜀本阙名《新刊增广百家详补注唐柳先生文集》，南宋魏仲举编刻《五百家注柳先生文集》(残本)，南宋郑定校刻《重校添注音辩唐柳先生文集》(残本)，南宋廖莹中刻世彩堂本《河东先生集》，元刻建本《增广注释音辩唐柳先生集》，四库全书本《新刊诂训唐柳先生文集》，南宋叶程刻永州本《柳柳州外集》。

1978年，吴文治等人重新校点了《柳宗元集》，由中华书局在1979年出版。校点者以宋刻蜀本《新刊增广百家详补注唐柳先生文集》为底本，主要参校了世彩堂本、音辩本、诂训本、五百家注本、郑定本、永州本外集、《文苑英华》和《唐文粹》等，并参考了明刻蒋之翘辑注本《唐柳河东集》、明郭云鹏刻济美堂本《唐柳先生集》、明游居敬校刻本《柳文》、清何焯批校

《王荆石先生批评柳文》、何焯批校《增广注释音辩唐柳先生集》、《全唐文》、《全唐诗》及《乐府诗集》等。此外还参考了何焯的《义门读书记》、陈景云的《柳河东集点勘》、吴汝纶的《柳州集点勘》等书。应该说，这是迄今为止一部比较完备精当的柳宗元的著作集。

本书的校点，即以中华书局本《柳宗元集》为基础，并参考了上述柳集的诸版本，根据对诸本异文的仔细辨析，对柳宗元全部散文作品的正文做了择善而从的校勘，并重新加以标点。需要说明的是，《柳宗元集》中所收的散文作品中，有一部分经过前人的辨证，确实不是柳宗元所作的，本书即不予收录，它们是：《代裴行立谢移镇表》、《代广南节度使举裴中丞自代表》(以上卷三十八)、《代人进瓷器状》(卷三十九)、《为文武百官请复尊号表六首》、《及大会议户部尚书班宏又请改所上尊号加奉道字故其文如后表》、《及大会议国子祭酒韩洄请历数近日徵应祥瑞故又改其文如后表》、《为崔中丞贺平李怀光表》、《为裴令公举裴冕表》(以上并见外集)。此外还有一些文章前人怀疑不是柳宗元所作，但未能确定，本书仍然收录，并在“解题”中稍加说明。

郭英德

1994 年 10 月 10 日

目　　录

一、论　　说

二、记　　叙

三、书　　简

四、序　　跋

五、赠　　序

六、传　　记

七、赋　　颂

八、奏　　议

九、碑　　志

十、祭　　吊

十一、杂　　体

一 论说

辩侵伐论

《春秋》之说曰："凡师有钟鼓曰伐，无曰侵。"《周礼·大司马》九伐之法曰："贼贤害人则伐之，负固不服则侵之。"

然则所谓伐之者，声其恶于天下也。声其恶于天下，必有以厌于天下之心，夫然后得行焉。古之守臣有朘人之财、危人之生而又害贤人者，内必弃于其人，外必弃于诸侯，从而后加伐焉，动必克矣。然犹校德而后举，量力而后会，备三有余而用其人：一曰义有余，二曰人力有余，三曰货食有余。是三者大备，则又立其礼，正其名，修其辞。其害物也小，则诰誓征令不过其邻；虽大，不出所暴；非有逆天地横四海者，不以动天下之师。故师不逾时而功成焉。斯为人之举也，故公之；公之，而钟鼓作焉。

夫所谓侵之者，独以其负固不服而壅王命也。内以保其人，外不犯于诸侯，其过恶不足暴于天下，致文告，修文德，而又不变，然后以师问焉。是为制命之举，非为人之举也，故私之；私之，故钟鼓不作。斯圣人之所志也。

周道既坏，兵车之轨交于天下，而罕知侵伐之端焉。是故以无道而正无道者有之，以无道而正有道者有之，不增德而以遂威者又有之，故世日乱。一变而至于战国，而生人耗矣。是以有其力无其财，君子不以动众；有其力有其财无其义，君子不以帅师；合是三者而明其公私之说，而后可焉。呜呼！后之用师者，有能观乎侵伐之端，则善矣。

【解题】

此文作于贞元十五年（799）。这年三月，淮西节度使吴少诚作乱，遣兵袭击唐州，掳掠百姓千余人。这时柳宗元任集贤殿正字，作此文，要求征募天下义士，征讨淮西，表达了激愤的感情和对国事的热切关注。全文多用排比、对仗，语句简洁，气势甚盛。

驳复仇议

臣伏见天后时，有同州下邽人徐元庆者，父爽为县尉赵师韫所杀，卒能手刃父仇，束身归罪。当时谏臣陈子昂建议诛之而旌其闾，且请编之于令，永为国典。臣窃独过之。

臣闻礼之大本，盖以防乱也，若曰无为贼虐，凡为子者杀无赦；刑之大本，亦以防乱也，若曰无为贼虐，凡为理者杀无赦。其本则合，其用则异，旌与诛莫得而并焉。诛其可旌，兹谓滥，黩刑甚矣；旌其可诛，兹谓僭，坏礼甚矣。果以是示于天下，传于后代，趋义者不知所以向，违害者不知所以立，以是为典可乎？

盖圣人之制，穷理以定赏罚，本情以正褒贬，统于一而已矣。向使刺谳其诚伪，考正其曲直，原始而求其端，则刑礼之用，判然离矣。何者？若元庆之父，不陷于公罪，师韫之诛，独以其私怨，奋其吏气，虐于非辜，州牧不知罪，刑官不知问，上下蒙冒，吁号不闻；而元庆能以戴天为大耻，枕戈为得礼，处心积虑，以冲仇人之胸，介然自克，即死无憾，是守礼而行义也；执事者宜有惭色，将谢之不暇，而又何诛焉？其或元庆之父，不免于罪，师韫之诛，不愆于法，是非死于吏也，是死于法也，法其可仇乎？仇天子之法，而戕奉法之吏，是悖骜而凌上也，执而诛之，所以正邦典，而又何旌焉？

且其议曰："人必有子，子必有亲，亲亲相仇，其乱谁救？"是惑于礼也甚矣。礼之所谓仇者，盖以冤抑沉痛，而号无告也；非谓抵罪触法，陷于大戮。而曰"彼杀之，我乃杀之"，不议曲直，暴寡胁弱而已。其非经背圣，不亦甚哉！《周礼》："调人掌司万人之仇。""凡杀人而义者，令勿仇，仇之则死。""有反杀者，邦国交仇之。"又安得亲亲相仇也？《春秋公羊传》曰："父不受诛，子复仇可也。父受诛，子复仇，此推刃之道。复仇不除害。"今若取此以断两下相杀，则合于礼矣。且夫不忘仇，孝也；不爱死，义也。元庆能不越于礼，服孝死义，是必达理而闻道者也。夫达理闻道之人，岂其以王法为敌仇者哉？而议者反以为戮，黩刑坏礼，其不可以为典，明矣。

请下臣议，附于令，有断斯狱者，不宜以前议从事。谨议。

【解题】

此文为柳宗元在长安时所作。武则天时徐元庆为父复仇事，载《新唐书》卷一九五《孝友传》。柳宗元认为时臣建议对徐元庆既处死刑又予表扬，是自相矛盾，混淆是非。全文见解精确，论驳透辟。

晋　问

吴子问于柳先生曰："先生晋人也，晋之故封宜知之。"曰："然。""然则吾愿闻之可乎？"曰："可。晋之故封，太行掎之，首阳起之，黄河迤之，大陆靡之。或巍而高，或呀而渊。景霍、汾、浍，以经其壖。若化若迁，钩婴蝉联，然后融为平川，而侯之都居，大夫之邑建焉。其高壮，则腾突撑拒，聱岈郁怒，若熊罴之咆、虎豹之嗥，终古而不去；攫秦搏齐，当者失据，燕、狄惴怯，若卵就压，振振业业，觑关蹀户，惕若仆妾。其按衍，则平盈旋缘，纡徐夷延，若飞鸾之翔舞，泂水之容与；以稼则硕，以植则茂，以牧则蕃，以畜则庶，而人用是富，而邦以之阜。其河，则濬源昆仑，入于天渊，出乎无门，行乎无垠，自匈奴而南，以界西鄙，冲奔太华，运肘东指；混溃后土，渍浊糜沸，鼋鼍诡怪，于于汩汩，腾倒驶越，委泊涯涘，呀呷歙纳，摧杂失坠。其所荡激，则连山参差，广野坏裂，轰雷努风，撼鹄于巘；崩石之所转跃，大木之所擢拔，蹦泙洞踏者，弥数千里，若万夫之斩伐。而其轴轳之所负，橦樯之所御，鳞川林壑，隮云遁雨，瞬目而下者，榛榛沄沄，百舍一赴。若是何如?”

吴子曰：“先生之言丰厚险固，诚晋之美矣。然晋人之言表里山河者，备败而已，非以为荣观显大也。吴起所谓‘在德不在险’，此晋人之藉也。愿闻其他。”

先生曰：“太卤之金，棠谿之工，火化水淬，器备以充。为棘为矛，为铩为钩，为镝为镞，为椝为镆。出太白，征蓐收，召招摇，伏蚩尤，肃肃褷褷，合众灵而成之。博者狭者，曲者直者，歧者劲者，长者短者，攒之如星，奋之如霆，运之如萦。浩浩弈弈，淋淋涤涤，荧荧的的，若雪山冰谷之积。观者胆掉，目出寒液。当空发耀，英精互绕，晃荡洞射，天气尽白，日规为小，铄云破霄，跕坠飞鸟。弓人之弓，函人之甲，胶角百选，犀兕七属。乃使跟超掖夹之伦，服而持之，南瞰诸华，北詟群夷，技击节制，闻于天下，是为善师。延目而望之，固以拳拘喘汗，免胄肉袒，进不敢降，退不敢窜。若是何如?”

吴子曰：“夫兵之用，由德则吉，由暴则凶，是又不可为美观也。先轸曰‘师直为壮，曲为老’，况徒以坚甲利刃之为上哉!”

先生曰："晋国多马，屈焉是产。土寒气劲，崖坼谷裂，草木短缩，鸟兽坠匿，而马蕃焉。师师兟兟，溶溶纭纭，辚辚辚辚，或赤或黄，或玄或苍，或醇或駹，黮然而阴，炳然而阳，若旌旃旗帜之煌煌。乍进乍止，乍伏乍起，乍奔乍踬，若江、汉之水，疾风驱涛，击山荡壑，云沸而不止。群饮源槁，回食野赭，浴川蹙浪，喷震播洒，溃溃焉，若海神驾雪而来下。观其四散惝怳，开合万状，喜者鹊厉，怒者人搏，决然坌跃，千里相角。风鬃雾鬣，劚山抉壑，耳摇层云，腹捎众木，寂寥远游，不夕而复。攫地跳梁，坚骨兰筋，交颈互啮，斗目相驯，聚溲更嘘，昂首张断。其小者则连牵缴绕，仰乳俯龁，蚁杂蠭集，啾啾漅漅，旅走丛立。其材之可者，收敛攻教，掉手飞麾，指毛命物，百步就羁。牵以荀息，御以王良，超以范鞅，轩以栾铖，以佃以戎，兽获敌摧。若是何如？"

吴子曰："'恃险与马'者，子不闻乎？故曰'冀之北土，马之所生'，'是不一姓'。请置此而新其说。"

先生曰："晋之北山有异材，梓匠工师之为宫室求大木者，天下皆归焉。仲冬既至，寒气凝成，外凋内贞，沈液不行，乃坚乃良。万工举斧以入，必求诸岩崖之欹倾，涧壑之纡萦，凌巑岏之杪颠，漱泉源之淦滢，根绞怪石，不土而植，千寻百围，与石同色。罗列而伐者，头抗河汉，刃披虹霓，声振连峦，柿填层溪。丁丁登登，硠硠棱棱，若兵车之乘凌。其响之所应，则溃溃濊濊，汹汹薨薨，若骞若崩，若螭龙之斗，风霆相腾。其殊而下者，札巉捎杀，摧崒块圠，霞披电裂，又似共工触不周而天柱折。鹍鹳鹙鸧，号鸣飞翔，貔豻虎兕，奔触詟栗，伏无所入，遁无所脱。然后断度收罗，捎危颠，芟繁柯，乘水潦之波，以入于河而流焉。荡突硉兀，转腾冒没，类秦神驱石以梁大海；坻曲鳞蹙，汇流雷解，前者汩越，后者迫隘，乃下龙门之悬水。摺拉颓踏，捽首轩尾，澒入重渊，不知其几百里也。涛波之旋，滔山触天，既渟既平，弥望悠焉。良久，乃始昂屹涌溢，挺拔而出，林立峰崪，穿云蔽日，涣然自挠，复就行列，浑浑而去，以至其所。唯良工之指顾，丛台、阿房、长乐、未央、建章、昭阳之隆丽诡特，皆是之自出。若是何如?”

吴子曰：“吾闻君子患无德，不患无土；患无土，不患无人；患无人，不患无宫室；患无宫室，不患材之不己有。先生之所陈，四累之下也。且虒祁既成，诸侯叛之。”

先生曰：“河鱼之大，上迎涛波，罗缠津涯，千里雷驰，重马轻车，遂以君命，矢而纵观焉。大罟断流，修网亘川，罩罶罜罹，织纴其间，巨舟轩昂，仡仡回环，水师更呼，声裂商颜。于是鼓谍沓集而从之，扼龙吭，拔鲸鳍，戮白鼋，逐毒螭，叱冯夷，立水湄。搜搅流离，掬缩推移，梁会网蹙，腾天弥围，掉蹦拥踊，以登夫历山之垂。如川之归，如山之摧，如云之披。其有乘化会神，振拔涟沦，摛奇文，出怪鳞，腾飞涛而上逸，生电雷于龙门者，犹仰纶飞缴，顿踣而取之，莫不脱角裂翼，呀吓匍匐，复就脔切，莫保龙籍，具糅五味，布列雕俎，风云失势，沮散远去。若夫鲂、鲿、鲔、鲤，鰋、鳢、鲂、鲊之琐屑蔑裂者，夫固不足悉数，漏脱纮目，养之水府，而三河之人，则已填溢餍饫，腥膏舄卤，闻鲙炙之美，则掩鼻蹙頞，贱甚粪土而莫顾者也。若是何如?”

吴子曰：“一时之观，不足以夸后世；口舌之味，不足以利百姓。姑欲闻其上者。”

先生曰：“猗氏之盐，晋宝之大者也，人之赖之与谷同，化若神造，非人力之功也。但至其所，则见沟塍畦畹之交错轮囷，若稼若圃，敞兮匀匀，涣兮鳞鳞，逦迤纷属，不知其垠。俄然决源酾流，交灌互澍，若枝若股，委曲延布，脉写膏浸，潗湿滑汩，弥高掩庳，漫垅冒块，决决没没，远近混会，抵值堤防，瀴瀛霈涉，偃然成渊，漭然成川。观之者徒见浩浩之水，而莫知其以及。神液阴漉，甘卤密起，孕灵富媪，不爱其美。无声无形，漂结迅诡，回眸一瞬，积雪百里。皛皛幂幂，奋僨离析，锻圭椎璧，眩转的皪。乍似殒星及地，明灭相射，冰裂雹碎，宠岌增益。大者印累，小者珠剖，涌者如坻，坳者如缶，日晶熠煜，萤骇电走，亘步盈车，方尺数斗。于是裒敛合集，举而堆之，皓皓乎悬圃之巍巍，嗷乎溔乎，狂山太白之淋漓。骇化变之神奇，卒不可推也。然后驴骡牛马之运，西出秦、陇，南过樊、邓，北极燕、代，东逾周、宋。家获作咸之利，人被六气之用，和钧兵食，以征以贡。其赉天下也，与海分功，可谓有济矣。若是何如?"

吴子曰："魏绛之言曰'近宝则公室乃贫'，岂谓是耶？虽然，此可以利民矣，而未为民利也。"

先生曰："愿闻民利。"

吴子曰："安其常而得所欲，服其教而便于己，百货通行而不知所自来，老幼亲戚相保而无德之者，不苦兵刑，不疾赋力。所谓民利，民自利者是也。"

先生曰："文公之霸也，援秦破楚，囊括齐、宋，曹、卫解裂，鲁、郑震恐，定周于温，奉册受锡，夹辅纠逖，以为侯伯，齐盟践土，低昂玉帛。天子恃焉，以有诸侯；诸侯恃焉，以有其国；百姓恃焉，以有其妻子而食其力。叛者力取，附者仁抚；推德义，立信让；示必行，明所向；达禁止，一好尚。春秋之事，公侯大夫，策文马，驰轩车，出入环连，贯于国都，则有五筵之堂，九几之室，大小定位，左右有秩，禽牢饩馈，交错文质，飨有嘉乐，宴有庭实，登降好赋，牺象毕出，犒劳赠贿，率礼无失。六卿理兵，大戎小戎，钟鼓丁宁，以讨不恭。车埒万乘，卒半天下，鼓之则震，旆之则畏。其号令之动，若水之源，若轮之旋，莫不如志。当此之时，咸能欢娱以奉其上，故其民至于今，好义而任力。此以民力自固，假仁义而用天下，其遗风尚有存者。若是可以为民利也乎?”

吴子曰:“近之矣,然犹未也。彼霸者之为心也,引大利以自向,而搂他人之力以自为固,而民乃后焉。非不知而化,不令而一,异乎吾向之陈者,故曰近之矣,犹未也。”

先生曰:“三河,古帝王之更都焉;而平阳,尧之所理也。有茅茨、采椽、土型之度,故其人至于今俭啬;有温恭、克让之德,故其人至于今善让;有师锡、佥曰、畴咨之道,故其人至于今好谋而深;有百兽率舞、凤凰来仪、于变时雍之美,故其人至于今和而不怒;有昌言、儆戒之训,故其人至于今忧思而畏祸;有无为、不言、垂衣裳之化,故其人至于今恬以愉,此尧之遗风也。愿以闻于子何如?”

吴子离席而立,拱而言曰;“美矣善矣,其蔑有加矣。此固吾之所欲闻也。夫俭则人用足而不淫;让则遵分而进善,其道不斗;谋则通于远而周于事;和则仁之质;戒则义之实;恬以愉则安而久于其道也。至乎哉!今主上方致太平,动以尧为准,先生之言,道之奥者,若果有贡于上,则吾知其易易焉也。举晋国之风以一诸天下,如斯而已矣。”敬再拜受赐。

【解题】

元和三年(808),吴武陵以事坐贬永州,与柳宗元交往密切。此文当作于这年,假设与吴武陵答问,极力夸张晋国地区(今山西一带)山河险固,物产丰富,春秋时晋文公霸业强盛,而归结到唐尧遗风,提倡政治清明,利民为本。其体制从汉枚乘《七发》变化而来,行文汪洋恣肆,辞藻繁富。

非《国语》序

左氏《国语》,其文深闳杰异,固世之所耽嗜而不已也。而其说多诬淫，不概于圣。余惧世之学者溺其文采而沦于是非，是不得由中庸以入尧、舜之道。本诸理，作《非国语》。

非《国语》上

灭　　密

恭王游于泾上，密康公从，有三女奔之。其母曰：“必致之王。众以美物归汝，何德以堪之？小丑备物，终必亡。”康公不献。一年，王灭密。

非曰：康公之母诚贤耶？则宜以淫荒失度命其子，焉用惧之以数？且以德大而后堪，则纳三女之奔者，德果何如？若曰“勿受之”，则可矣。教子而媚王以女，非正也。左氏以灭密征之，无足取者。

不　　藉

宣王不藉千亩。虢文公谏曰：“……将何以求福用人？”王不听。三十九年，战于千亩，王师败绩于姜氏之戎。

非曰：古之必藉千亩者，礼之饰也。其道若曰：吾犹耕云尔。又曰：吾以奉天地宗庙。则存其礼诚善矣。然而存其礼之为劝乎农也，则未若时使而不夺其力，节用而不殚其财，通其有无，和其乡闾，则食固人之大急，不劝而劝矣。启蛰也得其耕，时雨也得其种，苗之猥大也得其耘，实之坚好也得其获，京庾得其贮，老幼得其养，取之也均以薄，藏之也优以固，则三推之道存乎亡乎，皆可以为国矣。彼之不图，而曰我特以是劝，则固不可。今为书者曰：“将何以求福用人？”夫福之求，不若行吾言之大德也；人之用，不若行吾言之和乐以死也。败于戎，而引是以合焉，夫何怪而不属也？又曰“战于千亩”者，吾益羞之。

三　川　震

幽王二年，西周三川皆震。伯阳父曰：“周将亡矣！夫天地之气，不失其序；若过其序，民乱之也。阳伏而不能出，阴迫而不能蒸，于是有地震。今三川实震，是阳失其所而镇阴也。阳失而在阴，源必塞。源塞，国必亡。若国亡，不过十年，数之纪也。夫天之所弃，不过其纪。”是岁也，三川竭，岐山崩。幽王乃灭，周乃东迁。

非曰：山川者，特天地之物也。阴与阳者，气而游乎其间者也。自动自休，自峙自流，是恶乎与我谋？自斗自竭，自崩自缺，是恶乎为我设？彼固有所逼引，而认之者不塞则惑。夫釜鬲而爨者，必涌溢蒸郁以糜百物；畦汲而灌者，必冲荡渍激以败土石。是特老圃者之为也，犹足动乎物，又况天地之无倪，阴阳之无穷，以澒洞轇轕乎其中，或会或离，或吸或吹，如轮如机，其孰能知之？且曰：“源塞，国必亡。”“人乏财用，不亡何待？”则又吾所不识也。且所谓者天事乎？抑人事乎？若曰天者，则吾既陈于前矣；人也，则乏财用而取亡者，不有他术乎？而曰是川之为尤！又曰“天之所弃，不过其纪”，愈甚乎哉！吾无取乎尔也。

料　　民

宣王料民于太原，仲山父谏曰：“民不可料也。夫古者不料民而知其少多。王治农于藉，搜于农隙，耨获亦于藉，狝于既蒸，狩于毕时，是皆习民数也，又何料焉！不谓其少而大料之，是示少而恶事也。临政示少，诸侯避之。治民恶事，无以赋令。且无故而料民，天之所恶也，害于政而妨于嗣。”王卒料之。及幽王，乃废灭。

非曰：吾尝言，圣人之道，不穷异以为神，不引天以为高，故孔子不语怪与神。君子之谏其君也，以道不以诬，务明其君，非务愚其君也，诬以愚其君则不臣。仲山氏果以职有所协，不待料而具，而料之者政之尨也，姑云尔而已矣，又何以示少恶事为哉？况为大妄以诿乎后嗣！惑于神怪愚诬之说，而以是征幽之废灭，则是幽之悖乱不足以取灭，而料民者以祸之也。仲山氏其至于是乎？盖左氏之嗜诬斯人也已！何取乎尔也？

神降于莘

周惠王十五年，有神降于莘。王问于内史过曰："今是何神也？"对曰："昔昭王娶于房，曰房后，实有爽德，协于丹朱。丹朱冯身以仪之，生穆王焉。实临周之子孙而祸福之。夫神壹，不远徙迁。若由是观之，其丹朱之神乎？"王曰："其谁受之？"对曰："在虢土。"王曰："然则何为？"对曰："臣闻之，道而得神，是谓逢福；淫而得神，是谓贪祸。今虢少荒，其亡乎！"王曰："吾其若之何？"对曰："使太宰以祝史帅狸姓，奉牺牲粢盛玉帛往献焉，无有祈也。"王曰："虢其几何？"对曰："昔尧临民以五，今其胄见，神之见也，不过其物。若由是观之，不过五年。"

非曰：力足者取乎人，力不足者取乎神。所谓足，足乎道之谓也，尧、舜是矣。周之始，固以神矣，况其征乎？彼鸣乎莘者，以焄蒿凄怆，妖之浅者也。天子以是问，卿以是言，则固已陋矣。而其甚者，乃妄取时日，莽浪无状，而寓之丹朱；则又以房后之恶德与丹朱协，而凭以生穆王，而降于虢，以临周之子孙，于是遂帅丹朱之裔以奉祠焉；又曰尧临人以五，今其胄见，虢之亡，不过五年。斯其为书也，不待片言而迂诞彰矣！

聘鲁

定王八年，使刘康公聘于鲁。发币于大夫，季文子、孟献子皆俭，叔孙宣子、东门子家皆侈。归，王问鲁大夫孰贤？对曰：“季、孟其长处鲁乎？叔孙、东门其亡乎？若家不亡，身必不免。”王曰：“几何？”对曰：“东门之位不若叔孙而泰侈焉，不可以事二君。叔孙之位不若季孟而亦泰侈焉，不可以事三君。若皆蚤世，犹可，若登年以载其毒，必亡。”

非曰：泰侈之德恶矣，其死亡也有之矣，而孰能必其时之蚤暮耶？设令时之可必，又孰能必其君之寿夭耶？若二君而寿，三君而夭，则登年载毒之数如之何而准？

叔孙侨如

简王八年，鲁成公来朝，使叔孙侨如先聘且告。见王孙说，与之语。说言于王曰：“鲁叔孙之来也，必有异焉。其享覲之币薄而言谄，殆请之也。若请之，必欲赐也。鲁执政唯强，故不欢焉，而后遣之。且其状方上而锐下，宜触冒人，王其勿赐。若贪陵之人来而盈其愿，是不赏善也。”

非曰：诸侯之来，王有赐予，非以货其人也，以礼其国也。苟叔孙之来，不度于礼，不仪于物，则罪也。王而刑之，谁曰不可？若力之不能而姑勿赐，未足以惩夫贪凌者也，不若与之。今使王逆诈诸侯而蔑其卿，苟兴怨于鲁，未必周之福也。且夫恶叔孙者，泰侈贪凌则可矣，方上而锐下，非所以得罪于天子。

郄至

晋既克楚于鄢，使郄至告庆于周。未将事，王叔简公饮之酒，相说也。明日，王叔子誉诸朝。郄至见邵桓公，与之语。邵公以告单襄公曰：“王叔子誉温季，以为必相晋国，相晋国必大得诸侯，劝二三君子必先导焉，可以树。”襄公曰：“人有言曰‘兵在其颈’，其郄至之谓乎！君子不自称也。……在《太誓》曰：‘民之所欲，天必从之。’王叔欲郄至，能勿从乎？”郄至归，明年死难。及伯舆之狱，王叔陈生出奔晋。

非曰：单子罪郤至之伐当矣。因以列数舍郑伯、下楚子、逐楚卒，咸以为奸，则是后之人乘其败追合之也。左氏在《晋语》言免胄之事，则曰“勇以知礼”，于此焉而异，吾何取乎？郤氏诚良大夫，不幸其宗侈而亢，兄弟之不令，而智不能周，强不能制，遭晋厉之淫暴，谗嬖窃构以利其室，卒及于祸，吾尝怜焉！今夫执笔者以其及也，而必求其恶以播于后世，然则有大恶幸而得终者，则固掩矣。世俗之情固然耶？其终曰：“王叔欲郤至，能勿从乎？”斯固不足讥也已。

柯陵之会

柯陵之会，单襄公见晋厉公视远步高。晋郤锜见，其语犯；郤犨见，其语迂；郤至见，其语伐；齐国佐见，其语尽。鲁成公见，言及晋难及郤犨之谮。单子曰：“晋将有乱，其君与三郤其当之乎？”鲁侯曰：“敢问天道乎，抑人故也？”对曰：“夫合诸侯，民之大事也。其君在会，步言视听必皆无谪，则可以知德矣。晋侯爽二，吾是以云。今郤伯之语犯，叔迂，季伐。犯则陵人，迂则诬人，伐则掩人，其谁能忍之？虽齐国子亦将与焉。立于淫乱之国，而好尽言以招人过，怨之本也。”简王十二年，晋杀三郤。十三年，晋侯弑。齐人杀国武子。

非曰：是五子者，虽皆见杀，非单子之所宜必也。而曰合诸侯，人之大事，于是乎观存亡。若是，则单子果巫史矣。视远步高、犯、迂、伐、尽者，皆必乎死也，则宜死者众矣！夫以语之迂而曰宜死，则单子之语，迂之大者，独无谪邪？

晋孙周

晋孙谈之子周适周。单襄公以告顷公曰：“必善晋周，将得晋国。其行也文，能文则得天地。天地所祚，小而后国。夫敬，文之恭也；忠，文之实也；信，文之孚也；仁，文之爱也；义，文之制也；智，文之舆也；勇，文之帅也；教，文之施也；孝，文之本也；惠，文之慈也；让，文之材也。此十一者，夫子皆有焉。天六地五，数之常也。”云云。“成公之归也，吾闻晋之筮之也，遇《乾》之《否》，曰‘配而不终’。君三出焉。一既往矣，后之不知，其次必此。且成公之生也，其母梦神规其臀以黑，曰：‘使有晋国，三而畀驩之孙。’故名之曰黑臀。于今再矣。晋襄公曰驩，此其孙也，而令德孝恭，非此而谁？必早善晋子，其当之也。”顷公许诺。

非曰：单子数晋周之德十一，而曰合天地之数，岂德义之言邪？又征卦、梦以附合之，皆不足取也。

谷　洛　斗

灵王二十二年，谷、洛斗，将毁王宫。王欲壅之，太子晋谏。……王卒壅之。及景王，多宠人，乱于是乎始生。景王崩，王室大乱。及定王，王室遂卑。

非曰：谷、洛之说，与三川震同。天将毁王宫而勿壅，则王罪大矣，奚以守先王之国？壅之诚是也。彼小子之侥侥者，又足记耶？王室之乱且卑，在德，而又奚谷、洛之斗而征之也？

大　　钱

景王将铸大钱。单穆公曰：“不可。……可先而不备，谓之怠；可后而先之，谓之召灾。”

非曰：古今之言泉币者多矣。是不可一贯，以其时之升降轻重也。币轻则物价腾踊，物价腾踊则农无所售，皆害也。就而言之，孰为利？曰：币重则利。曰：奈害农何？曰：赋不以钱，而制其布帛之数，则农不害；以钱，则多出布帛而贾，则害矣。今夫病大钱者，吾不知周之时何如哉？其曰“召灾”，则未之闻也。左氏又于《内传》曰："王其心疾死乎?"其为书皆类此矣。

无　　射

王将铸无射，单穆公曰："不可。"

非曰：钟之大不和于律，乐之所无用，则王妄作矣。单子词曰："口内味，耳内声，声味生气。气在口为言，在目为明。言以信名，明以时动。名以成政，动以殖生。政成生殖，乐之至也。若视听不和，而有震眩，则味入不精。不精则气佚，气佚则不和。于是有狂悖之言，有眩惑之明，有转易之名，有过慝之度。出令不信，刑政放纷。"而伶州鸠又曰："乐以殖财。"又曰："离人怒神。"呜呼！是何取于钟之备也？吾以是怪而不信。或曰：移风易俗则何如？曰：圣人既理定，知风俗和恒而由吾教，于是乎作乐以象之。后之学者述焉，则移风易俗之象可见，非乐能移风易俗也。曰：乐之不能化人也，则圣人何作焉？曰：乐之来，由人情出者也，其始非圣人作也。圣人以为人情之所不能免，因而象政令之美，使之存乎其中，是圣人饰乎乐也。所以明乎物无非道，而政之不可忘耳。孟子曰："今之乐犹古之乐也。""与人同乐，则王矣。"吾独以孟子为知乐。

律

王问律于伶州鸠，对曰：云云。

非曰：律者，乐之本也，而气达乎物，凡音之起者本焉。而州鸠之辞曰："律吕不易，无奸物也。和平则久，久固则纯，纯明则终，终复则乐，所以成政。"吾无取乎尔。又曰："姬氏出自天鼋，大姜之侄所凭神也。岁在周之分野，月在农祥，后稷之所经纬也。武王欲合是而用之。"斯为诬圣人亦大矣。又曰："王以夷则毕陈，黄钟布戎，太簇布令，无射布宪，施舍于百姓。"吾知其来之自矣，是《大武》之声也。州鸠之愚，信其传，而以为武用律也。孔子语宾牟贾之言《大武》也，曰："《武》始自北出，再成而灭商，三成而南，四成而南国是疆，五成而分周公左、召公右，六成复缀，以崇天子，夹振之而四伐，盛威于中国。"则是《大武》之象也。"致右宪左"，"久立于缀"，皆《大武》之形也。夷则、黄钟、太蔟、无射，《大武》之律变也。

城　成　周

刘文公与苌弘欲城成周，告晋。魏献子为政，将合诸侯。卫彪傒见单穆公曰："苌弘其不没乎？苌叔必速及，魏子亦将及焉。若得天福，其当身乎？若刘氏，则子孙实有祸。"是岁，魏献子焚死。二十八年，杀苌弘。及定王，刘氏亡。

非曰：彪傒天所坏之说，吾友化光铭城周，其后牛思黯作《讼忠》，苌弘之忠悉矣，学者求焉。若夫"当身""速及"之说，巫之无恒者之言也，追为之耳。

问　　战

长勺之役，曹刿问所以战于严公。……公曰："小大之狱，必以情断之。"刿曰："可以一战。"

非曰：刿之问洎严公之对，皆庶乎知战之本矣。而曰夫"神求优裕于飨"，"不优，神不福也"，是大不可。方斗二国之存亡，以决民命，不务乎实，而神道焉是问，则事几殆矣。既问公之言狱也，则率然曰"可以一战"，亦问略之尤也。苟公之德可怀诸侯，而不事乎战则已耳；既至于战矣，徒以断狱为战之具，则吾未之信也。刿之辞宜曰：君之臣谋而可制敌者谁也？将而死国难者几何人？士卒之熟练者众寡？器械之坚利者何若？趋地形得上游以延敌者何所？然后可以言战。若独用公之言而恃以战，则其不误国之社稷无几矣。申包胥之言战得之，语在《吴篇》中。

跻僖公

夏父弗忌为宗，蒸，将跻僖公。……展禽曰：“夏父弗忌必有殃。”“若血气强固，将寿宠得没。虽寿而没，不为无殃。”其葬也，焚，烟彻其上。

非曰：由“有殃”以下，非士师所宜云者，诬吾祖矣。

莒仆

莒太子仆杀纪公，以其宝来奔。宣公使仆人以书命季文子，里革遇之而更其书。明日，有司复命，公诘之，仆人以里革对。公执之，里革对曰：“毁则者为贼，掩贼者为藏，窃宝者为宄，用宄之财者为奸。使君为藏、奸者，不可不去也；臣违君命者，不可不杀也。”公曰：“寡人实贪，非子之罪也。”乃舍之。

非曰：里革其直矣！曷若授仆人以入谏之为善？公之舍革也美矣！而仆人将君命以行，遇一夫而受其更，释是而勿诛，则无以行令矣。若君命以道而遇奸臣更之，则何如？

仲孙它

季文子无衣帛之妾，无食粟之马，仲孙它谏。……文子以告孟献子，孟献子囚之七日。自是子服之妾，衣不过七升之布，马饩不过稂莠。

非曰：它可谓能改过矣。然而父在焉，而俭侈专乎己，何也？七升之布，大功之缞也，居然而用之，未适乎中庸也已。

羵羊

季桓子穿井，得土缶，中有羊焉。使人问仲尼曰：“吾穿井获狗，何也？”仲尼曰：“以丘所闻者，羊也。”

非曰："君子于所不知，盖阙如也。"孔氏恶能穷物怪之形也？是必诬圣人矣。史之记地坼犬出者有之矣。近世京兆杜济穿井获土缶，中有狗焉。投之于河，化为龙。

骨节专车　楛矢

吴伐越，隳会稽，获骨节专车。吴子使好来聘，且问之仲尼。仲尼曰："丘闻之，昔禹致群臣于会稽之山，防风氏后至，禹杀而戮之。其骨节专车，此为大矣。"仲尼在陈，有隼集于陈侯之庭而死。楛矢贯之，石砮，其长尺有咫。陈惠公使人以隼如仲尼之馆问之。仲尼曰："隼之来也远矣，此肃慎氏之矢也。"

非曰：左氏，鲁人也。或言事孔子，宜乎闻圣人之嘉言，为《鲁语》也，盍亦征其大者，书以为世法？今乃取辨大骨、石砮以为异，其知圣人也亦外矣。言固圣人之耻也。孔子曰："丘少也贱，故多能鄙事。"

轻　币

天下诸侯知桓公之非为己动也，是故诸侯归之。桓公知诸侯之归己也，故使轻其币而重其礼。故天下诸侯罢马以为币，缕綦以为奉，鹿皮四个。诸侯之使，垂橐而入，稛载而归。

非曰：桓公之苟能吊天下之败，卫诸侯之地，贪强忌服，戎狄缩匿，君得以有其国，人得以安其堵，虽受赋于诸侯，乐而归之矣，又奚控焉？悉国之货以利交天下，若是耶，则区区齐人，恶足以奉天下？己之人且不堪矣，又奚利天下之能得？若竭其国，劳其人，抗其兵，以市伯名于天下，又奚仁义之有？予以谓桓公之伯不如是之弊也。

卜

献公卜伐骊戎，史苏占之曰："胜而不吉。"

非曰：卜者，世之余伎也，道之所无用也。圣人用之，吾未之敢非。然而圣人之用也，盖以驱陋民也，非恒用而征信矣。尔后之昏邪者神之，恒用而征信焉，反以阻大事。要之，卜史之害于道也多，而益于道也少，虽勿用之可也。左氏惑于巫而尤神怪之，乃始迁就附益以成其说，虽勿信之可也。

郭偃

郭偃曰："夫口，三五之门也。是以谗口之乱，不过三五。"

非曰：举斯言而观之，则愚诬可见矣。

公子申生

申生曰："弃命不敬；作令不孝；间父之爱而嘉其贶，有不忠焉；废人以自成，有不贞焉。"

非曰：申生于是四者咸得焉。昔之儒者，有能明之矣，故予之辞也略。

狐突

公使太子伐东山，狐突御戎。至于稷桑，翟人出逆。申生欲战，狐突谏曰："不可。"申生曰："君之使我非欢也，抑欲测吾心也。不战而反，我罪兹厚；我战虽死，犹有名焉。"果战，败翟于稷桑而反，谗言益起。狐突杜门不出。君子曰："善深谋。"

非曰：古之所谓善深谋，居乎亲戚辅佐之位，则纳君于道，否则继之以死，唯己之义所在莫之失之谓也。今狐突，以位，则戎御也；以亲，则外王父也。申生之出，未尝不从，睹其将败而杜其门，则奸矣！而曰"善深谋"，则无以劝乎事君也已。丕郑曰："君为我心。"里克曰："中立。"晋无良臣，故申生终以不免。

虢 梦

虢公梦在庙，有神面白毛、虎爪，执钺立于西阿之下。……公觉，且使国人贺梦。舟之侨告诸其族曰：“众谓虢不久，吾今知之。”以其族行，适晋。

非曰：虢，小国也而泰，以招大国之怒，政荒人乱，亡夏阳而不惧，而犹用兵穷武以增其仇怨，所谓自拔其本者。亡，孰曰不宜？又恶在乎梦也？舟之侨诚贤者欤？则观其政可以去焉。由梦而去，则吾笑之矣。

童 谣

献公问于卜偃曰：“攻虢何月也?”对曰：“童谣有之，曰丙之辰，……。”

非曰：童谣无足取者，君子不道也。

宰 周 公

葵丘之会，献公将如会，遇宰周公，曰：“君可无会也。夫齐侯将施惠出责，是之不果，而暇晋是皇。”公乃还。宰孔曰：“晋侯将死矣。景霍以为城，而汾、河、涑、浍以为渊，戎狄之民实环之，汪是土也，苟违其违，谁能惧之?”是岁，献公卒。

非曰：凡诸侯之会霸主，小国，则固畏其力而望其庥焉者也；大国，则宜观乎义，义在焉则往，以尊天子，以和百姓。今孔之还晋侯也，曰“而暇晋是皇”，则非吾所陈者矣。又曰“汪是土也，苟违其违，谁能惧之?”则是恃乎力而不务乎义，非中国之道也。假令一失其道以出，而以必其死，为书者又从而征之，其可取乎?

荀 息

里克欲杀奚齐，荀息曰：“吾有死而已。先君问臣于我，我对以忠贞。”既杀奚齐，荀息将死之，人曰：“不如立其弟而辅之。”荀息立卓子。里克又杀卓子，荀息死之。君子曰：“不食其言矣。”

非曰：夫“忠”之为言，中也；“贞”之为言，正也。息之所以为者有是夫？间君之惑，排长嗣而拥非正，其于中正也远矣。或曰：“夫已死之不爱，死君之不欺也。抑其有是，而子非之耶？”曰：“子以自经于沟渎者举为忠贞也欤？”或曰：“左氏、谷梁子皆以不食其言，不食其言，然则为信可乎？”曰：“又不可。不得中正而复其言，乱也，恶得为信？”曰：“孔父、仇牧，是二子类耶？”曰：“不类。”曰：“不类，则如《春秋》何？”曰：“《春秋》之类也，以激不能死者耳。孔子曰：‘与其进不保其往也。’《春秋》之罪许止也，隐忍焉耳。其类荀息也亦然，皆非圣人之情也。枉许止以惩不子之祸，进荀息以甚苟免之恶，忍之也。吾言《春秋》之情，而子征其文，不亦外乎？故凡得《春秋》者，宜是乎我也。此之谓信道哉！”

非《国语》下

狐　偃

里克既杀卓子，使屠岸夷告重耳曰：“子盍入乎？”舅犯曰：“不可。……”秦穆公使公子絷吊重耳曰：“时不可失。”舅犯曰：“不可。……”

非曰：狐偃之为重耳谋者，亦迂矣。国虚而不知入，以纵夷吾之昏殆，而社稷几丧。徒为多言，无足采者。且重耳，兄也；夷吾，弟也。重耳，贤也；夷吾，昧也。弟而昧，入犹可终也；兄而贤者，又何栗焉？使晋国不顺而多败，百姓之不蒙福，兄弟为豺狼以相避于天下，由偃之策失也。而重耳乃始伥伥焉游诸侯，阴蓄重利，以幸其弟死，独何心欤？仅能入，而国以霸，斯福偶然耳，非计之得也。若重耳早从里克、秦伯之言而入，则国可以无向者之祸，而兄弟之爱可全，而有分定焉故也。夫如是，以为诸侯之孝，又何戮笑于天下哉？

舆 人 诵

惠公入而背内外之赂。舆人诵之曰：“……得之而狃，终逢其咎；丧田不惩，祸乱其兴。”既，里、丕死，公陨于韩。郭偃曰：“善哉！夫众口，祸福之门也。”

非曰：惠公、里、丕之为也，则宜咎祸及之矣，又何以神众口哉？其曰“祸福之门”，则愈陋矣。

葬 恭 世 子

惠公出恭世子而改葬之，臭达于外。国人颂之曰：“……岁之二七，其靡有征兮。若翟公子，吾是之依兮。安抚国家，为王妃兮。”郭偃曰：“十四年，君之冢嗣其替乎？其数告于人矣。公子重耳其入乎？其魄兆于人矣。若入，必霸于诸侯，其光耿于民矣。”

非曰：众人者言政之善恶，则有可采者，以其利害也，又何以知君嗣二七之数与重耳之伯？是好事者追而为之，未必偃能征之也，况以是故发耶！

杀 里 克

惠公既杀里克而悔之，曰：“芮也使寡人过杀社稷之镇。”郭偃闻之曰：“不谋而谏者，冀芮也；不图而杀者，君也。不谋而谏，不忠；不图而杀，不祥。不忠，受君之罚；不祥，罹天之祸。受君之罚，死戮；罹天之祸，无后。”

非曰：芮之陷杀克也，其不祥宜大于惠公。而异其辞，以配君罚天祸，皆所谓迁就而附益之者也。

获晋侯

秦穆公归，至于王城，合大夫而谋曰："杀晋君与逐出之，与以归与复之，孰利？"公子縶曰："杀之利。"公孙枝曰："不可。"公子縶曰："吾将以重耳代之。晋君之无道莫不闻，重耳之仁莫不知。杀无道，立有道，仁也。"公孙枝曰："耻一国之士，又曰'余纳有道以临汝'，无乃不可乎？不若以归，要晋国之成，复其君而质其适子，使子父代处秦，国可以无害。"

非曰：秦伯之不霸天下也，以枝之言也。且曰"纳有道以临汝"，何故不可？縶之言杀之也，则果而不仁；其言立重耳，则义而顺。当是时，天下之人君莫能宗周，而能宗周者则大国之霸基也。向使穆公既执晋侯，以告于王曰："晋夷吾之无道莫不闻，重耳之仁莫不知，且又不顺，既讨而执之矣。"于是以王命黜夷吾而立重耳，咸告于诸侯曰："吾讨恶而进仁，既得命于天子矣，吾将达公道于天下。"则天下诸侯无道者畏，有德者慕皆知严恭欣戴而霸秦矣。周室虽卑，犹是王命，命穆公以为侯伯，则谁敢不服？夫如是，秦之所耻者亦大矣。弃至公之道，而不知求，姑欲离人父子，而要河东之赂，其舍大务小、违义从利也甚矣。霸之不能也以是夫！

庆郑

丁丑，斩庆郑，乃入绛。

非曰：庆郑误止公，罪死可也，而其志有可用者。坐以待刑，而能舍之，则获其用亦大矣。晋君不能由是道也，悲夫！若夷吾者，又何诛焉？

乞食于野人

文公在狄十二年，将适齐，行过五鹿，野人举块以与之。公子怒，欲鞭之。子犯曰："天赐也。人以土服，又何求焉？十有二年，必获此土。有此其以戊申乎？"

非曰：是非子犯之言也，后之好事者为之。若五鹿之人献块，十二年以有卫土，则涓人畴枕楚子以块，后十二年其复得楚乎？何没而不云也，而独载乎是？戊申之云，尤足怪乎！

怀　　嬴

秦伯归女五人，怀嬴与焉。

非曰：重耳之受怀嬴，不得已也。其志将以守宗庙社稷，阻焉，则惧其不克也。其取者大，故容为权可也。秦伯以大国行仁义交诸侯，而乃行非礼以强乎人，岂习西戎之遗风欤？

筮

公子亲筮之，曰："尚有晋国。"得贞《屯》、悔《豫》皆八。筮史占之，皆曰："不吉。"司空季子曰："吉。……"

非曰：重耳虽在外，晋国固戴而君焉；又况夷吾死，圉也童昏以守内，秦、楚之大以翼之，大夫之强族皆启之，而又筮焉是问，则末矣。季子博而多言，皆不及道者也，又何载焉！

董　　因

董因迎公于河，公问焉，曰："吾其济乎？"对曰："岁在大梁，……"

非曰：晋侯之入，取于人事备矣，因之云可略也。大火、实沈之说赘矣。

命官

胥、籍、狐、箕、栾、郄、柏、先、羊舌、董、韩，实掌近官。诸姬之良，掌其中官。异姓之能，掌其远官。

非曰：官之命，宜以材耶？抑以姓乎？文公将行霸，而不知变是弊俗，以登天下之士，而举族以命乎远近，则陋矣。若将军大夫必出旧族，或无可焉，犹用之耶？必不出乎异族，或有可焉，犹弃之耶？则晋国之政可见矣。

仓葛

周襄王避昭叔之难，居于郑地氾。晋文公迎王入于成周，遂定之于郏。王赐公南阳阳樊、温、原、州、陉、絺、钼、攒茅之田。阳人不服，公围之，将残其民。仓葛呼曰："君补王阙，以顺礼也。阳人未狎君德而未敢承命，君将残之，无乃非礼乎？"公曰："是君子之言也。"乃出阳人。

非曰：于《周语》既言之矣，又辱再告而异其文，抑有异旨耶？其无乎，则耄者乎？

观状

文公诛观状以伐郑。郑人以名宝行成，公弗许。郑人以詹与晋，晋人将烹之，詹曰："天降祸郑，使淫观状，弃礼违亲。……"

非曰：观晋侯之状者，曹也。今于郑胡言之，则是多为诬者且耄，故以至乎是。其说者云："郑效曹也。"是乃私为之辞，不足以盖其误。

救饥

晋饥，公问于箕郑曰："救饥何以？"对曰："信。"公曰：

“安信?”对曰：“信于君心，信于名，信于令，信于事。”

非曰：信，政之常，不可须臾去之也，奚独救饥耶？其言则远矣。夫人之困在朝夕之内，而信之行在岁月之外。是道之常，非知变之权也。其曰“藏出如入”则可矣，而致之言若是远焉，何哉？或曰：“时之信未洽，故云以激之也。信之速于置邮，子何远之耶?”曰：夫大信去令，故曰信如四时恒也，恒固在久。若为一切之信，则所谓未孚者也。彼有激乎则可也，而以为救饥之道，则未尽乎术。

赵　宣　子

赵宣子言韩献子于灵公，以为司马。河曲之役，赵孟使人以其乘车干行，献子执而戮之。

非曰：赵宣子不怒韩献子而又褒其能也，诚当。然而使人以其乘车干行，陷而至乎戮，是轻人之死甚矣！彼何罪而获是讨也？孟子曰：“杀一不辜而得天下，君子不为。”是所谓无辜也欤？或曰：“戮，辱也，非必为死。”曰：虽就为辱，犹不可以为君子之道。舍是其无以观乎？吾惧司马之以死讨也。

伐　　宋

宋人杀昭公，赵宣子请师以伐宋。……曰：“是反天地而逆民则也，天必诛焉。晋为盟主而不修天罚，将惧及焉。”

非曰：盟主之讨杀君也，宜矣。若乃天者，则吾焉知其好恶而暇征之耶！古之杀夺有大于宋人者，而寿考佚乐不可胜道，天之诛何如也？宣子之事则是矣，而其言无可用者。

钼　　麑

灵公虐，赵宣子骤谏。公患之，使钼麑贼之。晨往，则寝门辟矣，盛服将朝，早而假寐。麑退而叹曰：“赵孟敬哉！夫不忘恭敬，社稷之镇也。贼国之镇不忠，受命而废之不信。”触庭之槐而死。

非曰：麑之死善矣。然而赵宣子为政之良，谏君之直，其为社稷之卫也久矣，麑胡不闻之，乃以假寐为贤耶？不知其大而贤其小欤！使不及其假寐也，则固以杀之矣。是宣子大德不见赦，而以小敬免也。麑固贼之悔过者，贤可书乎？

祈　　死

反自鄢，范文子谓其宗祝曰：“君骄泰而有烈，吾恐及焉。凡吾宗祝为我祈死，先难为免。”七年夏，范文子卒。

非曰：死之长短而在宗祝，则谁不择良宗祝而祈寿焉？文子祈死而得，亦妄之大者。

长　鱼　矫

长鱼矫既杀三郤，乃胁栾、中行，……。公曰：“一旦而尸三卿，不可益也。”对曰：“乱在内为宄，在外为奸。御宄以德，御奸以刑。今治政而内乱，不可谓德；除鲠而避强，不可谓刑。德刑不立，奸宄并至。臣脆弱，不能忍俟也。”乃奔狄。三月，厉公杀。

非曰：厉公，乱君也，矫，乱臣也。假如杀栾书、中行偃，则厉公之敌益众，其尤可尽乎？今左氏多为文辞，以著其言而征其效，若曰矫知几者然，则惑甚也夫。

戮　　仆

晋悼公四年，会诸侯于鸡丘。魏绛为中军司马。公子扬干乱行于曲梁，魏绛斩其仆。

非曰：仆，禀命者也。乱行之罪在公子。公子贵，不能讨，而禀命者死，非能刑也。使后世多为是以害无罪，问之，则曰魏绛故事，不亦甚乎！然则绛宜奈何？止公子以请君之命。

叔 鱼 生

叔鱼生，其母视之曰：“……必以贿死。”杨食我生，叔向之母闻其号也，曰：“终灭羊舌氏之宗。”

非曰：君子之于人也，听其言而观其行，犹不足以言其祸福，以其有幸有不幸也。今取赤子之形声，以命其死亡，则何耶？或者以其鬼事知之乎？则知之未必贤也。是不足书以示后世。

逐 栾 盈

平公六年，箕遗及黄渊、嘉父作乱，不克而死，公遂逐群贼，……。阳毕曰：“君抡贤人之后，有常位于国者而立之；亦抡逞志亏君以乱国者之后而去之。”……使祁午、阳毕适曲沃，逐栾盈。

非曰：当其时不能讨，后之人何罪？盈之始，良大夫也，有功焉，而无所获其罪。阳毕以其父杀君而罪其宗，一朝而逐之，激而使至乎乱也。且君将惧祸惩乱耶？则增其德而修其政，贼斯顺矣。反是，顺斯贼矣，况其胤之无罪乎？

新 声

平公说新声，师旷曰：“公室其将卑乎？君之明兆于衰矣。”

非曰：耳之于声也，犹口之于味也。苟说新味，亦将卑乎？乐之说，吾于《无射》既言之矣。

射 鹖

平公射鹖不死，使竖襄搏之，失。公怒，拘将杀之。叔向曰：“君必杀之。昔吾先君唐叔射兕于徒林，殪，以为大甲。今君嗣吾先君，射鴳不死，搏之不得，是扬吾君之耻者也。君其必速杀之，勿令远闻。”君忸怩于颜，乃趣舍之。

非曰：羊舌子以其君明暗何如哉？若果暗也，则从其言，斯杀人矣。明者固可以理谕，胡乃反征先君以耻之耶？是使平公滋不欲人谏己也。

赵文子

秦后子来奔，赵文子曰：“公子辱于敝邑，必避不道也？”对曰：“有焉。”文子曰：“犹可以久乎？”对曰：“国无道而年谷和熟，鲜不五稔。”文子视日，曰：“朝不及夕，谁能俟五？”后子曰：“赵孟将死矣。怠偷甚矣，非死逮之，必有大咎。”

非曰：死与大咎，非偷之能必乎尔也。偷者自偷，死者自死。若夫大咎者，非有罪恶，则不幸及之，偷不与也。左氏于《内传》曰：“人主偷必死。”亦陋矣。

医和

平公有疾，秦景公使医和视之。赵文子曰：“医及国家乎？”对曰：“上医医国，其次疾人，固医官也。”文子曰：“君其几何？”对曰：“若诸侯服，不过三年；不服，不过十年。过是，晋之殃也。”

非曰：和，妄人也。非诊视攻熨之专，而苟及国家，去其守以施大言，诚不足闻也。其言晋君曰：“诸侯服，不过三年；不服，不过十年。”凡医之所取，在荣卫合脉理也，然则诸侯服，则荣卫离、脉理乱，以速其死；不服，则荣卫和、脉理平，以延其年耶？

黄熊

晋侯梦黄熊入于寝门，子产曰：“鲧殛于羽山，化为黄熊以入于羽渊，实为夏郊。……。”

非曰：鲧之为夏郊也，禹之父也，非为熊也。熊之说，好事者为之。凡人之疾，魄动而气荡，视听离散，于是寐而有怪梦，罔不为也，夫何神奇之有？

韩宣子忧贫

韩宣子忧贫，叔向贺之曰：“栾武子无一卒之田，……行刑不疚，以免于难。及桓子骄泰奢侈，……宜及于难，而赖武子之德，以没其身。及怀子改桓之行，修武子之德，而离桓子之罪，以亡于楚。……”

非曰：叔向言贫之可以安，则诚然；其言栾书之德，则悖而不信。以下逆上，亦可谓行刑耶？前之言曰：栾书“杀厉公以厚其家”，今而曰：“无一卒之田”；前之言曰：“栾氏之诬晋国久矣”，用书之罪以逐盈，今而曰：“离桓之罪，以亡于楚”，则吾恶乎信？且人之善恶，咸系其先人，已无可力者，以是存乎简策，是替教也！

围　　鼓

中行穆子帅师伐翟，围鼓。鼓人或请以城畔，穆子不受，曰：“夫以城来者，必将求利于我。夫守而二心，奸之大者也。”

非曰：城之畔而归己者有三：有逃暴而附德者，有力屈而爱死者，有反常以求利者。逃暴而附德者庥之，曰：德能致之也；力屈而爱死者，与之以不死，曰：力能加之也；皆受之。反常以求利者，德力无及焉，君子不受也。穆子曰：“夫以城来者，必将求利于我。”是焉知非向之二者耶？

具　　敖

范献子聘于鲁，问具山、敖山，鲁人以其乡对。曰：“不为具、敖乎？”曰：“先君献、武之讳也。”献子归，曰：“人不可以不学。吾适鲁而名其二讳，为笑焉，唯不学也。”

非曰：诸侯之讳，国有数十焉，尚不行于其国，他国之大夫名之，无惭焉可也。鲁有大夫公孙敖，鲁之君臣莫罪而更也，又何鄙野之不云具、敖？

董安于

下邑之役，董安于多。简子赏之，辞曰：“……今一旦为狂疾，而曰必赏汝，是以狂疾赏也，不如亡。”趣而出，乃释之。

非曰：功之受赏也，可传继之道也。君子虽不欲，亦必将受之。今乃遁逃以自洁也，则受赏者必耻。受赏者耻，则立功者怠，国斯弱矣。君子之为也，动以谋国。吾固不悦董子之洁也。其言若怼焉，则滋不可。

祝融

史伯曰：“夫黎，为高辛氏火正，以淳耀敦大，天明地德，光照四海，故命之曰祝融。其功大矣！夫成天地之大功者，其子孙未尝不彰，虞、夏、商、周是也。其后皆为王公侯伯。祝融亦能昭显天地之光明，以生柔嘉材者也。其后八姓，于周未有侯伯。佐制物于前代者，昆吾为夏伯矣，大彭、豕韦为商伯矣。当周未有，融之兴者，其在芈姓乎？”

非曰：以虞、舜之至也，又重之以幕，能听协风以成乐物生，而其后卒以殄灭。武王继之以陈，覆坠之不暇。尧之时，祝融无闻焉。祝融之后，昆吾、大彭、豕韦，世伯夏、商。今史伯又曰：“于周未有侯伯”，必在楚也，则尧、舜反不足祐耶？故凡言盛之及后嗣者皆勿取。

褒神

桓公曰：“周其弊乎？”史伯对曰：“殆于必弊者也。今王弃高明昭显，而好谗慝暗昧，恶角犀丰盈，而近顽童穷固。……训语有之，曰：‘夏之衰也，褒人之神化为二龙，以伺于王庭。’天之生此久矣，其为毒也大矣。申、缯、西戎方强，王欲杀太子以成伯服，必求之申，申人弗畀，必伐之。若伐申，而缯与西戎会以伐周，周不守矣。”

非曰：史伯以幽王弃高明显昭，而好谗慝暗昧，近顽嚚穷固，黜太子以怒西戎、申、缯，于彼以取其必敝焉可也；而言褒神之流祸，是好怪者之为焉，非君子之所宜言也。

嗜　芰

屈到嗜芰。将死，戒其宗老曰：“苟祭我，必以芰。”及祥，宗老将荐芰，屈建命去之，曰：“国君有牛享，大夫有羊馈，士有豚犬之奠，庶人有鱼炙之荐。笾豆脯醢，则上下共之。不羞珍异，不陈庶侈，夫子其以私欲干国之典?”遂不用。

非曰：门内之理恩掩义。父子，恩之至也，而芰之荐不为愆义。屈子以礼之末，忍绝其父将死之言，吾未敢贤乎尔也。苟荐其羊馈，而进芰于笾，是固不为非。《礼》之言斋也，曰：“思其所嗜。”屈建曾无思乎？且曰违而道，吾以为逆也。

祀

王曰：“祀不可已乎?”对曰：“祀所以昭孝、息民、抚国家、定百姓，不可以已。夫民气纵则底，底则滞，滞久不振，生乃不殖。”

非曰：夫祀，先王所以佐教也，未必神之。今其曰“昭孝”焉，则可也；自“息民”以下，咸无足取焉尔。

左史倚相

王孙圉聘于晋，定公飨之。赵简子鸣玉以相，问于王孙圉曰："楚之白珩犹在乎？其为宝也几何矣？"对曰："未尝为宝。楚之所宝者，曰观射父，又有左史倚相，能使上下说于鬼神，顺道其欲恶，使神无有怨痛于楚国。"

非曰：圉之言楚国之宝，使知君子之贵于白珩可矣，而其云倚相之德者则何如哉？诚倚相之道若此，则觋之妄者，又何以为宝？非可以夸于敌国。

伍员

伍员伏剑而死。

非曰：伍子胥者，非吴之昵亲也。其始交阖闾以道，故由其谋。今于嗣君已不合，言见进则谗者胜，国无可救者。于是焉，去之可也。出则以孥累于人，而又入以即死，是固非吾之所知也。然则员者果很人也欤？

柳先生曰：宋、卫、秦，皆诸侯之豪杰也。左氏忽弃不录其语，其谬耶？吴、越之事无他焉，举一国足以尽之，而反分为二篇，务以相乘，凡其繁芜曼衍者甚众，背理去道，以务富其语。凡读吾书者，可以类取之也。《越》之下篇尤奇峻，而其事多杂，盖非出于左氏。吾乃今知文之可以行于远也。以彼庸蔽奇怪之语，而黼黻之，金石之，用震曜后世之耳目，而读者莫之或非，反谓之近经，则知文者可不慎耶？呜呼！余黜其不臧，以救世之谬，凡六十七篇。

【解题】

此文约作于元和三年至五年(808—810）间。柳宗元就《国语》一书中"诬淫"之说，一一"本诸理"，予以发覆。他反对天人感应的观点，抑"天事"而扬"人事"，指出凡"取乎神"者皆无道之君，表现出极大的魄力和胆略。当然，他批评《国语》的标准仍是“尧、舜之道”。《非〈国语〉》全部以读后感形式写成，虽文字简略，但大都说理透辟，论辩周密，一针见血。

六 逆 论

《春秋左氏》言卫州吁之事，因载六逆之说曰：贱妨贵、少陵长、远间亲、新间旧、小加大、淫破义，六者，乱之本也。余谓“少陵长、小加大、淫破义”，是三者，固诚为乱矣。然其所谓“贱妨贵、远间亲、新间旧”者，虽为理之本可也，何必曰乱？

夫所谓“贱妨贵”者，盖斥言择嗣之道，子以母贵者也。若贵而愚，贱而圣且贤，以是而妨之，其为理本大矣，而可舍之以从斯言乎？此其不可固也。夫所谓“远间亲、新间旧’者，盖言任用之道也。使亲而旧者愚，远而新者圣且贤，以是而间之，其为理本亦大矣，又可舍之以从斯言乎？此其不可固也。必从斯言而乱天下，谓之师古训，可乎？此又不可者也。

呜呼！是三者，择君置臣之道，天下理乱之大本也。为书者，执斯言，著一定之论，以遗后代，上智之人固不惑于是矣；自中人而降，守是为大据，而以致败乱者，固不乏焉。晋厉死而悼公入，乃理；宋襄嗣而子鱼退，乃乱；贵不足尚也。秦用张禄而黜穰侯，乃安；魏相成璜而疏吴起，乃危；亲不足与也。苻氏进王猛而杀樊世，乃兴；胡亥任赵高而族李斯，乃灭；旧不足恃也。顾所信何如耳！然则斯言殆可以废矣。

噫！古之言理者，罕能尽其说。建一言，立一辞，则蹴𧻓而不安，谓之是可也，谓之非亦可也，混然而已。教于后世，莫知其所以去就。明者慨然将定其是非，则拘儒瞽生相与群而咻之，以为狂为怪，而欲世之多有知者可乎？夫中人可以及化者，天下为不少矣，然而罕有知圣人之道，则固为书者之罪也。

【解题】

此文作于元和四年（809），认为“贱妨贵、远间亲、新间旧”等不但不是“乱之本”，而且是“理之本”，见解深刻，析理透辟，在作翻案文章中表达了激进的政治观点。

守道论

或问曰：“守道不如守官，何如？”对曰：是非圣人之言，传之者误也。官也者，道之器也，离之非也。未有守官而失道，守道而失官之事者也。是固非圣人之言，传之者误也。

夫皮冠者，虞人之物也。物者，道之准也。守其物，由其准，而后其道存焉。苟舍之，是失道也。凡圣人之所以为经纪，为名物，无非道者，命之曰官，官是以行吾道云尔。是故立之君臣、官府、衣裳、舆马、章绶之数，会朝、表著、周旋、行列之等，是道之所存也。则又示之典命、书制、符玺、奏复之文，参伍、殷辅、陪台之役，是道之所由也。则又劝之以爵禄、庆赏之美，惩之以黜远、鞭扑、梏拲、斩杀之惨，是道之所行也。故自天子至于庶人，咸守其经分，而无有失道者，和之至也。失其物，去其准，道从而丧矣。易其小者，而大者亦从而丧矣。古者居其位思死其官，可易而失之哉？《礼记》曰：“道合则服从，不可则去。”孟子曰：“有官守者，不得其职则去。”然则失其道而居其官者，古之人不与也。是故在上不为抗，在下不为损，矢人者不为不仁，函人者不为仁，率其职，司其局，交相致以全其工也。易位而处，各安其分，而道达于天下矣。

且夫官所以行道也，而曰守道不如守官，盖亦丧其本矣。未有守官而失道，守道而失官之事者也。是非圣人之言，传之者误也，果矣。

【解题】

此文作于元和四年（809），严厉批判孔子“守道不如守官”的话，主张为官各“守其经分”，与荀子论礼要旨“各安其分”一脉相承。全文扣紧守官与守道的关系，条分缕析，要言不烦。

封建论

天地果无初乎？吾不得而知之也。生人果有初乎？吾不得而知之也。然则孰为近？曰：有初为近。孰明之？由封建而明之也。彼封建者，更古圣王尧、舜、禹、汤、文、武而莫能去之。盖非不欲去之也，势不可也。势之来，其生人之初乎？不初，无以有封建。封建，非圣人意也。

彼其初与万物皆生，草木榛榛，鹿豕狉狉，人不能搏噬，而且无毛羽，莫克自奉自卫，荀卿有言：必将假物以为用者也。夫假物者必争，争而不已，必就其能断曲直者而听命焉。其智而明者，所伏必众；告之以直而不改，必痛之而后畏；由是君长刑政生焉。故近者聚而为群。群之分，其争必大，大而后有兵有德。又有大者，众群之长又就而听命焉，以安其属，于是有诸侯之列。则其争又有大者焉。德又大者，诸侯之列又就而听命焉，以安其封，于是有方伯、连帅之类。则其争又有大者焉。德又大者，方伯、连帅之类，又就而听命焉，以安其人，然后天下会于一。是故有里胥而后有县大夫，有县大夫而后有诸侯，有诸侯而后有方伯、连帅，有方伯、连帅而后有天子。自天子至于里胥，其德在人者，死必求其嗣而奉之。故封建非圣人意也，势也。

夫尧、舜、禹、汤之事远矣，及有周而甚详。周有天下，裂土田而瓜分之，设五等，邦群后，布濩星罗，四周于天下，轮运而辐集。合为朝觐会同，离为守臣扞城。然而降于夷王，害礼伤尊，下堂而迎觐者。历于宣王，挟中兴复古之德，雄南征北伐之威，卒不能定鲁侯之嗣。陵夷迄于幽、厉，王室东徙，而自列为诸侯矣。厥后，问鼎之轻重者有之，射王中肩者有之，伐凡伯、诛苌弘者有之，天下乖盭，无君君之心。余以为周之丧久矣，徒建空名于公侯之上耳！得非诸侯之盛强，末大不掉之咎欤？遂判为十二，合为七国，威分于陪臣之邦，国殄于后封之秦。则周之败端，其在乎此矣。

秦有天下，裂都会而为之郡邑，废侯卫而为之守宰，据天下之雄图，都六合之上游，摄制四海，运于掌握之内，此其所以为得也。不数载而天下大坏，其有由矣。亟役万人，暴其威刑，竭其货贿。负锄梃谪戍之徒，圜视而合从，大呼而成群。时则有叛人而无叛吏，人怨于下而吏畏于上，天下相合，杀守劫令而并起。咎在人怨，非郡邑之制失也。

汉有天下，矫秦之枉，徇周之制，剖海内而立宗子，封功臣。数年之间，奔命扶伤而不暇。困平城，病流矢，陵迟不救者三代。后乃谋臣献画，而离削自守矣。然而封建之始，郡邑居半，时则有叛国而无叛郡。秦制之得，亦以明矣。继汉而帝者，虽百代可知也。

唐兴，制州邑，立守宰，此其所以为宜也。然犹桀猾时起，虐害方域者，失不在于州而在于兵，时则有叛将而无叛州。州县之设，固不可革也。

或者曰："封建者，必私其土，子其人，适其俗，修其理，施化易也。守宰者，苟其心，思迁其秩而已，何能理乎？"余又非之。周之事迹，断可见矣。列侯骄盈，黩货事戎。大凡乱国多，理国寡。侯伯不得变其政，天子不得变其君。私土子人者，百不有一。失在于制，不在于政，周事然也。秦之事迹，亦断可见矣。有理人之制，而不委郡邑，是矣；有理人之臣，而不使守宰，是矣。郡邑不得正其制，守宰不得行其理，酷刑苦役，而万人侧目。失在于政，不在于制。秦事然也。汉兴，天子之政行于郡，不行于国；制其守宰，不制其侯王。侯王虽乱，不可变也；国人虽病，不可除也。及夫大逆不道，然后掩捕而迁之，勒兵而夷之耳。大逆未彰，奸利浚财，怙势作威，大刻于民者，无如之何。及夫郡邑，可谓理且安矣。何以言之？且汉知孟舒于田叔，得魏尚于冯唐，闻黄霸之明审，睹汲黯之简靖，拜之可也，复其位可也，卧而委之以辑一方可也。有罪得以黜，有能得以赏。朝拜而不道，夕斥之矣；夕受而不法，朝斥之矣。设使汉室尽城邑而侯王之，纵令其乱人，戚之而已。孟舒、魏尚之术，莫得而施；黄霸、汲黯之化，莫得而行。明谴而导之，拜受而退，已违矣。下令而削之，缔交合从之谋，周于同列，则相顾裂眦，勃然而起。幸而不起，则削其半。削其半，民犹瘁矣，曷若举而移之以全其人乎？汉事然也。今国家尽制郡邑，连置守宰，其不可变也固矣。善制兵，谨择守，则理平矣。

或者又曰：“夏、商、周、汉封建而延，秦郡邑而促。”尤非所谓知理者也。魏之承汉也，封爵犹建。晋之承魏也，因循不革。而二姓陵替，不闻延祚。今矫而变之，垂二百祀，大业弥固，何系于诸侯哉？

或者又以为：“殷、周，圣王也，而不革其制，固不当复议也。”是大不然。夫殷、周之不革者，是不得已也。盖以诸侯归殷者三千焉，资以黜夏，汤不得而废；归周者八百焉，资以胜殷，武王不得而易。徇之以为安，仍之以为俗，汤、武之所不得已也。夫不得已，非公之大者也，私其力于己也，私其卫于子孙也。秦之所以革之者，其为制，公之大者也；其情，私也，私其一己之威也，私其尽臣畜于我也。然而公天下之端自秦始。

夫天下之道，理安，斯得人者也。使贤者居上，不肖者居下，而后可以理安。今夫封建者，继世而理。继世而理者，上果贤乎？下果不肖乎？则生人之理乱未可知也。将欲利其社稷，以一其人之视听，则又有世大夫世食禄邑，以尽其封略。圣贤生于其时，亦无以立于天下，封建者为之也。岂圣人之制使至于是乎？吾固曰："非圣人之意也，势也。"

【解题】

此文作于元和四年（809）。柳宗元严厉抨击"封领土，建诸侯"的领主制度，以及由此产生的"不肖居上，贤者居下"的不合理的社会现象，充分肯定秦朝建立郡县制的历史意义，主张"公天下"。苏轼认为此论"虽圣人复起，不能易也"（《志林》卷五）。全文理直气壮，气势磅礴，逻辑严密，是古代论说文的典范之作。

四 维 论

《管子》以礼、义、廉、耻为四维，吾疑非管子之言也。

彼所谓廉者，曰"不蔽恶"也；世人之命廉者，曰不苟得也。彼所谓耻者，曰"不从枉"也；世人之命耻者，曰羞为非也。然则二者果义欤，非欤？吾见其有二维，未见其所以为四也。夫不蔽恶者，岂不以蔽恶为不义而去之乎？夫不苟得者，岂不以苟得为不义而不为乎？虽不从枉与羞为非皆然。然则廉与耻，义之小节也，不得与义抗而为维。圣人之所以立天下，曰仁曰义。仁主恩，义主断。恩者亲之，断者宜之，而理道毕矣。蹈之斯为道，得之斯为德，履之斯为礼，诚之斯为信，皆由其所之而异名。今管氏所以为维者，殆非圣人之所立乎？

又曰："一维绝则倾，二维绝则危，三维绝则覆，四维绝则灭。"若义之绝，则廉与耻其果存乎？廉与耻存，则义果绝乎？

人既蔽恶矣，苟得矣，从枉矣，为非而无羞矣，则义果存乎？

使管子庸人也，则为此言；管子而少知理道，则四维者非管子之言也。

【解题】

此文约作于元和四年（809）。作者认为廉、耻自礼、义中出，所以只应有礼、义二维，而不应有四维。全文言简意赅，辨析明晰。“四维”之说，见《管子·牧民篇》。

天爵论

柳子曰：仁义忠信，先儒名以为天爵，未之尽也。夫天之贵斯人也，则付刚健、纯粹于其躬，倬为至灵，大者圣神，其次贤能，所谓贵也。刚健之气，钟于人也为志，得之者，运行而可大，悠久而不息，拳拳于得善，孜孜于嗜学，则志者其一端耳。纯粹之气，注于人也为明，得之者，爽达而先觉，鉴照而无隐，盹盹于独见，渊渊于默识，则明者又其一端耳。明离为天之用，恒久为天之道，举斯二者，人伦之要尽焉。是故善言天爵者，不必在道德忠信，明与志而已矣。

道德之于人，犹阴阳之于天也；仁义忠信，犹春秋冬夏也。举明离之用，运恒久之道，所以成四时而行阴阳也。宣无隐之明，著不息之志，所以备四美而富道德也。故人有好学不倦而迷其道挠其志者，明之不至耳；有照物无遗而荡其性脱其守者，志之不至耳。明以鉴之，志以取之，役用其道德之本，舒布其五常之质，充之而弥六合，播之而奋百代，圣贤之事也。

然则圣贤之异愚也，职此而已。使仲尼之志之明可得而夺，则庸夫矣；授之于庸夫，则仲尼矣。若乃明之远迩，志之恒久，庸非天爵之有级哉？故圣人曰“敏以求之”，明之谓也；“为之不厌”，志之谓也。道德与五常，存乎人者也；克明而有恒，受于天者也。呜呼！后之学者，尽力于所及焉。

或曰：“子所谓天付之者，若开府库焉，量而与之耶？”曰：否。其各合乎气者也。庄周言天曰自然，吾取之。

【解题】

此文约作于元和四年（809）。《孟子·告子上》说：“仁义忠信，乐善不倦，此天爵也”。柳宗元驳斥其说，认为天爵不在于仁义忠信，而在于“明”与“志”。其论甚辩，其言甚快。

时令论上

《吕氏春秋》十二纪，汉儒论以为《月令》措诸《礼》以为大法焉。其言十有二月七十有二候，迎日步气，以追寒暑之序，类其物宜而逆为之备，圣人之作也。然而圣人之道，不穷异以为神，不引天以为高，利于人，备于事，如斯而已矣。观《月令》之说，苟以合五事，配五行，而施其政令，离圣人之道，不亦远乎？

凡政令之作，有俟时而行之者，有不俟时而行之者。是故孟春修封疆，端径术，相土宜，无聚大众。季春利堤防，达沟渎，止田猎，备蚕器，合牛马，百工无悖于时。孟夏无起土功，无发大众，劝农勉人。仲夏班马政，聚百药。季夏行水杀草，粪田畴，美土疆，土功、兵事不作。孟秋纳材苇。仲秋劝人种麦。季秋休百工，人皆入室，具衣裘；举五谷之要，合秩刍，养牺牲；趋人收敛，务蓄菜，伐薪为炭。孟冬筑城郭，穿窦窖，修囷仓，谨盖藏，劳农以休息之，收水泽之赋。仲冬伐木，取竹箭。季冬讲武，习射御；出五谷种，计耦耕，具田器；合诸侯，制百县轻重之法，贡职之数。斯固俟时而行之，所谓敬授人时者也。其余郊庙百祀，亦古之遗典，不可以废。

诚使古之为政者，非春无以布德和令，行庆施惠，养幼少，省囹圄，赐贫穷，礼贤者；非夏无以赞杰俊，遂贤良，举长大，行爵出禄，断薄刑，决小罪，节嗜欲，静百官；非秋无以选士厉兵，任有功，诛暴慢，明好恶，修法制，养衰老，申严百刑，斩杀必当；非冬无以赏死事，恤孤寡，举阿党，易关市，来商旅，审门闾，正贵戚近习，罢官之无事者，去器之无用者。则其阙政亦以繁矣，斯固不俟时而行之者也。变天之道，绝地之理，乱人之纪，舍孟春则可以有事乎？作淫巧以荡上心，舍季春则可以为之者乎？夫如是，内不可以纳于君心，外不可以施于人事，勿书之可也。

又曰："反时令，则有飘风、暴雨、霜雪、水潦、大旱、沉阴、氛雾、寒暖之气，大疫、风欬、鼽嚏、疟寒、疥疠之疾，螟蝗、五谷瓜瓠果实不成、蓬蒿、藜莠并兴之异，女灾、胎夭伤、水火之讹，寇戎来入相掠、兵革并起、道路不通、边境不宁、土地分裂、四鄙入堡、流亡迁徙之变。"若是者，特瞽史之语，非出于圣人者也。然则夏后、周公之典逸矣。

时令论下

或者曰："《月令》之作，所以为君人者法也。盖非为聪明睿智者为之，将虑后代有昏昧傲诞而肆于人上，忽先王之典，举而废之，近而取之，若陈、隋之季是也。故取仁义礼智信之事，附于时令，俾时至而有以发之也。不为之时，将因循放荡，而皆无其意焉尔。于是又为之言五行之反戾、相荡、相摩、妖灾之说，以震动于厥心，古之所以防昏乱之术也。今子发而扬之，使前人之奥秘布露显明，则后之人而又何惮耶？”

曰：圣人之为教，立中道以示于后。曰仁、曰义、曰礼、曰智、曰信，谓之五常，言可以常行者也。防昏乱之术，为之勤勤然书于方册，兴亡治乱之致，永守是而不去也。未闻其威之以怪，而使之时而为善，所以滋其怠傲而忘理也。语怪而威之，所以炽其昏邪淫惑，而为祷禳、厌胜、鬼怪之事，以大乱于人也。且吾子以为畏册书之多，孰与畏人之言？使谔谔者言仁义利害，焯乎列于其前而犹不悟，奚暇顾《月令》哉？是故圣人为大经，以存其直道，将以遗后世之君臣，必言其中正，而去其奇邪。其有嚣然而不顾者，虽圣人复生，无如之何，又何册书之有？

若陈、隋之季，暴戾淫放，则无不为矣。求之二史，岂复有行《月令》之事者乎？然而其臣有劲悍者，争而与之言先王之道，犹十百而一遂焉。然则《月令》之无益于陈、隋亦固矣。立大中，去大惑，舍是而曰圣人之道，吾未信也。用吾子之说罪我者，虽穷万世，吾无憾焉尔。

【解题】

此文约作于元和四年（809）。柳宗元批判“以为《月令》措诸《礼》以为大法焉”的宗教迷信观念，认为：“圣人之道，不穷异以为神，不引天以为高，利于人，备于事，如斯而已矣。”文中列举《礼记》原文为据，并以历史事实为证，具有很强的说服力。

断刑论下

余既为《断刑论》，或者以《释刑》复于余，其辞云云。余不得已而为之一言焉。

夫圣人之为赏罚者非他，所以惩劝者也。赏务速而后有劝，罚务速而后有惩。必曰赏以春夏，刑以秋冬，而谓之至理者，伪也。使秋冬为善者，必俟春夏而后赏，则为善者必怠；春夏为不善者，必俟秋冬而后罚，则为不善者必懈。为善者怠，为不善者懈，是驱天下之人而入于罪也。驱天下之人而入于罪，又缓而慢之，以滋其懈怠，此刑之所以不措也。必使为善者不越月逾时而得其赏，则人勇而有劝焉；为不善者不越月逾时而得其罚，则人惧而有惩焉。为善者日以有劝，为不善者日以有惩，是驱天下之人而从善远罪也。驱天下之人而从善远罪，是刑之所以措而化之所以成也。

或者务言天而不言人，是惑于道者也。胡不谋之人心，以熟吾道？吾道之尽，而人化矣。是苍苍者焉能与吾事，而暇知之哉？果以为天时之可得顺，大和之可得致，则全吾道而得之矣。全吾道而不得者，非所谓天时也，非所谓大和也，是亦必无而已矣。又何必枉吾之道，曲顺其时，以谄是物哉？吾固知顺时之得天，不如顺人顺道之得天也。何也？使犯死者自春而穷其辞，欲死不可得，贯三木，加连锁，而致之狱，更大暑者数月，痒不得搔，痺不得摇，痛不得摩，饥不得时而食，渴不得时而饮，目不得瞑，支不得舒，怨号之声，闻于里人，如是而大和之不伤，天时之不逆，是亦必无而已矣。彼其所宜得者，死而已也，又若是焉何哉？

或者乃以为："雪霜者，天之经也；雷霆者，天之权也。非常之罪，不时可以杀，人之权也；当刑者必顺时而杀，人之经也。"是又不然。夫雷霆雪霜者，特一气耳，非有心于物者也；圣人有心于物者也。春夏之有雷霆也，或发而震，破巨石，裂大木，木石岂为非常之罪也哉？秋冬之有霜雪也，举草木而残之，草木岂有非常之罪也哉？彼岂有惩于物也哉？彼无所惩，则效之者惑也。

果以为仁必知经，智必知权，是又未尽于经权之道也。何也？经也者，常也；权也者，达经者也；皆仁智之事也。离之，滋惑矣。经非权则泥，权非经则悖。是二者，强名也。曰当，斯尽之矣。当也者，大中之道也。离而为名者，大中之器用也。知经而不知权，不知经者也；知权而不知经，不知权者也。偏知而谓之智，不智者也；偏守而谓之仁，不仁者也。知经者，不以异物害吾道；知权者，不以常人怫吾虑。合之于一而不疑者，信于道而已也。

且古之所以言天者，盖以愚蚩蚩者耳，非为聪明睿智者设也。或者之未达，不思之甚也。

【解题】

此文约作于元和四年（809），另有上篇，已佚。柳宗元驳斥了“天”对人有赏有罚的谬论，主张“顺人顺道之得天”，而且提出“经非权则泥，权非经则悖”的“经”、“权”统一论，显示出独具的识见。

晋文公问守原议

晋文公既受原于王，难其守。问寺人教鞮，以畀赵衰。余谓守原，政之大者也，所以承天子，树霸功，致命诸侯，不宜谋及媟近，以忝王命。而晋君择大任，不公议于朝，而私议于宫；不博谋于卿相，而独谋于寺人。虽或衰之贤足以守，国之政不为败，而贼贤失政之端，由是滋矣。况当其时不乏言议之臣乎？狐偃为谋臣，先轸将中军，晋君疏而不咨，外而不求，乃卒定于内竖，其可以为法乎？且晋君将袭齐桓之业，以翼天子，乃大志也。然而齐桓任管仲以兴，进竖刁以败。则获原启疆，适其始政，所以观示诸侯也，而乃背其所以兴，迹其所以败。然而能霸诸侯者，以土则大，以力则强，以义则天子之册也。诚畏之矣，乌能得其心服哉！其后景监得以相卫鞅，弘、石得以杀望之，误之者晋文公也。

　　呜呼！得贤臣以守大邑，则问非失举也，盖失问也。然犹羞当时陷后代若此，况于问与举又两失者，其何以救之哉？余故著晋君之罪，以附《春秋》许世子止、赵盾之义。

【解题】

　　此文作于元和四年（809），借对晋文公问守原于寺人一事的非议，影射当时威柄下移，政在宦官，有着鲜明的现实针对性。

说车赠杨诲之

　　杨诲之将行，柳子起而送之门，有车过焉，指焉而告之曰："若知是之所以任重而行于世乎？材良而器攻，圆其外而方其中然也。材而不良，则速坏。工之为功也，不攻则速败。中不方则不能以载，外不圆则窒拒而滞。方之所谓者箱也，圆之所谓者轮也。匪箱不居，匪轮不途。吾子其务法焉者乎？"曰："然。"

　　曰："是一车之说也，非众车之说也，吾将告子乎众车之说。泽而杼，山而侔，上而轻，下而轩且曳。祥而旷左，革而长毂以戟，巢焉而以望，安以爱老，辎以蔽内，垂绥而以畋，载十二旒，而以庙以郊以陈于庭，其类众也。然而其要，存乎材良而器攻，圆其外而方其中也。是故任而安之者箱，达而行之者轮，恒中者轴，撟而固者蚤，长而桡，进不罪乎马，退不罪乎人者辕，却暑与雨者盖，敬而可伏者轼，服而制者马若牛，然后众车之用具。

　　今杨氏，仁义之林也，其产材良。诲之学古道，为古辞，冲然而有光，其为工也攻。果能恢其量若箱，周而通之若轮，守大中以动乎外而不变乎内若轴，摄之以刚健若蚤，引焉而宜御乎物若辕，高以远乎污若盖，下以成乎礼若轼，险而安，易而利，动而法，则庶乎车之全也。《诗》之言曰：四牡骓骓，六辔如琴。孔氏语曰：左为六官，右为执法。此其以达于大政也。凡人之质不良，莫能方且恒。质良矣，用不周，莫能以圆遂。孔子于乡党，恂恂如也，遇阳虎必曰诺，而其在夹谷也，视叱齐侯类畜狗，不震乎其内。后之学孔子者，不志于是，则吾无望焉耳矣。”

诲之，吾戚也，长而益良，方其中矣。吾固欲其任重而行于世，惧圆其外者未至，故说车以赠。

【解题】

此文作于元和四年（809）。文中借“说车”之名，详尽地说明了做人的道理，即“材良而器攻，圆其外而方其中”。对“圆其外”的强调，表现了柳宗元对世事的洞悉。参阅后文《与杨诲之第二书》。

杜 兼 对

或问曰：“朝廷以公且明，进善退不肖，未尝不当。然吾有一疑焉，愿有闻于子，以释予也。”曰：“何哉?”曰：“杜兼为濠州，幸兵之乱，杀无罪士二人，蓄货足欲，吾以为唐梼杌、饕餮者亡以异。然而卒入为郎中、给事中，出由商至河南尹，乃死。夫何取于兼者若是幸也?”曰：“若子之言，兼之罪，吾虽不睹乎目，然闻之熟，宜废而不用久矣。然而吾有一取焉。吾闻兼在濠州，有钟离令卢某者，宰相戚也，而谗且谀，日状其僚之过愆以致于兼，且曰：‘是过是愆，我独无有。’其僚因惴恐，以俟谪怒于上。令日施施自负，曰：‘州君将我除也。’兼得之，乃大怒，罚令，使僚也咸得自达以进乎善，因摈令终不得面焉。

人由是不苟免，而谗谀之道大息。朝廷进兼，于内则给事中，于外则至河南尹，盖知兼有是善也欤？诚然，不为公且明耶？”或者曰：兼，凶狡人也。恣杀以充己，其为过章章者，凡天下儿童，（后阙）。

【解题】

此文作于元和四年（809）。杜兼，字处洪，传见《新唐书》卷一七二。此文设为他人之问，评价杜兼的善行与恶举，表现了柳宗元评骘人物的识见。

愚溪对

柳子名愚溪而居。五日，溪之神夜见梦曰：“子何辱予，使予为愚耶？有其实者，名固从之，今予固若是耶？予闻闽有水，生毒雾厉气，中之者，温屯呕泄；藏石走濑，连舻糜解；有鱼焉，锯齿锋尾而兽蹄，是食人，必断而跃之，乃仰噬焉；故其名曰恶溪。西海有水，散涣而无力，不能负芥，投之则委靡垫没，及底而后止，故其名曰弱水。秦有水，掎汩泥淖，挠混沙砾，视之分寸，眙若睨壁，浅深险易，昧昧不觌，乃合清渭，以自彰秽迹，故其名曰浊泾。雍之西有水，幽险若漆，不知其所出，故其名曰黑水。夫恶、弱，六极也；浊、黑，贱名也。彼得之而不辞，穷万世而不变者，有其实也。今予甚清与美，为子所喜，而又功可以及圃畦，力可以载方舟，朝夕者济焉。子幸择而居予，而辱以无实之名以为愚，卒不见德而肆其诬，岂终不可革耶？”

柳子对曰：“汝诚无其实，然以吾之愚而独好汝，汝恶得避是名耶！且汝不见贪泉乎？有饮而南者，见交趾宝货之多，光溢于目，思以两手左右攫而怀之，岂泉之实耶？过而往贪焉犹以为名，今汝独招愚者居焉，久留而不去，虽欲革其名不可得矣。夫明王之时，智者用，愚者伏。用者宜迩，伏者宜远。今汝之托也，远王都三千余里，侧僻回隐，蒸郁之与曹，螺蜯之与居，唯触罪摈辱愚陋黜伏者，日侵侵以游汝，闯闯以守汝。汝欲为智乎？胡不呼今之聪明皎厉握天子有司之柄以生育天下者，使一经于汝，而唯我独处？汝既不能得彼而见获于我，是则汝之实也。当汝为愚而犹以为诬，宁有说耶？”

曰：“是则然矣。敢问子之愚何如而可以及我？”柳子曰：“汝欲穷我之愚说耶？虽极汝之所往，不足以申吾喙；涸汝之所流，不足以濡吾翰。姑示子其略：吾茫洋乎无知，冰雪之交，众裘我絺；溽暑之铄，众从之风，而我从之火。吾荡而趋，不知太行之异乎九衢，以败吾车；吾放而游，不知吕梁之异乎安流，以没吾舟。吾足蹈坎井，头抵木石，冲冒榛棘，僵仆虺蜴，而不知怵惕。何丧何得，进不为盈，退不为抑，荒凉昏默，卒不自克。此其大凡者也。愿以是污汝可乎？”

于是溪神深思而叹曰：“嘻！有余矣，其及我也。”因俯而羞，仰而吁，涕泣交流，举手而辞。一晦一明，觉而莫知所之。遂书其对。

【解题】

此文作于元和五年（810），在《愚溪诗序》稍后。作者假借与溪神的问答，感慨自己虽然“清且美”，有经世安民之才，却只能“居愚”。明茅坤论此文是“柳子自嘲，并以自矜”（《唐大家柳柳州文抄》卷十），很有道理。此文构思，受西汉东方朔《答客难》等文启发。

起　废　答

柳先生既会州刺史，即治事，还，游于愚溪之上。溪上聚黧老壮齿，十有一人，谡足以进，列植以庆。卒事，相顾加进而言曰："今兹是州，起废者二焉，先生其闻而知之欤?"答曰："谁也?"曰："东祠躄浮图，中厩病颡之驹。"

曰："若是何哉?"曰："凡为浮图道者，都邑之会必有师，师善为律，以敕戒始学者与女释者，甚尊严，且优游。躄浮图有师道，少而病躄，日愈以剧，居东祠十年，扶服舆曳，未尝及人，侧匿愧恐殊甚。今年，他有师道者悉以故去，始学者与女释者伥伥无所师，遂相与出躄浮图以为师，盥濯之，扶持之，壮者执舆，幼者前驱，被以其衣，导以其旗，怵惕疾视，引且翼之。躄浮图不得已，凡师数百生。日馈饮食，时献巾帨，洋洋也，举莫敢逾其制。中厩病颡之驹，颡之病亦且十年，色玄不厖，无异技，硿然大耳。然以其病，不得齿他马。食斥弃异皂，恒少食，屏立摈辱，掣顿异甚，垂首披耳，悬涎属地，凡厩之马，无肯为伍。会今刺史以御史中丞来莅吾邦，屏弃群驷，舟以泝江，将至，无以为乘。厩人咸曰：'病颡驹大而不厖，可秣饰焉；他马巴、僰庳狭，无可当吾刺史者。'于是众牵驹上燥土大庑下，荐之席，縻之丝，浴剔蚤鬋，刮恶除洟；莝以雕胡，秣以香萁；错贝鳞缠，凿金文羁；络以和铃，缨以朱绥；或膏其鬣，或劘其脽；御夫尽饰，然后敢持。除道履石，立之水涯；幢旃前罗，杠盖后随；千夫翼卫，当道上驰；抗首出臆，震奋遨嬉。当是时，若有知也，岂不曰宜乎?"

先生曰："是则然矣，叟将何以教我?"黧老进曰："今先生来吾州亦十年，足轶疾风，鼻知膻香，腹溢儒书，口盈宪章，包今统古，进退齐良，然而一废不复，曾不若躄足涎颡之犹有遭也。朽人不识，敢以其惑，愿质之先生。"

先生笑且答曰："叟过矣！彼之病，病乎足与颡也；吾之病，病乎德也。又彼之遭，遭其无耳。今朝廷洎四方，豪杰林立，谋猷川行，群谈角智，列坐争英，披华发辉，挥喝雷霆，老者育德，少者驰声，丱角羁贯，排厕鳞征，一位暂缺，百事交并，骈倚悬足，曾不得逞，不若是州之乏释师大马也；而吾以德病伏焉，岂躄足涎颡之可望哉？叟之言过昭昭矣，无重吾罪！”于是黧老壮齿，相视以喜，且吁曰：“谕之矣！”拱揖而旋，为先生病焉。

【解题】

此文作于元和九年（814），自永贞元年（805）十一月柳宗元被贬为永州司马，至此恰十年。于是以东祠躄浮图与中厩病颡之驹见弃十年，复被起用的故事，聊以解嘲，抒发牢骚之情。

桐叶封弟辩

古之传者有言，成王以桐叶与小弱弟，戏曰：“以封汝。”周公入贺。王曰：“戏也。”周公曰：“天子不可戏。”乃封小弱弟于唐。

吾意不然。王之弟当封耶？周公宜以时言于王，不待其戏而贺以成之也；不当封耶？周公乃成其不中之戏，以地以人与小弱者为之主，其得为圣乎？且周公以王之言，不可苟焉而已，必从而成之耶？设有不幸，王以桐叶戏妇寺，亦将举而从之乎？凡王者之德，在行之何若。设未得其当，虽十易之不为病；要于其当，不可使易也，而况以其戏乎？若戏而必行之，是周公教王遂过也。

吾意周公辅成王，宜以道，从容优乐，要归之大中而已，必不逢其失而为之辞。又不当束缚之，驰骤之，使若牛马然，急则败矣。且家人父子尚不能以此自克，况号为君臣者耶？是直小丈夫𫘤𫘤者之事，非周公所宜用，故不可信。

或曰：封唐叔，史佚成之。

【解题】

此文作于柳宗元在永州时，借对周成王以桐叶封小弱弟一事的非议，指出："凡王者之德，在行之何若。"认为不可对君王拘执盲从。全文"笔笔锋刃，无坚不破"（清林云铭《古文析义》），"义理明莹，意味悠长，字字经思，句句著意，无一句懈怠，亦子厚之文得意者"（宋谢枋得《文章轨范》）。

辩《列子》

刘向古称博极群书，然其录《列子》，独曰郑穆公时人。穆公在孔子前几百岁，《列子》书言郑国，皆云子产、邓析，不知向何以言之如此？

《史记》：郑繻公二十五年，楚悼王四年，围郑，郑杀其相驷子阳。子阳正与列子同时。是岁，周安王四年，秦惠公、韩烈侯、赵武侯二年，魏文侯二十七年，燕僖公五年，齐康公七年，宋悼公六年，鲁穆公十年。不知向言鲁穆公时遂误为郑耶？不然，何乖错至如是？

其后张湛徒知怪《列子》书言穆公后事，亦不能推知其时。然其书亦多增窜，非其实。要之，庄周为放依其辞，其称夏棘、狙公、纪渻子、季咸等，皆出《列子》，不可尽纪。虽不概于孔子道，然其虚泊寥阔，居乱世，远于利，祸不得逮乎身，而其心不穷。《易》之"遁世无闷"者，其近是欤？余故取焉。

其文辞类庄子，而尤质厚，少为作，好文者可废耶？其《杨朱》、《力命》，疑其杨子书。其言魏牟、孔穿皆出列子后，不可信。然观其辞，亦足通知古之多异术也，读焉者慎取之而已矣。

【解题】

此文为柳宗元在永州时所作，辨析《列子》一书的作者当为鲁穆公时人，而不是郑穆公时，言之有据。对《列子》文辞的称赏，也体现出柳宗元为文博采的特点。

辩《文子》

《文子》书十二篇，其传曰老子弟子。其辞时有若可取，其指意皆本老子。然考其书，盖驳书也。其浑而类者少，窃取他书以合之者多。凡孟、管辈数家，皆见剽窃，峣然而出其类。其意绪文辞，叉牙相抵而不合。不知人之增益之欤？或者众为聚敛以成其书欤？然观其往往有可立者，又颇惜之，悯其为之也劳。今刊去谬恶乱杂者，取其似是者，又颇为发其意，藏于家。

【解题】

此文作期与前文相近，辨明《文子》一书窃取他书的特点。

《论语》辩二篇

上　　篇

或问曰：儒者称《论语》孔子弟子所记，信乎？曰：未然也。孔子弟子，曾参最少，少孔子四十六岁。曾子老而死。是书记曾子之死，则去孔子也远矣。曾子之死，孔子弟子略无存者矣。吾意曾子弟子之为之也。何哉？且是书载弟子必以字，独曾子、有子不然。由是言之，弟子之号之也。

然则有子何以称子？曰：孔子之殁也，诸弟子以有子为似夫子，立而师之。其后不能对诸子之问，乃叱避而退，则固尝有师之号矣。今所记独曾子最后死，余是以知之。盖乐正子春、子思之徒与为之尔。或曰：孔子弟子尝杂记其言，然而卒成其书者，曾氏之徒也。

下 篇

尧曰："咨，尔舜！天之历数在尔躬，四海困穷，天禄永终。"舜亦以命禹，曰："余小子履，敢用玄牡，敢昭告于皇天后土，有罪不敢赦。万方有罪，罪在朕躬。朕躬有罪，无以尔万方。"

或问之曰：《论语》书记问对之辞尔。今卒篇之首，章然有是，何也?

柳先生曰：《论语》之大，莫大乎是也。是乃孔子常常讽道之辞云尔。彼孔子者，覆生人之器也。上之尧、舜之不遭，而禅不及己；下之无汤之势，而己不得为天吏。生人无以泽其德，日视闻其劳死怨呼，而己之德涸然无所依而施，故于常常讽道云尔而止也。此圣人之大志也，无容问对于其间。弟子或知之，或疑之不能明，相与传之。故于其为书也，卒篇之首。严而立之。

【解题】

此二文皆为柳宗元在永州时所作。上篇疑《论语》不是成于孔子诸弟子之手，而成于曾参之徒。下篇论《尧曰》首章之言，为孔子平常所讽道之辞。二篇之说，皆有理有据。

辩《鬼谷子》

元冀好读古书，然甚贤《鬼谷子》，为其《指要》几千言。

《鬼谷子》要为无取，汉时刘向、班固录书无《鬼谷子》。《鬼谷子》后出，而险盩峭薄，恐其妄言乱世，难信，学者宜其不道。而世之言纵横者，时葆其书。尤者，晚乃益出七术，怪谬异甚，不可考校，其言益奇，而道益陿，使人狙狂失守，而易于陷坠。幸矣，人之葆之者少。今元子又文之以《指要》，呜呼，其为好术也过矣！

【解题】

此文作于永州，指出《鬼谷子》妄言怪谬，于世无补，其论颇中肯綮。

辩《晏子春秋》

司马迁读《晏子春秋》，高之，而莫知其所以为书。或曰晏子为之，而人接焉；或曰晏子之后为之，皆非也。吾疑其墨子之徒有齐人者为之。

墨好俭，晏子以俭名于世，故墨子之徒尊著其事，以增高为己术者。且其旨多尚同、兼爱、非乐、节用、非厚葬久丧者，是皆出墨子。又非孔子，好言鬼事，非儒、明鬼，又出墨子。其言问枣及古冶子等，尤怪诞。又往往言墨子闻其道而称之，此甚显白者。

自刘向、歆、班彪、固父子，皆录之儒家中。甚矣，数子之不详也！盖非齐人不能具其事，非墨子之徒，则其言不若是。后之录诸子书者，宜列之墨家。非晏子为墨也，为是书者，墨之道也。

【解题】

此文作于永州，以《晏子春秋》一书内容为依据，说明此书或许是“墨子之徒有齐人者为之”，不当列入儒家典籍。其说甚为确当。

辩《亢仓子》

太史公为《庄周列传》，称其为书，《畏累》、《亢桑子》，皆空言无事实。今世有《亢桑子》书，其首篇出《庄子》，而益以庸言。盖周所云者尚不能有事实，又况取其语而益之者，其为空言尤也。刘向、班固录书无《亢仓子》，而今之为术者，乃始为之传注，以教于世，不亦惑乎！

【解题】

此文作于永州，辩《亢仓子》为伪书，甚确。

辩《鹖冠子》

余读贾谊《鹏赋》，嘉其辞，而学者以为尽出《鹖冠子》。余往来京师，求《鹖冠子》，无所见；至长沙，始得其书。读之，尽鄙浅言也，唯谊所引用为美，余无可者。吾意好事者伪为其书，反用《鹏赋》以文饰之，非谊有所取之，决也。

太史公《伯夷列传》称贾子曰："贪夫殉财，烈士殉名，夸者死权。"不称《鹖冠子》。迁号为博极群书，假令当时有其书，迁岂不见耶？假令真有《鹖冠子》书，亦必不取《鹏赋》以充入之者。何以知其然耶？曰：不类。

【解题】

此文作于永州，辩《鹖冠子》为伪书。按《鹖冠子》凡十九篇，只有《世兵篇》与《鹏赋》相紊乱，其余十八篇则不然。柳宗元似仅见《世兵》，故有此辩。

设渔者对智伯

智氏既灭范、中行，志益大，合韩、魏围赵，水晋阳。智伯瑶乘舟以临赵，且又往来观水之所自，务速取焉。

群渔者有一人坐渔，智伯怪之，问焉。曰："若渔几何?"曰："臣始渔于河，中渔于海。今主大兹水，臣是以来。"曰："若之渔何如?"曰："臣幼而好渔。始臣之渔于河，有鲂、鲔、鳣、鰋者，不能自食，以好臣之饵，日收者百焉。臣以为小，去而之龙门之下，伺大鲔焉。夫大鲔之来也，从鲂鲤数万，垂涎流沫，后者得食焉。然其饥也，亦返吞其后。愈肆其力，逆流而上，慕为螭龙。及夫抵大石，乱飞涛，折鳍秃翼，颠倒顿踣，顺流而下，宛委冒懵，环坻溆而不能出。向之从鱼之大者，幸而啄食之，臣亦徒手得焉。犹以为小。闻古之渔有任公子者，其得益大。于是去而之海上，北浮于碣石，求大鲸焉。臣之具未及施，见大鲸驱群鲛，逐肥鱼于渤澥之尾，震动大海，簸掉巨岛，一啜而食若舟者数十，勇而未已，贪而不能止，北蹙于碣石，槁焉。向之为食者，反相与食之，臣亦徒手得焉。犹以为小。闻古之渔有太公者，其得益大，钓而得文王。于是舍而来。"

智伯曰："今若遇我也如何?"渔者曰："向者臣已言其端矣。始晋之侈家，若栾氏、祁氏、郤氏、羊舌氏以十数，不能自保，以贪晋国之利而不见其害，主之家与五卿，尝裂而食之矣，是无异鲂、鲔、鳣、鰋也。脑流骨腐于主之故鼎，可以惩矣，然而犹不肯寤。又有大者焉，若范氏、中行氏，贪人之土田，侵人之势力，慕为诸侯而不见其害。主与三卿又裂而食之矣，脱其鳞，鲙其肉，刳其肠，断其首而弃之，鲲鲕遗胤，莫不备俎豆，是无异夫大鲔也。可以惩矣，然而犹不肯寤。又有大者焉，吞范、中行以益其肥，犹以为不足，力愈大而求食愈无餍，驱韩、魏以为群鲛，以逐赵之肥鱼，而不见其害。贪肥之势，将不止于赵，臣见韩、魏惧其将及也，亦幸主之蹷于晋阳。其目动矣，而主乃傲然，以为咸在机俎之上，方磨其舌。抑臣有恐焉，今辅果舍族而退，不肯同祸，段规深怨而造谋，主之不寤，臣恐主为大鲸，首解于邯郸，鬣摧于安邑，胸披于上党，尾断于中山之外，而肠流于大陆，为鲜薨，以充三家子孙之腹。臣所以大惧。不然，主之勇力强大，于文王何有？”

智伯不悦，然终以不寤。于是韩、魏与赵合灭智氏，其地三分。

【解题】

此文为柳宗元在永州时所作。据《史记》等书记载，春秋时智伯因贪而无餍，最终导致亡国。柳宗元设为渔者与智伯问答，讽喻智伯，隐含对当时贪婪坐大的藩镇的讽刺。行文洒脱，摇曳多姿。

对 贺 者

柳子以罪贬永州，有自京师来者，既见，曰：“余闻子坐事斥逐，余适将唁子。今余视子之貌浩浩然也，能是达矣，余无以唁矣，敢更以为贺。”

柳子曰：“子诚以貌乎则可也，然吾岂若是而无志者耶？姑以戚戚为无益乎道，故若是而已耳。吾之罪大，会主上方以宽理人，用和天下，故吾得在此。凡吾之贬斥幸矣，而又戚戚焉何哉？夫为天子尚书郎，谋画无所陈，而群比以为名，蒙耻遇僇，以待不测之诛。苟人尔，有不汗栗危厉偲偲然者哉！吾尝静处以思，独行以求，自以上不得自列于圣朝，下无以奉宗祀，近丘墓，徒欲苟生幸存，庶几似续之不废。是以傥荡其心，倡佯其形，茫乎若升高以望，溃乎若乘海而无所往，故其容貌如是。子诚以浩浩而贺我，其孰承之乎？嘻笑之怒，甚乎裂眦；长歌之哀，过乎恸哭。庸讵知吾之浩浩，非戚戚之尤者乎！子休矣。”

【解题】

此文作于永州，以京师友人之贺，借题发挥，抒发满腔积闷。“嘻笑之怒，甚于裂眦；长歌之哀，过于恸哭。”所言极为痛切。

天　对

问曰：遂古之初，谁传道之？上下未形，何由考之？冥昭瞢阇，谁能极之？冯翼惟像，何以识之？明明阇阇，惟时何为？

对曰：本始之茫，诞者传焉。鸿灵幽纷，曷可言焉！智黑晢眇，往来屯屯，庬昧革化，惟元气存，而何为焉！

问：阴阳三合，何本何化？

对：合焉者三，一以统同。吁炎吹冷，交错而功。

问：圜则九重，孰营度之？

对：无营以成，沓阳而九。转輠浑沦，蒙以圜号。

问：惟兹何功，孰初作之？

对：冥凝玄厘，无功无作。

问：斡维焉系？天极焉加？

对：乌徯系维，乃縻身位！无极之极，漭弥非垠。或形之加，孰取大焉！

问：八柱何当？东南何亏？

对：皇熙亹亹，胡栋胡宇！宏离不属，焉恃夫八柱！

问：九天之际，安放安属？

对：无青无黄，无赤无黑，无中无旁，乌际乎天则！

问：隅隈多有，谁知其数？

对：巧欺淫诳，幽阳以别。无隈无隅，曷懵厥列。

问：天何所沓？十二焉分？

对：折筦剡筵，午施旁竖，鞠明究曛，自取十二。非余之为，焉以告汝！

问：日月安属？列星安陈？

对：规毁魄渊，太虚是属。棋施万荧，咸是焉托。

问：出自汤谷，次于蒙汜。

对：辐旋南画，轴奠于北。孰彼有出次，惟汝方之侧！平施旁运，恶有谷、汜！

问：自明及晦，所行几里？

对：当焉为明，不逮为晦。度引久穷，不可以里。

问：夜光何德，死则又育？

对：毁炎莫俪，渊迫而魄，遐违乃专，何以死育！

问：厥利维何，而顾菟在腹？

对：玄阴多缺，爰感厥兔，不形之形，惟神是类。

问：女歧无合，夫焉取九子？

对：阳健阴淫，降施蒸摩，歧灵而子，焉以夫为！

问：伯强何处？惠气安在？

对：怪弥冥更，伯强乃阳，顺和调度，惠气出行，时届时缩，何有处乡！

问：何阖而晦？何开而明？

对：明焉非辟，晦焉非藏。

问：角宿未旦，曜灵安藏？

对：孰旦孰幽，缪躔于经。苍龙之寓，而廷彼角亢。

问：不任汩鸿，师何以尚之？佥答何忧，何不课而行之？

对：惟鲧谚谚，邻圣而孽。恒师庬蒙，乃尚其圮。后惟师之难，瞑颏使试。

问：鸱龟曳衔，鲧何听焉？顺欲成功，帝何刑焉？永遏在羽山，夫何三年不施？

对：盗堙息壤，招帝震怒。赋刑在下，而投弃于羽。方陟元子，以胤功定地。胡离厥考，而鸮龟肆喙！

问：伯禹腹鲧，夫何以变化？纂就前绪，遂成考功。续初继业，而厥谋不同？

对：气孽宜害，而嗣续得圣，污涂而蕖，夫固不可以类。胝躬躄步，桥楯勚路。厥十有三载，乃盖考丑。宜仪刑九畴，受是玄宝。昏成厥孽，昭生于德，惟氏之继，夫孰谋之式！

问：洪泉极深，何以寘之？

对：行鸿下隤，厥丘乃降。焉填绝渊，然后夷于土！

问：地方九州，何以坟之？

对：从民之宜，乃九于野，坟厥贡艺，而有上中下。

问：应龙何画？河海何历？

对：胡圣为不足，反谋龙智？畚锸究勤，而欺画厥尾！

问：鲧何所营？禹何所成？康回冯怒，地何故以东南倾？

对：圜焘廓大，厥立不植。地之东南，亦已西北。彼回小子，胡颠陨尔力！夫谁骇汝为此，而以恩天极？

问：九州何错？川谷何洿？

对：州错富媪，爰定于趾。躁川静谷，形有高庳。

问：东流不溢，孰知其故？

对：东穷归墟，又环西盈。脉穴土区，而浊浊清清。坟垆燥疏，渗渴而升。充融有余，泄漏复行。器运濈濈，又何溢为！

问：东西南北，其修孰多？

对：东西南北，其极无方。夫何鸿洞，而课校修长！

问：南北顺椭，其衍几何？

对：茫忽不准，孰衍孰穷！

问：昆仑县圃，其尻安在？

对：积高于乾，昆仑攸居。蓬首虎齿，爰穴爰都。

问：增城九重，其高几里？

对：增城之高，万有三千。

问：四方之门，其谁从焉？

对：清温燠寒，迭出于时。时之丕革，由是而门。

问：西北辟启，何气通焉？

对：辟启以通，兹气之元。

问：日安不到？烛龙何照？

对：修龙口燎，爰北其首，九阴极冥，厥朔以炳。

问：羲和之未扬，若华何光？

对：惟若之华，禀羲以耀。

问：何所冬暖？何所夏寒？

对：狂山凝凝，冰于北至。爰有炎洲，司寒不得以试。

问：焉有石林？何兽能言？

对：石胡不林？往视西极！兽言嘐嘐，人名是达。

问：焉有虬龙，负熊以游？

对：有虬蝼蛇，不角不鳞，嬉夫玄熊，相待以神。

问：雄虺九首，倏忽焉在？

对：南有怪虺，罗首以噬。倏、忽之居，帝南、北海。

问：何所不死？长人何守？

对：员丘之国，身民后死。封、嵎之守，其横九里。

问：靡萍九衢，枲华安居？

对：有萍九歧，厥图以诡。浮山孰产？赤华伊枲。

问：一蛇吞象，厥骨何如？

对：巴蛇腹象，足觌厥大。三岁遗骨，其修已号。

问：黑水、玄趾，三危安在？

对：黑水淫淫，穷于不姜。玄趾则北，三危则南。

问：延年不死，寿何所止？

对：仙者幽幽，寿焉孰慕！短长不齐，咸各有止。胡纷华漫汗，而潜谓不死！

问：鲮鱼何所？鬿堆焉处？

对：鲮鱼人貌，迩列姑射。鬿雀峙北号，惟人是食。

问：羿焉弹日？乌焉解羽？

对：焉有十日，其火百物！羿宜炭赫厥体，胡庸以枝屈！大泽千里，群鸟是解。

问：禹之力献功，降省下土方。焉得彼涂山女，而通之于台桑？闵妃匹合，厥身是继。胡为嗜欲不同味，而快鼌饱？

对：禹懲于续，涂妇亟合。肢离厥肤，三门以不眡。呱呱之不盡，而孰图厥味！卒燥于野，民攸字攸塈。

问：启代益作后，卒然离孽。

对：彼呱克臧，俾姒作夏。献后益于帝，谆谆以不命。复为叟耆，曷戚曷孽！

问：何启惟忧，而能拘是达？皆归射鞠，而无害厥躬。

对：呱勤于德，民以乳活。扈仇厥正，帝授柄以挞凶穷。圣庸夫孰克害！

问：何后益作革，而禹播降？

对：益革民艰，咸粲厥粒。惟禹授以土，爰稼万亿。违溺践垍，休居以康食。姑不失圣，夫胡往不道！

问：启棘宾商，《九辩》、《九歌》。

对：启达厥声，堪舆以呻。辨同容之序，帝以贺嫔。

问：何勤子屠母，而死分竟地？

对：禹母产圣，何副厥旅！彼淫言乱味，聪聩以不处。

问：帝降夷羿，革孽夏民。

对：夷羿滔荒，割更夏相。夫孰作厥孽，而诬帝以降！

问：胡羿射夫河伯，而妻彼雒嫔？

对：震鷮厥鳞，集矢于皖。肆叫帝不谌，失位滋嫚。有洛之嫮，焉妻于狡！

问：冯珧利决，封狶是射。何献蒸肉之膏，而后帝不若？

对：夸夫快杀，鼎狶以虑饱。馨膏腴帝，叛德恣力。胡肥台舌喉，而滥厥福！

问：浞娶纯狐，眩妻爰谋。何羿之射革，而交吞揆之？

对：寒谗妇谋，后夷卒戕。荒弃于野，俾奸民是臧。举土作仇，徒怙身弧！

问：阻穷西征，岩何越焉？化而为黄熊，巫何活焉？

对：鮌殛羽岩，化黄而渊。

问：咸播秬黍，莆雚是营。

对：子宜播植稺，于丘于川。维莞维蒲，维菰维芦，丕彻以图，民以讙以都。

问：何由并投，而鮌疾修盈？

对：尧酷厥父，厥子激以功，克硕厥祀，后世是郊。

问：白蜺婴茀，胡为此堂？安得夫良药，不能固臧？天式从横，阳离爰死。大鸟何鸣，夫焉丧厥体？

对：王子怪骇，蜺形茀裳。文褫操戈，犹懵夫药良。终鸟号以游，奋厥篚筐。冒漠莫谋，形胡在胡亡。

问：蓱号起雨，何以兴之？

对：阳潜而爨，阴蒸而雨，蓱冯以兴，厥号爰所。

问：撰体协胁，鹿何膺之？

对：气怪以神，爰有奇躯。胁属支偶，尸帝之隅。

问：鳌戴山抃，何以安之？

对：宅灵之丘，掉焉不危，鳌厥首而恒以恬夷？

问：释舟陵行，何以迁之？

对：要释而陵，殆或谪之，龙伯负骨，帝尚窄之！

问：惟浇在户，何求于嫂？何少康逐犬，而颠陨厥首？

对：浇嫪以力，兄麀聚之。康假于田，肆克宇之。

问：女歧缝裳，而馆同爰止。何颠易厥首，而亲以逢殆？

对：既裳既舍，宜咸坠厥首。

问：汤谋易旅，何以厚之？

对：汤奋癸旅，爰以伛拊。载厥德于葛，以诘仇饷。

问：覆舟斟寻，何道取之？

对：康复旧物，寻焉保之？覆舟喻易，尚或艰之！

问：桀伐蒙山，何所得焉？妹嬉何肆，汤何殛焉？

对：惟桀嗜色，戎得蒙妹，淫处暴娱，以大启厥伐。

问：舜闵在家，父何以鳏？尧不姚告，二女何亲？

对：瞽父仇舜，鳏以不俪。尧专以女，兹俾胤厥世。惟蒸蒸翼翼，于妫之汭。

问：厥萌在初，何所意焉？璜台十成，谁所极焉？

对：纣台于璜，箕克兆之。

问：登立为帝，孰道尚之？

对：惟德登帝，师以首之。

问：女娲有体，孰制匠之？

对：娲躯虺号，占以类之。胡曰日化七十，工获诡之！

问：舜服厥弟，终然为害。何肆犬体，而厥身不危败？

对：舜弟眡厥仇，毕屠水火。夫固优游以圣，而孰殆厥祸！犬断于德，终不克以噬。昆庸致爱，邑鼻以赋富。

问：吴获迄古，南岳是止。孰期去斯，得两男子？

对：嗟伯之仁，逊弟旅岳。雍同度厥义，以嘉吴国。

问：缘鹄饰玉，后帝是飨。何承谋夏，桀终以灭丧？

对：空桑鼎殷，谄羹厥鹄。惟轲知言，瞷焉以为不。仁易愚危，夫曷揆曷谋。咸逃丛渊，虐后以刘。

问：帝乃降观，下逢伊挚。何条放致罚，而黎伏大说？

对：降厥观于下，匪挚孰承！条伐巢放，民用溃厥疣，以夷于肤，夫曷不谣！

问：简狄在台，喾何宜？玄鸟放贻，女何喜？

对：喾、狄祷禖，契形于胞。胡乙彀之食，而怪焉以嘉！

问：该秉季德，厥父是臧。

对：该德胤考，蓐收于西。爪虎手钺，尸刑以司慝。

问：胡终弊于有扈，牧夫牛羊？

对：牧正矜矜，浇扈爰踣。

问：干协时舞，何以怀之？

对：阶干以娱，苗革而格，不迫以死，夫胡狃厥贼！

问：平胁曼肤，何以肥之？

对：辛后骇狂，无忧以肥。肆荡弛厥体，而充膏于肌。啬宝被躬，焚以旗之。

问：有扈牧竖，云何而逢？击床先出，其命何从？

对：扈释于牧，力使后之。民仇焉寓，启床以斫。

问：恒秉季德，焉得夫朴牛？何往营班禄，不但还来。

对：殷武踵德，爰获牛之朴。夫唯陋民是冒，而丕号以瑞。卒营而班，民心是市。

问：昏微循迹，有狄不宁。何繁鸟萃棘，负子肆情？

对：解父狄淫，遭悫以赧。彼中之不目，而徒以色视。

问：眩弟并淫，危害厥兄。何变化以作诈，后嗣而逢长？

对：象不兄龚，而奋以谋盖。圣孰凶怒，嗣用绍厥爱。

问：成汤东巡，有莘爰极。何乞彼小臣，而吉妃是得？

对：莘有玉女，汤巡爰获。既内克厥合，而外弼于德。伊知非妃，伊之知臣，曷以不识！

问：水滨之木，得彼小子。夫何恶之，媵有莘之妇？

对：胡木化于母，以蝎厥圣！喙鸣不良，谩以诡正。尽邑以垫，孰译彼梦！

问：汤出重泉，夫何罪尤？不胜心伐帝，夫谁使挑之？

对：汤行不类，重泉是囚。违虐立辟，实罪德之由。师恁怒以割，癸挑而仇。

问：会鼂争盟，何践吾期？苍鸟群飞，孰使萃之？

对：胶鬲比漦，雨行践期。捧盎救灼，仁兴以毕随。鹰之咸同，得使萃之。

问：到击纣躬，叔旦不嘉。何亲揆发，足周之命以咨嗟？

对：颈纣黄钺，旦孰喜之！民父有釐，嗟以美之。

问：授殷天下，其位安施？反成乃亡，其罪伊何？

对：位庸庇民，仁克莅之。纣淫以害，师殛圮之。

问：争遣伐器，何以行之？并驱击翼，何以将之？

对：咸逭厥死，争徂器之。翼鼓颠御，讙舞靡之。

问：昭后成游，南土爰底。厥利惟何，逢彼白雉？

对：水滨玩昭，荆陷弑之。缪迓越裳，畴肯雉之！

问：穆王巧梅，夫何为周流？环理天下，夫何索求？

对：穆懵《祈招》，猖洋以游。轮行九野，惟怪之谋。胡给娱载胜之兽，觞瑶池以迭谣！

问：妖夫曳衒，何号乎市？周幽谁诛？焉得夫褒姒？

对：孺贼厥诜，爰檿其弧。幽祸挐以夸，惮褒以渔。淫嗜蠛杀，谏尸谤屠。孰鳞漦以征，而化鼋是辜！

问：天命反侧，何罚何佑？

对：天邈以蒙，人么以离。胡克合厥道，而诘彼尤违。

问：齐桓九会，卒然身杀？

对：桓号其大，任属以傲。幸良以九合，逮孽而坏。

问：彼王纣之躬，孰使乱惑？何恶辅弼，谗谄是服？

对：纣无谁使惑，惟志为首。逆图倒视，辅谗以宠。

问：比干何逆，而抑沉之？雷开何顺，而赐封之？

对：干异召死，雷济克后。

问：何圣人之一德，卒其异方？梅伯受醢，箕子佯狂。

对：文德迈以被，芮鞫顺道。醢梅奴箕，忠咸丧以丑厚。

问：稷维元子，帝何竺之？投之于冰上，鸟何燠之？

对：弃灵而功，笃胡爽焉！翼冰以炎，盍崇长焉！

问：何冯弓挟矢，殊能将之？既惊帝切激，何逢长之？

对：既岐既嶷，宜庸将焉。纣凶以启，武绍尚焉。

问：伯昌号衰，秉鞭作牧。何令彻彼岐社，命有殷之国？

对：伯鞭于西，化江、汉浒。易岐社以太，国之命以祚武。

问：迁藏就岐，何能依？

对：逾梁橐囊，膻仁蚁萃。

问：殷有惑妇，何所讥？

对：妲灭淫商，痡民以亟去。

问：受赐兹醢，西伯上告。何亲就上帝罚，殷之命以不救？

对：肉梅以颁，乌不台诉！孰盈受恶，兵躬殄祀！

问：师望在肆，昌何志？鼓刀扬声，后何喜？

对：牙伏牛渔，积内以外萌。岐目厥心，瞭眂显光。奋刀屠国，以髀髋厥商。

问：武发杀殷，何所悒？载尸集战，何所急？

对：发杀曷逞，寒民于烹。惟栗厥文考，而虔子以徂征。

问：伯林雉经，维其何故？何感天抑地，夫谁畏惧？

对：中谮不列，恭君以雉。胡螾讼蛲贼，而以变天地！

问：皇天集命，惟何戒之？受礼天下，又使至代之？

对：天集厥命，惟德受之。胤怠以弃，天又祐之。

问：初汤臣挚，后兹承辅。何卒官汤，尊食宗绪？

对：汤、挚之合，祚以久食。昧始以昭末，克庸成绩。

问：勋阖、梦生，少离散亡。何壮武厉，能流厥严？

对：光征梦祖，憾离以厉。彷徨激覆，而勇益德迈。

问：彭铿斟雉，帝何飨？受寿永多，夫何久长？

对：铿羹于帝，圣孰嗜味！夫死自暮，而谁飨以俾寿！

问：中央共牧，后何怒？蜂蚁微命，力何固？

对：魄啮已毒，不以外肆。细腰群螫，夫何足病！

问：惊女采薇，鹿何祐？北至回水，萃何喜？

对：萃回偶昌，鹿曷祐以女！

问：兄有噬犬，弟何欲？易之以百两，卒无禄。

对：铖欲兄爱，以快侈富。愈多厥车，卒逐以旅。

问：薄暮雷电，归何忧？厥严不奉，帝何求？伏匿穴处，爰何云？荆勋作师，夫何长？悟过改更，我又何言？

对：咨吟于野，胡若之很！严坠谊殄丁厥任，合行违匿固若所。咿嚘忿毒意谁与？丑齐徂秦啗厥诈，谗登狡庸咈以施。甘恬祸凶亟锄夷，愎不可化徒若罢。

问：吴光争国，久余是胜？

对：阖绰厥武，滋以侈颓。

问：何环穿自闾社丘陵，爰出子文？

对：于菟不可以作，怠焉庸归？

问：吾告堵敖以不长。

对：𫖮吾敖之阋以旅尸。

问：何试上自予，忠名弥彰？

对：诚若名不尚，曷极而辞？

【解题】

此文作于永州，吸收当时自然科学的成就，回答了屈原在《天问》中所提出的一系列问题，对于宇宙和人生做出一些唯物的解释，揭示大自然的构造和人类命运没有神在主宰，宇宙是无限的，人类是发展变化的。所有这些，都有着独特的创见。全文用赋体为论说，“深弘杰异，析理精博”（宋王伯思《东观余论》卷之下《校定楚词序》）。

答 问

有问柳先生者曰：“先生貌类学古者，然遭有道不能奋厥志，独被罪辜，废斥伏匿。交游解散，羞与为戚，生平向慕，毁书灭迹。他人有恶，指诱增益，身居下流，为谤薮泽。骂先生者不忌，陵先生者无谪。遇揖目动，闻言心惕，时行草野，不知何适。独何劣耶？观今之贤智，莫不舒翘扬英，推类援朋，叠足天庭，魁礌恢张，群驱连行。奇谋高论，左右抗声，出入翕忽，拥门填扃，一言出口，流光垂荣。岂非伟耶？先生虽读古人书，自谓知理道，识事机，而其施为若是其悖也！狼狈摈僇，何以自表于今之世乎？”

先生答曰：“敬闻命。然客言仆知理道、识事机，过矣。仆懵夫屈伸去就，触罪受辱，幸得联支体、完肌肤，犹食人之食，衣人之衣，用人之货，无耕织居贩，然而活给羞愧恐栗之不暇，今客又推当世贤智以深致诮责。吾缧囚也，逃山林入江海无路，其何以容吾躯乎？顾客少假声气，使得详其心，次其论。”

客曰：“何敢？”

先生曰：“仆少尝学问，不根师说，心信古书，以为凡事皆易，不折之以当世急务，徒知开口而言，闭目而息，挺而行，踬而伏，不穷喜怒，不究曲直，冲罗陷阱，不知颠踣，愚蠢狂悖，若是甚矣，又何以恭客之教而承厚德哉？今之世工拙不欺，贤不肖明白。其显进者，语其德，则皆茫洋深闳，端贞鲠亮，苞并涵养，与道俱往；而仆乃蹇浅窄僻，跳浮嚄唶，抵瑕陷厄，固不足以趑趄批捩而追其迹。举其理，则皆谟明渊沉，剖微穷深，劈析是非，校度古今；而仆乃缄钳默塞，耗眊窒惑，抉异探怪，起幽作匿，攸攸恤恤，卒自祸贼，固不足以睢盱激昂而效其则。言其学，则皆总揽罗络，横竖杂博，天旋地缩，鬼神交错；而仆乃单庸撇莩，离疏空虚，窃听道涂，颛嚚蒙愚，不知所如，固不足以抗颜摇舌而与之俱。称其文，则皆汗漫辉煌，呼嘘阴阳，轇轕三光，陶镕帝皇；而仆乃朴鄙艰涩，培塿潗湁，毫联缕缉，尘出块入，固不足以摅摛踊跃而涉其级。兹四者悬判，虽庸童小女，皆知其不及，而又裹以罪恶，缠以羁縶，客从而挤之，不亦忍乎？且夫白羲、騄耳之得康庄也，逐奔星，先飘风，而跛驴不出泥滓。黄钟、元间之登清庙也，铿天地，动神祇，而呜呜咬哇，不入里耳。西子、毛嫱之蹈后宫也，皦朝日，焕浮云，而无盐逐于乡里。蛟龙之腾于天渊也，弥六合，泽万物，而虾与蛭不离尺水。卓诡倜傥之士之遇明世也，用智能，显功烈，而麽眇连蹇，颠顿披靡，固其所也。客又何怪哉？且夫一涉险阨惩而不再者，烈士之志也；知其不可而速已者，君子之事也。吾将窃取之以没吾世，不亦可乎？”

乃歌曰：“尧、舜之修兮，禹、益之忧兮，能者任而愚者休兮。跹跹蓬藋，乐吾囚兮。文墨之彬彬，足以舒吾愁兮。已乎已乎，曷之求乎！”客乃笑而去。

【解题】

此文作于永州，借与客问答，比较了今之“显进者”和柳宗元自己在德、理、学、文四方面的悬殊，而执着于“烈士之志”和“君子之事”，表现了柳宗元虽受贬斥而刚毅不屈的性格。行文拟《渔父》、《答客难》之类，实为骚体之文。

天　说

韩愈谓柳子曰：“若知天之说乎？吾为子言天之说。今夫人有疾痛、倦辱、饥寒甚者，因仰而呼天曰：‘残民者昌，佑民者殃！’又仰而呼天曰：‘何为使至此极戾也？’若是者，举不能知天。夫果蓏、饮食既坏，虫生之；人之血气败逆壅底，为痈疡、疣赘、瘘痔，亦虫生之；木朽而蝎中，草腐而萤飞，是岂不以坏而后出耶？物坏，虫由之生；元气阴阳之坏，人由之生。虫之生而物益坏，食啮之，攻穴之，虫之祸物也滋甚。其有能去之者，有功于物者也；繁而息之者，物之仇也。人之坏元气阴阳也亦滋甚：垦原田，伐山林，凿泉以井饮，窾墓以送死，而又穴为偃溲，筑为墙垣、城郭、台榭、观游，疏为川渎、沟洫、陂池，燧木以燔，革金以镕，陶甄琢磨，悴然使天地万物不得其情，幸幸冲冲，攻残败挠而未尝息。其为祸元气阴阳也，不甚于虫之所为乎？吾意有能残斯人使日薄岁削，祸元气阴阳者滋少，是则有功于天地者也；繁而息之者，天地之仇也。今夫人举不能知天，故为是呼且怨也。吾意天闻其呼且怨，则有功者受赏必大矣，其祸焉者受罚亦大矣。子以吾言为何如？”

柳子曰：“子诚有激而为是耶？则信辩且美矣。吾能终其说。彼上而玄者，世谓之天；下而黄者，世谓之地；浑然而中处者，世谓之元气；寒而暑者，世谓之阴阳。是虽大，无异果蓏、痈痔、草木也。假而有能去其攻穴者，是物也，其能有报乎？繁而息之者，其能有怒乎？天地，大果蓏也；元气，大痈痔也；阴阳，大草木也，其乌能赏功而罚祸乎？功者自功，祸者自祸，欲望其赏罚者大谬；呼而怨，欲望其哀且仁者，愈大谬矣。子而信子之仁义以游其内，生而死尔，乌置存亡得丧于果蓏、痈痔、草木耶？”

【解题】

此文作于永州。针对韩愈提出的“天”可以对人“赏功而罚祸”的观点，柳宗元作此文，认为天地只是元气阴阳，不能“赏功而罚祸”，是人本身“功者自功，祸者自祸”。后来刘禹锡又作《天论》三篇阐述此说，见《刘梦得集》卷十二。

二　记叙

邠宁进奏院记

凡诸侯述职之礼，必有栋宇建于京师，朝觐为修容之地，会计为交政之所。其在周典，则皆邑以具汤沐；其在汉制，则皆邸以奉朝请。唐兴因之，则皆院以备进奏，政以之成，礼于是具，由旧章也。

皇帝宅位十一载，悼边氓之未乂，恶凶虏之犹阻，博求群臣，以朗宁王张公为能。俾其建节剖符，守股肱之郡，统爪牙之职，董制三军，抚柔万人。乃新斯院，弘我旧规。高其闬闳，壮其门閭。以奉王制，以修古典，至敬也；以尊朝觐，以率贡职，至忠也。执忠与敬，臣道毕矣。公尝鸣珮执玉，展礼天朝。又尝伐叛获丑，献功魏阙。其馀归时事，修常职，宾属受辞而来使，旅贲奉章而上谒。稽疑于太宰，质政于有司，下及奔走之臣，传遽之役，川流环运，以达教令。大凡展采于中都，率由是焉。故领斯院者，必获历閶阖，登太清，仰万乘之威，而通内外之事。王宫九关而不间，辕门十舍而如近，斯乃军府之要枢，邠宁之能政也。

惟公端明而厚，温裕而肃，宏略特出，大志高迈。施德下邑，而黎人咸怀；设险西陲，而戎虏伏息。茂功溢于太常，盛烈动于人听，则斯院之设，乃他政之末者也。赞公于他政之末，故词不周德；称公于天子之都，故礼不称位，斯古道也。贞元十二年十月六日，河东柳宗元为记。

【解题】

此文作于贞元十二年（796）。邠宁节度观察使张献甫于邠宁修建进奏院，柳宗元特撰此文，称赏其临边御敌的功勋。

四门助教厅壁记

周人置虞庠于四郊，以养国老，教胄子。《祭统》曰：天子设四学。盖其制也。《易传·太初篇》曰：天子旦入东学，昼入南学，夕入西学，暮入北学。蔡邕引之，以定明堂之位焉。《大戴礼·保傅篇》曰：帝入东学以贵仁，入南学以贵信，入西学以贵德，入北学以贵爵。贾生述之，以明太子之教焉。故曰为大教之宫，而四学具焉。参明堂之政，原大教之极，其建置之道弘也。

后魏太和中，立学于四门，置助教二十人。隋氏始隶于国子，而降置五人。皇朝始合于太学，又省至三人。员位弥简，其官尤难，非儒之通者不列也。四门学之制，掌国之上士、中士、下士凡三等，侯、伯、子、男凡四等。其子孙之为胄子者，及庶人之子为俊士者，使执其业而居其次，就师儒之官而考正焉。助教之职，佐博士以掌鼓箧榎楚之政令，今分其人而教育之，其有通经力学者，必于岁之杪，升于礼部，听简试焉。课生徒之进退，必酌于中道，非博雅庄敬之流，固不得临于是，故有去而升于朝者。贺秘书由是为博士，归散骑由是为左拾遗。旧制与拾遗为八品清官，故必以名实者居于其位。

贞元中，王化既成，经籍少间，有司命太学之官，颇以为易。专名誉、好文章者，咸耻为学官。至是，河东柳立始以前进士求署兹职，天水武儒衡、闽中欧阳詹又继之。是岁，为四门助教凡三人，皆文士，京师以为异。余与立同祖于方舆公，与武公同升于礼部，与欧阳生同志于文。四门助教署未尝纪前人名氏，余故为之记，而由夫三子者始。

【解题】

此文作于贞元十五年（799）。文中追溯了四门之学的源起和流变，强调了四门助教之职的重要，最后说明此文之作的缘起。结构严谨，笔势流动。

武功县丞厅壁记

《殷颂》曰："邦畿千里。"周制，千里之内曰甸服。《谷梁》谓之寰内诸侯，为王内臣，其制甚重。今京兆尹理京师部二十有三县，幅员之广，其犹古也。县吏之长曰令，其贰曰丞。丞之位，正八品下，盖述六职以辅其令也。秦、汉有丞相，今尚书有左右丞，御史有中丞，至于九卿之列，亦皆有丞，下以达天下之县。政有小大，其旨同也。

武功为甸内大县，按其图，古后稷封有嫠之地。秦作四十一县，嫠、美阳、武功各异，至是合焉。盖尝为稷州，已而复县。其土疆沃美高厚，有丘陵坟衍之大；其植物丰畅茂遂，有秬秠荏菽之宜。其人善树蓺。其俗有礼让，宜乎其《大雅》之遗烈焉。

贞元十五年，改邑于南里，既成新城，凡官署旧记，壁坏文逸，而未克继之者。后三年，而颍川陈南仲居是官，邑人宜之，号为简靖，因其族子存持地图以来谒余为记。夫以武功疆理之大，人徒之多，而陈生以简靖辅其理，斯固难矣。汉高帝尝诏天下，凡以战得爵，七大夫公乘以上，令丞与抗礼，故为吏益难。今天子崇武念功，与汉初相类，分禁旅以守县道，武功为多。陈生为丞于是，而又职盗贼。其为理无败事，吾庸可度哉！为之记云。

【解题】

此文作于贞元十八年（802），柳宗元在蓝田尉任上，蓝田与武功同属京兆府，所以应武功县丞陈南仲之请而作此文。文中历述丞职的重要、武功县的历史和陈南仲的治绩，款款道来，亲切动人。

盩厔县新食堂记

贞元十八年五月某日，新作食堂于县内之右，始会食也。

自兵兴以来，西郊捍戎，县为军垒二十有六年，群吏咸寓于外。兵去邑荒，栋宇倾圮，又十有九年，不克以居。由是县之联事，离散而不属，凡其官僚，罕或觌见。及是，主簿某病之。于是且掌功役之任，俾复其邑居。廪库既成，学校既修，取其余材，以构斯堂。其上栋，自南而北者，二十有二尺。周阿峻严，列楹齐同。其饰之文质，阶之高下，视邑之大小与群吏之品秩，不陋不盈。高山在前，流水在下，可以俯仰，可以宴乐。堂既成，得羡财可以为食本，月权其赢，羞膳以充。乃合群吏于兹新堂，升降坐起，以班先后，始正位秩之叙；礼仪笑语，讲议往复，始会政事之要；筵席肃庄，樽俎静嘉，燔炮烹饪，益以酒醴，始获僚友之乐。

卒事而退，举欣欣焉，曰：“惟礼食之来古也，今京师百官，咸有斯制。甸服亦王之内邑，且官有联属，则宜统会以齐之也。向之离而今之合，其得失也远甚。我是以肃焉而庄，衎焉而和，群疑以亡，嘉言以彰，旨乎其在此堂也。不惟其馨香醉饱之谓，某之力也夫！宜伐石以志，使是道也不替于后。”乃列其事来告，使余书之。

【解题】

此文作于贞元十八年（802），记述了盩厔县新食堂的缘起和功用。盩厔，即今陕西周至县。

馆驿使壁记

凡万国之会，四夷之来，天下之道途毕出于邦畿之内。奉贡输赋，修职于王都者，入于近关，则皆重足错毂，以听有司之命。征令赐予，布政于下国者，出于甸服，而后按行成列，以就诸侯之馆。故馆驿之制，于千里之内尤重。

自万年至于渭南，其驿六，其蔽曰华州，其关曰潼关。自华而北界于栎阳，其驿七，其蔽曰同州，其关曰蒲津。自灞而南至于蓝田，其驿六，其蔽曰商州，其关曰武关。自长安至于盩厔，其驿十有一，其蔽曰洋州，其关曰华阳。自武功而西至于好畤，其驿三，其蔽曰凤翔府，其关曰陇关。自渭而北至于华原，其驿九，其蔽曰坊州。自咸阳而西至于奉天，其驿六，其蔽曰邠州。由四海之内，总而合之，以至于关；由关之内，束而会之，以至于王都。华人夷人往复而授馆者，旁午而至，传吏奉符而阅其数，县吏执牍而书其物。告至告去之役，不绝于道；寓望迎劳之礼，无旷于日。而春秋朝陵之邑，皆有传馆。其饮饫饩馈，咸出于丰给；缮完筑役，必归于整顿。列其田租，布其货利，权其入而用其积，于是有出纳奇赢之羡，勾会考校之政。

大历十四年，始命御史为之使，俾考其成，以质于尚书。季月之晦，必合其簿书，以视其等列，而校其信宿，必称其制。有不当者，反之于官。尸其事者有劳焉，则复于天子而优升之。劳大者增其官，其次者降其调之数，又其次犹异其考绩。官有不职，则以告而罪之，故月受俸二万于太府。史五人，承符者二人，皆有食焉。

先是假废官之印而用之，贞元十九年，南阳韩泰告于上，始铸使印而正其名。然其嗣当斯职，未尝有记之者。追而求之，盖数岁而往则有之矣。今余为之记，遂以韩氏为首。且曰修其职，故首之也。

【解题】

贞元十九、二十年（803、804），韩泰与柳宗元同为监察御史，此文当作于这两年间。文中历述了天下馆驿之设及其制度沿革。

监祭使壁记

《礼·檀弓》曰：祭礼，与其敬不足而礼有余也，不若礼不足而敬有余也。是必礼与敬皆足，而后祭之义行焉。

《周礼》：祭仆视祭祀有司百官之戒具，诛其不敬者。汉以侍御史监祠。《唐开元礼》：凡大祠若干，中祠若干，咸以御史监祠，祠官有不如仪者以闻。其刻印移书，则曰监祭使。宝应中，尤异其礼，更号祠祭使，俄复其初。又制，凡供祠之吏，虽当斋戒，得以决罚，由是礼与敬无不足者。

圣人之于祭祀，非必神之也，盖亦附之教焉。事于天地者，示有尊也，不肃则无以教敬；事于宗庙者，示广孝也，不肃则无以教爱；事于有功烈者，示报德也，不肃则无以劝善。凡肃之道，自法制始。奉法守制，由御史出者也。故将有事焉，则祠部上其日，吏部上其官，奉制书以来告，然后颁于有司，以谨百事。太常修其礼，光禄合其物，百工之役，先一日咸至于祠而考阅焉。御史会公卿有司，执简而临之，故其粢盛牲牢酒醴菜果之馔，必实于庖厨；钟鼓笙竽琴瑟戛击之乐，簨簴缀兆之数，必具于庭内；樽彝罍洗俎豆盏斝之器，必絜于坛堂之上。奉奠之士，赞礼之童，乐工舞师洎执役而卫者，咸列数其实，设箠朴于堂下，以修官刑，而群吏莫敢不备物；罗奏牍于几上，以严天宪，而众官莫敢不尽诚。而祭之日，先升立于西阶之上，以待卒事。其礼之周旋，乐之节奏，必周知之，退而视其燔燎瘗埋，终之以敬也。居常则饬四方祀贡之物，以时登于王府。服器之修具，祠宇之缮理，牛羊毛涤之节，三宫御廪之实，毕备而听命焉。

旧以监察御史之长居是职，贞元十九年十二月，御史多缺，予班在三人之下，进而领焉。明年，中山刘禹锡始复旧制。由礼与敬以临其人，而官事益理，制令有不宜于时者，必复于上，革而正之。于是始为记，求簿书，得为是职者若干人书焉。

【解题】

此文作于贞元二十年（804），柳宗元任监察御史里行，曾领监祭使职，后由其友刘禹锡代任。全文以一“敬”字贯穿始终，文理条贯，笔势通脱。

诸使兼御史中丞壁记

古者，交政于四方谓之使。今之制，受命临戎，职无所统属者，亦谓之使。凡使之号，盖专焉而行其道者也。开元以来，其制愈重，故取御史之名而加焉。至于今若干年，其兼中丞者若干人。其使绝域，统兵戎，按州部，专货食，而柔远人，固王略，齐风俗，和关石；大者戡复于内，拓定于外；皆得以壮其威，张其声，其用远矣。假是名以莅厥职，而尊严若是，况乎总宪度于朝端，树风声于天下，其所以翼于君、正于人者，尤可以知也。

武公以厚德在位，甚宜其官。视其署，有记诸使兼御史中丞者而多阙漏，于是求其故于诏制，而又质于史氏，增益备具，遂命其属书之。且曰：由其号而观其实，后之居于斯者，有以敬于事。

【解题】

贞元二十年（804），武元衡迁御史中丞，时以详整称重。柳宗元受命作此文，简明扼要地说明了诸使兼御史中丞的职责。

兴州江运记

御史大夫严公，牧于梁五年。嗣天子举周、汉进律增秩之典，以亲诸侯。谓公有功德理行，就加礼部尚书。是年四月，使中谒者来锡公命。宾僚吏属，将校卒士，黧老童孺，填溢公门，舞跃欢呼，愿建碑纪德，垂亿万祀。公固不许，退而相与怨咨，遑遑如不欲食。于是西鄙之人，密以公刊山导江之事，愿刻岩石。曰：

维梁之西，其蔽曰某山，其守曰兴州。兴州之西为戎居，岁备亭障，实以精卒。以道之险隘，兵困于食，守用不固。公患之曰："吾尝为兴州，凡其土地之故，吾能知之。自长举北至于青泥山，又西抵于成州，过栗亭川，逾宝井堡，崖谷峻隘，十里百折，负重而上，若蹈利刃。盛秋水潦，穷冬雨雪，深泥积水，相辅为害。颠踣腾藉，血流栈道。糗粮刍藁，填谷委山；马牛群畜，相藉物故。餫夫毕力，守卒延颈，嗷嗷之声，其可哀也。若是者，绵三百里而余。自长举之西，可以导江而下，二百里而至，昔之人莫得知也。吾受命于君而育斯人，其可已乎？"乃出军府之币，以备器用，即出傲功。由是转巨石，仆大木，焚以炎火，沃以食醯、摧其坚刚，化为灰烬。畚锸之下，易甚朽坏，乃辟乃垦，乃宣乃理。随山之曲直以休人力，顺地之高下以杀湍悍。厥功既成，咸如其素。于是决去壅土，疏导江涛，万夫呼抃，莫不如志。雷腾云奔，百里一瞬，既会既远，澹为安流。烝徒讴歌，枕卧而至，戍人无虞，专力待寇。

惟我公之功，畴可侔也！而无以酬德，致其大愿，又不可得命。矧公之始来，属当恶岁，府庾甚虚，器备甚殚，饥馑昏札，死徙充路。赖公节用爱人，克安而生，老穷有养，幼乳以遂，不问不使，咸得其志。公命鼓铸，库有利兵；公命屯田，师有余粮；选徒练旅，有众孔武；平刑议狱，有众不黩；增石为防，膏我稻粱；岁无凶灾，家有积仓；传馆是饰，旅忘其归；杠梁已成，人不履危。若是者，皆以戎隙帅士而为之，不出四方之力，而百役已就。且我西鄙之职官，故不能具举。惟公和恒直方，廉毅信让，敦尚儒学，挹损贵位，率忠与仁，以厚其诚。其有可以安利于人者，行之坚勇，不俟终日，其兴功济物宜如此其大也。

昔之为国者，惟水事为重。故有障大泽，勤其官而受封国者矣。西门遗利，史起兴叹。白圭壑邻，孟子不与。公能夷险休劳，以惠万代，其功烈尤章章焉不可盖也。是用假辞谒工，勒而存之，用永宪于后祀。

【解题】

此文作于贞元二十一年（805）。文中称颂了御史大夫严砺在兴州刺史任上治水通江运的治绩，表达了为民造福的思想。

潭州杨中丞作东池戴氏堂记

弘农公刺潭三年，因东泉为池，环之九里。丘陵林麓距其涯，坻岛渚洲交其中。其岸之突而出者，水萦之若玦焉。池之胜于是为最。公曰："是非离世乐道者不宜有此。"卒授宾客之选者，谯国戴氏曰简，为堂而居之。堂成而胜益奇，望之若连舻縻舰，与波上下。就之颠倒万物，辽廓眇忽。树之松柏杉槠，被之菱芡芙蕖，郁然而阴，粲然而荣。凡观望浮游之美，专于戴氏矣。

戴氏尝以文行累为连率所宾礼，贡之泽宫，而志不愿仕。与人交，取其退让，受诸侯之宠，不以自大，其离世欤？好孔氏书，旁及《庄》、《文》，莫不总统。以至虚为极，得受益之道，其乐道欤？贤者之举也必以类。当弘农公之选，而专兹地之胜，岂易而得哉！地虽胜，得人焉而居之，则山若增而高，水若辟而广，堂不待饰而已奂矣。戴氏以泉池为宅居，以云物为朋徒，摅幽发粹，日与之娱，则行宜益高，文宜益峻，道宜益懋，交相赞者也。既硕其内，又扬于时，吾惧其离世之志不果矣。

君子谓弘农公刺潭得其政，为东池得其胜，授之得其人，岂非动而时中者欤！于戴氏堂也，见公之德，不可以不记。

【解题】

永贞元年（805），柳宗元贬为永州司马，赴任途中过潭州（今湖南长沙一带），为潭州刺史杨凭作此文。文中借题发挥，抒发了“离世乐道”的感慨。

永州龙兴寺西轩记

永贞年，余名在党人，不容于尚书省。出为邵州，道贬永州司马。至则无以为居，居龙兴寺西序之下。余知释氏之道且久，固所愿也。然余所庇之屋甚隐蔽，其户北向，居昧昧也。寺之居，于是州为高。西序之西，属当大江之流；江之外，山谷林麓甚众。于是凿西墉以为户，户之外为轩，以临群木之杪，无不瞩焉。不徙席，不运几，而得大观。

夫室，向者之室也；席与几，向者之处也。向也昧而今也显，岂异物耶？因悟夫佛之道，可以转惑见为真智，即群迷为正觉，舍大阍为光明，夫性岂异物耶？孰能为余凿大昏之墉，辟灵照之户，广应物之轩者，吾将与为徒。遂书为二：其一志诸户外，其一以贻巽上人焉。

【解题】

元和元年（806），柳宗元贬谪至永州，暂寓于龙兴寺西轩，因作此文，刻在门外石上，以志记念。

永州龙兴寺息壤记

永州龙兴寺东北陬有堂，堂之地隆然负砖甓而起者，广四步，高一尺五寸。始之为堂也，夷之而又高，凡持锸者尽死。永州居楚越间，其人鬼且禨。由是寺之人皆神之，人莫敢夷。

《史记·天官书》及《汉·志》有地长之占，而亡其说。甘茂盟息壤，盖其地有是类也。昔之异书，有记洪水滔天，鲧窃帝之息壤以湮洪水，帝乃令祝融杀鲧于羽郊，其言不经见。今是土也，夷之者不幸而死，岂帝之所爱耶？南方多疫，劳者先死，则彼持锸者，其死于劳且疫也，土乌能神？

余恐学者之至于斯，征是言，而唯异书之信，故记于堂上。

【解题】

此文作于元和元年（806）。传说当地持铁锹去平整高地的人，都因触怒土神而致暴死。柳宗元特作此文，说明掘土死人，是由于劳累和疫疠所致，根本不存在什么土神。

永州龙兴寺东丘记

游之适，大率有二：旷如也，奥如也，如斯而已。其地之凌阻峭，出幽郁，廖廓悠长，则于旷宜；抵丘垤，伏灌莽，迫遽回合，则于奥宜。因其旷，虽增以崇台延阁，回环日星，临瞰风雨，不可病其敞也；因其奥，虽增以茂树藂石，穹若洞谷，蓊若林麓，不可病其邃也。

今所谓东丘者，奥之宜者也。其始龛之外弃地，余得而合焉，以属于堂之北陲。凡坳洼坻岸之状，无废其故。屏以密竹，联以曲梁。桂桧松杉楩柟之植，几三百本，嘉卉美石，又经纬之。俛入绿缛，幽荫荟蔚。步武错迕，不知所出。温风不烁，清气自至。小亭狭室，曲有奥趣。然而至焉者，往往以邃为病。

噫！龙兴，永之佳寺也。登高殿可以望南极，辟大门可以瞰湘流，若是其旷也。而于是小丘，又将披而攘之。则吾所谓游有二者，无乃阙焉而丧其地之宜乎？丘之幽幽，可以处休。丘之窅窅，可以观妙。溽暑遁去，兹丘之下。大和不迁，兹丘之巅。奥乎兹丘，孰从我游？余无召公之德，惧翦伐之及也，故书以祈后之君子。

【解题】

此文作于元和元年（806）。柳宗元在龙兴寺的东丘，修整出一块幽邃曲奥的乐土，聊以寄寓贬谪后忧郁怨懑的心情，所以说："丘之幽幽，可以处休。丘之窅窅，可以观妙。"

道州毁鼻亭神记

鼻亭神，象祠也。不知何自始立，因而勿除，完而恒新，相传且千岁。

元和元年，河东薛公，由刑部郎中刺道州，除秽革邪，敷和于下。州之罢人，去乱即治，变呻为谣，若痿而起，若矇而瞭，腾踊相视，欢爱克顺。既底于理，公乃考民风，披地图，得是祠。骇曰："象之道，以为子则傲，以为弟则贼，君有鼻而天子之吏实理。以恶德而专世祀，殆非化吾人之意哉！"命亟去之。于是撤其屋，墟其地，沉其主于江。公又惧楚俗之尚鬼而难谕也，乃遍告于人曰："吾闻'鬼神不歆非类'，又曰'淫祀无福'。凡天子命刺史于下，非以专土疆、督货贿而已也，盖将教孝悌，去奇邪，俾斯人敦忠睦友，祗肃信让，以顺于道。吾之斥是祠，以明教也。苟离于正，虽千载之违，吾得而更之，况今兹乎？苟有不善，虽异代之鬼，吾得而攘之，况斯人乎？"州民既谕，相与歌曰："我有耇老，公燠其肌。我有病癃，公起其羸。髫童之嚚，公实智之。鳏孤孔艰，公实遂之。孰尊恶德？远矣自古。孰羡淫昏？俾我斯瞽。千岁之冥，公辟其户。我子洎孙，延世有慕。"

宗元时谪永州，迩公之邦。闻其歌诗，以为古道罕用，赖公而存，斥一祠而二教兴焉。明罚行于鬼神，恺悌达于蛮夷，不唯禁淫祀、黜非类而已。愿为记以刻山石，俾知教之首。

【解题】

此文作于元和元年、二年之间（806、807），对道州刺史薛伯高毁淫祠、兴教化的政举，作了充分的肯定。文中叙事，简捷明快，引入对话，栩栩如生。

永州法华寺新作西亭记

法华寺居永州，地最高。有僧曰觉照，照居寺西庑下。庑之外有大竹数万，又其外山形下绝。然而薪蒸篠荡，蒙杂拥蔽，吾意伐而除之，必将有见焉。照谓余曰："是其下有陂池芙蕖，申以湘水之流，众山之会，果去是，其见远矣。"遂命仆人持刀斧，群而翦焉。丛莽下颓，万类皆出，旷焉茫焉，天为之益高，地为之加辟，丘陵山谷之峻，江湖池泽之大，咸若有增而广之者。夫其地之奇，必以遗乎后，不可旷也。余时谪为州司马，官外乎常员，而心得无事。乃取官之禄秩，以为其亭，其高且广，盖方丈者二焉。

或异照之居于斯，而不蚤为是也。余谓昔之上人者，不起宴坐，足以观于空色之实，而游乎物之终始。其照也逾寂，其觉也逾有。然则向之碍之者为果碍耶？今之辟之者为果辟耶？彼所谓觉而照者，吾讵知其不由是道也？岂若吾族之挈挈于通塞有无之方以自狭耶？或曰：然则宜书之。乃书于石。

【解题】

此文作于元和四年（809）。与《东丘记》辟一“奥如”之地相对照，这里所记的是辟一“旷如”之观。文末以心之旷与视之旷相发明，颇富禅味。

全义县复北门记

贤者之兴，而愚者之废，废而复之为是，循而习之为非。恒人犹且知之，不足乎列也。然而复其事必由乎贤者。推是类以从于政，其事可少哉？

贤莫大于成功，愚莫大于吝且诬。桂之中岭而邑者曰全义，卫公城之，南越以平。卢遵为全义，视其城，塞北门，凿他雉以出。问之，其门人曰：“余百年矣。或曰：‘巫言是不利于令，故塞之。’或曰：‘以宾旅之多，有惧竭其饩馈者，欲回其途，故塞之。’”遵曰：“是非吝且诬欤？贤者之作，思利乎人；反是，罪也。余其复之。”

询于群吏，吏叶厥谋；上于大府，大府以俞；邑人便焉，欢舞里闾。居者思正其家，行者乐出其途。由道废邪，用贤弃愚，推以革物，宜民之苏。若是而不列，殆非孔子徒也。为之记云。

【解题】

元和四年（809），柳宗元的舅弟卢遵任全义县令，修复县城的北门，以便利百姓。柳宗元称赞此举是“由道废邪，用贤弃愚”，所以作此文以记之。

始得西山宴游记

自余为僇人，居是州，恒惴栗。其隙也，则施施而行，漫漫而游。日与其徒上高山，入深林，穷回溪，幽泉怪石，无远不到。到则披草而坐，倾壶而醉。醉则更相枕以卧，卧而梦。意有所极，梦亦同趣。觉而起，起而归。以为凡是州之山水有异态者，皆我有也，而未始知西山之怪特。

今年九月二十八日，因坐法华西亭，望西山，始指异之。遂命仆人过湘江，缘染溪，斫榛莽，焚茅茷，穷山之高而止。攀援而登，箕踞而遨，则凡数州之土壤，皆在衽席之下。其高下之势，岈然洼然，若垤若穴，尺寸千里，攒蹙累积，莫得遁隐。萦青缭白，外与天际，四望如一。然后知是山之特立，不与培塿为类，悠悠乎与颢气俱，而莫得其涯；洋洋乎与造物者游，而不知其所穷。引觞满酌，颓然就醉，不知日之入。苍然暮色，自远而至，至无所见，而犹不欲归。心凝形释，与万化冥合。然后知吾向之未始游，游于是乎始，故为之文以志。是岁，元和四年也。

【解题】

此文作于元和四年（809），是著名的“永州八记”的第一记。文章记述了柳宗元始得西山胜景的经过，描写了登临绝顶，纵目千里时无限壮阔的景色，并且隐以“特立”之山自况，追求与大自然融为一体的精神超脱。

钴 鉧 潭 记

钴鉧潭在西山西，其始盖冉水自南奔注，抵山石，屈折东流，其颠委势峻，荡击益暴，啮其涯，故旁广而中深，毕至石乃止。流沫成轮，然后徐行，其清而平者且十亩余，有树环焉，有泉悬焉。

其上有居者，以予之亟游也，一旦款门来告曰："不胜官租私券之委积，既芟山而更居，愿以潭上田贸财以缓祸。"予乐而如其言。则崇其台，延其槛，行其泉于高者而坠之潭，有声潀然。尤与中秋观月为宜，于以见天之高，气之迥。

孰使予乐居夷而忘故土者，非兹潭也欤?

【解题】

这是"永州八记"的第二记。游西山后的第八天，柳宗元在西山西部又发现了钴鉧潭。"钴鉧"即熨斗，形容潭的形状。柳宗元买下此地，筑台修泉，希望能够陶醉于大自然之中，使自己"乐居夷而忘故土"。文中以生动隽美的语言，描绘钴鉧潭优美的景物。

钴鉧潭西小丘记

得西山后八日，寻山口西北道二百步，又得钴鉧潭。潭西二十五步，当湍而浚者为鱼梁。梁之上有丘焉，生竹树。其石之突怒偃蹇，负土而出，争为奇状者，殆不可数。其嵚然相累而下者，若牛马之饮于溪；其冲然角列而上者，若熊罴之登于山。

丘之小不能一亩，可以笼而有之。问其主，曰："唐氏之弃地，货而不售。”问其价，曰：“止四百。”余怜而售之。李深源、元克己时同游，皆大喜，出自意外。即更取器用，铲刈秽草，伐去恶木，烈火而焚之。嘉木立，美竹露，奇石显。由其中以望，则山之高，云之浮，溪之流，鸟兽之遨游，举熙熙然回巧献技，以效兹丘之下。枕席而卧，则清泠之状与目谋，潸潸之声与耳谋，悠然而虚者与神谋，渊然而静者与心谋。不匝旬而得异地者二，虽古好事之士，或未能至焉。

噫！以兹丘之胜，致之沣、镐、鄠、杜，则贵游之士争买者，日增千金而愈不可得。今弃是州也，农夫渔父过而陋之，贾四百，连岁不能售。而我与深源、克己独喜得之，是其果有遭乎！书于石，所以贺兹丘之遭也。

【解题】

这是“永州八记”的第三记，记叙了柳宗元买小丘、修小丘的经过和游小丘时的喜悦心情，着力描写小丘环境景物之优美，同情小丘长期被弃置的命运，借以抒发自己怀才受谤、久贬不迁的感慨，并渴望重新获得重用。文中写景多彩多姿，且无不融入作者主观感受。字凝句炼，简洁明快。

至小丘西小石潭记

从小丘西行百二十步，隔篁竹，闻水声，如鸣珮环，心乐之。伐竹取道，下见小潭，水尤清冽。全石以为底，近岸卷石底以出，为坻为屿，为嵁为岩。青树翠蔓，蒙络摇缀，参差披拂。

潭中鱼可百许头，皆若空游无所依。日光下澈，影布石上，佁然不动；俶尔远逝，往来翕忽，似与游者相乐。

潭西南而望，斗折蛇行，明灭可见。其岸势犬牙差互，不可知其源。坐潭上，四面竹树环合，寂寥无人，凄神寒骨，悄怆幽邃。以其境过清，不可久居，乃记之而去。

同游者吴武陵、龚右，余弟宗玄；隶而从者，崔氏二小生，曰恕己，曰奉壹。

【解题】

这是“永州八记”的第四记，描写了小石潭环境景物的清幽美妙，借以抒发作者被贬失意的孤寂凄凉心境。文中笔墨简洁，绘景细致，静景描其形态，动景画其神态，近景精工细密，远景粗笔勾勒，宛然构置了一个小巧玲珑的盆景，流溢着诗情画意。

零陵郡复乳穴记

石钟乳，饵之最良者也。楚、越之山多产焉，于连于韶者，独名于世。连之人告尽焉者五载矣，以贡，则买诸他部。今刺史崔公至，逾月，穴人来以乳复告。邦人悦是祥也，杂然谣曰：“甿之熙熙，崔公之来。公化所彻，土石蒙烈。以为不信，起视乳穴。”

穴人笑之曰：“是恶知所谓祥耶？向吾以刺史之贪戾嗜利，徒吾役而不吾货也，吾是以病而绐焉。今吾刺史令明而志洁，先赖而后力，欺诬屏息，信顺休洽，吾以是诚告焉。且夫乳穴必在深山穷林，冰雪之所储，豺虎之所庐。由而入者，触昏雾，扞龙蛇。束火以知其物，縻绳以志其返。其勤若是，出又不得吾直，吾用是安得不以尽告？今而乃诚，吾告故也。何祥之为！”

士闻之曰：“谣者之祥也，乃其所谓怪者也；笑者之非祥也，乃其所谓真祥者也。君子之祥也，以政不以怪，诚乎物而信乎道，人乐用命，熙熙然以效其力。斯其为政也，而独非祥也欤！”

【解题】

此文约作于元和四年（809）或稍后，考其内容，题目应作

《连山郡复乳穴记》。因为当时永州刺史崔简，连州刺史崔君敏，二人同姓，所以讹误。文中提出："君子之祥也，以政不以怪"，表达了作者的高识灼见。

永州龙兴寺修净土院记

中州之西数万里，有国曰身毒，释迦牟尼如来示现之地。彼佛言曰："西方过十万亿佛土，有世界曰极乐，佛号无量寿如来。其国无有三恶八难，众宝以为饰；其人无有十缠九恼，群圣以为友。有能诚心大愿，归心是土者，苟念力具足，则往生彼国，然后出三界之外。其于佛道无退转者，其言无所欺也。"晋时庐山远法师作《念佛三昧咏》，大劝于时。其后天台顗大师著《释净土十疑论》，弘宣其教。周密微妙，迷者咸赖焉，盖其留异迹而去者甚众。

永州龙兴寺，前刺史李承晊及僧法林，置净土堂于寺之东偏，常奉斯事。逮今余二十年，廉隅毁顿，图像崩坠。会巽上人居其宇下，始复理焉。上人者，修最上乘，解第一义。无体空折色之迹，而造乎真源，通假有借无之名，而入于实相。境与智合，事与理并。故虽往生之因，亦相用不舍。誓葺兹宇，以开后学。有信士图为佛像，法相甚具焉。今刺史冯公作大门以表其位，余遂周延四阿，环以廊庑，缋二大士之像，缯盖幢幡，以成就之。呜呼！有能求无生之生者，知舟筏之存乎是。遂以《天台十疑论》书于墙宇，使观者起信焉。

【解题】

此文作于元和六年（811），记叙了永州龙兴寺净土院修建的缘起，表达了柳宗元在贬谪之时对佛理的研究心得。

邕州柳中丞作马退山茅亭记

冬十月，作新亭于马退山之阳。因高丘之阻以面势，无欂栌节棁之华。不斫椽，不翦茨，不列墙，以白云为藩离，碧山为屏风，昭其俭也。

是山崒然起于莽苍之中，驰奔云矗，亘数十百里，尾蟠荒陬，首注大溪，诸山来朝，势若星拱，苍翠诡状，绮绾绣错。盖天钟秀于是，不限于遐裔也。然以壤接荒服，俗参夷徼，周王之马迹不至，谢公之屐齿不及，岩径萧条，登探者以为叹。

岁在辛卯，我仲兄以方牧之命，试于是邦。夫其德及故信孚，信孚故人和，人和故政多暇。由是尝徘徊此山，以寄胜概。乃塈乃涂，作我攸宇，于是不崇朝而木工告成。每风止雨收，烟霞澄鲜，辄角巾鹿裘，率昆弟友生冠者五六人，步山椒而登焉。于是手挥丝桐，目送还云，西山爽气，在我襟袖，八极万类，揽不盈掌。

夫美不自美，因人而彰。兰亭也，不遭右军，则清湍修竹，芜没于空山矣。是亭也，僻介闽岭，佳境罕到，不书所作，使盛迹郁堙，是贻林涧之愧。故志之。

【解题】

元和六年（811）十月，柳宗元仲兄柳宽为邕州刺史，于马退山南筑茅亭，以为游宴之地。柳宗元为之作此记。文中描写高山驰奔于云层间，想象奇特。按，此文亦见于独孤及《毗陵集》卷十七，《文苑英华》卷八二四载此文，亦以为独孤及作，待考。

袁家渴记

由冉溪西南水行十里，山水之可取者五，莫若钴鉧潭。由溪口而西，陆行，可取者八九，莫若西山。由朝阳岩东南水行，至芜江，可取者三，莫若袁家渴。皆永中幽丽奇处也。

楚、越之间方言，谓水之反流者为“渴”。渴上与南馆高嶂合，下与百家濑合。其中重洲小溪，澄潭浅渚，间厕曲折，平者流黑，峻者沸白。舟行若穷，忽又无际。

有小山出水中，山皆美石，上生青丛，冬夏常蔚然。其旁多岩洞，其下多白砾，其树多枫柟石楠楩槠樟柚，草则兰芷。又有异卉，类合欢而蔓生，轇轕水石。每风自四山而下，振动大木，掩苒众草，纷红骇绿，蓊葧香气，冲涛旋濑，退贮溪谷，摇扬葳蕤，与时推移。其大都如此，余无以穷其状。

永之人未尝游焉，余得之不敢专也，出而传于世。其地世主袁氏，故以名焉。

【解题】

此文是“永州八记”的第五记，与以下三记皆作于元和七年（812）秋。文中描写袁家渴清澈曲折的溪流和茂密奇丽的花草。其中写风吹花草，幽香四溢的情景，尤令人目夺神移，宋苏轼称其“善造语”，“若此句殆入妙矣”（《东坡题跋·书子厚梦得造语》）。

石渠记

自渴西南行，不能百步，得石渠，民桥其上。有泉幽幽然，其鸣乍大乍细。渠之广，或咫尺，或倍尺，其长可十许步。其流抵大石，伏出其下。逾石而往，有石泓，昌蒲被之，青鲜环周。又折西行，旁陷岩石下，北堕小潭。潭幅员减百尺，清深多儵鱼。又北曲行纡余，睨若无穷，然卒入于渴。其侧皆诡石怪木，奇卉美箭，可列坐而庥焉。风摇其巅，韵动崖谷。视之既静，其听始远。

予从州牧得之，揽去翳朽，决疏土石，既崇而焚，既酾而盈。惜其未始有传焉者，故累记其所属，遗之其人，书之其阳，俾后好事者求之得以易。元和七年正月八日，蠲渠至大石。十月十九日，逾石得石泓小潭。渠之美于是始穷也。

【解题】

这是“永州八记”的第六记。文中所谓“俾后好事者求之得以易”，隐含失意愤怨之情。文中写景，移步换形，使人目不暇接，心旷神怡。

石　涧　记

石渠之事既穷，上由桥西北，下土山之阴，民又桥焉。其水之大，倍石渠三之一。亘石为底，达于两涯。若床若堂，若陈筵席，若限阃奥。水平布其上，流若织文，响若操琴。揭跣而往，折竹箭，扫陈叶，排腐木，可罗胡床十八九居之。交络之流，触激之音，皆在床下；翠羽之木，龙鳞之石，均荫其上。古之人其有乐乎此耶？后之来者，有能追予之践履耶？得意之日，与石渠同。

由渴而来者，先石渠，后石涧；由百家濑上而来者，先石涧，后石渠。涧之可穷者，皆出石城村东南，其间可乐者数焉。其上深山幽林，逾峭险，道狭不可穷也。

【解题】

这是“永州八记”的第七记。其写景，抓住“亘石为底，达于两涯”这一特征，描绘其形状、环境及水流之声，给人以整体美的感受。

小石城山记

自西山道口径北，逾黄茅岭而下，有二道：其一西出，寻之无所得；其一少北而东，不过四十丈，土断而川分，有积石横当其垠。其上为睥睨梁欐之形，其旁出堡坞，有若门焉。窥之正黑，投以小石，洞然有水声，其响之激越，良久乃已。环之可上，望甚远，无土壤而生嘉树美箭，益奇而坚，其疏数偃仰，类智者所施设也。

噫！吾疑造物者之有无久矣。及是，愈以为诚有。又怪其不为之中州，而列是夷狄，更千百年不得一售其伎，是故劳而无用，神者倘不宜如是，则其果无乎？或曰：“以慰夫贤而辱于此者。”或曰：“其气之灵不为伟人，而独为是物，故楚之南少人而多石。”是二者，余未信之。

【解题】

这是“永州八记”的第八记，带有总结的性质。柳宗元以小石城山之美不在中州，而在夷狄，譬喻自己虽有才能，却遭闲置，正是“借石之瑰玮以吐胸中之气”（明茅坤《唐大家柳柳州文抄》卷七）。

永州韦使君新堂记

将为穹谷嵁岩渊池于郊邑之中，则必辇山石，沟涧壑，凌绝险阻，疲极人力，乃可以有为也。然而求天作地生之状，咸无得焉。逸其人，因其地，全其天，昔之所难，今于是乎在。

永州实惟九疑之麓，其始度土者，环山为城。有石焉，翳于奥草；有泉焉，伏于土涂。蛇虺之所蟠，狸鼠之所游，茂树恶木，嘉葩毒卉，乱杂而争植，号为秽墟。韦公之来既逾月，理甚无事，望其地，且异之。始命芟其芜，行其途，积之丘如，蠲之浏如。既焚既酾，奇势迭出，清浊辨质，美恶异位。视其植，则清秀敷舒；视其蓄，则溶漾纡余。怪石森然，周于四隅，或列或跪，或立或仆，窍穴逶邃，堆阜突怒。乃作栋宇，以为观游。凡其物类，无不合形辅势，效伎于堂庑之下。外之连山高原，林麓之崖，间厕隐显。迩延野绿，远混天碧，咸会于谯门之外。

已乃延客入观，继以宴娱。或赞且贺，曰："见公之作，知公之志。公之因土而得胜，岂不欲因俗以成化？公之择恶而取美，岂不欲除残而佑仁？公之蠲浊而流清，岂不欲废贪而立廉？公之居高以望远，岂不欲家抚而户晓？夫然，则是堂也，岂独草木土石水泉之适欤？山原林麓之观欤？将使继公之理者，视其细，知其大也"。宗元请志诸石，措诸屋漏，以为二千石楷法。

【解题】

此文约作于元和七、八年间（812、813），记述了永州刺史韦彪修筑新堂的经过，描写了奇特的环境景物，并借以歌颂了韦公的治绩。

永州铁炉步志

江之浒，凡舟可縻而上下者曰步。永州北郭有步，曰铁炉步。余乘舟来，居九年，往来求其所以为铁炉者无有。问之人，曰："盖尝有锻铁者居，其人去而炉毁者不知年矣，独有其号冒而存。”

余曰：“嘻！世固有事去名存而冒焉若是耶？”

步之人曰：“子何独怪是？今世有负其姓而立于天下者，曰：‘吾门大，他不我敌也。’问其位与德，曰：‘久矣其先也。’然而彼犹曰‘我大’，世亦曰‘某氏大’。其冒于号有以异于兹步者乎？向使有闻兹步之号，而不足釜锜、钱镈、刀鈇者，怀价而来，能有得其欲乎？则求位与德于彼，其不可得亦犹是也。位存焉而德无有，犹不足以大其门，然且乐为之下。子胡不怪彼而独怪于是？大者桀冒禹，纣冒汤，幽、厉冒文、武，以傲天下。由不知推其本而姑大其故号，以至于败，为世笑僇，斯可以甚惧。若求兹步之实，而不得釜锜、钱镈、刀鈇者，则去而之他，又何害乎？子之惊于是，末矣。”

余以为古有太史，观民风，采民言。若是者，则有得矣。嘉其言可采，书以为志。

【解题】

此文作于元和八年（813），借铁炉步之地名不副实为题，抨击了世族豪门势力，并对君主的世袭权提出质疑。全文以“步之人”的解说为辞，运用了类似寓言的手法，对后世如明刘基的《卖柑者言》一类文章有一定影响。

游黄溪记

北之晋，西适豳，东极吴，南至楚越之交，其间名山水而州者以百数，永最善。环永之治百里，北至于浯溪，西至于湘之源，南至于泷泉，东至于黄溪东屯，其间名山水而村者以百数，黄溪最善。

黄溪距州治七十里，由东屯南行六百步，至黄神祠。祠之上，两山墙立，丹碧之华叶骈植，与山升降。其缺者为崖峭岩窟，水之中，皆小石平布。黄神之上，揭水八十步，至初潭，最奇丽，殆不可状。其略若剖大瓮，侧立千尺，溪水积焉。黛蓄膏渟，来若白虹，沉沉无声，有鱼数百尾，方来会石下。南去又行百步，至第二潭。石皆巍然，临峻流，若颏颔龂腭。其下大石杂列，可坐饮食。有鸟赤首乌翼，大如鹄，方东向立。自是又南数里，地皆一状，树益壮，石益瘦，水鸣皆锵然。又南一里，至大冥之川，山舒水缓，有土田。始黄神为人时，居其地。

传者曰："黄神王姓，莽之世也。莽既死，神更号黄氏，逃来，择其深峭者潜焉。"始莽尝曰，"余黄虞之后也"，故号其女曰黄皇室主。黄与王声相迩，而又有本，其所以传言者益验。神既居是，民咸安焉。以为有道，死乃俎豆之，为立祠。后稍徙近乎民，今祠在山阴溪水上。元和八年五月十六日，既归为记，以启后之好游者。

【解题】

此文作于元和八年（813），描绘了黄神溪一带景物，一路写来，山容水态，争奇竞秀，尽入笔端，引人入胜。近人林纾说："黄溪一记，为柳州集中第一得意之笔，虽合荆、关、董、巨四大家，不能描而肖也。"（《韩柳文研究法》）

岭南节度飨军堂记

唐制，岭南为五府，府部州以十数。其大小之戎，号令之用，则听于节度使焉。其外大海多蛮夷，由流求、诃陵，西抵大夏、康居，环水而国以百数，则统于押蕃舶使焉。内之幅员万里，以执秩拱稽，时听教命；外之羁属数万里，以译言贽宝，岁帅贡职。合二使之重，以治于广州，故宾军之事，宜无与较大。

且宾有牲牢饔饩，嘉乐好礼，以同远合疏；军有犒馈宴飨，劳旋勤归，以群力一心。于是治也，闬闳阶序，不可与他邦类，必厚栋大梁，夷庭高门，然后可以上充于揖让，下周于步武。

今御史大夫扶风公廉广州，且专二使，增德以来远人，申威以修戎政。大飨宴合乐，从其丰盈。先是为堂于治城西北陬，其位，公北向，众宾南向，奏部伎于其西，视泉池于其东。隅奥庳侧，庭庑下陋，日未及晡，则赫炎当目，汗眩更起，而礼莫克终。故凡大宴飨、大军旅，则寓于外垒，仪形不称。公于是始新其制，为堂南面，横八楹，从十楹，向宴之位，化为东序，西又如之。其外更衣之次，膳食之宇，列观以游目，偶亭以展声，弥望极顾，莫究其往。泉池之旧，增濬益植，以暇以息，如在林壑。问工焉取，则师舆是供；问役焉取，则蛮隶是征；问材焉取，则隙宇是迁。或益其阙，伐山浮海，农贾拱手，张目视具。

乃十月甲子克成，公命飨于新堂。幢牙茸纛，金节析羽，旆旗旃旞，咸饰于下。鼓以鼖晋，金以铎铙。公与监军使，肃上宾，延群僚，将校士吏，咸次于位。卉裳罽衣，胡夷蜑蛮，睢盱就列者，千人以上。铏鼎体节，燔炮胾炙，羽鳞狸互之物，沉泛醍盎之齐，均饫于卒士。兴王之舞，服夷之伎，揳击吹鼓之音，飞腾幻怪之容，寰观于远迩。礼成乐遍，以叙而贺，且曰："是邦临护之大，五人合之，非是堂之制不可以备物，非公之德不可以容众。旷于往初，肇自今兹，大和有人，以观远方，古之戎政，其曷用加此！"

华元，名大夫也，杀羊而御者不及；霍去病，良将军也，余肉而士有饥色。犹克称能，以垂到今。矧兹具美，其道不废，愿勒于金石，以永示后祀。遂相与来告，且乞辞。某让不获，乃刻于兹石云。

【解题】

元和八年（813）十二月，御史中丞马揔为岭南节度使。次年，修建飨军堂，大飨众军。柳宗元奉请为此记，记述了岭南作为军事重镇的重要地位和飨军的制度。

零陵三亭记

邑之有观游，或者以为非政，是大不然。夫气烦则虑乱，视壅则志滞。君子必有游息之物，高明之具，使之清宁平夷，恒若有余，然后理达而事成。

零陵县东有山麓，泉出石中，沮洳污涂，群畜食焉，墙藩以蔽之，为县者积数十人，莫知发视。河东薛存义，以吏能闻荆、楚间，潭部举之，假湘源令。会零陵政庞赋扰，民讼于牧，推能济弊，来莅兹邑。遁逃复还，愁痛笑歌，逋租匿役，期月辨理。宿蠹藏奸，披露首服。民既卒税，相与欢归道途，迎贺里间。门不施胥吏之席，耳不闻鼛鼓之召。鸡豚糗醑，得及宗族。州牧尚焉，旁邑仿焉。

然而未尝以剧自挠，山水鸟鱼之乐，澹然自若也。乃发墙藩，驱群畜，决疏沮洳，搜剔山麓，万石如林，积坳为池。爰有嘉木美卉，垂水藂峰，珑玲萧条，清风自生，翠烟自留，不植而遂。鱼乐广闲，鸟慕静深，别孕巢穴，沉浮啸萃，不畜而富。伐木坠江，流于邑门。陶土以埴，亦在署侧。人无劳力，工得以利。乃作三亭，陟降晦明，高者冠山巅，下者俯清池。更衣膳饔，列置备具，宾以燕好，旅以馆舍。高明游息之道，具于是邑，由薛为首。

在昔裨谌谋野而获，宓子弹琴而理。乱虑滞志，无所容入。则夫观游者，果为政之具欤？薛之志，其果出于是欤？及其弊也，则以玩替政，以荒去理。使继是者咸有薛之志，则邑民之福，其可既乎？余爱其始，而欲久其道，乃撰其事以书于石。薛拜手曰："吾志也。"遂刻之。

【解题】

此文约作于元和九年（814）或稍前，一者赞扬零陵县令薛存义的治县政绩，一者描绘零陵三亭环境景物的优美，并巧妙地说明了"观游"与"理政"的关系。

永州崔中丞万石亭记

御史中丞清河男崔公，来莅永州。间日，登城北墉，临于荒野藂翳之隙，见怪石特出，度其下必有殊胜。步自西门，以求其墟。伐竹披奥，欹侧以入。绵谷跨溪，皆大石林立，涣若奔云，错若置棋，怒者虎斗，企者鸟厉。抉其穴则鼻口相呀，搜其根则蹄股交峙，环行卒愕，疑若搏噬。于是刳辟朽壤，翦焚榛薉，决沟浍，导伏流，散为疏林，洄为清池。寥廓泓渟，若造物者始判清浊，效奇于兹地，非人力也。乃立游亭，以宅厥中。直亭之西，石若掖分，可以眺望。其上青壁斗绝，沉于渊源，莫究其极。自下而望，则合乎攒峦，与山无穷。

明日，州邑耋老，杂然而至，曰："吾侪生是州，蓺是野，眉厖齿鲵，未尝知此。岂天坠地出，设兹神物，以彰我公之德欤?"既贺而请名。公曰："是石之数，不可知也。以其多，而命之曰万石亭。"耋老又言曰："懿夫公之名亭也，岂专状物而已哉！公尝六为二千石，既盈其数。然而有道之士，咸恨公之嘉绩未洽于人。敢颂休声，祝于明神。汉之三公，秩号万石，我公之德，宜受兹锡。汉有礼臣，惟万石君。我公之化，始于闺门。道合于古，祐之自天。野夫献辞，公寿万年。

宗元尝以笺奏隶尚书，敢专笔削，以附零陵故事。时元和十年正月五日记。

【解题】

元和九年（814），御史中丞崔能任永州刺史。次年，筑万石亭，柳宗元为之作记。文中描绘溪谷中大石的形状一段，如神来之笔，变化不可方物。而以“万石”转称“六为二千石”，也可谓善颂之辞。

柳州东亭记

出州南谯门，左行二十六步，有弃地在道南。南值江，西际垂杨传置，东曰东馆。其内草木猥奥，有崖谷，倾亚缺圮。豕得以为囿，蛇得以为薮，人莫能居。

至是始命披刜蠲疏，树以竹箭松柽桂桧柏杉。易为堂亭，峭为杠梁。上下徊翔，前出两翼。凭空拒江，江化为湖。众山横环，嶛阔瀴湾。当邑居之剧，而忘乎人间，斯亦奇矣。乃取馆之北宇，右辟之以为夕室；取传置之东宇，左辟之以为朝室；又北辟之以为阴室；作屋于北牖下以为阳室；作斯亭于中以为中室。朝室以夕居之，夕室以朝居之，中室日中而居之，阴室以违温风焉，阳室以违凄风焉。若无寒暑也，则朝夕复其号。

既成，作石于中室，书以告后之人，庶勿坏。元和十二年九月某日，柳宗元记。

【解题】

此文作于元和十二年（817）。柳宗元在柳州南城门外发现了一块“弃地”，将它开辟成可供游览的地方，并修建了东亭。他想在大自然之中而“忘乎人间”，其实不正流露出骚动不宁的情感吗？

柳州复大云寺记

越人信祥而易杀，傲化而偭仁。病且忧，则聚巫师，用鸡卜。始则杀小牲；不可，则杀中牲；又不可，则杀大牲；而又不可，则诀亲戚饬死事，曰“神不置我已矣”，因不食，蔽面死。以故户易耗，田易荒，而畜字不孳。董之礼则顽，束之刑则逃，唯浮图事神而语大，可因而入焉，有以佐教化。

柳州始以邦命置四寺，其三在水北，而大云寺在水南。水北环治城六百室，水南三百室。俄而水南火，大云寺焚而不复且百年。三百室之人失其所依归，复立神而杀焉。元和十年，刺史柳宗元始至，逐神于隐远而取其地。其傍有小僧舍，辟之广大，逵达横术，北属之江。告于大府，取寺之故名，作大门，以字揭之。立东西序，崇佛庙，为学者居。会其徒而委之食，使击磬鼓钟，以严其道而传其言。而人始复去鬼息杀，而务趣于仁爱。病且忧，其有告焉而顺之，庶乎教夷之宜也。凡立屋大小若干楹，凡辟地南北东西若干亩，凡树木若干本，竹三万竿，圃百畦，田若干塍。治事僧曰退思、曰令寰、曰道坚。后二年十月某日，寺皆复就。

【解题】

元和十年（815），柳宗元迁任柳州刺史，重新修复了已焚毁的大云寺。两年后功成，因作此记。修寺的目的，在于禁止淫祠，以佛教“佐教化”，这是此文的主旨。

柳州山水近治可游者记

古之州治，在浔水南山石间。今徙在水北，直平四十里，南北东西皆水汇。

北有双山，夹道崭然，曰背石山。有支川，东流入于浔水。浔水因是北而东，尽大壁下。其壁曰龙壁。其下多秀石，可砚。

南绝水，有山无麓，广百寻，高五丈，下上若一，曰甑山。山之南，皆大山，多奇。又南且西，曰驾鹤山，壮耸环立，古州治负焉。有泉在坎下，恒盈而不流。南有山，正方而崇，类屏者，曰屏山。其西曰四姥山，皆独立不倚。北沉浔水濑下。

又西曰仙弈之山。山之西可上。其上有穴，穴有屏，有室，有宇。其宇下有流石成形，如肺肝，如茄房，或积于下，如人，如禽，如器物，甚众。东西九十尺，南北少半。东登入小穴，常有四尺，则廓然甚大，无窍，正黑，烛之，高仅见其宇，皆流石怪状。由屏南室中入小穴，倍常而上，始黑，已而大明，为上室。由上室而上，有穴，北出之，乃临大野，飞鸟皆视其背。其始登者，得石枰于上，黑肌而赤脉，十有八道，可弈，故以云。其山多柽，多槠，多篔筜之竹，多橐吾。其鸟，多秭归。

石鱼之山，全石，无大草木，山小而高，其形如立鱼，尤多秭归。西有穴，类仙弈。入其穴，东出，其西北灵泉在东趾下，有麓环之。泉大类毂雷鸣，西奔二十尺，有洄，在石涧，因伏无所见，多绿青之鱼，多石鲫，多鯈。

雷山，两崖皆东西，雷水出焉。蓄崖中曰雷塘，能出云气，作雷雨，变见有光。祷用俎鱼、豆彘、修形、糈稌、阴酒，虔则应。在立鱼南，其间多美山，无名而深。峨山在野中，无麓，峨水出焉，东流入于浔水。

【解题】

在柳州时，柳宗元很少写游记。这篇文章用简洁的笔触列叙柳州一带的风景胜处，算是对“永州八记”的呼应。明人茅坤评此文“全是叙事，不著一句议论感慨，却淡宕风雅”（《唐大家柳柳州文钞》卷七）。这种风格为清代桐城派所效法。

桂州裴中丞作訾家洲亭记

大凡以观游名于代者，不过视于一方，其或傍达左右，则以为特异。至若不骛远，不陵危，环山洄江，四出如一，夸奇竞秀，咸不相让，遍行天下者，唯是得之。

桂州多灵山，发地峭竖，林立四野。署之左曰漓水，水之中曰訾氏之洲。凡峤南之山川，达于海上，于是毕出，而古今莫能知。元和十二年，御史中丞裴公来莅兹邦，都督二十七州诸军州事。盗遁奸革，德惠敷施，期年政成，而富且庶。当天子平淮夷，定河朔，告于诸侯，公既施庆于下，乃合僚吏，登兹以嬉。观望悠长，悼前之遗。于是厚货居氓，移于闲壤，伐恶木，剃奥草，前指后画，心舒目行。忽然若飘浮上腾，以临云气，万山面内，重江束隘，联岚含辉，旋视具宜，常年未睹，倏然互见，以为飞舞奔走，与游者偕来。乃经工庀材，考极相方。南为燕亭，延宇垂阿，步檐更衣，周若一舍。北有崇轩，以临千里。左浮飞阁，右列闲馆。比舟为梁，与波升降。苞漓山，涵龙宫，昔之所大，蓄在亭内。日出扶桑，云飞苍梧，海霞岛雾，来助游物。其隙则抗月槛于回溪，出风榭于篁中。昼极其美，又益以夜。列星下布，颢气回合，邃然万变，若与安期、羡门接于物外。则凡名观游于天下者，有不屈伏退让以推高是亭者乎？

既成以燕，欢极而贺。咸曰：昔之遗胜概者，必于深山穷谷，人罕能至，而好事者后得以为己功，未有直治城，挟阛阓，车舆步骑，朝过夕视，讫千百年，莫或异顾，一旦得之，遂出于他邦，虽博物辩口，莫能举其上者。然则人之心目，其果有辽绝特殊而不可至者耶？盖非桂山之灵，不足以瑰观；非是洲之旷，不足以极视；非公之鉴，不能以独得。噫！造物者之设是久矣，而尽之于今，余其可以无藉乎！

【解题】

元和十四年（819）春，桂州刺史、桂管观察使裴行立设宴庆祝平定黄氏部落作乱的胜利，并游览了訾家洲亭，嘱柳宗元作此记，以为记念。文中写亭中所见景物，笔势飞动，神采洋溢。

三　书简

上权德舆补阙温卷决进退启

补阙执事：宗元闻之，重远轻迩，贱视贵听，所由古矣。窃以宗元幼不知耻，少又躁进，拜揖长者，自于幼年。是以簉俊造之末迹，厕牒计之下列，贾艺求售，阒无善价。载文笔而都儒林者，匪亲乃旧，率皆携抚相示，谈笑见昵，喔咿逡巡，为达者嗤。无乃睹其朴者鄙其成，狎其幼者薄其长耶？将行不拔异，操不砥砺，学不该广，文不炳耀，实可鄙而薄耶？今鸳鹭充朝，而独干执事者，特以顾下念旧，收接儒素，异乎他人耳。敢问厥由，庶几告之，俾识去就，幸甚幸甚。

今将慷慨激昂，奋攘布衣，纵谈作者之筵，曳裾名卿之门，抵掌峨弁，厚自润泽。进越无恧，污达者之视听，狂狷愚妄，固不可为也。复欲俛默惕息，叠足榻翼，拜祈公侯之阍，跪邀贤达之车，竦魂栗股，兢恪危惧，荣者倦之，弥忿厥心，又不可为也。若慎守其常，确执厥中，固其所矣。则又色平气柔，言讷性鲁，无特达之节，无推择之行，琐琐碌碌，一孺子耳。孰谓其可进？孰谓其可退？抑又闻之，不鼓踊无以超泥涂，不曲促无以由险艰，不守常无以处明分，不执中无以趋夷轨。今则鼓踊乎？曲促乎？守其常而执厥中乎？浩不知其宜矣。

进退无倚，宵不遑寐，乃访于故人而咨度之。其人曰：“补阙权君，著名逾纪，行为人高，言为人信，力学掞文，朋侪称雄。子亟拜之，足以发扬。”对曰：“衷燕石而履玄圃，带鱼目而游涨海，祇取诮耳，曷予补乎？”其人曰：“迹之勤者，情必生焉；心之恭者，礼必报焉。况子之文，不甚鄙薄者乎？苟或勤以奉之，恭以下之，则必勖励尔行，辉耀尔能。言为建瓴，晨发夕被，声驰而响溢，风振而草靡。可使尺泽之鲵，奋鳞而纵海；密网之鸟，举羽而翔霄。子之一名，何足就矣，庶为终身之遇乎？曷不举驰声之资，挈成名之基，授之权君，然后退行守常执中之道，斯可也。”愚不敏，以为信然，是以有前日之拜。又以为色取象恭，大贤所饫；朝造夕谒，大贤所倦。性颇疏野，窃又不能，是以有今兹之问，仰惟览其鄙心而去就之。洁诚斋虑，不胜至愿。谨再拜。

【解题】

此文作于贞元六年（790），柳宗元十八岁。权德舆时官左补阙，以奖掖才士著称于世。柳宗元上书权德舆，求驰声成名，却未能得到引荐。

上大理崔大卿应制举不敏启

宗元启：伏闻古之知己者，不待来求而后施德，举能而已。其受德者，不待成身而后拜赐，感知而已。故不叩而响，不介而合，则其举必至，而其感亦甚。斯道遁去，辽阔千祀，何为乎今之世哉！

若宗元者，智不能经大务、断大事，非有恢杰之才；学不能探奥义、穷章句，为腐烂之儒。虽或寘力于文学，勤勤恳恳于岁时，然而未能极圣人之规矩，恢作者之闻见，劳费翰墨，徒尔拖逢掖、曳大带，游于朋齿，且有愧色，岂有能乎哉？阁下何见待之厚也。始者自谓抱无用之文，戴不肖之容，虽振身泥尘，仰睎云霄，何由而能哉？遂用收视内顾，颊首绝望，甘以没没也。今者果不自意，他日琐琐之著述，幸得流于衽席，接在视听，阁下乃谓可以蹈远大之途，及制作之门，决然而不疑，介然而独德，是何收采之特达，而顾念之勤备乎？且阁下知其为人何如哉？其貌之美陋，质之细大，心之贤不肖，阁下固未知也。而一遇文字，志在济拔，斯盖古之知己者已。故曰：古之知己者，不待来求而后施德者也。然则亟来而求者，诚下科也。

宗元向以应博学宏词之举，会阁下辱临考第，司其升降。当此之时，意谓运合事并，适丁厥时，其私心日以自负也。无何，阁下以鲲鳞之势，不容尺泽，悠尔而自放，廓然而高迈，其不我知者，遂排逐而委之。委之，诚当也，使古之知己犹在，岂若是求多乎哉！夫仕进之路，昔者窃闻于师矣。太上有专达之能，乘时得君，不由乎表著之列，而取将相，行其政焉。其次，有文行之美，积能累劳，不由乎举甲乙、历科第，登乎表著之列，显其名焉。又其次，则曰吾未尝举甲乙也，未尝历科第也，彼朝廷之位，吾何修而可以登之乎？必求举是科也，然后得而登之。其下，不能知其利，又不能务其往，则曰：举天下而好之，吾何为独不然？由是观之，有爱锥刀者，以举是科为悦者也；有争寻常者，以登乎朝廷为悦者也；有慕权贵之位者，以将相为悦者也；有乐行乎其政者，以理天下为悦者也。然则举甲乙、历科第，固为末而已矣。得之不加荣，丧之不加忧，苟成其名，于远大者何补焉？然而至于感知之道，则细大一矣，成败亦一矣。故曰：其受德者，不待成身而后拜赐。然则幸成其身者，固末节也。盖不知来求之下者，不足以收特达之士；而不知成身之末者，不足以承贤达之遇，审矣。

伏以阁下德足以仪世，才足以辅圣，文足以当宗师之位，学足以冠儒术之首，诚为贤达之表也。顾视下辈，岂容易而收哉！而宗元朴野昧劣，进不知退，不可以言乎德；不能植志于义，而必以文字求达，不可以言乎才；秉翰执简，败北而归，不可以言乎文；登场应对，刺缪经旨，不可以言乎学，固非特达之器也。忖省陋质，岂容易而承之哉！叨冒大遇，秽累高鉴，喜惧交争，不克宁居。窃感荀萧如实出己之德，敢希豫让国士遇我之报。

伏候门屏，敢俟招纳。谨奉启以代投刺之礼，伏惟以知己之道，终抚荐焉。不宣。宗元谨启。

【解题】

此文作于贞元十三年（797）。柳宗元二十四岁求博学宏词，两年后方得仕，此文作于初试不利时。大理崔大卿，或说为崔同，或为崔锐，或为崔儆，待考。

与太学诸生喜诣阙留阳城司业书

二十六日，集贤殿正字柳宗元敬致尺牍，太学诸生足下：始朝廷用谏议大夫阳公为司业，诸生陶煦醇懿，熙然大洽，于兹四祀而已，诏书出为道州。仆时通籍光范门，就职书府，闻之悒然不喜。非特为诸生戚戚也，乃仆亦失其师表，而莫有所矜式焉。既而署吏有传致诏草者，仆得观之。盖主上知阳公甚熟，嘉美显宠，勤至备厚，乃知欲烦阳公宣风裔土，覃布美化于黎献也。遂宽然少喜，如获慰荐于天子休命。然而退自感悼，幸生明圣不讳之代，不能布露所蓄，论列大体，闻于下执事，冀少见采取，而还阳公之南也。翌日，退自书府，就车于司马门外，闻之于抱关掌管者，道诸生爱慕阳公之德教，不忍其去，顿首西阙下，恳悃至愿乞留如故者百数十人。辄用抚手喜甚，震抃不宁，不意古道复形于今。仆尝读李元礼、嵇叔夜传，观其言太学生徒仰阙赴诉者，仆谓讫千百年不可睹闻，乃今日闻而睹之，诚诸生见赐甚盛。

于戏！始仆少时，尝有意游太学，受师说，以植志持身焉。当时说者咸曰：“太学生聚为朋曹，侮老慢贤，有堕窳败业而利口食者，有崇饰恶言而肆斗讼者，有凌傲长上而谇骂有司者，其退然自克，特殊于众人者无几耳。”仆闻之，恟骇怛悸，良痛其游圣人之门，而众为是喈喈也。遂退托乡闾家塾，考厉志业，过太学之门而不敢跼顾，尚何能仰视其学徒者哉！今乃奋志厉义，出乎千百年之表，何闻见之乖剌欤？岂说者过也，将亦时异人异，无向时之桀害者耶？其无乃阳公之渐渍导训，明效所致乎？夫如是，服圣人遗教，居天子太学，可无愧矣。

于戏！阳公有博厚恢弘之德，能并容善伪，来者不拒。曩闻有狂惑小生，依托门下，或乃飞文陈愚，丑行无赖，而论者以为言，谓阳公过于纳污，无人师之道。是大不然。仲尼吾党狂狷，南郭献讥；曾参徒七十二人，致祸负刍；孟轲馆齐，从者窃屦。彼一圣两贤人，继为大儒，然犹不免，如之何其拒人也？俞、扁之门，不拒病夫；绳墨之侧，不拒枉材；师儒之席，不拒曲士，理固然也。且阳公之在于朝，四方闻风，仰而尊之，贪冒苟进邪薄之夫，庶得少沮其志，不遂其恶，虽微师尹之位，而人实具瞻焉。与其宣风一方，覃化一州，其功之远近，又可量哉！诸生之言非独为己也，于国体实甚宜，愿诸生勿得私之。想复再上，故少佐笔端耳。勖此良志，俾为史者有以纪述也。努力多贺，柳宗元白。

【解题】

贞元十四年（798），国子司业阳城以私结朋党罪，贬为道州刺史。太学诸生二百余人诣阙请留之。柳宗元时为集贤殿正字，作此信，既表示对阳城的景慕，也劝说太学生遵循朝命。后来阳城还是被贬道州。

答贡士元公瑾论仕进书

二十八日宗元白：前时所枉文章，讽读累日，辱致来简，受赐无量。然窃观足下所以殷勤其文旨者，岂非深寡和之愤，积无徒之叹，怀不能已，赴诉于仆乎？如仆尚何为者哉！且士之求售于有司，或以文进，或以行达者，称之不患无成。足下之文，左冯翊崔公先唱之矣，秉笔之徒由是增敬；足下之行，汝南周颍客又先唱之矣，逢掖之列亦以加慕。夫如是，致隆隆之誉不久矣，又何戚焉？

古之道，上延乎下，下信乎上，上下洽通，而荐能之功行焉。故天子得宜为天子者，荐之于天；诸侯得宜为诸侯者，荐之于王；大夫得宜为大夫者，荐之于君；士得宜为士者，荐之于有司。荐于天，尧、舜是也；荐于王，周公之徒是也；荐于君，鲍叔牙、子罕、子皮是也；荐于有司而专其美者，则仆未之闻也，是诚难矣。古犹难之，而况今乎？独不得与足下偕生中古之间，进相援也，退相拯也，已乃出乎今世，虽王林国、韩长孺复生，不能为足下抗手而进，以取僇笑，矧仆之龌龊者哉！若将致仆于奔走先后之地而役使之，则勉充雅素，不敢告惫。

呜呼！始仆之志学也，甚自尊大，颇慕古之大有为者。汩没至今，自视缺然，知其不盈素望久矣。上之不能交诚明，达德行，延孔氏之光烛于后来；次之未能励材能，兴功力，致大康于民，垂不灭之声。退乃伥伥于下列，呫呫于末位。偃仰骄矜，道人短长，不亦冒先圣之诛乎？固吾不得已耳，树势使然也。谷梁子曰："心志既通，而名誉不闻，友之过也。"盖举知扬善，圣人不非。况足下有文行，唱之者有其人矣，继其声者，吾敢阙焉！其馀去就之说，则足下观时而已。不悉。宗元白。

【解题】

此文约作于贞元十四年（798）。文中论“上下洽通”的“古之道”，或是有感而发。

答贡士沈起书

九月，某白：沈侯足下无恙。苍头至，得所来问，志气盈牍，博我以风赋比兴之旨。仆之朴骙专鲁，而当惠施、钟期之位，深自恧也。又览所著文，宏博中正，富我以琳琅珪璧之宝甚厚。仆之狭陋蚩鄙，而膺东阿、昭明之任，又自惧也。乌可取识者欢笑，以为知己羞？进越高视，仆所不敢。然特枉将命，猥承厚贶，岂得固拒雅志默默而已哉！谨以所示，布露于闻人，罗列乎坐隅，使识者动目，闻者倾耳，几于万一，用以为报也。

嗟乎！仆尝病兴寄之作，堙郁于世，辞有枝叶，荡而成风，益用慨然。间岁，兴化里萧氏之庐，睹足下《咏怀》五篇，仆乃拊掌惬心，吟玩为娱。告之能者，诚亦响应。今乃有五十篇之赠，其数相什，其功相百。览者叹息，谓予知文。此又足下之赐也，幸甚幸甚！勉懋厥志，以取荣盛时。若夫古今相变之道，质文相生之本，高下丰约之所自，长短大小之所出，子之言云又何讯焉？

来使告遽，不获申尽，辄奉草具，以备还答。不悉。宗元白。

【解题】

陈景云《柳集点勘》说：“贞元十八年韩子《与祠部陆员外傪书》荐士十人中有沈杞者，即以是岁登第，疑‘杞’即‘起’也。”此文或即作于这年。文中对“兴寄之作”的赞赏，表现了柳宗元的诗歌创作观。

答贡士萧纂欲相师书

十二日宗元白：始者负戴经籍，退迹野庐，块守蒙陋，坐自壅塞。不意足下曲见记忆，远辱书讯，贶以高文，开其知思。而又超仆以宗师之位，贷仆以丘山之号，流汗伏地，不知逃匿，幸过厚也。

前时获足下《灌钟城铭》，窃用唱导于闻人，仆常赧然，羞其僭逾。今览足下尺牍，殷勤备厚，似欲仆赞誉者，此固所愿也。详视所贶，旷然以喜，是何旨趣之博大，词采之蔚然乎！鼓行于秀造之列，此其戈矛矣。举以见投，为赐甚大。俯用忖度，不自谓宜，顾视何德而克堪哉！且又教以芸其芜秽，甚非所宜，仆不敢闻也。其他唯命。宗元白。

【解题】

此文作于长安，或为柳宗元任集贤殿正字后所作。言辞婉转，虽不欲为师，却颇富师风。

上严东川寄剑门铭启

宗元启：伏惟仆射以仁厚蓄生人，以勇义平国难，而剑门用兵之事，最为天下倡首。取其险固，为我要冲，王师得以由其门而入，彷徉布濩，遂无留滞。是阁下之勋力，宜著于万祀而不已也。

宗元负罪俟命，晷刻观望，道里深远，不得悉闻当时之威声。然而窃以累受顾念，踊跃盛德，恐没身炎瘴，卒无以少报于阁下。是以昼夜惘惘，不克自宁。今身虽败弃，庶几其文犹或传于世，又焉知非因阁下之功烈，所以为不朽之一端也，敢默默而已乎？谨撰《剑门铭》一首，惶恐献上。诚无以称宏大之略，亦足以发平生之心。不胜惭惧战越之至。

【解题】

此文作于元和元年（806）。严东川即严砺，字元明，以检校尚书左仆射节度东川。参见后录《剑门铭》一文。

上广州赵宗儒尚书陈情启

某天罚深重，余息苟存，沉窜俟罪，朝不图夕，伏谒无路，不任荒恋之诚。伏念宗元初授御史之日，尚书与杜司空先赐临顾，光耀里闾，下情至今尚增惶惕。顷以党与进退，投窜零陵，囚系所迫，不得归奉松槚。哀荒穷毒，人理所极，亲故遗忘，况于他人。朝夕之急，馇粥难继，宗祀所重，不敢死亡，偷视累息，已逾岁月。

伏以尚书德量弘纳，义风远扬，收抚之恩，始于枯朽，敢以余喘，上累深仁。伏惟恻然见哀，使得存济，幓幓荒悬，叩颡南望。窃以动心于无情之地，施惠于不报之人，古烈尚难，况在今日？而率然干冒，决不自疑者，盖以闻风之日久，向德之诚至，振高义于流俗之外，合大度于古人之中，独有望于阁下而已，非敢以寻常祈向之礼，当大贤匍匐之仁。夙夜忖度，果于自卜，方在困辱，不敢多言。伏纸惶恐，不胜战越。谨启。

【解题】

此文作于元和元年（806）。按史，赵宗儒未尝为广州节度使，元和元年为广州刺史、岭南节度使的是赵昌。所以此启当是上赵昌的。

贺赵江陵宗儒辟符载启

某启：伏闻以武都符载为记室，天下立志之士，杂然相顾，继以叹息，知为善者得其归向，流言者有所间执。直道之所行，义风之所扬，堂堂焉实在荆山之南矣。幸甚幸甚！

夫以符君之艺术志气，为时闻人，才位未会，盘桓固久，中间因缘，陷在危邦，与时偃仰，不废其道，而为见忌嫉者横致唇吻。房给事以高节特立，明之于朝；王吏部以清议自任，辨之于外。然犹小人浮议，困在交戟。凡诸侯之欲得符君者，城联壤接，而惑于腾沸，环视相让，莫敢先举。及受署之日，则皆开口垂臂，怅望悼悔，譬之求珠于海，而径寸先得，则众皆怏然罢去，知奇宝之有所归也。

呜呼！巧言难明，下流多讪，自非大君子出世之气，则何望焉！瞻望清风，若在天外，无任感激欣跃之至。轻黩陈贺，不胜战越。不宣。谨启。

【解题】

此文作于元和元年（806）前后。文中称赏赵宗儒以符载为记室，是善于用人唯贤。而对“巧言难明，下流多讪”的感慨，无疑包含自伤遭遇之情。

寄许京兆孟容书

宗元再拜五丈座前：伏蒙赐书诲谕，微悉重厚，欣跃恍惚，疑若梦寐，捧书叩头，悸不自定。伏念得罪来五年，未尝有故旧大臣肯以书见及者。何则？罪谤交积，群疑当道，诚可怪而畏也。以是兀兀忘行，尤负重忧，残骸余魂，百病所集，痞结伏积，不食自饱。或时寒热，水火互至，内消肌骨，非独瘴疠为也。忽捧教命，乃知幸为大君子所宥，欲使膏肓沉没，复起为人。夫何素望，敢以及此。

宗元早岁，与负罪者亲善，始奇其能，谓可以共立仁义，裨教化。过不自料，勤勤勉励，唯以中正信义为志，以兴尧、舜、孔子之道，利安元元为务，不知愚陋，不可力强，其素意如此也。末路孤危，阨塞臲卼，凡事壅隔，很忤贵近，狂疏缪戾，蹈不测之辜，群言沸腾，鬼神交怒。加以素卑贱，暴起领事，人所不信。射利求进者，填门排户，百不一得，一旦快意，更造怨讟。以此大罪之外，诋诃万端，旁午构扇，尽为敌仇，协心同攻，外连强暴失职者以致其事。此皆丈人所闻见，不敢为他人道说。怀不能已，复载简牍。此人虽万被诛戮，不足塞责，而岂有赏哉？今其党与，幸获宽贷，各得善地，无分毫事，坐食俸禄，明德至渥也，尚何敢更俟除弃废痼，以希望外之泽哉？年少气锐，不识几微，不知当否，但欲一心直遂，果陷刑法，皆自所求取得之，又何怪也？

宗元于众党人中，罪状最甚。神理降罚，又不能即死。犹对人言语，求食自活，迷不知耻，日复一日。然亦有大故。自以得姓来二千五百年，代为冢嗣。今抱非常之罪，居夷獠之乡，卑湿昏雾，恐一日填委沟壑，旷坠先绪，以是怛然痛恨，心肠沸热。茕茕孤立，未有子息。荒隅中少士人女子，无与为婚，世亦不肯与罪大者亲昵，以是嗣续之重，不绝如缕。每当春秋时飨，孑立捧奠，顾眄无后继者，懔懔然。欷歔惴惕，恐此事便已，摧心伤骨，若受锋刃。此诚丈人所共悯惜也。先墓在城南，无异子弟为主，独托村邻。自谴逐来，消息存亡不一至乡闾，主守者固以益怠。昼夜哀愤，惧便毁伤松柏，刍牧不禁，以成大戾。近世礼重拜扫，今已阙者四年矣。每遇寒食，则北向长号，以首顿地。想田野道路，士女遍满，皂隶佣丐，皆得上父母丘墓，马医夏畦之鬼，无不受子孙追养者。然此已息望，又何以云哉！城西有数顷田，树果数百株，多先人手自封植，今已荒秽，恐便斩伐，无复爱惜。家有赐书三千卷，尚在善和里旧宅，宅今已三易主，书存亡不可知。皆付受所重，常系心腑，然无可为者。立身一败，万事瓦裂，身残家破，为世大僇。复何敢更望大君子抚慰收恤，尚置人数中耶！是以当食不知辛酸节适，洗沐盥漱，动逾岁时，一搔皮肤，尘垢满爪。诚忧恐悲伤，无所告诉，以至此也。

自古贤人才士，秉志遵分，被谤议不能自明者，仅以百数。故有无兄盗嫂，娶孤女云挝妇翁者；然赖当世豪杰，分明辨别，卒光史籍。管仲遇盗，升为功臣；匡章被不孝之名，孟子礼之。今已无古人之实，而有其诟，欲望世人之明己，不可得也。直不疑买金以偿同舍；刘宽下车，归牛乡人。此诚知疑似之不可辩，非口舌所能胜也。郑詹束缚于晋，终以无死；锺仪南音，卒获返国；叔向囚虏，自期必免；范痤骑危，以生易死；蒯通据鼎耳，为齐上客；张苍、韩信伏斧锧，终取将相；邹阳狱中，以书自活；贾生斥逐，复召宣室；倪宽摈死，后至御史大夫；董仲舒、刘向下狱当诛，为汉儒宗。此皆瑰伟博辩奇壮之士，能自解脱。今以恇怯湮泥，下才末伎，又婴恐惧痼病，虽欲慷慨攘臂，自同昔人，愈疏阔矣！

贤者不得志于今，必取贵于后，古之著书者皆是也。宗元近欲务此，然力薄才劣，无异能解，虽欲秉笔觍缕，神志荒耗，前后遗忘，终不能成章。往时读书，自以不至抵滞，今皆顽然无复省录。每读古人一传，数纸已后，则再三伸卷，复观姓氏，旋又废失。假令万一除刑部囚籍，复为士列，亦不堪当世用矣！伏惟兴哀于无用之地，垂德于不报之所，但以存通家宗祀为念，有可动心者，操之勿失。虽不敢望归扫茔域，退托先人之庐，以尽余齿，姑遂少北，益轻瘴疠，就婚娶，求胤嗣，有可付托，即冥然长辞，如得甘寝，无复恨矣！书辞繁委，无以自道。然即文以求其志，君子固得其肺肝焉。无任恳恋之至！不宣。宗元再拜。

【解题】

此文作于元和四年（809）。文中肯定自己改革政治的抱负：“唯以中正信义为志，以兴尧、舜、孔子之道，利安元元为务”；分析了自己得罪的因由，表达了对权贵的不满；最后表示要发愤著书为文，“不得志于今，必取贵于后”。此文继承司马迁《报任安书》的传统，剀切陈辞，剖明情衷，读来感人肺腑。

与裴埙书

应叔十四兄足下：比得书示勤勤，不以仆罪过为大故，有动止相悯者，仆望已矣。世所共弃，惟应叔辈一二公独未耳。仆之罪，在年少好事，进而不能止。俦辈恨怒，以先得官。又不幸早尝与游者，居权衡之地，十荐贤幸乃一售，不得者诪张排报，仆可出而辩之哉！性又倨野，不能摧折。以故名益恶，势益险，有喙有耳者，相邮传作丑语耳，不知其卒云何。中心之愆尤，若此而已。既受禁锢而不能即死者，以为久当自明。今亦久矣，而嗔骂者尚不肯已，坚然相白者无数人。

圣上日兴太平之理，不贡不王者悉以诛讨，而制度大立，长使仆辈为匪人耶？其终无以见明，而不得击壤鼓腹乐尧、舜之道耶？且天下熙熙，而独呻吟者四五人，何其优裕者博，而局束者寡，其为不一徵也何哉？太和蒸物，燕谷不被其煦，一邹子尚能耻之，今若应叔辈知我，岂下邹子哉！然而不耻者何也？河北之师，当已平奚虏，闻吉语矣。然若仆者，承大庆之后，必有殊泽，流言飞文之罪，或者其可以已乎？幸致数百里之北，使天下之人，不谓仆为明时异物，死不恨矣。

金州考绩已久，独蔑然不迁者何耶？十二兄宜当更转右职。十四兄尝得数书，无恙。兄顾惟仆之穷途，得无意乎？北当大寒，人愈平和，惟楚南极海，玄冥所不统，炎昏多疾，气力益劣，昧昧然人事百不记一，舍忧栗，则怠而睡耳。偶书如此，不宣。宗元再拜。

【解题】

此文作于元和四年（809）。文中流露出对权贵们的不满情绪，并表现出“性又倔野，不能摧折”的倔强性格，刚直之气，溢于言表。

与萧翰林俛书

思谦兄足下：昨祁县王师范过永州，为仆言得张左司书，道思谦蹇然有当官之心，乃诚助太平者也。仆闻之喜甚，然微王生之说，仆岂不素知耶？所喜者耳与心叶，果于不谬焉尔。

仆不幸，向者进当觬軏不安之势，平居闭门，口舌无数，况又有久与游者，乃岌岌而造其门哉。其求进而退者，皆聚为仇怨，造作粉饰，蔓延益肆。非的然昭晰，自断于内，则孰能了仆于冥冥之间哉？然仆当时年三十三，甚少，自御史里行得礼部员外郎，超取显美，欲免世之求进者怪怒媢嫉，其可得乎？凡人皆欲自达，仆先得显处，才不能逾同列，声不能压当世，世之怒仆宜也。与罪人交十年，官又以是进，辱在附会。圣朝弘大，贬黜甚薄，不能塞众人之怒，谤语转侈，嚣嚣嗷嗷，渐成怪民。饰智求仕者，更詈仆以悦仇人之心，日为新奇，务相喜可，自以速援引之路。而仆辈坐益困辱，万罪横生，不知其端。伏自思念，过大恩甚，乃以致此。悲夫！人生少得六七十者，今已三十七矣。长来觉日月益促，岁岁更甚，大都不过数十寒暑，则无此身矣。

是非荣辱，又何足道！云云不已，祇益为罪。兄知之勿为他人言也。

居蛮夷中久，惯习炎毒，昏眊重膇，意以为常。忽遇北风晨起，薄寒中体，则肌革瘆懔，毛发萧条。瞿然注视，怵惕以为异候，意绪殆非中国人。楚、越间声音特异，鴂舌啅噪，今听之怡然不怪，已与为类矣。家生小童，皆自然哓哓，昼夜满耳，闻北人言，则啼呼走匿，虽病夫亦怛然骇之。出门见适州闾市井者，其十有八九，杖而后兴。自料居此尚复几何，岂可更不知止，言说长短，重为一世非笑哉？读《周易·困卦》至“有言不信，尚口乃穷”也，往复益喜，曰：“嗟乎！余虽家置一喙以自称道，诟益甚耳。”用是更乐瘖默，思与木石为徒，不复致意。

今天子兴教化，定邪正，海内皆欣欣怡愉，而仆与四五子者独沦陷如此，岂非命欤？命乃天也，非云云者所制，余又何恨？独喜思谦之徒，遭时言道。道之行，物得其利。仆诚有罪，然岂不在一物之数耶？身被之，目睹之，足矣。何必攘袂用力，而矜自我出耶？果矜之，又非道也。事诚如此。然居理平之世，终身为顽人之类，犹有少耻，未能尽忘。倘因贼平庆赏之际，得以见白，使受天泽余润，虽朽枿腐败，不能生植，犹足蒸出芝菌，以为瑞物。一释废痼，移数县之地，则世必曰罪稍解矣。然后收召魂魄，买土一廛为耕甿，朝夕歌谣，使成文章。庶木铎者采取，献之法宫，增圣唐大雅之什，虽不得位，亦不虚为太平之人矣。此在望外，然终欲为兄一言焉。宗元再拜。

【解题】

此文作于元和四年（809）。文中分析自己得罪主要是由于年少得官而被人嫉妒，认为这是误加之罪，“久当自明”，望在朝君子为他剖白。同时感叹年华易逝，健康渐失，言之极为痛切。

与李翰林建书

杓直足下：州传遽至，得足下书，又于梦得处得足下前次一书，意皆勤厚。庄周言，逃蓬藋者，闻人足音，则跫然喜。仆在蛮夷中，比得足下二书，及致药饵，喜复何言！仆自去年八月来，痞疾稍已。往时间一二日作，今一月乃二三作。用南人槟榔余甘，破决壅隔大过，阴邪虽败，已伤正气。行则膝颤，坐则髀痹。所欲者补气丰血，强筋骨，辅心力，有与此宜者，更致数物。忽得良方偕至，益善。

永州于楚为最南，状与越相类。仆闷即出游，游复多恐。涉野有蝮虺大蜂，仰空视地，寸步劳倦；近水即畏射工沙虱，含怒窃发，中人形影，动成疮痏。时到幽树好石，蹔得一笑，已复不乐。何者？譬如囚拘圜土，一遇和景，负墙搔摩，伸展支体，当此之时，亦以为适，然顾地窥天，不过寻丈，终不得出，岂复能久为舒畅哉？明时百姓，皆获欢乐；仆士人，颇识古今理道，独怆怆如此。诚不足为理世下执事，至比愚夫愚妇又不可得，窃自悼也。

仆曩时所犯，足下适在禁中，备观本末，不复一一言之。今仆癃残顽鄙，不死幸甚。苟为尧人，不必立事程功，唯欲为量移官，差轻罪累，即便耕田艺麻，取老农女为妻，生男育孙，以供力役，时时作文，以咏太平。摧伤之余，气力可想。假令病尽已，身复壮，悠悠人世，越不过为三十年客耳。前过三十七年，与瞬息无异。复所得者，其不足把玩，亦已审矣。杓直以为诚然乎？

仆近求得经史诸子数百卷，常候战悸稍定，时即伏读，颇见圣人用心、贤士君子立志之分。著书亦数十篇，心病，言少次第，不足远寄，但用自释。贫者士之常，今仆虽羸馁，亦甘如饴矣。

足下言已白常州煦仆，仆岂敢众人待常州耶！若众人，即不复煦仆矣。然常州未尝有书遗仆，仆安敢先焉？裴应叔、萧思谦仆各有书，足下求取观之，相戒勿示人。敦诗在近地，简人事，今不能致书，足下默以此书见之。勉尽志虑，辅成一王之法，以宥罪戾。不悉。宗元白。

【解题】

此文作于元和四年（809）。文中描述永州之地荒僻景况，说明虽有幽树好石却难以解忧，并表达了穷愁著书的意愿。言辞剀切，情感抑郁，使人宛然见其骚动不宁的心情。

与顾十郎书

四月五日，门生守永州司马员外置同正员柳宗元，谨致书十郎执事：凡号门生而不知恩之所自者，非人也。缨冠束衽而趋以进者，咸曰我知恩。知恩则恶乎辨？然而辨之亦非难也。大抵当隆赫柄用，而蜂附蚁合，煦煦趄趄，便僻匍匐，以非乎人，而售乎己，若是者，一旦势异，则电灭飚逝，不为门下用矣。其或少知耻惧，恐世人之非己也，则矫于中以貌于外，其实亦莫能至焉。然则当其时而确固自守，蓄力秉志，不为向者之态，则于势之异也固有望焉。

大凡以文出门下，由庶士而登司徒者，七十有九人。执事试追状其态，则果能效用者出矣。然而中间招众口飞语，哗然诪张者，岂他人耶？夫固出自门下。赖中山刘禹锡等，遑遑惕忧，无日不在信臣之门，以务白大德。顺宗时，显赠荣谥，扬于天官，敷于天下，以为亲戚门生光宠。不意璅璅者，复以病执事，此诚私心痛之，堙郁汹涌，不知所发，常以自憾。在朝不能有奇节宏议，以立于当世，卒就废逐，居穷厄，又不能著书，断往古，明圣法，以致无穷之名。进退无以异于众人，不克显明门下得士之大。今抱德厚，蓄愤悱，思有以效于前者，则既乖谬于时，离散摈抑，而无所施用。长为孤囚，不能自明。恐执事终以不知其始偃蹇退匿者，将以有为也；犹流于向时求进者之言，而下情无以通，盛德无以酬，用为大恨，固尝不欲言之。今惧老死瘴土，而他人无以辨其志，故为执事一出之。古之人耻躬之不逮，倘或万万有一可冀，复得处人间，则斯言几乎践矣。因言感激，浪然出涕，书不能既。宗元谨再拜。

【解题】

此文作于元和四年（809），顾十郎为柳宗元中进士时的主考官顾少连之子。文中倾吐了“乖谬于时”、“壮志未酬”的郁懑心情，哀伤自己落得“长为孤囚，不能自明”的境地。

上桂州李中丞荐卢遵启

某启：凡士之当显宠贵剧，则其受赐于人也，无德心焉。何也？彼将曰，吾势能得之。是其所出者大，而其报也必细。居穷厄困辱，则感慨捧戴，万万有加焉。是其所出者小，而其报也必巨，审矣。故凡明智之君子，务其巨以遗其细，则功业光乎当时，声名流乎无穷，其所以激之于中者异也。

若宗元者，可谓穷厄困辱者矣。世皆背去，憔悴旷野，独赖大君子以明智垂仁，问讯如平生，光耀囚锢，若被文绣。呜呼！世之知止足者鲜矣。既受厚遇，则又有不已之求，以黩阁下之严威，然而亦欲出其感慨捧戴而效其巨者。伏惟阁下留意裁择，幸甚幸甚。

伏以外族积德儒厚，以为家风。周、齐之间，兄弟三人，咸为帝者师，孝仁之誉，高于他门。伯舅叔仲，咸以孝德通于鬼神，为文士所纪述。相国彭城公尝号于天下，名其孝以求其类，则其后咸宜硕大光宠，以充神明之心。乃今凋丧沦落，莫有达者，岂与善之道无可取耶？独内弟卢遵，其行类诸父，静专温雅，好礼而信，饰以文墨，达于政事。今所以闻于阁下者，无怍于心，无愧于色焉。以宗元弃逐枯槁，故不求达仕、务显名，而又难乎其进也。窃高阁下之举贤容众，故愿委心焉。则施泽于遵，过于厚赐小人也远矣。以今日之形势，而不废其言，使遵也有籍名于天官，获禄食以奉养，用成其志，一举而有知恩之士二焉，可不谓务其巨者乎？伏惟试详择焉。言而无实，罪也。其敢逃大谴？进退恐惧，不知所裁。不宣。谨启。

【解题】

此文作于元和四年（809）。卢遵是柳宗元的舅弟，所以宗元写此信，荐之于桂州李中丞，后卢遵即得授全义县令。

与吕道州温论《非国语》书

四月三日，宗元白化光足下：近世之言理道者众矣，率由大中而出者咸无焉。其言本儒术，则迂回茫洋而不知其适。其或切于事，则苛峭刻覈，不能从容，卒泥乎大道。甚者好怪而妄言，推天引神，以为灵奇，恍惚若化而终不可逐。故道不明于天下，而学者之至少也。

吾自得友君子，而后知中庸之门户阶室，渐染砥砺，几乎道真。然而常欲立言垂文，则恐而不敢。今动作悖谬，以为僇于世，身编夷人，名列囚籍。以道之穷也，而施乎事者无日，故乃挽引，强为小书，以志乎中之所得焉。

尝读《国语》，病其文胜而言尨，好诡以反伦，其道舛逆。而学者以其文也，咸嗜悦焉，伏膺呻吟者，至比六经，则溺其文必信其实，是圣人之道翳也。余勇不自制，以当后世之讪怒，辄乃黜其不臧，救世之谬，凡为六十七篇，命之曰《非国语》。既就，累日怏怏然不喜，以道之难明而习俗之不可变也，如其知我者果谁欤？凡今之及道者，果可知也已。后之来者，则吾未之见，其可忽耶？故思欲尽其瑕纇，以别白中正。度成吾书者，非化光而谁？辄令往一通，惟少留视役虑，以卒相之也。

往时致用作《孟子评》，有韦词者告余曰："吾以致用书示路子，路子曰：'善则善矣，然昔人为书者，岂若是摭前人耶？'"韦子贤斯言也。余曰："致用之志以明道也，非以摭《孟子》，盖求诸中而表乎世焉尔。"今余为是书，非左氏尤甚。若二子者，固世之好言者也，而犹出乎是，况不及是者滋众，则余之望乎世者愈狭矣，卒如之何？苟不悖于圣道，而有以启明者之虑，则用是罪余者，虽累百世滋不憾而恧焉！于化光何如哉？激乎中必厉乎外，想不思而得也。宗元白。

【解题】

此文作于元和四年（809）。吕温，字和叔，一字化光，时为道州刺史。文中说明撰《非国语》的原因，是因为当时社会"推天引神"，"道不明于天下"，而《国语》一书尤其"舛逆"，所以极力"黜其不臧"，以明"圣人之道"，虽为"后世之讪怒"也义无反顾。

答吴武陵论《非国语》书

濮阳吴君足下：仆之为文久矣，然心少之，不务也，以为是特博弈之雄耳。故在长安时，不以是取名誉，意欲施之事实，以辅时及物为道。自为罪人，舍恐惧则闲无事，故聊复为之。然而辅时及物之道，不可陈于今，则宜垂于后。言而不文则泥，然则文者固不可少耶！

拘囚以来，无所发明，蒙复幽独，会足下至，然后有助我之道。一观其文，心朗目舒，炯若深井之下仰视白日之正中也。足下以超轶如此之才，每以师道命仆，仆滋不敢。每为一书，足下必大光耀以明之，固又非仆之所安处也。若《非国语》之说，仆病之久，尝难言于世俗。今因其闲也而书之，恒恐后世之知言者用是诟病，狐疑犹豫，伏而不出累月方示足下。足下乃以为当，仆然后敢自是也。吕道州善言道，亦若吾子之言，意者斯文殆可取乎？夫为一书，务富文采，不顾事实，而益之以诬怪，张之以阔诞，以炳然诱后生，而终之以僻，是犹用文锦覆陷阱也。不明而出之，则颠者众矣。仆故为之标表，以告夫游乎中道者焉。

仆无闻而甚陋，又在黜辱，居泥涂若螾蛭然，虽鸣其音声，谁为听之？独赖世之知言者为准，其不知言而罪我者，吾不有也。仆又安敢期如汉时列官以立学，故为天下笑耶？是足下之爱我厚，始言之也。前一通如来言以污篋牍，此在明圣人之道，微足下仆又何托焉？不悉。宗元顿首。

【解题】

此文作于元和四年（809）或稍后。文中说明，正是在实际政治活动中“辅时及物之道”行不通了，才转而从事著述，希望垂文以明道，并且表示了对“其不知言而罪我者”的蔑视。

与杨京兆凭书

月日，宗元再拜，献书丈人座前：役人胡要返命，奉教诲，壮厉感发，铺陈广大。上言推延贤隽之道，难于今之世，次及文章，末以愚蒙剥丧顿瘁，无以守宗族复田亩为念，忧悯备极。不唯其亲密故旧是与，复有公言显赏，许其素尚，而激其忠诚者。是用踊跃敬惧，类向时所被简牍，万万有加焉。故敢悉其愚，以献左右。

大凡荐举之道，古人之所谓难者，其难非苟一而已也。知之难，言之难，听信之难。夫人有有之而耻言之者，有有之而乐言之者，有无之而工言之者，有无之而不言似有之者。有之而耻言之者，上也。虽舜犹难于知之，孔子亦曰“失之子羽”，下斯而言知而不失者，妄矣。有之而言之者，次也。德如汉光武，冯衍不用；才如王景略，以尹纬为令吏。是皆终日号鸣大吒，而卒莫之省。无之而工言者，贼也。赵括得以代廉颇，马谡得以惑孔明也。今之若此类者，不乏于世。将相大臣闻其言，而必能辨之者，亦妄矣。无之而不言者，土木类也。周仁以重臣为二千石，许靖以人誉而致三公。近世尤好此类，以为长者，最得荐宠。夫言朴愚无害者，其于田野乡闾为匹夫，虽称为长者可也。自抱关击柝以往，则必敬其事，愈上则及物者愈大，何事无用之朴哉？今之言曰：“某子长者，可以为大官”，类非古之所谓长者也，则必土木而已矣。夫捧土揭木而致之岩廊之上，蒙以绂冕，翼以徒隶，趋走其左右，岂有补于万民之劳苦哉！圣人之道，不益于世用，凡以此也，故曰知之难。孔子曰：“仁者其言也讱”，“孟子病未同而言”。然则彼未吾信，而吾告之以士，必有三间。是将曰：“彼诚知士欤？知文欤？”疑之而未重，一间也。又曰：“彼无乃私好欤？交以利欤？”二间也。又曰：“彼不足我而惎我哉？兹咈吾事。”三间也。畏是而不言，故曰言之难。言而有是患，故曰听信之难。唯明者为能得其所以荐，得其所以言，得其所以听，一不至则不可冀矣。然而君子不以言听之难，而不务取士。士，理之本也。苟有司之不吾信，吾知之而不舍，其必有信吾者矣。苟知之，虽无有司，而士可以显，则吾一旦操用人之柄，其必有施矣。故公卿之大任，莫若索士。士不预备而熟讲之，卒然君有问焉，宰相有咨焉，有司有求焉，其无以应之，则大臣之道或阙，故不可惮烦。

今之世言士者，先文章。文章，士之末也。然立言存乎其中，即末而探其本，可十七八，未易忽也。自古文士之多莫如今，今之后生为文，希屈、马者，可得数人；希王褒、刘向之徒者，又可得十人；至陆机、潘岳之比，累累相望。若皆为之不已，则文章之大盛，古未有也。后代乃可知之。今之俗耳庸目，无所取信，杰然特异者，乃见此耳。丈人以文律通流当世，叔仲鼎列，天下号为文章家。今又生敬之。敬之，希屈、马者之一也。天下方理平，今之文士咸能先理。理不一断于古书老生，直趣尧舜之道、孔氏之志，明而出之，又古之所难有也。然则文章未必为士之末，独采取何如尔！宗元自小学为文章，中间幸联得甲乙科第，至尚书郎，专百官章奏，然未能究知为文之道。自贬官来无事，读百家书，上下驰骋，乃少得知文章利病。去年吴武陵来，美其齿少，才气壮健，可以兴西汉之文章，日与之言，因为之出数十篇书。庶几铿锵陶冶，时时得见古人情状。然彼古人亦人耳，夫何远哉！凡人可以言古，不可以言今。桓谭亦云：亲见扬子云，容貌不能动人，安肯传其书？诚使博如庄周，哀如屈原，奥如孟轲，壮如李斯，峻如马迁，富如相如，明如贾谊，专如扬雄，犹为今之人笑，则世之高者至少矣。由此观之，古之人未始不薄于当世，而荣于后世也。若吴子之文，非丈人无以知之。独恐世人之才高者，不肯久学，无以尽训诂风雅之道，以为一世甚盛。若宗元者，才力缺败，不能远骋高厉，与诸生摩九霄，抚四海，夸耀于后之人矣。何也？凡为文，以神志为主。自遭责逐，继以大故，荒乱耗竭，又常积忧恐，神志少矣，所读书随又遗忘。一二年来，痞气尤甚，加以众疾，动作不常。眊眊然骚扰内生，霾雾填拥惨沮，虽有意穷文章，而病夺其志矣。每闻人大言，则蹶气震怖，抚心按胆，不能自止。又永州多火灾，五年之间，四为天火所迫。徒跣走出，坏墙穴牖，仅免燔灼。书籍散乱毁裂，不知所往。一遇火恐，累日茫洋，不能出言，又安能尽意于笔砚，矻矻自苦，以危伤败之魂哉？

中心之悃愊郁结，具载所献《许京兆丈人书》，不能重烦于陈列。凡人之黜弃，皆望望思得效用，而宗元独以无有是念。自以罪大不可解，才质无所入，苟焉以叙忧栗为幸，敢有他志？伏以先君禀孝德，秉直道，高于天下。仕再登朝，至六品官。宗元无似，亦尝再登朝至六品矣！何以堪此？且柳氏号为大族，五六从以来无为朝士者，岂愚蒙独出数百人右哉？以是自忖，官已过矣，宠已厚矣。夫知足与知止异，宗元知足矣。若便止不受禄位，亦所未能。今复得好官，犹不辞让，何也？以人望人，尚足自进。如其不至，则故无憾，进取之意息矣。身世孑然，无可以为家，虽甚崇宠之，孰与为荣？独恨不幸获托姻好，而早凋落，寡居十余年。尝有一男子，然无一日之命，至今无以托嗣续，恨痛常在心目。孟子称“不孝有三，无后为大”。今之汲汲于世者，唯惧此而已矣！天若不弃先君之德，使有世嗣，或者犹望延寿命，以及大宥，得归乡闾，立家室，则子道毕矣。过是而犹竞于宠利者，天厌之！天厌之！丈人旦夕归朝廷，复为大僚，伏惟以此为念。流涕顿颡，布之座右，不任感激之至。宗元再拜。

【解题】

此文作于元和五年（810）。柳宗元虽以著书“自释”，但又有不能释然者，即身居贬所，无以托嗣续。所以他希望遇赦得官，是为了立嗣有后，而非追求仕进。此信写给他的岳父，对知人之难的分析，正是被贬后思考所得；而对文章的自诩，也表现了倔强的性格。

上扬州李吉甫相公献所著文启

宗元启：始阁下为尚书郎，荐宠下辈，士之显于门阌者以十数，而某尚幼，不得与于厮役。及阁下遭谗妒，在外十余年，又不得效薄伎于前，以希一字之褒贬。公道之行也，阁下乃始为赞书训辞，擅文雅于朝，以宗天下。而某又以此时去表著之位，受放逐之罚，荐仍囚锢，视日请命。进退违背，思欲一日伏在门下而不可得，常恐抱斯志以没，卒无以知于门下，冥冥长怀，魂魄幽愤。故敢及其能言，贡书编文，冒昧严威，以毕其志，伏惟观览焉。幸甚幸甚。

阁下相天子，致太平，用之郊报，则天神降，地祇出；用之经邦，则百货殖，万物成；用之文教，则经术兴行；用之武事，则暴乱翦灭。依倚而冒荣者尽去，幽隐而怀道者毕出，然后中分主忧，以临东诸侯，而天下无患。盛德大业，光明如此，而又有周公接下之道，斯宗元所以废锢摈死，而犹欲致其志焉。阁下倘以一言而扬举之，则毕命荒裔，固不恨矣。谨以杂文十首上献。缧囚而干丞相，大罪也。宁为有闻而死，不为无闻而生。去就乖野，不胜大惧。谨启。

【解题】

此文作于元和五年（810）。时李吉甫为淮南节度使，柳宗元上此启，希望李吉甫能“以一言而扬举之”。

谢李吉甫相公示手札启

宗元启：六月二十九日，衡州刺史吕温道过永州，辱示相公手札，省录狂瞽，收抚羁缧，沐以含弘之仁，忘其进越之罪。感深益惧，喜极增悲，五情交战，不知所措。

宗元质性庸塞，行能无取，著书每成于废疾，进德且乏其馨香。常愿操篲医门，掬溜兰室，良辰不与，夙志多违。昨者踊跃残魂，奋扬蓄念，激以死灰之气，陈其弊帚之辞，致之烟霄，分绝流眄。今则垂露在手，清风入怀，华衮滥褒于赭衣，龙门俯收于坎井。藻镜洞开，而秋毫在照；文律傍畅，而寒谷生辉。化幽郁之志，若睹清明；换兢危之心，如承抚荐。非常之幸，岂独此生？伏以淮海剧九天之遥，潇湘参百越之俗。倾心积念，长悬星汉之上；流形委骨，永沦魑魅之群。何以报恩？唯当结草。无任喜惧感恋之至。

【解题】

此文亦作于元和五年（810）。李吉甫收到柳宗元前信后，作书致意，宗元即回此启，表达感激之情。全文用骈文，雅而有致。

上江陵赵相公寄所著文启

宗元启：往者尝侍坐于崔比部，闻其言曰："今之为文，莫有居赵司勋右者。"自是恒欲饰其所论著，荐之阁下，病其未就，将进且退者殆十数焉。幸以废逐伏匿，获伸其业，类于向者，若有可观。然又以罪恶显大，甘死荒野，不能出其固陋，以求知于阁下，则固昧昧徒生于世矣。谨献杂文十首。倘还以数字，定其是非，使得存于世，则虽生与蛮夷居，魂与魑魅游，所不辞也。轻渎威重，伏增战惶。谨启。

【解题】

此文作于元和五年（810）。"江陵赵相公"即赵宗儒，时为

荆南节度使。柳宗元献杂文十篇，并附此启，以表衷情。

与李睦州论服气书

二十六日，宗元再拜。前四五日，与邑中可与游者游愚溪，上池西小丘，坐柳下，酒行甚欢。坐者咸望兄不能俱，以为兄由服气以来，貌加老，而心少欢愉，不若前去年时。既言，皆沮然�睐，思有以已兄用斯术，而未得路。间一日，濮阳吴武陵最轻健，先作书，道天地、日月、黄帝等，下及列仙、方士皆死状，出千余字，颇甚快辩。伏睹兄貌笑口顺而神不偕来，及食时，窃睨和糅燥湿，与啖饮多寡犹自若。是兄阳德其言，而阴黜其忠也。若古之强大诸侯然，负固恃力，敌至则诺，去则肆，是不可变之尤者也。攻之不得，则宜济师。今吴子之师已遭诺而退矣，愚敢厉锐擐坚，鸣钟鼓以进，决于城下，惟兄明听之。

兄凡服气之大不可者，吴子已悉陈矣。悉陈而不变者，无他，以服气书多美言，以为得恒久大利，则又安能弃吾美言大利，而从他人之苦言哉？今愚甚呐，不能多言。大凡服气之可不死欤，不可欤？寿欤，夭欤？康宁欤，疾病欤？若是者，愚皆不言。但以世之两事己所经见者类之，以明兄所信书必无可用。愚幼时尝嗜音，见有学操琴者，不能得硕师，而偶传其谱，读其声，以布其爪指。蚤起则嘐嘐譊譊以逮夜，又增以脂烛，烛不足则讽而鼓诸席。如是十年，以为极工。出至大都邑，操于众人之坐，则皆得大笑曰：“嘻，何清浊之乱，而疾舒之乖欤？”卒大惭而归。及年少长，则嗜书，又见有学书者，亦不得硕师，独得国故书，伏而攻之，其勤若向之为琴者，而年又倍焉。出曰：“吾书之工，能为若是。”知书者又大笑曰：“是形纵而理逆，卒为天下弃。”又大惭而归。是二者，皆极工而反弃者，何哉？无所师而徒状其文也。其所不可传者，卒不能得，故虽穷日夜，弊岁纪，愈远而不近也。今兄之所以为服气者，果谁师耶？始者独见兄传得气书于卢遵所，伏读三两日，遂用之；其次得气诀于李计所，又参取而大施行焉。是书是诀，遵与计皆不能知，然则兄之所以学者无硕师矣，是与向之两事者无毫末差矣。宋人有得遗契者，密数其齿曰："吾富可待矣。"兄之术，或者其类是欤？

兄之不信，今使号于天下曰："孰为李睦州友者？今欲已睦州气术者左袒，不欲者右袒。"则凡兄之友皆左袒矣。则又号曰："孰为李睦州客者？今欲已睦州气术者左袒，不欲者右袒。"则凡兄之客皆左袒矣。则又以是号于兄之宗族，皆左袒矣；号姻娅，则左袒矣；入而号之闺门之内子姓亲昵，则子姓亲昵皆左袒矣；下之号于臧获仆妾，则臧获仆妾皆左袒矣；出而号于素为将率胥吏者，则将率胥吏皆左袒矣。则又之天下号曰："孰为李睦州仇者，今欲已睦州气术者左袒，不欲者右袒。"则凡兄之仇者皆右袒矣。然则利害之源可知也。友者欲久存其道，客者欲久存其利，宗族姻娅欲久存其戚，闺门之内子姓亲昵欲久存其恩，臧获仆妾欲久存其生，将率胥吏欲久存其势，仇欲速去其害。兄之为是术，凡今天下欲兄久存者皆惧，而欲兄速去者独喜。兄为而不已，则是背亲而与仇。夫背亲而与仇，不及中人者皆知其为大戾，而兄安焉，固小子之所懔懔也。

兄其有意乎卓然自更，使仇者失望而懔，亲者得欲而抃。则愚愿椎肥牛、击大豖、刲群羊，以为兄饩；穷陇西之麦、殚江南之稻，以为兄寿。盐东海之水以为咸，醯敖仓之粟以为酸，极五味之适，致五藏之安，心恬而志逸，貌美而身胖，醉饱讴歌，愉怿忻欢，流声誉于无穷，垂功烈而不刊，不亦旨哉？孰与去味以即淡，去乐以即愁，悴悴然肤日皱，肌日虚，守无所师之术，尊不可传之书，悲所爱而庆所憎，徒曰我能坚壁拒境，以为强大，是岂所谓强而大也哉？无任疑惧之甚。某再拜。

【解题】

此文作于元和五年（810）。“服气”为道教“修仙”方法之一，以为通过呼吸可以服食所谓“日精月华”。柳宗元作此文，力劝李睦州不可迷信服气之法，那样反而导致伤身。文中以亲身经历为例证，说明闭门学服气不可能奏效；又以亲者痛、仇者快的事实，说明服气是“背亲而与仇”。言之有据，言之有理，行文汪洋恣肆，颇有雄辩之风。

与杨诲之书

足下幼时，未有以异于众童，仆未始知足下。及至潭州，乃见足下气益和，业益专，端重而少言，私心乃喜，知舜之陶器不苦窳为信然。而舜之德，可以及土泥，而不化其子，何哉？是又不可信也。则足下本有异质，而开发之不早耳。然开发之要在陶煦，然后不失其道。则足下亦教谕之至，固其进如此也。自今者再见足下，文益奇，艺益工，而气质不更于潭州时，乃信知其良也。中之正不惑于外，君子之道也。然而显然翘然，秉其正以抗于世，世必为敌仇，何也？善人少，不善人多，故爱足下者少，而害足下者多。吾固欲其方其中，圆其外，今为足下作《说车》，可详观之。车之说，其有益乎行于世也。

足下所持韩生《毛颖传》来，仆甚奇其书，恐世人非之，今作数百言，知前圣不必罪俳也。及贺州，所未有者文又三篇。此言皆不欲出于世者，足下默观之，藏焉，无或传焉，吾望之至也。

今日有北人来，示将籍田敕。是举数十年之坠典，必有大恩泽。丈人之冤闻于朝，今是举也，必复大任，丑正者莫敢肆其吻矣。甚贺甚贺！仆罪大，不得与于恩泽，然其喜不减之足下者，何也？喜圣朝举数十年坠典，太平之路果辟，则吾之昧昧之罪，亦将有时而明也。方筑愚溪东南为室，耕野田，圃堂下，以咏至理，吾有足乐也。足下过今年，当侍从北下，仆得扫溪上，设肴酒，以俟趋拜。足下发南州，当先示仆，得与猎夫渔老，上下水陆，择味以给膳羞，虽不得久，亦一时之大愿也。过是无可道。

福来辞行急，不可留。言不尽所发，不具。宗元顿首。

【解题】

此文作于元和五年（810）。文中强调“中之正不惑于外”为“君子之道”，并抨击了“秉其正以抗于世，世必为敌仇”的不合理的社会现象，表现了柳宗元刚直不阿的性格。

与杨诲之第二书

张操来，致足下四月十八日书，始复去年十一月书，言《说车》之说及亲戚相知之道。是二道，吾于足下固具焉不疑，又何逾岁时而乃克也？徒亲戚，不过欲其勤读书，决科求仕，不为大过，如斯已矣。告之而不更则忧，忧则思复之；复之而又不更则悲，悲则怜之。何也？戚也。安有以尧、舜、孔子所传者而往责焉者哉？徒相知，则思责以尧、舜、孔子所传者，就其道，施于物，斯已矣。告之而不更则疑，疑则思复之；复之而又不更，则去之。何也？外也。安有以忧悲且怜之之志而强役焉者哉？吾于足下固具是二道，虽百复之亦将不已，况一二敢怠于言乎？

仆之言车也，以内可以守，外可以行其道。今子之说曰“柔外刚中”，子何取于车之疏耶？果为车柔外刚中，则未必不为弊车；果为人柔外刚中，则未必不为恒人。夫刚柔无恒位，皆宜存乎中，有召焉者在外，则出应之。应之咸宜，谓之时中，然后得名为君子。必曰外恒柔，则遭夹谷武子之台。及为蹇蹇匪躬，以革君心之非。庄以莅乎人，君子其不克欤？中恒刚，则当下气怡色，济济切切。哀矜、淑问之事，君子其卒病欤？吾以为刚柔同体，应变若化，然后能志乎道也。今子之意近是也，其号非也。内可以守，外可以行其道，吾以为至矣，而子不欲焉，是吾所以惕惕然忧且疑也。

今将申告子以古圣人之道：《书》之言尧，曰“允恭克让”；言舜，曰“温恭允塞”。禹闻善言则拜，汤乃改过不吝。高宗曰，“启乃心，沃朕心”。惟此文王，小心翼翼，日昃不暇食，坐以待旦。武王引天下诛纣，而代之位，其意宜肆，而曰“予小子，不敢荒宁”。周公践天子之位，捉发吐哺。孔子曰，“言忠信，行笃敬”；其弟子言曰：“夫子温良恭俭让以得之。”今吾子曰：“自度不可能也。”然则自尧、舜以下，与子果异类耶？乐放弛而愁检局，虽圣人与子同。圣人能求诸中，以厉乎己，久则安乐之矣，子则肆之。其所以异乎圣者，在是决也。若果以圣与我异类，则自尧、舜以下，皆宜纵目仰鼻，四手八足，鳞毛羽鬣，飞走变化，然后乃可。苟不为是，则亦人耳，而子举将外之耶？若然者，圣自圣，贤自贤，众人自众人，咸任其意，又何以作言语立道理，千百年天下传道之？是皆无益于世，独遗好事者藻缋文字，以矜世取誉，圣人不足重也。故曰：“中人以上，可以语上，唯上智与下愚不移。”吾以子近上智，今其言曰“自度不可能也”，则子果不能为中人以上耶？吾之忧且疑者以此。

凡儒者之所取，大莫尚孔子。孔子七十而纵心。彼其纵之也，度不逾矩而后纵之。今子年有几？自度果能不逾矩乎？而遽乐于纵也！傅说曰：“惟狂克念作圣。”今夫狙猴之处山，叫呼跳梁，其轻躁狠戾异甚，然得而絷之，未半日则定坐求食，唯人之为制。其或优人得之，加鞭箠，狎而扰焉，跪起趋走，咸能为人所为者。未有一焉，狂奔掣顿，踣弊自绝，故吾信夫狂之为圣也。今子有贤人之资，反不肯为狂之克念者，而曰“我不能，我不能”。舍子其孰能乎？是孟子之所谓不为也，非不能也。

凡吾之致书，为《说车》，皆圣道也。今子曰：“我不能为车之说，但当则法圣道而内无愧，乃可长久。”呜呼！吾车之说，果不能为圣道耶？吾以内可以守，外可以行其道告子。今子曰：“我不能翦翦拘拘，以同世取荣。”吾岂教子为翦翦拘拘者哉？子何考吾车说之不详也？吾之所云者，其道自尧、舜、禹、汤、高宗、文王、武王、周公、孔子皆由之，而子不谓圣道，抑以吾为与世同波，工为翦翦拘拘者？以是教己，固迷吾文，而悬定吾意，甚不然也。圣人不以人废言。吾虽少时与世同波，然未尝翦翦拘拘也。又子自言“处众中偪侧扰攘，欲弃去不敢，犹勉强与之居”。苟能是，何以不克为车之说耶？忍污杂嚣哗，尚可恭其体貌，逊其言辞，何故不可吾之说？吾未尝为佞且伪，其旨在于恭宽退让，以售圣人之道，及乎人，如斯而已矣。尧、舜之让，禹、汤、高宗之戒，文王之小心，武王之不敢荒宁，周公之吐握，孔子之六十九未尝纵心，彼七八圣人者所为若是，岂恒愧于心乎？慢其貌，肆其志，茫洋而后言，偃蹇而后行，道人是非，不顾齿类，人皆心非之，曰“是礼不足者”，甚且见骂，如是而心反不愧耶？圣人之礼让，其且为伪乎，为佞乎？

今子又以行险为车之罪。夫车之为道，岂乐行于险耶？度不得已而至乎险，期勿败而已耳。夫君子亦然，不求险而利也，故曰“危邦不入，乱邦不居”。“国无道，其默足以容”。不幸而及于危乱，期勿祸而已耳。且子以及物行道为是耶，非耶？伊尹以生人为己任，管仲衅浴以伯济天下，孔子仁之。凡君子为道，舍是宜无以为大者也。今子书数千言，皆未及此，则学古道，为古辞，尨然而措于世，其卒果何为乎？是之不为，而甘罗、终军以为慕，弃大而录小，贱本而贵末，夸世而钓奇，苟求知于后世，以圣人之道为不若二子，仆以为过矣。彼甘罗者，左右反复，得利弃信，使秦背燕之亲己而反与赵合，以致危于燕。天下以是益知秦无礼不信，视函谷关若虎豹之窟，罗之徒实使然也。子而慕之，非夸世欤？彼终军者，诞谲险薄，不能以道匡汉主好战之志，视天下之劳，若观蚁之移穴，玩而不戚；人之死于胡越者，赫然千里，不能谏而又纵踊之；已则决起奋怒，掉强越，挟淫夫，以媒老妇，欲蛊夺人之国，智不能断，而俱死焉。是无异卢狗之遇嗾，呀呀而走，不顾险阻，唯嗾者之从，何无已之心也？子而慕之，非钓奇欤？二小子之道，吾不欲吾子言之。孔子曰："是闻也，非达也。"使二小子及孔子氏，曾不得与于琴张、牧皮狂者之列，是固不宜以为的也。

且吾子之要于世者，处耶，出耶？主上以明圣，进有道，兴大化，枯槁伏匿缧锢之士，皆思踊跃洗沐，期辅尧、舜。万一有所不及，丈人方用德艺达于邦家，为大官，以立于天下。吾子虽欲为处，何可得也。则固出而已矣。将出于世而仕，未二十而任其心，吾为子不取也。冯妇好搏虎，卒为善士；周处狂横，一旦改节，皆老而自克。今子素善士，年又甚少，血气未定，而忽欲为阮咸、嵇康之所为，守而不化，不肯入尧、舜之道，此甚未可也。

吾意足下所以云云者，恶佞之尤，而不悦于恭耳。观过而知仁，弥见吾子之方其中也，其乏者独外之圆耳。屈子曰："惩于羹者而吹齑。"吾子其类是欤？佞之恶而恭反得罪。圣人所贵乎中者，能时其时也。苟不适其道，则肆与佞同。山虽高，水虽下，其为险而害也，要之不异。足下当取吾《说车》申而复之，非为佞而利于险也明矣。吾子恶乎佞，而恭且不欲，今吾又以圆告子，则圆之为号，固子之所宜甚恶。方于恭也，又将千百焉。然吾所谓圆者，不如世之突梯苟冒，以务利乎己者也。固若轮焉：非特于可进也，锐而不滞；亦将于可退也，安而不挫；欲如循环之无穷，不欲如转丸之走下也。乾健而运，离丽而行，夫岂不以圆克乎？而恶之也？

吾年十七求进士，四年乃得举。二十四求博学宏词科，二年乃得仕。其间与常人为群辈数十百人。当时志气类足下，时遭讪骂诟辱，不为之面，则为之背。积八九年，日思摧其形，锄其气，虽甚自折挫，然已得号为狂疏人矣。及为蓝田尉，留府庭，旦暮走谒于大官堂下，与卒伍无别。居曹则俗吏满前，更说买卖，商算赢缩。又二年为此，度不能去，益学《老子》，“和其光，同其尘”，虽自以为得，然已得号为轻薄人矣。及为御史郎官，自以登朝廷，利害益大，愈恐惧，思欲不失色于人。虽戒励加切，然卒不免为连累废逐。犹以前时遭狂疏轻薄之号既闻于人，为恭让未洽，故罪至而无所明之。至永州七年矣，蚤夜惶惶，追思咎过，往来甚熟，讲尧、舜、孔子之道亦熟，益知出于世者之难自任也。今足下未为仆向所陈者，宜乎欲任己之志，此与仆少时何异？然循吾向所陈者而由之，然后知难耳。今吾先尽陈者，不欲足下如吾更讪辱，被称号，已不信于世，而后知慕中道，费力而多害，故勤勤焉云尔而不已也。子其详之熟之，无徒为烦言往复，幸甚！

又所言书意有不可者，令仆专专为掩匿覆盖之，慎勿与不知者道，此又非也。凡吾与子往复，皆为言道。道固公物，非可私而有。假令子之言非是，则子当自求暴扬之，使人皆得刺列，卒采其可者以正乎己，然后道可显达也。今乃专欲覆盖掩匿，是固自任其志，而不求益者之为也。士传言，庶人谤于道，子产之乡校不毁，独何如哉？君子之过，如日月之蚀，又何盖乎？是事，吾不能奉子之教矣！幸悉之。

足下所为书，言文章极正，其辞奥雅，后来之驰于是道者，吾子且为蒲捎、駃騠，何可当也。其说韩愈处甚好。其他但用《庄子》、《国语》文字太多，反累正气，果能遗是，则大善矣。

忧悯废锢，悼籍田之罢，意思恳恳，诚爱我厚者。吾自度罪大，敢以是为欣且戚耶？但当把锄荷锸，决溪泉为圃以给茹，其隙则浚沟池，艺树木，行歌坐钓，望青天白云，以此为适，亦足老死无戚戚者。时时读书，不忘圣人之道，己不能用，有我信者，则以告之。朝廷更宰相来，政令益修。丈人日夕还北阙，吾待子郭南亭上，期口言不久矣。至是，当尽吾说。今因道人行，粗道大旨如此。宗元白。

【解题】

此文作于元和六年（811）。旨在疏解《说车赠杨诲之》一文的见解，强调“内可以守，外可以行其道”的处世态度，并谆谆告诫杨诲之应“慕中道”，做到“刚柔同体，应变若化”。这是柳宗元痛定思痛的肺腑之言。

与崔连州论石钟乳书

宗元白：前以所致石钟乳非良，闻子敬所饵与此类，又闻子敬时愦闷动作，宜以为未得其粹美，而为粗矿燥悍所中，惧伤子敬醇懿，仍习谬误，故勤勤以云也。再获书辞，辱征引地理证验，多过数百言，以为土之所出乃良，无不可者。是将不然。夫言土之出者，固多良而少不可，不谓其咸无不可也。草木之生也依于土，然即其类也，而有居山之阴阳，或近水，或附石，其性移焉。又况钟乳直产于石，石之精粗疏密，寻尺特异。而穴之上下，其土之薄厚，石之高下不可知，则其依而产者，固不一性。然由其精密而出者，则油然而清，炯然而辉，其窍滑以夷，其肌廉以微。食之使人荣华温柔，其气宣流，生胃通肠，寿善康宁，心平意舒，其乐愉愉。由其粗疏而下者，则奔突结涩，乍大乍小，色如枯骨，或类死灰，淹悴不发，丛齿积颣，重浊顽璞。食之使人偃蹇壅郁，泄火生风，戟喉痒肺，幽关不聪，心烦喜怒，肝举气刚，不能和平。故君子慎焉。取其色之美，而不必唯土之信，以求其至精，凡为此也。幸子敬饵之近不至于是，故可止御也。

必若土之出无不可者，则东南之竹箭，虽旁岐揉曲，皆可以贯犀革。北山之木，虽离奇液瞒，空中立枯者，皆可以梁百尺之观，航千仞之渊。冀之北土，马之所生，凡其大耳短脰，拘挛踠跌，薄蹄而曳者，皆可以胜百钧，驰千里。雍之块璞，皆可以备砥砺；徐之粪壤，皆可以封太社。荆之茅，皆可以缩酒；九江之元龟，皆可以卜。泗滨之石，皆可以击考。若是而不大谬者少矣。其在人也，则鲁之晨饮其羊，关毂而辗轮者，皆可以为师儒。卢之沽名者，皆可以为太医；西子之里，恶而矉者，皆可以当侯王。山西之冒没轻儳，沓贪而忍者，皆可以凿凶门，制阃外。山东之稚骇朴鄙，力农桑，啖枣栗者，皆可以谋谟于庙堂之上。若是则反伦悖道甚矣，何以异于是物哉？

是故《经》中言丹砂者，以类芙蓉而有光；言当归者，以类马尾蚕首；言人参者，以人形；黄芩以腐肠；附子八角；甘遂赤肤，类不可悉数。若果土宜乃善，则云生某所，不当又云某者良也。又《经》注曰：始兴为上，次乃广、连。则不必服，正为始兴也。今再三为言者，唯欲得其英精，以固子敬之寿，非以知药石、角技能也。若以服饵，不必利己，姑务胜人而夸辩博，素不望此于子敬，其不然明矣，故毕其说。宗元再拜。

【解题】

此文作于元和六年（811）。崔连州即崔简，字子敬，是柳宗元的姐夫，时为连州刺史。柳宗元听说崔简常食石钟乳之类为补，作此信，力言其非。后来崔简不听劝阻，果然因为服食玉石，病疡且乱，于元和七年病逝。

上西川武元衡相公谢抚问启

某启：某愚陋狂简，不知周防，失于夷途，陷在大罪，伏匿岭下，于今七年。追念往愆，寒心飞魄，幸蒙在宥，得自循省。岂敢彻闻于廊庙之上，见志于樽俎之际，以求必于万一者哉！

相公以含弘光大之德，广博渊泉之量，不遗垢污，先赐荣示。捧读流涕，以惧以悲，屏营舞跃，不敢宁处。是将收孟明于三败，责曹沫于一举。俾折胁膑脚之伦，得自拂饰，以期效命于鞭策之下，此诚大君子并容广览、弃瑕录用之道也。自顾孱钝，无以克堪，只受大赐，岂任负戴？精诚之至，炯然如日。拜伏无路，不胜惶惕！轻冒威重，战汗交深。

【解题】

此文作于元和六年（811）。时武元衡为剑南西川节度使，致书抚问柳宗元。宗元回信，表达了感激之情。

谢襄阳李夷简尚书委曲抚问启

某启：当州员外司马李幼清传示尚书委曲，特赐记忆，过蒙存问。捧读喜惧，浪然涕流，庆幸之深，出自望外。

伏惟尚书鹗立朝端，风行天下，入统邦宪，出分主忧，控此上游，式是南服。凡海内奔走之士，思欲修容于辕门之外，蹑履于油幢之前，譬之涉蓬瀛，登昆阆，不可得而进也。

某负罪沦伏，声销迹灭，固世俗之所弃，亲友之所遗，敢希大贤，曲见存念。是以展转歔欷，昼咏宵兴，愿为厮役，以报恩遇。瞻仰霄汉，邈然无由。网罗未解，纵羽翼而何施？囊槛方坚，虽虎豹其焉往？不任踊跃恳恋之至。谨奉启起居，轻黩威严，倍增战越。

【解题】

元和六年（811）四月，户部侍郎李夷简检校礼部尚书，为山南东道节度使，曾致书抚问柳宗元。宗元回信，表示感谢，并称颂李夷简的德行。

谢李中丞安抚崔简戚属启

某启：伏见四月六日敕，刺史崔简以前任赃罪，决一百，长流驩州。伏奉去月二十三日牒，崔简家口，牒州安存，并借官宅什器，差人与驱使。

伏惟中丞以直清去败政，以恻隐抚穷人。罪迹暴著，则按之以至公；家属流离，则施之以大惠。各由其道，咸适于中。威怀并行，仁义齐立。绳愆纠缪，列郡肃澄清之风；匡困资无，阖境知噢咻之德。凡在巡属，庆惧交深。

伏见崔简儿女十人，皆柳氏之出，简之所犯，首未知之。盖以风毒所加，渐成狂易，不知畏法，坐自抵刑。名为赃贿，卒无储蓄，得罪之日，百口熬然，叫号羸顿，不知所赴。倘非至仁厚德，深加悯恤，则流散转死，期在须臾。某幸被缧囚，久沐恩造，至于骨肉，又荷哀矜，循念始终，感惧无地。谨勒祗承人沈澹，奉启陈谢，下情轻黩。

【解题】

此文作于元和六年（811）。是年，柳宗元的姐夫崔简因罪坐流驩州，宗元作此启，请湖南李中丞安抚崔简家属。

上湖南李中丞干廪食启

某启：某尝读列子书，有言于郑子阳者曰："列御寇，盖有道之士也。居君之地而穷，君不好士使之然乎？"子阳于是以君命输粟于列子，列子不受。固常高其志。又读孟子书，言诸侯之于士曰，使之穷于吾地则赒之，赒之亦可受也。又怪孟子以希圣之才，命代而出，不卓然自异以洁白其德，取食于诸侯不以为非。断而言之，则列子独任之士，唯己一毛之为爱，故遁以自免；孟子兼济之士，唯利万物之为谋，故当而不辞。

今宗元处则无列子之道，出则无孟子之谋，穷则去让而自求，至则捧受而不惭，斯固为贪凌苟冒人矣。董生曰："明明求财利，唯恐困乏者，庶人之事也。"是皆诟耻之大者，而无所避之，何也？以为士则黜辱，为农则斥远，无伎不可以为工，无赀不可以为商。抱大罪，处穷徼，以当恶岁而无廪食，又不自列于阁下，则非所以待君子之意也。伏惟览子阳、孟子之说，以垂德惠，无使惶惶然控于他邦，重为董生所笑，则缧囚之幸大矣。

【解题】

此文作于元和六年（811）。柳宗元因廪食困乏，写此信给湖南李中丞，向他求告。行文婉转有致。

上江陵严司空献所著文启

宗元启：伏念往岁司空由尚书郎出贰太原，宗元获于天长专用候谒，伏蒙叙以世旧，许造门阑。自后司空累膺宠荣，位极公辅。宗元得罪朝列，窜身湘南。霄汉益高，泥尘永弃，瞻仰辽绝，陈露无由。司空统临旧荆，控制南服，道路非远，德化所覃，是敢奋起幽沦，仰希光耀。伏惟悯怜孤贱，特赐抚存，则缧绁之辱，有望蠲除，鸣吠之能，犹希效用。谨献杂文七首，伏惟以一字定其褒贬，终身之幸，无以加焉。轻黩威严，伏增战越。

【解题】

此文作于元和六年（811）。是年，严绶以检校司空，出为荆南节度、观察、支度等使，兼江陵尹。柳宗元作此启，并附文七篇，望严绶有所褒扬。

上李中丞献所著文启

宗元启：宗元无异能，独好为文章，始用此以进，终用此以退。今者畏罪悔咎，伏匿惴栗，犹未能去之。时时举首，长吟哀歌，舒泄幽郁，因取笔以书，纫韦而编，略成数卷。伏念阁下以文章升大僚，统方隅，而宗元幸缘罪辜，得与编人齿于部内，不以此时露其所为，以希大君子顾视，则为陋劣而自弃也。敢饰近文，及在京师官命所草者，凡三卷，合四十三篇，不敢繁故也。倘或以为有可采者，当缮录其余，以增几席之污。去就鄙野，伏用兢惶。谨启。

【解题】

这是写给湖南李中丞的信，约作于元和六年（811）前后。对自己“好为文章”，是颇为自负的。

上岭南郑相公献所著文启

宗元启：伏见与当州韦使君书，猥赐存问，惊作悼惧，交动于中。循念竟日，若无容措。幸甚幸甚！宗元素乏智能，复阙周慎，一自得罪，八年于今。兢愧吊影，追咎既往，自以终身沉废，无迹自明。不意相国垂愍，特记名姓。守突奥者，忽仰睎于白日；负泥涂者，遂自濯于清源。快心畅目，不知所喻。伏以圣人之道，与其进也不保其往，故敢藻饰文字，洗涤心神，致之门下，祇俟严命。

【解题】

此文作于元和七年（812）。“岭南郑相公”，即郑絪，时为岭南节度使、广州刺史。

答韦中立论师道书

二十一日，宗元白：辱书云欲相师，仆道不笃，业甚浅近，环顾其中，未见可师者。虽常好言论，为文章，甚不自是也。不意吾子自京师来蛮夷间，乃幸见取。仆自卜固无取，假令有取，亦不敢为人师。为众人师且不敢，况敢为吾子师乎？

孟子称“人之患在好为人师”。由魏、晋氏以下，人益不事师。今之世，不闻有师，有辄哗笑之，以为狂人。独韩愈奋不顾流俗，犯笑侮，收召后学，作《师说》，因抗颜而为师。世果群怪聚骂，指目牵引，而增与为言辞。愈以是得狂名，居长安，炊不暇熟，又挈挈而东，如是者数矣。屈子赋曰：“邑犬群吠，吠所怪也。”仆往闻庸蜀之南，恒雨少日，日出则犬吠，余以为过言。前六七年，仆来南，二年冬，幸大雪，逾岭被南越中数州，数州之犬，皆苍黄吠噬狂走者累日，至无雪乃已，然后始信前所闻者。今韩愈既自以为蜀之日，而吾子又欲使吾为越之雪，不以病乎？非独见病，亦以病吾子。然雪与日岂有过哉？顾吠者犬耳。度今天下不吠者几人，而谁敢衒怪于群目，以召闹取怒乎？

仆自谪过以来，益少志虑。居南中九年，增脚气病，渐不喜闹，岂可使呶呶者早暮咈吾耳、骚吾心？则固僵仆烦愦，愈不可过矣。平居望外，遭齿舌不少，独欠为人师耳。

抑又闻之，古者重冠礼，将以责成人之道，是圣人所尤用心者也。数百年来，人不复行。近有孙昌胤者，独发愤行之。既成礼，明日造朝至外庭，荐笏言于卿士曰："某子冠毕。"应之者咸怃然。京兆尹郑叔则怫然曳笏却立，曰："何预我耶？"廷中皆大笑。天下不以非郑尹而快孙子，何哉？独为所不为也。今之命师者大类此。

吾子行厚而辞深，凡所作，皆恢恢然有古人形貌，虽仆敢为师，亦何所增加也？假而以仆年先吾子，闻道著书之日不后，诚欲往来言所闻，则仆固愿悉陈中所得者。吾子苟自择之，取某事去某事，则可矣。若定是非以教吾子，仆材不足，而又畏前所陈者，其为不敢也决矣。吾子前所欲见吾文，既悉以陈之，非以耀明于子，聊欲以观子气色诚好恶何如也。今书来，言者皆大过。吾子诚非佞誉诬谀之徒，直见爱甚故然耳。

始吾幼且少，为文章，以辞为工。及长，乃知文者以明道，是固不苟为炳炳烺烺，务采色、夸声音而以为能也。凡吾所陈，皆自谓近道，而不知道之果近乎，远乎？吾子好道而可吾文，或者其于道不远矣。故吾每为文章，未尝敢以轻心掉之，惧其剽而不留也；未尝敢以怠心易之，惧其弛而不严也；未尝敢以昏气出之，惧其昧没而杂也；未尝敢以矜气作之，惧其偃蹇而骄也。抑之欲其奥，扬之欲其明，疏之欲其通，廉之欲其节，激而发之欲其清，固而存之欲其重，此吾所以羽翼夫道也。本之《书》以求其质，本之《诗》以求其恒，本之《礼》以求其宜，本之《春秋》以求其断，本之《易》以求其动，此吾所以取道之原也。参之谷梁氏以厉其气，参之《孟》、《荀》以畅其支，参之《庄》、《老》以肆其端，参之《国语》以博其趣，参之《离骚》

以致其幽，参之太史公以著其洁，此吾所以旁推交通而以为之文也。凡若此者，果是耶，非耶？有取乎，抑其无取乎？吾子幸观焉择焉，有余以告焉。

苟亟来以广是道，子不有得焉，则我得矣，又何以师云尔哉！取其实而去其名，无招越、蜀吠怪，而为外廷所笑，则幸矣！宗元白。

【解题】

此文作于元和八年（813）。文中前半论述了对师道的看法，认为不必讲求为师之名，而应注意为师之实，师生可以教学相长。这可与韩愈《师说》相发明，但本文多用反语，行文富于气势。文中后半系统地提出关于散文写作的主张，强调文以“明道”，论述了写作态度、写作技巧以及广泛学习古代文化遗产等问题。

答严厚舆秀才论为师道书

二十五日某白，冯翊严生足下：得生书，言为师之说，怪仆所作《师友箴》与《答韦中立书》，欲变仆不为师之志，而屈己为弟子。凡仆所为二文，其卒果不异。仆之所避者名也。所忧者其实也，实不可一日忘。仆聊歌以为箴，行且求中以益己，栗栗不敢暇，又不敢自谓有可师乎人者耳。若乃名者，方为薄世笑骂，仆脆怯，尤不足当也。内不足为，外不足当，众口虽恳恳见迫，其若吾子何？实之要，二文中皆是也，吾子其详读之，仆见解不出此。

吾子所云仲尼之说，岂易耶？仲尼可学不可为也。学之至，斯则仲尼矣；未至而欲行仲尼之事，若宋襄公好霸而败国，卒中矢而死。仲尼岂易言耶？马融、郑玄者，二子独章句师耳。今世固不少章句师，仆幸非其人。吾子欲之，其有乐而望吾子者矣。言道、讲古、穷文辞以为师，则固吾属事。仆才能勇敢不如韩退之，故又不为人师。人之所见有同异，吾子无以韩责我。若曰仆拒千百人，又非也。仆之所拒，拒为师弟子名，而不敢当其礼者也。若言道、讲古、穷文辞，有来问我者，吾岂尝瞋目闭口耶？

敬叔吾所信爱，今不得见其人，又不敢废其言。吾子文甚畅远，恢恢乎其辟大路将疾驰也。攻其车，肥其马，长其策，调其六辔，中道之行大都，舍是又奚师欤？亟谋于知道者而考诸古，师不乏矣。幸而亟来，终日与吾子言，不敢倦，不敢爱，不敢肆。苟去其名，全其实，以其余易其不足，亦可交以为师矣。如此，无世俗累而有益乎己，古今未有好道而避是者。宗元白。

【解题】

此文作于元和八年（813）。文中重申了避为师之名、求为师之实的观点，并对“白发死章句”的儒生表示了轻蔑的态度，极力主张“言道、讲古、穷文辞”。

报袁君陈秀才避师名书

秀才足下：仆避师名久矣。往在京都，后学之士到仆门，日或数十人，仆不敢虚其来意，有长必出之，有不至必惎之。虽若是，当时无师弟子之说。其所不乐为者，非以师为非，弟子为罪也。有两事，故不能：自视以为不足为，一也；世久无师弟子，决为之，且见非，且见罪，惧而不为，二也。其大说，具《答韦中立书》，今以往，可观之。

秀才貌甚坚，辞甚强，仆自始觌，固奇秀才，及见两文，愈益奇。虽在京都，日数十人到门者，谁出秀才右耶？前已必秀才可为成人，仆之心固虚矣，又何鲲鹏互乡于尺牍哉！秋风益高，暑气益衰，可偶居卒谈。秀才时见咨，仆有诸内者不敢爱惜。

大都文以行为本，在先诚其中。其外者当先读六经，次《论语》、孟轲书皆经言；《左氏》、《国语》、庄周、屈原之辞，稍采取之；谷梁子、太史公甚峻洁，可以出入；余书俟文成异日讨也。其归在不出孔子，此其古人贤士所懔懔者。求孔子之道，不于异书。秀才志于道，慎勿怪，勿杂，勿务速显。道苟成，则悫然尔，久则蔚然尔。源而流者岁旱不涸，蓄谷者不病凶年，蓄珠玉者不虞殍死矣。然则成而久者，其术可见。虽孔子在，为秀才计，未必过此。不具。宗元白。

【解题】

此文作于元和八年（813）。柳宗元认为，为文“以行为本”，“先诚其中”，而读六经，反在“其外”，这种看法在当时是很难得的。他强调“其归在不出孔子”，主张为文要明孔子之道，同时博采各家。

答韦珩示韩愈相推以文墨事书

足下所封示退之书，云欲推避仆以文墨事，且以励足下。若退之之才，过仆数等，尚不宜推避于仆，非其实可知，固相假借为之辞耳。退之所敬者，司马迁、扬雄。迁于退之，固相上下。若雄者，如《太玄》、《法言》及《四赋》，退之独未作耳，决作之，加恢奇，至他文过扬雄远甚。雄之遣言措意，颇短局滞涩，不若退之猖狂恣睢，肆意有所作。若然者，使雄来尚不宜推避，而况仆耶？彼好奖人善，以为不屈己，善不可奖，故慊慊云尔也。足下幸勿信之。

且足下志气高，好读《南》、《北》史书，通国朝事，穿穴古今，后来无能加。而仆稚骙，卒无所为，但趑趄文墨笔砚浅事。今退之不以吾子励仆，而反以仆励吾子，愈非所宜。然卒篇欲足下自挫抑，合当世事固当，虽仆亦知无出此。吾子年甚少，知己者如麻，不患不显，患道不立尔。此仆以自励，亦以佐退之励足下。不宣。宗元顿首再拜。

【解题】

此文约作于元和八年（813）。柳宗元极力推重韩愈的文章“过扬雄远甚”，而与司马迁不相上下，其特点在于“猖狂恣睢，肆意有所作”，表达了冲破陈规、直抒胸臆的文学创作观。

与韩愈论史官书

正月二十一日，某顿首十八丈退之侍者前：获书言史事，云具《与刘秀才书》，及今乃见书稿，私心甚不喜，与退之往年言史事甚大谬。

若书中言，退之不宜一日在馆下，安有探宰相意，以为苟以史荣一韩退之耶？若果尔，退之岂宜虚受宰相荣己，而冒居馆下，近密地，食奉养，役使掌固，利纸笔为私书，取以供子弟费？古之志于道者，不若是。

且退之以为纪录者有刑祸，避不肯就，尤非也。史以名为褒贬，犹且恐惧不敢为；设使退之为御史中丞大夫，其褒贬成败人愈益显，其宜恐惧尤大也，则又将扬扬入台府，美食安坐，行呼唱于朝廷而已耶？在御史犹尔，设使退之为宰相，生杀出入升黜天下士，其敌益众，则又将扬扬入政事堂，美食安坐，行呼唱于内庭外衢而已耶？何以异不为史而荣其号、利其禄者也？

又言“不有人祸，则有天刑”。若以罪夫前古之为史者，然亦甚惑。凡居其位，思直其道。道苟直，虽死不可回也；如回之，莫若亟去其位。孔子之困于鲁、卫、陈、宋、蔡、齐、楚者，其时暗，诸侯不能行也。其不遇而死，不以作《春秋》故也。当其时，虽不作《春秋》，孔子犹不遇而死也。若周公、史佚，虽纪言书事，犹遇且显也，又不得以《春秋》为孔子累。范晔悖乱，虽不为史，其宗族亦赤。司马迁触天子喜怒，班固不检下，崔浩沽其直以斗暴虏，皆非中道。左丘明以疾盲，出于不幸。子夏不为史亦盲，不可以是为戒。其余皆不出此。是退之宜守中道，不忘其直，无以他事自恐。退之之恐，唯在不直、不得中道，刑祸非所恐也。

凡言二百年文武士多有诚如此者。今退之曰：我一人也，何能明？则同职者又所云若是，后来继今者又所云若是，人人皆曰我一人，则卒谁能纪传之耶？如退之但以所闻知孜孜不敢怠，同职者、后来继今者，亦各以所闻知孜孜不敢怠，则庶几不坠，使卒有明也。不然，徒信人口语，每每异辞，日以滋久，则所云"磊磊轩天地"者决必沉没，且乱杂无可考，非有志者所忍恣也。果有志，岂当待人督责迫蹙然后为官守耶？

又凡鬼神事，渺茫荒惑无可准，明者所不道，退之之智而犹惧于此。今学如退之，辞如退之，好议论如退之，慷慨自谓正直行行焉如退之，犹所云若是，则唐之史述其卒无可托乎？明天子贤宰相得史才如此，而又不果，甚可痛哉！退之宜更思，可为速为。果卒以为恐惧不敢，则一日可引去，又何以云"行且谋"也？今人当为而不为，又诿馆中他人及后生者，此大惑已。不勉己而欲勉人，难矣哉！

【解题】

此文作于元和九年（814）。元和八年（813），韩愈被调为国史馆修撰，曾作《答刘秀才论史书》，认为作史者"不有人祸，则有天刑"，因此不敢尽史官之职。柳宗元为此写了这封信，对韩愈的看法严加指责，提倡直道而行，"虽死不可回"。

与史官韩愈致段秀实太尉逸事书

退之馆下：前者书进退之力史事，奉答诚中吾病，若疑不得实未即籍者，诸皆是也。退之平生不以不信见遇。窃自冠好游边上，问故老卒吏，得段太尉事最详。今所趋走州刺史崔公，时赐言事，又具得太尉实迹，参校备具。太尉大节，古固无有。然人以为偶一奋，遂名无穷，今大不然。太尉自有难在军中，其处心未尝亏侧，其莅事无一不可纪，会在下名未达，以故不闻，非直以一时取笏为谅也。

太史迁死，退之复以史道在职，宜不苟过日时。昔与退之期为史，志甚壮，今孤囚废锢，连遭瘴疠羸顿，朝夕就死，无能为也。第不能竟其业。若太尉者，宜使勿坠。太史迁言荆轲征夏无且，言大将军征苏建，言留侯征画容貌。今孤囚贱辱，虽不及无且、建等，然比画工传容貌尚差胜。《春秋传》所谓传信传著，虽孔子亦犹是也。窃自以为信且著。其逸事有状。

【解题】

此文作于元和九年（814）。文中希望韩愈能够继承司马迁的“史道”，认真撰史，切勿“苟过日时”。并且对自己所作《段太尉逸事状》的采摭实迹，“比画工传容貌尚差胜”，颇为自负。

上河阳乌尚书启

宗元启：伏以尚书以硕德伟才，代著勋烈。两河定乱，三城建功，鼎彝竹帛，未足云纪。进临汝上，控制东方，隐然长城，朝野倚赖。宗元虽屏弃遐壤，而饱闻德声。所恨不获亲执鞭弭，以备戎伍，夙夜踊跃，不克宁居。伏以威棱所加，狂狡已震，莫大之绩，重复增崇。小子久以文字进身，尝好古人事业，专当具笔札，拂缣缃，赞扬大功，垂之不朽。瞻望霄汉，恋慕交深。冒黩威严，伏增战越。

【解题】

元和九年（814），宪宗诏乌重胤讨伐淮、蔡，因功授汝州刺史，充河阳怀汝节度使。柳宗元因作此启，颂扬乌重胤的功勋。

与刘禹锡论周易九六书

见与董生论《周易》九六义，取老而变，以为毕中和承一行僧得此说，异孔颖达《疏》，而以为新奇。彼毕子、董子何肤末于学而遽云云也？都不知一行僧承韩氏、孔氏说，而果以为新奇，不亦可笑矣哉！

韩氏注“《乾》之策二百一十有六”，曰“《乾》一爻三十有六策”，则是取其遇揲四分而九也。“《坤》之策一百四十有四”，曰“《坤》一爻二十四策”，则是取其遇揲四分而六也。孔颖达等作《正义》，论云：九六有二义，其一者曰“阳得兼阴，阴不得兼阳”；其二者曰“老阳数九，老阴数六。二者皆变用，《周易》以变者占。”郑玄注《易》，亦称以变者占，故云九六也。所以老阳九、老阴六者，九遇揲得老阳，六遇揲得老阴。此具在《正义·乾篇》中。周简子之说亦若此，而又详备。何毕子、董子之不视其书，而妄以口承之也？君子之学，将有以异也，必先究穷其书，究穷而不得焉，乃可以立而正也。今二子尚未能读韩氏《注》、孔氏《正义》，是见其道听途说者，又何能知所谓《易》者哉？足下取二家言观之，则见毕子、董子肤末于学而遽云云也。

足下所为书，非元凯兼三《易》则诺。若曰孰与颖达著，则此说乃颖达说也，非一行僧、毕子、董子能有异者也。无乃即其谬而承之者欤？观足下出入筮数，考校《左氏》，今之世罕有如足下求《易》之悉者也。然务先穷昔人书，有不可者而后革之，则大善。谨之勿遽。宗元白。

【解题】

此文作于永州时，可见柳宗元的《易》学根柢和治学方法。他认为，“君子之学”如果标新立异，“必先穷究其书”，绝对不可“道听途说”。

答刘禹锡天论书

宗元白：发书得《天论》三篇，以仆所为《天说》为未究，欲毕其言。始得之，大喜，谓有以开明吾志虑。及详读五六日，求其所以异吾说，卒不可得。其归要曰：非天预乎人也。凡子之论，乃《天说》传疏耳，无异道焉。谆谆佐吾言，而曰有以异，不识何以为异也。

子之所以为异者，岂不以赞天之能生植也欤？夫天之能生植久矣，不待赞而显。且子以天之生植也，为天耶？为人耶？抑自生而植乎？若以为为人，则吾愈不识也。若果以为自生而植，则彼自生而植耳，何以异夫果蓏之自为果蓏，痈痔之自为痈痔，草木之自为草木耶？是非为虫谋明矣，犹天之不谋乎人也。彼不我谋，而我何为务胜之耶？子所谓交胜者，若天恒为恶，人恒为善，人胜天则善者行，是又过德乎人，过罪乎天也。又曰：天之能者生植也，人之能者法制也。是判天与人为四而言之者也。余则曰：生植与灾荒，皆天也；法制与悖乱，皆人也，二之而已。其事各行不相预，而凶丰理乱出焉，究之矣。凡子之辞，枝叶甚美，而根不直取以遂焉。

又子之喻乎旅者，皆人也，而一曰天胜焉，一曰人胜焉，何哉？莽苍之先者，力胜也；邑郛之先者，智胜也。虞、芮，力穷也，匡、宋，智穷也。是非存亡，皆未见其可以喻乎天者。若子之说，要以乱为天理、理为人理耶？谬矣。若操舟之言人与天者，愚民恒说耳。幽、厉之云为上帝者，无所归怨之辞尔，皆不足喻乎道。子其熟之，无羡言侈论，以益其枝叶，姑务本之为得，不亦裕乎？独所谓无形为无常形者甚善。宗元白。

【解题】

此文作于永州时。柳宗元曾作《天说》，刘禹锡以为言犹未尽，作《天论》三篇详细阐说。柳宗元既认为《天论》是《天说》的“传疏”，在原则上“无异道焉”，又批评《天论》未能务本究根的不足之处。

答元饶州论春秋书

辱复书，教以《报张生书》及《答衢州书》言《春秋》，此诚世所希闻，兄之学为不负孔氏矣。

往年曾记裴封叔宅，闻兄与裴太常言晋人及姜戎败秦师于殽一义，尝讽习之。又闻亡友韩宣英、吕和叔辈言他义，知《春秋》之道久隐，而近乃出焉。京中于韩安平处，始得《微指》，和叔处始见《集注》，恒愿扫于陆先生之门。及先生为给事中，与宗元入尚书同日，居又与先生同巷，始得执弟子礼。未及讲讨，会先生病，时闻要论，尝以易教诲见宠。不幸先生疾弥甚，宗元又出邵州，乃大乖谬，不克卒业。复于亡友凌生处，尽得

《宗指》、《辨疑》、《集注》等一通。伏而读之，于“纪侯大去其国”，见圣人之道与尧、舜合，不唯文王、周公之志独取其法耳；于“夫人姜氏会齐侯于禚”，见圣人立孝经之大端，所以明其分也；于“楚人杀陈夏征舒，丁亥，楚子入陈，纳公孙宁、仪行父于陈”，见圣人褒贬予夺，唯当之所在，所谓瑕瑜不掩也。反复甚喜。若吾生前距此数十年，则不得是学矣。今适后之，不为不遇也。

兄书中所陈，皆孔氏大趣，无得逾焉。其言书荀息，贬立卓之意也。顷尝怪荀息奉君之邪心以立嬖子，不务正义，弃重耳于外而专其宠，孔子同于仇牧、孔父为之辞。今兄言贬息，大善。息固当贬也，然则《春秋》与仇、孔辞不异，仇、孔亦有贬欤？宗元尝著《非国语》六十余篇，其一篇为息发也，今录以往，可如愚之所谓者乎？《微指》中明“郑人来渝平”，量力而退，告而后绝，固先同后异者也。今检此前无与郑同之文，后无与郑异之据，独疑此一义，理甚精而事有不合，兄亦当指而教焉。往年又闻和叔言兄论楚商臣一义，虽啖、赵、陆氏，皆所未及，请具录，当疏《微指》下，以传末学。萧、张前书，亦请见及。至之日，勒为一卷，以垂将来。

宗元始至是州，作《陆先生墓表》，今以奉献，与宣英读之。《春秋》之道如日月，不可赞也；若赞焉，必同于孔、跖优劣之说，故直举其一二，不宣。宗元再拜。

【解题】

此文作于永州时，约在元和八、九年之交（813、814）。从文中可知，柳宗元曾研究过陆质等人的《春秋》之学，且以“未及讲讨”为憾。按，元饶州即元苋。

与吕恭论墓中石书书

宗元白：元生至，得弟书，甚善，诸所称道具之。元生又持部中庐父墓者所得石书，模其文示余，云若将闻于上，余故恐而疑焉。仆蚤好观古书，家所蓄晋、魏时尺牍甚具。又二十年来，遍观长安贵人好事者所蓄，殆无遗焉。以是善知书，虽未尝见名氏，亦望而识其时也。又文章之形状，古今特异。弟之精敏通达，夫岂不究于此！今视石文，署其年曰“永嘉”，其书则今田野人所作也。虽支离其字，犹不能近古。为其“永”字等颇效王氏变法，皆永嘉所未有。辞尤鄙近，若今所谓律诗者，晋时盖未尝为此声，大谬妄矣！又言植松乌擢之怪，而掘其土得石，尤不经，难信。或者得无奸为之乎？

且古之言“葬者，藏也”。“壤树之”，而君子以为议，况庐而居者，其足尚之哉？圣人有制度，有法令，过则为辟。故立大中者不尚异，教人者欲其诚，是故恶夫饰且伪也。过制而不除丧，宜庐于庭；而矫于墓者，大中之罪人也。况又出怪物，诡神道，以奸大法，而因以为利乎？夫伪孝以奸利，诚仁者不忍擿过，恐伤于教也。然使伪可为而利可冒，则教益坏。若然者，勿与知焉可也，伏而不出之可也。

以大夫之政良，而吾子赞焉，固无阙遗矣。作东郛，改市廛，去比竹茨草之室，而垍土、大木、陶甄、梓匠之工备，孽火不得作；化堕窳之俗，绝偷浮之源，而条桑、浴种、深耕、易耨之力用，宽徭、啬货、均赋之政起，其道美矣！于斯也，虑善善之过而莫之省，诚悫之道少损，故敢私言之。夫以淮、济之清，有玷焉若秋毫，固不为病；然而万一离娄子眇然睨之，不若无者之快也。想默已其事，无出所置书，幸甚。宗元白。

【解题】

此文作于永州时。文中论墓中石书非古书，以书法与文章“不能近古”为据，可以得知柳宗元辨识文物的眼力不凡。

与友人论为文书

古今号文章为难，足下知其所以难乎？非谓比兴之不足，恢拓之不远，钻砺之不工，颇颣之不除也，得之为难，知之愈难耳。苟或得其高朗，探其深赜，虽有芜败，则为日月之蚀也，大圭之瑕也，曷足伤其明黜其宝哉？

且自孔氏以来，兹道大阐。家修人励，刓精竭虑者，几千年矣。其间耗费简札，役用心神者，其可数乎？登文章之箓，波及后代，越不过数十人耳。其余谁不欲争裂绮绣，互攀日月，高视于万物之中，雄峙于百代之下乎？率皆纵臾而不克，踯躅而不进，力蹙势穷，吞志而没。故曰得之为难。

嗟乎！道之显晦，幸不幸系焉；谈之辩讷，升降系焉；鉴之颇正，好恶系焉；交之广狭，屈伸系焉。则彼卓然自得以奋其间者，合乎否乎？是未可知也。而又荣古陋今者，比肩叠跡。大抵生则不遇，死而垂声者众焉。扬雄没而《法言》大兴，马迁生而《史记》未振。彼之二才，且犹若是，况乎未甚闻著者哉！固有文不传于后祀，声遂绝于天下者矣。故曰知之愈难。

而为文之士，亦多渔猎前作，戕贼文史，抉其意，抽其华，置齿牙间，遇事蜂起，金声玉耀，诳聋瞽之人，徼一时之声。虽终沦弃，而其夺朱乱雅，为害已甚。是其所以难也。

间闻足下欲观仆文章，退发囊笥，编其芜秽，心悸气动，交于胸中，未知孰胜，故久滞而不往也。今往仆所著赋颂碑碣文记议论书序之文，凡四十八篇，合为一通，想令治书苍头吟讽之也。击辕拊缶，必有所择，顾鉴视其何如耳，还以一字示褒贬焉。

【解题】

此文作于永州时。文中批评了当时文人抄袭、剽窃前人作品的恶劣作风，和盲目地“崇古虐今”的不良风气，认为只有知道作文之难，才能创作和识别真正好的作品。

答元饶州论政理书

奉书，辱示以政理之说及刘梦得书，往复甚善。类非今之长人者之志。不唯充赋税养禄秩足己而已，独以富庶且教为大任，甚盛甚盛！

孔子曰：“吾与回言终日，不违如愚。”然则蒙者固难晓，必劳申谕，乃得悦服。用是尚有一疑焉。兄所言免贫病者，而不益富者税，此诚当也。乘理政之后，固非若此不可；不幸乘弊政之后，其可尔邪？夫弊政之大，莫若贿赂行而征赋乱。苟然，则贫者无赀以求于吏，所谓有贫之实而不得贫之名；富者操其赢以市于吏，则无富之名而有富之实。贫者愈困饿死亡而莫之省，富者愈恣横侈泰而无所忌。兄若所遇如是，则将信其故乎？是不可惧挠人而终不问也，固必问其实。问其实，则贫者固免而富者固增赋矣，安得持一定之论哉？若曰止免贫者而富者不问，则侥幸者众，皆挟重利以邀，贫者犹若不免焉。若曰检富者惧不得实，而不可增焉，则贫者亦不得实，不可免矣。若皆得实，而故纵以为不均，何哉？孔子曰：“不患寡而患不均，不患贫而患不安。”今富者税益少，贫者不免于捃拾以输县官，其为不均大矣。然非唯此而已，必将服役而奴使之，多与之田而取其半，或乃出其一而收其二三。主上思人之劳苦，或减除其税，则富者以户独免，而贫者以受役，卒输其二三与半焉。是泽不下流，而人无所告诉，其为不安亦大矣。夫如是，不一定经界、核名实，而姑重改作，其可理乎？

夫富室，贫之母也，诚不可破坏。然使其大幸而役于下，则又不可。兄云惧富人流为工商浮窳，盖甚急而不均，则有此尔。若富者虽益赋，而其实输当其十一，犹足安其堵，虽驱之不肯易也。检之逾精，则下逾巧。诚如兄之言。管子亦不欲以民产为征，故有“杀畜伐木”之说。今若非市井之征，则舍其产而唯丁田之问，推以诚质，示以恩惠，严责吏以法，如所陈一社一村之制，递以信相考，安有不得其实？不得其实，则一社一村之制亦不可行矣。是故乘弊政必须一定制，而后兄之说乃得行焉。蒙之所见，及此而已。永州以僻隅，少知人事。兄之所代者谁耶？理欤，弊欤？理，则其说行矣；若其弊也，蒙之说其在可用之数乎？

因南人来，重晓之。其他皆善，愚不足以议，愿同梦得之云者。兄通《春秋》，取圣人大中之法以为理。饶之理，小也，不足费其虑。无所论刺，故独举均赋之事，以求往复而除其惑焉。不习吏职而强言之，宜为长者所笑弄。然不如是，则无以来至当之言，盖明而教之，君子所以开后学也。

又闻兄之莅政三日，举韩宣英以代己。宣英达识多闻而习于事，宜当贤者类举。今负罪屏弃，凡人不敢称道其善，又况闻之于大君以二千石荐之哉！是乃希世拔俗，果于直道，斯古人之所难，而兄行之。宗元与宣英同罪，皆世所背驰者也，兄一举而德皆及焉。祁大夫不见叔向，今而预知斯举，下走之大过矣。书虽多，言不足导意，故止于此。不宣。宗元再拜。

【解题】

此文亦作于永州时。文中批评当时“两税法”对穷苦人民的不利，主张改革，实行“均赋”，以改变社会上贫富不均的现象，表现出对穷苦人民的同情和关切。

答周君巢饵药久寿书

奉二月九日书，所以抚教甚具，无以加焉。丈人用文雅，从知己，日以惇大府之政，甚适。东西来者，皆曰："海上多君子，周为倡焉。"敢再拜称贺。

宗元以罪大摈废，居小州，与囚徒为朋，行则若带缰索，处则若关桎梏，彳亍而无所趋，拳拘而不能肆，槁然若枿，隤然若璞。其形固若是，则其中者可得矣，然犹未尝肯道鬼神等事。今丈人乃盛誉山泽之臞者，以为寿且神，其道若与尧、舜、孔子似不相类焉，何哉？又曰："饵药可以久寿"，将分以见与，固小子之所不欲得也。尝以君子之道，处焉则外愚而内益智，外讷而内益辩，外柔而内益刚；出焉则外内若一，而时动以取其宜当，而生人之性得以安，圣人之道得以光。获是而终，虽不至耇老，其道寿矣。今夫山泽之臞，于我无有焉。视世之乱若理，视人之害若利，视道之悖若义；我寿而生，彼夭而死，固无能动其肺肝焉。昧昧而趋，屯屯而居，浩然若有余；掘草烹石，以私其筋骨而日以益愚，他人莫利，己独以愉。若是者愈千百年，滋所谓夭也，又何以为高明之图哉？

宗元始者讲道不笃，以蒙世显利，动获大僇，用是奔窜禁锢，为世之所诟病。凡所设施，皆以为戾，从而吠者成群。己不能明，而况人乎？然苟守先圣之道，由大中以出，虽万受摈弃，不更乎其内。大都类往时京城西与丈人言者，愚不能改。亦欲丈人固往时所执，推而大之，不为方士所惑。仕虽未达，无忘生人之患，则圣人之道幸甚，其必有陈矣。不宣。宗元再拜。

【解题】

此文作于永州时。周君巢致书柳宗元，讲服药久寿之道。宗元答复说，自己虽为摈废之人，却决不肯饵药久寿，而要“守先圣之道，由大中以出”，“无忘生人之患”，不为方士所惑。如此信道弥坚，实在难能可贵。

贺进士王参元失火书

得杨八书，知足下遇火灾，家无余储。仆始闻而骇，中而疑，终乃大喜，盖将吊而更以贺也。道远言略，犹未能究知其状，若果荡焉泯焉而悉无有，乃吾所以尤贺者也。

足下勤奉养，宁朝夕，唯恬安无事是望也。乃今有焚炀赫烈之虞，以震骇左右，而脂膏滫瀡之具，或以不给，吾是以始而骇也。

凡人之言，皆曰盈虚倚伏，去来之不可常。或将大有为也，乃始厄困震悸，于是有水火之孽，有群小之愠，劳苦变动，而后能光明、古之人皆然。斯道辽阔诞漫，虽圣人不能以是必信，是故中而疑也。

以足下读古人书，为文章，善小学，其为多能若是，而进不能出群士之上，以取显贵者，无他故焉。京城人多言足下家有积货，士之好廉名者，皆畏忌，不敢道足下之善，独自得之，心蓄之，衔忍而不出诸口，以公道之难明，而世之多嫌也，一出口，则嗤嗤者以为得重赂。仆自贞元十五年见足下之文章，蓄之者盖六七年未尝言。是仆私一身而负公道久矣，非特负足下也。及为御史尚书郎，自以幸为天子近臣，得奋其舌，思以发明足下之郁塞。然时称道于行列，犹有顾视而窃笑者，仆良恨修己之不亮，素誉之不立，而为世嫌之所加，常与孟几道言而痛之。乃今幸为天火之所涤荡，凡众之疑虑，举为灰埃。黔其庐，赭其垣，以示其无有，而足下之才能乃可显白而不污。其实出矣，是祝融、回禄之相吾子也。则仆与几道十年之相知，不若兹火一夕之为足下誉也。宥而彰之，使夫蓄于心者，咸得开其喙；发策决科者，授子而不栗；虽欲如向之蓄缩受侮，其可得乎？于兹吾有望乎尔！是以终乃大喜也。

古者列国有灾，同位者皆相吊；许不吊灾，君子恶之。今吾之所陈若是，有以异乎古，故将吊而更以贺也。颜、曾之养，其为乐也大矣，又何阙焉？

足下前要仆文章古书，极不忘，候得数十幅乃并往耳。吴二十一武陵来，言足下为《醉赋》及《对问》，大善，可寄一本。仆近亦好作文，与在京城时颇异。思与足下辈言之，桎梏甚固，未可得也。因人南来，致书访死生。不悉。宗元白。

【解题】

此文作于永州时。王参元家失火，柳宗元听说后，不吊而贺，借以说明正是天火使王参元的清廉天下皆知，构思颇为新特。

报崔黯秀才论为文书

崔生足下：辱书及文章，辞意良高，所向慕不凡近，诚有意乎圣人之言。然圣人之言，期以明道，学者务求诸道而遗其辞。辞之传于世者，必由于书。道假辞而明，辞假书而传，要之，之道而已耳。道之及，及乎物而已耳，斯取道之内者也。今世因贵辞而矜书，粉泽以为工，遒密以为能，不亦外乎？吾子之所言道，匪辞而书，其所望于仆，亦匪辞而书，是不亦去及物之道愈以远乎？仆尝学圣人之道，身虽穷，志求之不已，庶几可以语于古。恨与吾子不同州部，闭口无所发明。观吾子文章，自秀士可通圣人之说。今吾子求于道也外，而望于余也愈外，是其可惜欤！吾且不言，是负吾子数千里不弃朽废者之意，故复云尔也。

凡人好辞工书者，皆病癖也。吾不幸蚤得二病。学道以来，日思砭鍼攻熨，卒不能去，缠结心腑牢甚，愿斯须忘之而不克，窃尝自毒。今吾子乃始钦钦思易吾病，不亦惑乎？斯固有潜块积瘕，中子之内藏，恬而不悟，可怜哉！其卒与我何异？均之二病，书字益下，而子之意又益下，则子之病又益笃，甚矣，子癖于伎也。

吾尝见病心腹人，有思啖土炭、嗜酸咸者，不得则大戚。其亲爱之者不忍其戚，因探而与之。观吾子之意，亦已戚矣。吾虽未得亲爱吾子，然亦重来意之勤，有不忍矣。诚欲分吾土炭酸咸，吾不敢爱，但远言其证不可也，俟面乃悉陈吾状。未相见，且试求良医为方已之。苟能已，大善，则及物之道，专而易通。若积结既定，医无所能已，幸期相见时，吾决分子其啖嗜者。不具。宗元白。

【解题】

此文作于永州时。文中一再强调："圣人之言，期以明道"；如果舍道而求辞求书，一味追求华美的辞章，那就会误入歧途。崔黯，《新唐书》卷一四四有传。

答贡士廖有方论文书

三日，宗元白：自得秀才书，知欲仆为序。然吾为文，非苟然易也，于秀才，则吾不敢爱。吾在京都时，好以文宠后辈，后辈由吾文知名者，亦为不少焉。自遭斥逐禁锢，益为轻薄小儿哗嚣，群朋增饰无状，当途人率谓仆垢污重厚，举将去而远之。今不自料而序秀才，秀才无乃未得向时之益，而受后事之累，吾是以惧。洁然盛服而与负涂者处，而又何赖焉？然观秀才勤恳，意甚久远，不为顷刻私利，欲以就文雅，则吾曷敢以让？当为秀才言之。然而无显出于今之世，视不为流俗所扇动者，乃以示之。既无以累秀才，亦不增仆之诟骂也，计无宜于此。若果能是，则吾之荒言出矣。宗元白。

【解题】

此文作于永州时，为廖有方求作诗序而还答，并非论文，题中“论文”二字似应改作“求序诗”。参见章士钊《柳文指要》。

答吴秀才谢示新文书

某白：向得秀才书及文章，类前时所辱远甚，多贺多贺。秀才志为文章，又在族父处，早夜孜孜，何畏不日日新又日新也。虽间不奉对，苟文益日新，则若亟见矣。夫观文章，宜若悬衡然，增之铢两则俯，反是则仰，无可私者。秀才诚欲令吾俯乎？则莫若增重其文。今观秀才所增益者，不啻铢两，吾固伏膺而俯矣。愈重，则吾俯滋甚，秀才其懋焉！苟增而不已，则吾首惧至地耳，又何间疏之患乎？还答不悉。宗元白。

【解题】

此文作于永州时。吴秀才当为吴武陵的族子。文中以“悬衡”作“观文章”的比喻，十分生动风趣。

上裴行立中丞撰訾家洲亭记启

右伏奉处分令撰《訾家洲亭记》。伏以境之殊尤者，必待才之绝妙以极其词。今是亭之胜，甲于天下，而猥顾鄙陋，使为之记。伏受严命，不敢固让，退自揣度，惕然汗流。累奉游宴，窃观物象，涉旬模拟，不得万一。窃复详忖，进退若坠。久稽篆刻，则有违慢之辜；速课空薄，又见疏芜之累。愆期废事，尤所战栗。谨修撰讫，上献。退自踢蹐，不知所裁。无任陨越惶恐之至。

【解题】

此文作于元和十三年（818），柳宗元奉请为裴行立作《訾家洲亭记》后，并此文一起送达行立。

上裴晋公度献唐雅诗启

宗元启：伏以周、汉二宣中兴之业，歌于《大雅》，载于史官。然而申、甫作辅，方、召专淮夷之功；魏、邴谋谟，辛、赵致罕羌之绩。文武所注，中外莫同。

伏惟相公天授皇家，圣贤克合，谋协一德，以致太平。入有申、甫、魏、邴之勤，出兼方、召、辛、赵之事。东取淮右，北服恒阳，略不代出，功无与让。故天下文士，皆愿秉笔牍，勤思虑，以赞述洪烈，阐扬大勋。宗元虽败辱斥逐，守在蛮裔，犹欲振发枯槁，决疏潢污，罄效蚩鄙，少佐毫发。谨撰《平淮夷雅》二篇，恐惧不敢进献，私愿彻声闻于下执事，庶宥罪戾，以明其心。出位僭言，惶战交积，无任踊跃屏营之至。不宣。宗元谨启。

【解题】

元和十二年（817）末，李愬夜袭蔡州，生擒吴元济，平定淮西。次年，柳宗元作《平淮夷雅》二篇，因作此启，托裴度转献宪宗。

上襄阳李愬仆射献唐雅诗启

宗元启：昔周宣中兴，得贤臣召虎，师出江、汉，以平淮夷。故其诗曰："江、汉之浒，王命召虎。"其卒章曰："于周受命，自召祖命。"以明虎者召公之孙，克承其先也。今天子中兴，而得阁下，亦出江、汉，以平淮夷，克承于先西平王，其事正类。然而未有嗣《大雅》之说，以布天下，以施后代，岂圣唐之文雅，独后于周室哉？

宗元身虽陷败，而其论著往往不为世屈，意者殆不可自薄自匿以坠斯时，苟有补万分之一，虽死不憾。谨撰《平淮夷雅》二篇，斋沐上献。诚丑言淫声，不足以当金石，庶继代洪烈，稗官里人，得采而歌之，不胜愤踊之至。轻黩威重，战越交深。谨启。

【解题】

此文亦作于元和十三年（818），附以《平淮夷雅》二篇，托请李愬，代献阙下。

与邕州李域中丞论陆卓启

某启：伏以至公之道，施恩而不求报，奖善而不为功，所以振宣幽光，激励颓俗，诚大君子所蓄积也。窃见故招讨判官、试右卫胄曹参军陆卓，生禀清操，长于吏理，累仕所隶，必获休声，再举府曹，绩用茂著。顷以狂贼李元庆劫取留后，擅树凶徒，构灾扇祸，期在旦夕，一夫见刃，莫为己用。而卓以此时特立不惧，终翦强暴，以宁师人。既而不幸，婴疾物故，不获一日趋事，以受其职，有功未报，有善未录。

伏承阁下言论之余，每所嗟异，优给家属，恩礼特殊，行道之人，皆所钦伏。倘录其事迹，奏一赠官，使怀愤之魂知感恩于地下，秉志之士思受命于门庭，足以劝奖三军，岂止光荣一族。伏惟不弃狂瞽，特赐裁量。幸甚幸甚！

某与卓未尝相识，敢率愚直，以期至公。轻黩威严，伏增战悚。谨启。

【解题】

此文作于元和十三年（818）。柳宗元与陆卓未尝相识，却勇于公道持论，为陆卓恳请封赠，其意可佳。

上门下李夷简相公陈情书

月日，使持节柳州诸军事守柳州刺史柳宗元，谨再拜献书于相公阁下：宗元闻有行三涂之艰而坠千仞之下者，仰望于道，号以求出。过之者日千百人，皆去而不顾。就令哀而顾之者，不过攀木俯首，深矉太息，良久而去耳，其卒无可奈何。然其人犹望而不止也。俄而有若乌获者，持长绠千寻，徐而过焉。其力足为也，其器足施也，号之而不顾，顾而曰不能力，则其人知必死于大壑矣。何也？是时不可遇而幸遇焉，而又不逮乎己，然后知命之穷，势之极，其卒呼愤自毙，不复望于上矣。

宗元曩者齿少心锐，径行高步，不知道之艰，以陷于大厄，穷蹶殒坠，废为孤囚。日号而望者十四年矣，其不顾而去与顾而深矉者，俱不乏焉。然犹仰首伸吭，张目而视曰：庶几乎其有异俗之心，非常之力，当路而垂仁者耶？及今阁下以仁义正直，入居相位，宗元实拊心自庆，以为获其所望，故敢致其辞以声其哀。若又舍而不顾，则知沉埋踣毙无复振矣，伏惟动心焉。

宗元得罪之由，致谤之自，以阁下之明，其知之久矣。繁言蔓辞，只益为黩。伏惟念坠者之至穷，锡乌获之余力，舒千寻之绠，垂千仞之艰，致其不可遇之遇，以卒成其幸。庶号而望者得毕其诚，无使呼愤自毙，没有余恨，则士之死于门下者宜无先焉。生死通塞，决在此举，无任战汗陨越之至。不宣。宗元惶恐再拜。

【解题】

元和十三年（818），宪宗因藩镇平定，颁发大赦令。时李夷简召为御史大夫，进门下侍郎同中书门下平章事。柳宗元以为其人可托，故作此书，诉说衷情，望李夷简能加以拯拔，使他“得毕其诚”。这是宗元最后一次向人求援，其词哀婉悱恻。

复杜温夫书

二十五日，宗元白：两月来，三辱生书，书皆逾千言，意若相望仆以不对答引誉者。然仆诚过也。而生与吾文又十卷，噫！亦多矣。文多而书频，吾不对答引誉，宜可自反。而来征不肯相见，亟拜亟问，其得终无辞乎？

凡生十卷之文，吾已略观之矣。吾性骏滞，多所未甚谕，安敢悬断是且非耶？书抵吾必曰周、孔，周、孔安可当也？拟人必于其伦，生以直躬见抵，宜无所谀道，而不幸乃曰周、孔，吾岂得无骇怪？且疑生悖乱浮诞，无所取幅尺，以故愈不对答。来柳州，见一刺史，即周、孔之；今而去我，道连而谒于潮，之二邦，又得二周、孔；去之京师，京师显人为文词、立声名以千数，又宜得周、孔千百，何吾生胸中扰扰焉多周、孔哉！

吾虽少为文，不能自雕斫，引笔行墨，快意累累，意尽便止，亦何所师法？立言状物，未尝求过人，亦不能明辨生之才致。但见生用助字，不当律令，唯以此奉答。所谓乎、欤、耶、哉、夫者，疑辞也；矣、耳、焉、也者，决辞也。今生则一之。宜考前闻人所使用，与吾言类且异，慎思之则一益也。庚桑子言藿蠋鹄卵者，吾取焉。道连而谒于潮，其卒可化乎？然世之求知音者，一遇其人，或为十数文，即务往京师，急日月，犯风雨，走谒门户，以冀苟得。今生年非甚少，而自荆来柳，自柳将道连而谒于潮，途远而深矣，则其志果有异乎？又状貌嶷然类丈夫，视端形直，心无歧径，其质气诚可也，独要谨充之尔。谨充之，则非吾独能，生勿怨。亟之二邦以取法，时思吾言，非固拒生者。孟子曰："余不屑之教诲也者，是亦教诲之而已矣。"宗元白。

【解题】

此文作于元和十四年（819）。文中告诫杜温夫，运用前人的语言，应十分慎用，切勿滥用。并说明自己作文，"引笔行墨，快意累累，意尽便止，亦何所师法"，表现出独创的精神。

答郑员外贺启

李师道三代受恩，四凶负德。圣朝含育，务在安人，不知覆载之宽弘，更纵豺狼之奸蠹。王师一发，凶首已来，万姓称欢，四方无事。

答诸州贺启

李师道累代负恩，不起悛革，余孽怙乱，更肆猖狂。王师暂劳，已致枭戮，率土欢抃，庆贺难胜。太平之功，自此而毕。

【解题】

元和十四年（819），平定东平后，各郡各州地方官吏互相称贺。以上二启即作于此时。郑员外，即郑絪。

贺裴桂州启

宗元启：伏承天恩，荣加宠赠，伏惟增感，抃庆罔极。某闻扬名以显，孔圣于是作经；大孝所尊，曾子以之垂训。雨露敷泽，日月垂光，盛德果验于达人，积善必征于余庆。天下人子，羡慕无阶。某特承恩眷，倍百恒品。恨以守官，不获奔走拜贺，无任展转惶灼之至。

【解题】

此文作于元和十四年（819）。因裴行立平广西黄氏部落之乱，作此以贺。

上宰相启

宗元启：自古遭时立功，事或容易；至于今日，尤见其难。

伏惟相公秉钧见以觉群迷，杓持操以祛众惑，横议雷动，执心弥坚。虽石柱之当洪流，烛龙之照朔土，未足以为喻也。自天宝之乱，六十余年，侯伯多继代之人，卒伍有要君之志，累圣含育，未议削平。夙居相位，动逾百数，各务固守，以保安宁。藏疾日滋，稔祸弥长，四海之内，敢望清夷？阁下奋忠勇之诚，挺贞明之志，以中兴为己任，视群寇为私仇。五年之间，六合无事，不图至是，获睹太平。

某罪责未明，拘守荒服，庆抃徒至，称贺无阶。将尽力于缣细，冀流芳于遐迩。报效之至，舍此无由。无任感激欣跃之至。

【解题】

此文创作年代不明，大约作于贬谪之后。所上宰相为何人，亦无考。文中表达了对平定藩镇割据势力的热切期望。

四　序跋

王氏伯仲唱和诗序

仆闻之，世其家业不陨者，虽古犹乏也，求之于今而有获焉。王氏子某，与余通家，代为文儒。自先天以来，策名闻达，秉毫翰而践文昌。登禁掖者，纷纶华耀，继武而起。士大夫掉鞅于文囿者，咸不得攀而伦之。乙亥岁，某自南徐来，执文贶予，词有远致。又著论非班超不能续父兄之书，而乃徼狂疾之功以为名。吾知其奉儒素之道专矣。间以兄弟嗣来京师，会于旧里，若璩、玚在魏，机、云入洛。由是正声迭奏，雅引更和，播埙篪之音韵，调律吕之气候，穆然清风，发在简素。非文章之胄，曷能及兹？况宗兄握炳然之文，以赞关石，腐冠银章，荣映江湖。则向时之美谈，必复其始。

某也谓余传卜氏之学，宜叙于首章。操斧于班、郢之门，斯强颜耳。诗凡若干首。

【解题】

此文作于贞元十一年（795），为王纬兄弟唱和诗作序。时柳宗元已登进士第，在邠州。王纬，传见《新唐书》卷一五九。

杨评事文集后序

赞曰：文之用，辞令褒贬，导扬讽谕而已。虽其言鄙野，足以备于用。然而阙其文采，固不足以竦动时听，夸示后学。立言而朽，君子不由也。故作者抱其根源，而必由是假道焉。作于圣，故曰经；述于才，故曰文。文有二道：辞令褒贬，本乎著述者也；导扬讽谕，本乎比兴者也。著述者流，盖出于《书》之谟、训，《易》之象、系，《春秋》之笔削，其要在于高壮广厚，词正而理备，谓宜藏于简册也。比兴者流，盖出于虞、夏之咏歌，殷、周之风雅，其要在于丽则清越，言畅而意美，谓宜流于谣诵也。兹二者，考其旨义，乖离不合。故秉笔之士，恒偏胜独得，而罕有兼者焉。厥有能而专美，命之曰艺成。虽古文雅之盛世，不能并肩而生。

唐兴以来，称是选而不作者，梓潼陈拾遗。其后燕文贞以著述之余，攻比兴而莫能极；张曲江以比兴之隙，穷著述而不克备。其余各探一隅，相与背驰于道者，其去弥远。文之难兼，斯亦甚矣。

若杨君者，少以篇什著声于时，其炳耀尤异之词，讽诵于文人，盈满于江湖，达于京师。晚节遍悟文体，尤邃叙述。学富识远，才涌未已，其雄杰老成之风，与时增加。既获是，不数年而夭。其季年所作尤善，其为《鄂州新城颂》、《诸葛武侯传论》、饯送梓潼陈众甫、汝南周愿、河东裴泰、武都符义府、泰山羊士谔、陇西李炼凡六《序》、《庐山禅居记》、《辞李常侍启》、《远游赋》、《七夕赋》，皆人文之选已。用是陪陈君之后，其可谓具体者欤？

呜呼！公既悟文而疾，既即功而废，废不逾年，大病及之，卒不得穷其工、竟其才，遗文未克流于世，休声未克充于时。凡我从事于文者，所宜追惜而悼慕也！宗元以通家修好，幼获省谒，故得奉公元兄命，论次篇简。遂述其制作之所诣，以系于后。

【解题】

此文作于柳宗元在长安时。文中提出，文学的功能在于“褒贬”和“讽谕”，同时文学还必须富有“文采”，才能传之久远。“褒贬”之文和“讽谕”之文各有所源，各有特色，如能兼擅，就是大家。杨评事，即杨凌。

凌助教蓬屋题诗序

儒有蓬户瓮牖而自立者，河间凌士燮穷讨六籍，皆有著述，而尤邃《春秋》。为儒官，守道端庄，植志不回。在京师十二年，家本吴也，欲归而不可得，遂构蓬室，以备揖让之位。栋宇简易，仅除风雨，盖大江之南其旧俗也。由是不出环堵，坐入吴甸，包山震泽，若在牖外。所谓求仁而得，斯固然欤？与夫南音越吟，慕望而不获者，异日道也。

夫厚人伦，怀旧俗，固六义之本。群公是以有发德之什，书在屋壁，余叙而引之。

【解题】

此文作于在长安时。凌助教即凌士燮，苏州人。文中称赞凌士燮筑蓬屋以居，“求仁而得”。

濮阳吴君文集序

博陵崔成务，尝为信州从事。为余言：邑有闻人濮阳吴君，弱龄长鬣而广颡，好学而善文。居乡党，未尝不以信义交于物；教子弟，未尝不以忠孝端其本。以是卿相贤士，率与亢礼。余尝闻而志乎心。会其子侃，更名武陵，升进士，得罪来永州。因奉其先人文集十卷，再拜请余以文冠其首，余得遍观焉。其为词赋，有戒苟冒陵僭之志；其为诗歌，有交王公大人之义；其为诔志吊祭，有孝恭慈仁之诚。而多举六经圣人之大旨，发言成章，有可观者。

古之司徒，必求秀士，由乡而升之天官；古之太史，必求人风，陈诗以献于法宫，然后材不遗而志可见。近世之居位者，或未能尽用古道，故吴君之行不昭，而其辞不荐，虽一命于王，而终伏其志。呜呼，有可惜哉！

武陵又论次志传三卷继于末，其志官氏及他才行甚具云。

【解题】

元和三年（808），柳宗元为友人吴武陵之父的文集作序。文中悲叹世风日下，有才能者息不见用，这是惋惜吴武陵之父，也是惋惜吴武陵，更是感慨自己的遭遇。

读韩愈所著毛颖传后题

自吾居夷，不与中州人通书。有来南者，时言韩愈为《毛颖传》，不能举其辞，而独大笑以为怪，而吾久不克见。杨子诲之来，始持其书，索而读之，若捕龙蛇，搏虎豹，急与之角而力不敢暇，信韩子之怪于文也。世之模拟窜窃，取青媲白，肥皮厚肉，柔筋脆骨，而以为辞者之读之也，其大笑固宜。

且世人笑之也，不以其俳乎？而俳又非圣人之所弃者。《诗》曰："善戏谑兮，不为虐兮。"《太史公书》有《滑稽列传》，皆取乎有益于世者也。故学者终日讨说答问，呻吟习复，应对进退，掬溜播洒，则罢惫而废乱，故有"息焉游焉"之说。不学操缦，不能安弦。有所拘者，有所纵也。大羹玄酒，体节之荐，味之至者。而又设以奇异小虫、水草、樝梨、橘柚，苦咸酸辛，虽蜇吻裂鼻，缩舌涩齿，而咸有笃好之者。文王之昌蒲菹，屈到之芰，曾皙之羊枣，然后尽天下之奇味以足于口。独文异乎？韩子之为也，亦将弛焉而不为虐欤？息焉游焉而有所纵欤？尽六艺之奇味以足其口欤？而不若是，则韩子之辞，若壅大川焉，其必决而放诸陆，不可以不陈也。

且凡古今是非六艺百家，大细穿穴用而不遗者，毛颖之功也。韩子穷古书，好斯文，嘉颖之能尽其意，故奋而为之传，以发其郁积，而学者得以励，其有益于世欤！是其言也，固与异世者语，而贪常嗜琐者，犹呫呫然动其喙。彼亦甚劳矣乎！

【解题】

韩愈曾为毛颖作传，题为《毛颖传》，一时传为笑谈，引为怪事。元和四年（809），柳宗元得读《毛颖传》，作此文加以推崇，认为这样的作品使人在精神上得到休息、轻松与娱乐，作者抒发郁愤，读者得到激励，这不是“有益于世”吗？

法华寺西亭夜饮赋诗序

余既谪永州，以法华浮图之西临陂池丘陵，大江连山，其高可以上，其远可以望，遂伐木为亭，以临风雨，观物初，而游乎颢气之始。间岁，元克己由柱下史亦谪焉而来。无几何，以文从余者多萃焉。是夜，会兹亭者凡八人。既醉，克己欲志是会以贻于后，咸命为诗，而授余序。

昔赵孟至于郑，赋七子以观郑志，克己其慕赵者欤？卜子夏为《诗序》，使后世知风雅之道，余其慕卜者欤？诚使斯文也而传于世，庶乎其近于古矣。

【解题】

此文作于元和四年（809）。法华寺为柳宗元贬谪永州后常游之地，在寺之西亭会聚贬谪之友，无疑感慨良多。

愚溪诗序

灌水之阳有溪焉，东流入于潇水。或曰：冉氏尝居也，故姓是溪为冉溪。或曰：可以染也，名之以其能，故谓之染溪。余以愚触罪，谪潇水上，爱是溪，入二三里，得其尤绝者家焉。古有愚公谷，今予家是溪，而名莫定，土之居者犹龂龂然，不可以不更也，故更之为愚溪。

愚溪之上，买小丘为愚丘。自愚丘东北行六十步，得泉焉，又买居之为愚泉。愚泉凡六穴，皆出山下平地，盖上出也。合流屈曲而南，为愚沟。遂负土累石，塞其隘为愚池。愚池之东为愚堂。其南为愚亭。池之中为愚岛。嘉木异石错置，皆山水之奇者，以余故，咸以愚辱焉。

夫水，智者乐也。今是溪独见辱于愚，何哉？盖其流甚下，不可以溉灌；又峻急，多坻石，大舟不可入也；幽邃浅狭，蛟龙不屑，不能兴云雨。无以利世，而适类于余，然则虽辱而愚之，可也。宁武子“邦无道则愚”，智而为愚者也；颜子“终日不违如愚”，睿而为愚者也，皆不得为真愚。今余遭有道，而违于理，悖于事，故凡为愚者莫我若也。夫然，则天下莫能争是溪，余得专而名焉。

溪虽莫利于世，而善鉴万类，清莹秀澈，锵鸣金石，能使愚者喜笑眷慕，乐而不能去也。余虽不合于俗，亦颇以文墨自慰，漱涤万物，牢笼百态，而无所避之。以愚辞歌愚溪，则茫然而不违，昏然而同归，超鸿蒙，混希夷，寂寥而莫我知也。于是作《八愚诗》，纪于溪石上。

【解题】

此文作于元和五年（810）。文中说明改染溪为愚溪的原由，以愚溪的不利于世与自己的失意沦落相对照，以愚溪的纯洁秀美与自己的“以文墨自慰”相映衬，表现出愤世嫉俗的悲怨和忠诚自守、矢志不移的精神。全文即物即我，亦景亦情，含意深刻，文笔流转。

唐铙歌鼓吹曲序

负罪臣宗元言：臣幸以罪居永州，受食府廪，窃活性命，得视息，无治事，时恐惧，小闲，又盗取古书文句，聊以自娱。

伏惟汉、魏以来，代有铙歌鼓吹词，唯唐独无有。臣为郎时，以太常联礼部，尝闻鼓吹署有戎乐，词独不列。今又考汉曲十二篇，魏曲十四篇，晋曲十六篇，汉歌词不明纪功德，魏、晋歌，功德具。今臣窃取魏、晋义，用汉篇数，为唐铙歌鼓吹曲十二篇，纪高祖、太宗功能之神奇，因以知取天下之勤劳，命将用师之艰难。每有戎事，治兵振旅，幸歌臣词以为容，且得大戒，宜敬而不害。

臣沦弃即死，言与不言，其罪等耳。犹冀能言，有益国事。不敢效怨怼默已，谨冒死上。

【解题】

柳宗元在永州时，作唐铙歌鼓吹曲十二篇，附此序，献于阙下，隐含以文章自荐的意思。

裴墐崇丰二陵集礼后序

传曰：《诗》、《书》执礼。礼不执，则不行。自开元制礼，大臣讳避去《国恤》章，而山陵之礼遂无所执。世之不学者，乃妄取预凶事之说，而大典阙焉。由是累圣山陵，皆摭拾残缺，附比伦类，已乃斥去，其后莫能征。永贞、元和间，天祸仍遘，自崇陵至于丰陵，不能周岁。司空杜公由太常相天下，连为礼仪使，择其僚以备损益，于是河东裴墐以太常丞，陇西辛秘以博士用焉。内之则攒涂秘器，象物之宜；外之则复土斥上，因山之制。上之则顾命典册，举文物以授万国；下之则制服节文，颁宪则以示四方。由其肃恭，礼无不备。且苞并总统，千载之盈缩，罗络旁午，百氏之异同。搜扬翦截，而毕得其中；顾问关决，而不悖于事。议者以为司空公得其人，而邦典不坠。裴氏乃悉取其所刊定，及奏复于上，辨列于下，联百执事之仪，以为《崇丰二陵集礼》，藏之于太常书阁，君子以为爱礼而近古焉者。

昔韦孟以《诗》、《礼》傅楚，而郊庙之制，卒正于玄成；郑玄以笺注师汉，而禅代之仪，卒集于小同。贾谊以经术起，而嘉最好学；卢植以儒学用，而谌为祭法，旧史咸以为荣。今裴氏太尉公以礼匡义，嗣侍中公以礼议封禅，祠部公以礼承大事，大理公以礼辅东宫，而墐也以礼奉二陵，又能成书以充其阙，其为爱礼近古也，源远乎哉！

墐字封叔，其伯仲咸以文学显于世。大理之兄正平节公，以仪范成家道，又以文雅经邦政。今相国郇公，其宗子也。郇公以孝友勤劳，扬于家邦。游其门若闻《韶》、《頀》，入其庙如至邹、鲁。恩溢乎九族，礼仪乎他门。则封叔之习礼也，其出于孝悌欤？成书也，其本于忠敬欤？由于家而达于邦国，其取荣于史氏也果矣！

【解题】

此文作于在永州时，约在元和二年（807）前后。裴墐曾作《崇丰二陵集礼》，记载了德宗、顺宗葬礼的仪式制度，藏于太常书阁。柳宗元为此书作序，肯定了其“爱礼而近古”的特点。

柳宗直西汉文类序

左右史混久矣，言事驳乱，《尚书》、《春秋》之旨不立。自左丘明传孔氏，太史公述历古今，合而为《史》，迄于今交错相纠，莫能离其说。独左氏《国语》纪言，不参于事。《战国策》、《春秋后语》颇本右史《尚书》之制。然无古圣人蔚然之道，大抵促数耗矣，而后之文者宠之。文之近古而尤壮丽，莫若汉之西京。班固书传之，吾尝病其畔散不属，无以考其变。欲采比义，会年长疾作，驽堕愈日甚，未能胜也。幸吾弟宗直爱古书，乐而成之。搜讨磔裂，捃摭融结，离而同之，与类推移，不易时月，而咸得从其条贯。森然炳然，若开群玉之府。指挥联累，圭璋琮璜之状，各有列位，不失其序，虽第其价可也。以文观之，则赋、颂、诗、歌、书、奏、诏、策、辩、论之辞毕具。以语观之，则右史纪言，《尚书》、《国语》、《战国策》成败兴坏之说大备，无不苞也。噫！是可以为学者之端耶。

始吾少时，有路子者，自赞为是书，吾嘉而叙其意，而其书终莫能具，卒俟宗直也。故删取其叙，系于左，以为《西汉文类》首纪。殷、周之前，其文简而野，魏、晋以降，则荡而靡，得其中者汉氏。汉氏之东，则既衰矣。当文帝时，始得贾生明儒术，武帝尤好焉。而公孙弘、董仲舒、司马迁、相如之徒作，风雅益盛，敷施天下，自天子至公卿大夫士庶人咸通焉。于是宣于诏策，达于奏议，讽于辞赋，传于歌谣，由高帝讫于哀、平，王莽之诛，四方之文章盖烂然矣。史臣班孟坚修其书，拔其尤者，充于简册，则二百三十年间，列辟之达道，名臣之大范，贤能之志业，黔黎之风美列焉。若乃合其英精，离其变通，论次其叙位，必俟学古者兴行之。唐兴，用文理，贞元间，文章特盛。本之三代，浃于汉氏，与之相准。于是有能者，取孟坚书，类其文，次其先后，为四十卷。

【解题】

此文作于永州时。柳宗直为宗元堂弟，曾取《汉书》中所录文章。分类编辑，为《西汉文类》四十卷，宗元为之作序。文中特别推重西汉文章，认为“近古而犹壮丽"，可以看出他为文博学兼采的特点。

娄二十四秀才花下对酒唱和诗序

君子遭世之理，则呻呼踊跃以求知于世，而遁隐之志息焉。于是感激愤悱，思奋其志略，以效于当世。故形于文字，伸于歌咏，是有其具而未得行其道者之为之也。

娄君志乎道，而遭乎理之世，其道宜行，而其术未用，故为文而歌之，有求知之辞。以余弟同志而偕未达，故为赠诗，以悼时之往也。余既困辱，不得预睹世之光明，而幽乎楚越之间，故合文士以申其致，将俟未木铎以间于金石。大凡编辞于斯者，皆太平之不遇人也。

【解题】

此文作于永州时。“娄二十四秀才”即娄图南。文中表达了“太平之不遇人”借诗文抒发悼时伤身之情的深深感慨。

五 赠序

送苑论登第后归觐诗序

八年冬，余与马邑苑言扬联贡于京师。自时而后，车必挂辖，席必交衽。量其志，知其达于昭代；究其文，辨其胜于太常。探而讨之，则明韬于朴厚之质，行浮于休显之问。游公卿之间，质直而不犯，恪谨而不摄。交同列之群，以诚信闻。余拜而兄之，以为执谊而固，临节不夺，在兄而已。

是岁，小司徒顾公守春官之缺，而权择士之柄。明年春，同趋权衡之下，并就重轻之试。观其掉鞅与术艺之场，游刃乎文翰之林，风雨生于笔札，云霞发于简牍，左右圜视，朋侪拱手，甚可壮也。二月丙子，有司题甲乙之科，揭于南宫，余与兄又联登焉。余不厚颜怀愧而陪其游久矣。

夏四月，告归荆衡，拜手行迈，轮移都门之辙，辕指秦岭之路。方将高堂称庆，里闬更贺，曳裾峨冠，荣南诸侯之邦，遐登王粲之楼，高视刘表之榻，桂枝片玉，光生于家。是宜砥商、雒之阻艰，带江、汉之浩荡，以谈笑顾眄，超越千里而无倦极也。然而景炽气燠，往即南方，乘陵炎云，呼吸温风。可无敬乎？慎进药石，保安其躬，是亦非兄之所宜私也。群公追饯于霸陵。列筵而觞，送远之赋。圭璋交映。或授首简于余曰："子得非知言扬者乎，安得而默耶？"余受而书之，编于群玉之右：非不知让，贵传信焉尔。

【解题】

此文作于贞元九年（793）。苑论字言扬，为柳宗元同年进士，登第后归乡省亲。柳宗元作此文为他送行，系于诸人送别诗之前。文中历述二人友谊，并称誉苑论的才华。

送邠宁独孤书记赴辟命序

仆间岁骤游邠疆，今戎帅杨大夫时为候奄，尽护群校。用笞法箠令，不吐强御，下莫有逗挠凌暴而犯令者。沉断壮勇，专志武力，出麾下，取主公之节钺而代之位，鹖冠者仰而荣之。今又能旁贵文雅，以符召文士之秀者河南独孤宁，署为记室，俾职文翰，翕然致得士之称于谈者之口。盖朝廷以勇爵论将帅，岂滥也哉？独孤生与仲兄寔连举进士。并时管记于汉中、新平二连帅府，俱以笔砚承荷旧德，位未达而荣如贵仕，其难乎哉！

噫！自犬戎陷河右，逼西鄙，积兵备虞，县道告劳，内匮中府太仓之蓄，仅而获餍，投石而贾勇者，思所以奋力。论者以为天子且复河壖故疆，拓达西戎，而罢诸侯之兵。则曳裾戎幕之下，专弄文墨，为壮夫捧腹，甚未可也！吾子历览古今之变，而通其得失，是将植密画于借箸之宴，发群谋于章奏之笔，上为明天子论列熟计，而导扬威命。然后谈笑罇俎，赋从军之乐。移书飞文，谕告西土劫胁之伍，俾其箪食壶浆，犒迎王师，在吾子而已！往慎辞令，使谕蜀之书，燕然之文，炳列于汉史，真可慕也。不然，是琐琐者，恶足置齿牙间而荣吾子哉？

【解题】

此文作于贞元十一年（795）。独孤书记即独孤宁。文中勉励独孤宁应用文章扬国威，壮士气，为捍卫边疆作出贡献。

送萧炼登第后南归序

始余幼时，拜兄于九江郡，睹其乐嗜经书，慕山薮，凝和抱质，气象甚茂，虽在绮纨，而私心慕焉。厥后窃理文字，先礼而冠，遇兄于泽宫之中。观其德如九江之拜，盖世俗所不能移也。自是战艺三北，左次陋巷。余亟会于其居，视其道如泽宫之遇，亦挫抑所不能屈也。逾时而名擢太常，声动京国，士辈仰慕，顾眄有耀。余获贺于蔡通儒氏，窥其志如陋巷之会，又得意所不能迁也。君子志正而气一，诚纯而分定，未尝摽出处为二道，判屈伸于异门也。固其本，养其正，如斯而已矣。

吾兄先觉而守道，独立而全和，贞确端懿，雅不羁俗，君子之素也。亦既升名天官，告余东游，是将乘商於，浮汉池，历郢城，下武昌，复于我始见之地。则朋旧之徒，含喜来迎；宗姻之列，加礼以待；舟舆所略，贺声盈耳；离群之思，行益少矣。仆不腆，见邀为序。狂夫之言，非所以志君子也，自达而已。

【解题】

贞元十二年（796），柳宗元的友人萧炼登第后南归，宗元作此文送别，表达二人的情谊。

送辛殆庶下第游南郑序

朝廷用文字求士，每岁布衣束带，偕计吏而造有司者，仅半孔徒之数。春官上大夫，擢甲乙而升司徒者，于孔氏高第亦再倍焉。仆在京师，凡九年于今，其间得意者，二百有六十人。其果以文克者，十不能一二。尝从俊造之后，颇涉艺文之事，四贡乡里，而后获焉。方之于钓者，丝纶不属，钩喙甚直，怀有美饵，而觖望获鱼之暮，则善取者皆指而笑之。

今辛生固穷而未达，迟久而不试，褒衣之徒，视子而捧腹者，盖不之知焉。辛生尝南依蛮楚，专志于学，为文无谬悠迂诬之谈，锻炼翦截，动可观采。故相国齐公，接礼加等。常为右客，且佐其策名之愿。遂笈典坟，袖文章，北来王都，笑揖群伍。文昌天下大夫上士之列，见而器异，争为鼓誉，由是为闻人。战术艺之场，莫与争锋。然而迁延三北，踯躅不振，岂其直钩而钓，怀美饵而羡鱼者耶？若辛生者，有司抑之则已，不然，身都甲乙之籍，其果以文克欤！

今则囊如悬磬，佣室寓食，方将适千里，求仁人，被冒畏景，陟降栈道。吾欲抑而不叹，其若心胸何？然吾闻焚舟而克，手剑而盟者，皆败北之余也。子之厄困而往，霸心勇气，无乃发于是行乎？成拜赐之信，刷压境之耻，无乃果于是举乎？往慎所履，如志遄返，勉自固植，以遂子之欲。姑使谈者谓我言而中，不犹愈乎！

【解题】

贞元十三年（797），辛殆庶下第游南郑，柳宗元作此文送别，褒扬辛殆庶的才学，痛惜他的落第，并勉励他勿堕志向，积极进取。贞元十七年（801），辛殆庶终于登进士第。

送杨凝郎中使还汴宋诗后序

谈者谓大梁多悍将劲卒，亟就滑乱，而未尝底宁。控制之术，难乎中道。盖以将骄卒暴，则近忧且至，非所以和众而乂民也；将诛卒削，则外虞实生，非所以捍城而固圉也。是宜慰荐煦谕，纳为腹心，然后威怀之道备。圣上于是抚以表臣，赞以艺人，参刚柔而两用，化逆顺而同道。既去大憝，遂安有众。

故杨公以谋议之隙，对扬王庭，不逾时而承诏复命，示信于外诸侯。时当朝之羽仪，凡同官之寮属，皆饯焉。容受童孺，使在末位。礼部郎中许公以宏才奥学，已任文字，顾唱在席，咸断章而赋焉。谓工部郎中崔公，文为时雄，允宜首序。谓小子预离觞之余沥，俾撰后序，编以继之。大凡军旅之制，赞佐之重，崔公序之备矣。膺命受简，欲默不敢，故书谈者之辞，拜手以献，用充余篇云。

【解题】

杨凝以吏部郎中为宣武军判官，贞元十二年（796）自汴梁朝正于京师。三年后（799），自京还汴，礼部郎中许孟容等赋诗为之送别，柳宗元则应命作此后序，称颂杨凝的功绩。

送班孝廉擢第归东川觐省序

陇西辛殆庶，猥称吾文宜叙事，晨持缣素，以班孝廉之行为请。且曰："夫人殆所谓吉士也，愿而信，质而礼，言不黩慢，行不进越。其先两汉间继修文儒，世其家业。其风流后胤，耽学笃志之士，往往出于其门。今夫人研精典坟，不告劬勚。属者举乡里，登春官，获居其甲焉。家于蜀之东道，其严君以客卿之位，赞是方岳，为大夫良。今将拜庆宁觐，光耀族属，是其可歌也。道出于南郑，外王父以将相之重，九命赤社，为诸侯师。今又将亟驾省谒，从容燕喜，是又可歌也。故我与河南独孤申叔、赵郡李行纯、行敏等若干人，皆歌之矣。若乃序者，固吾子宜之。

柳子曰："吾尝读《王命论》及《汉书》，嘉其立言。彼生彪、固之胄欤？相国冯翊王公，功在社稷，德在生人。其门子游文章之府者，吾尝与之齿。彼生严氏之出欤？承世家之儒风，沐外族之休光，彼生专圣人之书，而趋君子之林，宜矣哉!”遂如辛氏之谈，濡翰于素，因寓于辞曰：“为我谢子之舅氏，珠玉将至，得无修容乎!”

【解题】

贞元十七年（801），班肃试进士第一，归东川省亲。柳宗元应辛殆庶之请，作此文为班肃送别。文中以对话的形式叙事写人，构思相当巧妙。

送文畅上人登五台遂游河朔序

昔之桑门上首，好与贤士大夫游。晋宋以来，有道林、道安、远法师、休上人，其所与游，则谢安石、王逸少、习凿齿、谢灵运、鲍照之徒，皆时之选。由是真乘法印，与儒典并用，而人知向方。

今有释文畅者，道源生知，善根宿植，深嗜法语，志甘露之味，服道江表，盖三十年。谓王城雄都，宜有大士，遂蹑虚而西，驱锡逾纪，而秦人蒙利者益众。云、代之间，有灵山焉，与竺乾鹫岭角立相望，而往解脱者，去来回复，如在步武。则勤求秘宝，作礼大圣，非此地莫可。故又舍筏西土，振尘朔陲，将欲与文殊不二之会，脱去秽累，超诣觉路，吾徒不得而留也。

天官顾公、夏官韩公、廷尉郑公、吏部郎中杨公、刘公，有安石之德，逸少之高，凿齿之才，皆厚于上人，而袭其道风，伫立瞻望，惧往而不返也。吾辈常希灵运、明远之文雅，故诗而序之。又从而谕之曰：“今燕、魏、赵、代之间，天子分命重臣，典司方岳，辟用文儒之士，以缘饰政令。服勤圣人之教，尊礼浮屠之事者，比比有焉。上人之往也，将统合儒释，宣涤疑滞，然后蔑衣裓之赠，委财施之会不顾矣。其来也，盍亦征其歌诗，以焜耀迥躅，伟长、德琏之述作，岂擅重千祀哉！庶欲窃观风之职，而知郑志耳。

【解题】

贞元十九年（803）春，文畅和尚将离京游河朔，柳宗元应其所请，作此文为他送行。据此文，可见当时士夫与僧人交往的情形，及柳宗元对“统合儒释”的认识。

送宁国范明府诗序

近制，凡得仕于王者，岁登名于吏部，吏部则必参其等列，分而合之，率三十人以为曹，谓之甲。名书为三，其一藏之有司，其二藏之中书洎门下。每大选置大考绩，必关决会验而视其成。有不合者，下有司，罢去甚众。由是吏得为奸以立威，贼知以弄权，诡窃窜易，而莫示其实。必求端悫而习于事、辩达而勤其务者，命之官而掌之。居三年，则又益其官而后去其职。

有范氏传真者，始来京师，近臣多言其美。宰相闻之，用以为是职。在门下，甚获休问。初命京兆武功尉。既有成绩，复于有司，为宣州宁国令。人咸曰：由邦畿而调者，命东西部尉以为美仕。范生曰：“不然。夫仕之为美，利乎人之谓也。与其给于供备，孰若安于化导。故求发吾所学者，施于物而已矣。夫为吏者，人役也。役于人而食其力，可无报耶？今吾将致其慈爱礼节，而去其欺伪凌暴，以惠斯人，而后有其禄，庶可平吾心而不愧于色。苟获是焉，足矣。”季弟为殿中侍御史，以是言也告于其僚，咸悦而尚之。故为诗以重其去，而使余为序。

【解题】

此文作于在长安时，因送范传真赴宣州宁国县令任而作。柳宗元充分肯定了范传真的观点，认为做官应为人民效力，使人民得到恩惠，而不应追求个人利益。这表达了柳宗元的政治思想。

送崔群序

贞松产于岩岭，高直耸秀，条畅硕茂，粹然立于千仞之表。和气之发也，禀和气之至者，必合以正性。于是有贞心劲质，用固其本，御攘冰霜，以贯岁寒，故君子仪之。

清河崔敦诗，有柔儒温文之道，以和其气，近仁复礼，物议归厚，其有禀者欤？有雅厚直方之诚，以正其性，悫论忠告，交道甚直，其有合者欤？是故日章之声，振于京师。尝与陇西李杓直、南阳韩安平洎予交友。杓直敦柔深明，冲旷坦夷，慕崔君之和；安平厉庄端毅，高朗振迈，说崔君之正；余以刚柔不常，造次爽宜，求正于韩，袭和于李，就崔君而考其中焉。忘言相视，默与道合。今将宁觐东周，振策于迈，且饯于野，或命为之序。

余于崔君有通家之旧，外党之睦，然吾不以是合之。崔君以文学登于仪曹，扬于王庭，甲俊造之选，首仇校之列，然吾不以是视之。于其序也，载之其末云。

【解题】

此文作于在长安时。崔群将往洛阳，柳宗元作此文送别。文中叙述了宗元与崔群、李建、韩泰的友谊，并赞扬崔群的“贞心劲质”，这也是宗元的“夫子自道”。

送幸南容归使联句诗序

昔汉室方盛，文章之徒合于京师，亦既充金马、石渠，则又溢于诸侯，求达其道。故枚乘客于吴，相如游于梁，其或致书匡主，用极其志，节之大者也；适时观变，以成其性，道之茂者也。

渤海幸君，既登于太常之籍，又膺邯郸之召，北会元戎，直道自达，吾侪器其略；南聘天朝，相礼述职，公卿多其仪。合度于易于之间，虽枚生之节，长卿之道，无以尚也。冬十有二月，朝右礼备，复于辕门，我同升之友，是用荣其趣舍，惜其离旷，卜兹良辰，咏叹其美。比词联韵，奇藻递发。烂若编贝，粲如贯珠。琅琅清响，交动左右。群公以侍御之往也，予阙其述，命系而序焉。

【解题】

此文作于在长安时。因为幸南容送行，柳宗元和同年之友相聚联诗，宗元并作此文，以纪其事。“幸南容”或作“辛南容”，见《太平广记》卷二五六柳宗元条，待考。

送独孤申叔侍亲往河东序

河东，古吾土也，家世迁徙，莫能就绪。闻其间有大河、条山，气盖关左，文士往往彷徉临望，坐得胜概焉。吾固翘翘褰裳，奋怀旧都，日以滋甚。独孤生，周人也，往而先我。且又爱慕文雅，甚达经要，才与身长，志益强力。挟是而东，夫岂徒往乎？温凊奉引之隙，必有美制。倘飞以示我，我将易观而待，所不敢忽。

古之序者，期以申导志义，不为富厚，而今也反是。生至于晋，出吾斯文于笔砚之伍，其有评我太简者，慎勿以知文许之。

【解题】

此文作于在长安时。据文末所称，柳宗元颇以行文简古自负。后人也有以“简古”评柳文的，如沈晦《四明新本河东先生序后序》等。

送豆卢膺秀才南游序

君子病无乎内而饰乎外，有乎内而不饰乎外者。无乎内而饰乎外，则是设覆为阱也，祸孰大焉？有乎内而不饰乎外，则是焚梓毁璞也，诟孰甚焉？于是有切磋琢磨、镞砺栝羽之道，圣人以为重。

豆卢生，内之有者也，余是以好之，而欲其遂焉。而恒以幼孤羸馁为惧，恤恤焉游诸侯求给乎是，是固所以有乎内者也。然而不克专志于学，饰乎外者未大，吾愿子以《诗》、《礼》为冠屦，以《春秋》为襟带，以图史为佩服，琅乎璆璜冲牙之响发焉，煌乎山龙华虫之采列焉，则揖让周旋乎宗庙朝廷斯可也。惜乎余无禄食于世，不克称其欲，成其志，而姑欲其速反也，故诗而序云。

【解题】

此文作于在长安时。柳宗元在文中认为应该“有乎内”并“饰乎外”，才称得上是圣人之道。这就是说应内富道德修养，外富学问文采。

送严公贶下第归兴元觐省诗序

严氏之子有公贶者，退自有司，踵门而告柳子曰：“吾献艺不售于仪曹之贾，货不中度，敢逃其咎！诘朝将行，愿闻所以去我者，其可乎哉？”

余谕之曰："吾子以冲退之志，端其趣向；以淬砺之诚，修其文雅。行当承教戒于独立之下，浚发清源，激扬洪音。沛哉！铿铿乎充于四体之不暇，吾何敢去子！"

恭惟相国冯翊公，有大勋力盈于旗常。极人臣之尊，分天子之忧。殿邦坤隅，柄是文武。若子者，生而有黼缋粱肉之美，不知耕农之勤劳，物役之艰难。趋其庭，有魏绛之金石焉；候其门，有亚夫之棨戟焉。中人处之，不能无傲。而子之伯仲，皆脱略贵美，服勤儒素，退托于布衣韦带之任，如少习然。故继登上科，以及于子。是可举严氏之教，诵乎他门，使有矜式也。而吾子又引慝内讼，㧑谦如此，其何患乎贾之不售而自薄哉？于是文行之达，若高阳齐据者，偕赋命余序引。余朴不晓文，故书严子之嘉言，编于右简，窃褒贬之义以赠。

【解题】

严公贶为冯翊郡王严震之四子。此文为公贶下第而作，大约在贞元十三年至二十年之间（799—804）。文中对公贶的良好家风和谦抑品质，予以赞扬。

送元秀才下第东归序

周乎志者，穷蹶不能变其操；周乎艺者，屈抑不能贬其名。其或处心定气，居斯二者，虽有穷屈之患，则君子不患矣。元氏之子，其殆庶周乎。言恭而信，行端而静，勇于讲学，急于进业。既游京师，寓居侧陋，无使令之童，阙交易之财，可谓穷蹶矣。而操逾厉，志之周也。才浚而清，词简而备，工于言理，长于应卒。从计京师，受丙科之荐。献艺春卿，当三黜之辱，可谓屈抑矣。而名益茂，艺之周也，苟非处心定气，则曷能如此哉？

余闻其欲退家殷墟，修志增艺，惧其沉郁伤气，怀愤而不达，乃往送而谕焉。夫有湛卢豪曹之器者，患不得犀兕而刳之，不患其不利也。今子有其器，宣其利，乘其时，夫何患焉？磨砺而坐待之可也。遂欣欣而去。

【解题】

此文作于在长安时。元秀才即元公瑾，有文行，却未得仕进。文中鼓励公瑾不变其操，不贬其名，奋志进取，终有所成。

送蔡秀才下第归觐序

仆之始贡于京师，蓍者卦之曰：是所谓望而未睹，隐而未见，晄乎远而有荣者也。今兹岁在鹑首，若合于寿星，其果合乎？仆时悒然迟之，谓其诞慢怪迂，是将不然，然而仅置于怀耳，未克决而忘之也。后果依违迁就，四进而获，卒如其言云。噫！彼莫莫者，其有宰于人乎？不然，何其应前定若是之章明也？

今蔡君驰声耀誉，闻于公卿，战艺之徒，推为先登，而五就乡举，往则见罢，意者前定之期殆未及欤？故君子之居易俟命，乐天不忧者，果于自是也。君其励文学焉！丈人牧人南邦，君展觐承颜婆娑愉乐之暇，则充其经笥，茂是文苑，时焉逃哉？迟速之事，则瞽史之任，吾不及知。

【解题】

此文作于在长安时。柳宗元认为自己的“四进而获”，恐怕是冥冥中“有宰于人”者，所以才能“应前定若是之章明”。这种天命观，表现了柳宗元思想的另一方面。

送韦七秀才下第求益友序

所谓先声后实者，岂唯兵用之，虽士亦然。若今由州郡抵有司求进士者，岁数百人，咸多为文辞，道今语古，角夸丽，务富厚。有司一朝而受者几千万言，读不能十一，即偃仰疲耗，目眩而不欲视，心废而不欲营，如此而曰吾能不遗士者，伪也。唯声先焉者，读至其文辞，心目必专，以故少不胜。

京兆韦中立，其文懿且高，其行愿以恒，试其艺益工，久与居，益见其贤，然而进三年连不胜，是岂拙于为声者欤？或以韦生之不胜，为有司罪。余曰：非也。谷梁子曰："心志既通，而名誉不闻，友之过也；名誉既闻，而有司不以告，有司之过也。"人之视听有所止，神志有所不及。古之道，名誉未至，不以罪有司，而况今乎？今韦生乐植乎内，而不欲扬乎外，其志非也。孔子不避名誉以致其道，今韦生仗其文，简其友，思自得于有司，抑非古人之道欤？将行也，余为之言，既以迁其人，又以移其友，且使惑者知释有司也。

【解题】

此文作于在长安时，柳宗元劝励韦中立应扬声于外，才能有助于仕进，这表现了中唐时期的一种风气。

送辛生下第序略

自命乡论士之制，坏而不复，士莫有就绪，故丛于京师。京兆尹岁贡秀才，常与百郡相抗。登贤能之书，或半天下。取其殊尤以为举首者，仍岁皆上第，过而就黜，时谓怪事，有司或不问能否而成就之。

中书高舍人，备位于礼部，攘袂矫枉，痛抑华耀，首京师之贡者，再岁连黜，辛生以是不在议甲乙伍中。其沉没厄困之士，阖户塞窦而得荣名者，连畛而起，谈者果以至公称焉，其能否也，世莫知也。若辛生，其文简而有制，其行直而无犯，向使不闻于公卿，不扬于交游，又不为京师贡首，则其甲乙可曲肱而有也。呜呼，名之果为不祥也有是夫！既受退，告归长沙。以辛生之文行，八年无就，如其初而退返，吾甚愤焉。孟子曰："位卑而言高者，罪也。"于辛生又不能已，故略。

【解题】

此文作于在长安时。柳宗元愤慨辛生虽有才名文行，居然八年无就，所以作此文。全文词简意足。

送韩丰群公诗后序

春秋时，晋有叔向者，垂声迈烈，显白当世。而其兄铜鞮伯华，匿德藏光，退居保和，士大夫其不与叔向游者，罕知伯华矣。然仲尼称叔向曰"遗直"、"由义"。又称伯华曰"多闻"、"内植"。进退两尊，荣于策书，故羊舌氏之美，至于今不废。

宗元常与韩安平遇于上京，追用古道，交于今世，以是知吾兄矣。兄字茂实，敦朴而知变，弘和而守节，温淳重厚，与直道为伍。常绩文著书，言礼家之事，条综今古，大备制量，遗名居实，澹泊如也。他日当为达者称焉，在吾侪乎？则韩氏之美，亦将焜耀于后矣。

今将浮游淮湖，观艺诸侯，凡知兄者，咸出祖于外。天水赵佶秉翰序事，殷勤宣备，词旨甚当。余谓《春秋》之道，或始事，或终义。大《易》之制，《序卦》处末。然则后序之设，不为非经也。于是编其饯诗若干篇，纪于末简，以贶行李，遂抗手而别。

【解题】

此文作于在长安时。韩丰将游淮湖，京中士夫作诗送别。柳宗元作此文附于篇末，称赏韩丰的美德。

送濬上人归淮南觐省序

金仙氏之道，盖本于孝敬，而后积以众德，归于空无。其敷演教戒于中国者，离为异门，曰禅，曰法，曰律，以诱掖迷浊，世用宗奉。其有修整观行，尊严法容，以仪范于后学者，以为持律之宗焉。上人穷讨秘义，发明上乘，奉威仪三千，虽造次必备。尝以此道宣于江湖之人，江湖之人悦其风而受其赐，攀慈航望彼岸者，盖千百计。天子闻之，征至阙下，御大明秘殿以问焉，导扬本教，颇甚称旨。京师士众，方且翘然仰大云之泽，以植德本，而上人不胜顾复之恩，退怀省侍之礼，恳迫上乞，遂无以夺。由是杖锡东顾，振衣晨征。

右司员外郎刘公，深明世典，通达释教，与上人为方外游。始荣其至，今惜其去，于是合郎署之友，诗以贶之。退使孺子执简而序之，因系其辞曰：

上人专于律行，恒久弥固，其仪刑后学者欤？诲于生灵，触类蒙福，其积众德者欤？觐于高堂，视远如迩，其本孝敬者欤？若然者，是将心归空无，舍筏登地，固何从而识之乎？古之赠礼，必以轻先重，故郑商之犒先乘韦，鲁侯之赠后吴鼎。今饯诗之重，皆众吴鼎也。故乘韦之比，得序而先之。且曰，由礼而不敢让焉。

【解题】

此文作于在长安时。柳宗元对佛家之道的看法，认为是“本于孝敬，而后积以众德，归于空无”，在根本上与儒家相通。

送赵大秀才往江陵谒赵尚书序

士之知感激许与，常欲以有报为志者，则凡志乎道者，咸愿为之。如赵生，庶乎哉！来谓余曰：“宗人尚书以硕德崇功，由交、广临荆州，仁我若子姓，恩礼重厚。有贤子为御史，好学而甚文，友我若同生，欢欣交通，我诚乐为之用，甚不辞也。不幸遭重痼，六旬而后知人。方其急也，大惧不克报尚书公之恩，又惧无以当御史君之心以没。每念于是，未尝不尽然内伤，若受锋刃。自是而后，调药石，时饮食，生血补气，强筋植骨，荣卫之和，膂力之刚，迨今兹始全。然为人舒干抗首，文翰端丽，材足以用，敢辞而往，以效于戏下。”其言云尔。

自吾窜永州三年，赵生亟见。视其状，恭谨愿悫；观其迹，温密简静；闻其言，径直端诚。自尚书之为荆州，异政日至。至则赵生喜抃起立，伸目四顾，不啻若自己而为之者。诚宜有报知己之道，又诚宜有大贤而为之知也。是行也，赵生其将奋六翮，翔千里，以为辕门大府之重，增羽仪之盛，其道美矣。故余继之以辞。

【解题】

此文作于元和三年（808）。赵尚书即赵昌，时为荆南节度使。柳宗元作此文为赵大秀才送行，希望他将有所成就。

陪永州崔使君游宴南池序

零陵城南，环以群山，延以林麓。其崖谷之委会，则泓然为池，湾然为溪。其上多枫楠竹箭、哀鸣之禽，其下多芡芰蒲蕖、腾波之鱼，韬涵太虚，澹滟里闾，诚游观之佳丽者已。

崔公既来，其政宽以肆，其风和以廉，既乐其人，又乐其身。于暮之春，征贤合姻，登舟于兹水之津。连山倒垂，万象在下，浮空泛景，荡若无外。横碧落以中贯，陵太虚而径度。羽觞飞翔，匏竹激越，熙然而歌，婆然而舞，持颐而笑，瞪目而倨，不知日之将暮，则于向之物者可谓无负矣。

昔之人知乐之不可常，会之不可必也，当欢而悲者有之。况公之理行，宜去受厚锡，而席之贤者，率皆左官蒙泽，方将脱鳞介，生羽翮，夫岂趑趄湘中为憔悴客耶？余既委废于世，恒得与是山水为伍，而悼兹会不可再也，故为文志之。

【解题】

此文作于元和三年（808）。崔使君即崔敏，时为永州刺史。文中柳宗元感慨自己身“为憔悴客”，“乐之不可常，会之不可必”，不觉悲从中来：山水之美，反而使他悲愁更深。

同吴武陵赠李睦州诗序

润之盗锜，窃货财，聚徒党，为反谋十年。今天子即位三年，大立制度。于是盗恐且奋，将遂其不善。视部中良守不为己用者，诬陷去之，睦州由是得罪。天子使御史按问，馆于睦。自门及堂，皆其私卒为卫。天子之卫不得摇手，辞卒致具。有间，盗遂作。而庭臣犹用其文，斥睦州南海上。既上道，盗以徒百人遮于楚、越之郊，战且走，乃得完为左官吏。无几，盗就擒，斩之于社垣之外。论者谓宜还睦州，以明其诬。既更大赦，始移永州，去长安尚四千里，睦州未尝自言。

吴武陵，刚健士也。怀不能忍，于是踊跃其诚，铿锵其声，出而为之诗，然后慊于内。余固知睦州之道也熟，衔匿而未发且久，闻吴之先焉者，激于心，若钟鼓之考，不知声之发也，遂系之而重以序。

【解题】

元和三年（808），李睦州被量移至永州。吴武陵和柳宗元为其因诬陷贬官，深为不平。武陵作诗赠送，宗元则作此文，对藩镇跋扈，政治腐败，深表愤慨。

送娄图南秀才游淮南序

仆未冠，求进士，闻娄君名甚熟。其所为歌诗，传咏都中，通数经及群书。当时为文章，若崔比部、于卫尉，相与称其文。众皆曰纳言曾孙也，而又有是，咸推让为先登。

后十余年，仆自尚书郎谪来零陵，觏娄君，犹为白衣，居无室宇，出无僮御。仆深异而讯之，乃曰："今夫取科者，交贵势，倚亲戚，合则插羽翮，生风涛，沛焉而有余，吾无有也。不则餍饮食，驰坚良，以欢于朋徒，相贸为资，相易为名，有不诺者，以气排之，吾无有也。不则多筋力，善造请，朝夕屈折于恒人之前，走高门，邀大车，矫笑而伪言，卑陬而姁媮，偷一旦之容以售其伎，吾无有也。自度卒不能堪其劳，故舍之而游，逾湖、江，出豫章，至南海，复由桂而下也。少好道士言，饵药为寿，未尽其术，故往且求之。"仆闻而愈疑。往时观得进士者，不必若娄君之言，又少能类娄君之文学，又无纳言之大德以为之祖，无比部、卫尉以为之知，而升名者百数十人。今娄君非不足也，顾不乐而遁耳。因为余留三年。他日又曰："吾所以求于心者未克，今其行也。"余既异其遁于名，而又德其久留于我也，故为之言。

夫君子之出，以行道也；其处，以独善其身也。今天下理平，主上亟下求士之诏，娄君智可以任职用事，文可以宣风歌德，行于世，必有合其道而进荐之者。遽而为处士，吾以为非时。将曰老而就休耶？则甚少且锐；羸而自养耶？则甚硕且武。问其所以处，咸无名焉。若苟焉以图寿为道，又非吾之所谓道也。夫形躯之寓于土，非吾能私之。幸而好求尧、舜、孔子之志，唯恐不得；幸而遇行尧、舜、孔子之道，唯恐不慊，若是而寿可也。求之而得，行之而慊，虽夭其谁悲？今将以呼嘘为食，咀嚼为神，无事为闲，不死为生，则深山之木石，大泽之龟蛇，皆老而久，其于道何如也？

仆尝学于儒，时之不得，以陷于是。以出则穷，以处则乖，其不宜言道也审矣。以吾子见私于仆，而又重其去，故窃言而书之而密授焉。

【解题】

元和三年（808），娄图南将游淮南，柳宗元赠此文送别。文中感叹娄图南的不幸遭遇，揭露当时求官得禄者的卑鄙行径，讽刺腐败的科举制度，同时勉励娄图南应努力“求尧、舜、孔子之志”，不应“独善其身”，表现了柳宗元积极进取的人生态度。

送南涪州量移沣州序

越有纳官之令以胜大敌，汉有羽林之制以威四夷。国家宠先中丞，迈古人之烈，故君自未成童，品常第四，人犹曰于古为薄。汉北地都尉卬，以不胜任陷匈奴，而子单侯于瓶。济北相韩千秋以匹夫之谅奋触南越，而子延年侯于成安。君之土田之锡，犹挫于有司之手。始由施州为涪州，捍蜀道剠寇，昼不释刃，夜不释甲，曰：我忠烈胤也，期死待敌。敌亦曰：彼忠烈胤也，尽力致命，是不可犯。然而笔削之吏，以簿书校计赢缩，受谴兹郡，凡二岁。

朝廷建大本，贞万邦，庆泽之濡，洗濯生植。又况涪州家声之大，裕蛊之志，宜尤被显宠者也。自汉而南，州之美者十七八，莫若沣。沣之佐理，莫逾于长史。以是进秩，人犹曰且有后命。永州多谪吏，而君侯惠和温良，故其欢愉异于他部。优诏既至，而君适雠于文。其往也独，故凡羡慕之辞，无不加等。

噫！以君承荷之重，恭肃之美，四方之求忠壮义烈者，将于君是观。凡君子之志，欲其优柔而益固，愤悱而不忘，以增太史世家之籍，用是为贶，则拱璧大鼎，乌可以言重乎？

【解题】

南涪州，即安史之乱中慷慨就义的南霁云的儿子南承嗣，原为涪州刺史，因元和元年（806）刘辟作乱，未有戒备，被贬永州。元和四年（809）量移沣州，柳宗元作此文送别，称颂他“忠壮义烈”的家风。

送内弟卢遵游桂州序

外氏之世德，存乎古史，扬乎人言，其敦大朴厚尤异乎他族。由遵而上，五世为大儒，兄弟三人成为帝者师。其风之流者，皆好学而质重。

遵，余弟也。广而不肆，巽而不慑。孝敬忠信之道，拳拳然未尝去乎其中，盖由其中出者也。浸润以《诗》、《易》，动摇以文采。以余弃于南服，来从余居五年矣，未尝见其行有悖乎义，言有异乎行者。则余之弃也，适累斯人焉。以爱余而慰其忧思，故不为京师游，以取名当世。以桂之迩也，而中丞之道光大，多容贤者，故洋洋焉乐附而趋，以出其中之有。夫如是，则宜奋翼鳞，乘风波，以游乎无倪。往哉！其渐乎是行也。

【解题】

此文作于元和四年（809）。卢遵是柳宗元的舅弟，性谨慎，学问不厌。自从宗元贬谪以后，卢遵一直跟从他，直到去世为止。宗元此文，则希望卢遵有所际遇。

送薛判官量移序

仕于世，有劳而见罪，凡人处是，鲜不怨怼忿愤，列于上，愬于下，此恒状也。异于恒者，其道宜显。薛生司货贿于军兴之际，兵乱不去，然得以不犯，由太行以东皆传道之，可以为劳矣。而竟连大狱，以至于放。不慼于貌，不悱于心，乐以自肥，而未尝尤于物，其有异于恒矣哉。

朝廷施恩泽，凡受谪者，罪得而未薄，乃命以近壤。薛君去连而吏于朗，是其渐于显欤？君子学以植其志，信以笃其道，有异于恒者，充而大之。苟推是以往，虽欲辞显难矣。

【解题】

此文作于元和四年（809）。薛判官，即薛巽，由连州量移朗州，柳宗元作此文送别。文中对薛巽贬谪后“不慼于貌，不悱于心，乐以自肥，而未尝尤于物”的精神风貌予以赞扬。

送李判官往桂州序

士之习为吏者，恒病于少文，故给而不肆；饰于华者，尝病于无断，故放而不制。今李生学于诗有年矣，吟咏风赋，颇闻乎人。至于是州，惟州之牧咨焉。以赞戎事而纠群吏，甚直且武，岂所谓吏而华者耶？以府丧罢去，择而之乎有礼之邦。推是道也以往，然而不际于礼，则吾不知也。

【解题】

此文作于元和五年（810）。李判官，疑即李础，时在永州刺史崔敏治下为判官。文中称赞李础为“吏而华者”，即有才学的官吏，这是柳宗元对官吏的要求。

送从弟谋归江陵序

吾与谋，由高祖王父而异。谋少吾二岁，往时在长安，居相迩也。与谋皆甚少，独见谋在众少言，好经书，心异之。其后吾为京兆从事，谋来举进士，复相得，益知谋盛为文词，通外家书。一再不胜，惧禄养之缓，弃去，为广州从事。复佐邕州，连得荐举至御史，后以智免，归家江陵。有宅一区，环之以桑，有僮指三百，有田五百亩，树之谷，艺之麻，养有牲，出有车，无求于人。日率诸弟具滑甘丰柔，视寒燠之宜，其隙则读书，讲古人所谓求其道之至者以相励也。过永州，为吾留信次，具道其所为者。

凡士人居家孝悌恭俭，为吏祇肃。出则信，入则厚。足其家，不以非道；进其身，不以苟得。时退则退，尊老无井臼之劳。和安而益寿，兄弟衎衎相友。不谋食而食给，不谋道而道显。则谋之去进士为从事于远，始也吾疑焉，今也吾是焉。别九岁而会于此，视其貌益伟，问其业益习，叩其志益坚。于呼！吾宗不振久矣。识者曰：今之世稍有人焉。若谋之出处，庸非所谓人欤？或问管仲，孔子曰：“人也。”谋虽不识于管仲，其为道无悖，亦可以有是名也。抑又闻圣人之道，学焉而必至，谋之业良矣，而又增焉；志专矣，而又若不足焉。孔子之门，不道管、晏，则谋之为人也，其可度哉！

吾不智，触罪摈越、楚间六年，筑室茨草，为圃乎湘之西，穿池可以渔，种黍可以酒，甘终为永州民。又恨徒费禄食而无所答，下愧农夫，上惭王官。追计往时咎过，日夜反复，无一食而安于口平于心。若是者，岂不以少好名誉，嗜味得毒，而至于是耶！用是愈贤谋之去进士为从事以足其家，终始孝悌，今虽欲羡之，岂复可得？谋在南方有令名，其所为日闻于人，吾恐谋不幸又为吾之所悔者，将已之而不能得，可若何？然谋以信厚少言，蓄其志以周于事，虽履吾迹，将不至乎吾之祸，则谋何悔之有？苟能是，虽至于大富贵，又何栗耶？振吾宗者，其惟望乎尔！

【解题】

此文作于元和五年（810）。文中柳宗元对从弟柳谋“去进士为从事以足其家”，见机而退的行为，给予充分的肯定，而对自己因“不智”而遭贬，不免略有愧悔。

送巽上人赴中丞叔父召序

或问宗元曰：悉矣！子之得于巽上人也，其道果何如哉？对曰：吾自幼好佛，求其道积三十年。世之言者罕能通其说，于零陵，吾独有得焉。且佛之言，吾不可得而闻之矣。其存于世者，独遗其书。不于其书而求之，则无以得其言。言且不可得，况其意乎？今是上人穷其书，得其言，论其意，推而大之，逾万言而不烦；总而括之，立片辞而不遗。与夫世之析章句，征文字，言至虚之极则荡而失守，辩群有之伙则泥而皆存者，其不以远乎？

以吾所闻知，凡世之善言佛者，于吴则惠诚师，荆则海云师，楚之南则重巽师。师之言存，则佛之道不远矣。惠诚师已死，今之言佛者加少。其由儒而通者，郑中书洎孟常州。中书见上人，执经而师受，且曰："于中道吾得以益达。"常州之言曰："从佛法生，得佛法分。"皆以师友命之。今连帅中丞公，具舟来迎，饰馆而俟，欲其道之行于远也，夫岂徒然哉！以中丞公之直清严重，中书之辩博，常州之敏达，且犹宗重其道，况若吾之昧昧者乎？

夫众人之和，由大人之倡。洞庭之南，竟南海，其士汪汪也，求道者多半天下。一唱而大行于远者，是行有之，则和焉者，将若群蛰之有雷，不可止也。于是书以为《巽上人赴中丞叔父召序》。

【解题】

此文作于元年六年（811）。巽上人，即永州龙兴寺和尚重巽；中丞叔父，即湖南观察使柳公绰。文中柳宗元自称"自幼好佛，求其道积三十年"，可以得知他对佛学的浸润。

送崔子符罢举诗序

世有病进士科者，思易以孝悌经术兵农，曰："庶几厚于俗，而国得以为理乎？"柳子曰："否。以今世尚进士，故凡天下家推其良，公卿大夫之名子弟、国之秀民举归之。且而更其科，以为得异人乎？无也。唯其所尚文学，移而从之，尚之以孝悌，孝悌犹是人也；尚之以经术，经术犹是人也。虽兵与农皆然。"曰："然则宜如之何？"曰："即其辞，观其行，考其智，以为可化人及物者，隆之。文胜质，行无观，智无考者，下之。俗其以厚，国其以理，科不俟易也。"

今有博陵崔策子符者，少读经书，为文辞，本于孝悌，理道多容，以善别时，刚以知柔。进于有司，六选而不获。家有冤连，伏阙下者累月不解。仕将晚矣，而戚其幼孤，往复不惮万里，再岁不就选。世皆曰孝悌人也。如是且不见隆，虽百易科，其可厚而理乎？今夫天下已理，民风已厚，欲继之于无穷，其在慎是而已。朝廷未命有司，既命而果得有道者，则是术也宜用。崔子之仕，又何晚乎？

仆智不足而独为文，故始见进而卒以废。居草野八年，丽泽之益，镞砺之事，空于耳而荒于心。崔子幸来而亲余，读其书，听其言，发余始志，若寤而言梦，醒而问醉。未及悉，而告余以行。余惧其悼时之往而不得于内也，献之酒，赋之诗而歌之，坐者从而和之，既和而叙之。

【解题】

此文作于元和七年（812）。文中主张改革科举制度，选拔那些不仅擅词章，而且有“行”有“智”、德才兼备，“可以化人及物者”擢拔作用。

同吴武陵送前桂州杜留后诗序

观室者，观其隅。隅之巍然，直方以固，则其中必端庄宏达可居者也。人孰异夫是？今若杜君之隅可观，而中可居，居之者德也。赞南方之理，理是以大；总留府之政，政是以光。其道不挠，好古书百家言，洋洋满车，行则与俱，止则相对，积为义府，溢为高文。悫而和，肆而信，岂《诗》所谓“抑抑威仪，惟德之隅”者耶？今往也，有以其道闻于天子；天子唯士之求为急，杜君欲辞争臣侍从之位，其可得乎？濮阳吴武陵直而甚文，乐杜君之道，作诗以言。余吴吴也，故于是乎序焉。

【解题】

此文作于在永州时。杜留后，即桂部从事杜周士，此行将往湖南求仕。文中称赏杜周士的“其道不挠”，这也是柳宗元以之为友的主要原因。

送薛存义之任序

河东薛存义将行，柳子载肉于俎，崇酒于觞，追而送之江之浒，饮食之。且告曰："凡吏于土者，若知其职乎？盖民之役，非以役民而已也。凡民之食于土者，出其十一佣乎吏，使司平于我也。今受其直怠其事者，天下皆然。岂惟怠之，又从而盗之。向使佣一夫于家，受若直，怠若事，又盗若货器，则必甚怒而黜罚之矣。以今天下多类此，而民莫敢肆其怒与黜罚何哉？势不同也。势不同而理同，如吾民何？有达于理者，得不恐而畏乎！"

存义假令零陵二年矣。蚤作而夜思，勤力而劳心，讼者平，赋者均，老弱无怀诈暴憎，其为不虚取直也的矣，其知恐而畏也审矣。

吾贱且辱，不得与考绩幽明之说；于其往也，故赏以酒肉而重之以辞。

【解题】

此文作于永州，因惋惜薛存义卸去零陵令而送之。文中强调官吏应是人民的仆役，否则人民就有理由罢免他、处罚他，并愤怒地斥责"盗民货物"的官吏，表现了柳宗元鲜明的儒家民本思想。

送易师杨君序

世之学《易》者，率不能穷究师说，本承孔氏而妄意乎物表，争伉乎理外，务新以为名，纵辩以为高，离其原，振其末，故羲、文、周、孔之奥，诋冒混乱，人罕由而通焉。不违古师以入道妙，若弘农杨君者其鲜矣。御史中丞崔公，博而守儒，达而好礼，故杨君之来也，馆于燕堂，馈之侯食，日命合邦之学者，论说辩问，贯穿上下，挥散而咸同，幽昏而大明，言若诞而不乖于圣，理若肆而不失于正，不为他奇以立名氏，姑务达其旨而已。古人谓驾孔子之说者，杨君固其徒欤？

宗元以为太学立儒官，传儒业，宜求专而通、新而一者，以为胄子师。昔尝游焉而未得其人。今天下外多贤连帅、方伯，朝廷立槐棘之下，皆用儒先，而杨君之道未列于博士，则谁咎欤？无乃隐其声，含其美，以自穷欤？

夫以退让自穷于丰富之世，以贻有位者羞，是习《易》之说而废其道也。于将行而问以言，敢以变君之志。

【解题】

此文作于元和九年（814）。柳宗元对《易》学多有研究，所以极力称许《易》师杨君的学问人品。而对杨君“隐其声，含其美，以自穷”的做法的同情，也可看出柳宗元对自身处境的感慨。

送从兄偁罢选归江淮诗序

伯氏自淮阳从调，抵于京师。冬十月，牒计不至，摄衽而退，顾谓宗元曰：“昔吾祖士师，生于衰周，与道同波，为世仪表。故直道而仕，三黜不去，孔氏称之。遗佚而不怨，厄穷而不悯，孟子赞之。今吾遑遑末路，寡偶希合，进不知向，退不知守，所不敢折其志，戚其心，遵祖训也。然而阙滫瀡之养，乏庾釜之畜，逼迸无成，东辕淮湖。虽欲脱细故于胸中，味道腴于舌端。勉修厥志，惧不恒久。子当慰我穷局之怀，祛我行役之愤，博之以文，发于咏歌。吾非子之望，将谁望焉？”

宗元再拜曰：“夫闻善不慕，与聋聩同；见善不敬，与昏瞽同；知善不言，与嚚瘖同，则闻之先达久矣。矧吾兄有柔儒之茂质，恢旷之弘量，敢无敬乎？有述祖之美谈，安道之贞节，敢无慕乎？睹徽容而敬，闻嘉话而慕，敢无言乎？言不称德，文不尽志，适为累而已矣！”于是赋而序之，继其声者列于左，凡五十七首。遂命从侄立，编为《后序》终焉。

【解题】

此文作于在永州时。柳宗元称赞从兄柳偁“直道而仕”的品质，实际上也是他的自我写照。

送　澥　序

人咸言吾宗宜硕大，有积德焉。在高宗时，并居尚书省二十二人。遭诸武，以故衰耗。武氏败，犹不能兴。为尚书吏者，间数十岁乃一人。永贞年，吾与族兄登并为礼部属。吾黜，而季父公绰更为刑部郎，则加稠焉。又观宗中为文雅者，炳炳然以十数，仁义固其素也。意者其复兴乎？

自吾为僇人，居南乡，后之颖然出者，吾不见之也。其在道路幸而过余者，独得澥。澥质厚不谄，敦朴有裕，若器焉，必隆然大而后可以有受，择所以入之者而已矣。其文蓄积甚富，好慕甚正，若墙焉，必基之广而后可以有蔽，择其所以出之者而已矣。勤圣人之道，辅以孝悌，复向时之美，吾于澥焉是望。汝往哉！见诸宗人，为我谢而勉焉。无若太山之麓，止而不得升也，其唯川之不已乎！吾去子，终老于夷矣！

【解题】

此文作于永州时，因送族人柳澥，有感而言。文中历述宗族的鼎盛，反照自身的沦落，发出“终老于夷”的沉痛感慨。

送徐从事北游序

读《诗》、《礼》、《春秋》，莫能言说，其容貌充充然，而声名不闻传于世，岂天下广大多儒而使然欤？将晦其说，讳其读，不使世得闻传其名欤？抑处于远，仕于远，不与通都大邑豪杰角其伎而至于是欤？不然，无显者为之倡，以振动其声欤？今之世，不能多儒可以盖生者，观生亦非晦讳其说读者，然则余二者为之决矣。

生北游，必至通都大邑，通都大邑，必有显者，由是其果闻传于世欤？苟闻传必得位，得位而以《诗》、《礼》、《春秋》之道施于事，及于物，思不负孔子之笔舌。能如是，然后可以为儒。儒岂可以说读为哉？

【解题】

此文作于永州。作者倡导以“《诗》、《礼》、《春秋》之道施于事，及于物”，表达了儒家的思想。

送诗人廖有方序

交州多南金、珠玑、瑇瑁、象犀，其产皆奇怪，至于草木亦殊异。吾尝怪阳德之炳耀，独发于纷葩瑰丽，而罕钟乎人。

今廖生刚健重厚，孝悌信让，以质乎中而文乎外。为唐诗有大雅之道，夫固钟于阳德者耶？是世之所罕也。今之世，恒人其于纷葩瑰丽，则凡知贵之矣，其亦有贵廖生者耶？果能是，则吾不谓之恒人矣，实亦世之所罕也。

【解题】

此文作于永州时。文中称赞廖有方“质乎中而文乎外”，表现出柳宗元对文人人品的一贯看法。

送元十八山人南游序

太史公尝言：世之学孔氏者，则黜老子，学老子者，则黜孔氏，道不同不相为谋。余观老子，亦孔氏之异流也，不得以相抗，又况杨墨申商、刑名纵横之说，其迭相訾毁、抵捂而不合者，可胜言耶？然皆有以佐世。太史公没，其后有释氏，固学者之所怪骇舛逆其尤者也。

今有河南元生者，其人闳旷而质直，物无以挫其志；其为学恢博而贯统，数无以踬其道。悉取向之所以异者，通而同之，搜择融液，与道大适，咸伸其所长，而黜其奇衺，要之与孔子同道，皆有以会其趣，而其器足以守之，其气足以行之。不以其道求合于世，常有意乎古之“守雌”者。

及至是邦，以余道穷多忧，而尝好斯文，留三旬有六日，陈其大方，勤以为谕，余始得其为人。今又将去余而南，历营道，观九疑，下漓水，穷南越，以临大海，则吾未知其还也。黄鹄一去，青冥无极，安得不冯丰隆、愬蜚廉以寄声于廖廓耶！

【解题】

此文作于永州时。元十八山人，当即元集虚，见岑仲勉《唐人行第录》。文中认为佛教“与孔子同道”，其实是以孔子之道去取佛老之道，说宗元佞佛者，则未见于此。

送僧浩初序

儒者韩退之与余善，尝病余嗜浮图言，訾余与浮图游。近陇西李生础自东都来，退之又寓书罪余，且曰："见《送元生序》，不斥浮图。"浮图诚有不可斥者，往往与《易》、《论语》合，诚乐之，其于性情奭然，不与孔子异道。退之好儒未能过扬子，扬子之书于庄、墨、申、韩皆有取焉。浮图者，反不及庄、墨、申、韩之怪僻险贼耶？曰："以其夷也。"果不信道而斥焉以夷，则将友恶来、盗跖，而贱季札、由余乎？非所谓去名求实者矣。吾之所取者与《易》、《论语》合，虽圣人复生不可得而斥也。

退之所罪者其迹也，曰："髡而缁，无夫妇父子，不为耕农蚕桑而活乎人。"若是，虽吾亦不乐也。退之忿其外而遗其中，是知石而不知韫玉也。吾之所以嗜浮图之言以此。与其人游者，未必能通其言也。且凡为其道者，不爱官，不争能，乐山水而嗜闲安者为多。吾病世之逐逐然唯印组为务以相轧也，则舍是其焉从？吾之好与浮图游以此。

今浩初闲其性，安其情，读其书，通《易》、《论语》，唯山水之乐，有文而文之。又父子咸为其道，以养而居，泊焉而无求，则其贤于为庄、墨、申、韩之言，而逐逐然唯印组为务以相轧者，其亦远矣。

李生础与浩初又善，今之往也，以吾言示之。因北人寓退之，视何如也。

【解题】

此文作于永州时。韩愈对柳宗元的"好佛"提出批评，柳宗元予以反驳，说自己崇尚佛教，不在"其迹"，不在"其外"，而在"其中"，即佛教之言与《易》、《论语》合者，以及佛徒

“不爱官，不争能”的人品。这表现出柳宗元“去名求实”的一贯思想。

送元暠师序

中山刘禹锡，明信人也，不知人之实，未尝言，言未尝不雠。元暠师居武陵，有年数矣。与刘游久且昵。持其诗与引而来，余视之，申申其言，勤勤其思，其为知而言也信矣。

余观世之为释者，或不知其道，则去孝以为达，遗情以贵虚。今元暠衣粗而食菲，病心而墨貌。以其先人之葬未返其土，无族属以移其哀，行求仁者，以冀终其心。勤而为逸，远而为近，斯盖释之知道者欤？释之书有《大报恩》十篇，咸言由孝而极其业。世之荡诞慢诡者，虽为其道而好违其书，于元暠师，吾见其不违且与儒合也。

元暠陶氏子。其上为通侯，为高士，为儒先。资其儒，故不敢忘孝；迹其高，故为释；承其侯，故能与达者游。其来而从吾也，观其为人，益见刘之明且信，故又与之言，重叙其事。

【解题】

此文作于永州时。柳宗元批评那些“去孝以为达，遗情以贵虚”的佛徒为“不知其道”，称赞元暠师的言行“与儒合”。这可以看出柳宗元对佛徒人品的去取标准。

送琛上人南游序

佛之迹，去乎世久矣，其留而存者，佛之言也。言之著者为经，翼而成之者为论，其流而来者，百不能一焉，然而其道则备矣。法之至莫尚乎“般若”，经之大莫极乎“涅槃”。世之上士，将欲由是以入者，非取乎经论则悖矣。而今之言禅者，有流荡舛误，迭相师用，妄取空语，而脱略方便，颠倒真实，以陷乎己，而又陷乎人。又有能言体而不及用者，不知二者之不可斯须离也。离之外矣，是世之所大患也。

吾琛则不然，观经得“般若”之义，读论悦“三观”之理，昼夜服习而身行之。有来求者，则为讲说。从而化者，皆知佛之为大，法之为广，菩萨大士之为雄，修而行者之为空，荡而无者之为碍。夫然，则与夫增上慢者异矣。异乎是而免斯名者，吾无有也。将以广其道而被于远，故好游。自京师而来，又南出乎桂林，未知其极也。吾病世之傲逸者，嗜乎彼而不求此，故为之言。

【解题】

此文作于永州。柳宗元反对当时“言禅者”之“妄取空语”、“颠倒真实”，要求认真对待佛典的经论。这表现出他为人为学的认真态度。

送文郁师序

柳氏以文雅高于前代，近岁颇乏其人，百年间无为书命者。登礼部科，数年乃一人。后学小童，以文儒自业者又益寡。今有文郁师者，读孔氏书，为诗歌逾百篇，其为有意乎文儒事矣。又遁而之释，背笈箧，怀笔牍，挟海泝江，独行山水间。翛翛然模状物态，搜伺隐隙，登高远望，凄怆超忽，游其心以求胜语，若有程督之者。已则披缁艾，茹蒿芹，志终其躯。吾诚怪而讥焉。对曰：“力不任奔竞，志不任烦拿。苟以其所好，行而求之而已尔。”终不可变化。

吾思当世以文儒取名声，为显官，入朝受憎娼讪黜摧伏，不得守其土者，十恒八九。若师者，其可讪而黜耶？用是不复讥其行，返退而自讥。于其辞而去也，则书以畀之。

【解题】

此文作于永州时。柳宗元称许文郁师，是因为他“力不任奔竞，志不任烦拿”，所以“遁而之释”，其实原来也是“读孔子书”的“文儒”。

送玄举归幽泉寺序

佛之道，大而多容，凡有志乎物外而耻制于世者，则思入焉。故有貌而不心，名而异行，刚狷以离偶，纡舒以纵独，其状类不一，而皆童发毁服以游于世，其孰能知之？

今所谓玄举者，其视瞻容体，未必尽思迹佛，而持诗句以来求余，夫岂耻制于世而有志乎物外者耶？夫道独而迹狎则怨，志远而形羁则泥。幽泉山，山之幽也。闲其志而由其道，以遁而乐，足以去二患，舍是又何为耶？既曰为予来，故于其去，不可以不告也。

【解题】

此文作于永州时。柳宗元认为玄举是“耻制于世而有志乎物外者”，人品高尚，可以为友。

送表弟吕让将仕进序

吾观古豪贤士，能知生人艰饥羸寒、蒙难抵暴、捽抑无告，以吁而怜者，皆饱穷厄，恒孤危，訑訑忡忡，东西南北无所归，然后至于此也。今有吕氏子名让，生而食肉，厌粱稻，欺纨縠，幼专靖，不好游，不践郊牧垧野，不目小民农夫耕筑之倦苦，不耳呼怨，而独粹然怜天下之穷氓，坐而言，未尝不至焉。此孰告之而孰示之耶？积于中，得于诚，往而复，咸在其内者也。彼告而后知，示而后哀，由外以铄己，因物以激志者也。中之积，诚之得，其为贤也莫尚焉。吕氏子得贤人之上资，增以嗜儒书，多文辞，上下今古，左程右准，以为直道，其于远且大，若稼而谷，圃而蔬，不丐买而有也。

今来言曰："道不可特出，功不可徒成，必由仕以登，假辞以通，然后及乎物也。吾将通其辞，干于仕，庶施吾道，愿一决其可不可于子何如？"

余曰："志存焉，学不至焉，不可也；学存焉，辞不至焉，不可也；辞存焉，时不至焉，不可也。今以子之志，且学而文之，又当主上兴太平，贤士大夫为宰相卿士，吾子以其道从容以行，由于下，达于上，旁施其事业，若健者之升梯，举足愈多，身愈高，人愈仰之耳。道不误矣，勤而不忘，斯可也；怠而忘，斯不可也。舍是，吾无以为决。子其行焉。"

【解题】

此文作于元和十年（815）。柳宗元的表弟吕让中了进士，宗元作此文赠别，告诫吕让要"勤而不忘""其道"，"从容以行"，语重心长。

送贾山人南游序

传所谓学以为己者，是果有其人乎？吾长京师三十三年，游乡党，入太学，取礼部、吏部科，校集贤秘书，出入去来，凡所与言，无非学者，盖不啻百数，然而莫知所谓学而为己者。及见逐于尚书，居永州，刺柳州，所见学者益稀少，常以为今之世无是决也。

居数月，长乐贾景伯来，与之言，邃于经书，博取诸史群子昔之为文章者，毕贯统，言未尝诐，行未尝怪。其居室愔然，不欲出门，其见人侃侃而肃。召之仕，怏然不喜。导之还中国，视其意，夷夏若均，莫取其是非，曰“姑为道而已尔”。若然者，其实为己乎？非己乎？使吾取乎今之世，贾君果其人乎？其足也则居，其匮也则行，行不苟之，居不苟容，以是之于今世，其果逃于匮乎？

吾名逐禄贬，言见疵于世，奈贾君何？于其之也，即其舟与之酒，侑之以歌。歌曰：“充乎已之居，或蹶其涂；匮乎已之虚，或盈其庐。孰匮孰充？为泰为穷，君子乌乎取？以宁其躬。”若君者之于道而已尔，世孰知其从容者耶？

【解题】

此文作于元和十年（815）。贾山人，即贾景伯。柳宗元认为贾景伯是“学以为己”的古之学者，称许他“之于道而已尔”，这正是作者自己久居贬谪后的自我写照。

送李渭赴京师序

过洞庭，上湘江，非有罪左迁者罕至。又况逾临源岭，下漓水，出荔浦，名不在刑部而来吏者，其加少也固宜。前余逐居永州，李君至，固怪其弃美仕就丑地，无所束缚，自取瘴疠。后余斥刺柳州，至于桂，君又在焉，方屑屑为吏。噫！何自苦如是耶？

明时宗室属子当尉畿县。今王师连征不贡，二府方汲汲求士。李君读书为诗有干局，久游燕、魏、赵、代间，知人情，识地利，能言其故。以是入都干丞相，益国事，不求获乎己，而己以有获。予嫉其不为是久矣。今而曰将行，请余以言。行哉行哉！言止是而已。

【解题】

此文作于元和十一年（816）。柳宗元鼓励李渭赴京师求仕，寄寓着自己久贬边蛮的愤郁之情，文短而意长。

送方及师序

代之游民，学文章不能秀发者，则假浮屠之形以为高；其学浮屠不能愿悫者，则又托文章之流以为放。以故为文章浮屠，率皆纵诞乱杂，世亦宽而不诛。

今有方及师者独不然。处其伍，介然不逾节；交于物，冲然不苟狎。遇达士述作，手辄缮录，复习而不懈。行其法，不以自怠。至于践青折萌，泛席灌手，虽小教戒，未尝肆其心，是固异夫假托为者也。薛道州、刘连州，文儒之择也，馆焉而备其敬，歌焉而致其辞，夫岂贷而滥钦？余用是得不系其说，以告于他好事者。

【解题】

此文作于柳州时。柳宗元以为，“假浮图之形以为高”与“托文章之流以为放”这两种人，皆为“纵诞乱杂”之辈，不仅可恶，甚至可诛。可见他对佛徒并非一概而论。

六　传记

故银青光禄大夫右散骑常侍轻车都尉宜城县开国伯柳公行状

曾祖善才，皇荆王侍读。

祖尚素，皇润州曲阿县令。

父庆休，皇渤海郡渤海县丞，赠蔡州刺史、工部尚书。

汝州梁县梁城乡思义里柳浑年七十四状。

公字惟深，其先河东人。晋永嘉年，有济南太守卓者，去其土代仕江左，公实后之。柳氏自黄帝、后稷降于周、鲁，以字命族，因地受氏，载在《左氏内、外传》及《太史公书》。自卓至公十有一代，为士林盛族，著于南朝历代史及柳氏家牒。惟公质貌魁杰，度量宏大，弘和博达而遇节必立，恢旷放弛而应机能断。其居室，奉养抚字之诚，仪于宗戚，而内行著焉；其莅政，柔仁端直之德，洽于府寺，而外美彰焉。凡为学，略章句之烦乱，采摭奥旨，以知道为宗；凡为文，去藻饰之华靡，汪洋自肆，以适己为用。自始学至于大成，耽嗜文籍，注意钻砺，倦不知游息，威不待榎楚。儒言雅旨，夙有闻知。

年十余岁，有称神巫来告曰：“若相法当夭且贱，幸而为释，可以缓而死耳，位禄非若事也。”公诸父素加抚爱，尤所信异，遽命夺去其业，从巫言也。公不可，且曰：“夫性命之理，圣人所罕言，缙绅者所不道，巫何为而能尽之也？且令从之而生，去圣人之教而为异术，不若速死之愈也！”于是为学甚笃。其在童幼，固不惑于怪谲矣。

开元中，举汝州进士，计偕百数，公为之冠。礼部侍郎韦陟异而目之，一举上第。调授宋州单父尉。操断举措，通乎细大，洁廉检守，形于造次。加云骑尉。秩满，江南西道连帅闻其名，辟至公府。以信州都邑，人罹凶害，靡敝残耗，假守永丰令。公于是用重典以威奸暴，铺大和以惠鳏嫠，驱除物害，消去人隐，吏无招权干没之患，政无犯令尨茸之蠹，宰制听断，渐于讼息。耕夫复于封疆，商旅交于关市。既庶而富，廉耻兴焉；既富而教，庠塾列焉。里闬大变，克有能称，遂表为洪州丰城令。到职，如永丰之政，而仁厚加焉，授衢州司马。

夫器宏者，耻效以圭撮之任；足逸者，难局以寻常之地。公遂灭迹藏用，遁隐于武宁山。群公交书，诸侯走币，皆谢绝不就。方将究贤人之业，穷君子之儒，味道腴以代膏粱，含德辉而轻绂冕，遗荣养素，恬淡如也。朝右籍甚有声，征拜御史。公曰：“君命也，安敢逃乎？”即日装束上道。公尝好大体，不为细家之迫速。非其志也，以疾辞。授左补阙。不隐忠以固位，不形直以奸名。除殿中侍御史，赐绯鱼袋，赴江西，与租庸使议复榷铁及常平仓，便宜制置，得以专任。和钧关石之绪，出纳平准之宜，国利人逸，得其要道。迁侍御史，充江南西路都团练判官。时属支郡，不知连帅之职，公请出巡尽征之地，大诘奸缪，所至风动。其有非常之政裕于人者，必举其课绩，归之使府。又以文采殷勤歌咏之，俾其风谣颂声，闻于他部，达于京师而后已。改祠部员外郎，转司勋郎中，余如故。就拜袁州刺史。公于是酌古良牧之政宜于今者，宗而奉之；考诸理国之说称于人者，承而守之。均利器用，以致其富；昭明物则，以教之礼。示优裕之德以周惠，利缓九赋；推广厚之心以固和，慈保万人。明其制量，临长群吏，示之法禁，考中备败，无不得其极。理行高第，朝廷休之，召拜谏议大夫，充浙江东、西道黜陟使，将举其能政端于外邦也。公则修《虞书》之考绩，举汉代之课第，处事详谛，无依违故纵之败，奉法端审，无隐忌峭刻之文。时分部所系于公尤重，凌江并海，竟吴、越之域，皆所莅焉。复命称职，加朝散大夫。又拜左庶子、集贤殿学士。奉翊储后，修其宫政，统理文籍，纪于祕府。拜尚书右丞。直而多容，简而有制，去苛削之文而吏皆率法，务弘大之道而政不失中。加银青光禄大夫，迁左散骑常侍。

泾卒之乱，公以变起卒遽，尽室奔匿于终南山。贼徒访公所在，追以相印。既及公而问焉，公变名氏以绐之，捐家属以委之。贼遂执公爱子，榜箠讯问，折其右肱，而公不之顾。即步入穷谷，拔草迳，逾秦岭，由褒、骆朝于行宫。上嘉其诚节，不时召见。公顿首流涕，累陈计画。贼平策勋，赐轻车都尉，封宜城县开国伯，拜尚书兵部侍郎。初，公名载，字元舆，至是奏请改命，以涤伪署之污。是岁，盗据淮浒，方议讨戮，宰相以大理评事李元平者有名，以为才堪攘寇，拜为汝州。群臣望声徇利者皆曰德举，公独慷慨言于朝曰："是夫喋喋，衒玉而贾石者也。王衍误天下，殷浩败中军，华而不实，异代同德，往且见获，何寇之攘？"时人不之信也。未几，盗袭汝州，以元平归，凡百莫不嗟服焉。俄以本官同中书门下平章事，登翊圣皇，匡弼大政。造膝尽规谏之志，当事无矜大之容。授下情于上，以酌天心；顺嘉谟于外，用彰君德。故绩用茂著而人罕知之。然其章布于外，敷闻在下者十一二焉。

贞元初，上以甸服长人，天下理本，于是亲择郎吏，分宰于京师外部。未几而人谣大和，击壤之颂归于帝力。上召丞相告之，左仆射平章事张延赏抃蹈称庆。公俯伏不贺，且曰："甸服之政，固宜慎重，然则此屑屑者，特京兆尹之职耳。陛下当择臣辈以辅圣德，臣当选京兆以承大化，京兆当求令长以亲细事，夫然后宜。舍此而致理，可谓爱人矣，然非王政之大伦也。不知所贺。”上深然之。汉惠悦曹参之言，绛侯惭曲逆之对，考之前志，我无负焉。既而西戎乘间入邑，诈以请盟。侍中北平王燧建议许之，自公卿以下，莫有异虑。公独陈谋献画，言戎之诈，固不可许。竟留中不下，而前议遂行。于是册命上将，莅盟诸戎。戎果纵兵逼好，大驱掠而去。上召对前殿，嘉叹者久之。

时谏臣有廷争陷于讪上者，上未之善也。公从容候间，陈古以讽。所以示宽裕之德，招谠正之言，词旨切直，意气勤恳，动合圣谟，卒见纳用。无何，工人有以理乘舆服器得罪于左右者，有司以盗易御物，请论如法。制初可之。公不奉诏，因抗疏曰："迹其罪状，未甚指明。方春杀人，惧伤和气。"上览之，大悦，即原其罪。刑官慎恤之事，正于邦典；圣君含育之德，彰于天下。论者难之。时上相与光禄卿裴腆不协，候公休沐，以御酒或阙，阴请贬之。制命既行，公坚执不下，请讯支计之吏，校其供入之实，原本定罪，穷理辩刑，而腆竟获宥，克复本职。白志贞有羁靮之勤，献利屡中，上嘉其功效，特宠异之。方议大用，公以为胥徒杂类，出自微贱，负乘致寇，盗之招也，累疏以闻而止。

公竭诚尽忠，忧劳庶务，有耄忘之疾，恳迫陈让，除右散骑常侍，罢知政事。贞元五年二月五日，薨于昌化里。终于散地，故褒赠不及。惟公致君之志，孜孜焉不有怠也；立诚之节，侃侃焉无所屈也。故处心积虑，博蹇之道，表于朝端；弼违释回，朴忠之诚，沃于帝念。内有敢言之勇，进当不讳之明，用能直道自达，而无罪悔者也。公累更重任，禄秩之厚，布于宗姻。无一廛之土以处其子孙，无一亩之宫以聚其族属。待禄而饱，佣室而安，终身坦荡而细故不入。其达生知足，落落如此。夫其子恭父慈，善行也；拊循制理，能政也；直廉洁静，俭德也；拒疑独断，明识也；冒危以捍牧圉，大节也；犯颜以陈讦谟，至忠也。

有一于此，尚宜旌褒，矧兹备体，焉可以已！固当饰以荣号，章示后来，而故吏遗孤，沦寓遐壤，久稽彝典，罪在宗属。敢用评隲旧行，敷赞遗风。若乃扬孔氏褒贬之文，举周公惩劝之法，征于诔谥，则有司存。谨状。

【解题】

此文作于贞元十五年（799）。柳浑，《旧唐书》卷一二五有传，又见《新唐书》卷一四二。文中历述柳浑一生事迹，有叙述，有描写，有议论，行文婉转有致，形象生动。

唐故秘书少监陈公行状

五代祖某陈宜都王。

曾祖某，皇会稽郡司马。

祖某，皇晋陵郡司功参军。

父某，皇右补阙、翰林学士、赠秘书少监。

某州某县某乡某里，陈京年若干状。

公姓陈氏，自颍川来，隶京兆万年胄贵里，讳京。既冠，字曰庆复。举进士，为太子正字、咸阳尉、太常博士、左补阙、尚书膳部考功员外郎、司封郎中、给事中、秘书少监。自考功以来，凡四命为集贤学士。德宗登遐，公病痼，舆曳就位，备哀敬之节，由是滋甚，遂以所居官致仕。贞元二十一年四月二十五日，终于安邑里妻党之室。无子。伯兄前监察御史珰，仲兄前大理评事苌。以公文行之大者，告于尝吏于公者，使辞而陈之。

大历中，公始来京师，中书常舍人衮、杨舍人炎读其文，惊以相视曰："子云之徒也。"常以兄之子妻公，由是名闻。游太原，太原尹喜曰："重客至矣。"授馆致饩，厚以泉布献焉。公曰："非是为也。某尝为《北都赋》未就，愿即而就焉。其宫室城郭之大，河山之富，关闬之壮，与其土疆之所出，风俗之所安，王业之所兴，苟得闻而睹之足矣。若曰受大利，是以利来，盖异前志也。吾不能，敢辞。”遂逆大河，逾北山，仿佯而归。赋成，果传天下。为咸阳尉，留府廷，主文章，决大事，得其道。为博士，举疵礼。修坠典，合于大中者众焉。

泾人作难，公徒行以出，奔问官守。段忠烈之死，上议罢朝七日，宰相曰：“不可，方居行宫，无以安天下。”公进曰：“是非宰相之言。天子褒大节，哀大臣，天下所以安也，况其特异者乎?”上用之。其勤劳侍从，谋议可否，时之所赖者大。巡狩告至，上行罪己之道焉，曰：“凡我执事之臣，无所任罪。予惟不谨于理而有是也。”将复前之为相者。公曰：“天子加惠群臣而引慝焉，德至厚也，而为相者复，是无以大警于后，且示天下。”率其党争之。上变于色，在列者咸惘而退。公大呼曰：“赵需等勿退!”遂进而尽其辞焉。不果复。上迎访太后，间数岁，外颇怠其礼。公密疏发之，天子感悦焉。初礼部试士，有与亲戚者，则附于考功，莫不阴授其旨意而为进退者。及公则否，卓然有有司之道，不可犯也。太庙阙东向之礼且久矣，公自为博士、补阙、尚书郎、给事中，凡二十年，勤以为请。殷祭之不坠，繄公之忠恳是赖，故有赤绂银鱼之报焉。昭陵山峻而高，寝宫在其上。内官惩其上下之勤，镜汲之艰也，谒于上，请更之。上下其议，宰相承而讽之，召官属使如其请。公曰：“斯太宗之志也。其俭足以为法，其严足以有奉，吾敢顾其私容而替之也?”奏议不可。上又下其议，凡是公者六七人，其余皆曰更之便。上独断焉，曰：“京议得矣。”从之。在集贤，奏秘书官六员隶殿内，而刊校益理。纳资为胥而仕者罢之。求遗书，凡增缮者，乃作艺文新志，制为之名曰《贞元御府群书新录》。始御府有食本钱，月权其赢以为膳，有余，则学士与校理官颁分之，学士常受三倍，由公而杀其二。书史之始至，入礼币钱六十缗，亦皆分焉，公悉致之官，以理府署作书阁，广群官之堂，不取于将作少府，而用大足。居门下，简武官，议典礼。上以为能，益器之。与信臣议，且致相位。遇公有惑疾，使视之，疾甚，不能知人，遂不用。用郑吏部、高太常为相，而以秘书命公，所以示优之也。

公有文章若干卷，深茂古老，慕司马相如、扬雄之辞，而其诂训多《尚书》、《尔雅》之说，纪事朴实，不苟悦于人，世得以传其稿。其学自圣人之书以至百家诸子之言，推黄、炎之事，涉历代洎国朝之故实，钩引贯穿，举大苞小，若太仓之蓄，崇山之载，浩浩乎不可知也，岂扬子所谓仲尼驾说者耶？

夫其忠烈之褒也，相府之有诫也；太庙之东响也，昭陵之不更其故也。官守之不可夺也，立言之不可诬也；利之不苟就也，害之不苟去也。其忠类朱云，其孝类颍考叔，廉类公仪休，而又文以文之，学以辅之，而天子以为之知。既得其道，又得其时，而不为公卿者，病也。故议者咸惜其始，而哀其终焉。

公之丧，凡五十四日，而夫人又没，毁也。夫人之父曰偕，司农卿。祖曰某，赠太子太保。宗元，故集贤吏也，得公之遗事于其家，书而授公之友，以志公之墓。谨状。永贞元年八月五日，尚书礼部员外郎柳宗元状。

【解题】

此文作于永贞元年（805）。陈京是柳宗元家的姻亲，《新唐书》卷二〇〇有传。

种树郭橐驼传

郭橐驼，不知始何名。病瘘，隆然伏行，有类橐驼者，故乡人号之“驼”。驼闻之曰：“甚善，名我固当。”因舍其名，亦自谓橐驼云。

其乡曰丰乐乡，在长安西。驼业种树，凡长安豪富人为观游及卖果者，皆争迎取养。视驼所种树，或移徙，无不活，且硕茂，早实以蕃。他植者虽窥伺效慕，莫能如也。

有问之，对曰："橐驼非能使木寿且孳也，能顺木之天，以致其性焉尔。凡植木之性，其本欲舒，其培欲平，其土欲故，其筑欲密。既然已，勿动勿虑，去不复顾。其莳也若子，其置也若弃，则其天者全，而其性得矣。故吾不害其长而已，非有能硕茂之也；不抑耗其实而已，非有能早而蕃之也。他植者则不然，根拳而土易，其培之也，若不过焉则不及。苟有能反是者，则又爱之太恩，忧之太勤，旦视而暮抚，已去而复顾。甚者爪其肤以验其生枯，摇其本以观其疏密，而木之性日以离矣。虽曰爱之，其实害之；虽曰忧之，其实仇之，故不我若也。吾又何能为哉！"

问者曰："以子之道，移之官理，可乎？"驼曰："我知种树而已，理，非吾业也。然吾居乡，见长人者好烦其令，若甚怜焉，而卒以祸。旦暮吏来而呼曰：'官命促尔耕，勖尔植，督尔获。早缫而绪，早织而缕，字而幼孩，遂而鸡豚。'鸣鼓而聚之，击木而召之。吾小人辍飧饔以劳吏者，且不得暇，又何以蕃吾生而安吾性耶？故病且怠。若是，则与吾业者其亦有类乎？"

问者曰："嘻，不亦善夫！吾问养树，得养人术。"传其事以为官戒。

【解题】

此文作于长安时。柳宗元用"顺木之天，以致其性"的种树方法，来说明顺民之性以养民的道理，讽刺统治者烦苛的政令对百姓的扰害，表达只有让百姓安居乐业，才能稳定统治秩序的看法。全文用对话的形式，以种树为喻，具有寓言的特点。

梓 人 传

裴封叔之第，在光德里。有梓人款其门，愿佣隙宇而处焉。所职寻引、规矩、绳墨，家不居砻斫之器。问其能，曰："吾善度材，视栋宇之制，高深、圆方、短长之宜，吾指使而群工役焉。舍我，众莫能就一宇。故食于官府，吾受禄三倍；作于私家，吾收其直太半焉。"他日，入其室，其床阙足而不能理，曰："将求他工。"余甚笑之，谓其无能而贪禄嗜货者。

其后京兆尹将饰官署，余往过焉。委群材，会众工。或执斧斤，或执刀锯，皆环立向之。梓人左持引右执杖而中处焉。量栋宇之任，视木之能，举挥其杖曰："斧!"彼执斧者奔而右；顾而指曰："锯!"彼执锯者趋而左。俄而斤者斫、刀者削，皆视其色，俟其言，莫敢自断者。其不胜任者，怒而退之，亦莫敢愠焉。画宫于堵，盈尺而曲尽其制，计其毫厘而构大厦，无进退焉。既成，书于上栋，曰："某年某月某日某建"，则其姓字也。凡执用之工不在列。余环视大骇，然后知其术之工大矣。

继而叹曰：彼将舍其手艺，专其心智，而能知体要者欤？吾闻劳心者役人，劳力者役于人，彼其劳心者欤？能者用而智者谋，彼其智者欤？是足为佐天子、相天下法矣！物莫近乎此也。彼为天下者本于人。其执役者，为徒隶，为乡师、里胥；其上为下士；又其上为中士、为上士；又其上为大夫、为卿、为公。离而为六职，判而为百役。外薄四海，有方伯、连率。郡有守，邑有宰，皆有佐政。其下有胥吏，又其下皆有啬夫、版尹，以就役焉，犹众工之各有执伎以食力也。彼佐天子相天下者，举而加焉，指而使焉，条其纲纪而盈缩焉，齐其法制而整顿焉，犹梓人之有规矩、绳墨以定制也。择天下之士，使称其职；居天下之人，使安其业。视都知野，视野知国，视国知天下，其远迩细大，可手据其图而究焉，犹梓人画宫于堵而绩于成也。能者进而由之，使无所德；不能者退而休之，亦莫敢愠。不炫能，不矜名，不亲小劳，不侵众官，日与天下之英才讨论其大经，犹梓人之善运众工而不伐艺也。夫然后相道得而万国理矣。相道既得，万国既理，天下举首而望曰："吾相之功也。"后之人循迹而慕曰："彼相之才也。"士或谈殷、周之理者，曰伊、傅、周、召，其百执事之勤劳而不得纪焉，犹梓人自名其功而执用者不列也。大哉相乎！通是道者，所谓相而已矣。其不知体要者反此：以恪勤为公，以簿书为尊，炫能矜名，亲小劳，侵众官，窃取六职百役之事，听听于府廷，而遗其大者远者焉，所谓不通是道者也。犹梓人而不知绳墨之曲直、规矩之方圆、寻引之短长，姑夺众工之斧斤刀锯以佐其艺，又不能备其工，以至败绩用而无所成也。不亦谬欤？

或曰："彼主为室者，傥或发其私智，牵制梓人之虑，夺其世守而道谋是用，虽不能成功，岂其罪耶？亦在任之而已。"余曰：不然。夫绳墨诚陈，规矩诚设，高者不可抑而下也，狭者不可张而广也。由我则固，不由我则圮。彼将乐去固而就圮也，则卷其术，默其智，悠尔而去，不屈吾道，是诚良梓人耳。其或嗜其货利，忍而不能舍也，丧其制量，屈而不能守也，栋挠屋坏，则曰"非我罪也"，可乎哉，可乎哉？

余谓梓人之道类于相，故书而藏之。梓人，盖古之审曲面势者，今谓之都料匠云。余所遇者，杨氏，潜其名。

【解题】

此文作于长安时。文中借木匠与建筑师的关系，说明"劳心者役人，劳力者役于人"是应该的，这表现了儒家思想的消极面。但柳宗元对木匠的技术活动作了生动的描写，并认为"梓人之道类于相"，则表现了他的卓识。

段太尉逸事状

太尉始为泾州刺史时，汾阳王以副元帅居蒲，王子晞为尚书，领行营节度使，寓军邠州，纵士卒无赖。邠人偷嗜暴恶者，卒以货窜名军伍中，则肆志，吏不得问。日群行丐取于市，不嗛，辄奋击折人手足，椎釜鬲瓮盎盈道上，袒臂徐去，至撞杀孕妇人。邠宁节度使白孝德以王故，戚不敢言。

太尉自州以状白府，愿计事，至则曰："天子以生人付公理，公见人被暴害，因恬然，且大乱，若何？"孝德曰："愿奉教。"太尉曰："某为泾州甚适，少事，今不忍人无寇暴死，以乱天子边事。公诚以都虞侯命某者，能为公已乱，使公之人不得害。"孝德曰："幸甚！"如太尉请。

既署一月，晞军士十七人入市取酒，又以刃刺酒翁，坏酿器，酒流沟中。太尉列卒取十七人，皆断头注槊上，植市门外。晞一营大噪，尽甲。孝德震恐，召太尉曰："将奈何？"太尉曰："无伤也。请辞于军。"孝德使数十人从太尉，太尉尽辞去，解佩刀，选老躄者一人持马，至晞门下。甲者出，太尉笑且入曰："杀一老卒，何甲也？吾戴吾头来矣。"甲者愕。因谕曰："尚书固负若属耶？副元帅固负若属耶？奈何欲以乱败郭氏？为白尚书，出听我言。"晞出，见太尉，太尉曰："副元帅勋塞天地，当务始终。今尚书恣卒为暴，暴且乱，乱天子边，欲谁归罪？罪且及副元帅。今邠人恶子弟以货窜名军籍中，杀害人，如是不止，几日不大乱？大乱由尚书出，人皆曰，尚书倚副元帅不戢士，然则郭氏功名其与存者几何？"

言未毕，晞再拜曰："公幸教晞以道，恩甚大，愿奉军以从。"顾叱左右曰："皆解甲，散还火伍中，敢哗者死！"太尉曰："吾未晡食，请假设草具。"既食，曰："吾疾作，愿留宿门下。"命持马者去，旦日来，遂卧军中。晞不解衣，戒候卒击柝卫太尉。旦，俱至孝德所，谢不能，请改过。邠州由是无祸。

先是，太尉在泾州，为营田官。泾大将焦令谌取人田，自占数十顷，给与农，曰："且熟，归我半。"是岁大旱，野无草，农以告谌。谌曰："我知入数而已，不知旱也。"督责益急。且饥死，无以偿，即告太尉。太尉判状辞甚巽，使人求谕谌。谌盛怒，召农者曰："我畏段某耶？何敢言我！"取判铺背上，以大杖击二十，垂死，舆来庭中。太尉大泣曰："乃我困汝。"即自取水洗去血，裂裳衣疮，手注善药，旦夕自哺农者，然后食。取骑马卖，市谷代偿，使勿知。

淮西寓军帅尹少荣，刚直士也，入见谌，大骂曰："汝诚人耶？泾州野如赭，人且饥死，而必得谷，又用大杖击无罪者。段公，仁信大人也，而汝不知敬。今段公唯一马，贱卖市谷入汝，汝又取不耻。凡为人，傲天灾、犯大人、击无罪者，又取仁者谷，使主人出无马，汝将何以视天地，尚不愧奴隶耶？"谌虽暴抗，然闻言则大愧流汗，不能食，曰："吾终不可以见段公。"一夕自恨死。

及太尉自泾州以司农征，戒其族：过岐，朱泚幸致货币，慎勿纳。及过，泚固致大绫三百匹，太尉婿韦晤坚拒，不得命。至都，太尉怒曰："果不用吾言！"晤谢曰："处贱，无以拒也。"太尉曰："然终不以在吾第。"以如司农治事堂，栖之梁木上。泚反，太尉终，吏以告泚，泚取视，其故封识具存。

太尉逸事如右。

元和九年月日，永州司马员外置同正员柳宗元谨上史馆。今之称太尉大节者出入，以为武人一时奋不虑死，以取名天下，不知太尉之所立如是。宗元尝出入岐、周、邠、斄间，过真定，北上马岭，历亭鄣堡戍，窃好问老校退卒，能言其事。太尉为人姁姁，常低首拱手行步，言气卑弱，未尝以色待物，人视之儒者也。遇不可，必达其志，决非偶然者。会州刺史崔公来，言信行直，备得太尉遗事，复校无疑。或恐尚逸坠，未集太史氏，敢以状私于执事。谨状。

【解题】

此文作于元和九年（814），柳宗元送给史馆修撰韩愈。段太尉，名秀实，官至司农卿，《旧唐书》卷一二八、《新唐书》卷一五三有传。文中歌颂了段秀实坚持正义、不畏豪强、同情人民、清廉耿介的品质。文重实录，精心剪裁，褒贬鲜明，善用对比手法，语言简洁遒劲。

宋 清 传

宋清，长安西部药市人也。居善药。有自山泽来者，必归宋清氏，清优主之。长安医工得清药辅其方，辄易雠，咸誉清。疾病疕疡者，亦皆乐就清求药，冀速已。清皆乐然响应，虽不持钱者，皆与善药，积券如山，未尝诣取直。或不识遥与券，清不为辞。岁终，度不能报，辄焚券，终不复言。市人以其异，皆笑之，曰："清，蚩妄人也。"或曰："清其有道者欤？"清闻之曰："清逐利以活妻子耳，非有道也，然谓我蚩妄者亦谬。"

清居药四十年，所焚券者百数十人，或至大官，或连数州，受俸博，其馈遗清者，相属于户。虽不能立报，而以赊死者千百，不害清之为富也。清之取利远，远故大。岂若小市人哉，一不得直，则怫然怒，再则骂而仇耳。彼之为利，不亦翦翦乎？吾见蚩之有在也。清诚以是得大利，又不为妄，执其道不废，卒以富。求者益众，其应益广。或斥弃沉废，亲与交；视之落然者，清不以怠，遇其人，必与善药如故。一旦复柄用，益厚报清。其远取利，皆类此。

吾观今之交乎人者，炎而附，寒而弃，鲜有能类清之为者。世之言，徒曰“市道交”。呜呼！清，市人也，今之交有能望报如清之远者乎？幸而庶几，则天下之穷困废辱得不死亡者众矣，“市道交”岂可少耶？或曰：“清，非市道人也。”柳先生曰：“清居市不为市之道，然而居朝廷、居官府、居庠塾乡党以士大夫自名者，反争为之不已，悲夫！然则清非独异于市人也。”

【解题】

此文作于永州时。文中赞扬宋清虽卖药致富，却不是唯利是图、趋炎附势之人，其人品比那些见利忘义的士大夫远为高尚。文中细致地描绘了宋清的为人，文末赞语，神似司马迁。

李 赤 传

李赤，江湖浪人也。尝曰：“吾善为歌诗，类李白。”故自号曰李赤。

游宣州，州人馆之。其友与俱游者有姻焉。间累日，乃从之馆。赤方与妇人言，其友戏之。赤曰：“是媒我也，吾将娶乎是。”友大骇，曰：“足下妻固无恙，太夫人在堂，安得有是？岂狂易病惑耶？”取绛雪饵之，赤不肯。有间，妇人至，又与赤言。即取巾经其脰，赤两手助之，舌尽出。其友号而救之，妇人解其巾走去。赤怒曰：“汝无道，吾将从吾妻，汝何为者？”赤乃就牖间为书，辗而圆封之。又为书，博封之。讫，如厕。久，其友从之，见赤轩厕抱瓮诡笑而侧视，势且下。入，乃倒曳得之。又大怒曰：“吾已升堂面吾妻。吾妻之容，世固无有，堂之饰，宏大富丽，椒兰之气，油然而起。顾视汝之世犹溷厕也，而吾妻之居，与帝居钧天、清都无以异，若何苦余至此哉？”

然后其友知赤之所遭，乃厕鬼也。聚仆谋曰："亟去是厕。"遂行宿三十里。夜，赤又如厕。久，从之，且复入矣。持出，洗其污，众环之以至旦。去抵他县，县之吏方宴，赤拜揖跪起无异者。酒行，友未及言，已饮而顾赤，则已去矣。走从之。赤入厕，举其床捍门，门坚不可入，其友叫且言之。众发墙以入，赤之面陷不洁者半矣。又出洗之。

县之吏更召巫师善咒术者守赤，赤自若也。夜半，守者怠，皆睡。及觉，更呼而求之，见其足于厕外，赤死久矣，独得尸归其家。取其所为书读之，盖与其母妻诀，其言辞犹人也。

柳先生曰：李赤之传不诬矣。是其病心而为是耶？抑固有厕鬼耶？赤之名闻江湖间，其始为士，无以异于人也。一惑于怪，而所为若是，乃反以世为溷，溷为帝居清都，其属意明白。今世皆知笑赤之惑也，及至是非取与向背决不为赤者，几何人耶？反修而身，无以欲利好恶迁其神而不返，则幸矣，又何暇赤之笑哉？

【解题】

此文作于永州时。李赤是一介狂士，又惑于妖鬼，以世为溷，以溷为帝居清都。柳宗元作此传，是否别有所托？文中描写李赤惑乱之态，栩栩如生。

河间传

河间，淫妇人也，不欲言其姓，故以邑称。始妇人居戚里，有贤操。自未嫁，固已恶群戚之乱尨，羞与为类，独深居为翦制缕结。既嫁，不及其舅，独养姑，谨甚，未尝言门外事。又礼敬夫宾友之相与为肺腑者。

其族类丑行者谋曰："若河间何？"其甚者曰："必坏之。"

乃谋以车众造门，邀之遨嬉，且美其辞曰："自吾里有河间，戚里之人日夜为饬厉，一有小不善，惟恐闻焉。今欲更其故，以相效为礼节，愿朝夕望若仪状以自惕也。"河间固谢不欲。姑怒曰："今人好辞来，以一接新妇来为得师，何拒之坚也。"辞曰："闻妇人之道，以贞顺静专为礼。若夫矜车服，耀首饰，族出讙闹，以饮食观游，非妇人宜也。"姑强之，乃从之游。过市，或曰：市少南入浮图祠，有国工吴叟始图东南壁，甚怪。可使奚官先辟道乃入观。观已，延及客位，具食帷床之侧。闻男子欬者，河间惊，跣走出，召从者驰车归。泣数日，愈自闭，不与众戚通。戚里乃更来谢曰："河间之遽也，犹以前故，得无罪吾属耶？向之欬者，为膳奴耳。"曰："数人笑于门，如是何耶？"群戚闻且退。

期年，乃敢复召，邀于姑，必致之，与偕行，遂入隮隑州西浮图两池间，叩槛出鱼鳖食之，河间为一笑，众乃欢。俄而，又引至食所，空无帷幕，廊庑廓然，河间乃肯入。先，壁群恶少于北牖下，降帘，使女子为秦声，倨坐观之。有顷，壁者出宿选貌美阴大者主河间，乃便抱持河间。河间号且泣，婢夹持之，或谕以利，或骂且笑之。河间窃视持己者甚美，左右为不善者已更得适意，鼻息咈然，意不能无动，力稍纵，主者幸一遂焉。因拥致之房，河间收泣甚适，自庆未始得也。至日仄，食具，其类呼之食。曰："吾不食矣。"且暮，驾车相戒归，河间曰："吾不归矣。必与是人俱死。"群戚反大闷，不得已，俱宿焉。夫骑来迎，莫得见，左右力制，明日乃肯归。持淫夫大泣，啮臂相与盟而后就车。

既归，不忍视其夫，闭目曰："吾病甚。"与之百物，卒不食。饵以善药，挥去。心怦怦恒若危柱之弦。夫来，辄大骂，终不一开目，愈益恶之，夫不胜其忧。数日，乃曰："吾病且死，非药饵能已，为吾召鬼解除之，然必以夜。"其夫自河间病，言如狂人，思所以悦其心，度无不为。时上恶夜祠甚，夫无所避。

既张具，河间命邑人告其夫召鬼祝诅，上下吏讯验，笞杀之。将死，犹曰："吾负夫人！吾负夫人！"河间大喜，不为服，辟门召所与淫者，倮逐为荒淫。

居一岁，所淫者衰，益厌，乃出之。召长安无赖男子，晨夜交于门，犹不慊。又为酒垆西南隅，己居楼上，微观之，凿小门，以女侍饵焉。凡来饮酒，大鼻者，少且壮者，美颜色者，善为酒戏者，皆上与合。且合且窥，恐失一男子也，犹日呻呼懵懵以为不足。积十余年，病髓竭而死。自是虽戚里为邪行者，闻河间之名，则掩鼻蹙頞皆不欲道也。

柳先生曰：天下之士为修洁者，有如河间之始为妻妇者乎？天下之言朋友相慕望，有如河间与其夫之切密者乎？河间一自败于强暴，诚服其利，归敌其夫犹盗贼仇雠，不忍一视其面，卒计以杀之，无须臾之戚。则凡以情爱相恋结者，得不有邪利之猾其中耶？亦足知恩之难恃矣！朋友固如此，况君臣之际，尤可畏哉！余故私自列云。

【解题】

此文作于永州时。柳宗元描写了一位善良的女子河间被侮辱、被损害的一生遭遇，对她寄予深切的同情，并批判了当时社会的糜烂和腐败。此文构思得自《汉书·原涉传》，参见宋戴埴《鼠璞》卷下《柳子厚文》。

刘叟传

鲁有刘叟者，尝以御龙术进于鲁公。刘叟曰："岁不雨，无以出终无以入。民枯然视天，卿士大夫绝智，谋山川、祷神祇以祈，皆不应。臣投是龙于尺地之内，不逾晷，雷浮上下，雷浮东西，于是先之以风，腾之以云，从之以雨。如君之意，欲一邑足之，欲一国足之，欲天下足之。”鲁公曰：“斯龙也其神乎？是则寡人之国非敢用。”刘叟曰：“臣闻避风雨，御寒暑，当在未寒暑乎？是故事至而后求，曷若未至而先备。”于是鲁公止刘叟而内龙。明年，果大旱，命刘叟出龙，果大雨。

【解题】

此文作期不详。刘叟能行御龙术，而后果然应验。描写这样的故事，似不应出于柳宗元之手，录以存疑。

童区寄传

柳先生曰：越人少恩，生男女必货视之。自毁齿已上，父兄鬻卖，以觊其利。不足，则取他室，束缚钳梏之。至有须鬣者，力不胜，皆屈为僮。当道相贼杀以为俗。幸得壮大，则缚取么弱者。汉官因以为己利，苟得僮，恣所为不问。以是越中户口滋耗。少得自脱，惟童区寄以十一岁胜，斯亦奇矣。桂部从事杜周士为余言之。

童寄者，柳州荛牧儿也。行牧且荛，二豪贼劫持反接，布囊其口，去逾四十里之墟所卖之。寄伪儿啼，恐慄为儿恒状。贼易之，对饮酒醉。一人去为市，一人卧，植刃道上。童微伺其睡，以缚背刃，力下上，得绝，因取刃杀之。逃未及远，市者还，得童大骇。将杀童，遽曰：“为两郎僮，孰若为一郎僮耶？彼不我恩也。郎诚见完与恩，无所不可。”市者良久计曰：“与其杀是僮，孰若卖之；与其卖而分，孰若吾得专焉。幸而杀彼，甚善。”即藏其尸，持童抵主人所，愈束缚牢甚。夜半，童自转，以缚即炉火烧绝之，虽疮手勿惮，复取刃杀市者。因大号，一墟皆惊。童曰：“我区氏儿也，不当为僮。贼二人得我，我幸皆杀之矣，愿以闻于官。”

墟吏白州，州白大府，大府召视，儿幼愿耳。刺史颜证奇之，留为小吏，不肯。与衣裳，吏护还之乡。乡之行劫缚者，侧目莫敢过其门。皆曰："是儿少秦武阳二岁，而讨杀二豪，岂可近耶!"

【解题】

此文作于柳州时。文章生动地记述区寄遭到强盗劫缚，不畏强暴，机智勇敢地杀掉强盗，获得解脱的经历，揭露、批判当时社会买卖人口的罪恶。情节曲折紧张，人物形象鲜明生动，语言精炼传神。

七　赋颂

披沙拣金赋

沙之为物兮，视污若浮，金之为宝兮，耻居下流。沉其质兮，五材或阙，耀其光兮，六府以修。然则抱成器之珍，必将有待，当慎择之日，则又何求？配珪璋而取贵，岂泥滓而为俦！

披而择之，斯焉见宝。荡浸淫而顾眄，指炫熀而探讨。动而愈出，幽以即明，涅而不缁，既坚且好。

潜虽伏矣，获则取之。翻混混之浊质，见熠熠之殊姿。久暗未彰，固亦将君是望；先迷后得，孰谓弃予如遗！

其隐也，则杂昏昏，沦浩浩，晦英姿兮自保，和光同尘兮，合于至道；其遇也，则散奕奕，动融融，焕美质兮其中，明道若昧兮，契彼玄同。

倘俯拾而不弃，谅致美于无穷。欲盖而彰，将炯尔而见素；不索何获，遂昭然而发蒙。

观其振拔污涂，积以锱铢，碎清光而竞出，耀真质而特殊。锥处囊而纤光乍比，剑拭土而异彩相符。用之则行，斯为美矣；求而必得，不亦说乎！

岂独媚旭日以晶荧，带长川之清浅。皎如珠吐，疑剖蚌之乍分；粲若星繁，似流云之初卷。是以周德思比，而岐昌即咏；陆文可侔，而昭明是选。

若然者，可以议披沙之所托，明拣金之所裁。良工何远，善价爰来。拂以增光，宁谢满籝之学；汰之愈朗，讵惭掷地之才。客有希采掇于求宝之际，庶斯文之在哉！

【解题】

此文作于贞元十二年（796）。《世说新语》记载："陆士衡如披沙拣金，往往见宝。"此文即取意于此。

贞　　符

负罪臣宗元惶恐言：臣所贬州流人吴武陵为臣言："董仲舒对三代受命之符，诚然非耶？"臣曰："非也。何独仲舒尔！自司马相如、刘向、扬雄、班彪、彪子固，皆沿袭嗤嗤，推古瑞物以配受命。其言类淫巫瞽史，诳乱后代，不足以知圣人立极之本，显至德，扬大功，甚失厥趣。"

臣为尚书郎时，尝著《贞符》，言唐家正德受命于生人之意，累积厚久，宜享年无极之义，本末闳阔。会贬逐中辍，不克备究。武陵即叩头邀臣："此大事，不宜以辱故休缺，使圣王之典不立，无以抑诡类，拔正道，表核万代。"臣不胜奋激，即具为书。念终泯没蛮夷，不闻于时，独不为也；苟一明大道，施于人世，死无所憾，用是自决。

臣宗元稽首拜手以闻。曰：

孰称古初朴蒙空侗而无争，厥流以讹，越乃奋夺斗怒振动，专肆为淫威？曰：是不知道。惟人之初，总总而生，林林而群。雪霜风雨雷雹暴其外，于是乃知架巢空穴，挽草木，取皮革；饥渴牝牡之欲驱其内，于是乃知噬禽兽，咀果谷，合偶而居。交焉而争，睽焉而斗。力大者搏，齿利者啮，爪刚者决，群众者轧，兵良者杀。披披藉藉，草野涂血。然后强有力者出而治之，往往为曹于险阻，用号令起，而君臣什伍之法立。德绍者嗣，道怠者夺。于是有圣人焉曰黄帝，游其兵车，交贯乎其内，一统类，齐制量，然犹大公之道不克建。于是有圣人焉曰尧，置州牧四岳，持而纲之，立有德有功有能者，参而维之，运臂率指，屈伸把握，莫不统率。尧年老，举圣人而禅焉，大公乃克建。由是观之，厥初罔匪极乱，而后稍可为也。非德不树，故仲尼叙《书》，于尧曰“克明俊德”；于舜曰“濬哲文明”；于禹曰“文命祗承于帝”；于汤曰“克宽克仁，彰信兆民”；于武王曰“有道曾孙”。稽揆典誓，贞哉！惟兹德实受命之符，以奠永祀。

后之妖淫嚚昏好怪之徒，乃始陈大电、玄鸟、巨迹、白狼、白鱼、流火之乌以为符。斯皆诡谲阔诞，其可羞也，而莫知本于厥贞。汉用大度，克怀于有氓，登贤庸能，濯痍煦寒，以疗以熙，兹其为符也。而其妄臣乃下取虺蛇，上引天光，推类号休，用夸诬于无知之氓。增以驺虞神鼎，胁驱纵臾，俾东之泰山石闾，作大号，谓之封禅，皆《尚书》所无有。莽述承效，卒奋骜逆。其后有贤帝曰光武，克绥天下，复承旧物，犹崇赤伏，以玷厥德。魏、晋而下，尨乱钩裂，厥符不贞，邦用不靖，亦罔克久，驳乎无以议为也。积大乱至于隋氏，环四海以为鼎，跨九垠以为炉，爨以毒燎，煽以虐焰，其人沸涌灼烂，号呼腾蹈，莫有救止。

于是大圣乃起，丕降霖雨，浚涤荡沃，蒸为清氛，疏为泠风。人乃漻然休然，相睎以生，相持以成，相弥以宁。琢斫屠剔，膏流节离之祸不作，而人乃克完平舒愉，尸其饥肤，以达于夷途。焚坼抵掎，奔走转死之害不起，而人乃克鸠类集族，歌舞悦怿，用祗于元德。徒奋袒呼，犒迎义旅，欢动六合，至于麾下。大盗豪据，阻命遏德，义威殄戮，咸坠厥绪，无刘于虐。人乃并受休嘉，去隋氏，克归于唐，踯躅讴歌，灏灏和宁。帝庸威栗，惟人之为。敬奠厥赋，积藏于下，是谓丰国。乡为义廪，敛发谨饬，岁丁大侵，人以有年。简于厥刑，不残而惩，是谓严威。小属而支，大生而孥，恺悌祗敬，用底于治。凡其所欲，不谒而获；凡其所恶，不祈而息。四夷稽服，不作兵革，不竭货力。丕扬于后嗣，用垂于帝式。十圣济厥治，孝仁平宽，惟祖之则。泽久而逾深，仁增而益高。人之戴唐，永永无穷。是故受命不于天，于其人；休符不于祥，于其仁。惟人之仁，匪祥于天；匪祥于天，兹惟贞符哉！未有丧仁而久者也，未有恃祥而寿者也。商之王以桑谷昌，以雉雊大，宋之君以法星寿；郑以龙衰，鲁以麟弱，白雉亡汉，黄犀死莽，恶在其为符也？不胜唐德之代，光绍明濬，深鸿庬大，保人斯无疆。宜荐于郊庙，文之雅诗，祗告于德之休。

帝曰："谌哉！"乃黜休祥之奏，究贞符之奥，思德之所未大，求仁之所未备，以极于邦治，以敬于人事。

其诗曰：于穆敬德，黎人皇之。惟贞厥符，浩浩将之。仁函于肤，刃莫毕屠。泽熯于爨，灩炎以浣。殄厥凶德，乃驱乃夷，懿其休风，是煦是吹。父子熙熙，相宁以嬉。赋彻而藏，厚我糗粻。刑轻以清，我肌靡伤。贻我子孙，百代是康。十圣嗣于治，仁后之子。子思孝父，易患于己。拱之戴之，神具尔宜。载扬于雅，承天之嘏。天之诚神，宜鉴于仁。神之曷依？宜仁之归。濮沿于北，祝栗于南。幅员西东，祗一乃心。祝唐之纪，后天罔坠。祝皇之寿，与地咸久。曷徒祝之，心诚笃之。神协人同，道以告之。俾弥亿万年，不震不危。我代之延，永永毗之。仁增以崇，曷不尔思？有号于天，佥曰呜呼！咨尔皇灵，无替厥符。

【解题】

此文动笔于被贬之前，写成于既贬之后在永州时。当时宪宗初继帝位，柳宗元却上论前代，驳斥前人关于帝王受命于天的言论，认为："受命不于天，于其人；休符不于祥，于其仁。"这样的观点石破天惊，这样的文字空前绝后。

剑门铭 并序

惟蜀都重险多货，混同戎蛮，人尨俗剽，嗜为寇乱。皇帝元年八月，帅丧众暴，群疑不制，妖孽扇行。怙恃富强，滔天阻兵，攻陷他部，北包剑门，凭负丘陵，以张鸷猛，坚利锋镝，以拒大顺，谓雷霆之诛莫己加也。

惟梁守臣礼部尚书严公，以国害为私仇，以天讨为己任。推仁仗信，不待司死，而人致其命；立义抗愤，不待喋血，而士一其心。悉师出次，祇俟明诏。凡诸侯之师，必出于是。储峙飨赉，取其丰穰。乃遣前军严秦，奉扬王诛，诞告南土。十一月，右师逾利州，蹈寇地，乘山斩虏，以遏奔冲。左师出于剑门，大攘顽嚚，谕引劫胁，蚁溃鼠骇，险无以固，收夺利地，以须王师。刲刳肾肠，振拔根柢，俾无以肆毒，用集我勋力。鼖鼓一振，元戎启行，取其渠魁，以为大戮。由公忠勇愤悱，授任坚明，谋猷弘长，用能启辟险厄，夷为大涂，衰沮害气，对乎天意。

帝用休嘉，议功居首，增秩师长，进为大藩，宅是南服。将校群吏，愿刊山石，昭著公之功，垂号无穷。铭曰：

井络坤垠，时惟外区。界山为门，环于蜀都。丛险积货，混并羌、髳，狂猾窥隙，狺狺啸呼。凭据势胜，厚其凶徒。皇帝之仁，宥而不诛。暴非德驯，害及巴渝。乃出王旅，乃咨列岳。牧臣司梁，当其要束。器备攸积，糗粮是蓄。人无增赋，师以饶足。喋血誓士，玄机在握。分命貔貅，陈为掎角。右逾岷山，左直剑门。攻出九地，上披重云。攀天蹈空，夷视阻艰。破裂层垒，殄歼群顽。内获固圉，外临平原。天兵徐驱，卒乘啴啴。大憝囚戮，戎夏咸欢。帝图厥功，惟梁是先。开国进位，南服于藩。邦之清夷，人以完安。铭功鉴乱，永代是观。

【解题】

元和元年（806），行营节度使高崇文率李元奕、李康、严砺等，平定刘辟之乱，收复剑门。柳宗元作此文以“铭功鉴乱”，描写剑门形势的险要和唐朝军队的勇武，表露对国事的关切。此文献与严砺，参见前录《上严东川寄剑门铭启》。

惩 咎 赋

惩咎愆以本始兮，孰非余心之所求？处卑污以闵世兮，固前志之为尤。始余学而观古兮，怪今昔之异谋。惟聪明为可考兮，追骏步而遐游。洁诚之既信直兮，仁友蔼而萃之。日施陈以系縻兮，邀尧、舜与之为师。上睢盱而混茫兮，下驳诡而怀私。旁罗列以交贯兮，求大中之所宜。曰道有象兮，而无其形。推变乘时兮，与志相迎。不及则殆兮，过则失贞。谨守而中兮，与时偕行。万类芸芸兮，率由以宁。刚柔弛张兮，出入纶经。登能抑枉兮，白黑浊清。蹈乎大方兮，物莫能婴。

奉讦谟以植内兮，欣余志之有获。再征信乎策书兮，谓炯然而不惑。愚者果于自用兮，惟惧夫诚之不一。不顾虑以周图兮，专兹道以为服。谗妒构而不戒兮，犹断断于所执。哀吾党之不淑兮，遭任遇之卒迫。势危疑而多诈兮，逢天地之否隔。欲图退而保己兮，悼乖期乎曩昔。欲操术以致忠兮，众呀然而互吓。进与退吾无归兮，甘脂润乎鼎镬。幸皇鉴之明宥兮，累郡印而南适。惟罪大而宠厚兮，宜夫重仍乎祸谪。既明惧乎天讨兮，又幽栗乎鬼责。惶惶乎夜寤而昼骇兮，类麇鹿之不息。

凌洞庭之洋洋兮，溯湘流之沄沄。飘风击以扬波兮，舟摧抑而回邅。日霾曀以昧幽兮，黝云涌而上屯。暮屑窣以淫雨兮，听嗷嗷之哀猨。众乌萃而啾号兮，沸洲渚以连山。漂遥逐其讵止兮，逝莫属余之形魂。攒峦奔以纡委兮，束汹涌之崩湍。畔尺进而寻退兮，荡洄汩乎沦涟。际穷冬而止居兮，羁累棼以萦缠。

哀吾生之孔艰兮，循《凯风》之悲诗。罪通天而降酷兮，不殛死而生为！逾再岁之寒暑兮，犹贸贸而自持。将沉渊而殒命兮，讵蔽罪以塞祸！惟灭身而无后兮，顾前志犹未可。进路呀以划绝兮，退伏匿又不果。为孤囚以终世兮，长拘挛而轗轲。曩余志之修蹇兮，今何为此戾也？夫岂贪食而盗名兮，不混同于世也。将显身以直遂兮，众之所宜蔽也。不择言以危肆兮，固群祸之际也。御长辕之无桡兮，行九折之峨峨。却惊棹以横江兮，溯凌天之腾波。幸余死之已缓兮，完形躯之既多。苟余齿之有惩兮，蹈前烈而不颇。死蛮夷固吾所兮，虽显宠其焉加？配大中以为偶兮，谅天命之谓何！

【解题】

此文作于元和二年（807）。文中表达了柳宗元“不混同于世”的人生态度，并表示：“苟余齿之有惩兮，蹈前烈而不颇”，表现出坚强的意志。《新唐书》本传称此赋是“悔念往咎，作赋自儆”，实未得其旨。

梦　归　赋

罹摈斥以窘束兮，余惟梦之为归。精气注以凝冱兮，循旧乡而顾怀。夕余寐于荒陬兮，心慊慊而莫违。质舒解以自恣兮，息愔翳而愈微。歘腾踊而上浮兮，俄滉瀁之无依。圆方混而不形兮，颢醇白之霏霏。上茫茫而无星辰兮，下不见夫水陆。若有钵余以往路兮，驭儗儗以回复。浮云纵以直度兮，云济余乎西北。风缅缅以经耳兮，类行舟迅而不息。洞然于以弥漫兮，虹霓罗列而倾侧。横冲飚以荡击兮，忽中断而迷惑。灵幽漠以泲汩兮，进怊怅而不得。白日邈其中出兮，阴霾披离以泮释。施岳渎以定位兮，互参差之白黑。忽崩骞上下兮，聊按行而自抑。指故都以委坠兮，瞰乡闾之修直。原田芜秽兮，峥嵘榛棘。乔木摧解兮，垣庐不饰。山嵎嵎以岩立兮，水汩汩以漂激。魂恍惘若有亡兮，涕汪浪以陨轼。类曛黄之黯漠兮，欲周流而无所极。纷若喜而佁儗兮，心回互以壅塞。钟鼓喤以戒旦兮，陶去幽而开寤。罾罻蒙其复体兮，孰云桎梏之不固？精诚之不可再兮，余无蹈夫归路。

伟仲尼之圣德兮，谓九夷之可居。惟道大而无所入兮，犹流游乎旷野。老聃遁而适戎兮，指淳茫以纵步。蒙庄之恢怪兮，寓大鹏之远去。苟远适之若兹兮，胡为故国之为慕？

首丘之仁类兮，斯君子之所誉。鸟兽之鸣号兮，有动心而曲顾。胶余衷之莫能舍兮，虽判析而不悟。列兹梦以三复兮，极明昏而告愬。

【解题】

此文作于元和四年（809），因怀念家乡而作。文章运用骚体，通过梦境的描写，抒发了自己曲折复杂的感情。《古赋辨体》评道：“中含讽与怨意，其有得于变风之余者。中间意思，全是就《离骚》中脱出。”（陈鸿墀《全唐文纪事》卷七一）

闵　生　赋

闵吾生之险厄兮，纷丧志以逢尤。气沉郁以杳眇兮，涕浪浪而常流。膏液竭而枯居兮，魄离散而远游。言不信而莫余白兮，虽遑遑欲焉求？合喙而隐志兮，幽默以待尽。为与世而斥谬兮，固离披以颠陨。骐骥之弃辱兮，驽骀以为骋。玄虬蹶泥兮，畏避蛙黾。行不容之峥嵘兮，质魁垒而无所隐。鳞介槁以横陆兮，鸱啸群而厉吻。心沉抑以不舒兮，形低摧而自愍。

肆余目于湘流兮，望九疑之垠垠。波淫溢以不返兮，苍梧郁其蜚云。重华幽而野死兮，世莫得其伪真。屈子之悁微兮，抗危辞以赴渊。古固有此极愤兮，矧吾生之藐艰。列往则以考己兮，指斗极以自陈。登高岩而企踵兮，瞻故邦之殷辚。山水浩以蔽亏兮，路蓊勃以扬氛。空庐颓而不理兮，翳丘木之榛榛。块穷老以沦放兮，匪魑魅吾谁邻？

仲尼之不惑兮，有垂训之谟言。孟轲四十乃始持心兮，犹希勇乎黝、贲。顾余质愚而齿减兮，宜触祸以阽身。知徙善而革非兮，又何惧乎今之人！

噫！禹绩之勤备兮，曾莫理夫兹川。殷、周之廓大兮，南不尽夫衡山。余囚楚、越之交极兮，邈离绝乎中原，污壤潦以坟洳兮，蒸沸热而恒昏。戏凫鹳乎中庭兮，蒹葭生于堂筵。雄虺蓄形于木杪兮，短狐伺景于深渊。仰矜危而俯栗兮，弭日夜之拳挛。虑吾生之莫保兮，忝代德之元醇。孰眇躯之敢爱兮，窃有继乎古先。明神之不欺余兮，庶激烈而有闻。冀后害之无辱兮，匪徒盖乎曩愆。

【解题】

此文作于元和六年（811）。文章伤痛自己的不幸遭遇，痛斥有才能者被弃逐的现实社会，表示愿意效法古代仁人志士坚持理想、舍生取义的决心。

逐毕方文　并序

永州元和七年夏，多火灾。日夜数十发，少尚五六发，过三月乃止。八年夏，又如之。人咸无安处，老弱燔死，晨不爨，夜不烛，皆列坐屋上，左右视，罢不得休。盖类物为之者。讹言相惊，云有怪鸟，莫实其状。《山海经》云：章莪之山，有鸟如鹤，一足，赤文白喙，其名曰毕方，见则其邑有讹火。若今火者，其可谓讹欤？而人有以鸟传者，其毕方欤？遂邑中状而图之，禳而磔之，为之文而逐之：

后皇庇人兮，敬授群材。大施栋宇兮，小蔽草莱。各有攸宅兮，时阖而开。火炎为用兮，化食生财。胡今兹之怪戾兮，日十爇而穷灾。朝储清以联邃兮，夕荡覆而为灰。焚伤羸老兮，炭死童孩。叫号隳突兮，户骇人哀。袒夫狂走兮，倏忽往来。郁攸孽暴兮，混合恢台。民气不舒兮，僵踣颠颓。休炊息燎兮，仄伏煨煤。门甍晦黑兮，启伺奸回。若坠之天兮，若生之鬼。令行不讹兮，国恐盍已。问之禹书，毕方是祟。

嗟尔毕方兮，胡肆其志？皇亶聪明兮，念此下地。灾皇所爱兮，僇死无贰。幽形扇毒兮，阴险诡异。汝今不惩兮，众诉咸至。皇斯震怒兮，殄绝汝类。祝融悔祸兮，回禄屏气。太阴施威兮，玄冥行事。汝虽赤其文，只其趾，逞工炫巧，莫救汝死。黠知急去兮，愚乃止此。高飞兮翱翔，远伏兮无伤。海之南兮天之裔，汝优游兮可卒岁。皇不怒兮永汝世，日之良兮今速逝。急急如律令！

【解题】

此文作于元和八年（813）。因永州夏天多火灾，传说与怪鸟毕方有关联，所以柳宗元作此文以逐之。

武冈铭 并序

元和七年四月，黔巫东鄙，蛮獠杂扰，盗弄库兵，贼胁守帅，南钩牂牁，外诱西原，置魁立帅，杀牲盟誓，洞窟林麓，啸呼成群。皇帝下铜兽符，发庸、蜀、荆、汉、南越、东瓯之师，四面讨问。畏罪凭阻，逋逃不即诛。

时惟潭部戎帅御史中丞柳公绰，练立将校，提卒五百，屯于武冈，不震不骞，如山如林，告天子威命，明白信顺。乱人大恐，视公之师如百万，视公之令如风雷，怨号呻吟，喜有攸诉，投刃顿伏，愿完父子，卒为忠信，奉职输赋，进比华人，无敢不龚。母弟生婿，继来于潭，咸致天庭。皇帝休嘉，式新厥命。凶渠同恶，革面向化，如醉之醒，如狂之宁。公为药石，俾复其性。诏书显异，进临江汉，益兵三倍，为时硕臣，殿于大邦。文儒申申，有此武功。

于是夷人始复。闻公之去，相与高蹈涕呼，若寒去裘。昔公不夸首级，为己能力，专务教诲，俾邦斯平。我老洎幼，由公之仁，小不为虺蜮，大不为鲸鲵，恩重事特，不迩而远，莫可追已。愿铭武冈首，以慰我思，以昭我邻，以示我子孙。弥亿万年，俾我奉国，如令之诚。邻之我怀，如公之勤。其辞曰：

黔山之巑，巫水之磻，鱼骇而离，兽犯而残。户恐谷窜，披攘仍乱，王师来诛，期死以缓。公明不疑，公信不欺，援师定命，俾邦克正。皇仁天施，我反其性。我涂四阖，公示之门；我愚抵死，公示之恩。既骨而完，既亡而存。奉公之训，贻我子孙。我始螯贼，由公而仁；我始寇仇，由公而亲。山畋泽渔，输赋于都，陶穴刊木，室我姻族。烹牲是祀，公受介福。揲蓍以占，公宜百禄，皇懋公功，陟于大邦。远哉去我，谁嗣其良。有穴之丹，有犀之颠，匪曰余固，公不可赂。祝邻之德，恒遵公则；勖余之世，永谨邦制。南夷作诗，刻示来裔。

【解题】

此文作于元和八年（813）。这年贵州诸少数民族部落叛乱，湖南观察使、御史中丞柳公绰等奉命征讨，驻扎在武冈，最终平定诸部。柳宗元为作此铭，歌颂平黔功绩。

囚山赋

楚越之郊环万山兮，势腾踊夫波涛。纷对回合仰伏以离迾兮，若重墉之相褒。争生角逐上轶旁出兮，其下坼裂而为壕。欣下颓以就顺兮，曾不亩平而又高。沓云雨而渍厚土兮，蒸郁勃其腥臊。阳不舒以拥隔兮，群阴沍而为曹。侧耕危获苟以食兮，哀斯民之增劳。攒林麓以为丛棘兮，虎豹咆㘎代狴牢之吠嗥。胡井眢以管视兮，穷坎险其焉逃。顾幽昧之罪加兮，虽圣犹病夫嗷嗷。匪兕吾为柙兮，匪豕吾为牢。积十年莫吾省者兮，增蔽吾以蓬蒿。圣日以理兮，贤日以进，谁使吾山之囚吾兮滔滔？

【解题】

此文作于元和九年（814）。柳宗元贬居永州已近十年，悲慨自己久不得出，所以把可爱的草木丘壑都视为陷阱牢狱，而自己被囚于其中。悲愤之情，溢于言表。

佩韦赋

柳子读古书，睹直道守节者即壮之，盖有激也。恒惧过而失中庸之义，慕西门氏佩韦以戒，故作是赋。其辞曰：

邈予生此下都兮，块天质之悫醇。日月迭而化升兮，浸遁初而枉神。雕大素而生华兮，汩末流以丧真。晞往躅而周章兮，懵倚伏其无垠。世既夺予之大和兮，眷授予以经常。循圣人之通途兮，郁纵臾而不扬。犹悉力而究陈兮，获贞则于典章。嫉时以奋节兮，悯己以抑志。登嵩丘而垂目兮，瞰中区之疆理。横万里而极海兮，颓风浩其四起。恂惊怛而踯躅兮，恶浮诈之相诡。思贡忠于明后兮，振教导乎遐轨。纷吾守此狂狷兮，惧执竞而不柔。探先哲之奥谟兮，攀往烈之洪休。曰沈潜而刚克兮，固说人之嘉猷。嗟行行而踬踣兮，信往古之所仇。彼穹壤之廓殊兮，寒与暑而交修。执中而俟命兮，固仁圣之善谋。

吾祖士师之直道兮，亦愀然于伐国。尼父戮齐而诛卯兮，本柔仁以作极。蔺疏颜以诮秦兮，入降廉犹臣仆。吉优繇而布和兮，残萑蒲以屏匿。刿拔刃于霸侯兮，退缩缩而畏服。宽与猛其相济兮，孰不颂兹之盛德。克明哲而保躬兮，恢《大雅》之所勖。

阳宅身以执刚兮，率易帅而蒙辜。羽愎心以盭志兮，首身离而不惩。云岳岳而专强兮，果黜志而乖图。咸触屏以拒训兮，肆殒越而就陵。冶讦谏于昏朝兮，名崩弛而陷诛。苟纵直而不羁兮，乃变罹而祸仍。历九折而直奔兮，固摧辕而失途。遵大路而曲辙兮，又求达而不能。广守柔以允塞兮，抵暴梁而坏节。家㧑谦而温美兮，胁子公而丧哲。义师仁而恶很兮，遂溃腾而灭裂。斯委懦以从邪兮，悼上蔡其何补！徐偃柔以屏义兮，倏邦离而身虏。桑弘和而却武兮，涣宗覆而国举。设任柔而自处兮，蒙大戮而不悟。故曰：纯柔纯弱兮，必削必薄；纯刚纯强兮，必丧必亡。韬义于中，服和于躬；和以义宣，刚以柔通。守而不迁兮，变而无穷。交得其宜兮，乃获其终。姑佩兹韦兮，考古齐同。

乱曰：韦之申申，佩于躬兮；本正生和，探厥中兮。哲人交修，乐有终兮；庶寡其过，追古风兮。

【解题】

此文作于永州时。《韩非子·观行》记载：西门豹性急，故佩韦以自缓；董安于性缓，故佩弦以自急。柳宗元历来倾慕“直道守节者”，遭贬之后，方“惧祸”而慕“中庸”，所以作此赋以自戒，实质上表达的是不失“直道”的决心。

瓶　　赋

昔有智人，善学鸱夷。鸱夷蒙鸿，罍罃相追。谄诱吉士，喜悦依随。开喙倒腹，斟酌更持。味不苦口，昏至莫知。颓然纵傲，与乱为期。视白成黑，颠倒妍媸。己虽自售，人或以危。败众亡国，流连不归。谁主斯罪？鸱夷之为。

不如为瓶，居井之眉。钩深挹洁，淡泊是师。和齐五味，宁除渴饥。不甘不坏，久而莫遗。清白可鉴，终不媚私。利泽广大，孰能去之？绠绝身破，何足怨咨！功成事遂，复于土泥。归根反初，无虑无思。何必巧曲，徼觊一时。子无我愚，我智如斯。

【解题】

此文作于永州时。文中借鸱夷（一种盛酒的皮囊）之“智”与瓶之“愚”的鲜明对比，表示宁愿像瓶那样光明磊落而“身破”，也不像鸱夷那样随声附和而愚人，表现出高洁的人格和坚定的意志。

牛　　赋

若知牛乎？牛之为物，魁形巨首。垂耳抱角，毛革疏厚。牟然而鸣，黄钟满脰。抵触隆曦，日耕百亩。往来修直，植乃禾黍。自种自敛，服箱以走。输入官仓，己不适口。富穷饱饥，功用不有。陷泥蹙块，常在草野。人不惭愧，利满天下。皮角见用，肩尻莫保。或穿缄縢，或实俎豆。由是观之，物无逾者。

不如羸驴，服逐驽马。曲意随势，不择处所。不耕不驾，藿菽自与。腾踏康庄，出入轻举。喜则齐鼻，怒则奋踯。当道长鸣，闻者惊辟。善识门户，终身不惕。

牛虽有功，于己何益？命有好丑，非若能力。慎勿怨尤，以受多福。

【解题】

此文作于永州时。写牛的一生，毫不利己，专门利人。而与羸驴对比，一则有功无赏，一则不劳而获。一褒一贬，态度鲜明。全文虽名咏物之赋，实为讽谕之文。

解 祟 赋

柳子既谪，犹惧不胜其口，筮以《玄》，遇《干》之八。其赞曰："赤舌烧城，吐水于瓶。"其测曰："君子解祟也。"喜而为之赋。

胡赫炎薰熇之烈火兮，而生夫人之齿牙。上殚飞而莫遁，旁穷走而逾加。九泉焦枯而四海渗涸兮，纷挥霍而要遮。风雷唬唬以为橐籥兮，回禄煽怒而喊呀。炖堪舆为甗鏊兮，爇云汉而成霞。邓林大椿不足以充于燎兮，倒扶桑落棠胶輵而相叉。膏摇唇而增炽兮，焰掉舌而弥葩。沃无瓶兮扑无篲，金流玉铄兮，曾不自比于尘沙。独凄己而燠物，愈腾沸而骹齖。

吾惧夫灼烂灰灭之为祸，往搜乎《太玄》之奥，讼众正，诉群邪。曰：去尔中躁与外挠，姑务清为室而静为家。苟能是，则始也汝迩，今也汝遐。凉汝者进，烈汝者赊。譬之犹豁天渊而覆原燎，夫何长喙之纷拏。今汝不知清己之虑，而恶人之哗；不知静之为胜，而动焉是嘉。徒遑遑乎狂奔而西傃，盛气而长嗟。不亦辽乎！

于是释然自得，以泠风濯热，以清源涤瑕。履仁之实，去盗之夸。冠太清之玄冕，佩至道之瑶华。铺冲虚以为席，驾恬泊以为车。浏乎以游于万物者，始彼狙雌倏施，而以祟为利者，夫何为耶!

【解题】

此文作于永州时。“解祟”，即去祸的意思。柳宗元于贬谪之际，希望能去“中躁与外挠，姑务清为室而静为家”，但实际上心中的牢骚是难以平息的。

辨伏神文 并序

余病痞且悸，谒医视之。曰：“惟伏神为宜。”明日，买诸市，烹而饵之，病加甚。召医而尤其故，医求观其滓。曰：“吁!尽老芋也。彼鬻药者欺子而获售。子之懵也，而反尤于余，不以过乎?”余戍然惭，忾然忧。推是类也以往，则世之以芋自售而病乎人者众矣，又谁辨焉!申以词云：

伏神之神兮，惟饵之良。愉心舒肝兮，魂平志康。驱开滞结兮，调护柔刚。和宁悦怿兮，复彼恒常。休嘉欣合兮，邪怪遁藏。君子食之兮，其乐扬扬。余殆于理兮，荣卫蹇极。伏杯积块兮，悸不得息。有医导余兮，求是以食。往沽之市兮，欣然有得。涤濯爨烹兮，专恃尔力。反增余疾兮，昏愦冯塞。余骇其状兮，往尤于医。徵滓以观兮，既笑而嘻。曰子胡昧愚兮，兹谓蹲鸱。处身猥大兮，善植圩卑。受气顽昏兮，阴僻欹危。累积星纪兮，以老为奇。潜苞水土兮，混杂蟓蚳。不幸充腹兮，惟痼之宜。野夫忮害兮，假是以欺。刮肌刻貌兮，观者勿疑。中虚以脆兮，外泽而夷。误而为饵兮，命或殆而。今无以追兮，后慎观之。

呜呼!物固多伪兮，知者盖寡。考之不良兮，求福得祸。书而为词兮，愿寤来者。

【解题】

此文作于永州时。文章以自己受到假药欺骗的经历，忠告世人：凡事须善辨真伪，稍有不慎，就会“求福得祸”。这也是有所寓意之文。

乞巧文

柳子夜归自外庭，有设祠者，饘饵馨香，蔬果交罗，插竹垂绥，剖瓜犬牙，且拜且祈。怪而问焉。女隶进曰：“今兹秋孟七夕，天女之孙将嫔于河鼓。邀而祠者，幸而与之巧，驱去蹇拙，手目开利，组纴缝制，将无滞于心焉。为是祷也。”

柳子曰：“苟然欤？吾亦有所大拙，傥可因是以求去之。”乃缨弁束衽，促武缩气，旁趋曲折，伛偻将事，再拜稽首称臣而进曰：“下土之臣，窃闻天孙，专巧于天，轇轕璇玑，经纬星辰，能成文章，黼黻帝躬，以临下民。钦圣灵、仰光耀之日久矣。今闻天孙不乐其独得，贞卜于玄龟，将蹈石梁，款天津，俪于神夫，于汉之滨。两旗开张，中星耀芒，灵气翕欻，兹辰之良。幸而弭节，薄游民间，临臣之庭，曲听臣言：臣有大拙，智所不化，医所不攻，威不能迁，宽不能容。乾坤之量，包含海岳，臣身甚微，无所投足。蚁适于垤，蜗休于壳。龟鼋螺蚌，皆有所伏。臣物之灵，进退唯辱。彷徉为狂，局束为谄，吁吁为诈，坦坦为忝。他人有身，动必得宜，周旋获笑，颠倒逢嘻。己所尊昵，人或怒之。变情徇势，射利抵巇。中心甚憎，为彼所奇。忍仇佯喜，悦誉迁随。胡执臣心，常使不移？反人是己，曾不惕疑。贬名绝命，不负所知。抃嘲似傲，贵者启齿。臣旁震惊，彼且不耻。叩稽匍匐，言语谲诡。令臣缩恧，彼则大喜。臣若效之，嗔怒丛己。彼诚大巧，臣拙无比。王侯之门，狂吠狴犴。臣到百步，喉喘颠汗，睢盱逆走，魄遁神叛。欣欣巧夫，徐入纵诞。毛群掉尾，百怒一散。世途昏险，拟步如漆，左低右昂，斗冒冲突。鬼神恐悸，圣智危栗。泯焉直透，所至如一。是独何工，纵横不恤。非天所假，彼智焉出？独啬于臣，恒使玷黜。沓沓骞骞，恣口所言。迎知喜恶，默测憎怜。摇唇一发，径中心原。胶加钳夹，誓死无迁。探心扼胆，踊跃拘牵。彼虽佯退，胡可得旃！独结臣舌，喑抑衔冤。擘眦流血，一辞莫宣。胡为赋授，有此奇偏？眩耀为文，琐碎排偶，抽黄对白，啽哢飞走。骈四俪六，锦心绣口，宫沉羽振，笙簧触手。观者舞悦，夸谈雷吼。独溺臣心，使甘老丑。嚚昏莽卤，朴钝枯朽。不期一时，以俟悠久。旁罗万金，不鬻弊帚。跪呈豪杰，投弃不有。眉矉颊蹙，喙唾胸欧。大赧而归，填恨低首。天孙司巧，而穷臣若是，卒不余畀，独何酷欤？敢愿圣灵悔祸，矜臣独艰。付与姿媚，易臣顽颜。凿臣方心，规以大圆。拔去呐舌，纳以工言。文词婉软，步武轻便。齿牙饶美，眉睫增妍。突梯卷脔，为世所贤。公侯卿士，五属十连。彼独何人，长享终天！”

言讫，又再拜稽首，俯伏以俟。至夜半，不得命，疲极而睡，见有青袖朱裳，手持绛节而来告曰：“天孙告汝，汝词良苦，凡汝之言，吾所极知。汝择而行，嫉彼不为。汝之所欲，汝自可期。胡不为之，而诳我为！汝唯知耻，谄貌淫词，宁辱不贵，自适其宜。中心已定，胡妄而祈？坚汝之心，密汝所持，得之为大，失不污卑。凡吾所有，不敢汝施，致命而升，汝慎勿疑。”

呜呼！天之所命，不可中革。泣拜欣受，初悲后怿。抱拙终身，以死谁惕！

【解题】

此文作于永州时。柳宗元利用民间每逢七夕向织女星乞巧的风俗，假设与织女问答，讽刺当时投机取巧者的丑态，表示自己情愿“抱拙终身”，虽欲乞巧，终无所得。此文从扬雄《逐贫》化出，设想奇特，寓意深刻。

骂尸虫文

有道士言：“人皆有尸虫三，处腹中，伺人隐微失误，辄籍记。日庚申，幸其人之昏睡，出谗于帝以求飨。以是人多谪过、疾疠、夭死。”柳子特不信，曰：“吾闻聪明正直者为神。帝，神之尤者，其为聪明正直宜大也，安有下比阴秽小虫，纵其狙诡，延其变诈，以害于物，而又悦之以飨？其为不宜也殊甚！吾意斯虫若果为是，则帝必将怒而戮之，投于下土，以殄其类，俾夫人咸得安其性命而苛慝不作，然后为帝也。”余既处卑，不得质之于帝，而嫉斯虫之说，为文而骂之：

来，尸虫！汝曷不自形其形？阴幽跪侧而寓乎人，以贼厥灵。膏肓是处兮，不择秽卑；潜窥默听兮，导人为非；冥持札牍兮，摇动祸机；卑陬拳缩兮，宅体险微。以曲为形，以邪为质；以仁为凶，以僭为吉；以淫谀谄诬为族类，以中正和平为罪疾；以通行直遂为颠蹶，以逆施反斗为安佚。谮下谩上，恒其心术，妒人之能，幸人之失。利昏伺睡，旁睨窃出，走谗于帝，遽入自屈。幂然无声，其意乃毕。求味己口，胡人之恤！彼修蛔恙心，短蛲穴胃。外搜疥疠，下索瘘痔，侵人肌肤，为己得味。世皆祸之，则惟汝类。良医刮杀，聚毒攻饵。旋死无余，乃行正气。汝虽巧能，未必为利。帝之聪明，宜好正直，宁悬嘉飨，答汝谗慝？叱付九关，贻虎豹食。下民舞蹈，荷帝之力。是则宜然，何利之得！速收汝之生，速灭汝之精。蓐收震怒，将敕雷霆，击汝酆都，糜烂纵横。俟帝之命，乃施于刑。群邪殄夷，大道显明，害气永革，厚人之生，岂不圣且神欤！

祝曰：尸虫逐，祸无所伏，下民百禄。惟帝之功，以受景福。尸虫诛，祸无所庐，下民其苏。惟帝之德，万福来符。臣拜稽首，敢告于玄都。

【解题】

此文作于永州时。柳宗元贬谪之后，谗毁他的人很多。此文把这些谗毁者比作尸虫，斥责他们的诡诈阴险，使正气不伸，邪气嚣张。因此必须加以逐除，才能使“大道显明”。行文尖锐泼辣。

斩曲几文

后皇植物，所贵乎直。圣主取焉，以建家国。互为栋楹，齐为阃阈。外隅平端，中室谨饬。度焉以几，维量之则。君子凭之，以辅其德。

末代淫巧，不师古式。断兹揉木，以限肘腋。欹形诡状，曲程诈力。制类奇邪，用绝绳墨。勾身陋狭，危足僻侧，支不得舒，胁不遑息。余胡斯蓄，以乱人极！

追咎厥始，惟物之残。禀气失中，遭生不完。托地垅埞，反时燠寒。郁闷结涩，癃蹇艰难。不可以遂，遂亏其端。离奇诘屈，缩恧巉岏。含蝎孕蠹，外邪中干。或因先容，以售其蟠。病夫甘焉，制器以安。彼风毒败形，阴沴迁魄。祸气侵骨，淫神化脉。体仄筋倦，荣乖卫逆。乃喜兹物，以为己适。器之不祥，莫是为敌。乌可昵近，以招祸癖。

且人道甚恶，惟曲为先。在心为贼，在口为愆。在肩为偻，在膝为挛。戚施踦跂，匍匐拘拳。古皆斥远，莫致于前。问谁其类，恶木盗泉。朝歌回车，简牍载焉。昭王市骨，乐毅归燕。今我斩此，以希古贤。谄谀宜惕，正直宜宣。道焉是达，法焉是专。咨尔君子，曷不乾乾！既和且平，获祐于天。去恶在微，慎保其传。

【解题】

此文作于永州时，讽刺那些以谄曲获用的官僚，并对举世弃直而用曲的风气深致不满。这也是一篇寓意鲜明的牢骚之文。

宥蝮蛇文

家有僮，善执蛇。晨持一蛇来谒曰："是谓蝮蛇。犯于人，死不治。又善伺人，闻人咳喘步骤，辄不胜其毒，捷取巧噬肆其害。然或慊不得于人，则愈怒，反啮草木，草木立死。后人来触死茎，犹堕指、挛腕、肿足，为废病。必杀之，是不可留。"余曰："汝恶得之?"曰："得之榛中。"曰："榛中若是者可既乎?"曰："不可，其类甚博。"余谓僮曰："彼居榛中，汝居宫内，彼不汝即，而汝即彼，犯而斗死以执而谒者，汝实健且险，以轻近是物。然而杀之，汝益暴矣。彼耕获者、求薪苏者，皆土其乡，知防而入焉，执耒、操鞭、持芟，扑以远其害。汝今非有求于榛者也，密汝居，易汝庭，不凌奥，不步暗，是恶能得而害汝？且彼非乐为此态也，造物者赋之形，阴与阳命之气，形甚怪僻，气甚祸贼，虽欲不为是不可得也。是独可悲怜者，又孰能罪而加怒焉？汝勿杀也。"余悲其不得已而所为若是，叩其脊，谕而宥之。其辞曰：

吾悲夫天形汝躯，绝翼去足，无以自扶，曲膂屈胁，惟行之纡。目兼蜂虿，色混泥涂，其颈蹙恧，其腹次且，褰鼻钩牙，穴出榛居。蓄怒而蟠，衔毒而趋，志蕲害物，阴妒潜狙。汝之禀受若是，虽欲为蛙为螾，焉可得已？凡汝之为恶，非乐乎此，缘形役性，不可自止。草摇风动，百毒齐起，首拳脊努，呥舌摇尾。

不逞其凶，若病乎己。世皆寒心，我独悲尔。吾将薙吾庭，葺吾楹，窒吾垣，严吾扃，俾奥草不植，而穴隙不萌。与汝异途，不相交争。虽汝之恶，焉得而行？

嘻！造物者胡甚不仁，而巧成汝质。既禀乎此，能无危物？贼害无辜，惟汝之实。阴阳为戾，假汝忿疾。余胡汝尤，是戮是抶。宥汝于野，自求终吉。彼樵竖持芟，农夫执耒，不幸而遇，将除其害，余力一挥，应手靡碎。我虽汝活，其惠实大。他人异心，谁释汝罪？形既不化，中焉能悔？呜呼悲乎！汝必死乎！毒而不知，反讼其内。今虽宽焉，后则谁赉？阴阳尔，造化尔，道乌乎在？可不悲欤！

【解题】

此文作于永州时。文中将诬陷他的政敌比作蝮蛇，斥其肆毒逞凶，“贼害无辜”，并警告这些人应改过自新，否则将没有好下场。言辞尖锐，婉而多讽。

憎王孙文

猿、王孙居异山，德异性，不能相容。猿之德静以恒，类仁让孝慈。居相爱，食相先，行有列，饮有序。不幸乖离，则其鸣哀。有难，则内其柔弱者。不践稼蔬。木实未熟，相与视之谨；既熟，啸呼群萃，然后食，衎衎焉。山之小草木，必环而行遂其植。故猿之居山恒郁然。王孙之德躁以嚣，勃诤号呶，唶唶强强，虽群不相善也。食相噬啮，行无列，饮无序。乖离而不思。有难，推其柔弱者以免。好践稼蔬，所过狼籍披攘。木实未熟，辄龁咬投注。窃取人食，皆知自实其嗛。山之小草木，必凌挫折挽，使之瘁然后已。故王孙之居山恒蒿然。以是猿群众则逐王孙，王孙群众亦龁猿。猿弃去，终不与抗。然则物之甚可憎，莫王孙若也。余弃山间久，见其趣如是，作《憎王孙》云：

湘水之溦溦兮，其上群山。胡兹郁而彼瘁兮，善恶异居其间。恶者王孙兮善者猿，环行遂植兮止暴残。王孙兮甚可憎！噫，山之灵兮，胡不贼旃？跳踉叫嚣兮，冲目宣龂。外以败物兮，内以争群。排斗善类兮，哗骇披纷。盗取民食兮，私己不分。充嗛果腹兮，骄傲欢欣。嘉华美木兮硕而繁，群披竞啮兮枯株根。毁成败实兮更怒喧，居民怨苦兮号穹旻。王孙兮甚可憎！噫，山之灵兮，胡独不闻？

猿之仁兮，受逐不校。退优游兮，惟德是效。廉、来同兮圣囚，禹、稷合兮凶诛。群小遂兮君子违，大人聚兮孽无余。善与恶不同乡兮，否泰既兆其盈虚。伊细大之固然兮，乃祸福之攸趋。王孙兮甚可憎！噫，山之灵兮，胡逸而居？

【解题】

此文作于永州时。文中以王孙（一种猴子）比喻强暴贪婪的小人，对之进行了辛辣的嘲讽和严厉的批判。感情愤激，言辞激烈。

诉　螭　文　并序

零陵城西有螭，室于江。法曹史唐登浴其涯，螭牵以入。一夕，浮水上。吾闻凡山川必有神司之，抑有是耶？于是作《诉螭》投之江曰：

天明地幽，孰主之兮？寿善夭殇，终何为兮？堆山酾江，司者谁兮？突然为人，使有知兮。畏危虑害，趋走祗兮。父母孔爱，妻子嬉兮。出入公门，不获非兮。溦溦湘流，清且微兮。阴幽洞石，蓄怪螭兮。胡濯兹热，卒无归兮。亲戚叫号，闾里思兮。魂其安游，覞湘累兮。嗟尔怪螭，害江湄兮。涎泳重渊，物莫威兮。蟉形决目，潜伺窥兮。膏血是利，私自肥兮。岁既大旱，泽莫施兮。妖猾下民，使颠危兮。充心饱腹，肆敖嬉兮。洋洋往复，流逶迤兮。惟神高明，胡纵斯兮？蔑弃无辜，逞怪姿兮。胡不降罚，肃川坻兮。舟者欣欣，游者熙兮。蒲鱼浸用，吉无疑兮。牲牷玉帛，人是依兮。匪神之诉，将安期兮！神之有亡，于是推兮。投之北流，心孔悲兮。

【解题】

此文作于永州时。文章控诉了“膏血是利，私自肥兮”的怪螭，要求对之降以神罚，以平民愤。大概也是有托之作。

哀溺文 并序

永之氓咸善游。一日，水暴甚，有五六氓乘小船绝湘水。中济，船破，皆游。其一氓尽力而不能寻常。其侣曰：“汝善游最也，今何后为？”曰：“吾腰千钱，重，是以后。”曰：“何不去之？”不应，摇其首。有顷，益怠。已济者立岸上，呼且号曰：“汝愚之甚！蔽之甚！身且死，何以货为？”又摇其首，遂溺死。吾哀之。且若是，得不有大货之溺大氓者乎？于是作《哀溺》。

吾哀溺者之死货兮，惟大氓之为忧。世涛鼓以风涌兮，浩滉荡而无舟。不让禄以辞富兮，又旁窥而诡求。手足乱而无如兮，负重逾乎崇丘。既浮颐而灭膂兮，不忍释利而离尤。呼号者之莫救兮，愈摇首以沉流。发披鬟以舞澜兮，魂俍俍而焉游？龟鼋互进以争食兮，鱼鲔族而为羞。始贪赢以啬厚兮，终负祸而怀仇。前既没而后不知惩兮，更揽取而无时休。哀兹氓之蔽愚兮，反贼己而从仇。不量多以自诔兮，姑指幸者而为谋。

夫人固灵于鸟鱼兮，胡昧尉而蒙钩！大者死大兮，小者死小。善游虽最兮，卒以道夭。与害偕行兮，以死自绕。推今而鉴古兮，鲜克以保其生。衣宝焚纣兮，专利灭荣。豺狼死而犹饿兮，牛腹尸而不盈。民既贸贸而无知兮，故与彼咸谥为氓。死者不足哀兮，冀中人之为余再更。噫！

【解题】

此文作于永州时。柳宗元有感于一个贪财不要命的百姓的悲剧命运，以辛辣的讽刺笔调，揭露了“大货之溺大氓”的丑恶现象。指事寓意，新奇深刻。

招海贾文

咨海贾兮，君胡以利易生而卒离其形？大海荡泊兮，颠倒日月。龙鱼倾侧兮，神怪隳突。沧茫无形兮，往来遽卒。阴阳开阖兮，氛雾滃渤。君不返兮逝恍惚。舟航轩昂兮，下上飘鼓。腾趠峣嶕兮，万里一睹。崒入泓坳兮，视天若亩。奔螭出抃兮，翔鹏振舞。天吴九首兮，更笑迭怒。垂涎闪舌兮，挥霍旁午。君不返兮终为虏。黑齿戲鬛鳞文肌，三角骈列耳离披。反断叉牙踔嵚崖，蛇首狶鬣虎豹皮。群没互出欢遨嬉，臭腥百里雾雨弥。君不返兮以充饥。弱水蓄缩，其下不极。投之必沉，负羽无力。鲸鲵疑畏，淫淫嶷嶷。君不返兮卒自贼。怪石森立涵重渊，高下迥置滔危颠，崩涛搜疏刿戈铤。君不近兮砉沉颠。其外大泊泙奫沦，终古回薄旋天垠，八方易位更错陈。君不返兮乱星辰。东极倾海流不属，泯泯超忽纷荡沃。殆而一跌兮，沸入汤谷，舳舻霏解梢若木。君不返兮魂焉薄？海若啬货号风雷，巨鳌頟首丘山颓，猖狂震虩翻九垓。君不返兮糜以摧？

咨海贾兮，君胡乐出幽险而疾平夷？悯骇愁苦，而以忘其归。上党易野恬以舒，蹈蹂厚土坚无虞。歧路脉布弥九区，出无入有百货俱。周游傲睨神自如，撞钟击鲜恣欢娱。君不返兮欲谁须？胶鬲得圣捐盐鱼，范子去相安陶朱，吕氏行贾南面孤，弘羊心计登谋谟，煮盐大冶九卿居。禄秩山委收国租，贤智走诺争下车，逍遥纵傲世所趋。君不返兮谥为愚。

咨海贾兮，贾尚不可为，而又海是图。死为险魄兮，生为贪夫。亦独何乐哉？归来兮，宁君躯！

【解题】

此文作于永州时。借对海上贩卖的商人，为利行险，远而不复的劝诫，讽刺社会上那些行险侥幸的文人士大夫，告诫他们应悬崖勒马。

愈膏肓疾赋

景公梦疾膏盲，尚谓虚假，命秦缓以候问，遂俯伏于堂下。公曰："吾今形体不衰，筋力未寡，子言其有疾者，何也？"秦缓乃穷神极思，曰："夫上医疗未萌之兆，中医攻有兆之者。目定死生，心存取舍，亦犹卞和献含璞之璧，伯乐相有孕之马。然臣之遇疾，如泥之处埏；疾之遇臣，如金之在冶。虽九窍未拥，四支且安。肤腠营胃，外强中干。精气内伤，神沮脉殚。以热益热，以寒益寒。针灸不达，诚死之端。巫新麦以为谶，果不得其所餐。"

公曰："固知天赋性命，如彼暄寒，短不足悲，修不足欢。哂彼医兮，徒精厥术，如何为之可观？"医乃勃然变色，攘袂而起："子无让我，我谓于子：我之技也，如石投水，如弦激矢。视生则生，视死则死。膏盲之疾不救，衰亡之国不理。巨川将溃，非捧土之能塞；大厦将崩，非一木之能止。斯言足以谕大，子今察乎孰是！"

爰有忠臣，闻之愤怨，忘废寝食，擗摽感叹："生死浩浩，天地漫漫，绥之则寿，挠之则散。善养命者，鲐背鹤发成童儿；善辅弼者，殷辛、夏桀为周、汉。非药曷以愈疾？非兵胡以定乱？丧亡之国，在贤哲之所扶匡；而忠义之心，岂膏肓之所羁绊？余能理亡国之刓弊，愈膏肓之患难，君谓之何以？”

医曰：“夫八纮之外，六合之中，始自生灵，及乎昆虫，神安则存，神丧则终。亦犹道之紊也，患出于邪佞；身之悆也，疾生于火风。彼膏肓之与颠覆，匪药石而能攻者哉！”

因此而言曰：“余今变祸为福，易曲成直。宁关天命，在我人力。以忠孝为干橹，以信义为封殖。拯厥兆庶，绥乎社稷。一言而荧惑退舍，一挥而羲和匪昃。桑谷生庭而自灭，野雉雊鼎而自息。诚天地之无亲，曷膏肓之能极？”医者遂口噤心醉，跼敛茫然，投弃针石，匍匐而前：“吾谓治国在天，子谓治国在贤；吾谓命不可续，子谓命将可延。讵知国不足理，疾不足痊。佐荒淫为圣主，保夭寿为长年。皆正直之是与，庶将来之勉旃！”

【解题】

此文作期不详。宋晏殊以为此赋“肤浅不类柳文，宜去之”，待考。文中借《左传·成公十年》所载晋景公求医事，说明治国的道理。

迎长日赋

惟飨帝以事天，必推策而迎日。寅方肇建，俟启蛰以展仪；卯位将初，爰用牲而协吉。送烈烈之凝气，导迟迟之阳律。犹分可爱之辉，式伫寅宾之质。稽之虞典，期匪疾而匪徐；行以夏时，契惟精而惟一。

职在冯相，事传《小正》。符上春以备仪，必修其始；先仲春而有事，故谓之迎。

时也淑景初延，幽阳潜启，当四时之首位，用三代之达礼。探赜索隐，得郊祀之元辰；极往知来，正邦家之大体。

事冠前古，仪标后王。皮弁乍临，土圭之影犹积；泰坛既罢，玉漏之声渐长。变熙熙之纯曜，流杲杲之晴光，璧影始融，丽景才凝于城阙；轮形尚疾，斜晖未驻于康庄。

是知迎长日之仪，实王心之所共；兆南郊之位，乃阳事之所用。

故可以知上下之际，见天人之交，动浮光于俎豆，散微照于苞茅。周流金石，晖照陶匏。异乎天纪不修，秦伯尚矜其泰峙；日官失职，晋侯徒继乎夏郊。

于以迎之，则无为者。委照将久，岂三舍之足凭？延光可期，胡再中之云假！自然应以繁祉，锡之纯嘏。礼仪允洽于人神，正朔克周于戎夏。

今我后再新古礼，与天地相参。应戬谷之宜，受之千亿；奉郊祀之报，至于再三。然则迎长日恭祀事，并虞夏而何惭！

【解题】

此文作期不详。或以为非柳宗元所作，或以为是少年入第前的习作，待考。

记里鼓赋

异哉鼓之设也，恢制度于天邑。佐大礼于时行即行，赞盛容而立之斯立。观其象，可以守威仪之三千；节其音，可以表吉行之五十。配和鸾以入用，并司南而为急。若乃郊荐之仪既陈，封禅之礼攸执，经千里之分寸可候，度四方而礼容是集。施五击于华山之野，知雾气已笼；用百发乎南山之阳，识雷声所及。

先圣有作，后王式遵。启玄机以求旧，运巧智而攸新。相彼良工，自殊昧道之士；眷兹木偶，应异迷途之人。齐步武而无佚，差远近而有伦。遵大路，罔愆乎礼典；听希声，克正于时巡。

虽道有环回，地分险易，固善应而莫实，谅知几而有为。载考载击，所辨于长亭短亭；匪疾匪徐，足分乎有智无智。

观其妙矣，孰测其微细？观其徼矣，讵知其启闭！音不衰而得度，响其镗而有制。

于以翊龙御，于以引天旋。异铜浑之仪，亦可叙紫微之星次；殊玉漏之制，而能涉黄道之日躔。周物之智斯设，极深之几是研。鄙繁音之坎坎，陋促节之阗阗。

妙出人谋，思由神假。时然后击，赞赏典于今兹；动惟其常，契同文于古者。

由是皇衢以正，帝道斯盛。恭出震以成威，膺御乾而启圣。

我后得以昭文物，展声明，不愆于素，可举而行。宜乎骋墨妙，呈笔精，固敢先三雅而献赋，庶将开万国之颂声。

【解题】

此文作期未详。或以为非柳宗元所作，或以为是其少年入第前的习作，待考。

永字八法颂

侧不愧卧，勒常患平。努过直而力败，趯宜峻而势生。策仰收而暗揭，掠左出而锋轻。啄仓皇而疾罨，磔趞趞以开撑。

【解题】

此文作期不详。“永字八法”为阐述正楷点画用笔的一种方法，后人引申为书法的代称。

八　奏议

谥　　议

贞元十五年正月日，故银青光禄大夫右散骑常侍、轻车都尉、宜城县开国伯柳公从孙将仕郎、守集贤殿正字宗元谨上。

尚书考功。伏以《鲁史》褒贬，《虞书》黜陟，彰善瘅恶，王教之端。自周公以来，谥法未改。谨按柳公累历清贯，茂著名节，贞亮存诚，洁廉中礼。纳忠为争臣之表，出守乃牧人之良。刺举必闻，澄清可纪。冒危而大节不夺，更名而纯诚克彰。遂践鼎司，以匡王国。奉上尽陪辅之志，退迹有推让之高。圭璋闻望，洽于人听。所以耸厉在位，关于政教。声闻王者，其事实繁。褒善劝能，固将不废。宗元既当族属，且又通家，传信克备其遗芳，考行敢征于故事。谨具署其懿绩，布以悫词，定谥之制，请如律令。谨状。

下太常博士裴堪议。宜谥曰贞。奉敕依。

【解题】

此文作于贞元十五年（799），为柳浑定谥而作，附于《行状》之后，一并呈进。参阅前录《右散骑常侍柳公行状》。

为韦侍郎贺布衣窦群除右拾遗表

臣某伏见今月日制，除布衣窦群右拾遗者。臣闻直道之行，方向德，逸人是举，天下归心。

臣伏以窦群肥遁居贞，包蒙养正，学术精果，操行坚明，赞咏道真，以求其志。臣顷守藩服，特所委知，及归朝廷，辄有闻荐。庶逃窃位之责，以塞旷官之尤。岂谓天听曲从，瞽言无废，况谏诤之职，政化是参。擢于布衣，久无其比，周行庆抃，林薮震惊。晦迹宁虑于遗贤，怀才尽思于展效。

臣以性本庸疏，动无裨益，唯思进拔，以报恩荣。区区悬诚，实贯金石。言而不废，微臣敢窃于荐雄；德必有邻，圣代式光于尊隗。自群受命，冀复面陈，迫以疾病，接于休假。注心蓄念，寤寐竞惶。无任喜跃屏营之至。

【解题】

此文作于贞元十八年（802）。韦侍郎，即京兆尹韦夏卿。窦群，《新唐书》卷一七五、《旧唐书》卷一五五有传，其所授官当为左拾遗。

为杨湖南谢设表

臣某言：中使某乙至，奉宣圣旨，赐臣长乐驿设者。恩荣特殊，宴饮斯及，顾兹厚礼，猥集微躬。臣某诚欢诚庆，顿首顿首。

臣以多幸，属此昌时，任重方隅，职忝文武。甘受素餐之刺，知无肉食之谋，以忧以惶，寤寐无措。岂谓鸿恩继至，丰膳爰来，陆海兼陈，饴醴皆设。庶当奉扬圣泽，覃布远人，流恺悌于皇风，均乳哺于赤子。少陈微效，上答殊私。无任感恩欣跃之至。

【解题】

贞元十八年（802）九月，以太常少卿杨凭为潭州刺史、湖南观察使，此表即作于此时。

京兆府贺嘉瓜白兔连理棠树等表

臣某言：今月日，中使王自宁出徐州刺史张愔所进《嘉瓜图》及白兔儿一，并出陈、许等州观察使上官说所进《许州连理棠树图》示百寮者。惟天眷命，是降百祥，惟圣钦承，用膺多福。臣某诚庆诚贺，顿首顿首。

臣伏以大和所蒸，至德斯应，图物献瑞，周于远方。神瓜合形，式表绵绵之庆；异棠连质，用彰烨烨之荣。况金风发祥，白兔来扰，告有秋之嘉应，著成岁于神功。杂遝纷纶，如山斯委。人尽登于寿域，物咸畅于薰风。况臣特感深思，欣逢众瑞，踊跃之至，倍万恒情。

【解题】

此文作于贞元十九年（803）。时柳宗元为蓝田县尉，代京兆府作此表。

为京兆府请复尊号表三首

第　一　表

臣某言：某月日诸县耆老某等若干人诣臣陈状，辞意迫切，以陛下尊号未复，请诣阙上表者。人心已郁，安可久违；天意实勤，谅难固拒。抚状感悦，深契微诚。臣某诚恳诚迫，顿首顿首。

伏惟皇帝陛下，圣神之功，贯于天地；文武之道，超乎古今。盛德愈大，而谦光益深；玄化已成，而徽号未复。遂使神祇觖望，人庶怨思。沐浴鸿泽者，敢怀晷刻之安；捧戴皇恩者，不知寝食之适。负愧怀愤，万方一心，日日以冀，遂淹星岁。况今地不爱宝，致百谷之丰穰；天惟降衷，呈众瑞而繁委。污莱瘠卤之地，混成大田；草木虫兽之微，化为神贶。万灵垂鉴，昭然甚明。此而不从，臣所大惑。矧又兵戎永戢，夷狄咸怀，昭然长春，乐以终日。是以耆老等深感圣育，踊跃不宁，上奉天恩，跼蹐知惧。顿颡阙下，愿复鸿名，不谋而同，无期而至。此皆上玄幽赞以诱其衷，列圣垂灵以悟其意。臣以为陛下当敬于斯旨，不可忽也。

臣又伏以陛下赏功与能，举贤出滞，小言不废，片善是褒。岂可使臣子之效，虽微而必旌；君父之德，尽美而无称！凡在覆载，不胜恳祷惶恐之至。谨封耆老等状，奉表昧死陈请以闻。谨言。

第　二　表

京兆府长安县耆老臣石灵等言：伏奉墨诏，批臣所请复尊号未蒙允许者。捧对惶遽，不知所裁。天实命之，于臣何有！臣等诚恳诚惧，顿首顿首。

臣闻圣君以奉天为心，不以谦冲为德；以顺人为大，不以崇让为优。今陛下深拒天人之诚，犹怀谦让之道，臣等愚惑，未知所归。且百祥荐臻，特表昊穹之眷；五谷蕃熟，用彰后土之勤。亿兆嗷嗷，吁天请命，上下交应，幽明同心。举而违之，臣所未识。况臣等共被仁育，同臻太和。

陛下德达上玄，以丰臣之衣食；道跻寿域，以延臣之岁年。沐浴皇风，二十余载，儿童感化，鳏寡知恩。故臣等出乡之时，欢呼遍野，闾里勉臣以不进不止，妻孥誓臣以不遂不归。唯竭血诚，退无面目，便当陨首阙下，终不徒还。伏惟陛下照臣恳迫之情，哀臣羸老之命。臣等不胜呜咽惭恨之至。谨奉表陈谢以闻。

第　三　表

臣某言：臣伏以耆老等并皆发丹诚，将贯白日，请复徽号，以光圣谟。臣以其恳款自中，不可禁止，遂抗表陈请，备述微诚。伏奉墨诏批答未蒙允许者，众心尚阻，天意未从，恳迫逾深，兢惶无措。

臣某伏惟皇帝陛下道大益谦，化成弥损。虽江海善下，每应朝宗之心；而日月居高，久称照临之位。况复上承天命，下睹人诚，若然辞之，理有不可。伏以陛下功参造化，政体乾坤，万邦宅心，百灵效职，此圣之至也。明并两曜，信如四时，先天不违，穷神知化，此神之极也。道德纯备，礼乐兴行，宸翰动于三光，睿藻穷于六义，此文之备也。五兵不试，七德咸宣，殊方者知归，负固者率服，此武之成也。黄龙皓兔，甘露庆云，神禾嘉瓜，祥莲瑞木，万物畅遂，百谷茂滋，此天之至灵也。黎老班白，伏守阙庭，鳏嫠童幼，谣歌道路，此人之至诚也。有其德而无其号，拒乎天而违乎人，虽陛下谦让之至美，抑非臣心之所安也。伏以贱志难明，微诚莫达，戴天弥惧，履地益惭，不任恳迫屏营之至。伏愿早建大号，以称天人之心。谨再奉表昧死陈请以闻。

【解题】

此三表作于贞元十九年（803），为德宗复尊号而作，这时柳宗元尚在蓝田尉任上，代京兆府进表。

为耆老等请复尊号表

京兆府长安县耆老臣石灵等言：臣伏以陛下尊号未复一十九

年，盛德光大，玄化益被。加以休征咸集，福应具臻，至于今岁，纷纶尤盛。风雨必顺，生长以时，五稼尽登，万方皆稔。神意人事，正在于斯，天不可违，时不可弃。臣等诚恳诚迫，顿首顿首。

臣闻恩深必报，德盛必崇。以陛下九重之尊，推崇无上；以陛下四海之大，报效何施？唯有尊名，用光圣理，阙然未复，谁所敢安？臣心则微，天意甚重。伏惟皇帝陛下体昊穹以施化，虔上帝以致诚。今即万祥应期，百神奉职，飞走之物皆已效灵，草木之类咸能应圣。天命降于上，人诚发于中，此而可辞，孰云有奉？况复野多滞穗，亩有余粮，足食之庆，充溢于京坻，阜财之谣，欢呼于道路。尽非人力，皆是天成。神祇之望既勤，遐迩之心又迫。况臣等得生邦甸，幸遇盛明。身体发肤，尽归于圣育；衣服饮食，悉自于皇恩。被玄化而益深，望鸿名而未睹，恳倒之至，夙夜不宁。谨诣光顺门，昧死请复“圣神文武”之号，以副天地宗社之心，使海内赤子得安其所。臣等不胜恳倒迫切之至。谨奉表以闻。

【解题】

此文作于贞元十九年（803），柳宗元在蓝田尉任上，为请德宗复尊号而作。

让监察御史状

右臣伏准《名例律》，诸官与父祖讳同者，不合冒荣居之。臣祖名察躬，今臣蒙恩授前件官，以幼年逮事王父，礼律之制，所不敢逾，臣不胜进退惶恐之至。谨诣光顺门奉状以闻，伏听敕旨。贞元十九年闰十月日，承议郎新除监察御史臣柳宗元奏。

奉敕新除监察御史柳宗元，祖名察躬，准礼，二名不偏讳，不合辞让。年月日检校司空同中书门下平章事杜佑宣。

【解题】

贞元十九年（803）闰十月，柳宗元自蓝田尉入为监察御史里行。此文当作于此时。

为长安等县耆寿诣相府乞奏复尊号状

长安县耆寿某乙若干人。

右某等伏以生长明时，游泳皇泽，鼓腹且知于帝力，食毛敢忘于君恩。窃见近者祥瑞所陈，周于百郡，丰稔之报，均于四方。有以知上玄降灵，诞告嘉应，彰我君文明之化，仁育之恩。大道既行，鸿名未举，是以殷勤昭著，如斯而不已者也。

某皆陶煦纯仁，成此耆老，生既无补，死而何求！唯愿上闻帝阍，复建尊号，用彰圣德，以报皇慈。披露血诚，伏守天阙，糜躯碎骨，犹生之年。谨以今日诣光顺门辄进表讫。

伏惟相公赞翊明主，共致太平，而使名号尚郁，天人失望，草野愚鄙，窃有惑焉！伏望敷奏之际，开陈其要，俾下情允达，大愿克从，退就泉壤，乐而无恨。轻黩相国，伏待典刑。谨状。

为京畿父老上府尹乞奏复尊号状

长安县耆老某乙等若干人。

右某等幸以羸老，获睹升平，蹈舞薰风，讴歌寿域。譬之草木，何以报天？寤寐焦劳，不知所措。

伏见圣君临御，玄化升闻，瑞应匝于万方，丰报穷于四海。神祇注意，天地倾心，觉悟生人，必有为者。盖以挹损徽号，近二十年，盛德益光，大名未复，致远迩积虑，幽明愤怀。故自古已来，嘉瑞之至，未有如今岁之盛也。斯乃上玄深旨，下人恳诚，勤勤相符，正在于此。某等眷恋明时，朝夕是切，唯愿早复大号，以契天心。庶得圣政益光，鸿化弥远，少遂踊跃之甚。今请诣光顺门进表，昧死上陈。

伏以侍郎道合君臣，惠敷黎庶，倘遂收采愚虑，致贡天庭，俾草莱微诚，得达万乘，非所敢望，惶惧伏深。谨状。

【解题】

以上二文作于贞元十九年（803），为请德宗复尊号，代长安县父老而作。

御史台贺嘉禾表

臣某言：今月日宰臣以幽州所进《嘉禾图》各一轴示百僚者。伏以嘉谷顺成，灵贶昭格，天人合应，遐迩同风。臣某诚欢诚庆，顿首顿首。

伏惟皇帝陛下睿谋广运，神化旁行，植物知仁，祥图应圣。灵岳不愆于赞祐，燕谷用遂于生成。丰稔既均，知朔南之被泽；休嘉克协，见天地之同和。六穗惭称于汉臣，异亩耻书于周典，自中形外，均庆同欢。臣某谬职宪司，获睹休瑞，无任抃跃之至。

【解题】

此文作于贞元二十年（804），这时柳宗元为监察御史里行。

为武中丞谢赐樱桃表

臣某言：中使某乙至，奉宣圣旨，赐臣樱桃若干者。天眷特深，时珍洊降，宠惊里巷，恩溢圆方。臣某诚喜诚惧，顿首顿首。

伏以含桃之羞，时令攸贵，况今采因御苑，分自天厨。使发九霄，集繁星而积耀；味调六气，承湛露而不晞。盈眦而外被恩光，适口而中含渥泽。顾惭素食，弥切自公，岂图君子所先，遂厌小人之腹。无任。

【解题】

贞元二十年（804），武元衡迁御史中丞。此文当作于此时。

礼部为百官上尊号表二首

第一表

臣某言：伏以圣王之纂承天位也，臣子必竭恳诚，献尊号，安敢为佞，礼在其中。一则以告天地神祇，二则以奉宗庙社稷，三则以安华夏蛮貊，巍巍大称，其可废乎？臣等诚欢诚望，顿首顿首。

伏惟皇帝陛下，协周文之孝德，齐大禹之约身，弘帝尧之法天，过殷汤之解网。未逾周月，四海将致于时雍；俯及元正，率土更欣于再造。然神人之愿，亿兆之情，有所不安，率谓未尽善者，以为帝德广运而尊号犹阙，郊庙备礼而祝嘏无词，凡百兢怀，华夷属望。

臣谨按昔皋陶之颂舜，伊尹之颂汤，皆臣子至公，面扬君父，以敷于当代，以播于无穷。夫岂饰哉？率由事实。帝王尊号，盖渐于此。皇家光被四表，祖宗烈文，时当大和，尊号表德，耳目所接，简牍斯存。稽之于前典则如彼，考之于圣朝则又如此。今龟筮习吉，元正戒期，当品物维新之时，乃皇天大礼之日。陛下郊天地，飨宗祧，阴阳协和，动植交畅，不建至尊之称，恐违列圣之心。所以臣等冒死陈闻，请上徽号。伏惟陛下小谦让之节，安延企之情，特诏名儒礼官，百僚庶尹，详明故实，议崇圣德，则人望永厌，神心获安。山川效灵，光赞无疆之寿；祝史陈信，永彰不朽之功。臣等蒙国宠荣，备位班列，无任恳望之至。

第　二　表

臣某等言：臣等再陈丹悃，谨献鸿名，天意未从，陨越无措。臣某诚惶诚恐，顿首顿首。

谨按：尧曰"咨尔舜"，舜曰"格尔禹"，汤曰"吾甚武"，自号曰武王。则尧、舜、禹、汤皆当时王者之号也。考皇帝之故实，征往圣之宪章，允协礼经，焕乎图牒。伏惟皇帝陛下，允恭克让，约己谦尊，参天两地之功，为而不有，安上理人之德，置而不论。至哉王言，非群下所仰望也。然臣等伏以为尊号者，所以类上帝，飨祖宗，万人所称，百蛮所仰，表圣德于率土，播天声于无疆。臣下请之之谓礼，帝王承之之谓孝，孝大于让，礼先于谦，百王不刊之典，安可得而废也？

臣等又以《春秋》本于五始，元者，一岁之首；春者，四时之首；王者，受命之首；正月者，政教之首；郊天大礼者，立极之首。今天地交泰，俯临元辰，正始之美，正当其运。陛下确违群愿，固守谦冲，此臣等所以兢惕失图，恂惶无措，上冒严宪，敢逃厚责。伏乞俯垂天听，察纳微诚，诏礼官议臣所请，揆日推礼，虔奉鸿休，尽敬于此。犹恐天光未照，三献无征，彷徨阙庭，伏待斧锁。无任耸望之至。

【解题】

贞元二十一年（805）八月，宪宗立，改为永贞元年。柳宗元为礼部员外郎，所以预作此表。

礼部为文武百寮请听政表三首

第一表

臣某等言：臣闻大道必体于至公，大孝莫高于善继。上观列圣，旁考前王，罔不俯就礼文，仰承大事，严奉宗庙，慰安元元。然后德教惟新，邦家永固。

伏惟皇帝陛下寝苫泣血，号慕无时，贯于神明，动于天地。未临庶政，犹徇至诚，凡在人臣，孰不哀惧。伏惟先圣遗旨，俾陛下抑哀而听政。本朝乏人，使臣等竭忠以奉上。非敢惧死，辄布恳词，期于必从，以慰寰宇。且王业至重，军国方殷，一日万机，不可暂阙。伏愿追遵顾命，蹈履成规，恢王者华夷之望，顺上帝乃眷之怀。臣等不胜哀迫诚恳之至。

第二表

臣某等言：臣闻圣凡殊途，邦家异礼。故王者舍己从物，用身许天，虽居达丧，犹以事夺。伏以大行皇帝道成铸鼎，仙等御龙，万姓长号，九有颙望。陛下以聪明睿圣，嗣守宝图，爰及宅忧，迨兹累日。而孝思罔极，尚辍乃欢之言；庶政未厘，颇阙如丝之命。臣等尝览载籍，粗知丧纪，若成周《顾命》，历代犹遵；西汉诏音，前王所奉。我国家以孝理天下，文明应期，上用此法，胥以传授。盖事归至当，则不可不遵；礼贵从宜，则不得不守，理固然也。臣等是以上陈愚恳，轻渎宸严，冀遂血诚，俯亲国政。而陛下执丧逾切，听理未闻，亿兆嗷嗷，不知所诉。臣以为天子之孝，在于保安社稷，司牧烝黎，功超百王，庆流万代。亦何必守臣下之小节，蔑皇王之大猷，固阻群情，务成谦德。伏愿以遗诏为念，夺在疚之怀，就临轩之制，天下幸甚。

第三表

伏以万机至重，遗旨难违；再献表章，上尘旒扆。精诚徒竭，天意未回，内外遑遑，人神企望。臣闻王者之孝，异于匹夫，礼不相沿，道资适变。当承平之代，故殷帝宅忧而不言；遇有事之时，则周王未葬而誓众。况今戎车犹驾，边候多虞，两河之寇盗难除，百姓之疮痍未合。乱者思理，危者求安，天下嗷嗷，正在今日。诚宜抑其至性，以副群心，成先帝之大功，继中兴之盛业。岂可寝苫啜泣，庶政阙然？九庙之灵何报，万方之望何塞？臣等职参枢近，诚切邦家，若陛下未忍临轩，尚持前志，臣等有死而已。不敢奉诏。不胜哀迫恳切之至。

【解题】

贞元二十一年（805）正月，顺宗即位。柳宗元时为礼部员外郎，代文武百寮作此三表，请顺宗听政。或以为第三表非柳宗元所作，待考。

贺践祚表

臣某言：太子中舍严公弼至，奉某月日敕书慰谕。伏承陛下以某月日虔奉典册，允升宝位，凡在群生，孰不庆幸。臣某诚欢诚抃，顿首顿首。

臣闻天地泰而圣人出，雷雨解而品物荣，是以五行迭用，木火更其位；十叶重光，宗庙辅其德。殷宗龚默，再开成汤之业；汉文聪明，克承高祖之绪。陛下重离出曜，体乾继统，主鬯彰孝恭之美，抚军著神武之功。钦奉遗训，永保鸿业。遏密之中，施雨露以被物；遐迩之地，睹日月之继明。则四维之外，八极之表，人神胥悦，草木皆春，煦妪生成，不失覆载。况臣谬膺藩守，累受国恩。爰自出身，洎乎领镇，沐浴圣泽，优游昌时，不获睹阙庭之礼，展臣庶之分。戴天贺圣，倍万恒情。

【解题】

贞元二十一年（805），柳宗元代一节镇作此表。

为王京兆贺嘉莲表

臣某言：今日某时，中使某奉宣圣旨，出西内神龙寺前水渠内《合欢莲花图》一轴示百寮者。祥图焕开，异彩交映，赞天地之合德，表神人之同欢。臣某诚欢诚庆，顿首顿首。

伏惟皇帝陛下道协重华，庆传种德，陶阴阳之粹美，孕造化之精英。吉庆每见于天心，发祥必自于禁掖。是使双华擢秀，连蒂垂芳，香激大王之风，影耀天泉之水。焕开宫沼，旁映给园，灵贶应期，天龙护圣。宝历敻超于小劫，神功永洽于大千。臣某获睹升平，滥居荣宠，闻瑞应而称庆，仰缋事而增欢。无任抃蹈喜跃之至。

【解题】

此文作于贞元二十一年（805）。王京兆，即王权。

为王京兆贺雨表四首

表　一

臣某言：臣昨日面奉进旨，以近日少雨，今月内无雨，即须祈祷，今日便降甘雨者。天且不违，神必有据，密云与纶言继发，时雨将天泽并流。臣某诚欢诚庆，顿首顿首。

伏惟皇帝陛下忧切蒸黎，虑深稼穑，思彼未兆，防于无形。滲漉每出于湛恩，变化亦随于广运。宸衷暂惕，已娇御天之龙；圣谟既宣，遂洽漏泉之泽。霔霶周布，霏微四施，黍稷尽成，公私皆及。野夫鼓舞，知帝力之玄通；官吏欢呼，见天心之默喻。臣某牧人京邑，动仰皇灵，渥泽徒加，涓滴无助。无任感悦屏营之至。

表　二

臣某言：伏见今月二十四日，时雨溥降。伏以圣心积念，天意遽回，移造化之玄功，革阴阳之常数。臣某诚庆诚抃，顿首顿首。

皇帝陛下仁育苍生，恩同赤子。自顷天雨未降，时稼或愆，贬食斋戒，至诚幽达。又虑宿麦无备，播种失时，出于宸衷，特令赈贷。睿谟潜运，甘雨遂周。布濩垂阴，随圣泽而俱远；滂沱积润，与恩波而共深。臣某才术无闻，谬司邦甸，生成必资于帝力，进退何补于天工。沐浴大和，惭荷无极。无任庆跃屏营之至。

表　三

臣某言：今月十三日面奉进旨，缘自春来少雨，宜即差官精诚祈祷者。十四日，臣便差官分赴灵迹，其日云阴四合，至十五日，甘雨遂降。

伏惟皇帝陛下言为神化，动合天心，未成旱暵之虞，已积忧勤之虑。众灵受职，荟蔚且跻于南山；百谷仰荣，滂霈遂沾于东作。睿谟朝降，膏泽夕周，知天人之已交，识阴阳之不测。然则周王徒勤于方社，殷帝虚美于桑林。岂若无灾而早图，未祷而先应。化超前圣，道贯重玄，遍野同欢，倾都相庆。臣之欣跃，倍万恒情。

表　四

臣某言：臣于三月二十九日奉进旨于诸灵迹处祈雨，至三十日甘雨遂降者。臣闻惟圣有作，先天不违，发令而祥风已兴，致诚而玄液旋被。臣某诚欢诚贺，顿首顿首。

伏惟皇帝陛下侧身防患，道迈周王；尽力勤人，功超夏后。圣漠广运，驱百灵以从风；神化旁行，滋五稼而流泽。油云四合，膏雨溥周，农壤遂一于肥硗，滲漉尽沾于遐迩。蒸黎咏德，知必自于圣心；草木欣荣，如有感于皇化。有年之庆，实在于斯。臣以无能，谬领京邑，上劳宸虑，运此岁功。无任喜惧屏营之至。

【解题】

以上四表，皆作于贞元二十一年（805）三月间。王京兆，即王权。

贺亲自祈雨有应表

臣某言：臣得上都院官金部员外郎韩述状报，以时雨未降，亲自于龙堂祈祷，有灵禽群翔，自成行列，如随威凤，以翼龙舟，其日降雨者。

伏以时或愆阳，岁之常候，式当圣日，无害丰年。陛下敦本务农，忧人闵雨，宸虑所至，天心自通。故得瑞鸟迎舟。掩商羊之舞；仙云覆水，协从龙之征。初泛洒于上宫，遂滂霈于率土。自中徂外，皆荷生成，雨公及私，靡不硕茂。殷后徒勤于自翦，周公空愧于舞雩。臣以庸虚，谬司垣翰，有年之庆，惟圣之功。臣某不任。

【解题】

此文作于贞元二十一年（805）。柳宗元在礼部任上，代外州刺史所作。

贺皇太子笺

某言：伏奉月日制书，殿下祇膺茂典，位副青宫，温文光三善之名，继照协重离之庆。万叶固本，群方宅心，含生之徒，孰不欣戴！况某夙蒙期奖，职在藩方，欢抃之诚，倍万恒品。

【解题】

此文作于贞元二十一年（805）三月，柳宗元在礼部任上，代一藩臣而作。

礼部贺嘉禾及芝草表

臣某等言：伏见今月某日内出剑南所进《嘉禾图》及陕州所进紫芝草示百寮者。珍图焕开，瑞彩交映，遐迩偕至，福应攸同。臣某等诚庆诚贺，顿首顿首。

伏惟皇帝陛下缉熙至道，保合大和，天惟发祥，地不爱宝，嘉禾擢质，灵草抽英。献于王庭，唐叔惭同颖之异；荐诸郊庙，班《史》谢连叶之奇。既呈薿薿之祥，更睹煌煌之秀。丰年斯著，圣寿用彰，饮和之人，欢抃无极。臣某等优游至化，披玩殊姿，庆抃之诚，倍百恒品。

【解题】

贞元二十一年（805），剑南西川节度使韦皋进《嘉禾图》。柳宗元在礼部任上，作此表。

礼部贺甘露表

臣某言：中使王自宁至，伏奉宣圣旨，出延和殿前丁香树甘露一大合示宰臣；未时，又出一大合，令明日示百寮，甘露见降未止者。玄化升闻，灵贶昭答，必呈尤异之应，以告天地之和。臣某诚欢诚庆，顿首顿首。

伏惟皇帝陛下均煦育之功，敷渗漉之泽。大和潜达，闳瑞克彰，发于天霄，特降宫树。朝光初烛，方湛湛而不晞；昃景转炎，更瀼瀼而未已。缀叶而珠玑积耀，盈器而冰玉呈姿，芳袭椒兰，味兼饴醴。然则零其庭而著异，纪于年以标奇，徒矜往辰，孰并兹日。况树有丁香之珍，殿即延和之号，所以著芳风之远播，期圣寿于无疆。事绝古今，庆传遐迩。臣谬承渥泽，获睹殊祥，抃跃之诚，倍万恒品。

礼部贺白龙并青莲花合欢莲子黄瓜等表

臣某言：伏见今月日，内出沧州所进《白龙见图》，又出西内定礼池中青莲花，并神龙寺前合欢莲子示百僚。二十三日，又出盐州所进《合欢黄瓜图》者。二气交泰，万国同和，动植思协于殊祥，遐迩毕呈其嘉应，披图按牒，圣理彰明。臣诚欢诚庆，顿首顿首。

伏以天道非远，睿感必通，叠瑞重祥，累集宫禁，池莲表异，灵化非常。敷彼青光，征佛书而尤绝；成其嘉实，验祥经而甚稀。积庆旁流，自中徂外。遂使龙腾白质，乘秋果应于金行；瓜合黄中，表圣更彰于土德。远通边徼，近出苑园，合庆同欢，周于亿兆。况复邦畿之内，雨霁必时，宿麦大穰，嘉谷滋茂，和风孕秀，灵气陶蒸。是皆发自帝心，达于天意，周流升降，成此岁功，惠彼群生，自为嘉瑞。臣某深惟多幸，获遇斯时，观灵贶之备臻，知人和之溥洽。无任庆抃跃蹈之至。

礼部贺白鹊表

臣某言：伏奉进旨宣示前件白鹊者。霜毛皎洁，玉羽鲜明，色实殊常，性惟驯狎。臣闻圣王之德，无所不至，有感则应，无幽不通。伏惟陛下恩沾动植，仁洽飞翔，故得兹禽，呈休效质。伏以白者正色，实表金方，鹊以知来，式彰寇服。用符归化之兆，克耀太平之阶。臣职参禁垣，获睹嘉瑞，无任庆抃之至。

礼部贺嘉瓜表

臣某等，今日内出浙东观察使贾全所进越州山阴县移风乡百姓王献朝园内《产嘉瓜二实同蒂图》示百寮者。宝祚惟新，嘉瑞来应，式彰圣德，更表天心。臣某等诚庆诚贺，顿首顿首。

伏惟皇帝陛下，保合太和，缉熙庶类，德馨上达，神化旁行。嘉瓜发祥，来自侯服。质惟同蒂，见车书之永均；地则移风，知化育之方始。虽七月而食，豳土歌王业之难；五色称珍，东陵咏嘉宾之会，未闻感通若斯昭著者也。臣某等遭逢圣运，亲仰珍图，抃跃之诚，倍百恒品。无任庆悦之至。

【解题】

以上四表，都是贞元二十一年（805），柳宗元任礼部员外郎掌尚书笺奏时所作。

为王户部荐李谅表

臣某言：臣闻知贤必进，忠臣之大方；择善而居，明主之要道。况臣特受恩遇，超绝古今，报国之诚，寤寐深切。是敢竭愚臣之微分，助陛下之至明，恢张羽仪，弘辅治化。臣某诚惶诚恐，顿首顿首。

窃见新授某官李谅，清明直方，柔惠端信，强以有礼，敏而甚文，求之后来，略无其比。臣自任度支副使。以谅为巡官，未及荐闻，至某月日荆南奏官敕下赴本道。谅实国器，合在朝行，臣之所知，尤惜其去。伏望天恩授以谏官，使备献纳，冀他日公卿之任，斯焉取斯。则圣朝无乏士之名，微臣缓蔽贤之罚。无任诚恳屏营之至。

【解题】

贞元二十一年（805）五月，以王叔文为户部侍郎。此表当作于此时。

为户部王叔文陈情表

臣某言：臣母刘氏，今月十三日，忽患喑风发动，状候非常，今虽似退，犹甚虚惙。惊惶忧苦，不知所图。臣唯一身，更无兄弟，侍疾尝药，难阙须臾。伏乞圣恩，停臣所职。今臣见在家扶侍，其官吏等并已发遣讫。

臣以庸微，特承顾遇，拔自卑品，委以剧司。夙夜兢惶，唯思答效，至诚至恳，天眷所知。岂虑未效涓尘，遽迫方寸，以开塞重轻之务，加焦劳忧灼之怀，虽欲徇公，无由枉志。况忠孝同道，臣子之心，许国诚切于死生，报亲忍忘于顾复？进退穷蹙，昧死上陈。候母刘氏疾疢小瘳，冀微臣驽蹇再效。无任惶惧恳倒呜咽之至。

【解题】

此文作于贞元二十一年（805）六月。是月，王叔文即以母丧去位。

为京兆府昭应等九县诉夏苗旱损状

右臣谬领京畿，已逾两月，政术无取，诚恳莫申，遂使两泽愆时，田苗微损，夙夜兢惧，寝食靡遑。今长安一十四县，并准常年例全征。其昭应等九县，臣各得状，并令详审，各绝隐欺，谨具别状封进。臣当府夏税，通计约二十九万石已上，据所损矜免，只当三万石有余。恤人则深，减数非广。伏以圣慈弘贷，悯念蒸黎，臣忝职司，不敢不奏。无任惭惧之至。谨录奏闻，伏听敕旨。

【解题】

贞元二十一年（805），自正月至七月，昭应等九县天旱不雨，庄稼干枯，人民苦无可告。柳宗元作此文，请求朝廷豁免赋税。

为武中丞谢赐新茶表

臣某言：中使窦某至，奉宣圣旨，赐臣新茶一斤者。天眷忽临，时珍俯及，捧戴惊抃，以喜以惶。臣以无能，谬司邦宪。大明首出，得亲仰于云霄；渥泽遂行，忽先沾于草木。况兹灵味，成自遐方，照临而甲坼惟新，煦妪而芬芳可袭，调六气而成美，扶万寿以效珍。岂可贱微，膺此殊锡？衔恩敢同于尝酒，涤虑方切于饮冰。抚事循涯，陨越无地。臣不任感戴欣抃之至。

【解题】

此文作于贞元二十一年（805）。武中丞，即武元衡，时为御史中丞。

礼部贺立皇太子表

臣某等言：伏奉今月二十四日制，广陵郡王宜册为皇太子，改名某。仍令所司择日备礼册命者。天序有奉，皇图载宁。臣某等诚庆诚贺，顿首顿首。

臣闻《尚书》载“以贞”之文，汉史传早建之义，不唯立爱，期在继明。陛下奉率前规，敷扬盛典，顾兹守器之重，爰正承华之位。尊义方之教，载锡嘉名；崇建树之礼，式光典命。以长而立，自符于慎择；必子之选，遂合于至公。邦本不摇，王业弥固。此皆宗社垂祉，启祐皇心，乾坤合谋，保安圣运。足以播休气于四海，洽大和于万灵，食毛含齿，所同欢庆。臣等奉承制命，蹈舞周行，踊跃之诚，倍百恒品。无任庆抃感悦之至。谨奉表陈贺以闻。

【解题】

此文作于贞元二十一年（805）三月。顺宗立子广陵郡王李淳为皇太子，改名李纯。柳宗元在礼部，作此表以贺。

礼部贺皇太子册礼毕德音表

臣某等言：伏奉今日制，皇太子册礼云毕，思与万方同其惠泽者。盛典斯举，鸿恩遂行，凡在率土，不胜抃跃。臣某等诚喜诚贺，顿首顿首。

伏惟皇帝陛下克奉神休，以正邦统。建天下之本，宗庙以安；致万国之贞，兆人攸赖。典册既备，庆泽载流。既广爱而推恩，亦好生而布德。缓刑而囹圄知感，进勋而嗣续增荣。崇教谕之方，忠良是举；严赞襄之礼，赐与有加。旌孝悌以厚于人伦，敬鬼神而修其祀事。况行礼之日，则屏翳收迹，太阳宣精。用彰出震之休，更表重离之曜。神化旁畅，皇风远扬，自华及夷，异俗同庆。臣等谬参著定，倍百恒情。无任欢庆踊跃之至。

【解题】

此表当与前表先后，皆作于贞元二十一年（805）三月。

为王京兆皇帝即位礼毕贺表

臣某等言：臣闻大人继明，百神所以受职；天子有道，万国由是承风。伏以皇帝陛下缵圣垂休，顺时御极，负扆而外朝夷夏，践祚而统和天人。幽明感通，遐迩昭泰，遂使祥光下烛，嘉气旁通。周王谢流火之符，《鲁史》愧书云之典，食毛含齿，欢抃无穷。臣某等幸睹昌时，获奉大庆，踊跃之至，倍万恒情。无任蹈舞欣跃之至。

【解题】

此表作于永贞元年（805）八月宪宗即位时。王京兆，即王权，贞元二十一年（805）二月，自鸿胪卿为京兆尹。

礼部贺册太上皇后表

臣某等言：伏奉今月日诰，良娣王氏册太上皇后，良媛董氏册太上皇德妃，宜令所司备礼册命者。母仪有光，坤道克顺，阴教方行于万国，内理克和于六宫。臣某等诚庆诚贺，顿首顿首。

伏惟皇帝陛下对若天休，奉扬睿旨，长秋既登其正位，褕狄亦被于恩光。奉养见三朝之安，周旋有四星之辅。岂独配乾称大，助日为明，所以表王化之源，知孝悌之本，冠映千古，仪刑四方。臣某等捧戴施行，踊跃无地。无任蹈舞欣喜之至。

礼部贺太上皇后册毕贺表

臣某等言：今月日太上皇后册礼云毕，率土臣妾，庆抃无穷。臣某等诚庆诚贺，顿首顿首。

伏以太上皇后著虞嫔之至德，嗣周母之徽音，表率六宫，明彰万国。陛下克修理本，以畅化源，神道知事地之方，人伦识尊亲之大。岂惟妇顺斯备，阴礼用修，足以播正始于王风，致时雍于帝典。臣某等谬尘荣位，获睹盛仪，踊跃之诚，倍百恒品。

【解题】

永贞元年（805）八月，顺宗自称太上皇，立良娣王氏为太上皇后。以上二贺表即作于此时。

礼部贺改永贞元年表

臣某等言：伏奉今日诰，今月九日册皇帝，改贞元二十一年为永贞元年。自贞元二十一年八月五日昧爽以前，应犯死罪特降从流，流已下递降一等者。宝命方始，圣历用彰，载宣临照之明，遂施涣汗之泽。臣某等诚庆诚贺，顿首顿首。

伏以重光下济，积庆旁行，汉祖推奉教之尊，文王遂无忧之志。正名纪历，表运行于万方；宥过轻刑，流汪涉于四海。欢呼抃蹈，遐迩攸同。臣某等亲奉圣谟，仰承大化，踊跃之至，倍万恒情。无任蹈舞欣庆之至。

【解题】

此文作于贞元二十一年（805）八月，是宪宗即位改元表。

礼部太上皇诰宜令皇帝即位贺表

臣某等言：伏奉今日太上皇制命，陛下即皇帝位。光奉宝图，丕承鸿业，溥天率土，庆跃难胜。臣某等诚喜诚抃，顿首顿首。

臣闻皇建其极，存诸大训，帝出于《震》，著在《易经》。继明以照于四方，重熙以临于万国。动植品汇，永赖昭苏；山川鬼神，咸用欣戴。臣某等获备班列，亲仰圣明，踊跃之诚，倍万恒品。无任抃跃喜庆之至。

【解题】

此文作于永贞元年（805）八月。顺宗立皇太子为皇帝，即宪宗，而自称太上皇。

代韦中丞贺元和大赦表

臣某言：伏奉正月二日制，大赦天下，永贞二年宜改元和元年。太阳既升，煦育资始，霈泽斯降，膏润无遗。臣某诚庆诚贺，顿首顿首。

伏惟皇帝陛下仁化旁流，孝理弘阐，纪元示布和之令，肆眚见恤人之心。旷然涤瑕，得以迁善，涣发大号，申明旧章。农有薄征，市无强价，勋勤是录，爵秩以班。宠宁间于幽明，泽必周于夷夏，近甸轻榷酤之入，远人忘水旱之灾。既行庆于官僚，亦推恩于天属，诸生喜黉塾之广，庶老加絮帛之优。量入所以备凶，兴廉期于变俗。爰褒有客，尊贤之典惟新；载奉素王，宗予之道斯在。纶言一降，庶政毕行，怀生之伦，感悦无量。臣某等守在遐远，亲奉诏条，踊跃之诚，倍百恒品。无任感恩抃舞屏营之至。

【解题】

此文作于元和元年（806）。韦中丞，名不详，时为永州刺史。柳宗元代其作此表，贺元和改元大赦。

为樊左丞让官表

臣某言：伏奉今月二十八日制，除臣尚书左丞。宠命俯临，惭颜自失。泛大鲸之海，但觉魂摇；戴巨鳌之山，未如恩重。

臣闻尚书百揆，翊亮万机，故天上尊北斗中枢，陛下有南宫左辖。晋升孔坦，谅直当时；汉拜杨乔，闲练故事。庶得百僚有惮于会府，诸侯取法于京师。臣实谀才，谬登清贯。握兰起草，昔紊朝经；剖竹颁条，近贻人瘼。备历中外，无闻声彩。版图再缉，贡赋未均于九州；铜印更操，威仪不检于三署。次郎补阙，岂易其人？圣主求才，宜难此受。窃谓旁求俊乂，侧访瑰奇，必使德合准绳，言成纲纪，兴化致理，时无间言。况安上必在于荐贤，危身莫逾于旷职。倘蒙垂收紫涣，俯矜丹诚，愚臣保陈力之言，圣鉴有责成之地。无任腼冒惶悚之极。谨诣朝堂，奉表陈让以闻。臣所让人，别状封进。

【解题】

此文作于元和元年（806）。樊左丞，名不详。或作韦左丞，待考。

为南承嗣请从军状

故某官赠某官南霁云男某官承嗣

右臣亡父至德之岁，死节睢阳，陛下每降鸿恩，必加褒宠。臣自七岁，即忝班荣，垂五十年。常居禄秩，再守遐郡，绩用无成，终贻官谤，甘就严谴。无以负荷先志，报效殊私，以惭以惧，陨越无地。

伏见某月日敕，以王承宗负恩干纪，命将徂征，雷霆所加，殄灭在近。臣窃不自揆，思竭忠诚，愿预一卒之任，以答百生之幸。庶得摧锋触刃，摩垒搴旗，冀获尽于微诚，倘不坠于遗烈。踊跃之至，夙夜不宁。敢希皇明，俯鉴丹恳。

臣闻周官考艺，国子置车甲之司；汉道推恩，孤儿备羽林之用。千秋思奋于事越，仲孺期死于奔吴，义激君亲，名高竹帛。臣虽无似，有慕昔人，虽身涂草野，死而不朽。披肝沥血，昧死上陈。无任恳迫忠愤之至。谨录奏闻，伏候敕旨。

为南承嗣上中书门下乞两河效用状

右伏以越败夫差，多会稽纳宦之子；赵摧栗腹，即长平死事之孤。何者？义烈之余，色气猛厉，上将效于国用，下欲济其家声，所以愤激凄怆，常思致命者也。

某先父死难睢阳，事存简册，累降优诏，荣及子孙。爰自襁褓，超升品秩，肉食廪给，未尝暂停。顷守涪州，属西蜀遘逆，将致死命，以尽夙心。寝戈尝胆，志愿未究。会刀笔之吏，置以深文，首级之差，今复谁辩？薏苡之谤，不能自明，犹赖旧勋，谪居乐土。食人力之粟，守无事之官，拳拳血诚，无所陈露。伏见明制兴师，讨伐恒、冀，蕞尔小丑，尚欲逋诛。某材非古人，志慕前烈，愿得身当一队，效死戎行。竭平生之忠恳，申幽明之冤痛，抚剑心往，发言涕零。

尝闻汉法，有奋击匈奴者，诸侯不得拥遏。又况丞相总军国之重，定廊庙之谋，固当弘奖，无所弃捐。伏乞哀悯收抚，以成其心。无任恳迫惶恐之至。

【解题】

以上二文，皆作于元和四年（809）。南霁云在安史之乱中慷慨就义，其子南承嗣原为涪州刺史，因故被贬永州。柳宗元代他作此二状，要求从军两河，为国效用。

代柳公绰谢上任表

肃恭休命，晨夜趋程，祗荷宠私，不遑寝食，以月日到所部上讫。

臣闻古之制爵禄者，爵以居有德，禄以养有功。臣本书生，宦不期达，值某皇帝，文明抚运，大阐玄猷，搜采众材，幸忝甄录。历践中外，星霜屡移，曾无涓尘，上答鸿造。忘其薄陋，委以雄藩。顾无绥驭之能，谬忝澄清之寄，将何以敷宣皇泽，普谕天慈？唯当察慝以为防，视俗而为教，蠲除细故，务安黎献，庶几清静无扰，以慰远人。臣不胜忝冒荷恩之至。

【解题】

元和六年（811）六月，柳公绰自御史中丞为潭州刺史，兼湖南观察使。此文当作于此时。

代韦永州谢上表

臣某言：伏奉月日制书，除臣永州刺史，以月日到州上讫。受命若惊，临职弥惧。

臣以无能，累更事任，神州赤县，实所备尝，过量逾涯，每深兢惕。不谓圣恩推择，滥驾朱轮。禄秩徒增，讵施乳哺之惠；服命虚受，宁兴襦袴之谣？况此州地极三湘，俗参百越，左衽居椎髻之半，可垦乃石田之余。旷牧守于再秋，弥骄犷俗；代征赋于三郡，重困疲人。分灾本出于一时，积弊遂逾于十稔。抚安未易，知法出而奸生；子育诚难，惧力劳而功寡。夙夜忧切，不敢遑宁。庶当宣布天慈，奉扬神化。以日系月，倘或有成，少裨恺悌之风，用答生成之造。无任感恩陨越之至。

【解题】

此文作于元和七年（812）。韦永州，名不详，与前《代韦中丞贺元和大赦表》之韦中丞，当为两人。

为崔中丞请朝觐表

臣历刺三州，连总二府，外任逾纪，入觐无阶，就日望云，魂飞心注。

伏惟睿圣文武皇帝陛下覆载无私，迩遐同致，复升平之故事，继前圣之高踪，中外践更，出入迭用。臣以虚薄，叨受恩荣，徒竭夙夜之心，未申朝夕之敬。天威咫尺，诚寤寐而无违；云汉昭回，固瞻仰而何及。是以前在朗宁，封章累上，及移临桂，星纪屡周。微衷尚隔于戴盆，积望徒悬于窥管，葵藿之诚弥切，犬马之恋逾深。人欲天从，于兹未验，下情上达，终冀不诬。敢黩宸严，罄陈丹恳。伏乞赐臣除替，许至阙庭，厕蹈舞于群僚，备班行于散地，足趋中禁，目睹大明。俾成九族之荣，以尽百生之幸。非敢窃国宾五献之礼，希康侯三接之恩，一觌龙颜，万死为足。无任恳迫激切之至。

【解题】

此文作于元和九年（814）。崔中丞，即桂管观察使崔咏，元和八年（813）十二月，自邕管经略使迁此职。

谢除柳州刺史表

早以文律，参于士林，德宗选于众流，擢列御史。陛下嗣登宝位，微臣官在礼司，百寮称贺，皆臣草奏。臣以不慎交友，旋及祸讻，圣恩弘贷，谪在善地。累更大赦，获奉诏追，违离十年，一见宫阙。亲受朝命，牧人远方，渐轻不宥之辜，特奉分忧之寄。铭心镂骨，无报上天，谨当宣布诏条，竭尽驽蹇，皇风不异于遐迩，圣泽无间于华夷。庶答鸿私，以塞余罪。

【解题】

元和十年（815）二月，柳宗元应诏入京，三月被改贬为柳州刺史。此文当作于此时。

柳州举监察御史柳汉自代状

右伏准从前赦文，常参官上后，举一人自代者。伏见前件官，颇有才行，长于政术，久历岭南使职。臣之所知，敢举自代。无任恳迫之至。

柳州上中书门下举柳汉自代状

右伏准元和六年十月十七日敕，常参官授上后，三日内举一人以自代。便具所举人兼状上中书门下者。今奏请前件官自代，谨连状。

【解题】

元和十年（815）六月二十七日，柳宗元到柳州任上，作此二文，举监察御史柳汉自代。

柳州谢上表

臣某言：伏奉诏书，授臣柳州刺史，以今月二日至部上讫。

臣前岁以久停官秩，去年蒙圣恩除替，便欲裂裳裹足，趋赴京师。以旧疾所婴，弥年未愈，逮及今夏，始就归途。襄阳节度使于頔，与臣早岁同官，见臣当暑在道，恳留在馆，寻假职名。意欲厚臣，非臣所愿。伏惟陛下光被之德，道已洽于区中；忧济之勤，必每遍于天下。常以万邦共理，必藉于循良；一物不遗，尚延于愚藐。假臣宠渥，重领方州，驽骀复效于奔驰，枯朽更同于华秀。

臣闻潢污易竭，抑有朝宗之愿；犬马无识，犹知恋主之诚。揣分则然，惟天知鉴。况臣昔因左官，一纪于外，子牟驰心于魏阙，汲黯积思于汉庭，岂非夫人，独无斯恋？去就者，荣辱之主；朝廷者，仕进之源。臣子之宜，忠贞所志。臣虽心同犬马，而分比潢污；幸蹑康衢，意非往蹇。臣之此诚，口不能谕，意欲悉达，文非尽言。此臣所以自咎自恨，复乖志愿。犹冀苦心励节，上奉诏条，惠寡恤贫，下除人瘼，恭宣皇化，少答鸿私。不胜慌欣之至。

【解题】

此文作于元和十年（815），表达了“自咎自恨，复乖志愿”的痛苦而矛盾的心情。

为桂州崔中丞上中书门下乞朝觐状

右某幸遇文明，叨承委寄，理戎典郡，十有四年，瞻恋阙庭，神魂飞越。顷在邕州，累陈诚恳，谬尸进律之宠，未遂执圭之愿。相公膺贤辅圣，大叙彝伦，中外之臣，出入更践。某自领桂管，又逾再周。企鸾鹭于紫霄，独无羽翼；仰星辰于黄道，徒竭丹诚。况正月会朝，远夷皆至，六岁来见，要服有期。岂使班超之望长悬，子牟之恋空积。伏乞特申微愿，录受冗员，征故事而不遗，揆夙志而斯毕。入天子之国，愿附礼于小侯；拜丞相之车，敢希荣于下客。无任恳祷屏营之至。轻渎威重，战汗伏深。谨状。

【解题】

此文作于元和十年（815）。崔中丞，即崔咏，时为桂管观察使。柳宗元在柳州代其作此文。

与卫淮南石琴荐启

叠石琴荐一。

右件琴荐，躬往采获，稍以珍奇，特表殊形，自然古色。

伏惟阁下禀夔、旦之至德，蕴牙、旷之玄踪，人文合宫徵之深，国器专瑚琏之重。艺深攫醉，将成玉烛之调；思叶歌谣，足助薰风之化。愿以顽璞，上奉徽音，增响亮于五弦，应铿锵于六律。沉沦虽久，提拂未忘，倘垂不彻之恩，敢效弥坚之用。

【解题】

此文作于元和十二年（817）。卫淮南，即卫次公，是年以检校工部尚书为淮南节度使。史载卫次公善琴，此文可为旁证。

献平淮夷雅表

臣宗元言：臣负罪窜伏，违尚书笺奏十有四年。圣恩见宥，命守遐壤，怀印曳绂，有社有人。臣宗元诚感诚荷，顿首顿首。

伏惟睿圣文武皇帝陛下，天造神断，克清大憝，金鼓一动，万方毕臣。太平之功，中兴之德，推校千古，无所与让。臣伏自忖度，有方刚之力，不得备戎行，致死命，况今已无事，思报国恩，独惟文章。

伏见周宣王时称中兴，其道彰大，于后罕及。然征于《诗》、《大雅》、《小雅》，其选徒出狩，则《车攻》、《吉日》；命官分土，则《嵩高》、《韩奕》、《烝人》；南征北伐，则《六月》、《采芑》；平淮夷，则《江汉》、《常武》。铿锵炳耀，荡人耳目。故宣王之形容与其辅佐，由今望之，若神人然。此无他，以《雅》故也。

臣伏见陛下自即位以来，平夏州，夷剑南，定河北。今又发自天衷，克翦淮右，而《大雅》不作。臣诚不佞，然不胜愤懑。伏以朝多文臣，不敢尽专数事，谨撰《平淮夷雅》二篇，虽不及尹吉甫、召穆公等，庶施诸后代，有以佐唐之光明。谨昧死再拜以献。臣宗元诚恐诚惧，顿首顿首，谨言。

【解题】

元和十二年（817）十月，平吴元济。柳宗元作《平淮夷雅》二篇，热情歌颂平定淮西的胜利，附以此表，进献宪宗。

礼部贺册尊号表

臣某，伏奉月日制，陛下膺受尊号，率土臣子，庆抃无穷。臣闻立极之大，四海无以报神功；配天之尊，万物不能崇圣德。唯有徽号，是彰中兴，所以上探天心，下极人欲。

伏惟元和圣文神武法天应道皇帝陛下，统承千载，光被六幽，蝨蟹尽除，福应皆集。有首有趾，咸识太平。勋臣增爵禄之荣，戎士加赏延之宠，片善必录，微功尽升。独惟圣谟，事绝酬答，万国觖望，百功怨思。是以启元和之盛典，延穹昊之景祚，理历凝命，实曰圣文；和众定功，时惟神武；运行有法天之用，变化乃应道之方。鬼神协谋，夷夏同志，大礼既建，鸿恩遂行。欢呼远匝于九围，渗漉普周于八裔，庆超遂古，美冠将来。

臣获守蛮荒，远承大典。潢污比陋，河清幸遂于千年；尘壤均微，山呼愿同于万岁。无任庆贺屏营之至。

【解题】

宪宗元和三年（808），初加尊号睿圣文武皇帝，至元和十四年（819）七月，再上元和圣文神武法天应道皇帝。此文即作于此时。

柳州贺破东平表

臣某言：即日被观察使牒，李师道以月日克就枭戮者。帝德广运，唐命惟新，霾曀廓清，天地贞观，率土臣庶，庆抃无涯。

伏惟睿圣文武皇帝陛下，威使百神，德消六沴，天降宝运，时归太平。自克夏擒吴，剪蜀平蔡，殊类稽颡，群疑革心。唯此凶妖，尚闻悖慢，庭议既得，庙谟必臧。旌旗烛耀于洪河，金鼓震惊于灵狱。郓城自溃，宁同莒、鲁之争；齐地悉平，无俟耿、陈之战。五兵永戢，七德无亏，含生比尧、舜之仁，率土陋成、康之俗。介丘雾息，已望翠华之来；沂水风生，更起舞雩之咏。千岁之统，实在于斯。臣守在蛮荒，获承大庆，抃蹈之至，倍万恒情。

贺诛淄青逆贼李师道状

右今月三日，得知进奏官某报前件，贼以前月九日克就枭戮者。

伏以天启圣期，神资良弼，必有惩讨，以致升平。蠢尔凶渠，敢行悖乱，缔交于雷霆之下，效逆于化育之辰，逞豺声以欺天，恣狼心而犯上。嘉谟克协，威命旁行，破竹宁比其发机，走丸未喻于乘胜。浊河清济，曾无沟洫之虞；大岘琅邪，不闻崖岸之阻。天兵四合，贼众屡摧。然后赦劫胁之辜，许其归复；宽诖误之典，期以抚循。外怛皇威，中感圣德，虽在枭镜，岂不知归。是以未极诛锄，遽闻内溃。鲸鲵已戮，见东海之无波；氛沴尽消，仰太阳之普照。功格于天地，化合于阴阳。一德方继于《商书》，降神自同于周《雅》。遂使垂白遗老，再逢天宝之安；搢绅诸生，远期贞观之理。

某特承朝奖，谬列藩臣，常以突刃触锋，未为效节；膏原润草，岂足酬恩？寤寐抚心，不遑宁处。今则削平之际，惭无尺寸之功；开泰方初，徒受丘山之宠。无任愤激屏营之至。扑舞欢庆，倍百恒情。

【解题】

元和十四年（819）二月，田弘正率兵败李师道，平定淄、青等十二州，举国上下，“莫不动地欢呼”。柳宗元欣喜之余，作以上一表一状，进献朝廷。

贺分淄青诸州为三道节度状

右某伏见某月日制，分淄青诸州为三道节度、都团练、观察等使者。

害气尽除，和风溥畅。裂壤既分其形胜，经野必正其提封，河、济异宜，海、岱殊服。八命作牧，无闻威福之源；十国为连，已肃澄清之政。鼠无夜动，鸮变好音，惠泽岂俟于崇朝，仁化宁期于必代。遂使琅邪、即墨，田生无虑其异谋；聊、摄、姑、尤，晏子但闻其善祝。

恭以相公谟参禹绩，制出萧规，光辅圣神，永康黎献。某获逢开泰，忝守方隅，抃跃之诚，倍百恒品。

【解题】

元和十四年（819），淄、青镇平定后，诏命户部侍郎杨于陵为淄青宣抚使，将李师道过去所管辖的十二州划分为三道。此文即作于此时。

为裴中丞贺破东平表

臣某言：月日得进奏官状报，逆贼李师道以某月日克就枭戮，率土臣子庆抃无涯。臣闻负恩干纪者，鬼得而诛；犯顺穷凶者，天夺其魄。不自妖孽，曷彰圣功？

伏惟陛下先天不违，与神合契，掩周宣中兴之业，陋汉光再造之勋。灵旗四临，氛沴皆散，凡在臣庶，尽睹升平。伏以师道席父祖以作威，苞海岳而专禄，恃东秦十二之险，诱临淄三七之兵，窃据一方，岁逾五纪。朝宗之地，旷若外区；封祀之山，隔成异域。累圣垂德，曾未悛心，余孽滔天，果闻折首。遂使云亭有主，知玉牒之将封；辽海无虞，见石砮之已至。此皆陛下神筹独得，庙略无遗，授任推尽力之诚，纵舍有感心之化。金石可贯，龟筮必从，克成不战之功，遂洽无为之理。

臣谬司戎旅，远守方隅，愧无横草之功，坐见覆盂之泰。抃蹈欢庆，倍万恒情。

为裴中丞上裴相贺破东平状

右伏以逆贼李师道克就枭擒，已具中书门下状贺讫。某忝居末属，特受深恩，踊跃不宁，辄复披露。窃以自古中兴之主，必有命代之臣，一德同功，以叶休运。故申、甫、方、召，成宣王复古之勋；吴、邓、寇、耿，致光武配天之业。此皆上下齐志，中外悉心。虽成功则多，而陈力甚易。岂若阁下挺拔英气，迈越常流，独契圣谟，以昌鸿业。庙略初定，异议纷然，诋讪盈朝，萋斐成市。阁下秉心不惑，定命弥坚。讨淮右之凶，则下车而授首；服恒阳之虏，则驰使而革心。况师道恶稔祸盈，鬼怨神怒，恣行悖慢，敢肆欺诬。天兵四临，所至皆捷。次又舍其将校，许以归还，罪止一夫，恩加百姓，豺狼感化，枭镜怀仁。自致诛夷，以成开泰，万方有庆，四海无虞。遂令率土之人，尽识太平之理。盛德大业，振古莫俦。然则布政明堂，勒功东岳，光垂后祀，辉映前王。神化永属于圣君，崇勋实归于宗衮。庆贺之至，倍万恒情。

代裴中丞贺分淄青为三道节度表

臣某言：伏见某月日制，分淄青诸州为三道节度、都团练、观察等使者。蛇豕之穴，忽为乐郊；氛沴之余，尽成和气。

伏惟皇帝陛下，天付昌期，神开宝历，复升平之土宇，拔妖孽之根源。自西自东，不违于指顾；我疆我理，咸得其区分。山川备临制之形，道途适征徭之便，俾侯既定，赐履以宁。异青、兖之封，爰从古制；解曹、卫之地，实契雅谋。车甲永藏，马牛勿用，俗被雍熙之化，代知仁寿之期。农事载盛于耨芟，儒风重兴于俎豆。足使季札观鲁，更陈南籥之仪；山甫徂齐，复正东方之赋。臣总戎远地，不获陪贺阙庭。

【解题】

元和十四年（819），东平平定后，柳宗元应御史中丞、桂管观察使裴行立之请，代他作以上三篇表章，进献朝廷。

贺平淄青后肆赦状

右伏奉二月日德音，以淄、青削平，庆赐大洽，率土之内，抃跃无穷。

伏以周灭三监，俱明诛放之罚；汉平七国，更严斩杀之科。未有翦覆凶渠，抚存疑类，威暂行而德洽，诛才及而恩加。操兵者悉获归休，秉耒者更闻优复。与之种食，分以货财，疾苦尽除，鳏孤咸育。葬战死之骨，增以赏延；怜刃伤之肌，存其廪给。涤山川之旧污，申节义之余冤。功多受三事之荣，节著有十连之宠，较然逆顺，益以彰明。和气远周，罢七旬之干羽；仁风溥畅，收六月之车徒。寰海永康，夷夏均庆。

某忝司戎旅，获奉升平，当伊尹无耻之辰，见咎繇惟轻之德。抃跃之至，倍万恒情。无任庆贺之至。

为裴中丞贺克东平赦表

臣某言：伏奉月日德音，以淄、青荡平，褒功宥罪，布告遐迩者。臣闻肃杀之后，每致阳和；雷霆既施，必闻膏泽。

伏惟陛下体乾刚以运行，协坤元之翕辟，百灵受职，六合从风。阻兵怙乱者，必就枭擒；怀忠抱义者，无不甄录。激其效顺，特加旄节之荣；宠以元功，遂兼鼎铉之任。戎行穷赏赉之重，死事极褒恤之优，劫胁之役尽除，聚敛之名皆去。伤痍受煦，老疾加恩，丰财已复其征徭，赐种更盈于穜稑。严山川之祀，神必有依；申义烈之家，物无不感。周王推忠厚之化，汉帝惭恺悌之风，太平之德，斯为至盛。然则虞巡可复，告成将庆于岱宗；汉典方行，讲礼再荣于阙里。巨谬膺重寄，获睹大和，抃蹈之诚，倍万恒品。谨已施行郡邑，宣示军戎。莫不动地欢呼，若醉千钟之酒；腾天鼓舞，如闻九奏之音。无任庆贺踊跃之至。

【解题】

元和十四年（819），东平平定后，宪宗下达赦令，诏天下系囚死罪降从流，流以下并释放。柳宗元作表以贺，又代裴行立另作一贺表。

为裴中丞举人自代伐黄贼表

伏以某官器宇端方，风姿详雅，谦虚内敏，筹略共推。前佐湖南，悉心匡佐；后历郡掾，深负政声。惠爱在人，奸邪屏息，勤劳已著，干蛊无伦。今黄贼尚据荒陬，犬巢未覆，倘以某代某之任，必能扫荡氛祲，廓清海滨。窃惟斯人，雅堪厥职。

为裴中丞奏邕管黄家贼事宜状

右今月四日，邕管奏事官严训过，称押衙谭叔向等与黄家贼五千余人，谋为翻动，虽已诛斩，犹未清宁。当时差本道同十将某至邕管界首宾州以来，迎探事宜，兼为声援。昨得十四日状，并严训状报同，其黄家贼并已退散，各归洞穴讫。

伏以鼠窃狗偷，非足为患。陛下威灵远被，神化旁行，遂使奸猾之谋，先期而自露；回邪之党，不戮而尽夷。伏恐飞章已达，吉语未闻，尚轸天心，犹烦庙算。臣谬居方镇，忝接疆界，所得事宜，不敢不奏。

为裴中丞上裴相乞讨黄贼状

某材质无堪，授任非次。当有事之日，忠恳莫施；遇成功之辰，惭愤空积。陈力之志，誓死不渝，伏惟仁恩，终赐展效。

今者中华宁谧，异类服从，唯此南方，尚余寇孽。伏以黄少卿等，凭培塿以自固，合蕞脆以为强。劫胁使臣，侵暴列郡。虽狐鼠之陋，无足示威，而蜂虿之微，犹能害物。必资翦伐，方致和平。庶尽驽蹇之劳，以答恩荣之重。抚心踊跃，夙夜不宁，私布丹诚，敢期明鉴。无任感激屏营之至。

为裴中丞伐黄贼转牒

当管奉诏，与诸管齐进，诛讨邕管草贼黄少卿。汉军马步等若干人，各具兵马数及军将若干，前牒奉处分。

窃以天启昌期，大功毕集，神开兴运，微恶尽除。黄少卿等历稔逋诛，举宗肆暴，恃狡兔之穴，跧伏偷安；凭孽狐之丘，跳踉见怪。以为威弧不射，天网可逃，侵逼使臣，凟犯王略，恣其毒虐，速我诛锄。敌国尽在于舟中，还师已期于席上。谓宜投戈顿颡，面缚乞身，归郡邑于王官，效黎献于天吏。而乃缮兵补卒，增垒闭途，正当天讨之辰，更积鬼诛之罪。众轻斗蚁，勇劣怒蛙。纤缟当强弩之初，孤豚偾肥牛之下。事同拾芥，力易摧枯。杪忽蜂腰，虚见辱于齐斧；突梯鼠首，滥欲寄于旄头。剿绝有时，不索何获？

某拱稽致命，执锐忘生。车甲既备于小戎，鲸鲵岂逃于诛戮！窃观上略，总制中权。战士义激于身心，列校势成于臂指。蹶张之技，尽出于山林；拔距之材，遍征于川洞。赏悬香饵，令布疾雷，莫不鼓舞戎行，虔恭师律。投躯不愆于羽檄，跛足惟俟于牙璋。

今月某日，奏事官米兰回捧受诏命，神飞首勇，足蹈心驰，欢声洽于万夫，胜气横于千里。国容不入，履且及于寝门；家事勿开，土已填于左阖。即以月日全军出次，分道并进，所期戮力，敢告同心。孔大夫贞直冠时，清明格物，全体许国，一心在公，兵精食浮，为日固久。容府杨中丞以义烈为己任，勋袭太常；安南李中丞以英武为家风，业传彝器。并膺邦寄，克达皇威。南则浮海济师，共集堂堂之阵；东则横江誓众，用成善善之功。以此鼓行，坐观尽敌。刑惟勿喜，诛有可哀。征侧之勇冠一方，竟就伏波之戮；吕嘉之威行五岭，终摧下濑之师。嗟此陋微，自贻擒灭，勉成良画，速致殊勋。虽荒徼之地，固不劳于有征；而升平之年，将自此而何事。书之竹帛，实谓扬名。事须移牒邻管，以成犄角。举牒者。

【解题】

元和十三年（818），两广黄氏部落首领黄少度、黄承庆、黄昌瓘等，起兵和朝廷对抗。当时裴行立为桂州刺史、桂管观察使，和容管经略使杨旻争欲攻讨。后来裴行立获准出兵。以上三篇表章及一篇牒文，即是这年柳宗元代裴行立撰写的。

代裴中丞谢讨黄少卿贼表

臣某：即日奉事官米兰回伏奉手诏者。臣闻肤革既平，虽疥癣而必去；豺狼已毙，在狐鼠而宜除。臣某。

伏惟元和圣文神武法天应道皇帝陛下，受命上玄，底宁下土，凶渠尽殄，威武载扬。蠢尔腥膻，尚闻凌暴，灵旗斜指，铜兽俯临。三军知必胜之方，万姓喜永清之路，微臣忝司戎律，亲列颜行，蹑伏波之旧规，乘下濑之故事。尽瘁事国，期毕命于戈矛；不宿于家，思奋身于原野。即以今日某时出师就道，便披榛蹶石，摩垒陷坚，荡清海隅，永息边徼。窃以材非充国，敢自赞于无逾；志慕孟公，庶追踪于不伐。谬承重委，寤寐兢惶。无任感恩陨越之至。

【解题】

元和十四年（819），裴行立出兵平定广西黄氏部落之乱，因功受赏。柳宗元代其作此表，向宪宗谢恩。

柳州上本府状

右奉牒准律文处分者，已帖县准牒待秋分后举处分讫。伏以中丞慈惠化人，孝悌成俗，属吏所见，皆许申明。至公之下，敢竭愚虑。窃以莫诚赴急而动，事出一时，解难为心，岂思他物。救兄有急难之戚，中臂非必死之疮，不幸致殂，揣非本意。按文固当恭守，抚事亦可哀矜。断手方迫于深哀，周身不遑于远虑。律宜无赦，使司明至当之心；情或未安，守吏切惟经之愿。况俟期尚远，禀命不遥。伏乞俯赐兴哀，特从屈法，幸全微命，以慰远黎。则必阖境荷慈育之恩，岂惟一夫受生成之赐。倘以律文难变，使牒已行，则伏望此状便令废格。轻肆尘黩，惶战交深。谨录状上，奉听处分。

【解题】

此文作于元和十四年（819）。“本府”，指桂管观察府，时裴行立为桂州观察使。

贺 赦 表

臣某伏奉某月日恩制，大赦天下。一人有庆，百度惟新，戴天履土，罔不欣抃。某闻天地元功，施雨露而育物；帝王继统，升日月以垂曜。群品资始，万方文明。

伏惟陛下嗣守鸿业，光膺骏命，淳化均于四序，大德合于二仪。保宁社稷，光宅区宇，弘孝慈以御下，崇恭俭以垂休，恩覃溪洞，事冠千古。况乃顺时布政，乘春导和，敷作解之泽，宣在宥之典。九族既睦，四门广辟。而又洗涤幽絷，雷雨之施也；归还流窜，罗网之释也；移叙贬黜，覆载之仁也；蠲除逋债，政理之源也；褒宠勋贤，激劝之方也。废金宝之贡，有以彰俭德；搜遗逸之士，有以表至公。元勋宿将，赏延子孙，庶尹卿士，荣周存殁，广直言之路，启进善之门，德超虞、夏，道掩轩、顼。必将平一殊俗，发挥大猷，亿万斯年，永荷天绪。

臣谬当任用，守职藩维，不获奔赴阙庭，亲睹盛礼。感悦欢抃，倍万恒情。

【解题】

元和十四年（819），宪宗加尊号，颁行大赦天下令。此文当即作于此时。

贺皇太子笺

宗元惶恐言：伏奉六月七日制，元和圣文神武法天应道皇帝光受徽号，率土臣子，欢抃无涯。

伏惟皇太子殿下丽正居中，辅成昌运，消伏沴孽，赞扬辉光。鸿名允升，大庆周洽，表文武之经纬，著天道之运行。瑞景照临，示重轮之发耀；恩波下济，见少海之增澜。宗元忝守遐方，获闻盛礼，踊跃之至，倍万恒情。谨附笺贺。宗元惶恐，死罪死罪。

【解题】

此文作于元和十四年（819）。皇太子，即遂王李恒，元和七年十月册立。柳宗元因宪宗加尊号，作此文贺皇太子。

为薛中丞浙东奏五色云状

右臣得管内台州奏，月日五色云见者。一州官吏僧道耆老悉皆瞻睹，已具奏闻，并写图奉进者。

伏以景云上瑞，王者祉符，焕彩彰之在天，知圣德之昭感。伏惟陛下化乎有截，道洽无垠。承天地之贞明，导阴阳之和气。纷纷郁郁，自东而徂西；若烟非烟，一旬而再至。征诸古谍，事罕前闻。伏乞宣付史馆，以昭简册。

【解题】

此文或作于永州时。薛中丞，名不详，或说是薛苹，或说是薛戎，二人皆先后为浙东观察使。但柳宗元未尝往浙东，此文或非出其手。

上户部状

右伏以左降官是受责之人，都不厘务，户部钱是准敕收贮，不合别支。又所授员外官，亦非旧制。宗元在永州日，见百姓庄宅公验，有司户李邕判给处，足明皆是正官。今请悉依故事为准，并废员外所置。凡在贬黜，授以正员，责其成功，俾无虚授。贮钱既免，支用加数，足应军须，实冀货不滥分，官无旷职。谨状。

【解题】

此文当作于柳州时。文中建议对降官的处理安置，应合乎旧制，遵守法度，不得任意而为。

上裴桂州状

使持节柳州诸军事守柳州刺史柳宗元。

右宗元伏事旌棨恭守，条章安清，因酒喧呼，吐于和协，辄敢尘黩，惶惧伏深。伏蒙仁恩，特赐处置下情，不任悚戴屏营之至。限以守官，不获奔走拜谢，伏增战越。谨状。

【解题】

此文作于柳州时。裴桂州，即桂州刺史、桂管观察使裴行立。

苏州贺赦表

臣某言：伏奉二月十三日敕，下垂拱临轩，亲受典册，大赦天下，与人更始。

伏惟元和圣文神武法天应道皇帝陛下，用人情为田，播殖万类。细彻微妙，灵通幽神。洗荡危疑，开释罪罟。酬劳而尽倾府帑，贬用而大减租入。逋负除而馁者自活，力役省而耕者倍功。继绝存亡，忠贤饮德于黄壤；弃瑕肆青，夺魄再丽于遗骸。极天地之欢心，尽帝皇之上事。疲史臣之笔，编简难书；涸诗人之思，讴谣绝路。臣揔集黎老，伏读德音，不寤微生，坐阶仁寿。不胜庆抃之至。

【解题】

此文作于元和十四年（819），盖代苏州某藩臣而作。或疑此文非出柳宗元之手。

代李愬襄州谢上任表

捧对丝纶，惭悸无地，拜命兢悚，不知所裁。臣凡贱琐材，智略无取，幸赖先臣绪业，累忝国恩。天泽曲流，遂司节制，寄深分阃，任重专征。顾无将领之才，谬处众人之上。岂谓宸私轸念，仁育为心，霈泽无涯，德音屡降，士众感悦，咸思竭忠，遂得潜师，暗入贼境，不意凶渠就戮。此皆圣谟，岂敢叨天以为己力？仰荷殊造，重于丘山。臣以月日上讫。谨当敷宣皇化，普谕圣慈，绥抚三军，乂安百姓，冀以尘露，上答鸿私。

【解题】

元和十二年（817），李愬擒吴元济，进检校尚书右仆射，为襄州刺史、山南东道节度使。但襄州与柳州遥隔千里，柳宗元不可能在柳州为李愬作谢表，恐为假托之文。

代节使谢迁镇表

鸿私曲临，独越夷等，祇荷明命，寤寐不遑。臣才非器能，谬膺仕进，虽竭尽驽劣，力效忠勤，冀寡愆尤，敢望宦达？某宗皇帝不以臣儒术浅薄，超授礼官，寻迁正郎，遂忝符郡。某皇帝不遗臣小善，擢处谏曹，叨承厚恩，备职藩翰。顾惟琐劣，多惭负恩。伏遇陛下德绍唐、虞，无私庶政。臣尸素岁久，谴谪宜加，岂冀褒升，更迁重镇？再忝澄清之寄，仍同献替之荣，将何以上答天慈，下安氓庶？臣当务修农稼，率励远人，锄其奸慝，以副勤恤。无任。

【解题】

此文作期不详。所代节使为何人，亦不详。或疑此文非柳宗元所作，待考。

为刘同州谢上表

臣某言：伏奉某月日制，除臣同州刺史兼本州防御、营田、长春宫使，某月日到州上任讫。臣初奉纶言，震抃无极，及临所部，惊惧逾深。投躯莫报于乾坤，陈力无裨于造化。臣某诚惶诚恐，顿首顿首。

臣出自诸生，不习为吏，有恇懦之质，无区处之能。托迹儒门，乏仲弓南面之德；委身郎署，阙冯唐论将之对。尝惧叨冒清列，芜秽圣朝。岂意天听忽临，鸿恩荐及，八命作牧，一麾出守。拔自下位，寄之雄藩，非臣庸琐，所宜膺据。况冯翊密迩王都，古称三辅，爰自近代，命秩逾崇。有兵食之虞，有宫室之制，皆公卿将相出入由之。仰征甲令，俯窥图记，跼蹐无地，以兢以惶，恩重命轻，不知所效。庶当刻精运力，夙夜祗勤，上奉雍熙，旁流恺悌。以日系月，倘或有成，庶几之心，懔懔增惕。徒望云而就日，喜近帝乡；将击壤以成风，共歌尧代。天威咫尺，敢布丹诚。无任悃恳屏营之至。

【解题】

此文作期未详。刘同州，名未详。或疑此文非柳宗元所作，待考。

奏荐从事表

某绩茂戎轩，才优管记。操刀必割，岂谢铦犀？落笔不休，宁惭倚马？况早登科选，夙洽时谭。匪惟词艺双美，抑亦器能多适。比于流辈，颇为滞淹。辄敢荐陈，伏希奖录。

【解题】

此文作期不详。所荐从事为何人，亦不详。或疑非柳宗元所作，待考。

代广南节度使谢出镇表

鸿霈曲临，惶骇交集，捧对纶綍，不知所图。

臣闻萧、曹佐汉，六合为家；奭、望匡周，万方同轨。臣幸以刍贱，累忝殊荣，天德荐临，遂加台政。不能翊宣明圣，增日月之光，俾凶渠剿绝，人用康宁。实由臣不称职，使此艰患。《伐檀》兴议，负乘招讥，常怀覆竦之虞，敢望专征之寄。献俘未远，展效有期，希此微功，上答殊造。无任。

【解题】

此文作期不详。“广南节度使”，旧说以为即郑絪。但郑絪任广州刺史、岭南节度观察使时，无“专征”、“献俘”事。然则此文恐非柳宗元所作。参见陈景云《柳集点勘》。

谢赐时服表

祇荷宠私，启处无地。臣久忝朝行，历职无效，荏苒星纪，偷荣岁时。不能少益圣猷，以副深寄，致使贼遗君父，艰难未息，合处严宪，以正国章。伏以陛下恢天覆之恩，广地载之厚，不循彝典，俾同冕绂，重剧丘山。捧戴以入闺门，空知夕惕，裁缝而为衣服，固可昼行。内省疲驽，将何答效。

谢赐端午绫帛衣服表

纶言曲临，宠服荐至。跪捧殊锡，庆跃交并。臣谬典方州，效微涓滴，叨承大贶，荣重丘山，非才忝恩，俯伏惭荷。朱明启节，御府赐衣，沐圣泽而溟海方深，被仙衣而鹤龟齐寿。驰心向阙，跼影望天，惭分五岭之忧，莫副九重之诏。臣无任。

为广南郑相公奏百姓产三男状

右臣所部贞节坊百姓某妻产三男者。臣详究往例，实谓休征。已量事给绢三十疋，充其乳养者。

伏以陛下勤恤黎元，感通天地，灵心昭答，景福已兴。方使亿兆繁滋，区夏充牣，故表祥于字育，是启运于升平。事沓化源，庆延邦本，鳞羽之瑞，曾何足云。臣幸列藩维，尝叨枢近，私贺之至！

进农书状 农书三卷

右伏奉某月日敕，宜以二月一日为中和节，所司进农书，永以为恒式者。臣伏以平秩东作，《虞书》立制；俶载南亩，周《雅》垂文。此皆奉天时以授人，尽地力而丰食。自陛下惟新令节，益励农功，既立典于可传，每陈书而作则。耕凿之利，敷帝力于嘉谟；稼穑之难，动天心于睿览。勤劳率下，超迈古先。凡在率土，不胜幸甚。前件农书，谨函封进。谨奏。

【解题】

以上四篇奏章，作期均未详。或疑皆非出柳宗元之手，待考。

九　碑志

故殿中侍御史柳公墓表

唐贞元十二年二月庚寅，葬我殿中侍御史河东柳公于万年县之少陵原。公讳某字某，邑居于虞乡。曾王父某官，王父某官，皇考某官。奕世余庆，丛而未稔。济德流祉，其后宜大。秀而不实，为善者惑。呜呼哀哉！

惟公敦柔峻清，恪慎端庄。进止威仪，动有恒常。英风超伦，孤厉贞方。居室考悌，与人信让。当职强毅，游刃立断。自少耽学，颇工为文。既穷日力，又继以夜。乡里推择，敦迫上道。乃与计偕，来游京师。观艺灵台，贡文有司。射策合程，遂冠首科。休有令问，群士羡慕。居数年，授河南府文学。教励生徒，撰择贡士。儒党相贺，庶人观礼。秩满，渭北节度使延为参佐，总齐军政，甚获能称，加太常寺协律郎。既丧主帅，罢归私室。方将脱遗纷埃，退与道俱。冲漠保神，优柔隶儒。四方闻风，交驰鹄书。载笔乘轺，乃作参谋。出入朔方，陪佐戎车。迁大理评事，又加章绶。朱裳银印，宗党有耀。权略密勿，潜机理照。完彼亭堡，时其讲教。实从我谋，邻国是效。改度支判官，转大理司直。出纳府库，颁给军食。下无仇敛，黔首休息。月校岁会，莫不如画。库丰财羡，制成计得。又迁殿中侍御史、度支营田副使。分阃之寄，参制其半。柔以仁抚，刚以义断。戎臣坐啸，公堂无事。朝端延首，方待以位。既而禄不及伐水，政不获专达。以其年正月九日遇疾，终于私馆，享年五十。呜呼痛哉！

奔骥骋力，中途踠足。高鸿轻举，在云坠翼。凡我所知，哀恸无极。本道节度尚书朗宁王张公，震悼涕慕，不任于怀。临遣牙将试殿中监李辅忠监备凶礼，赗赙甚厚。行军司马侍御史韦重规等，匍匐救助，事用无阙。丹旐素车，归于上京。撰期定宅，莫有僭素。故友诸生，宗人外姻，号恸会葬，哀礼咸申。克窆玄堂，掩坎广轮。顾眄无依，徘徊增哀。愿勒休声，延垂后贤。于是汝南周公巢等，相与琢石书德，用图不朽。文曰：

抱元淳，禀粹和。既强毅，又柔嘉。登仪曹，耀文章。司学徒，儒风扬。自渭北，来朔方。戎政闲，黔首康。冠惠文，垂朱裳。才不施，天茫茫。刊乐石，篆遗德。延休烈，垂宪则。于万年，长无极。

【解题】

此文作于贞元十二年（796），是柳宗元为尝官殿中侍御史的叔父所作的墓表。叔父之名，已不可考。

故叔父殿中侍御史府君墓版文

柳氏之先，自黄帝历周、鲁，其著者无骇，以字为展氏，禽以食采为柳姓。厥后昌大，世家河东。呜呼！公讳某字某，曾王父朝请大夫徐州长史讳某，遗贞白之操，表仪宗门。王父朝请大夫沧州清池令讳某，垂博裕之道，启佑后胤。皇考湖州德清令讳某，弘考悌之德，振扬家声。惟公端庄无谄，徽柔有裕。峻而能容，介而能群。其在闺门也，动合大和，皆由顺正。恺悌雍睦，莫有间言，故宗党歌之。其在公门也，释回措枉，造次秉直。事不失当，举无秕政，故官府诵之。用冲退径尽之志，以弘正友道，信称于外焉；用柔和博爱之道，以视遇孤弱，仁著于内焉。

此公修己之大经也。自进士登高第，调受河南府文学。秩满，渭北节度使论惟明辟为从事，受太常寺协律郎。元戎即世，罢职家食。无何，朔方节度使张献甫辟署参谋，受大理评事，赐绯鱼袋。改支度判官，转大理司直。迁殿中侍御史，加支度营田副使。此公从政之大略也。既佐戎事，实司中府。匪颁有制，会计明白。呜呼！分阃委政，繄公而成务；朝右虚位，待公而周事。宗门期公而光大，姻党仰公而振耀。贞元十二年，岁在景子，正月九日壬寅，遇暴疾，终于私馆，享年五十。痛矣！

夫人吴郡陆氏，洎仲弟综、季弟续、冢侄某等，抱孤即位，牵率备礼。只奉裳帷，归于京师。以某年二月二十八日庚寅，安厝于万年县之少陵原，礼也。公有男一人，始六年矣。在髫知孝，呱呱涕洟，凡我宗戚，抚视增恸。呜呼哀哉！

初，公元兄以纯深之行，端直之德，名闻于天下。官至侍御史，持斧登朝，宪章肃清。常以先公之神未克迁祔，不正席，不甘味，及撰日定期，而昊天不吊，志夺礼废。公实敬承遗志，行有日矣，而闵凶荐及，不克终事。则我宗族之痛恨，其有既乎？惟公尽敬于孝养，致毁于居忧。表正宗姓，观示他族，故宗人咸曰“孝如方舆公”。修词以藻德，振文而导志。以为理化之始，莫尊乎尧，作《尧祠颂》；以为述德之道，不忘于祖，作《始祖碑》；以为纪广大之志，叙正直之节，不嫌于亲，作《元兄侍御史府君墓志》。其余讽咏比兴，皆合于古，故宗人咸曰“文如吴兴守”。当官贞固，确乎不拔。持议端方，直而不苛。故宗人咸曰“正如卫太史”。率性廉介，怀贞抱洁。嗣家风之清白，绍遗训于儒素。故宗人咸曰“清如鲁士师”。兼备四德，具体而微，公之谓矣。

小子常以无兄弟，移其睦于朋友；少孤，移其孝于叔父。天将穷我而夺其志，故罔极之痛仍集焉！朴鲁甚騃，不能文字，敢用书宗人之辞以致其直，故质而俚。辍哭纪事，哀不能文，故叙而终焉。

【解题】

此文作于贞元十二年（796），是柳宗元为其尝官殿中侍御史的叔父所作的墓版文。

叔妣吴郡陆氏夫人志文

夫人讳则，字内仪，姓陆氏，家于吴郡，盖江左上族。以宗子在他国，家牒逸坠，故曾王父、王父之讳官，不克究知而阙其文。父覃，皇河南陆浑令。夫人生而柔，笄而礼。会伯舅为河南尹，撰择僚寀，谓我文学掾仲父，士林殊英，儒流推高，故夫人归于我。

夫人之志也，温顺以承上，冲厚以字下，不敢逾于冢妇，不敢侮于臣妾。是宜允膺福寿，集成母仪。禀命不淑，享年三十有五，贞元十二年十一月己亥，终于长安太平里第。呜呼！夫人生男一人，曰曹婆，幼孺在抱，委缞就位。女一人，曰喜子，匍匐襁褓，寄妇人之手。哀哉！盖衰门薄祐，神道不相，顾仲父违背于岁首，而夫人捐弃于是月。遗孤眇藐，未克承绍，凡我族属，其痛巨乎！遂以其年十二月十三日庚午，合祔于少陵原之墓。恭惟仲父之讳字爵齿，备于版文，今不书，惧再告也。

【解题】

此文作于贞元十二年（796），是柳宗元为其尝官殿中侍御史的叔父的元配所作的。

万年县丞柳君墓志 并序

惟贞元十二年龙集景子三月日，前万年县丞柳君，终于长安升平里之私第，享年五十。长子弘礼，承家当位；次曰传礼，幼曰好礼，奉夫人洎仲父之命，考时定制，动合古道，三日而殡，三月而葬。粤五月十九日甲子，克开长安县高阳原，祔于先茔，礼也。先时撰辰酌礼，称义备物，外姻毕至，宗人来会。从弟宗元受族属之教，泣涕濡翰，书辞纪行。曰：

君讳元方，字某，解人也。系自周、鲁，后得柳姓。七代祖虬，后魏中书令，封美阳公。四叶至皇考惇，皇朝散大夫，资阳令。祖初，延州司马。考颐，宣州宁国丞。济德克绍厥类，藏聪晦明，粹为淑和。少孤，季父建，抚字训道，通《左氏春秋》，贯历代史，指画罗列，接在视听，嗜为文章，辞富理精。以门荫出身，调补宣州溧水尉。网簿贡赋，入于天府，特授同州冯翊尉。改京兆府云阳主簿，转长安主簿，迁万年丞。端靖守贞，处剧不挠。秩满居养素食贫，常好竺乾之道，自振尘昏之外，泊如也。既而婴被沈疾，不克永寿。姻戚动怀，朋友道伤，佥曰："天之报施善人，何如哉！"

君前娶河南独孤氏，左司郎中缅之女，无子，早世。继室以裴夫人，谏议大夫虬之女，阴教内则，著于闺闱，有女三人焉。呜呼，铭志之来古矣，是不可阙，遂勒玄石，措于阴堂。铭曰：

振振吾宗，德之宅耶？惟君之德，至其赜耶？德而不寿，命既厄耶？松柏苍耶？不朽石耶？

【解题】

此文作于贞元十二年（796）。万年县丞柳君，即柳元方，是柳宗元的从兄。此文记载了柳元方的生平事迹。

故御史周君碣

有唐贞臣汝南周氏，讳某字某。以谏死。葬于某。贞元十二年，柳宗元立碣于其墓左。

在天宝年，有以谄谀至相位，贤臣放退。公为御史，抗言以白其事，得死于墀下，史臣书之。公死，而佞者始畏公议。

于乎！古之不得其死者众矣。若公之死，志匡王国，气震奸佞，动获其所，斯盖得其死者欤！公之德之才，洽于传闻，卒以不试，而独申其节，犹能奋百代之上，以为世轨。第令生于定、哀之间，则孔子不曰“未见刚者”；出于秦、楚之后，则汉祖不曰“安得猛士。”而存不及兴王之用，没不遭圣人之叹，诚立志者之所悼也。故为之铭。铭曰：

忠为美，道是履。谏而死，佞者止。史之志，石以纪，为臣轨兮。

【解题】

此文作于贞元十二年（796）。故御史周君，即周子谅，官至监察御史。文中所记周子谅抗言斥牛仙客事，参见《新唐书》卷一三三、《资治通鉴》卷二一四等。

终南山祠堂碑　并序

贞元十二年，夏洎秋不雨。穑人焦劳，嘉谷用虞。皇帝使中谒者，祷于终南山，申命京兆尹韩府君，祗饰祀事，考视祠制。以为栋宇不称，宜有加饰。遂命周至令裴均，虔承圣谟，创制祠宇。乃征土工、木工、石工，备器执用，来会祠下。斩板干，砻柱础，陶瓴甓，筑垣墉，恢度旧制，立三筵六寻。既兴功，玄云触石，霈泽周被，植物擢茂，期于丰登。神道感而宣灵，人心欢而致和。嘉气充溢，抃蹈布野。

于是邑令僚吏，至于胥、徒、黄发、耆艾、野夫、阪尹，佥曰：盖闻名山之列天下也，其有能奠方域，产财用，兴云雨，考于《祭法》，宜在祀典。惟终南据天之中，在都之南，西至于褒、斜，又西至于陇首以临于戎；东至于商颜，又东至于太华以距于关。实能作固，以屏王室。其物产之厚，器用之出，则璆、琳、琅、玕，《夏书》载焉。纪堂条梅，《秦风》咏焉。今其神又能对于祷祝，化荒为穰，易沴为和。厥功章明，宜受大礼，俾有凭托，而宣其烈也。非我后敬神重谷，则曷能发大号尊明灵？非我公勤人奉上，则曷能对休命作新庙？人事既备，神明时若。丰我公田，遂及我私。粢盛无虞，储峙用充，厥猷茂哉！遂相与东向蹈舞，拜手稽首，愿颂帝力，且宣神德，永著终古。辞曰：

皇帝垂德，制定统极，神道泰宁。祀典修饰，禳祈禜雩，皆有准程。顾惟终南，祠位庳陋，不称显名。爰降制诏，充大厥宇，启寤诚明。昭感神衷，道宣天休，获此利贞。笃灾愆阳，化为丰穰，实我粢盛。人赖蓄给，鼓腹而歌，以乐其生。巍巍灵山，兴利产财，作固镐京。拥其嘉休，眷祐于人，永宅厥灵。弈弈新庙，整顿端庄，神位密清。后祀承则，洁心勤礼，导畅纯精。邑吏啬夫，鲐背鲵齿，愿垂表经。颂宣圣德，篆刻坚石，永世飞声。

【解题】

贞元十二年（796）秋，陕西各地大旱，庄稼干枯。德宗诏命京兆尹韩皋往终南山祠，筹备祭祀。韩皋见祠庙不称，因征集土木整修。柳宗元为此写了此文，希望此次祭祷能化妖气为正气，变荒年为丰年。

太白山祠堂碑　并序

雍州西南界于梁，其山曰太白，其地恒寒，冰雪之积未尝已也。其人以为神，故岁水旱则祷之，寒暑乖候则祷之，疠疾祟降则祷之，咸若有答焉者。

贞元十二年孟秋，旱甚。皇帝遇灾悼惧，分命祷祀，至于兹山。又诏京兆尹，宜饰祠庙，遂下令于甸邑。邑令裴均，临事有恪，革去狭陋，恢闳栋宇，阶室之广，三倍其初。翌日大雨，黍稷用丰。野夫欢谣，钦圣信神。顾垂颂声，刻在金石。文曰：（文亡。）

碑 阴 文

时尹韩府君讳皋，祗奉制诏，发付邑吏。令裴府君讳均，承荷君公之命，督就祠宇，莅事谨甚。克媚神意，用获显贶。邑人灵之，其事遂闻。诏书嘉异，劳主者甚厚。乃刻兹石，立于西序古阶之下，肆列裴氏之政于碑之阴。惟君教行于家，德施于人。抚字惠厚，柔仁博爱之道，洽于鳏嫠；廉毅肃给，威继猛制之令，行于强御。狱讼不私于上，罪责不及于下。农事课励，厚生克勤，征赋首入，而其人益赡；创立传馆，平易道路，改作甚力，而其人弥逸。韩府君每用嘉褒，称其理为甸服最。今兹设庙位神，神欢而宁。宜为君之诚敬，克合于上，用启之也。不可以不志。

【解题】

此二文作于贞元十二年（796）。德宗祭终南山祠后，又命京兆尹韩皋整修太白山祠，以备祭祷。柳宗元为此作此二文，祝祷神灵普降甘露，以五谷丰登。又作碑阴文，表彰韩皋及周至县令裴均的功绩。

国子司业阳城遗爱碣

四年五月，皇帝以银印赤绂，即隐所起阳公为谏议大夫。后七年，廷诤恳至，累日不解，帝尤嘉异，迁为国子司业。旌直优贤，道光师儒。又四年，九月己巳，出拜道州刺史。太学生鲁郡季偿、庐江何蕃等百六十人，投业奔走，稽首阙下，叫阍吁天，愿乞复旧。朝廷重更其事，如己巳诏。翌日，会徒北向如初。行至延喜门，公使追夺其章，遮道愿罢，遂不果献。生徒嗷嗷，相眄徘徊。昔公之来，仁风扇扬。暴傲革面，柔软有立。听闻嘉言，乐甚钟鼓。瞻仰德宇，高逾嵩岱。及公当职施政，示人准程。良士勇善，伪夫去饰。坠者益勤，诞者益恭。沉酗腆酒，斥逐郊遂。违亲三岁，罢退乡党。令未及下，乞归就养者二十余人。礼顺克彰，孝悌以兴。则又讲贯经籍，俾达奥义。简习孝秀，俾极儒业。冠屦裳衣，由公而严。进退揖让，由公而仪。公征甚遐，吾党谁师？遂相与咨度署吏，布告诸儒。愿立贞珉，俾高状明。乃访于学古之士，纪公名字，垂宪于后。

公名城，字亢宗，家于北平，隐于条山。惟公端粹冲和，高嶷懿醇，道德仁明，孝爱友悌，薰震里闬，布闻天下。守节贞固，患难不能迁其心；怡性坦厚，荣位不足动其神。为司谏，义震于周行；为司业，爱加于生徒。宜乎立石，俾后是宪。其辞曰：

惟兹阳公，履道葆醇。爰初隐声，覆蒉基仁。德充而形，乃作谏臣。抗志励义，直道是陈。帝求师儒，贰我成均。开朗蒙滞，宣明德教。大和潜布，玄机密照。群生闻礼，后学知孝。进退作则，动言是效。匪公之轨，人用奚蹈？粗厉贪凌，待公顺之。欺伪谲诈，待公信之。少年申申，咸适其宜。榎楚废弛，尊严而威。公褒其良，俾升于堂。癯者既肥，荣如衮衣。公弃不用，惩咎内讼。既讼于内，犹公之诲。匪仁孰亲？匪德孰尊？今公于征，孰表儒门？生徒上言，稽首帝阍。谓天盖高，曾莫我闻。青衿涕濡，填街盈衢。远送于南，望慕踟蹰。立石书德，用扬懿则。呜呼斯文，遗爱罔极。

【解题】

此文作于贞元十四年（798），记载了国子司业阳城刚直不阿的事迹，对其备极称赞。阳城，字亢宗，《新唐书》一九四列于《卓行传》。参见本集中《与太学诸生喜诣阙留阳城司业书》。

亡妻弘农杨氏志

亡妻弘农杨氏，讳某。高祖皇司勋郎中讳某，司勋生殿中侍御史讳某。殿中生醴泉县尉讳某。醴泉生今礼部郎中凝。代济仁孝，号为德门。郎中娶于陇西李氏，生夫人。夫人生三年而皇妣即世，外王父兼，居方伯连帅之任，历刺南部。夫人自幼及笄，依于外族，所以抚爱视遇者，殆过厚焉。夫人小心敬顺，居宠益畏，终始无骄盈之色，亲党难之。五岁，属先妣之忌，饭僧于仁祠，就问其故，媬傅以告，遂号泣不食。后每及是日，必遑遑涕慕，抱终身之戚焉。及许嫁于我，柔日既卜，乃归于柳氏。恭惟先府君重崇友道，于郎中最深。髫稚好言，始于善谑，虽间在他国，终无异辞。凡十有三岁，而二姓克合，奉初言也。

夫人既归，事太夫人，备敬养之道，敦睦夫党，致肃雍之美。主中馈，佐烝尝，怵惕之义，表于宗门。太夫人尝曰："自吾得新妇，增一孝女。"况又通家，爱之如己子，崔氏、裴氏姊视之如兄弟。故二族之好，异于他门。然以素被足疾，不能良行。未三岁，孕而不育，厥疾增甚。明年，以谒医救药之便，来归女氏永宁里之私第，八月一日甲子，至于大疾，年始二十有三。呜呼痛哉！以夫人之柔顺淑茂，宜延于上寿；端明惠和，宜齿于贵位；生知孝爱之本，宜承于余庆。是三者皆虚其应，天可问乎？

衰门多衅，上天无祐，故自辛未，逮于兹岁，累服齐斩，继缠哀酷。其间冠衣纯采期月者，三而已矣。无乃以是累夫人之寿欤？悼恸之怀，曷月而已矣。哀夫！遂以九月五日庚午，克葬于万年县栖凤原，从先茔，礼也。是岁，唐贞元十五年，龙集己卯。为之志云：

坤德柔顺，妇道肃雍。惟若人兮，婉娩淑姿。锵翔令容，委穷尘兮。佳城郁郁，闭白日兮。之死同穴，归此室兮。

【解题】

贞元十五年（799）八月一日，柳宗元的妻子杨氏因足疾在长安去世。柳宗元十分伤痛，作此文记述杨氏的生平事迹，表达自己的哀情。

故温县主簿韩君墓志

有唐故温县主簿韩慎，字某，汉弓高侯其先也。徙于南阳，传世至今唐侍中讳瑗，克用贞亮，奋于国难。侍中兄子郢州刺史讳某，某生御史著作郎讳某，某生尚书库部郎中、万州刺史讳某，嗣以文行大其家业。君，万州长子也，以父任为建陵挽郎，累调授王府参军、襄州襄阳尉，至于是邑。贞元十六年，又调于天官署河阳丞，未拜，十有一日，暴病，卒于长安永崇里先人之庐。又十有二日，龟策袭吉，祔于咸阳洪渎原先人之墓，礼也。

先三日，外姻家老谋为之志，季弟泰哀不能文，故托于友焉。呜呼！生也以其弟之恭，知君之为友；没也以其弟之戚，知君之为爱。惟友爱出于孝，移于忠，施于人事，无往不达。余故得受其辞，书于石。曰：

友而爱而，忠孝宜之。貌称其行，行称其词。贱而不寿，为善是悼。祔于祖考，初筮攸告。季也之纯，置哀无垠。终窭且贫，控于仁人。备物称家，其仪式陈。爰相其悲，载刻兹珉。

【解题】

此文作于贞元十六年（800）。温县主簿韩君，即韩慎，这年卒于长安。其弟韩泰因托友人柳宗元，作此墓志。

伯祖妣赵郡李夫人墓志铭

夫人姓李氏，辩族姓者曰，赵郡赞皇之东祖。祖某，为某官。父冲，为单父尉。夫人生于良族，嶷然殊异。及笄，德充于容，行践于言，高朗而不伤其柔，严恪而不害其和。特善女工翦制之事，又能为雅琴秦声操缦之具。妇道既备，宜为君子之配偶焉。我伯祖临邛令府君讳某，受夫人于李氏之庙而归于正室。临邛府君之先曰我曾王父清池府君讳某。清池之先曰徐州府君讳某。又其先曰常侍府君讳楷。常侍之兄子曰中书令讳奭。自中书以上，为宰相四世。

噫！我伯祖以宗胄硕大而济其德厚，夫人以族属清显而修其礼范，合二姓以承先祖，为士者荣之。故佐奉养，承祭祀，妇德用光，家道甚宜。无何，伯祖终于临邛而窆焉。夫人从子而返于淮浒。呜呼！我先府君每得仕，未尝不奉迎供养，必诚必亲。男既立，必使之有禄仕，女必使之有家。将嫁己子，必先择良士可以配诸姑者，定，然后议焉。仲父殿中侍御史府君由是志也。

夫人生男一人，讳某，不幸终于宣州旌德尉。女三人，皆得良婿。陇西李伯和为扬子丞，疾痹废痼而没。太原王纾，今为右补阙。颍川陈苌，为校书郎、渭南尉，知名。贞元十六年，王氏姑定省扶持，自扬州至于京师，道路遇疾，遂馆于陈氏。以诸婿之良，诸女之养，无不得意焉。享年八十一，是岁六月二十九日，终于平康里。自小敛至于大敛，比及葬，则二婿实参主之。有孙二人，长曰曹郎，奉之以縗而正于位。八月二十四日，葬于万年县之少陵原，实棲凤原，介于我先府君仲父二兆之间，神心之所安也。

呜呼！嗣子早夭，临邛万里，以岁之不易，未克合祔，哀孰甚焉。诸姑命宗元以为斯志。以从人之道，内夫家，外父母家，且又葬于我，志于我，故叙柳氏为备。铭曰：

蔼其芳，寿且庚，大梁鹑火沉幽光。夙沦夫子嗣又丧，辖帷不复岷之阳。兆灵趾，棲凤里，艮之山，兑之水，灵之车，当返此。子孙百代承灵祉，谁之言者青乌子。

【解题】

此文作于贞元十六年（800）。柳宗元的伯祖为临邛县令，名不详。

亡姊前京兆府参军裴君夫人墓志

柳氏至于唐，其著者中书令讳奭。中书之弟曰徐州府君讳某，实有孝德，世其家业。清池府君讳某，继之以茂实。德清府君讳某，承之以善政。以至于侍御史府君讳某，用贞信劲正，达于邦家。克生贤女，以配于裴氏。裴氏至于唐，其著者礼部尚书讳行俭。礼部之子曰侍中讳光庭，嗣用忠肃，书于国史。祠部府君讳稹，业之以贞直，以至于金吾府君讳儆，用纯懿端亮，闻于天下。实生良子，以配夫人。

呜呼！夫人与仁孝偕生，以礼顺偕长。始于家，纯如也；终于夫族，穆如也。其为子道也，孝以和，恭以惠，取与承顺，必称所欲。先君与太夫人恩遇尤厚，故夫人侍侧，无威怒之教焉。天祸弊族，夙遭大故，我诸孤奉太夫人之养，不敢图死，至于复常。夫人三岁无汤沐，无盐酪，顿踊叫号，哀彻天地。外除发不胜笄，体不胜带。太夫人泣而命之，固犹不食，朝夕谕诲，仅而济焉。其为妻道也，贞顺之宜，恒服于身体；疑忌之虑，不萌于心术；忿懥之色，不兆于容貌。同焉而合于礼，婉焉而得其正。其为妇道也，惟听顺谨敬，睦姻任恤之行甚备，常以不幸，不及姑舅之养，用为大恨。是故相春秋之事，视涤濯，羞簠簋，劳以待旦。每怵惕之感至焉，则又移其孝于裴氏之门，而以睦于冢妇介妇，必敬必亲，下以不失其赤子之心，姻族归厚，率由是也。呜呼！我之大谴欤？裴氏之大不幸欤？以夫人之德行，宜贵寿，宜康宁，然而年始三十，不克至于寿。良人官为参军事，不及偕其贵。骨髓之疾，实钟于身，以贞元十六年三月十三日甲子，终于光德里第。痛矣夫！

始夫人之疾也，夫人之族视之如己，其家老、长妾、臧获之微，皆以其私奔谒于道路，祷鬼神、问卜筮者相及也。既病，太夫人在侧，尚虑积忧伤于尊怀，犹持形立气，给以少间。故二稚未龀，良人在远，不及有绪言遗念以传于后。则我呼天之痛，宜有加焉。呜呼！天胡厚是懿德而阙其报施，独何咎欤？余不知天之忍也。既逾月，良人至自洛师，望门而哭曰："无以立吾家成吾身矣。"凡生三子，幼曰崔七，先夫人八月而殒，魂气无不之也。次曰崔六，后夫人五旬而夭，因祔焉。今其存者曰崔五，幸无恙，托于乳媪，以虞水火。哀哉！其年八月十八日甲子，安厝于长安县之神禾原，从于先茔，祔于皇姑，宜也。

母弟号哭而为之志，毒痛凭塞，略不能具。敢告无愧辞，无溢美，庶用正直，克安神心。呜呼！至哀无文，至敬不饰，故无其辞。

【解题】

此文作于贞元十六年（800）。所称亡姊，为柳宗元的次姊，嫁绛州裴墐。文中记述了亡姊的德行，表达了深切的哀痛之情。

亡姑渭南县尉陈君夫人权厝志

唐贞元十七年九月六日甲子，前渭南县尉颍川陈君之夫人河东柳氏，终于平康里。将终，告于陈君曰："吾生四十有四年，为陈氏介妇九年，谨饬不怠，以至于此，命也。既成妇矣，宜祔于皇姑，从兆于三原。然而不幸中道而有痼疾，既不及养于舅姑，又不得佐于蒸尝。生君之子，不期月而殒；尝谓君宜有贵位，而不克见；执亲之丧，不得终纪：皆天谴之大者也。且愿杀礼，以成吾私，迩先夫人之墓而窆我焉。将俟君之不讳，而归复于正，其可也。"陈君乃卜十二月十八日，权厝于城南，原曰栖凤，如夫人之志。且以时日甲子，授于宗元曰："子之姑，孝于家，移于我之长；睦于族，施于我之党。是用宾而礼之，如益者之友，今则去我，已矣，吾无以报焉。他日尝谓子憝而文，愿以为志，庶幸而有知，将安子之为也，芟无恨矣。"呜呼！贵不必贤，寿不必仁，天之不可恃也久矣。遂哭而受命，书夫人之世，以记于兹石。

夫人六代祖讳庆，五代祖讳旦，位皆至宰相。高祖讳楷，为济州刺史。曾祖讳某，为徐州长史。祖讳某，为清池令。考讳某，为临邛令。妣李氏，赵郡赞皇人。其他则俟改葬而后备。

【解题】

此文作于贞元十七年（801）。陈君，即陈芟，曾官渭南县尉。其夫人柳氏，即前所志伯祖妣李夫人的女儿，柳宗元的从姑。

亡友故秘书省校书郎独孤君墓碣

呜呼！有唐仁人独孤君之墓，祔于其父太子舍人讳助之墓之后。自其祖赠太子少保讳问俗而上，其墓皆在灞水之左。今王父营陵于其侧，故再世在此。

呜呼！独孤君之道和而纯，其用端而明，内之为孝，外之为仁，默而智，言而信。其穷也不忧，其乐也不淫。读书推孔子之道，必求诸其中。其为文深而厚，尤慕古雅，善赋颂，其要咸归于道。昔孔子之世，有颜回者，能得于孔子，后之仰其贤者，譬之如日月而莫有议者焉。呜呼！独孤君之明且仁，如遭孔子，是有两颜氏也。今之世有知其然者乎？知之者其信于天下乎？使夫人也夭而不嗣，世之惑者，犹曰尚有天道，嘻乎甚邪！君讳申叔，字子重，年二十二举进士，又二年，用博学宏词为校书郎，又三年，居父丧，未练而没，盖贞元十八年四月五日也。是年七月十日而葬，乡曰某乡，原曰某原。

呜呼！君短命，行道之日未久，故其道信于其友，而未信于天下。今记其知君者于墓：韩泰安平，南阳人。李行谌元固、其弟行敏中明，赵郡赞皇人。柳宗元，河东解人。崔广略，清河人。韩愈退之，昌黎人。王涯广津，太原人。吕温和叔，东平人。崔群敦涛，清河人。刘禹锡梦得，中山人。李景俭致用，陇西人。严休复玄锡，冯翊人。韦词致用，京兆杜陵人。

【解题】

贞元十八年（802）四月五日，柳宗元的知心好友独孤申叔突然在长安去世，时年二十七岁。柳宗元作此墓碣，表达了哀悼之情。文中还记载了他们共同结交的友人的姓名。

亡姊崔氏夫人墓志盖石文

我伯姊之葬，良人博陵崔氏为之志。凡归于夫家，为妇为妻为母之道，我之知不若崔之悉也。然而自笄而上以至于幼孩，崔固不若我之知也，又乌可以已。今之制，凡志于墓者，琢密石，加盖于其上，用敢附碑阴之义，假兹石而书焉。

呜呼！夫人天命之性，固有以异于人。孩而声和，幼而气柔。以吾族之大，尊长之多，夫人自能言，而未尝误举其讳。与其类戏于家，游弄之具，未尝有争。先公自鄂如京师，其时事会世难，告教罕至，夫人忧劳逾月，默泣不食，又惧贻太夫人之忧虑，给以疾告，书至而愈，人乃知之。善隶书，为雅琴，以自娱乐，隐而不耀。工足以致美于服而不为异，言足以发扬于礼而不为辨。孝之至，敬之备，仁之大，又以配君子。然而不克会于贵寿，以至于斯，孰谓之天有知者耶？

太夫人生二女，幼曰裴氏妇，如夫人之懿。在二族咸以令德闻，而皆早世。其弟昏愚而独存，孰谓天可问耶？呜呼，痛其甚欤！遂濡血而书，以志终天之哀，与兹石永久。

【解题】

此文作于贞元十八年（802）。亡姊崔氏夫人，即柳宗元的长姊，嫁博陵崔简。文中表达了对亡姊的深挚情感。

南岳弥陀和尚碑

在代宗时，有僧法照，为国师。乃言其师南岳大长老有异德，天子南向而礼焉。度其道不可征，乃名其居曰般舟道场，用尊其位。

公始居山西南岩石之下，人遗之食则食；不遗则食土泥，茹草木。其取衣类是。南极海裔，北自幽都，来求厥道。或值之崖谷，羸形垢面，躬负薪樵，以为仆役而媟之，乃公也。凡化人，立中道而教之权，俾得以疾至。故示专念，书涂巷，刻谿谷，丕勤诱掖，以援于下。不求而道备，不言而物成。人皆负布帛，斩木石，委之岩户，不拒不营。祠宇既具，以洎于德宗，申诏褒立，是为弥陀寺。施之余，则与饿疾者，不尸其功。

公始学成都唐公，次资州诜公，诜公学于东山忍公，皆有道。至荆州，进学玉泉真公。真公授公以衡山，俾为教魁，人从而化者以万计。初，法照居庐山，由正定趋安乐国，见蒙恶衣侍佛者。佛告曰："此衡山承远也。"出而求之，肖焉，乃从而学。传教天下，由公之训。

公为僧凡五十六年，其寿九十一，贞元十八年七月十九日终于寺。葬于寺之南冈，刻石于寺大门之右。铭曰：

一气回薄茫无穹，其上无初下无终。离而为合蔽而通，始末或异今焉同。虚无混冥道乃融，圣神无迹示教功。公之率众峻以容，公之立诚教其中。服庇草木蔽穹隆，仰攀俯取食以充。形游无极交大雄，天子稽首师顺风。四方奔走云之从，经始寻尺成灵宫。始自蜀道至临洪，咨谋往复穷真宗。弟子传教国师公，化流万亿代所崇。奉公寓形于南冈，幼曰弘愿惟孝恭，立之兹石书玄踪。

【解题】

此文作于贞元十八年（802），时柳宗元为蓝田尉。由此碑可见柳宗元早在长安时即与佛徒有交往，且对佛法有究索。苏轼尝称此文“妙绝古今”，见《东坡题跋》。

唐故兵部郎中杨君墓碣

贞元十九年正月某日，守尚书兵部郎中杨君卒，某月日，葬于奉先县某原。既葬，其子侄洎家老，谋立石以表于墓。葬令曰：凡五品以上为碑，龟趺螭首。降五品为碣，方趺圆首，其高四尺。按郎中品第五，以其秩不克偕，降而从碣之制，其世系则纪于大墓。

君讳凝，字懋功，与季第凌生同日，不周月而孤。伯兄凭剪发为童，家居于吴。太夫人母道尊爱，教饬谨备。君之昆弟，孝敬出于其性，礼范奉于其旧，克有成德，辑其休光。东薄海、岱，南极衡、巫，文学者皆知诵其词，而以为模准；进修者率用歌其行，而有所矜式。君既举进士，以校书郎为书记，毗赞元侯，于汉之阴，式徙荆州，由协律郎三转御史。元戎出师，用显厥谋，遂入王庭，为起居郎。书事不回，著垂国典。又为尚书司封员外郎，革正封邑，申明嫡媵，事连权右，斥退勿惮。直声彰闻，乃参选部，以驭群吏。奸臣席势，威福自己。他人求附离而不得者，公则却之。私以胥吏求署，一皆罢遣。曰："吾不以三尺法为己利害。"居丧致哀，内尽其志，外尽其物，而无有不得其心者。服除，为右司郎中，危言直己，以致其诚。然卒中于诐辞，不得朝请，以检校吏部郎中为宣武军节度判官。亳人缺守，往莅其政。孤老抚安，强猾戮死。垦凿硗卤，芟艾榛荒。作爰田，以赡人食。濬决潢污，筑复堤防，为落渠以定水祸。理不半岁，利垂千祀。会朝复命，次于汴郊，帅丧卒乱，不可以入，遂西走阙下。玺书迎门，劳徕甚备。以疾居家三年，复登于朝。遐迩咏歌，仍遇痼疾。天子致问，逾三月不赐告，幸其愈而用之。遂卒。天下文行之士，为之悲哀。

呜呼！君有深淳之行，有强毅之志。内以和于亲戚，正于族属；外以信于朋友，施于政事。故身之进退，人之喜戚系焉。凡其昆弟，申明于朝，制书咸曰孝友。君子谓杨氏其仁义之府。君之文若干什，皆可以传于世。若某者，以姻旧获爱，不腆之文，君实知之。惟车马币玉，无可以称其德，用君之所以知者酬焉。

【解题】

此文作于贞元十九年（803）。杨君即杨凝。文中记述了杨凝的生平事迹，可见柳宗元的史笔。《新唐书》卷一六〇《杨凝传》，即以此文为蓝本。

故弘农令柳府君坟前石表辞

少陵原柳氏之大墓，唐贞元十九年某月日，孤某奉其先府君洎夫人之丧祔于其位。由新墓而南若干步，曰高祖王父兰州府君讳某字某之墓。又东若干步，曰曾祖王父郃州府君讳某之墓。西若干步，曰祖王父司议郎府君讳某之墓。咸异兆而相望。昭穆之有位序，壤树之有丰杀，皆如律令。

府君讳某字某，由父任为太庙斋郎，更许昌、阳武、伊阙、华原尉，王屋丞，汝阴令。为弘农二年，推其诚心，裕于其人。辟土生谷，若有天相之道。衣食给足，故人不札夭；教厉明具，故俗不争夺。遂以洽于大和，事理克彰。刺史卢杞，加礼褒旌，考绩绝尤。推君之政，风于下邑。命为吏部尚书郎。庾河南受命黜陟，状君理绩殊异，宜升天朝，帝有叹焉。方图优升，命用不长，年五十五，建中二年某月日卒于官。以其素廉，家之蓄不足以充凶事，遂殡于是邑。仍会危难，至于今乃克返葬。孤某，尝为黔州录事参军，今无禄仕，而志不敢缓。初，公娶司农少卿京兆韦山之孙泾阳主簿回智之女，德容温良，大历二年某月日卒于越而假葬焉。孤某徒行自越，举夫人之丧至于虢，举弘农君之丧，咸至于墓，窆焉。既窆，立石表于坟前，示后之人以无忘孝敬。

呜呼！世有难仕于外而葬其族者希矣。孝子之心，有待驷马五鼎而卒不至者焉。若今之杀衣黜食，寒妻子，饥仆御，终身由之而志益不懈，为旅人徒跣万里，以厄困终事，孝之难者欤！五十而慕者舜也，禄千钟而悲者曾子也，圣且贤难之若是。今之人有由其道者，得不立于世乎？

【解题】

此文作于贞元十九年（803）。弘农令柳府君，名未详，当为柳宗元的族人。

唐故尚书户部郎中魏府君墓志

魏氏世墓于某县某原。唐兴，有闻士讳之逖者，与子及孙，咸举进士，嗣为儒，家绵州。涪城尉讳全宝，魏州临黄主簿讳钦慈，太常主簿讳绲，尚书膳部员外郎兼江陵少尹讳万成，凡五代，名高而不浮于行，才具而不得其禄。江陵府君益之以闳达之量，经纬之谋，故豪士贤大夫痛慕加厚。生郎中府君，讳弘简，字曰裕之，以文行知名。既冠，而德礼闻于乡党；既仕，而法制立于官政。温柔发乎外，见而人莫不亲；直方存乎内，久而人莫不敬。由进士策贤良，连居科首。授太子校书，历桂管、江西、福建、宣歙四府为判官副使，累授协律郎、大理评事，三为御史，赐绯鱼袋。在州六年，而人乐之。廉使崔衍曰：“吾敢专天下之士，独惠兹人乎？”遂献于天子，拜度支员外郎，转户部郎中。邦赋克举，人望逾重。年四十七，贞元二十年九月三十日不疾而殁。震悼之声，遐迩一辞。且曰：“斯人也，而不得为善之利，中人其怠乎！”

君尝三娶，而卒无主妇，庭无倚庐，堂无抱孤。有令兄弟以主其丧，有孝女以守其祀。故哭于客位，吊于殡东者，咸加哀焉。凡为部从事，府丧而当其位者三，州缺而居其守者二，皆得其理。君之先，再世贫不得葬。故以禄仕游于诸侯，薄衣食，损车马，凡十有余祀，卒获于厥心。其族属之无主后者，皆位于墓；娣侄之无归从者，咸会于家。由是处约以终其世。既殓，家宰庀其政。视廪唯釜钟，视藏唯束帛，无余积焉。十有一月，遣车归于洛师。某日，祔于墓。监察御史柳宗元闻其道而玩其文也久，居又同闬，故哀而铭之。其辞曰：

郎中之道，惟直是保，淳泊坦厚，温恭孝友。郎中之文，惟孝是宣，溥畅周流，炳蔚纷纶。为周贤能，为汉贤良。始任仇校，篇籍有光。仍授使檄，讦谟用扬。二居郎位，征赋以理。休声载起，显命伊始。生而不寿，孰知其止？殁而不嗣，孰济其美？有翩其旗，爰举裳帷。行道迟迟，望墓而归。象物是宜，卜筮孔时。里人作铭，不愧于辞。

【解题】

此文作于贞元二十年（804）。魏府君，即魏弘简，官尚书户部郎中，生前与柳宗元同居长安兴化里，时相往来。所以他去世时，柳宗元作此文，记述他的生平，表达自己的哀情。

潞州兵曹柳君墓志

柳氏子某为平陆丞，王父母之丧，寓于外，贞元二十一年，始葬于虢之阌乡，窆墨遇食，乃贻书其族尚书礼部员外郎宗元，使为其志。且曰：“吾之先，自魏已来，为宰相者累世。我高祖讳万齿，为伊阙令，袭其先河间郡公曾祖讳某，浙州刺史，咸有懿德。洎于兵曹府君讳某，勤身惠志，好义能让而同，故交者固；直而敬，故亲者睦。凡举明经者四，皆获美仕。初为陆浑主簿，次吴县尉，次上党丞，次潞州兵曹参军。其勾稽摘发，毗赞关决，无不胜职，加朝散大夫。某年月日终于官次，殡于州若干里。会世多难，家又贫窭，故不及夫事。呜呼！我曾祖、王父葬于颍阳，我伯祖、叔祖洎伯父皆葬阌乡皇天原望寿里。颍阳北临涧，其地阴狭，岸又数坏，大惧不克久安神居。是以从他兆于兹，卜用七月六日甲子，将以具于玄堂之下，固故有望乎尔也。”于是删其书为文，置于邮中，俾移于石上。

【解题】

贞元二十一年（805），平陆县丞柳某，因为其父母迁葬，致书族人柳宗元，请他写了这篇墓志。

故尚书户部侍郎王君先太夫人河间刘氏志文

夫人姓刘，其先汉河间王。王有明德，世绍显懿。至于唐，有文昭者，为绵州刺史，号良二千石。其嗣慎言，为仙居令、光州长史，克荷于前人。光州，夫人之父也。夫人既笄五年，从于北海王府君，讳某。府君举明经，授任城尉左金吾卫兵曹。修经术，以求圣人之道；通古今，以推一王之典。会世多难，不克如志，卒以隐终。

夫人生二子：长曰彝伦，举五经，早夭；少曰叔文，坚明直亮，有文武之用。贞元中，待诏禁中，以道合于储后，凡十有八载，献可替否，有匡弼调护之勤。先帝弃万姓，嗣皇承大位。公居禁中，讦谟定命，有扶翼经纬之绩，由苏州司功参军，为起居舍人、翰林学士。将明出纳，有弥纶通变之劳，副经邦阜财之职，加户部侍郎，赐紫金鱼袋。重轻开塞，有和钧肃给之效。内赞谟画，不废其位，凡执事十四旬有六日。利安之道，将施于人，而夫人卒于堂，盖贞元之二十一年六月二十日也。知道之士，为苍生惜焉。天子使中谒者临问其家，赙以布帛。

呜呼！夫人之在女氏也，贞顺以自处，孝谨以有奉；其在夫族也，祗敬以承上，严肃以莅下。事良人四十有九年，而勤劳不懈；生户部五十有三年，而教戒无阙。年七十有九，而户部之道闻于天下，为大僚，垂紫绶，以就奉养。公卿侯王，咸造于门。既寿而昌，世用羡慕。然而天子有诏，俾定封邑，有司稽于论次，终以不及，时有痛焉。是年八月某日，祔于兵曹君之墓。铭曰：

夫人之德，温柔敬直。承于阴教，式是嫔则。克生良子，用扬懿美。有其文武，弘我化理。天子是毗，邦人是望。若若紫绶，荣于高堂。惟昔孟氏，号为母师。在汉称贤，有惑不疑。懿懿夫人，维其似之。山北之里，神禾之原。问于灵龟，閟此显魂。勒石垂休，永永万年。

【解题】

贞元二十一年（805），王叔文的母亲刘氏病逝，柳宗元为他作了这篇志文。文中极力称颂王叔文的“文武之用”，表达了对王叔文的钦佩之情。

故连州员外司马凌君权厝志

年月日，尚书都官员外郎、和州刺史、连州司马、富春凌君讳准，卒于桂阳佛寺。先是六月，告于州刺史博陵崔君曰：“余尝学《黄帝书》，切脉视病，今余肝伏以濇，肾浮以代，将不腊而死，审矣。凡余之学孔氏，为忠孝礼信，而事固大谬，卒不能有立乎世者，命也。臣道无以明乎国，子道无以成乎家。下之得罪于人，以谪徙丑地；上之得罚于天，以降被罪疾。余无以御也。敢以鬼事为累。”又告为老氏者某曰：“余生于辰，今而寓乎戌，辰、戌冲也，吾命与脉叶，其死矣乎！吾罪大，惧不克归柩于吾乡，是州之南，有大冈不食，吾甚乐焉，子其以是葬吾。”及是，咸如其言云。孤夷仲、求仲，以其先人之善余也，勤以志为请。

呜呼！君字宗一，以孝悌闻于其乡。杭州刺史常召君以训于下。读书为文章，著《汉后春秋》二十余万言。又著《六经解围人文集》未就。有谋略，尚气节，赒人之急，出货力犹弃粃粺。年二十，以书干丞相。丞相以闻，试其文，日万言，擢为崇文馆校书郎。又以金吾兵曹为邠宁节度掌书记。泾之乱，以谋画佐元戎，常有大功，累加大理评事御史，赐绯鱼袋。换节度判官，转殿中侍御史，府丧罢职。后迁侍御史，为浙东廉使判官，抚循罢人，按验污吏。吏人敬爱，厥绩以懋，粹然而光，声闻于上，召以为翰林学士。德宗崩，迩臣议秘三日乃下遗诏，君独抗危词，以语同列王伾，画其不可者十六七，乃以旦日发丧，六师万姓安其分。遂入为尚书郎，仍以文章侍从，由本官参度支，调发出纳，奸吏衰止。以连累出和州，降连州。居母丧，不得归，而二弟继死。不食，哭泣，遂丧其明以没。盖君之行事如此，其报应如此。

夫人高氏，在越。孤四人，南仲、殷仲在夫人所，未至。执友河东柳宗元，哀君有道而不明白于天下，离愍逢尤夭其生，且又同过，故哭以为志，其辞哀焉。铭曰：

噫凌君，生不淑。学孔氏，扬芬郁。好谋谟，富天禄。雠禁书，赞推毂。观灵龟，获贞卜。徙东越，翊明牧。罢人苏，污吏覆。升侍从，躬启沃。匡危疑，兴大福。吏尚书，徒隶肃。佐经邦，财用足。道之颠，身则辱。乌江垂，九疑麓。仍祸凶，遘兹酷。能知命，无怨毒。罪不泯，死犹僇。何以葬？南岭曲。魂有灵，故乡复。封兹壤，归骨肉。为之铭，志陵谷。

【解题】

此文作于元和元年（806）。凌君即凌准，字宗一，和柳宗元同时遭贬，为连州员外司马，卒于桂阳佛寺。文中称颂凌准的一生行事，哀叹其不幸遭遇。尤其是记述了凌准的临终遗言，催人泣下。

东明张先生墓志

东明先生张氏曰因，尝有以文荐于天子，天子策试甚高，以为长安尉。一年，投去印绶，愿为黄、老术，诏许之。居东明观三十余年，受毕法道行峻异，得众真秘书诀箓，聚经籍图史，侔于麟阁。以弟回降秩封州，先生曰："吾老矣，支体不可解也。"遂从以去。明年，回之子袭死，哭之恸，遂病。既亟，以命回曰："吾生天宝讫贞元乙酉岁十月，今死于汝之手，盈吾志矣。京师，吾生也，毕原，先人之归也，必以返葬。"乃自为志而卒。明年正月某日，葬如其言。弟子某等为碑以志于墓。辞曰：

匪禄而康，匪爵而荣。漠焉以虚，充焉以盈。言而不为华，光而不为名。介洁而周流，苞涵而清宁。幽观其形，与化相冥。寂寞以成其道，是以勿婴。世皆狂狂，奔利死名。我独浩浩，端一以生。或曰："先生友悌以遁，慈幼以死，若不能忘情者何耶?"吾曰："道去友耶?去慈耶?从容以求，其得之耶?荡莽很悻，道之非耶?且夫亏恩坏礼，枯槁憔悴。឴圣图寿，离中就异。欻然与神鬼为偶，顽然以木石为类。倥侗而不实，穷老而无死。先生之道，固知异夫如此也。"乃书于石以纪。

【解题】

此文作于元和元年（806）。东明张先生，名因，为东明观道士。

先侍御史府君神道表

呜呼！先君之墓，仲父殿中君志焉。孤宗元不敢称道先德，然而无以昭于外者，用敢悉取仲父之所陈而系其辞，刻兹石表。

先君讳镇，字某。六代祖讳庆，后魏侍中平齐公。五代祖讳旦，周中书侍郎济阴公。高祖讳楷，隋刺济、房、兰、廓四州。曾伯祖讳奭，字子燕，唐中书令。曾祖讳子夏，徐州长史。祖讳从裕，沧州清池令。皇考讳察躬，湖州德清令。世德廉孝，飏于河浒，士之称家风者归焉。

先君之道，得《诗》之群，《书》之政，《易》之直方大，《春秋》之惩劝，以植于内而文于外，垂声当时。天宝末，经术高第。遇乱，奉德清君夫人载家书隐王屋山。间行以求食，深处以修业，作《避暑赋》。合群从弟子侄，讲《春秋左氏》、《易王氏》，衎衎无倦，以忘其忧。德清君喜曰："兹谓遁世无闷矣。"乱有间，举族如吴，无以为食。先君独乘驴无僮御以出，求仁者，冀以给食，尝经山涧，水卒至，流抵大壑，得以无苦。被濡涂以行无愠容，观者哀悼而致礼加焉。季王父六合君忤贵臣，死于吏舍，犹鞠其状。先君改服徒行，逾四千里，告于上，由是贷其问。

既而以为天子平大难，发大号，且致太平。人罢兵戎，农去耒耜，宜以时兴太学，劝耦耕，作《三老五更议》、《籍田书》，斋沐以献。道不果用。授左卫率府兵曹参军。尚父汾阳王居朔方，备礼延望，授左金吾卫仓曹参军，为节度推官，专掌书奏，进大理评事。以为刑法者军旅之桢干，斥候者边鄙之视听，不可以不具，作《晋文公三罪议》、《守边论》，议事确直，世不能容。表为晋州录事参军。晋之守，故将也，少文而悍，酣嗜杀戮，吏莫敢与之争。先君独抗以理，无辜将死，常以身扞笞棰，拒不受命。守大怒，投几折箦，而无以夺焉。以为自下绳上，其势将殆，作《泉竭木摧诗》。终秉直以免于耻，调长安主簿。居德清君之丧，哀有过而礼不逾，为士者咸服。服既除，常吏部命为太常博士。先君固曰："有尊老孤弱在吴，愿为宣城令。"三辞而后获，徙为宣城。四年，作阌乡令。考绩皆最，吏人怀思，立石颂德。迁殿中侍御史，为鄂岳沔都团练判官。元戎大攘狄虏，增地进律，作《夏口破虏颂》。后数年，登朝为真，会宰相与宪府比周，诬陷正士，以校私仇。有击登闻鼓以闻于上，上命先君总三司以听理，至则平反之。为相者不敢恃威以济欲，为长者不敢怀私以请间，群冤获宥，邪党侧目，封章密献，归命天子，遂莫敢言。逾年，卒中以他事，贬夔州司马。作《鹰鹯诗》。居三年，丑类就殛，拜侍御史。制书曰："守正为心，疾恶不惧。"先君捧以流涕，曰："吾唯一子，爱甚，方谪去至蓝田，诀曰：'吾目无涕。'今而不知衣之濡也，抑有当我哉！"作《喜霁之歌》。副职持宪，以正经纪。

贞元九年，宗元得进士第。上问有司曰："得无以朝士子冒进者乎？"有司以闻。上曰："是故抗奸臣窦参者耶！吾知其不为子求举矣。"是岁五月十七日，终于亲仁里第，享年五十有五。七月某日，葬于万年县栖凤原。后十一年，宗元由御史为尚书郎。天子行庆于下，申命崇赠，而有司草创颇缓。会宗元得罪，遂寝不行。

太夫人范阳卢氏，某官某之女，实有全德，为九族宗师。用柔明勤俭以行其志，用图史箴诫以施其教，故二女之归他姓，咸为表式。太夫人既授封河东县太君，会册太上皇后于兴庆宫。既乃宗元贬秩，为永州司马，奉侍温凊，未尝见忧。元和元年五月十五日，终于州之佛寺，享年六十八。

呜呼！宗元不谨先君之教，以陷大祸，幸而缓于死。既不克成先君之宠赠，又无以宁太夫人之饮食，天殛荐酷，名在刑书。不得手开玄堂以奉安祔，罪恶益大，世无所容。尚顾嗣续，不敢即死。支缀气息，以严邦刑。大惧祭祀之无主，以忝盛德。敢用特牲，昭告神道，号叫万里，以毕其辞云。

【解题】

此文是柳宗元为其父柳镇所作的神道表，时在元和二年(807)。文中详细地记述了柳镇的生平事迹和学问文章，特别突出其方正耿直的品格。

先君石表阴先友记

袁高，河南人。以给事中敢谏争。贞直忠蹇，举无与比。能使所居官大，再赠至礼部尚书。

姜公辅，为内学士，以奇策取相位。好谏诤，免。以罪贬，复为刺史，卒。

齐映，南阳人。为相。以文敏显用。

严郢，河南人。刚厉好杀，号忠能。为京兆河南尹，御史大夫。善举职，为邪险构扇，以贬死。

元全柔，河南人。气象甚伟，好以德报怨，恢然者也。为大官，有土地，入为太子宾客。

杜黄裳，京兆人。弘大人也，善言体要，为相，有墙仞，不佞。以谋克蜀，加司空，出为河中节度。

刘公济，河间人。宽厚硕大，与物无忤。为渭北节度，入为工部尚书，卒。

杨氏兄弟者，弘农人。皆孝友，有文章。凭，由江南西道入为散骑常侍。凝，以兵部郎中卒。凌，以大理评事卒。最善文。

穆氏兄弟者，河南人。皆强毅仁孝。赞，为御史中丞。捍佞倖得贬。后至宣池歙处置使，卒。质，为尚书郎。以侍御史内供奉卒。最善文。

皇甫政，河南人。有威仪。由浙东廉使为太子宾客。

裴枢，同郡人。为御史。天子以隐罪诛吏，枢顿首愿白其状，以故贬。后为尚书郎。

李舟，陇西人。有文学，俊辩，高志气。以尚书郎使危疑反侧者再，不辱命。其道大显。被谗妒，出为刺史，发痼卒。

李鄘，江夏人。果检自负，嶷然善为官。为御史中丞、京兆尹、凤翔节度。

梁肃，安定人。最能为文，以补阙修史。侍皇太子。卒，赠礼部郎中。

陈京，泗上人。始为谏官，数谏诤。有内行，文多诂训。为给事中。上方以为相，会惑疾，自刃，发痼卒。

韩会，昌黎人。善清言，有文章，名最高。然以故多谤。至起居郎，贬官，卒。弟愈，文益奇。

许孟容，吴人。读书为文口辩。为给事中，常论事。由太常少卿为刑部侍郎。

李觌，陇西人。行义甚脩。至刑部郎中，卒。故与先君为三司者也。其大理者曰杨瑀。瑀无可言，犹以狱直为御史。

宇文邈，河南人。有文，谨悫人也。为御史中丞，龊龊自守。然以直免官，复为刺史，卒。

袁滋，陈郡人。善篆书，文敏不竞。为相，出使辱命，贬刺史。复为义成军节度，卒。

卢群，范阳人。杂博，多所许与。使反侧之地，天子以为任事。为义成军节度，卒。

崔损，清河人。畏慎，为相，无所发明。然不害物。天子独爱幸，以损为长者。

郑余庆，荥阳人。再为相。始天下皆以为长者，及为大官，名益少。今为尚书、河南尹，无恙。

郑利用，余庆从父兄也。真长者。由大理少卿为御史中丞，复由中丞为大理少卿。

李益，陇西姑臧人。风流有文词。少有僻疾，以故不得用。年老常望仕，非其志，复为尚书郎。

王纾，其弟绍，太原人。绍得幸德宗，为尚书，在宰相之右。今为徐泗节度。纾有学术，鲁直，为尚书郎。

路泌，河南人。以尚书郎使西戎。留戎中，度今已年八十余。既和戎，十五年不得归，无为言者。

虞当，会稽人。为郭尚父从事，终沔州刺史。以信闻。

贾弇，长乐人。善士也。为校书郎，卒。弟全，至御史中丞。

赵需，天水人。悍悍儒士也。有名。至兵部郎中，卒。

张式，南阳人。张莒，常山人。张惟俭，宣城当涂人。皆善言谑。式至河南尹。莒，邓州刺史。惟俭，和州刺史。

奚陟，江都人。柔敏。至吏部侍郎。世谓陟善宦。然其智足以自处也。

卢景亮，涿人。有志义，多所激发。为谏官，奏书如水赴壑。坐贬，废弃甚久。至顺宗时，为尚书郎，升中书舍人，卒。

杨於陵，弘农人。善吏，敏秀者也。为中书舍人、京兆尹。

张因，某人。举诏策，为长安尉。愿去官为道士，甚有名。以其弟回降封州，曰："吾老矣，必死。"回也哭而行。遂死封州。

高郢，渤海人。有文章规矩自立者，不干贵幸。以太常为相，罢居尚书。

唐次，北海人。有文章学行，义甚高。以尚书郎出为刺史，屏弃。永贞中，召以为中书舍人。道病，去长安七十里，死传舍。

苗拯，上党人。有学术，峭直。以谏议大夫漏泄省中语，贬万州，卒。

柳氏兄弟者，先君族兄弟也。最大并，字伯存。为文学，至御史。病瞽遂废。次中庸、中行，皆名有文。咸为官，早死。

柳登、柳冕者，族子也。自其父芳，善文史，与冕并居集贤书府。冕文学益健，颇躁。自吏部郎中出为刺史。至福建廉使，卒。登晚仕至尚书郎、秘书少监。

薛丹，同郡人。至尚书郎。

吕牧，东平人。由尚书郎刺泽州，卒。

崔稹，清河人。至检校郎官。子群，为右补阙，赠给事中。

房启，河南人。善清言。由万年令为容州经略。

于申，河南人。至尚书郎。

常仲孺，河南人。今为谏议大夫。

苏弁，武功人。好聚书，至三万卷。与先君通书。以户部侍郎贬。复为刺史。

崔芃，博陵人。善言名理。为御史尚书郎。

郑元均，荥阳人。强抗，少所推让，然以此多怨，困不得仕。

辛恽，陇西人。有史学。

韩衡，昌黎人。善士。

陈众甫，梓潼人。高志气。

薛伯高，同郡人。好读书，号为长者。后至尚书卒。

张宣力，清河人。儒善。后表其名去“力”，但为宣。

自元均至宣力，皆没没无显仕者。

孤宗元曰：先君之所与友，凡天下善士举集焉。信让而大显，道博而无杂，今之世言交者以为端。敢悉书所尤厚者，附兹石以铭于背如右。

【解题】

此文作于元和二年（807）。柳宗元记载了其父柳镇先友六七十人于其墓碑之阴，用的是《史记》中孔子《七十弟子传》的体裁。目的在说明，其父所交友，“凡天下善士举集焉”。

先太夫人河东县太君归祔志

先夫人姓卢氏，讳某，世家涿郡，寿止六十有八，元和元年，岁次丙戌，五月十五日，弃代于永州零陵佛寺。明年某月日，安祔于京兆万年栖凤原先侍御史府君之墓。其孤有罪，衔哀待刑，不得归奉丧事以尽其志，侄洎太夫人兄之子弘礼承事焉。呜呼天乎！太夫人有子不令而陷于大僇，徙播疠土，医巫药膳之不具，以速天祸，非天降之酷，将不幸而有恶子以及是也。又今无适主以葬，天地有穷，此冤无穷。既举葬纼，犹以不肖之辞，拟述先德，且志其酷焉。

尝逮事伯舅，闻其称太夫人之行以教曰“汝宜知之，七岁通《毛诗》及刘氏《列女传》，斟酌而行，不坠其旨。汝宗大家也，既事舅姑，周睦姻族，柳氏之孝仁益闻。岁恶少食，不自足而饱孤幼，是良难也。”又尝侍先君，有闻如舅氏之谓，且曰：“吾所读旧史及诸子书，夫人闻而尽知之无遗者。”某始四岁，居京城西田庐中，先君在吴，家无书，太夫人教古赋十四首，皆讽传之。以诗礼图史及翦制缕结授诸女，及长，皆为名妇。

先君之仕也，伯母叔母姑姊妹子侄皆远在数千里之外，必奉迎以来。太夫人之承之也，尊己者，敬之如臣事君；下己者，慈之如母畜子；敌己者，友之如兄弟，无不得志者也。诸姑之有归，必废寝食，礼既备，尝有劳疾，先君将改葬王父母，太夫人泣以莅事。事既具，而大故及焉，不得成礼。

既得命于朝，祇奉教曰："汝忘大事乎？吾冢妇也，今也宜老，而唯是则不敢暇，抑将任焉。若有日，吾其行也。"及命为邵州，又喜曰："吾愿得矣。"竟不至官而及于罪。是岁之初，天子加恩群臣，以宗元任御史尚书郎，封太夫人河东县太君。八月，会册太上皇后于兴庆宫，礼无违者。既至永州，又奉教曰："汝唯不恭宪度，既获戾矣，今将大儆于后，以盖前恶，敬惧而已。苟能是，吾何恨哉！明者不悼往事，吾未尝有戚戚也。"而卒以无孝道，不能有报焉。

丧主子妇七岁，而不果娶。窜穷徼，人多疾殃，炎暑熇蒸，其下卑湿，非所以养也。诊视无所问，药石无所求，祷祠无所实，苍黄叫呼，遂遘大罚。天乎神乎，其忍是乎！而独生者谁也？为祸为逆，又顽很而不得死，逾月逾时，以至于今。灵车远去而身独止，玄堂暂开而目不见。孤囚穷縶，魄逝心坏。苍天苍天，有如是耶？有如是耶？而犹言犹食者，何如人耶？已矣已矣！穷天下之声，无以舒其哀矣。尽天下之辞，无以传其酷矣。刻之坚石，措之幽阴，终天而止矣。

【解题】

元和元年（806）五月，柳宗元六十八岁的母亲卢氏在永州零陵佛寺去世。第二年，在表兄卢弘的帮助下，卢氏灵柩移置于京兆万年县栖凤原，与其父柳镇合葬。宗元尚留永州，作此文。

龙安海禅师碑

佛之生也，远中国仅二万里；其没也，距今兹仅二千岁。故传道益微，而言禅最病。拘则泥乎物，诞则离乎真，真离而诞益胜。故今之空愚失惑纵傲自我者，皆诬禅以乱其教，冒于嚚昏，放于淫荒。其异是者，长沙之南曰龙安师。

师之言曰："由迦叶至师子，二十三世而离，离而为达摩。由达摩至忍，五世而益离，离而为秀为能。南北相訾，反戾斗狠，其道遂隐。呜呼！吾将合焉。且世之传书者，皆马鸣、龙树道也。二师之道，其书具存。征其书，合于志，可以不慁。"于是北学于惠隐，南求于马素，咸黜其异，以蹈乎中，乖离而愈同，空洞而益实，作《安禅》、《通明论》。推一而适万，则事无非真；混万而归一，则真无非事。推而未尝推，故无适；混而未尝混，故无归。块然趣定，至于旬时，是之谓施用；茫然同俗，极乎流动，是之谓真常。

居长沙，在定十四日，人即其处而成室宇，遂为宝应寺。去于湘之西，人又从而负大木，砻密石，以益其居，又为龙安寺焉。尚书裴公某、李公某，侍郎吕公某、杨公某，御史中丞房公某，咸尊师之道，执弟子礼。凡年八十一，为僧五十三期，元和三年二月九日而没。

其弟子玄觉洎怀直、浩初等，状其师之行，谒余为碑。曰：师，周姓；如海，名也。世为士。父曰择交，同州录事参军。叔曰择从，尚书礼部侍郎。师始为释，其父夺之志，使仕，至成都主簿，不乐也。天宝之乱，复其初心。尝居京师西明寺，又居岣嵝山，终龙安寺，葬其原。铭曰：

浮图之修，其奥为禅，殊区异世，谁得其传？遁隐乖离，浮游散迁，莫征旁行，徒听诬言。空有互斗，南北相残，谁其会之，楚有龙安。龙安之德，惟觉是则，苞并绝异，表正失惑。貌昧形静，功流无极，动言有为，弥寂而默。祠庙之严，我居不饰；贵贱之来，我道无得。逝耶匪追，至耶谁抑？惟世之机，惟道之微，既陈而明，乃去而归。象物徒设，真源无依，后学谁师？呜呼兹碑！

【解题】

此文作于元和三年（808）。文中记述了海禅师对真禅与伪禅的辨析，可知柳宗元对禅理已深有体悟。文集中有《送浩初序》，浩初是海禅师的弟子，而宗元极称其贤，由此也可知海禅师的为人。

南岳般舟和尚第二碑

佛法至于衡山，及津大师始修起律教。由其坛场而出者，为得正法。其大弟子曰日悟和尚，尽得师之道，次补其处，为浮图者宗。世家于零陵，蒋姓也。和尚心大而行密，体卑而道尊。以为由定发慧，必用毗尼为之室宇，遂执业于东林恩大师。究观秘义，乃归传教。不视文字，悬判深微。登坛莅事，度比丘众，凡岁千人者三十有七，而道不愿。以为去凡即圣，必以三昧为之轨道，遂服勤于紫霄远大师。修明要奥，得以观佛。浩入性海，廓开真源。道场专精，长跪右遶，不衡不倚，凡七日者百有二十，而志不衰。

初，开元中诏定制度，师乃居本郡龙兴寺。肃宗制天下名山，置大德七人，兹岳尤重，推择居首。师乃即崇岭，是作精室。辟林莽，刳岩峦，殿舍宏大，廊庑修直。不命而献力，不祈而荐货。凡南方颛念佛三昧者，必由于是，命曰般舟台焉。和尚生十三年而始出家，又九年而受具戒，又十年而处坛场，又三十七年而当贞元二十年正月十七日，化于兹室。

呜呼！无得而修，故念为实相；不取于法，故律为大乘。坏衣不饰，揣食不味。覆荐服役，凡出于生物者，摈而勿用，不自知其慈；摄取调御，凡归于正真者，动而成群，不自知其教。万行方厉，一性恒如，寂用之涯，不可得也。有弟子曰景秀，嗣居法会。欲广其师之德，延于罔极。故申明陈辞，俾刊之兹碑。铭曰：

像教南被，及津而尊。威仪有严，载辟其门。吾师是嗣，增濬道源。度众逾广，大明群昏。乃兴毗尼，微密是论。八万总结，彰于一言。声闻熙熙，遐迩来奔。如木既拔，有植其根。乃法般舟，奥妙斯存。百亿冥会，观于化元。同道祁祁，功庸以敦。如水斯壅，流之无垠。帝求人师，登我先觉。赫矣明命，表兹灵岳。于彼南阜，斋宫爰作。负揭致货，时靡要约。袒奋程力，不呼而诺。是刈是凿，既涂既斫。层构孔硕，以延后学。出不牛马，服不絮帛。匪安其躬，亦菲其食。勤而不劳，在用恒寂。纵而不傲，在舍恒得。洪融混合，孰究其迹？懿兹遗光，式是嘉则。容貌往矣，轨仪无极。其徒追思，赓荐兹石。

【解题】

此文作于元和三年（808），应般舟和尚的弟子景秀之请而作。可参看前录《南岳弥陀和尚碑》。

唐故特进赠开府仪同三司扬州大都督南府君睢阳庙碑　并序

急病让夷义之先，图国忘死贞之大。利合而动，乃市贾之相求；恩加而感，则报施之常道。睢阳所以不阶王命，横绝凶威，超千祀而挺生，奋百代而特立者也。

时惟南公，天与拳勇，神资机智，艺穷百中，豪出千人。不遇兴词，郁龙眉之都尉；数奇见惜，挫猿臂之将军。

天宝末，寇剧凭陵，隳突河、华。天旋亏斗极之位，地圮积狐狸之穴。亲贤在庭，子骏陈谟以佐命；元老用武，夷甫委师而劝进。惟公与南阳张公巡、高阳许公远，义气悬合，订谋大同。誓鸠武旅，以遏横溃。裂裳而千里来应，左袒而一呼皆至。柱厉不知而死难，狼瞫见黜而奔师。忠谋朗然，万夫齐力。公以推让，且专奋击，为马军兵马使。出战则群校同强，入守而百雉齐固。初据雍丘，谓非要害；将保江、淮之臣庶，通南北之奏复，拔我义类，扼于睢阳。前后捕斩要遮，凶气连沮。汉兵已绝，守疏勒而弥坚；虏骑虽强，顿盱眙而不进。

贼徒乃弃疾于我，悉众合围。技虽穷于九攻，志益专于三板。偪阳悬布之劲，洴城凿穴之奇。息意牵羊，羞郑师之大临；甘心易子，鄙宋臣之病告。诸侯环顾而莫救，国命阻绝而无归。以有尽之疲人，敌无已之强寇。公乃跃马溃围，驰出万众，抵贺兰进明乞师。进明乃张乐侑食，以好聘待之。公曰："弊邑父子相食，而君辱以燕礼，独何心欤?"乃自噬其指曰："啖此足矣!"遂恸哭而返，即死孤城。首碎秦庭，终懵《无衣》之赋；身离楚野，徒伤带剑之辞。至德二年十月，城陷遇害。无傅燮之叹息，有周苛之慷慨。闻义能徙，果其初心。烈士抗词，痛臧洪之同日；直臣致愤，惜蔡恭于累旬。

朝廷加赠特进扬州大都督，定功为第一等，与张氏、许氏并立庙睢阳，岁时致祭。男在襁褓，皆受显秩，赐之土田。葬刻鲍信之形，陵图庞德之状。纳宦其子，见勾践之心；羽林字孤，知孝武之志。举门关周典，征印绶于汉仪。王猷以光，宠锡斯备。

于戏！睢阳之事，不唯以能死为勇，善守为功；所以出奇以耻敌，立懂以怒寇，俾其专力于东南，而去备于西北，力专则坚城必陷，备去则天讨可行。是故即城陷之辰，为克敌之日。世徒知力保于江、淮，而不知功靖乎丑虏。论者或未之思欤!

公讳霁云，字某，范阳人。有子曰承嗣，七岁为婺州别驾，赐绯鱼袋，历刺施、涪二州。服忠思孝，无替负荷。惧祠宇久远，德音不形，愿斫坚石，假辞纪美。惟公信以许其友，刚以固其志，仁以残其肌，勇以振其气，忠以摧其敌，烈以死其事，出乎内者合于贞，行乎外者贯于义，是其所以奋百代而超千祀者矣。其志不亦宜乎？庙貌斯存，碑表攸托。洛阳城下，思乡之梦倘来；麒麟阁中，即图之词可继。铭曰：

贞以图国，义惟急病。临难忘身，见危致命。汉宠死事，周崇死政。烈烈南公，忠出其性。探扼地利，奋扬兵柄。东护吴、楚，西临周、郑。婪婪群凶，害气弥盛。长蛇封豕，踊跃不定。屹彼睢阳，制其要领。横溃不流，疾风斯劲。梯冲外舞，缶穴中侦。钤马非艰，析骸犹竞。浩浩列士，不闻济师。兵食歼焉，守逾三时。公奋其勇，单车载驰。投躯无告，噬指而归。力穷就执，犹抗其辞。圭璧可碎，坚贞不亏。寇力东尽，凶威西恧。孤城既拔，渠魁受戮。雷霆之诛，由我而速。巢穴之固，由我而覆。江、汉、淮、湖，群生咸育。倬焉勋烈，熟与齐躅？天子震悼，陟是元功。旌褒有加，命秩斯崇。位尊九牧，礼视三公。建兹祠宇，式是形容。牲牢伊硕，黍稷伊丰。虔虔孝嗣，望慕无穷。刊碑河浒，万古英风。

【解题】

此文作于元和四年（809）。南府君，名霁云，魏州顿丘人，安史之乱中，与张巡、许远守睢阳，以身殉国。传见《新唐书》卷一九二。此文历述南霁云的英雄事迹，表达了景仰钦佩之情。序用骈文形式，才气横溢。

唐相国房公德铭之阴

天子之三公称公，王者之后称公，诸侯之入为王卿士亦曰公。有土封，其臣称之曰公。尊其道而师之，称曰公。楚之僭，凡为县者皆曰公。古之人通谓年之长老曰公。故言三公若周公、召公，王者之后若宋公，为王卿士若卫武公、虢文公、郑桓公。其臣称之，则列国皆然。师之尊若太公。楚之为县者若叶公、白公。年之长老若毛公、申培公。而大臣罕能以姓配公者，虽近有之，然不能著也。

唐之大臣以姓配公最著者曰房公。房公相玄宗，有劳于蜀，人咸服其节；相肃宗，作训于岐，人咸尊其道。惟正直慈爱，以成于德。用是进退，所居而事理辩，所去而人哀号。理哀人，哀人不胜其怀，为文士赵郡李华铭公之德。乱，故不克立。

今刺史太原王涯嘉公之道犹在乎人，哀人不忘公之道，为之刻石。且曰："州之南有亭，曰需宴亭，公之为也，人之思也。"乃增饰栋宇，即而立焉。州人大悦，咸会陨涕，言曰："昔公以周、召之德，微子之仁，有土封以为卿士，道为三公，德为国师，年为元老。尝为县，县怀其化；至于州，州濡其泽。凡我子孙，罔不戴慕。"盛德之词，文而不刻。更刺史数十，莫克兴起，乃卒归于王公。王公尝以机密匡天子于禁中，遵公之道；刺于我邦，承公之理；又能尊公之德，起遗文以昭前烈，则其人为卿士三公也，孰曰不宜？吾惧其去我也遽，愿书于铭之阴，用永表于邦之良政。

【解题】

唐人李华曾作《唐丞相太尉房公德铭》，元和四年（809）柳宗元复作此文，刻于碑阴。房公名琯，传见《旧唐书》卷一一一。此文记述了为房琯刻石立碑的经过，歌颂了房琯的功绩。

故连州员外司马凌君墓后志

元和某年月日，立太子，赦下。尝有非其罪，柩得返葬。凌氏孤夷仲、求仲，自连、桂阳举其先人之柩，龟筮吉利，某年月归于杭之新城，祔人其墓。刻前《志》志其行，益以《后志》志其时，立碣于坟东南隅，申志于外。噫！亦勤矣。以其先人之行，宜克大于后；以其孤之志，宜克承于初。艰其躬以延于无穷，承而大宜哉！

【解题】

此文作于元和四年（809）。凌君名准，参见前录《连州司马凌君权厝志》。

小侄女子墓砖记

字为雅，氏为柳。生甲申，死己丑。日十二，月在九。是日葬，东岗首。生而惠，今则夭。始也无，今何有？质之微，当速朽。铭兹瓦，期永久。

【解题】

此文作于元和四年（809），为六岁而夭的小侄女柳雅而作。

唐故朝散大夫永州刺史崔公墓志

维元和五年九月十五日壬子，永州刺史崔公薨于位，享年六十有八。己未，殡于路寝。景寅，迁神于舟。以某年某月日，归葬于某县某原，祔于皇考吏部侍郎赠户部尚书府君之墓。尚书讳漪，玄宗南巡，内禅圣嗣，府君以谋画定命，起一旅以复天下，厥功载焉。尚书之先，曰贵乡丞赠太常少卿府君，讳子美。太常之先，曰扬州江都丞府君，讳道祯。行高位卑，华冠士族。

公讳某字某。承世德之清源，浚之以蠲洁，以端其志；采群言之枝叶，植之以茂实，以修其能。始由右千牛备身佐环卫，更周至、三原、蓝田尉，仍有大故，三徙同位。继授许州临颍、汝州龙兴令，推以直道，二邑齐风。哥舒曜尹河南，鲸寇猾骜，黎人播越。表公尉河南，糗粮刍茭，戎备毕给，版图田洫，民事时乂。迁扬州录事参军，实吴楚之大都会也。政令烦拏，贡奉丛沓。一日不葺，镌谯四至，公为之优游有裕。长史司徒杜公与之揖让，异于宾僚。入为太子司议郎，拜归州刺史。岩险湍悍，人类鸟兽，古号难理，公克有声，迁永州刺史朝散大夫。惟是南楚，风浮俗鬼，户为胥徒，家有禨禋。大者虐鳏孤以盗邦赋，驱愚蒙以神讹言。悖于政经，莫有禁御。公于是修整部吏，黜侵凌牟渔者数百人，以付信于下，而征贡用集；擒戮妖师，毁焄蒿淫昏者千余室，以举正群枉，而田闾克和。宽以容物，直以率下。邦人方安其理，搢绅犹郁其望，体魄据降，哀何有穷？呜呼！

公前夫人徐州参军荥阳郑钜女，有子曰义和，早夭。后夫人万年尉范阳卢彤女，嘉淑之德，继闻宗族。有子曰贻哲、贻俭，克承于家。洎公之兄子曰励曰礼，诚愿志于墓，无忘公之德。铭曰：

孰为德门？清河濬源，其流沄沄。世有显懿，扬其清芬。焕炳增华，昭于后昆。惟鲂与鲤，旧史是尊。

孰为茂功？尚书清风，蔼其有融。勃焉而兴，披草从龙。布令诸夏，敷和六戎。赫矣太阳，克升于中。

孰为惠政？公嗣余庆，形于谣咏。小程其功，大遂其性。黠吏是省，妖风以正。于邑于邦，克扬休命。

孰为遗爱？公去昭代，邦人斯痗。始焉是赖，今也何戴？

孰葬我公？于洛之会。何以铭之？徽音不昧。

【解题】

此文作于元和五年（810）。崔公名敏，官至永州刺史，在任三年，政绩卓著。柳宗元与崔敏为知交，常同游山水，共论诗文。所以作此文，记述崔敏的政绩，表达自己的哀思。

赵秀才群墓志

婴、臼死信孤乃立，王侯世家天水邑。群字容成系是袭，祖某父某仕相及。嗟然秀才胡伋伋？体貌之恭艺始习。娶于赤水礼犹执，南浮合浦遽远集。元和庚寅神永戢，问年二纪益以十。仆夫返柩当启蛰，满湘之交瘗原隰。稚妻号叫幼女泣，和者凄欷行路悒。追初悯夭铭兹什。

【解题】

此文作于元和五年（810）。秀才赵群，字容成，卒年三十四岁。全文用古风体写成，别具一格。

太府李卿外妇马淑志

氏曰马，字曰淑，生广陵。母曰刘，客倡也。淑之父曰揔，既孕而卒，故淑为南康讴者。李君为睦州，诋狂寇见诬，左官为循州录，过而慕焉，纳为外妇，偕窜南海上。及移永州，州之骚人多李之旧，日载酒往焉。闻其操鸣弦为新声，抚节而歌，莫不感动其音，美其容，以忘其居之远而名之辱，方幸其若是也。元和五年五月十九日，积疾卒于湘水之东，葬东岗之北垂，年二十四。铭曰：

容之丰兮艺之功，隐忧以舒和乐雍。佳冶彫殒逝安穷！谐鼓瑟兮湘之浒，嗣灵音兮永终古。

【解题】

此文作于元和五年（810）。太府李卿，即李睦州，名字皆不得而详，参见前录《与李睦州论服气书》。

下殇女子墓砖记

下殇女子生长安善和里，其始名和娘。既得病，乃曰：“佛，我依也，愿以为役。”更名佛婢。既病，求去发为尼，号之为初心。元和五年四月三日死永州，凡十岁。其母微也，故为父子晚。性柔惠，类可以为成人者，然卒夭。敛用缁褐，铭用砖甓，葬零陵东郭门外第二岗之西隅。铭曰：

孰致也而生？孰召也而死？焉从而来？焉往而止？魂气无不之也，骨肉归复于此。

【解题】

此文作于元和五年（810）。和娘死时方十岁，故称“殇”。

唐故中散大夫检校国子祭酒兼安南都护御史中丞充安南本管经略招讨处置等使上柱国武城县开国男食邑三百户张公墓志铭　并序

汉光中兴，马援雄绝域之志；晋武一统，陶璜布殊俗之恩。理随德成，功与时并。今皇帝载新景命，丕冒海隅。时惟公祗复厥绩，交趾之理，续于前人。

公讳某，字某，某郡人也。曾祖彦师，朝散大夫、尚书驾部郎中。祖瑾，怀州武德县令。考清，朝议郎、试大理寺丞，赠右赞善大夫。咸有懿美，积为余庆。公以忠肃循其中，以文术昭于外，推经旨以饰吏事，本法理以平人心。始命蕲州蕲春主簿，句会敏给，厥声显扬。仍以左领军卫兵曹为安南经略巡官，申固扞卫，有闻彰彻。转金吾卫判官。三历御史，绩用弘大，扬于天庭。加检校尚书礼部员外郎，换山南东道节度判官。复转郎中，为安南副都护，赐紫金鱼袋，充经略副使。迁检校太子右庶子，兼安南都护、御史中丞，充本管经略、招讨、处置等使。

公自为吏，习于海邦，凡其比较勤劳，利泽长久。去之则夷獠称乱，复至而寇攘顺化。及受命专征，得陈嘉谟，誓拔祸本，纳于夷轨。乃命一其贡奉，平其敛施。牧人尽区处之方，制国备刑体之法。道阻而通百货，地偏而具五人。储偫委积，师旅无庚癸之呼；缮完板干，控带兼戊己之位。文单环王，怙力背义，公于是陆联长毂，海合艨艟，再举而克殄其徒，廓地数圻，以归于我理；乌蛮首帅，负险蔑德，公于是外申皇威，旁达明信，一动而悉朝其长，取州二十，以被于华风。易皮弁以冠带，化奸宄为诚敬，皆用周礼，率由汉仪。公患浮海之役，可济可覆，而无所恃，乃刳连乌，以辟坦途。鬼工来并，人力罕用，沃日之大，束成通沟；摩霄之阻，哲为高岸，而终古蒙利。公患疆场之制，一彼一此，而不可常，乃复铜柱，为正制。鼓铸既施，精坚是立。固圉之下，明若白黑，易野之守，险逾丘陵，而万世无虞。奇琛良货，溢于玉府；殊俗异类，盈于藁街。优诏累旌其忠良，太史嗣书其功烈。就加国子祭酒，封武城男，食邑三百户。凡再策勋，至上柱国，三增秩至中散大夫。某年月薨于位，年若干。天子震悼，伤辞有加。明年，其孤某官与宗人号奉裳帷，率其家老，咨于叔父延唐令某，卜宅于潭州某原。葬用某月某日，人谋皆从，龟兆袭吉。乃刻兹石，著公之阀，以志于丘窾，以告于幽明。铭曰：

周限荆、衡，秦开百粤。交州之治，炎刘是设。德大来服，道消自绝。伏波南征，汉威载烈。宛陵北附，晋政爰发。我唐流泽，光于有截。皇帝中兴，武城授钺。肃肃武城，惟夫之哲。更历毗赞，显扬彰彻。既受休命，秉兹峻节。度其谋猷，守以廉洁。厚农薄征，匪貊匪桀。通商平货，有来胥悦。践山跨海，坚其鹤列。制器足兵，溃兹蚁结。乌蛮屈服，文单剪灭。柔远开疆，会朝天阙。铜柱乃复，环山以誓。海无遘迕，寇罔逾越。琛赆之献，周于穷发。帝嘉成德，载旌茂阀。增秩策勋，土封斯裂。位厄元侯，年亏大耋。邦人号呼，夷裔凄咽。卜葬长沙，连冈启穴。书铭荐辞，德音罔缺。

【解题】

此文作于元和五年（810）。张公，名舟，吴郡人。本文记述了张舟的一生行迹，尤重于武功战绩。

唐故邕管招讨副使试大理司直兼贵州刺史邓君墓志铭 并序

君讳某，字某，南阳人，汉司徒禹之世也。曾祖倚，皇建州浦城令。祖少立，皇沧州司马。考邕，皇式武卫兵曹参军。惟君敏给以御下，廉忠以承上，干蛊之称，洽于诸侯；信谨之迹，彰于所莅。故自始仕以至没世，未尝无闻焉。初以试太常寺奉礼郎，更职于剑南、湖南、江西。前后连帅咸器其能，以柄于事。于剑南，则亭拟阅实，以循官刑，尽哀敬之情，致淑问之颂，宽猛之适，克合于中。于湖南，则外按属城，内专平准，莅丱人锡石之地，参凫氏鼓铸之功。溢山告祥，国用益赡，吏无并缘以巧法，人无怨讟以苦役，凡处斯职，莫能加焉。于江西，则旁缉传置，下绳支郡，俾无有异政，以一于诏条，财赋之重，待君而理。

无何，邕州经略使路公恕，奏署试大理评事兼贵州刺史。参帷幕之任，董龟虎之威，夷俗敬爱，革面受事。朝廷将以武定南服，命安南大校御史中丞赵良金为邕州，复以君兼招讨判官。录其异能，奏加司直，升招讨副使兼统横、廉、贵三州事。龙茸之下，直道有立，犷悍之内，义威必行。赋增而不扰，法一而无憾。然以忧慄间于多虞，卒成耳目之塞，道致齿牙之猾。元和五年五月二十一日，疾卒于公馆，年五十五。明年某月日，返葬于潭州某原。夫人陇西李氏，大理评事练之女，年三十三，贞元十六年终于郴州。有子四人，曰贽，曰某。贽十三年矣，哀礼具焉。

京兆尹弘农公，始由湖南为江西，再以君为从事，知之最厚。痛君之能不施于剧任，惜君之志见屈于群疑，且以志授宗元，使备其阙。古者观其所使，而知在上之德；今也观其所使，而知在下之诚。呜呼！可无辞乎？铭曰：

曼姓之裔，司徒隆汉。惟君是承，有植其干。始属奉常，出参藩翰。议谳西蜀，平其狴犴。巡视南楚，总兹条贯。贸迁化居，货殖攸赞。改煎镕范，贡输增算。既饬财赋，亦专传馆。去牧荒陬，肃其听断。夺攘以息，暴戾斯逭。行非选事，进不避难。始赖其宁，终闻见惮。疾与忧积，志随魄散。年极中身，葬兹高岸。才耶命耶？君子兴叹。

【解题】

此文作于元和六年（811）。邓君，名字皆不详。柳宗元应其岳父杨凭之请，为作此文，记述邓君的生平事迹。

故大理评事柳君墓志

晋之乱，柳氏始分，曰耆，为汝南守，居河东。又五世曰庆，相魏。魏相之嗣曰旦，仕隋，为黄门侍郎。其小宗曰楷，至于唐，刺济、房、兰、廓四州。楷生夏县令府君讳绎。绎生司议郎府君讳遗爱。皆葬长安少陵原。遗爱生御史府君讳开，葬南阳。其嗣曰宽，字存谅，读其世书，扬于文辞，南方之人多讽其什。颇学礼而善为容，修吏事。始仕家令主簿，进左骁卫兵曹，试大理评事，为岭南节度推官、荆南永安军判官。府罢，为游士，出桂阳，下广州，中厉气呕泄，卒于公馆，元和六年八月七日也，年四十七。前娶琅邪王拱子。拱，国子祭酒。后娶河东裴陵子。陵，告成令。斐氏之出曰裴七。

君之从弟，以君之丧归，过零陵，哭且告于宗元曰："吾伯兄从事岭南，其地多货，其民轻乱，能以简惠和柔，匡弼所奉，假守支郡，海隅以宁，斗很仇怨，敦谕克顺。从公于荆，绥戎永安，仍专郡治，政尉休阜。是时蜀寇始灭，邦人疮痍，怀君之泽，咸忘其痛。其理也惠，而不施之于大；其行也和，而不至于年；其言也文，而不显其声。今将以某月日祔葬，苟又不得令辞而志焉，是无以盖前人之大痛，敢固以请。"呜呼！余惧辞之不令以为神羞，余曷敢不诺。铭曰：

柳族之分，在北为高。充于史氏，世相重侯。中书之世，实曰兰州。夏县政良，司议德优。营营御史，乃佐元侯。惟君是嗣，其政克修。储闱补吏，环卫分曹。南越之庬，从事以宁。永安披攘，荐仍于兵。是董是经，既柔且平。浩浩呻呼，革为和声。胡不使寿，而夺之龄？柩于海壖，圹于邓邦。厥弟孔哀，惟行之恭。呱呱小子，缞而不庐。充充令妻，髽首而居。鸟兽号鸣，助我踟蹰。刻此悲辞，藏之奥隅。

【解题】

此文作于元和六年（811）。柳君，名存谅，官至大理评事，卒于广州公馆。其从弟以存谅灵柩归乡，过永州，请柳宗元作此文。

唐故衡州刺史东平吕君诔

维唐元和六年八月日，衡州刺史东平吕君卒。爰用十月二十四日，藁葬于江陵之野。呜呼！君有智勇孝仁，惟其能，可用康天下；惟其志，可用经百世。不克而死，世亦无由知焉。君由道州以陟为衡州，君之卒，二州之人哭者逾月。湖南人重社饮酒，是月上戊，不酒去乐，会哭于神所而归。余居永州，在二州中间，其哀声交于北南，舟船之下上，必呱呱然，盖尝闻于古而睹于今也。君之志与能不施于生人，知之者又不过十人。世徒读君之文章，歌君之理行，不知二者之于君其末也。呜呼！君之文章，宜端于百世，今其存者，非君之极言也，独其词耳；君之理行，宜极于天下，今其闻者，非君之尽力也，独其迹耳。万不试而一出焉，犹为当世甚重。若使幸得出其什二三，则巍然为伟人，与世无穷，其可涯也？君所居官为第三品，宜得谥于太常。余惧州吏之逸其辞也，私为之诔，以志其行。其辞曰：

麟死鲁郊，其灵不施。濯濯夫子，故洁其仪。冠仁服义，干橹《书》、《诗》。忠贞继佩，智勇承綦。跨腾商、周，尧、舜是师。道不胜祸，天固余欺。鬼神齐怒，妖孽咸疑。何付之德，而夺其时？呜呼哀哉！

命姓为吕，勤唐以力。辅宁万邦，受胙尔国。维师元圣，周以降德。世征五侯，伊祖之则。嗣济厥武，前书是式。至于化光，爰耀其特。《春秋》之元，儒者咸惑。君达其道，卓焉孔直。圣人有心，由我而得。敷施变化，动无不克。推理惟工，舒文以翼。宣于事业，与古同极。

道不苟用，资仕乃扬。进于礼司，奋藻含章。决科联中，休问用张。署雠百氏，错综逾光。超都谏列，屡皂其囊。帝殊尔能，人服其智。戎悔厥祸，款边求侍。盛选邦良，难乎始使。君登御史，赞命承事。风动海壖，皇威以致。来总征赋，甲兹郎吏。制用经邦，时推重器。诸臣之复，《周官》匪易。汉课笺奏，鲜云能备。君自他曹，载出其技。笔削自任，群儒革议。正郎司刑，邦宪为贰。纪遂伊肃，谄谀具畏。

迁理于道，民服休嘉。恩疏若昵，惕迩如遐。实闭其阁，而抚于家。载其愉乐，申以舞歌。赋无吏迫，威不刑加。浩然顺风，从令无哗。丝蚕外邑，我茧盈车。杂耕邻邦，我黍之华。既字其畜，亦艺其麻。鼛鼓斯屏，人喜则多。始富中教，兴良废邪。考绩既成，王用兴嗟。陟于岳滨，言进其律。号呼南竭，讴谣北溢。欺吏悍民，先声如失，逋租匿役，归诚自出。兼并既息，罢羸乃逸。惟昔举善，盗奔于邻；今我兴仁，化为齐人。惟昔富人，或赈之粟；今我厚生，不竭而足。邦思其弼，人戴惟父。善胡召灾？仁胡罹咎？俾民伊祐，而君不寿。矫矫贪凌，乃康乃茂。呜呼哀哉！

廪不余食，藏无积帛。内厚族姻，外赒宾客。恒是悬罄，逮兹易箦。僮无凶服，葬非旧陌。呜呼哀哉！

君昔与余，讲德讨儒。时中之奥，希圣为徒。志存致君，笑咏唐、虞。揭兹日月，以耀群愚。疑生所怪，怒起特殊。齿舌嗷嗷，雷动风驱。良辰不偶，卒与祸俱。直道莫试，嘉言罔敷。佐王之器，穷以郡符。秩在三品，宜谥王都。诸生群吏，尚拥良图。故友咨怀，累行陈谟。是旌是告，永永不渝。呜呼哀哉！

【解题】

此文作于元和六年（811）。吕君，名温，字化光，一字和叔，河中人，卒年四十岁，传见《旧唐书》卷一三七。吕温是柳宗元的表兄，在道州、衡州刺史任上，治绩卓著，深得人民爱戴。宗元作此文，记述吕温生平事迹，以告于后世。

故永州刺史流配瓘州崔君权厝志

博陵崔君，由进士入山南西道节度府，始掌书记。至府留后，凡五徙职。六增官，至刑部员外郎。出刺连、永两州。未至永，而连之人愬君。御史按章具狱，坐流驩州。幼弟讼诸朝。天子黜连帅，罢御史，小吏咸死，投之荒外，而君不克复。元和七年正月二十六日卒。孤处道洎守讷，奉君之丧，逾海水，不幸遇暴风，二孤溺死。七月某日，柩至于永州。八月甲子，藁葬于社壝之北四百步。

崔氏世嗣文章，君又益工。博知古今事，给数敏辩。善谋画，南败蜀虏，西遏戎师，其虑皆君之自出。后饵五石，病疡且乱，故不承于初。今尚有五丈夫子。夫人河东柳氏，德硕行淑，先崔君十年卒。其葬在长安东南少陵北。君以窜没，家又有海祸，力不克祔。三年，将复故葬也。徒志其一二大者云。

鲵为祖，晔为父。世文儒，积弥厚。简其名，子敬字。年五十，增以二。葬湘滣，非其地。后三年，辞当备。

【解题】

此文作于元和七年（812）。崔君，名简，字子敬，是柳宗元的姊夫。此文简述了崔简的生平事迹。

吕侍御恭墓志

吕氏世居河东，至延之始大，以御史大夫为浙东道节度大使。延之生渭，为中书舍人、尚书礼部侍郎，刺湖南七州。生四子：温、恭、俭、让。以温为尚书郎，再赠至右仆射。

恭字敬叔，他名曰宗礼，或以为字，实惟吕氏宗子。尚气节，有勇略，不事小谨。读从横书，理《阴符》、《握机》、《孙子》之术，曰："我师尚父胄也。大父洎先人，咸统方岳。今天下将理平，蔡、兖、冀、幽洎戎犹负命。"早夜呼愤，以为宜得任爪牙，毕力通天子命，作文章咸道其志云。又曰：

“由吾兄而上三世，世为进士。吾之文不坠教戒，独武事未克缵厥绪。”因弃去。从山南西道节度府掌书记，预谋画，不甚合，以试守军卫佐加协律郎，入荐为长安主簿。复出，以监察御史参江南西道都团练军事。府表进殿中侍御史，为桂管都防御副使。元和八年去桂州，相国尚书郑公遮留，假岭南道节度判官。至广州，病痎疟加瘠，六月二十八日卒。妻裴氏，户部尚书延龄女。有丈夫子三人：曰爽，曰瑰，曰特；女子三人：曰环，曰鸾，曰倩，皆幼。行于道而倩又死，遂以柩如洛阳，祔葬于大墓，款志。

吕氏世仕至大官，皆有道，宜兴于世。温洎恭名为豪杰，知者以为是必立王功，活生人。不幸温刺衡州，年四十卒。恭未及理人，年三十七又卒。世固有有其具而不及其用若温、恭者耶！恭貌奇壮，有大志，信善容物，宜寿考硕大而又不克。吕氏之道恶乎兴！铭曰：

沨沨之风乎不可追，有志之大乎今安归？吕君去我死乎吾谁依！

【解题】

此文作于元和八年（813）。吕恭是吕温的弟弟，官至殿中侍御史，病卒于广州。此文称述吕恭一生行迹，婉转深情。

处士段弘古墓志　并序

段处士弘古，读纵横书，刚峭少合，尤濩落，不事产。人或交之，度非义，辄去，以故年五十，不就禄。尝以法家言，抵御史大夫何士干，延以上座，将用之。会士干死，闻襄阳节度使于頔爱人大言，遂干以兵画，一见喜甚，居月余，视頔终不可与立功，又遁去。陇西李景俭、东平吕温，高气节，尚道艺，闻其名，求见，大欢。留门下，或一岁，或半岁，与言，不知日出。温卒，景俭逐，前右拾遗张宿与然诺，南见中山刘禹锡、河东柳宗元，二人者言于御史中丞崔公。公时降治永州，知其信贤，儆其去。又南抵好义容州扶风窦群，途过桂，桂守旧知君，拒不为礼。君愤怒，发病，不肯治，曰："平生见大人，未尝相下。今穷于此，年加老，接接无所容入也，益困于俗笑，吾安用生为？埋道边耳！"居六月，死逆旅中。崔公为出涕，命特赠赙，致其丧来永州，哭为祭之。与丧具道里费，归葬澧州安乡县黄山南麓上。

君之死，元和九年八月十六日，后某月日葬。祖某官，父某官。妻彭城刘氏。子知微、知章，皆未冠。铭曰：

廉不贪，直不倚。困者吾之，通者不以。不惩其蹶，卒以亢死。观游非类，有贱非鄙。何以葬之？黄山南趾。

【解题】

此文作于元和九年（814）。柳宗元曾荐段弘古于永州刺史崔能，所以对弘古的不得志而死，深致憾恨。文中对弘古的风度描绘如生。

续荥泽尉崔君墓志

太傅公既志荥泽君之葬，明年，为中书侍郎同中书门下平章事以卒。荥泽君之嗣曰膺，备物具货入于汴，汴陷于戎，丧焉不果行。会世难，不幸膺亦死。膺之亚曰太素，仕至云阳令，求其志，将行，谪南海上。元和九年，移信中，犹有累，不克如其乡。大惧缓慢兹久，哭命其子某，以某月日启君之丧，至于某，葬用某月甲子，志用太傅公之辞。又命河东柳某书缓故，且志终事之年月日。

【解题】

此文作于元和九年（814）。荥泽尉崔君，名未详，去世后，其族人太傅崔佑甫曾作墓志。此文即续崔志，说明荥泽君缓葬的原因。

湘源二妃庙碑

元和九年八月二十日，湘源二妃庙灾。司功掾守令彭城刘知刚，主簿安邑卫之武，告于州刺史御史中丞清河崔公能。祗栗厥戒，会群吏洎众工，发开元诏书，惧废守祀。搜考羸羡，均节委积。咸执牍聿，至于祠下。稽度既备，佣役惟时。斩木于上游，陶埴于水涯，乃桴乃载，工逸事遂。作貌显严，粲然而威。

十有一月庚辰，陈奠荐辞，立石于庙门之宇下。唯父子夫妇，人道之大。大哉二神，咸极其会。为子而父尧，为妇而夫舜。齐圣并明，弼成授受。内若嚚瞽，上承辉光。克艰以乂，德罔不至。帝既野死，神亦不返。食于兹川，古有常典。驱祓戾孽，恢宣淑灵。敢或失职，以奸大刑。有翼其恭，有苾其馨。沉牲爰告，即石是铭。铭曰：

渊懿承圣，舜妻尧女。德形妫汭，神位湘浒。揆兹有初，克硕厥宇。唐命秩祀，兹邑攸主。毛牷既醽，椒馨爰糈。胤于万年，期保伊祜。潜火煽孽，炖于融风。神用播迁，时罔克龚。邑令群吏，告于君公。廉用积余，以就尔功。桴木负埴，载流于江。既夷以成，崇宇峻墉。洁严清间，左右率从。神乐来归，徒御雍雍。神既安止，邦人载喜。奉其吉玉，以对嘉祉。南风涓涓，湘水如舞。将子无欢，神听钟鼓。丰其交报，邦邑是与。刻此乐歌，以极终古。

【解题】

本文作于元和九年（814）。湘源为永州属县。二妃，指尧的二女娥皇、女英，同适虞舜，因死于江湘之间，后人称为湘神。参见韩愈《黄陵庙碑》。

南岳大明寺律和尚碑

儒以礼立仁义，无之则坏；佛以律持定慧，去之则丧。是故离礼于仁义者，不可与言儒；异律于定慧者，不可与言佛。达是道者，唯大明师。师姓欧阳氏，号曰惠开。唐开元二十一年始生，天宝十一载始为浮图，大历十一年始登坛为大律师，贞元十三年十一月十一日卒。元和九年正月，其弟子怀信、道嵩、尼无染等，命高道僧灵屿为行状，列其行事，愿刊之兹碑。

宗元今掇其大者言曰：师先因官世家潭州，为大姓，有勋烈爵位，今不言，大浮图也。凡浮图之道衰，其徒必小律而去经，大明恐焉。于是从峻洎侃，以究戒律，而大法以立。又从秀洎昱，以通经教，而奥义以修。由是二道，出入隐显。后学以不惑，来求以有得。广德二年，始立大明寺于衡山，诏选居寺僧二十一人，师为之首。乾元元年，又命衡山立"毗尼藏"，诏选讲律僧七人，师应其数。凡其衣服器用，动有师法，言语行止，皆为物轨。执巾匜，奉杖屦，为侍者数百；翦发髦，被教戒，为学者数万。得众若独，居尊若卑。晦而光，介而大，灏灏焉无以加也。其塔在祝融峰西址下，碑在塔东。其辞曰：

儒以礼行，觉以律兴。一归真源，无大小乘。大明之律，是定是慧。丕穷经教，为法出世。化人无疆，垂裕无际。诏尊硕德，威仪有继。道遍大州，徽音勿替。祝融西麓，洞庭南裔，金石刻辞，弥亿千岁。

碑　阴

凡葬大浮图，无窾穴，其于用碑不宜。然昔之公室，礼得用碑以葬。其后子孙，因宜不去，遂铭德行，用图久于世。及秦刻山石，号其功德，亦谓之碑，而其用遂行。然则虽浮图亦宜也。

凡葬大浮图，其徒广则能为碑。晋、宋尚法，故为碑者多法。梁尚禅，故碑多禅。法不周施，禅不大行，而律存焉，故近世碑多律。

凡葬大浮图，未尝有比丘尼主碑事，今惟无染实来，涕泪以求，其志益坚，又能言其师他德尤备，故书之碑阴。

师凡主戒事二十二年，宰相齐公映、李公泌、赵公憬，尚书曹王皋、裴公胄，侍郎令狐公峘，或师或友，齐亲执经受大义为弟子。又言师始为童时，梦大人缟冠素舄来告曰："居南岳大吾道者，必尔也。"已而信然。将终，夜有光明，笙磬之音，众咸见闻。若是类甚众。以儒者所不道，而无染勤以为请，故末传焉。无染，韦氏女，世显贵，今主衡山戒法。

【解题】

此二文作于元和九年（814）。文中记述了南岳大明寺律和尚的生平行迹，并明确地表达了佛儒同旨、共达大道的思想。

唐故给事中皇太子侍读陆文通先生墓表

孔子作《春秋》千五百年，以名为传者五家，今用其三焉。秉觚牍，焦思虑，以为论注疏说者百千人矣。攻讦很怒，以辞气相击排冒没者，其为书，处则充栋宇，出则汗牛马，或合而隐，或乖而显。后之学者，穷老尽气，左视右顾，莫得而本。则专其所学，以訾其所异，党枯竹，护朽骨，以至于父子伤夷，君臣诋悖者，前世多有之。甚矣！圣人之难知也。有吴郡人陆先生质，与其师友天水啖助洎赵匡，能知圣人之旨。故《春秋》之言，及是而光明。使庸人小童，皆可积学以入圣人之道，传圣人之教，是其德岂不侈大矣哉！

先生字某，既读书，得制作之本，而获其师友。于是合古今，散同异，联之以言，累之以文。盖讲道者二十年，书而志之者又十余年，其事大备，为《春秋集注》十篇，《辩疑》七篇，《微旨》二篇。明章大中，发露公器。其道以圣人为主，以尧、舜为的，苞罗旁魄，胶轕下上，而不出于正。其法以文、武为首，以周公为翼，揖让升降，好恶喜怒，而不过乎物。既成，以授世之聪明之士，使陈而明之，故其书出焉，而先生为巨儒。用是为天子争臣，尚书郎、国子博士、给事中、皇太子侍读，皆得其道。刺二州，守人知仁。永贞年，侍东宫，言其所学，为《古君臣图》以献，而道达乎上。是岁，嗣天子践阼而理，尊优师儒，先生以疾闻，临问加礼。某月日终于京师。某月日葬于某郡某里。

呜呼！先生道之存也以书，不及施于政；道之行也以言，不及睹其理。门人世儒，是以增恸。将葬，以先生为能文圣人之书通于后世，遂相与谥曰文通先生。后若干祀，有学其书者过其墓，哀其道之所由，乃作石以表碣。

【解题】

此文作于永州时。陆文通，名质，是当时“春秋学”著名学者啖助的学生，曾和赵匡（后来也成了“春秋学”专家）同过学。此文对陆氏的《春秋》之学衷心称许。

覃季子墓铭

覃季子，其人生爱书，贫甚，尤介特，不苟受施。读经传言其说数家，推《太史公》、《班固书》下到今，横竖钩贯，又且数十家，通为书，号《覃子史纂》。又取《鬻》、《老》、《管》、《庄》、《子思》、《晏》、《孟》下到今，其术自儒、墨、名、法，至于狗彘草木，凡有益于世者，为《子纂》又百有若干家。笃于闻，不以仕为事。黜陟使取其书以氏名闻，除太子校书。某年月日死永州祁阳县某乡。将死，叹曰："宁有闻而穷乎，将无闻而丰乎？宁介而踬乎，将溷而遂乎？"葬其乡。后若干年，柳先生来永州，戚其文不大于世，求其墓以石铭。铭曰：

困其独，丰其辱。

【解题】

此文作于永州时，称颂了覃季子好学笃闻的精神。"困其独，丰其辱"，这不也是柳宗元的自我写照吗？

永州司功参军谭随亡母毛氏志文

毛氏夫人，父曰仪禹，丰州别驾。祖弘义，济州户曹。夫人归谭氏，曰损，为邓州司仓参军。损父昌，为常州录事参军。祖曰元爱，为左羽林大将军、弘农男。惟谭洎毛氏，于周咸为诸侯，谭入于莒，毛及魏为后族，千岁复合。

夫人生丈夫子曰随。随谨愿好礼。始克于裴、柳为姻。随娶裴氏，今中书舍人次元之族弟也。女子嫁柳氏，曰从肇，曰余，族兄也。余早承族兄之教，闻夫人之德，且曰随之所以能立，洎吾嫂之所以令，皆夫人之训。则宜有以文其声诗，刻而措诸墓。夫人讳某，寿若干，某年月日终，某月日祔于此。志曰：

周之列国，谭子、毛伯。合是二姓，从其匹敌。夫人有训，乃策厥族。惟时善良，不享丰福。懿厥子姓，追号宪德。内言不出，孰表贞节？愿垂休铭，永志幽谷。

【解题】

此文作于永州时。毛氏为柳宗元族兄柳从肇的姻亲，所以宗元为作此志文。

马室女雷五葬志

马室女雷五，父曰师儒，业进士。雷五生巧慧异甚，凡事丝纩文绣，不类人所为者，余睹之甚骇。家贫，岁不易衣，而天姿洁清修严，恒若簪珠玑，衣纨縠，寥然不易为尘垢杂。年十五，病死；后二日，葬永州东郭东里。以其姨母为妓于余也，将死，曰："吾闻柳公尝巧我慧我，今不幸死矣，安得公之文志我于墓？"其父母不敢以云。葬之日，余乃闻焉，既而闵焉。以攻石之后也，遂为砂书玄砖，追而纳诸墓。

【解题】

此文作于永州时。为一小女子作葬志，称颂她"天姿洁清修严"，表现了柳宗元为小人物立传写生的创作特点。

南岳云峰寺和尚碑

乾元元年某月日，皇帝曰："予欲俾慈仁怡愉洽于生人，惟浮图道允迪。"乃命五岳求厥元德，以仪于下。惟兹岳上于尚书，其首曰云峰大师法证，凡莅事五十年，贞元十七年乃没。其徒曰诠，曰远，曰振，曰巽，曰素，凡三千余人。其长老咸来言曰：“吾师轨行峻特，器宇弘大。有来受律者，吾师示之以为尊严整齐，明列义类，而人知其所不为；有来求道者，吾师示之以为高广通达，一其空有，而人知其所必至。元臣硕老，稽首受教；髫童毁齿，踊跃执役。故从吾师之命而度者，凡五万人。吾师冬不燠裘，饥不丰食。每岁会其类，读群经，俾圣言毕出，有以见其大；又率其伻，伐木箠土，作佛塔庙洎经典，俾像法益广，有以见其用。将没，告门人曰：‘吾自始学至去世，未尝有作焉，然后知其动无不虚，静无不为，生而未始来，殁而未始往也。’其道备矣。愿刻山石，知教之所以大。”其词曰：

师之教，尊严有耀，恭天子之诏，维大中以告，后学是效。师之德，简峻渊默，柔惠以直，涣焉而不积，同焉而皆得，兹道惟则。师之功，勤劳以庸，维奥秘必通，以兴祠宫，遐迩攸从。师之族，由虢而郭，世德有奕，从佛于释。师之寿，七十有八，维终始罔缺，丕冒遗烈。厥徒蒸蒸，维大教是膺，维宪言是征。溥博恢弘，如川之增，如云之兴，如岳之不崩。终古其承之。

南岳云峰和尚塔铭

云峰和尚，族郭氏，号法证。为竺乾道五十有七年，年七十有八，贞元十七年九月十七日终，十月二十七日葬。凡度学者五万人，弟子者三千人。色厉而仁，行峻而周，道广而不尤，功高而不有。毅然居山之北峰，以为仪表。世之所谓贤人大臣者，至南方，咸所严事。由其内者，闻大师之言律义，莫不震动悼惧，如听誓命；由其外者，闻大师之称道要，莫不凄欷欣踊，如获肆宥。故时推人师，则专其首；诏求教宗，则冠其位。披山伐木，崇构法宇，则地得其胜；捐衣去食，广阅群经，则理得其深。其道实勤，而其心无求。自大师化去，教亦随丧。

呜呼！大师之葬，门人慕号，长老愁痛，遂相与以为兹塔。砻石峻整，植木蓊茂，凡衡山无与为比者。然而未有能纪其事。余既与大乘师重巽游，巽，其徒也，亟为余言，故为其铭。铭曰：

苞元极兮韬大方，威而仁兮幽以光。行峻洁兮貌斋庄，气混溟兮德洋洋。演大律兮离毫芒，度群有兮耀柔刚。栋宇立兮像法彰，文字阐兮圣言扬。诏褒列兮宅南方，道之广兮用其常。后是式兮宜久长，闷灵室兮记崇冈。即玄石兮垂文章，学者慕兮哀无疆。

【解题】

以上二文，皆作于永州时。文中记述了云峰大师法证的谨行和法教，表达了景仰之情。

衡山中院大律师塔铭

衡山中院大律师曰希操，没年五十七。既没二十七年，弟子诚盈奉公之遗事，愿铭塔石。公昝姓，凡去儒为释者三十一祀，掌律度众者二十六会。南尼戒法，坏而复正，由公而大兴；衡岳佛寺，毁而再成，由公而丕变。故当世之士，若李丞相泌，道未尝屈，睹公而稽首，尊之不名；出世之士，若石廪瓒公，言未尝形，遇公而叹息，推以护法。是以建功之始，则震雷大风示其兆；灭迹之际，则陨星黑祲告其期。斯为神怪，不可度已。故其与物大同，终始无争，受学之众，他莫能偕也。凡所受教，若华严照公，兰若真公，荆州至公、律公，皆大士；凡所授教，若惟瑗、道郢、灵干、惟正、惠常、诚盈，皆闻人。呜呼！始终哉。

为之铭曰：

首有承兮卒有传，革大讹兮持法权。众之至兮志益虔，雷发兆兮功已宣。星告妖兮寿不延，灵变化兮迎大仙。砻兹石兮垂万年，世有坏兮德无迁。

【解题】

此文作于永州时，为衡山中院大律师希操而作，称颂其“与物大同，终始无争”的品行操守。

岳州圣安寺无姓和尚碑

维某年月日，岳州大和尚终于圣安寺。凡为僧若干年，年若干。有名无姓，世莫知其闾里宗族。所设施者有问焉，而以告曰：“性，吾姓也。其原无初，其胄无终，承于释师，以系道本，吾无姓耶？法剑云者，我名也。实且不有，名恶乎存？吾有名耶？性海，吾乡也；法界，吾宇也。戒为之墉，慧为之户，以守则固，以居则安。吾闾里不具乎？度门道品，其数无极；菩萨大士，其众无涯。吾与之戚而不吾异也，吾宗族不大乎？”其道可闻者如此而止。读《法华经》、《金刚般若经》，数逾千万，或讥以有为，曰：“吾未尝作。”呜呼！佛道逾远，异端竞起，唯天台大师为得其说。和尚绍承本统，以顺中道，凡受教者不失其宗。生物流动，趋向混乱，惟极乐正路为得其归。和尚勤求端悫，以成至愿，凡听信者，不惑其道。或讥以有迹，曰：“吾未尝行。”

始居房州龙兴寺中，徙居是州，作道场于楞伽北峰，不越阃者五十祀。和尚凡所严事，皆世高德。始出家，事而依者曰卓然师，居南阳立山，葬岳州。就受戒者曰道颖师，居荆州。弟子之首曰怀远师，居长沙安国寺，为南岳戒法。岁来侍师，会其终，遂以某月某日葬于卓然师塔东若干步。铭曰：

道本于一，离为异门。以性为姓，乃归其根。无名而名，师教是尊。假以示物，非吾所存。大乡不居，大族不亲。渊懿内朗，冲虚外仁。圣有遗言，是究是勤。惟动惟默，逝如浮云。教久益微，世罕究陈。爰有大智，出其真门。师以显示，俾民惟新。情动生变，物由湮沦。爰授乐国，参乎化源。师以诱导，俾民不昏。道用不作，神行无迹。晦明俱如，生死偕寂。法付后学，施之无斁。葬从我师，无忘真宅。荐是昭铭，刻兹贞石。

碑　阴　记

无姓和尚既居是山，曰："凡吾之求，非在外也，吾不动矣。"弘农杨公炎自道州以宰相征，过焉。以为宜居京师，强以行，不可。将以闻，曰："愿间岁乃往。"明年，杨去相位，窜谪南海上，终如其志。赵郡李萼，辩博人也。为岳州，盛气欲屈其道，闻一言，服为弟子。河东裴藏之举族受教。京兆尹弘农杨公某以其隐地为道场，奉和州刺史张惟俭，买西峰，广其居。凡以货利委堂下者，不可选纪，受之亦无言。将终，命其大弟子怀远，授以道妙，终不告其姓。或曰周人也。信州刺史李某为之传，长沙谢楚为行状，博陵崔行俭为《性守》一篇。凡以文辞道和尚功德者，不可悉数。弘农公自余杭命以行状来，怀远师自长沙以传来，使余为碑。既书其辞，故又假其阴以记。

【解题】

此二文作于永州时，记述了岳州圣安寺无姓和尚无为、无迹、高德、远道的一生事迹，表达了"道本于一"的思想。

饶 娥 碑

饶娥，饶人，饶姓娥名，世渔鄱水。娥为室女，渊懿靖专，虽小家，未尝出游。治絺葛，供女事修整，乡闾敬式。娥父醉渔，风卒起，不能舟，遂以溺死，求尸不得。娥闻父死，走哭水上，三日不食，耳鼻流血，气尽伏死。明日尸出，鼋鱼鼍蛟浮死万数，塞川下流。鄱旁下民悲感怨号，以为神奇。县人乡人会钱具仪，葬娥鄱水西横道上。追思不足，相与作石，以诒后世。其辞曰：

生德无类，气灵而休，嗟兹孝娥，惟行之周。渊懿含贞，好靖不游。纤葛絺纻，克供以修。蒸蒸在家，其父世渔。饮酒不节，死乎风涛。匍匐来哭，号天以呼。颜目耳鼻，膏血交流，三日顿踣，气竭形枯。父尸既出，孝质已殂。龟鳖鼋鼍，有蛟洎鱼，充流溢岸，旁出仰浮。见怪形异，适与我谋。鄱民哀号，或以颂歌。齐女色忧，伤槐罢诛。赵姬完父，操棹爰讴。肉刑不施，汉美淳于。烈烈孝娥，水死上虞。娥之至德，实与为俦。恒人有言，惟教是图。懿兹德女，家世不儒。奇行特出，神道莫酬。穷哀罔泄，终古以留。乡人好礼，爰立兹丘。建铭当道，过者下车。

【解题】

此文作于永州时。饶娥，字琼真，饶州乐平人，因恸其父身亡，痛哭三日而死。后人为她建墓立碑。柳宗元作碑文，称赞饶娥的至孝至烈。

唐故岭南经略副使御史马君墓志

元和九年月日，扶风马君卒。命于守龟，祔于先君食。卜葬明年某月庚寅亦食。其孤使来以状谒铭，宗元删取其辞，曰：君凡受署，往来桂州、岭南、江西、荆南道，皆大府。凡命官，更佐军卫录王府事、番禺令、江陵户曹录府事、监察御史，皆为显官。凡佐治，由巡官、判官至押番舶使、经略副使，皆所谓右职。凡所严事，御史中丞良、司徒佑、嗣曹王皋、尚书胄、尚书伯仪、尚书昌，皆贤有劳诸侯。其善事，凡管岭南五府储跱，出卒致谷，以谋叶平哥舒晃，假守州邑，民以便安。殄火讹，杀吏威，海盐增算，邦赋大减，所至皆用是理。年七十，不肯仕，曰："吾为吏逾四十年，卒不见大者。今年至虑耗，终不能以筋力为人赢缩。"因罢休，以经书教子弟，不问外事。加七年，卒。君始以长者重许与闻，凡交大官，皆见礼。司徒佑尝以国事征，顾谓君曰："愿以老母为累。"受托，奉视优崇，至忘其子之去。

君讳某，字某。曾祖某，某官。祖某，某官。父某，某官。嗣子陇西李氏出，曰征，由进士为右卫胄曹，早没。次四子，皆京兆韦氏出，曰儆、曰仿、曰敏、曰庭。女一人，嫁柳氏，婿曰宗一。其铭曰：

不懈于位，不替于谋。虑寇以平，抚民以苏。僭火不孽，悍吏不牟。惟宝于盐，亦赢其筹。公以忠施，私以义跻。既至于年，乃静于怀。衣柔膳甘，子侍孙携。观经考古，教导斯齐。克寿克乐，呜呼终哉！于阴之原，爰位其墓。千万子孙，来拜来附。

【解题】

此文作于元和十年（815）。马君，史无传，名字皆未详。文中称颂马君便民以安的治绩。

唐故安州刺史兼侍御史贬柳州司马孟公墓志铭

孟氏之孤遵庆，奉其父命书九篇，为善状一篇，来告曰：月日君薨，月日将葬于某。敢请刻辞。

呜呼！公自假左赞善大夫、桓王司马、太常少卿，为义成军中军兵马使。其帅魏国公耽为宰相，命公左领军卫将军。事德宗、顺宗、今上，立朝九年，加朝议大夫。居丧，会用兵于赵，起复，居故官，为左神策行营先锋兵马使知牙，而赵兵罢，不受禄，去金革，服丧终期。命安州刺史，仍加侍御史、安州防遏兵马使。贬柳州司马。

公尝佐魏公平襄阳，靖梁州，立义成军。魏公弘大恢奇，公能以任军政，是以又为卫将军。虔恭洁廉，动得礼节。伐赵之役，坚立堡垒，誓死麾下。法制明具，权力无能移。进不避患，退不败礼。安州迫寇攘，多戎事，政出一切，吏以文持之，故贬。明年，用兵于蔡，朝廷诸公洎外诸侯，咸以公为请。未及征，气乘肺，溢为水，浮肤而卒，年六十。惟公志专于中，貌严于外。尝立廷中毅然，望之若图形刻像。闻国难，辄不寝食，谋度愤吒，以故病不可治。

曾祖某官，讳某。祖某官，讳某。父某官，讳某。公之讳曰常谦。子遵庆。弟曰某。铭曰：

鲁仲孙氏，其世为孟。贲勇光武，轲儒绍圣。公传师法，以训戎政。执稽以庸，咸致厥命。济济于朝，冕服以光。墨非从利，终役服丧。忠孝孔明，君子攸彰。昔者云中，六级下吏。公刺于安，法亦可议。黜伏南荒，豪士歔欷。闻难以激，去食废寐。神乖气离，支膈莫遂。廷臣进言，侯伯拜章。帝命将施，俄仆于京。代山丸丸，植柏与松。其名惟何？忠孝孟公。

【解题】

此文作于元和十年（815）。孟公，名常谦，官至安州刺史兼侍御史，因故贬为柳州司马。文中记述孟常谦的生平事迹，称赞其“志专干中，貌严于外”的风范。

志从父弟宗直殡

从父弟宗直，生刚健好气，自字曰正夫。闻人善，立以为己师；闻恶，若己仇；见佞色谄笑者，不忍与坐语。善操觚牍，得师法甚备。融液屈折，奇峭博丽，知之者以为工。作文辞，淡泊尚古，谨声律，切事类。撰汉书文章为四十卷，歌谣言议，纤悉备具，连累贯统，好文者以为工。读书不废蚤夜，以专故，得上气病。胪胀奔逆，每作，害寝食，难俯仰。时少间，又执业以兴，呻痛咏言，杂莫能知。

兄宗元得谤于朝，力能累兄弟为进士。凡业成十一年，年三十三不举。艺益工，病益牢。元和十年，宗元始得召为柳州刺史。七月，南来从余。道加疟寒，数日良已。又从谒雨雷塘神所，还戏灵泉上，洋洋而归，卧至旦，呼之无闻，就视，形神离矣。呜呼！天实析余之形，残余之生，使是子也能无成！是月二十四日，出殡城西北若干尺，死七日矣。俟吾归，与之俱，志其殡。

【解题】

此文作于元和十年（815）。柳宗直是柳宗元的同祖弟，生性刚强，虚心好学，从永州到柳州，一直伴随宗元。此文表达了对宗直的深切哀悼之情。

道州文宣王庙碑

谨案某年月日，儒师河东薛公伯高，由尚书刑部郎中为道州。明年二月丁亥，公用牲币祭于先圣文宣王之庙。夜漏未尽三刻，公玄冕以入，就位于庭，惕焉深惟。夫子之祀，爰自京师太学，遍于州邑，遐阔僻陋，咸用斯时致奠展诚。宿燎设悬，罇俎旂章，粲穆布列，周天之下。呜呼！夫子之道闳肆尊显，二帝三王其无以侔大也。然其堂庭庳陋，椽栋毁坠，曾不及浮图外说，克壮厥居。水潦仍至，岁加荡沃。公蹙然不宁，若罔获承。

既祭而出，登墉以望，爰得美地，丰衍端夷。水环以流，有頖宫之制。是日树表列位，由礼考宜，然后节用以制货财，乘时以僦功役，逾年而克有成。庙舍峻整，阶序廓大。讲肄之位，师儒之室。立廪以周食，圃畦以毓蔬。权其子母，赢且不竭。由是邑里之秀民，感道怀和，更来门下，咸愿服儒衣冠，由公训程。公摄衣登席，亲释经旨，丕谕本统。父庆其子，长励其幼，化用兴行，人无诤讼。

公又曰：夫子称门弟子颜回为庶几，其后从于陈、蔡，亦各有号。言出一时，非尽其徒也。于后失厥所谓，妄异科第，坐祀十人以为哲，岂夫子志哉？余案《月令》则曰：释奠于先圣先师，国之故也。乃立夫子像，配以颜氏。笾豆既嘉，笙镛既成，十年八月丁未，公祭于新庙。退考疑义，合以燕飨，万民翼翼，观礼识古。

于是《春秋》师晋陵蒋坚、《易》师沙门凝㬈、助教某、学生某等来告，愿刻金石，明夫子之道及公之勤。惟夫子极于化初，冥于道先，群儒咸称，六籍具存。苟赞其道，若誉天地之大，褒日月之明，非愚则惑，不可犯也。惟公探夫子之志，考有国之制，光施彝典，革正道本，俾是荒服，移为阙里。在周则鲁侯申能修頖宫，《诗》有其歌；在汉蜀守文翁能首儒学，史有其赞。今公法古之大，同于鲁；化人之难，侔于蜀。盍铭兹德，以告于史氏而刊之兹碑。铭曰：

荆楚之阳，厥服惟荒。民鲜由仁，帝降其良。振振薛公，惟德之造。赤旂金节，来莅于道。师儒咸会，嘉有攸告。吉日丁亥，献于頖宫。庭燎伊煌，有焕其容。公升于位，心莫不恭。爰念圣祀，遍于海邦。服冕陈器，州邑攸同。咸忻以歆，思报圣功。卜迁于嘉，惟吉之逢。畇畇其原，既夷且大，涣涣其流，实环于外。作庙有严，昭祀显配。洁兹器用，观礼斯会。布筵伊位，作廪伊秩。以丰其仪，以壮其室。新宫既成，崇报孔明。千古有经，公粹厥诚。邦民之良，弁服是缨。公躬讲论，虔默以听。公降酬酢，进退齐平。柔肌洽体，莫不充盈。归欢于心，父子弟兄。钦惟圣王，厥道无涯。世有颂辞，益疢其多。公斯考礼，民感休嘉。从于鲁风，祗以咏歌。公锡于天，眉寿来加。公赉于王，休命是荷。师于辟雍，大邦以和。侑酳申申，王道式讹。诸儒作诗，思继頖水。丕扬厥声，以告太史。

【解题】

元和十年（815）二月，尚书刑部郎中、道州刺史薛伯高（名景晦）祭祀孔子后，复修文宣王庙，再兴儒教。柳宗元为此作碑文。对薛伯高认为“十哲”之科，妄出后世，柳宗元表示赞同。

柳州文宣王新修庙碑

仲尼之道，与王化远迩。惟柳州古为南夷，椎髻卉裳，攻劫斗暴，虽唐、虞之仁不能柔，秦、汉之勇不能威。至于有国，始循法度，置吏奉贡，咸若采卫，冠带宪令，进用文事。学者道尧、舜、孔子，如取诸左右，执经书，引仁义，旋辟唯诺。中州之士，时或病焉。然后知唐之德大以遐，孔氏之道尊而明。

元和十年八月，州之庙屋坏，几毁神位。刺史柳宗元始至，大惧不任，以坠教基。丁未奠荐法齐时事，礼不克施。乃合初、亚、终献三官衣布，洎于赢财，取土木金石，征工僦功，完旧益新。十月乙丑，王宫正室成。乃安神栖，乃正法庭，祗会群吏。卜日之吉，虔告于王灵曰：昔者夫子尝欲居九夷，其时门人犹有惑圣言，今夫子去代千有余载，其教始行，至于是邦。人去其陋，而本于儒。孝父忠君，言及礼义。又况巍然炳然，临而炙之乎！（后缺）

惟夫子以神道设教，我今罔敢知。钦若兹教，以宁其神。追思告诲，如在于前。苟神之在，曷敢不虔。居而无陋，罔贰昔言。申陈严祀，永永是尊。丽牲有碑，刻在庙门。

【解题】

元和十年（815）六月，柳宗元抵柳州，见文宣王庙屋坏不修。是年八月，重修文宣王庙，十月告竣，因作此碑文。

曹溪第六祖赐谥大鉴禅师碑

扶风公廉问岭南三年，以佛氏第六祖未有称号，疏闻于上。诏谥大鉴禅师，塔曰“灵照之塔”。元和十年十月十三日下尚书祠部，符到都府。公命部吏洎州司功椽，告于其祠。幢盖钟鼓，增山盈谷，万人咸会，若闻鬼神。其时学者千有余人，莫不欣踊奋厉，如师复生；则又感悼涕慕，如师始亡。因言曰：自有生物，则好斗夺相贼杀，丧其本实，悖乖淫流，莫克返于初。孔子无大位，没以余言持世，更杨、墨、黄、老益杂，其术分裂，而吾浮图说后出，推离还源，合所谓生而静者。梁氏好作有为，师达摩讥之，空术益显。六传至大鉴。大鉴始以能劳苦服役，听其言，言希以究，师用感动，遂受信具。遁隐南海上，人无闻知。又十六年，度其可行，乃居曹溪，为人师，会学去来尝数千人。其道以无为为有，以空洞为实，以广大不荡为归。其教人，始以性善，终以性善，不假耘锄，本其静矣。中宗闻名，使幸臣再征，不能致，取其言以为心术。其说具在，今布天下，凡言禅皆本曹溪。大鉴去世百有六年，凡治广部而以名闻者以十数，莫能揭其号。乃今始告天子，得大谥，丰佐吾道，其可无辞。

公始立朝，以儒重。刺虔州，都护安南，由海中大蛮夷，连身毒之西。浮舶听命，咸被公德。受旗纛节戟，来莅南海，属国如林。不杀不怒，人畏无噩，允克光于有仁。昭列大鉴，莫如公宜。其徒之老，乃易石于宇下，使来谒辞。其辞曰：

达摩乾乾，传佛语心，六承其授，大鉴是临。劳勤专默，终揖于深。抱其信器，行海之阴。其道爰施，在溪之曹。庞合猥附，不夷其高。传告咸陈，惟道之褒。生而性善，在物而具。荒流奔轶，乃万其趣。匪思愈乱，匪觉滋误。由师内鉴，咸获于素。不植乎根，不耘乎苗。中一外融，有粹孔昭。在帝中宗，聘言于朝。阴翊王度，俾人逍遥。越百有六祀，号谥不纪。由扶风公告今天子，尚书既复，大行乃诔。光于南土，其法再起。厥徒万亿，同悼齐喜。惟师教所被，洎扶风公所履，咸戴天子。天子休命，嘉公德美。溢于海夷，浮图是视。师以仁传，公以仁理。谒辞图坚，永胤不已。

【解题】

元和十年（815）十月，宪宗下诏，封赠慧能和尚为大鉴禅师，并为他建造灵造之塔。柳宗元为此写了这篇碑文，称扬佛教以“性善”教人，以此反诘儒学末流的歧说。

筝郭师墓志

郭师名无名，无字。父爽，云中大将。无名生善音，能鼓十三弦。其为事天姿独得，推七律三十五调，切密邃靡，布爪指，运掌擘，使木声丝声均其所自出，屈折愉绎，学者无能知。自去乳，不近荤肉，以是慕浮图道。既失父母，即弃去兄弟，自髡缁入代清凉山，又南来楚中，然遇其故器，不能无抚弄。

吴王宙刺复州，或以告，乃延入，强之，宙号知声音，扑蹈以为神奇。会宙贬贺州，遂以来。性爱酒，不能已，因纵发为黄老术。薛道州伯高抵宙以书，必致之，至与坐起。伯高，褒邪人也，嗜其音，至善处，辄自为击节。教阍管谨视出入。饵仄柏，不食谷。三年，变服遁逃九疑丛祠中，披取之益善，亲遇，终不屑。卒乘暴水入小船，下岣嵝山，求道篆，会欧阳师死，不果受。张诚副岭南，又强与偕。诚死，至是抵余。时已得骨髓病，日犹鼓音四五行。居数日，益笃。既病，自为歌。死三日，葬州北岗西。志其词曰：

云州生，柳州死，年五十，病骨髓，天与之音今止矣。丁酉之年秋既季，月阙其团于是始。心为浮图形道士，仁人我哀埋勿弃。

【解题】

此文作于元和十二年（817）。“筝郭师”，名无名，是一位著名的乐师，尤善弹筝。文中描写了郭师的音乐天才，称颂他“心为浮图形道士”的一生行迹。

唐故万年令裴府君墓碣

公讳瑾，字封叔，河东闻喜人。太尉公讳行俭，实高祖。侍中公讳光庭，实曾祖。刑部员外郎府君讳稹，实祖。大理卿府君讳儆，实父。公由进士上第，校书崇文馆。饬馆事，修整左春坊，由是立署局。后参京兆军事，按覆校巡，大尹恒得以取直。为太常主簿，搜逖疑互，探抉遁隐，宿工老师，不得伏匿，皆来会堂下。耆股肱，役喉喙，以集乐事。作坐立二部伎图。卿奇其绩，奏超以为丞。司空杜公联奉崇陵、丰陵礼仪，再以为佐。离纷龙，导滞塞，关百执事，条直显遂，司空拱手以成。自开元制礼，讳去《国恤》章，累圣陵寝，皆因事揽缀，取一切乃已，有司卒无所征。公乃撰《二陵集礼》，藏之南阁。转殿中侍御史，仍拜尚书比部员外郎，会校成要，期岁毕具。刺金州，决高弛隙，去人水祸，渚茭原茅，辟成稻粱。陟万年令，丛剧辨肃，谈宴终日，人视之若居冗官然。会金州猾吏来，扬言恐喝，以烦亵事，曰："不得三十万，吾能为祸。"公大怒，召骂之，恣所为。吏巧以闻，御史按章具狱，再谪道州、循州为佐掾。会赦，量移吉州长史。元和十二年秋七月日，病痁泄卒。

始公以唯诺闻长安中，奔人危急，轻出财力，如索水火。性开荡，进交大官，不视齿类；挟同列，收下辈，细大毕欢。喜博弈，知声音，饮酒甚少，而工于糺谪。谣舞击咢，纤屑促密，皆曲中节度，而终身不以酒气加人。昼接人事，夜读书考礼，收捃策牍，未尝释手，以是重诸公间。初娶范阳卢氏，无子。后夫人柳氏，德为九族冠。生三男子，丧其二焉。贞元十六年某月日卒，祔于长安御宿之北原，冢子铣，奉柩以明年月日克葬于墓。铣以文书来柳州，告其叔舅宗元，愿碣于墓左。则涕为之铭。其辞曰：

有郁其馨，惟裴之卿。世服大僚，仍耀烈名。封叔申之，实惟其英。雠书宫闱，佐职于京。太常命吏，以能增秩。相仪考礼，大弁期毕。鸠工展伎，爰备声律。或图或书，藏之府室。史于柱下，郎于会司。徼循以周，大比是宜。作牧于金，金人允怀。沟防汉浒，垫沃卒移。增我岁食，易其芋魁。游手闲民，相顾聚来。征为万年，治剧于都。百务叙成，谈宴以娱。谁恤谁恃？不忍悍吏。胡巧其辞？按章以遂。由道斥循，施施三年。更赦进资，庐陵是迁。人曰世德，宜庆于延。又曰良能，宜力之宣。朝有大赉，期赐其还。鬼神不享，命殒在前。长原有墓，高曾祖父，淑灵是祔。封叔爰归，左右惟具。孤铣磨石，祈辞诲陬。遂升其趺，于道之周。

【解题】

此文作于元和十三年（818）。裴府君，名墐，字封叔，河东闻喜人，是柳宗元的姊夫。文中称扬裴墐的治绩和品德，表达了哀悼之情。

唐故邕管经略招讨等使朝散大夫持节都督邕州诸军事守邕州刺史兼御史中丞赐紫金鱼袋李公墓志铭 并序

公讳某，字某，实惟文皇帝之玄孙。别子曰承乾，为皇太子，以藩爱逼夺，危栗致祸，后封恒山，为愍王，赠荆州大都督。继别曰象，蕲春郡太守，赠越州大都督，封郇国公。大宗曰玭，太子詹事，赠秘书监。生廙，尚书左丞。凡四代，有土田，居贵仕。公丕承之，以率南服，克荷天休，继有功德。

公始以通经入崇文馆，登有司第，选同州参军，入佐金吾卫，进太仆主簿，参引大驾。府移为左右神策行营兵马节度，以为推官。拜监察御史，赐绯鱼袋。凡二使，其率皆范司空希朝。进殿中侍御史湖南都团练判官。以宽通简大，辅治得中道，府迁主后事。师人爱慕，欲以贞元故事为请。公恐惧抑留，复徙浙东为都团练副使。转侍御史。又徙浙西，如其职，加著作郎。凡三使，其率皆薛大夫苹。刺岳、信二州，得刘向秘书，以能卒化黄白，日召徒试术，为仇家上变。就鞫无事，敕笞杀告者，犹降建州司马。陟刺泉州，会乌猏夷刺杀郡吏，驱缚农民。诏以公都督邕州兼御史中丞，赐紫金鱼袋，为经略招讨使。既至，则韔弓橐甲，去斥候，禁部内，无敢以贼名，使得自浣濯。诸酋长咸顿首送款，故虏获输税奉贡，愿比内郡人，遣子吏都督所。人复耕稼，无有威刑。居五月顷，有黑螭鼓江流，坏北岸，直城南门，覆船杀人然后去。父老泣曰："吾公其殆矣！"尝合汞、流黄、丹砂为紫丹，能入火不动，以为神，服之且十年。然卒以是病，暴下赤黑，数日薨。实元和十三年六月十五日，年五十七。僚宰庀事，有缇五两，无金银泉贝，几不克敛。夷人号呼致币归。以明年月日葬，附其穆长安西南高阳原上。

夫人陈氏，先公十五年没。父昙，亦都督邕州终。孤孟舆，愿且文。亚曰仲权，次曰季谋，年自九岁以下。有两婿，博陵崔行俭，劲峭有立志；荥阳郑师贞，敏捷能群，皆闻名。铭曰：

文濬维祥，实亘实延。冢谗不嗣，宗以支传。郇公克庸，詹事继贤。湜湜左丞，惟道之宣。公宽且惠，以教则顺。五参戎政，二佩郡印。师欢民爱，克怀以信。诐辞告讪，卒白其讯。乌狰猖狂，盗海剽山。帝命于南，逖彼群蛮。虎龙煌煌，英荡是将。舟之金玉，以为公服。公既莅止，告以文理。推义赴仁，弢弓服矢。辟是垣垒，完其父子。复我邦赋，弛予卒士。貌不功矜，情不伐喜。蛮人涕怀，投刃以俟。方底成绩，虫孽告妖。悍石构灾，升屋而号。椎髻卉裳，来赙来观。膴膴鳞原，祔之显魂。松柏芊芊，封域安安。代有高坟，尧、文之孙。

【解题】

此文作于元和十三年（818）。李公，即李位，为唐宗室。文中记述李位历仕各地的治绩，表达了自己的哀思。

朗州员外司户薛君妻崔氏墓志

唐永州刺史博陵崔简女讳媛，嫁为朗州员外司户河东薛巽妻。三岁知让，五岁知戒，七岁能女事。善笔扎，读书通古今，其暇则鸣弦桐讽、诗骚以为娱。始简以文雅清秀重于当世，其后病惑，得罪投驩州。诸女蓬垢涕号，柳氏出也。以叔舅命，归于薛。惟恭柔专勤，以为妇妻，恩其故他姬子杂己子，造次莫能辨。无忮忌之行，无犯迕之气，一亩之宅，言笑不闻于邻。元和十二年五月二十八日，既乳，病肝气逆肺，牵拘左腋，巫医不能已。期月之日，洁服饰容而终，年若干。某月日迁柩于洛，某月日祔于墓。在北邙山南洛水东。巽始佐河北军食有劳，未及录。会其长以罪闻，因从贬。更大赦，方北迁，而其室已祸。

巽之考曰大理司直仲卿，祖曰太子右赞善大夫环，曾祖曰平舒令煜，高祖曰工部尚书真藏。简之父曰大理司直毕，祖曰某官鲵。唐兴，中书令仁师议刑不拏。其二世，大父也。巽之他姬子，丈夫子曰老，女子曰张婆。妻之子，女子曰陀罗尼，丈夫子曰某，实后子。铭曰：

翼翼仁师，惟仁之硕。一言刑轻，绵载二百。其庆中缺，曾玄不绩。简之温文，卒昏以易。七男三女，八我之出。仍祸六稔，数存如没。宜福而灾，伊谁云恤？惟薛之妇，德良才全。邻无言闻，臧获以虔。推仁抚庶，孩不异怜。兄公是怙，夫属忻然。髮髢峨峨，笾豆维嘉。烝尝宾燕，其羞孔多。有苾有严，神飨斯何？奚仲、仲虺，胡佑不遐？高曾祖考，胡嘏之讹？淑人不居，谁任于家？书铭告哀，以置岩阿。

【解题】

此文作于元和十三年（818）。柳宗元的姊夫崔简之女崔媛，嫁朗州员外司户薛巽，不幸去世。宗元为作此墓志。

故襄阳丞赵君墓志

贞元十八年月日，天水赵公矜，年四十二，客死于柳州，官为敛葬于城北之野。元和十三年，孤来章始壮，自襄州徒行求其葬，不得，征书而名其人，皆死无能知者。来章日哭于野，凡十九日，唯人事之穷，则庶于卜筮。五月甲辰，卜秦诩兆之曰："金食其墨，而火以贵。其墓直丑，在道之右。南有贵臣，冢土是守。乙巳于野，宜遇西人。深目而髯，其得实因。七日发之，乃觏其神。"明日求诸野，有叟荷杖而东者，问之，曰："是故赵丞儿耶？吾为曹信，是迩吾墓。噫，今则夷矣。直社之北二百举武，吾为子蕝焉。"辛亥启土，有木焉，发之，绯衣缫衾，凡自家之物皆在。州之人皆为出涕，诚来章之孝，神付是叟，以与龟偶，不然，其协焉如此哉？六月某日就道，月日葬于汝州龙兴县期城之原。夫人河南源氏，先殁而祔之。矜之父曰渐，南郑尉。祖曰倩之，郓州司马。曾祖曰弘安，金紫光禄大夫、国子祭酒。

始矜由明经为舞阳主簿，蔡师反，犯难来归，擢授襄城主簿，赐绯鱼袋。后为襄阳丞。其墓自曾祖以下皆族以位。时宗元刺柳，用相其事，哀而旌之以铭。铭曰：

诩也挈之，信也蕝之，有朱其绂，神具列之。恳恳来章，神实恫汝，锡之老叟，告以兆语。灵其鼓舞，从而父祖，孝斯有终，宜福是与。百越蓁蓁，羁鬼相望，有子而孝，独归故乡。涕盈其铭，旌尔勿忘。

【解题】

贞元十八年（802），襄阳县丞赵公矜客死于柳州。元和十三年（818），其子赵来章来柳州，求得其尸归葬。柳宗元感来章之诚，为作此墓志，揄扬来章的至孝。

故岭南盐铁院李侍御墓志

天宝中，诏李氏由凉武昭王以下，皆得籍宗正。故沂州刺史福，以姑臧人附属于宁、岐为族。曾祖生乐寿令昱，昱生虢州司马叶，世以儒闻。叶生监察御史澣，字濯缨，明两经，仕历永兴、临晋尉。会天子方事诛伐，南平蔡，北服赵，西走戎，东讨齐、鲁。五年间，兵征卒戍，籴行千里，凡进用，唯财赋为难。君以试大理评事佐荆南两税使，督天下诸侯之半，调食饶给，车击舟连。又守湖南盐铁转运院，以能迁官。移岭南，益积功劳，以介厉敦勤为率群吏先。年五十三，元和十三年月日卒。

妻庐江何氏，凡五世，世郑出，父曰士谔，季父曰士幹，有大名。君之子二人，曰夔，曰导。女一人，曰某。夔、导皆幼，不能事，何夫人哭且戒。柩行万里，人咸观其礼焉。葬伊阙，用明年某月日甲子。铭曰：

凉为帝基，克顾厥胤。皇弘国牒，四邑显进。沂以属尊，世仕倚儒。宪宪濯缨，亦用学徒。既谷既官，式懋尔劳。四方用师，卒食之饶。致其廉介，率足诸侯。于荆于交，关石是钧。邦有休功，惟吏之勤。冀施于大，以尽其有。孰司寿夭？君不克久。吉日来祔，伊阙之墓。子嗣孙承，有达宜兴。铭诏于神，永永是征。

【解题】

此文作于元和十四年（819）。李侍御，名澣，字濯缨，官至岭南盐铁转运院，卒于任上。

故试大理评事裴君墓志

裴氏之昭，曰赠户部尚书讳某。穆曰起居郎讳某。生均州刺史讳某。均州与其弟大理更为刑部郎，用文史名于朝，善杜礼书。长子曰某，射进士策，不中，去过汴，韩司徒弘迎取为从事，以闻，拜太子通事舍人，进大理评事。当伐蔡及郓，汴常为军首，赞佐有劳。既事，将侍太夫人于京师，道发疽，元和十四年月日终于河南敦厚里。年若干，字曰某。弟某，以其丧归葬于某县某里。未果。娶，有男子二人，女一人。男之长曰某，通两经，始杖且庐。铭曰：

世守不迁，秀于士乡。不利有司，爰客于梁。梁委其躬，乃相戎政。宫臣理属，仍受国命。南蔡北曹，五载首兵。柔刚辅理，平视太平。马牛既宁，告养于京。栈车草草，我来周道。载讥载劳，神夺其孝。形经于洛，魄其焉如？庶终尔诚，阴侍里闾。膳饮不违，有弟之恭。既安且盈，厥志斯从。铭之故人，以慰尔衷。

【解题】

此文作于元和十四年（819）。大理评事裴君，名字未详，或为裴墐族人。

故秘书郎姜君墓志

秘书郎姜崿，字某，开元皇帝外孙也。始，楚国公皎与上游，益贵幸，子庆初，得尚某公主，生崿。崿生三日，上曰：他物无以饷吾孙。即敕有司，以第六品告与绯衣银鱼，得通籍出入。凡名是官七十某年终不徙。然其间在蜀、汉、荆、楚以大诸侯命守州邑，辄以劳称。时缺则复命。好游嗜音，以生富贵，畜妓，能传宫中声，贤豪大夫多与连欢。后加老风病，手足奇右可用，不能就官。士有载酒来，则出妓，搏髀笑戏，观者尚识承平王孙故态。元和十四年月日终。桂州都督、御史中丞裴公曰："噫！帝戚也，葬不可以廉。"为具物祭以豚酒。月日葬州东南一里。子某，年若干。母曰雷姬。铭曰：

始贱终贵，于世为遂；幼荣老穷，在物为凶。均之得丧，谁缺谁丰？若君者银朱于始生，钟鼎以及壮。不矍矍于进取，不施施于骄伉。左弦右壶，乐以自放。虽老而客死，未尝戚乎己。与夫拳拳恐悸，蒙谄负义，得之拘拘，荣不盖愧，以终其身而不能止者，不犹优乎！

【解题】

此文作于元和十四年（819）。姜君，名崿，为唐玄宗外孙，终生为秘书郎，好饮豪纵，卒于柳州。

故处士裴君墓志

河东闻喜裴君讳某，字某，好学未仕，年若干，元和十四年月日终于京兆渭南墅。君之弟中丞公，督桂州，命其僚柳宗元以铭。君之出，河间邢群以状来告曰："曾祖讳某，宁州刺史，赠户部尚书。祖讳某，起居郎。父讳某，尚书刑部员外郎，议官及浮图事独出，载在史册。以八使行天下，当河北道疑危顽很难处分之地，用天子命，制断得宜，于时为第一，天下皆仰以为相。会疾终，再赠至大理卿。"长老咸曰："裴氏世积德，起居，丞相弟也，以文史用，大理，名世人也，咸闻而不大。"君以友悌悫植，承其休光，幽而不扬，岂天钟美于中丞，啬而不克并耶？不然，君无位以夭，其可问哉？

君前娶韦氏，成都少尹士谟女。生二子，字曰某，名曰某，以文敏，中丞公尤爱幸，恒从，不幸卒于桂林。某举明经后，娶于薛氏，无子，父宷位卑。是年月日葬渭南某里，迁韦夫人之丧，自万年来，有侯，犹异室。铭曰：

畴之沃沃，宜其嘉谷。有耕有耨，同施异禄。明昭次穆，丞相之族。尚书之孙，大理之门。有庆实延，宜硕而繁。不位不年，晦于丘园。懿懿大理，惟德之元。摧佞抑释，太史是论。黜陟冀、幽，邦命以尊。神啬丰福，不弃于君。渭之洋洋，爰墓其南。孝思是怀，祖考之依。郡人作铭，惟相其哀。

【解题】

此文作于元和十四年（819）。处士裴君，名字未详，为桂州都督、桂管观察使裴行立之兄。柳宗元应裴行立之命，为作此墓志。

韦夫人坟记

韦夫人终成都，殡万年，迁柩渭南，祔而不合，大葬未利，以俟礼也。其族系如某人之志，堋用元和十四年月日，子某为石刻而纳诸圹。

【解题】

此文作于元和十四年（819）。韦夫人，事迹不详。

箕　子　碑

凡大人之道有三：一曰正蒙难，二曰法授圣，三曰化及民。殷有仁人曰箕子，实具兹道，以立于世。故孔子述六经之旨，尤殷勤焉。

当纣之时，大道悖乱，天威之动不能戒，圣人之言无所用。进死以并命，诚仁矣，无益吾祀故不为；委身以存祀，诚仁矣，与去吾国故不忍。具是二道，有行之者矣。是用保其明哲，与之俯仰，晦是谟范，辱于囚奴，昏而无邪，隤而不息。故在《易》曰“箕子之明夷”，正蒙难也。及天命既改，生人以正。乃出大法，用为圣师，周人得以序彝伦而立大典。故在《书》曰“以箕子归，作《洪范》”，法授圣也。及封朝鲜，推道训俗，惟德无陋，惟人无远，用广殷祀，俾夷为华，化及民也。率是大道，蘩于厥躬，天地变化，我得其正，其大人欤？

于虖！当其周时未至，殷祀未殄，比干已死，微子已去，向使纣恶未稔而自毙，武庚念乱以图存，国无其人，谁与兴理？是固人事之或然者也。然则先生隐忍而为此，其有志于斯乎？唐某年作庙汲郡，岁时致祀。嘉先生独列于《易》象，作是颂云：

蒙难以正，授圣以谟。宗祀用繁，夷民其苏。宪宪大人，显晦不渝。圣人之仁，道合隆污。明哲在躬，不陋为奴。冲让居礼，不盈称孤。高而无危，卑不可逾。非死非去，有怀故都。时诎而伸，卒为世模。《易》象是列，文王为徒。大明宣昭，崇祀式孚。古阙颂辞，继在后儒。

【解题】

此文作期不详。箕子是纣王的诸父，官太师。曾劝谏纣王，被纣王囚禁。周武王灭商后，方得释放。此文称颂箕子“正蒙难”、“法授圣”、“化及民”的生平事迹。

清河张府君墓石

贞元二十年六月日，清河张公讳曾，寝疾即世□莫亭嘉深里之私第，享年七十六。自属纩至于移窆，朋从亲昵，□州里士君子无不恸怛。呜呼！仁贤之云亡也哉！

惟公受□□黄而分，历代茂盛，源流益别，公即清河之绪。曾祖皇太子谘议郎讳崇，祖皇中府折冲讳操，父皇太子内直郎□□，公即内直郎嗣也。

早岁有节，克壮□心，拳拳礼容，执无倦怠。逮夫弱冠，遵道秉义，汪汪然不可得而亲，不可得而友。挺出常度，机略内蕴。时蓟州刺史御史□□荣公□公才，最以从事，情以道契，三揖而进。□□塞军营田判官，恭俭莅职，勋绩明著。甄录奏闻，受游□将军守右领军卫幽州开福府折冲都尉员外置同正员，赐骑都尉。公疏势贼谄，心不苟合，恬淡为颐年之用，视簪组为伐性之具，遂辞名晦迹，高卧云物，因家于三河邑，背郭而东，得林峦之胜致也。暨乎年逾不惑，以长子琼佐郑亭侯。嘉声洋洋，多历年数。由是阅实观政，巾车以来，郡邑清畅，礼容大备。□释我愿，斯不返驾。每□人贞□，谈真空微妙之性，探□原□赜之旨。浩浩方寸，洞豁尘境，不其致欤？嗟乎！大道无涯，天命有定，虽圣明不能越常运而超物外哉！公以疾起，无妄情，不嗜药，禺禺居易，悔咎莫有，星岁几周，大渐长往。呜呼！天富其道而阏于寿，谓之何哉？

夫人北平田氏，□而得礼，有子二人。琼等卜祔先茔，龟筮告吉，以其年十一月一日窆于任邱东北长邱乡原，礼也。二嗣号擗，痛深泣血，哀告以先远，有请以志之。宗元承命不忤，刻之贞石。铭曰：

兰茝其馨，金玉其贞。碎碎拆之，何神不明。茂旌其英，德立行成。悠悠铭旌，洋洋懿声。孝子念孙，宅兆郊原。龟筮叶从，庆流后昆。

【解题】

此文作期不详。张府君，名曾。文中称赞张曾“辞名晦迹，高卧云物”的生活态度。

沛国汉原庙铭 并序

昔在帝尧，光有四海，元首万邦。时则舜、禹、稷、卨，佐命垂统，股肱天下。圣德未衰而内禅，元臣继天而受命。四姓承休，迭有中邦；五神环运，炎德复起。周道削灭，秦德暴戾，皇天畴庸，审厥保承。乃命唐帝之后，振而兴之；又俾九臣之后，翊而登之。所以绍复丕绩，不坠厥祀。故曲逆起为策士，辅成帝图，吐谋洞灵，奋奇如神，舜之胄也。汝阴脱帝密网，摧虏暴气，扶乘天休，运行嘉谋，禹之苗也。酂侯保绥三秦，控引汉中，宏器廓度，以大帝业，卨之裔也。淮阴整齐天兵，导扬灵威，覆赵夷魏，拔齐殄楚；平阳破三秦，虏魏王；绛侯定楚地，固刘氏，皆稷之裔也。克复尧绪，昭哉甚明。天意若曰：建火德者，必唐帝之胄，故汉氏兴焉；翼炎运者，必唐臣之孙，故群雄登焉。是以高帝诞膺圣祚，以垂德厚，探昊穹之奥旨，载幽明之休佑。杀白帝于大泽，以承其灵；建赤旗于沛邑，以昭其神。假手于嬴，以混诸侯；凭力于项，以离关东。奉缵尧之元命，而四代之后咸献其用；得乘木之大统，而秦、楚之盛不保其位。既建皇极，设都咸阳，抚征四方，训齐天下。乃乐沛宫，以追造邦之本；乃歌《大风》，以昭武成之德；乃尊旧都，以壮王业之基。生为汤沐之邑，没为思乐之地。且曰：万岁之下，魂游于此。

惟兹原庙，沛宫之旧也。祭蚩尤于是庭而赤精降，导灵命于是邦而群雄至。登布衣于万乘，而子孙得以缵其绪；化环堵为四海，而黎元得以安其业。基岱岳之高，源洪河之长，蓄灵拥休，此焉发迹。盖以道备于是，而后行之天下；制成于是，而后广之宇内。天下备其道，而神复乎本；宇内成其制，而心怀于旧。宜其正名以表功，用成其始，俾生灵尽其敬焉；陈本以宅神，用成其终，俾生灵尽其慕焉。故高帝定位，建兹闷宫，惠皇嗣服，爰立清庙，绵越千祀，至今血食，此所以成终而成始也。

且夫以断蛇之威，安知不运其密，用佐岁功以流泽欤？以约法之仁，安知不流其神，眷相旧邦之遗黎欤？以绍唐之余庆，统天之遗烈，安知不奋其圣化大佑于下土欤？然则展敬乞灵，乌可已也。铭于旧邑，以迪天命。其辞曰：

荡荡明德，时惟放勋。揖让而退，祚于后昆。群蛇辅龙，以翊天门。登翼炎运，唐臣之孙。秦网既离，鹿骇东夏。长蛇封豕，蹈跃中野。天复尧绪，钟佑于刘。赫矣汉祖，播兹皇猷。扬旗沛庭，约从诸侯。豪暴震叠，威声布流。总制虎臣，委成良畴。剿殄霸楚，遂荒神州。区宇怀濡，黔黎辑柔。表正万国，炎灵用休。定宅咸阳，以都上游。留观本邦，在镐如周。穆穆惠皇，宗禋克承。崇崇沛宫，清庙是凭。原念大业，肇经兹地，乃专元命，亦举严祀。建旗衅鼓，遂据天位。魂游故都，永介丕址。焕列唐典，严恭罔坠。勒此休铭，以昭本始。

【解题】

此文作期不详。沛国汉原庙，乃汉惠帝时为高祖刘邦所立，至唐代尚存。此文为原庙作铭，称颂刘邦的业绩。

十　祭吊

为韦京兆祭太常崔少卿文

维年月日甲子，京兆尹韦夏卿，谨以清酌庶羞之奠，敬祭于亡友故太常少卿崔公之灵。

惟灵率是良志，蹈其吉德，炳蔚文彩，周流学殖。孔氏之训，专其传释，黄、老之言，探乎幽赜。六书奥秘，是究是索，叩尔玄关，保其真宅。艺成行备，披云骋迹，康庄未穷，蒙汜已极。呜呼哀哉！

夙岁同道，从容洛师，接袂交襟，以遨以嬉。策驾嵩、少，溯舟瀍、伊，笑咏周星，其乐熙熙。丹霄可望，青云可期，洛中十友，谈者荣之。惟郑洎齐，各登鼎司，或丧或存，山川是违。繄我夫子，宜相清时，命之不遐，孰不凄悲？呜呼哀哉！

往佐居守，及尔同僚，笑遨交欢，匪夕则朝。入同其室，出联其镳，投文报章，既歌且谣。及我为郎，优游吏部，公为御史，持宪天路。文陛除趋，眷恋相顾，欢爱之分，有加于素。自我于迈，历刺东吴，离忧十年，复会名都。余为侍郎，铨总攸居，实得茂彦，奉其规模，联事合情，又倍其初。我尹京兆，公亚奉常，步武相望，佩玉以锵。谓保愉乐，长此翱翔，抱疾几何？忽焉其亡。呜呼痛哉！

原念往昔，爱均骨肉，我有书笥，盈君尺读。寤言在耳，今古何速，失涕兴哀，匍匐往哭。抚筵一呼，心焉摧剥，日月逾迈，佳城遽卜。素车千里，逶迤山谷，晦尔精灵，藏之斧屋。呜呼哀哉！丹旐即路，祖奠在庭，去此昭昭，就尔冥冥。敬陈泂酌，以告明灵，临觞永恸，庶写哀诚。呜呼哀哉！伏惟尚飨。

【解题】

此文作于贞元十七年（801）。韦京兆，即韦夏卿，时为京兆尹。崔少卿，考之史传未详，或以为是崔溉。

祭六伯母文

维贞元十七年，岁次辛巳，二月癸巳朔，二十五日丁巳，侄男华州华阴县主簿缜，谨以清酌庶羞之奠，敬祭于六伯母之灵。伏惟天锡寿考，神资淑德，高明而和，柔惠且直。敬长慈幼，宗姻仰则，不偕贵位，孰不凄恻？呜呼哀哉！

移天夙丧，丁此闵凶，主器继夭，莫承于宗。懿彼贤女，孝诚自中，温温良人，竞扬德风。承顺必敬，滑甘则丰，致养有荣，其道克终。天祸弊族，远承哀讣，缠牵官事，奔哭无路。亦既请告，聿来京师，以号以呼，祗拜堂帷。子姓凋落，宗门日衰，托于外姻，陈此灵仪。幼女号恋，誓言固之，仁贤见容，曲遂其私。内顾孱眇，祗益摧悲，诚愧于人，岂日得宜。今岁调选，获参士林，主其簿书，于华之阴。受禄虽微，莫遂曩心。夙驾东征，祖軷将临。朔望是远，哀怀岂任？呜呼哀哉！

【解题】

此文作于贞元十七年（801），为柳宗元的叔父柳缜代祭其六伯母而作。

为韦京兆祭杜河中文

维年月日甲子，京兆尹韦夏卿，谨以清酌之奠，敬祭于故河中节度赠礼部尚书杜公之灵。

自古谋帅，恒在诸儒，晋登郤縠，亦以《诗》、《书》。爰及近代，二柄殊途，授钺之臣，率由武夫。时惟明灵，道冠学徒，天子有命，总其戎车。何以邦之？维绛及蒲，有山有河，殿此大都。焜燿昌时，振宣后学，命服之盛，光于列岳。谓保丰福，永縻王爵，寿如何期，神不可度。呜呼哀哉！

大历之岁，诏征茂才，时忝同道，俱起草莱。怀策既陈，纶言焕开，考第居甲，自天昭回。分命邦畿，步武获陪，同志为友，星霜屡回。长我十年，礼宜兄事，周游欢洽，莫不如志。于后多幸，谬列周行，又同制书，并命文昌。及余稍迁，吏部为郎，公属中兵，此焉分行。再获联事，东西相望，出处同道，乐惟其常。后余出刺，九载南服，公自左辅，遂膺推毂。我勤魏阙，爰总九流，谁谓河广？愿言莫由。烹鱼之问，往复相酶，惠好斯厚，惟以绸缪。余弟宗卿，获庇仁宇，命佐廉问，忘其愚鲁。假以羽翼，俾之骞翥，惠文峨峨，赤绂在股。荣映斯极，从容何补？承庆惟深，报恩无所。呜呼哀哉！

天子震悼，哀我良臣，密印追赠，尚书礼殷。四方兴嗟，况此故人，循念平昔，徘徊悲辛。卜葬斯及，礼仪毕陈，敬荐行潦，泄哀兹辰。呜呼哀哉！

【解题】

此文作于贞元十八年（802）。韦京兆，即韦夏卿，时为京兆尹。杜河中，名确，曾任河中尹、河中晋绛观察使。

为李京兆祭杨凝郎中文

维贞元十九年，岁次癸未，四月辛巳朔，某日，检校工部尚书、京兆尹、司农卿李实，谨以清酌庶羞之奠，敬祭于故兵部郎中杨公之灵。

惟灵清标霜洁，馨德兰薰，冲和茂著，孝友彰闻。濬发洪绪，激扬清芬，思侔德祖，学绍子云。莹彼灵府，彬其英文，吐论冠时，舒华轶群。百氏之奥，一言可分，旁贯释、老，岂伊《典》、《坟》？谓蹑公相，赞扬圣君，高山安仰？逝水沄沄。呜呼哀哉！

唯是伯仲，并为士则，连擢首科，迭居显职。公之懿美，发自朋僚，播于四方，令闻克昭。炯然独识，卓尔孤标，翼翼其容，羽仪清朝。载笔东掖，动无不纪，起草南宫，时论增美。大梁有艰，天子是使，密勿之谋，唯道是履。复归郎署，职兹中兵，简稽无挠，以考其成。英风未摅，沉痾遽婴，孰云积善，降以促龄。昔岁江表，获同宴语，谬为好仁，不我遐阻。公之元兄，复惠德音，优游多暇，眷眄逾深。情言盈耳，尺素相寻，冀兹竞爽，焜燿儒林。及此凋落，只摧我心。呜呼哀哉！

遣车就引，哀挽先路，迅风凄悲，颓景幽暮。倾都殄瘁，挥涕相顾，矧兹故人，谁任痛慕！潢污一觞，讵写平素？尚飨。

【解题】

此文作于贞元十九年（803）。李京兆，即李实，贞元十五年以司农卿为京兆尹。杨凝，字茂功，弘农人，官至兵部郎中。柳宗元另有《兵部郎中杨君墓碣》，记其生平。

祭李中丞文

维贞元二十年，岁次甲申，五月某朔，二十二日，故吏儒林郎守侍御史王播、将仕郎守殿中侍御史穆贽、奉议郎行殿中侍御史冯邈、承奉郎守监察御史韩泰、宣德郎行监察御史范传正、文林郎守监察御史刘禹锡、承务郎监察御史里行柳宗元、承务郎监察御史里行李程等，谨以清酌之奠，敬祭于故中丞赠刑部侍郎李公之灵。

惟公坚贞守道，洁廉成德，当官秉彝，卓尔孤直。高节外峻，纯诚内植，临事不回，执心无惑。矫矫劲质，擢于天枝，式是邦族，粲其羽仪。发迹内史，参其军事，自下劘上，直词屡至。于后受邑，历抚疲人，公去逾久，人滋咏呻。复从京邑，辟署司录，振其纲条，端我甸服，黠吏屏气，贪官窒欲。赫赫有命，登于王庭，邦赋以修，国用是经。实抗其长，以奉准程。校其簿书，无失奇赢。进为正郎，勾会是专。乃刺于商，虎节登山。化墝为沃，致夷于艰，道途讴歌，有诏征还。丞我御史，执其宪矩，纠逖之志，直清是举，慎择寮吏，必薪之楚。终始七载，不忘祗勤，事无观瞻，道有屈伸，皂囊密启，忠恳屡陈。令望逾重，名卿是属。拖绅遽闻，卷衣已复。补备赗赠，恩加命服。窀穸有时，岁月逾蹙。

播等猥备官属，况当荐延，承其规模，奉以周旋，近或逾月，远则累年。咸承至公，官守获全。故事尽在，遗风蔼然。俯仰庭除，顾慕潺湲。致诚一觞，拜诀堂筵。呜呼哀哉！

【解题】

此文作于贞元二十年（804）。李中丞，名汶，出宗室大郑王房裔，参见《新唐书》卷七〇上《宗室世系表上》及卷一六七

《王播传》。

虞鸣鹤诔 并序

维某年月日，前进士虞九皋，字鸣鹤，终于长安亲仁里。既克葬于高阳原，二三友生皆至于墓，哀其行之不昭于世，追列遗懿，求诸后土，申荐嘉名，实曰恭甫。乃作诔曰：

吴、虞之分，爰宅上阳。其后优游，在越为乡。延、诩辅汉，恢定封疆。东徙之贤，时惟仲翔。曰预曰喜，在晋克彰。义笃斯文，有苾其芳。秘书多能，垂耀于唐。洎于汉阳，世德以昌。毗赞尚父，休徽用扬。惟我先君，并时翱翔。洽主记室，蔚其耀光。实契伯仲，永永不忘。

汉阳元子，实绍其美。传袭儒风，彪炳文史。克恭以孝，惟礼是履。誉洽于乡，论为秀士。百郡之选，丛于京师。昧没腾藉，乘凌蔽欺。生之始至，则奋其仪。退默以谦，人悦而随。名卿是挈，先进咸推。方出群类，振耀于时。祸丁舅氏，漂沦海沂。捧讣号呼，匍匐增悲。丧有幼主，礼或多违。孰徇于名，而不是思？投袂就道，乘艰若夷。竭诚丧具，申敬裳帷。万里来复，祇祔于墓。遽不凌节，俭而有度。由其温恭，守以贞固。行道咨嗟，观礼兴慕。复从乡赋，焕发其华。克不再举，闻于邦家。倚闾千里，欢咏斯多。姻族盈门，载笑且歌。君之不淑，名立志沮。庆归其乡，身终逆旅。生死已间，寿觞方举。贺书在途，委骨归土。哀欢易地，吊庆交户。神胡不仁？降此大苦。呜呼哀哉！

惟昔夏口，羁贯相亲。通家修好，讲道为邻。既冠于阼，思致其身。升于司徒，及尔继年。交欢二纪，莫间斯言。愉乎其和，确尔其坚。更为砥砺，咸去韦弦。今则遽已，吾其缺然。呜呼哀哉！

诔行谋谥，惟古之道。生而无位，没有其号。惟是友生，徘徊顾悼。爰用壹惠，幽明是告。温温其恭，惟德之经。先民有作，今也是旌。呜呼恭甫，钦此嘉名。

【解题】

此文作于长安时。虞鸣鹤，名九皋，进士，是柳宗元的好友。宗元哀其英年早逝，作此文表达伤悼之情。

吊屈原文

后先生盖千祀兮，余再逐而浮湘。求先生之汨罗兮，揽蘅若以荐芳。愿荒忽之顾怀兮，冀陈辞而有光。

先生之不从世兮，惟道是就。支离抢攘兮，遭世孔疚。华虫荐壤兮，进御羔袖。牝鸡咿嗄兮，孤雄束咮。哇咬环观兮，蒙耳大吕。堇喙以为羞兮，焚弃稷黍。犴狱之不知避兮，宫庭之不处。陷涂藉秽兮，荣若绣黼。榱折火烈兮，娱娱笑舞。谗巧之哓哓兮，惑以为咸池。便媚鞠恧兮，美逾西施。谓谟言之怪诞兮，反寘填而远违。匿重痼以讳避兮，进俞、缓之不可为。

何先生之凛凛兮，厉针石而从之。但仲尼之去鲁兮，曰吾行之迟迟。柳下惠之直道兮，又焉往而可施？今夫世之议夫子兮，曰胡隐忍而怀斯？惟达人之卓轨兮，固僻陋之所疑。委故都以从利兮，吾知先生之不忍；立而视其覆坠兮，又非先生之所志。穷与达固不渝兮，夫唯服道以守义。矧先生之悃愊兮，蹈大故而不贰。沉璜瘗珮兮，孰幽而不光？荃蕙蔽匿兮，胡久而不芳？

先生之貌不可得兮，犹仿佛其文章。托遗编而叹喟兮，涣余涕之盈眶。呵星辰而驱诡怪兮，夫孰救于崩亡？何挥霍夫雷电兮，苟为是之荒茫。耀姱辞之曭朗兮，世果以是之为狂。哀余衷之坎坎兮，独蕴愤而增伤。谅先生之不言兮，后之人又可望。忠诚之既内激兮，抑衔忍而不长。芈为屈之几何兮，胡独焚其中肠？

吾哀今之为仕兮，庸有虑时之否臧！食君之禄畏不厚兮，悼得位之不昌。退自服以默默兮，曰吾言之不行。既媮风之不可去兮，怀先生之可忘！

【解题】

此文作于永贞元年（805），柳宗元被贬为邵州刺史，再贬为永州司马，二州皆在湖南。他往汨罗江凭吊屈原，怀古感今，斥责颠倒黑白的社会，歌颂屈原的爱国精神和坚贞不屈的意志，并以此自励。

祭李中明文

维年月日，柳某谨以清酌庶羞之奠，致祭于亡友中明之灵。

夫子之道，邈以恒兮。夫子之志，励以兢兮。求中慊末，若履冰兮。敦仁以孝，实烝烝兮。唯毁死亏礼，其他莫惩兮。秉端守一，信厥明兮。月逾岁长，行若登兮。外温其颜，内类直绳兮。谩言来加，不遽陵兮。举世群非，自视弘兮。庶优游于道，大赉是承兮。掩冤舒抑，与类升兮。胡茫茫其不信，卒以祸仍兮？岂韬忠衷信，鬼所憎兮？将教言吾欺，终不可征兮。吾方期子于暮，冀有兴兮。今而弃余，志若崩兮。若将援而止，丧厥肱兮。怛其陨心，交背膺兮。

水之绵绵，山万层兮。又淫以雨雪，纡委硱磳兮。鸱鸺夜啼，群暝凝兮。魂鬼以行，中道殑殑兮。魑魅抟呵，曷可凭兮。聊致吾愤，斯言孰称兮。

【解题】

此文作于元和二年（807）。李中明，名行敏，赵郡赞皇人，是柳宗元的好友。

禜　门　文

禜于城门之神。惟神配阴含德，司其翕辟，能收水沴，以佑成绩。淫雨斯降，害于䅟麦，野夫兴忧，官守增惕。诸阳既闭，休征未获，敬用瓢齐，以展周索。纳其云气，复我川泽。惟神是依，式伫来格。

【解题】

此文作于元和二年（807）。禜，音咏，祭祀水旱的一种仪式。门，指国门，这里特指零陵城门。

哭张后余辞

后余常山张氏，孝其家，忠其友，为经术甚邃而文。少余七年，颇弟畜之。与之居，终日冲然，忘其有，人与之言，铿尔而厉，辩而归乎中。凡人有道而不显于世，则曰非其世也，道而得乎世，然而不显，则曰命。命之微不可知，知而索乎外者，曰性与貌，后余之性可谓良矣，其貌可谓肃矣。博实弘裕，宜为大官耇老，求其所以夭贱，无可得焉。既得进士，明年，疽发髀卒。

后余之死，人咸痛之，曰：天之佑善人而杀是子，何也？激者曰：天之杀，恒在善人，而佑不肖。庄周之说，以为人之君子，天之小人，张君岂天所谓小人者耶？是二者，又非论之适也。吾谓善与恶，夭与寿、贵与贱，异道而出者也，无取喜怒于其中。道之出者多，其合焉者固少，是以君子之难贵且寿也。后余母老而丧良子，东西行者助之哭焉，况其知者耶？然后余不与谄冒者同贵，不与悖乱者同寿，归洁乎身，闻道而死，虽勿哭焉可也。呜呼！向使其闻道而且贵且寿，则其显庸也远矣，又乌能勿痛乎？遂哭之以辞：

嗟嗟张君！善不必寿，惟道之闻，一日为老。人皆反是，百稔犹幼，子之优游，是亦黄耇。嗟嗟张君！宠不必贵，尊严为人，早服高位。淫谀肆欲，银艾沦弃，子之崇高，无愧三事。吾见皤皤而童，赫赫而辱，进襦袴于几杖，负泥涂于冕服，己虽有余，人视不足。子之迹不混乎其间者幸也，宜贺而吊，宜歌而哭，吾其过乎？与其宠而加贵，善而加寿，道施于人，庆及其母，从容邦家，乐我朋友，岂不光裕显大欤？而不克也，则吊而哭者，其无过乎？呜呼！

【解题】

此文作于元和三年（808）。文中指责“天之杀，恒在善人，而佑不肖”，表达了愤激之情。文中又说张后余“不与谄冒者同贵，不与悖乱者同寿”是“归洁乎身”，隐含着对当时权贵的谴责。

杨氏子承之哀辞 并序

杨氏子承之，既冠，有成人之道。其明年四月，不幸而夭。其外姻解人柳宗元，为之恸且出涕。噫！是子也，气淳以愿，志专以勤，确然而直方，吾未知其止也。作辞赋书论，其言甚伟，余方爱之，谓可以为器者，故不知恸且出涕，况其亲戚者乎？凡天之生物也，不类，精粗纷厖，贤愚混同，或远而合，或亲而殊，然则虽人亲戚，亦将有不克知其美者。若杨氏子者，其亲戚皆贤，咸得知之者也；使知之，徒以增其悲愁怨号之声，无为也。用是为之辞，以相其哀焉。

葆醇熙兮承贞则，懿文章兮好循直。诚耿介兮又绰宽，学之勤兮行弥专。质圭璋兮文虎豹，超凌厉兮驰圣道。力未具兮志求通，道之远兮足先穷。有母嗷嗷兮，有弟哀号；世父孔悲兮，湘水滔滔。去昭旷兮沉幽寞，魂冥冥兮竟难托。死者静兮生者愁，子之淑兮徒增忧。志甚良兮命甚蹙，子之生兮又何欲！悲吾耳兮动吾神，谁使子兮淑且仁？呜呼已乎不可追，终怨苦兮徒何为！

【解题】

此文作于元和四年（809）。杨承之是柳宗元的岳父杨凭之子。文中伤痛承之的早年夭折，抒发了遭受贬谪的不满情怀。

为安南杨侍御祭张都护文

维年月日，故吏某职官某，敬祭于故都护、御史中丞张公之灵。

交州之大，南极天际，禹绩无施，秦强莫制，或宾或叛，越自汉世。圣唐宣风，初鲜宁岁，稍臣卉服，渐化椎髻，卒为华人，流我恺悌。士燮之理，惟公克继，勤劳远图，敷赞嘉惠。铜柱南表，前功载修，空道北出，式遏蛮陬。梯航连连，旌旆悠悠，辐凑都会，皇威以流。方荷天宠，宜公宜侯，声驰帝乡，魄降炎州。呜呼哀哉！

公昔试吏，时推清能。公昔乘轺，人知准绳，鳏嫠以安，征赋用登。柱史稍迁，郎曹继升，程功佐理，海裔斯澄。乃纪南方，专任是凭，礼分五玉，恩锡百朋。开府辟掾，群英攸属，顾兹陋微，敢厕甄录。既受筐篚，载加命服，赐有楚冠，用惭豸角。星言赴命，注望帷幄，视险如夷，瞻程非邈。伯氏左宦，爰滞中途，流连隐忧，言念涕濡，子姓莫在，使命顿殊。兢魂吊影，敢废斯须，情留江徼，梦结天隅。恩切有裕，义乘从役，顾慕长恸，展转增惕。膂力犹在，中肠屡激，方俟销忧，永期投迹。谦德不福，法星降灾，庭悬遽彻，驲讣爰来。抚躬益恨，循顾增哀，瞻容莫及，报德何阶？辖车北辕，申奠克谐，望拜徒至，音尘永乖。南州斗酒，庶写幽怀！

【解题】

此文作于元和五年（810）。安南杨侍御，名不详。张都护，即张舟，官安南都护、御史中丞，参见柳宗元《安南都护张公志》。

祭崔君敏文

夫产昆仑者难为玉，植邓林者难为木，公以令望，显于华族。艺邃六书，学该七录。耽此黄、老，恬于宠辱。入补黑衣，出参甸服。纪纲淮海，政令惟肃。宰制岳滨，周于仁育。储闱典议，直清攸属。久次推能，二州继牧。至于是邦，率由旧俗，和易勿亟，优游自足。既有少吏，勤于庶狱，妖巫殄除，淫祠翦覆。出令三岁，人无怨讟，进律未行，归神何速？

某咸以罪戾，谪兹炎方，公垂惠和，枯槁以光。鸣銮适野，泛鹢沿湘，广筵命乐，华烛飞觞。高歌屡舞，终以无荒，纷虑斯屏，忧怀暂忘。良时不再，斯乐难常，今其奈何？顾慕感伤。呜呼！室有迭去，川无息流，追怀曩辰，恍若梦游。奠彻中寝，魂迁乘舟，邦人永思，匍匐隐忧。况我怀德，心焉若抽，洁诚可鉴，蘋藻非羞。

【解题】

元和五年（810）九月，永州刺史崔君敏卒于任上。柳宗元为作《永州刺史崔公墓志》及此文，记述崔君敏的政绩，抒发自己的哀痛之情。

祭吕衡州温文

维元和六年，岁次辛卯，九月癸巳朔某日，友人守永州司马员外置同正员柳宗元，谨遣书吏同曹、家人襄儿，奉清酌庶羞之奠，敬祭于吕八兄化光之灵。

呜呼天乎！君子何厉？天实仇之；生人何罪？天实仇之。聪明正直，行为君子，天则必速其死。道德仁义，志存生人，天则必夭其身。吾固知苍苍之无信，莫莫之无神，今于化光之殁，怨逾深而毒逾甚，故复呼天以云云。

天乎痛哉！尧、舜之道，至大以简；仲尼之文，至幽以默。千载纷争，或失或得，倬乎吾兄，独取其直。贯于化始，与道咸极。推而下之，法度不忒。旁而肆之，中和允塞。道大艺备，斯为全德。而官止刺一州，年不逾四十，佐王之志，没而不立，岂非修正直以召灾，好仁义以速咎者耶？

宗元幼虽好学，晚未闻道，洎乎获友君子，乃知适于中庸，削去邪杂，显陈直正，而为道不谬，兄实使然。呜呼！积乎中不必施于外，裕乎古不必谐于今，二事相期，从古至少，至于化光，最为太甚。理行第一，尚非所长，文章过人，略而不有，素志所蓄，巍然可知。贪愚皆贵，险很皆老，则化光之夭厄，反不荣欤？所恸者志不得行，功不得施，蚩蚩之民，不被化光之德；庸庸之俗，不知化光之心。斯言一出，内若焚裂。海内甚广，知音几人？自友朋凋丧，志业殆绝，唯望化光伸其宏略，震耀昌大，兴行于时，使斯人徒，知我所立。今复往矣，吾道息矣！虽其存者，志亦死矣！临江大哭，万事已矣！穷天之英，贯古之识，一朝去此，终复何适？

呜呼化光！今复何为乎？止乎行乎？昧乎明乎？岂荡为太空

与化无穷乎？将结为光耀以助临照乎？岂为雨为露以泽下土乎？将为雷为霆以泄怨怒乎？岂为凤为麟、为景星为卿云以寓其神乎？将为金为锡、为圭为璧以栖其魄乎？岂复为贤人以续其志乎？将奋为神明以遂其义乎？不然，是昭昭者其得已乎，其不得已乎？抑有知乎，其无知乎？彼且有知，其可使吾知之乎？幽明茫然，一恸肠绝。呜呼化光！庶或听之。

【解题】

此文作于元和六年（811）。柳宗元曾作《衡州刺史东平吕君诔》，记述吕温生平事迹。又作此文，对不公正的社会表达了怨愤之情："岂非修正直以召灾，好仁义以速咎者耶？"章士钊《柳文指要》卷四〇，称此文是"子厚祭文中之最真挚者"。

祭从兄文

呜呼！我姓婵嫣，由古而蕃，钟鼎世绍，圭茅并分。至于有国，爵列加尊，联事尚书，十有八人。中遭诸武，抑压仇冤，踣弊不振，数逾百年。近者纷纷，稍出能贤，族属旌曜，期复于前。君修其辞，楚、越犹传。从事诸侯，假守郡藩，人谣吏畏，威惠咸宣。神乎我欺，命返不延，兴起之望，是越是愆。

岁首去我，将滨海壖，留游欢娱，涉月弥旬。夜爇膏炬，昼凌风烟，理策岖嵚，縻舟潺湲。将辞又醉，既往而旋。今者之来，徒御凄然，垂帷襜襜，飞旐翩翩。升拜无形，合哭谁闻？逝归从祔，于邓之原。铭墓有词，发我狂言，祇陈其悲，匪暇于文。觞有旨酒，豆有豜肩，伊奠之菲，而诚孔繁。灵耶罔耶？有涕涟涟。

【解题】

此文作于元和六年（811）。从兄即柳宽，字存谅。柳宗元曾为之作《大理评事柳君墓志》，可参阅。

祭姊夫崔使君简文

永州刺史博陵崔公之灵。天之生人，或哲或愚，君取其英，爰曜于初。誉动京邑，施于方隅，密勿书奏，元侯是俞。蜀寇内侮，祸联羌、髳，君出显画，披攘其徒，南平剑门，西获戎俘。超受刑曹，留总南都，移刺连州，下民其苏。道不可常，病惑中途，悍石是饵，元精以渝。雷谤爰兴，按验增诬，始虽进律，终以论辜。溟海浩浩，而君是逾；嵩山茫茫，而君是居。厥弟抗愤，叫于康衢，天子悯焉，讯以文书。御史既斥，连帅是除，期复中壤，遽沦别区。丧还大浸，又溺二孤，痛毒荐仍，振古所无。何谪于天，降此蓢屠？柩不及归，寓葬荒墟，将葺将就，誓还里闾。呜呼哀哉！

君之子姓，惟自我出，母仪先亏，父训又失。茕茕相视，抚悼增恤，咸冀其才，以大家室。

惟昔与君，年殊志匹，昼咨夕计，期正文律。实契师友，岂伊亲昵，谁谓斯人，变易成疾。良志莫践，乖离永诀。呜呼哀哉！永山之西，湘水之东，殡纼以出，斧屋爰封。神非久留，息驾于中，书石为志，世德斯崇。手䩾以酹，涕出焉穷！

【解题】

此文作于元和七年（812）。柳宗元曾作《永州刺史流配驩州崔君权厝志》，即崔简墓志，可参阅。

祭崔氏外甥文

年月日，八舅、十舅敬祭外甥韦六、小卿之魂。呜呼！生有孝姿，淑且茂兮。谓吉其终，道克就兮。胡典而丧？离厥咎兮。蹈道而违，死谁祐兮？岂汝之昧，不能究兮？将夺之鉴，使昏霿兮？反复搅予，哀何救兮？骨肉无从，魂焉觏兮？庶几来归，馂以侑兮。酒实于觞，肉盈豆兮。岂伊异人？余所授兮。来耶否耶？歆气臭兮。

【解题】

此文作于元和七年（812）。崔氏外甥，即崔简之子处道、守讷，送崔简灵柩归，渡海，遇暴风溺死。

祭吕敬叔文

维年月日朔，友人从内兄守永州司马员外置同正员柳宗元，谨以酒肉之奠，致祭于亡友吕敬叔之魂。

呜呼！鞠躬历聘，或以不答，屠渔乖离，夫何克合？大或不容，小或见遗，往来逢迎，今古参差。惟子之中，忠勇充之，以诚与物，退受其疵。智谋宏长，辩论恢奇，岩峨博大，与世异姿。何付之器，而踬于时？尝曰余武，王功是期，誓耆其力，以达皇威。边鄙不靖，俾供舆师，诸侯顺道，戎貊咸宜。今其没矣，哀志之违，知之无补，世又罕知。呜呼哀哉！

昔与子游，尚疑其志，及观其长，诚任其事。日异其能，岁增其智，进如川行，浩浩而遂。天乎有亡，中道是弃。余慎取友，惟心之虔，周游人间，余二十年。摈辱非耻，升扬非贤，一贯于道，无四五焉。子之我知，不以事迁，言而见信，貌阻心传。我黜终世，子夭于前，徒称子志，谁信我言？与子俱已，孰云后先！惟子之兄，志同义比，官刺一州，四十而死。子仕方初，百年有几？如何默默，去我遄已！有稚之妻，有弱之子，海壖东周，号哭万里。葬纼之行，获出于此，爰陈酒肉，式嘉且旨。读兹哀辞，以奠而诔，呜呼敬叔！吾道已矣。尚飨。

【解题】

此文作于元和八年（813）。吕敬叔，名恭，吕温之弟，其生平事迹参见柳宗元《吕侍御恭墓志》。

祭段弘古文

世病乎直，人悦其和，行而不容，虽圣奈何？提其信义，谁与同波？砼砼以终，坚不可磨。游得其仁，友择其益，始如可进，终会于厄。精诚介然，将贯金石，追恩怀旧，兴词愤激。

君昔来辱，备闻嘉言，宵会北堂，昼宴南轩。去适于越，不日其旋，载除我居，望尔北辕。今者之来，丹旐有翩，闷兹英志，限此中年。呜呼哀哉！

居实斯贫，有子而幼，孰云履信，惟天所佑？道途之资，敢废于旧，志君之行，铭石斯授。有洁其觞，有楚其豆，庶鉴于诚，临兹飨侑。

【解题】

此文作于元和九年（814）。柳宗元曾作《处士段弘古墓志》，记其生平，可参阅。

又祭崔简旅榇归上都文

嗟乎崔公之柩！嘻乎崔公！楚之南，其土不可以室。或坋而颓，或确而崒，阴流泄漏，瀸没渝溢。硕鼠大蚁，傍穿侧出，亏疏脆薄，久乃自窒。不如君之乡，式坚且密。嘻乎崔公！楚之南，其鬼不可与友，躁戾佻险，睒眒欺苟，脞贱暗忽，轻嚣妄走，不思己类，好是群丑。不如君之乡，式和且偶。

日月甚良，子姓甚勤，具是舟舆，宁君之神。去尔夷方，返尔故邻，奕奕其归，宜乐且欣。君死而还，我生而留，远矣殊世，曷从之游？酹觞于座，与涕俱流。

【解题】

此文作于元和九年（814）。崔简元和七年葬于永州，至此方归葬博陵故乡。

舜庙祈晴文

年月日，某官某，敢用牲牢之奠，昭祭于虞帝之神。帝入大麓，雷雨不迷。帝在璿玑，七政以齐。九泽既陂，锡禹玄圭，至德神化，后谁与稽？勤事南巡，祀典以跻，此焉告终，宜福遗黎。庙貌如在，精诚不睽。

今阳德愆候，有渰凄凄，降是水潦，混为涂泥。岸有善崩，流或断堤，泛滥畴陇，陂阤圃畦。恒雨获戾，循咎增凄，忍兹嘉生，均彼蓬藜？敢望诛黑蜧，抉阴蜺，式乾后土，以廓天倪。粢盛不害，余粮可栖，式簸或溲，为酒为醯。枪枪笙镛，坎坎鼓鼙，百代祀德，旷心不携。岂独蘋藻，征诸涧溪？帝其听之，无作神羞！

【解题】

此文作于永州时，柳宗元代永州刺史而作。因雷雨连绵不绝，所以至舜庙祭祀，祈祷天晴。

祭弟宗直文

维年月日，八哥以清酌之奠，祭于亡弟十郎之灵。

吾门凋丧，岁月已久，但见祸谪，未闻昌延，使尔有志，不得存立。延陵已上，四房子姓，各为单孑，慥慥早夭，汝又继终，两房祭祀，今已无主。吾又未有男子，尔曹则虽有如无。一门嗣续，不绝如线。仁义正直，天竟不知，理极道乖，无所告诉。

汝生有志气，好善嫉邪，勤学成癖，攻文致病，年才三十，不禄命尽。苍天苍天，岂有真宰？如汝德业，尚早合出身，由吾被谤年深，使汝负才自弃。志愿不就，罪非他人，死丧之中，益复为愧。汝墨法绝代，知音尚稀，及所著文，不令沉没，吾皆收录，以授知音。《文类》之功，更亦广布，使传于世人，以慰汝灵。知在永州，私有孕妇，吾专优恤，以俟其期。男为小宗，女亦当爱，延子长大，必使有归。抚育教示，使如己子，吾身未死，如汝存焉。

炎荒万里，毒瘴充塞，汝已久病，来此伴吾。到未数日，自云小差，雷塘灵泉，言笑如故。一寐不觉，便为古人。茫茫上天，岂知此痛！郡城之隅，佛寺之北，饰以殡绋，寄于高原。死生同归，誓不相弃，庶几有灵，知我哀恳。

【解题】

此文作于元和十年（815）。柳宗直是柳宗元的同祖弟，字正夫，卒于这年七月。参见前录《志从父弟宗直殡》。此文言辞哀婉，感人肺腑。

雷塘祷雨文

惟神之居，为坎为雷，专此二象，宅于岩限。风马云车，肃焉徘徊，能泽地产，以祛人灾。神惟智知，我以诚往。钦兹有灵，爰以庙飨。苟失其应，人将安仰？岁既旱暵，害兹生长，敢用昭告，期于肹蚃。

某自朝受命，临兹裔壤，莅政方初，庶无淫枉。廉洁自持，忠信是仗，苟有获戾，神其可罔！擢擢嘉生，惟天之养，岂使粢盛，夷于草莽！腾波通气，出地奋响，钦若成功，惟神是奖。

【解题】

此文作于元和十年（815）。柳州有一座雷山，雷水蓄崖中，叫雷塘，能出云气，作雷雨。柳宗元至此祷雨，故作此文。

祭　井　文

致祭于水土之神。惟神蓄是玄德，演为人用，不穷之养，功齐乳湩。惟古有制，八家所共，是邦阙焉，官守斯恐。蕴利滋久，閟灵则深，爰告有神，惟恻我心。卜兹利兆，于彼城阴，神斯有仁，是鉴是临。惟昔善崩，今则坚好；惟昔递石，今则顺道。终古所无，聿从心祷，非神是与，人力焉保？发自玄冥，成于富媪，克长厥灵，不爱其宝。敬修报礼，式荐蘋藻。

【解题】

元和十一年（816）三月，柳宗元命人在柳州城池边挖井。开始汲水那天，根据当地风俗，举行祭井仪式，所以有《祭井文》。参见后录《井铭》。

祭杨凭詹事文

年月，子婿谨以清酌庶羞之奠，昭祭于丈人之灵。

卿云轮囷，天汉昭回，自然物外，宁杂尘埃？公禀间气，心灵洞开，翱翔自得，谁屑群猜？孝友忠信，闻于九垓，摛华发藻，其动如雷。世荣甲科，亦务显处，公之俊德，有而不顾。御史之选，朝之所注，公勤于养，投劾引去。时任方隅，威刑是务，公施其惠，亦莫有迕。京兆之难，下多怨怒，或由以黜，瓦石盈路。公捍其强，仁及童孺，左迁而出，拥道牵慕。道峻多谤，德优见憎，烦言既诋，倚法斯绳。南过九疑，东逾秣陵，颠沛三载，天书乃征。入傅王国，嘉声聿兴，詹事东宫，致政是膺。年唯始至，道则弥励，颉颃今古，优游德艺。实期濬发，再光文陛，谁谓昊天，遽兹降厉。呜呼哀哉！

某以通家承德，夙奉良姻，莫成子姓，早丧淑人。恩礼斯重，眷抚惟新，绸缪其志，实敬实勤。迨今挈然，十有八祀，家缺主妇，身迁万里。谤言未明，黜伏逾纪，德辉间绝，音尘莫俟。岁首发函，视远如迩，虽当沉痼，心术犹治。抚膺顿首，流泣瞪视，既敛而还，莫传音旨。乡风长恸，于兹已矣。呜呼哀哉！

承讣之始，卜兆既逾，载驰斯文，出拜路隅。哀从海澨，礼致皇都，寸诚相续，终岁不渝。天道悠远，人世多虞，寄心双表，长恨囚拘。呜呼哀哉！

【解题】

元和十二年（817），柳宗元的岳父杨凭因病死于长安。柳宗元作此文祭奠，借叙述杨凭“道峻多谤，德优见憎”的不幸遭遇，发泄“天道悠远，人世多虞”的满腹怨愤。杨凭生平，参见《旧唐书》卷一四六及《新唐书》卷一六〇本传。

祭万年裴令文

惟灵孝友之性，实惟天与，饰以儒书，洽其誉处。枵然其量，廓尔其宇，人以义来，我以身许。褰裳赴急，不避寒暑，交半域中，多容鲜拒。贤于博弈，媚兹宴语，或泛或沉，两得其所。考礼成文，坠章克举，展乐承职，音官式序。既联奏复，亦图筍簴，播在奉常，永传仪矩。脱略细谨，傲忽烦言，坦然自居，无顾仇怨。卒成官谤，莫究祸源，坐黜中徙，再期腾骞。孰云蓄愤，遽此归魂。呜呼哀哉！

世称姻党，鲜克终吉，唯我与君，久而逾密。追惟淑德，嫔于君室，上顺尊卑，下欢俦匹。致其孝敬，式是仁恤，爰及童孩，处心勿失。君之仲季，茂于文术，游艺相从，操觚散帙。顾余蹇劣，厕迹奔逸，二纪于今，交情若一。屡闻凋缺，互见迁黜，契阔伶俜，分形间质。方期末路，稍追曩日，时不我谋，于焉斯毕。营营卫尉，独守邦秩，想其永哀，淮海萧瑟。呜呼哀哉！

闻疾驰简，其命未返，翩其讣书，来自番禺。块守穷荒，山夔与居，有眉不申，有志不舒。况逢零悴，当此囚拘，拊膺长恸，长恸何如？菲礼无取，沉哀有余。呜呼哀哉！

【解题】

元和十二年（817）七月，柳宗元的姊夫万年县令裴墐去世，柳宗元作《万年令裴府君墓碣》记其生平，又作此文，表达伤痛、落寞的感情。

祭独孤氏丈母文

维年月日，某以清酌之奠祭于独孤氏丈母之灵。

惟灵育德涵仁，克生贤子，生而不淑，未壮而死。名播九围，望高群士，虽微禄位，人羡其美。在抱无孙，承家乏祀，孝女良婿，式遵燕喜。

某曩与子重，道契义均，知心为贵，实在斯人。奉养宜继，将致其勤，竟罹祸谪，逾纪漂沦。夙志斯阻，微衷莫申，冀荣末路，私愿获陈。遽此承讣，天胡不仁？呜呼哀哉！

昔也高堂，世悲其独，今兹玄室，孝道当复。神感昭融，不疾而速，灵识逾濬，承欢载穆。式致其安，宁寘其毒！愿言有知，以慰幽躅。

【解题】

此文作于元和十二年（817）。独孤氏，即独孤申叔，字子重，为柳宗元青年好友，卒于贞元十八年（802），参见前录《校书郎独孤君墓碣》。

祭崔氏外甥女文

叔舅宗元祭于二十六娘子之灵。

凡我诸甥，惟尔为首，甥于我氏，恩顾弥厚。惠明贞淑，仁爱孝友，女德之全，素风斯守，播于族属，芬馨自久。恭惟伯姊，道茂行高，上承下训，克敬能劳。夙有仪则，刑于汝曹，虽云性善，抑自良陶。汝之先君，以文诲我，周流辩论，有疑必果。恒革其非，以成其可，孰云具美，易以生祸！汝及诸弟，流离莫从，幸获我依，以慰困穷。归之令族，有蔚其容，方冀荣寿，遽罹灾凶。呜呼哀哉！

汝自艰酷，二弟继终，海门之哀，今古罕同。骈也英文，敷畅洽通，实期振耀，弘我儒风。又兹夭阏，神理何蒙？盛德余庆，宜福其丰，胡然降戾，惟祸之逢。呜呼哀哉！

前岁诏追，廷授远牧，武陵便道，往来信宿，幸兹再见，缓我心曲。犹且轻别，瞻程务速，孰知自此，遂间幽躅？临视无路，溯风恸哭，怛然自中，如刃之触。邙阜有位，青乌载卜，道途尚艰，岁月逾蹙。方俟归纼，再期奠沃，寄哀斯文，心焉往复。呜呼哀哉！

【解题】

此文作于元和十二年（817）。崔氏外甥女，即崔简之女，名媛，嫁朗州员外司户薛巽。参见前录《朗州员外司户薛君妻崔氏墓志》。

祭外甥崔骈文

祭于卿郎之魂。呜呼！天吝灵奇，取不可贪，既睿又力，神谁以堪？汝不是思，而纵其志。盗其管籥，褰其箧匮，抽深抉密，担重揭贵。守吏失职，诉帝行事。果殄尔躬，以宁其位，岂不信耶？不然，无鬼诛之行，而中道夭死；有拔萃之材，而三见废委。仁充其躯，毒中骨髓，其何以为累也？

兄弟逾十，我出惟八，既孤数祀，中分存没。我为汝舅，汝为我甥，求仁具得，为艺继成。天下莫伦，古罕并行，人而思之，几不欲生。呜呼哀哉！既致其爱，祗极其哀，秦、越万里，心魂徘徊。念与汝别，桓公之台，顾余犹壮，视尔如孩。戏抽佛策，前次沲隈，笑颔即路，鸣鞘不回。岂云古今，自此而乖！孰为鬼神，忍是阴诛？得疾之日，兄弟莫在，谒医问巫，卒以幽昧。葬之东野，谁赗谁会？既虞以奠，谁主谁酹？孤魂冥冥，何托何逝？呜呼哀哉！刑曹继之，以病告余，衔忧驱使，裹药操书。虽惊状剧，犹恃神扶，岂知所赖，终以误吾。我自得罪，无望还都。想尔新墓，少陵之隅，何时归祔，圮土下呼。渍泪彻圹，以沾以涂，此心未慊，只益摧纡。累见于梦，宁知有无？寄之哀辞，惟俎及壶。呜呼哀哉！

【解题】

此文作于元和十二年（817）。称“外甥崔骈”，则当是崔简之子，崔处道、崔守讷的兄弟。

祭　纛　文

维年月日，某官以牲牢之奠，祭于纛神。

惟昔沣有大特，化为巨梓，秦人凭神，乃建茸头，是为兵主，用以行师。汉宗蚩尤，亦作灵旗。既类既祃，指于有罪，北面诏盟，抗侯以射。虽有古典，今弃不用；惟兹之制，神实守祀。

有蠢黄孽，保固虐人。俾兹太平，犹用戎律。天子有命，施威于下，惟守臣某，董众抚师。秉羽先刃，出用兹日，敢修外事，爰荐求牛。庶无留行，以殄有罪，国有祀典，属于神明。伤夷大命，无敢私顾，惟克胜敌，以全天兵。去兹蠡贼，达我涵育，收厥舜圉，役于校人。海隅黎献，永底于理。无或顿刃，以为神耻。急急如律令。

【解题】

元和十四年（819），桂管观察使裴行立奉命出师，进讨黄氏首领黄少度等。临行致祭纛神，柳宗元代为写此文。纛，音道，又音读，古代军队或仪仗队的大旗。

祃　牙　文

维年月日，某官某，以清酌少牢之奠，祃于军牙之神。

秦定百越，汉开九郡，自兹编列，同于诸华。天宝兆乱，北方荐役，惟是南荒，久稽讨伐。藩蛮怙险，乳字生聚，悖傲威命，虐夷齐人。黄姓陋孽，实恣盗暴，僮壮杀老，掠夺使臣，枭视洞窟，以逃大戮。

今皇帝受天景命，敷于有仁，凡百凶毒，罔不震伐。齐、鲁谊殄，赵、魏显化，溥天之下，咸顺帝理。唯是琐眇，尚恣昏顽，致天震怒，命底于罚。

官臣某钦率邦典，统戎于征。惟尔有神，懋扬乃职。敢告无纵诡类，无刘我徒。镞刀锋锷，毕集于凶躬；铠甲干盾，咸完于义躯。焚炀荡沃，往如行虚。俾人怀于安，以靖离之隅，在是举也。往，钦哉！无作神羞。急急如律令。

【解题】

此篇与《祭纛文》同时作。祃，音骂，古代军中祭名。祃牙，即出兵行祭旗礼。封演《封氏闻见记》：“军前大旗谓之牙旗，出师则有建牙、祃牙之事。”

祭穆质给事文

昭祭于给事五丈之灵。

自古直道，鲜不颠危，祸之重轻，则系盛衰。矫矫明灵，克丁圣时，形躯获宥，三黜无亏。贤良发策，始振其仪，天子动容，敬我直辞。载之册府，命以谏司，抗奸替否，与正为期。奏书百上，知无不为，谁谓刘、贾，英风莫追？给事黄门，奉职枢机，封还付外，动获其宜，无旷尔位，惟公在斯。达道之行，实惟交友，患难相死，其废自久。公实毅然，誓均悔咎，挺身立气，不改其守。黜刺南荒，义言盈口，封章致命，志期陨首。邈矣高标，谁嗣于后？王命南下，郡策东剖，留滞湮沦，歼此遐寿。呜呼哀哉！

公之伯仲，信惟先执，感激之风，道同义立。中司守直，奸权是袭，致之徽纆，诬以贿入。琐琐其徒，榜讯愈急，诏下三司，议于洛邑。噫我先君，邦宪是辑，平反群枉，大迕三揖。危法旋加，谮言俄及，左官夔国，义夫掩泣。邪臣既黜，乃进其级，端于庶僚，直声允集。虔虔小子，夙奉遗则，公在郎位，再罹摈抑。时忝宪司，窃分枉直，抗词犯长，有志无力。惟韩洎刘，同愤沾臆，道之不行，衔愧罔极。公在左掖，议登秋官，先定于志，将发其难。决白无状，以申祸端，秉心撰词，义不可干。会逢友累，曾莫自安，感于褚中，有涕汍澜。呜呼哀哉！

寿宫久翳，狼荒万里，礼不可违，诚不可弭。抽哀泄愤，舒文致美，愿溯海风，以穷洛涘。清明如在，神鉴何已，呜呼格思，以慰勤止。

【解题】

此文作于柳州时。穆质曾因杨凭得罪事被贬，所以柳宗元作此文祭奠他。穆质传，见《旧唐书》卷一五五及《新唐书》卷一六三。

吊苌弘文

有周之羸兮，邦国异图。臣乘君则兮，王易为侯。威强逆制兮，郁命转幽。疹蛊胶密兮，肝胆为仇。奸权蒙货兮，忠勇以刘。伊时云幸兮，大夫之羞。呜呼危哉！河、渭溃溢兮，横躯以抑。嵩高坼陊兮，举手排直。压溺之不虑兮，坚刚以为式。知死不可挠兮，明章人极。

夫何大夫之炳烈兮，王不寤夫谗贼。卒施快于剽狡兮，恒就制乎强国。松柏之斩刈兮，蓊茸欣植。盗骊折足兮，罢驽抗臆。鸷鸟之高翔兮，孽狐惴而不食。窃畏忌以群朋兮，夫孰病百而伸一。挺寡以校众兮，古圣人之所难。刬援羸以傲兮，兹固蹈殆而违安。杀身之匪予戚兮，闵宗周之不完。岂成城以夸功兮，哀清庙之将残。嫉彪子之肆诞兮，弥皇览以为谩。姑舍道以从世兮，焉为用夫考古而登贤。

指白日以致愤兮，卒颓幽而不列。版上帝以飞精兮，黮寥廓而殄绝。朅冯云以狂愬兮，终冥冥以郁结。欲登山以号辞兮，愈洋洋以超忽。心沍涸其不化兮，形凝冰而自栗。图始而虑末兮，非大夫之操。陷瑕委厄兮，固衰世之道。知不可而愈进兮，誓不偷以自好。陈诚以定命兮，侔贞臣与为友。比干之以仁义兮，缅辽绝以不群。伯夷殉洁以莫怨兮，孰克轨其遗尘？苟端诚之内亏兮，虽耆老其谁珍？古固有一死兮，贤者乐得其所。大夫死忠兮，君子所与。呜呼哀哉！敬余忠甫。

【解题】

此文是《吊屈原文》的姊妹篇，约作于元和初。苌弘是先秦时周大夫，有功于周，反为周人所杀。此文赞扬苌弘为国捐躯的忠义品格和临危不顾的勇敢精神，曲折地表达了自己不屈不挠的坚强意志。

吊乐毅文

许纵自燕来，曰：燕之南有墓焉，其志曰“乐生之墓”。余闻而哀之。其返也，与之文使吊焉。

大厦之骞兮，风雨萃之。车亡其轴兮，乘者弃之。呜呼夫子兮，不幸类之。尚何为哉？昭不可留兮，道不可常。畏死疾走兮，狂顾傍徨。燕复为齐兮，东海洋洋。嗟夫子之专直兮，不虑后而为防。胡去规而就矩兮，卒陷滞以流亡。惜功美之不就兮，俾愚昧之周章。岂夫子之不能兮，无亦恶是之遑遑。仁夫对赵之悃款兮，诚不忍其故邦。君子之容与兮，弥亿载而愈光。谅遭时之不然兮，匪谋虑之不长。跽陈辞以陨涕兮，仰视天之茫茫。苟偷世之谓何兮，言余心之不臧！

【解题】

此文作期不详。乐毅是战国燕国上将军，曾攻下齐国七十余城。后因齐国田单使反间计，乐毅逃奔赵国。此文感慨乐毅有功而不见知，反因谗毁而去国，也是借古伤今之意。

十一　杂体

祀朝日说

柳子为御史，主祀事，将朝日，其僚问曰：“古之名曰朝日而已，今而曰祀朝日何也?”余曰：“古之记者，则朝拜之云也。今而加祀焉者，则朝旦之云也。今之所云非也。”

问者曰：“以夕而偶诸朝，或者今之是乎?”余曰：“夕之名，则朝拜之偶也。古者旦见曰朝，暮见曰夕，故《诗》曰：‘邦君诸侯，莫肯朝夕。’《左氏传》曰：‘百官承事，朝而不夕。’《礼记》曰：‘日入而夕。’又曰：‘朝不废朝，暮不废夕。’晋侯将杀竖襄，叔向夕。楚子之留乾谿，右尹子革夕。齐之乱，子我夕。赵文子砻其椽，张老夕。智襄子为室美，士茁夕。皆暮见也。《汉仪》：夕则两郎向琐闱拜，谓之夕郎。亦出是名也。故曰大采朝日，少采夕月。又曰春朝朝日，秋夕夕月。若是其类足矣。又加祀焉，盖不学者为之也。”

僚曰：“欲子之书其说，吾将施于世，可乎?”余从之。

【解题】

此文作于贞元十九年（803）。时柳宗元为监察御史里行，代主祭祀之事。此文说明了祀朝日的起源流变及其意义。

禮　　说

柳子为御史，主祀事。将禮，进有司以问禮之说，则曰："合百神于南郊，以为岁报者也。先有事必质于户部，户部之词曰'旱于某，水于某，虫蝗于某，疠疫于某'，则黜其方守之神，不及以祭。"余尝学《礼》，盖思而得之，则曰："'顺成之方，其禮乃通'，若是，古矣"。继而叹曰："神之貌乎，吾不可得而见也；祭之飨乎，吾不可得而知也。是其诞漫惝怳，冥冥焉不可执取者。夫圣人为心也，必有道而已矣，非于神也，盖于人也。以其诞漫惝怳，冥冥焉不可取，而犹诛削若此，况其貌言动作之块然者乎？是设乎彼而戒乎此者也，其旨大矣。"

或曰："若子之言，则旱乎、水乎、虫蝗乎、疠疫乎，未有黜其吏者，而神黜焉，而曰'盖于人者'，何也？"予曰："若子之云，旱乎、水乎、虫蝗乎、疠疫乎，岂人之为耶？故其黜在神。暴乎、眊乎、沓贪乎、罢弱乎，非神之为也，故其罚在人。今夫在人之道，则吾不知也。不明斯之道，而存乎古之数，其名则存，其教之实则隐。以为非圣人之意，故叹而云也。"

曰："然则致雨反风，蝗不为灾，虎负子而趋，是非人之为则何以？"余曰："子欲知其以乎？所谓偶然者信矣。必若人之为，则十年九潦、八年七旱者，独何如人哉？其黜之也，苟明乎教之道，虽去古之数可矣。反是，则诞漫之说胜，而名实之事丧，亦足悲乎！"

【解题】

此文亦作于贞元十九年（803），柳宗元在监察御史里行任上。禮，音乍，古代祭祀名，又写作蜡，为十二月祭百神的仪式。此文认为人的祸福、社会的治乱，都是取决于人，而不是取决于神的，表现了柳宗元的进步思想。

序 饮

买小丘，一日锄理，二日洗涤，遂置酒溪石上。向之为记所谓牛马之饮者。离坐其背。实觞而流之，接取以饮。乃置监史而令曰：当饮者举筹之十寸者三，逆而投之，能不洄于袱，不止于坻，不沉于底者，过不饮。而洄而止而沉者，饮如筹之数。既或投之，则旋眩滑汩，若舞若跃，速者迟者，去者住者，众皆据石注视，欢抃以助其势。突然而逝，乃得无事。于是或一饮，或再饮。客有娄生图南者，其投之也，一洄一止一沉，独三饮，众乃大笑欢甚。余病痞，不能食酒，至是醉焉。遂损益其令，以穷日夜而不知归。

吾闻昔之饮酒者，有揖让酬酢百拜以为礼者，有叫号屡舞如沸如羹以为极者，有裸裎袒裼以为达者，有资丝竹金石之乐以为和者，有以促数紏逖而为密者，今则举异是焉。故舍百拜而礼，无叫号而极，不袒裼而达，非金石而和，去紏逖而密。简而同，肆而恭，衎衎而从容，于以合山水之乐，成君子之心，宜也。作《序饮》以贻后之人。

【解题】

此文作于元和四年（809）。文中记述了柳宗元与友人相聚宴饮的欢乐情景，在笑声中隐含着悲愤之情。

尊胜幢赞 并序

以佛之为尊而尊是法，严之于顶，其为最胜宜也。既尊而胜矣，其为拔济尤大。尘飞而灾去，影及而福至，睦州于是诚焉不疑。砻石六觚，其长半寻，乃篆乃刻，立之马孺人之墓。孺人之生，奉佛道未尝敢怠。今既没，睦州又成其志，择最胜且尊之道，文之于石，以延其休。则其生佛所得佛道，宜无疑也。赞曰：

世所尊兮又尊道，胜无上兮以为宝。拔大苦兮升至真，灵合赞兮神而神。驾元气兮济玄津，谁为友兮上品人。德无已兮石无磷，延永世兮奠坤垠。灵受福兮公之勤。

【解题】

元和五年（810），李睦州的外妇马孺人去世，睦州为之作尊胜幢，立于马孺人之墓。柳宗元因作此文。参见前录《太府李卿外妇马淑志》。

师友箴　并序

今之世，为人师者众笑之，举世不师，故道益离。为人友者，不以道而以利，举世无友，故道益弃。呜呼！生于是病矣，歌以为箴。既以儆己，又以诫人。

不师如之何？吾何以成！不友如之何？吾何以增！吾欲从师，可从者谁？借有可从，举世笑之。吾欲取友，谁可取者？借有可取，中道或舍。仲尼不生，牙也久死，二人可作，惧吾不以。中焉可师，耻焉可友，谨是二物，用惕尔后。道苟在焉，佣丐为偶；道之反是，公侯以走。内考诸古，外考诸物，师乎友乎，敬尔无忽！

【解题】

此文作于元和八年（813）。文中认为人不可无师无友，但当世从师则“举世笑之”，取友则“中道或舍”，所以从师取友，务必慎重，重在有“道”与否。

伊尹五就桀赞

伊尹五就桀。或疑曰：“汤之仁闻且见矣，桀之不仁闻且见矣，夫何去就之亟也?”柳子曰：“恶，是吾所以见伊尹之大者也。彼伊尹，圣人也。圣人出于天下，不夏、商其心，心乎生民而已。曰：‘孰能由吾言？由吾言者为尧、舜，而吾生人尧、舜人矣。’退而思曰：‘汤诚仁，其功迟；桀诚不仁，朝吾从而暮及于天下可也’。于是就桀。桀果不可得，反而从汤。既而又思曰：‘尚可十一乎？使斯人蚤被其泽也’。又往就桀。桀不可，而又从汤。以至于百一、千一、万一，卒不可，乃相汤伐桀。俾汤为尧、舜，而人为尧、舜之人，是吾所以见伊尹之大者也。仁至于汤矣，四去之；不仁至于桀矣，五就之，大人之欲速其功如此。不然，汤、桀之辨，一恒人尽之矣，又奚以憧憧圣人之足观乎？吾观圣人之急生人，莫若伊尹；伊尹之大，莫若于五就桀。”作《伊尹五就桀赞》：

圣有伊尹，思德于民。往归汤之仁，曰仁则仁矣，非久不亲。退思其速之道，宜夏是因。就焉不可，复反亳殷。犹不忍其迟，亟往以观。庶狂作圣，一日胜残。至千万冀一，卒无其端。五往不疲，其心乃安。遂升自陑，黜桀尊汤，遗民以完。大人无形，与道为偶。道之为大，为人父母。大矣伊尹，惟圣之首。既得其仁，犹病其久。恒人所疑，我之所大。呜呼远哉！志以为诲。

【解题】

此文作于永州时。柳宗元认为，伊尹去汤就桀，是要利用桀的权势迅速建立功业，为人民造福；后来又去桀助汤，是因为桀残害民生。所以，“圣人出于天下，不夏商其心，心乎生民而已。”意义深远，语言精炼。

梁丘据赞

齐景有嬖，曰梁丘子，同君不争，古号媚士。君悲亦悲，君喜亦喜。曷贤不赞，卒赞于此？媚余所仇，激赞有以。梁丘之媚，顺心狎耳。终不挠厥政，不嫉反己。晏子躬相，梁丘不毁。恣其为政，政实允理。时睹晏子食，寡肉缺味。忧其不饱，告君使赐。中心乐焉，国用不坠。后之嬖君，罕或师是。导君以谀，闻正则忌。谗贤协恶，民蠹国圮。呜呼！岂惟贤不逮古，嬖亦莫类。梁丘可思，又况晏氏？激赞梁丘，心焉孔瘁！

【解题】

此文作于永州，称赞梁丘据不毁晏子之贤，而感慨举世皆是“导君以谀，闻正则忌”的佞臣，贤人怎能不惨遭放逐呢？

霹雳琴赞引

霹雳琴，零陵湘水西震余枯桐之为也。始枯桐生石上，说者言有蛟龙伏其窾，一夕暴震，为火之焚，至旦乃已，其余硿然倒卧道上。震旁之民，稍柴薪之。超道人闻，取以为三琴。琴莫良于桐，桐之良莫良于生石上，石上之枯又加良焉，火之余又加良焉，震之于火为异。是琴也，既良且异，合而为美，天下将不可载焉。微道人，天下之美几丧。余作赞辞，识其越之左与右，以著其事，又益以序，以为他传。辞曰：

惟湘之涯，惟石之危。龙伏之灵，震焚之奇。既良而异，爰合其美。超实为之，赞者柳子。

【解题】

此文作于永州时，有感于超道人能识“既良且异”的“震余枯桐”，制作成著名的霹雳琴，而哀叹知己难逢。

诫惧箴

人不知惧，恶可有为？知之为美，莫若去之。非曰童昏，昧昧勿思。祸至后惧，是诚不知。君子之惧，惧乎未始。几动乎微，事迁乎理。将言以思，将行以止。中决道符，乃顺而起。起而获祸，君子不耻。非道之愆，非中之诡。惧而为惧，虽惧焉如？君子不惧，为惧之初。

【解题】

此文作于永州时。文中声称：“起而获祸，君子不耻”，表现出为了理想无所畏惧的精神。

忧箴

忧可无乎？无谁以宁！子如不忧，忧日以生。忧不可常，常则谁怿？子常其忧，乃小人戚。敢问忧方，吾将告子：有闻不行，有过不徙；宜言不言，不宜而烦；宜退而勇，不宜而恐。中之诚恳，过又不及。忧之大方，唯是焉急！内不自得，甚泰为忧。省而不疚，虽死优游。所忧在道，不在乎祸。吉之先见，乃可无过。告子如斯，守之勿堕！

【解题】

此文与《诫惧箴》是姊妹篇。作者明确表示：“所忧在道，不在乎祸”，表现出“先天下人之忧而忧”，将个人安危置之度外的品格。

敌　　戒

皆知敌之仇，而不知为益之由；皆知敌之害，而不知为利之大。秦有六国，兢兢以强；六国既除，訑訑乃亡。晋败楚鄢，范文为患；厉之不图，举国造怨。孟孙恶臧，孟死臧恤；药石去矣，吾亡无日。智能知之，犹卒以危；矧今之人，曾不是思！敌存而惧，敌去而舞，废备自盈，只益为愈。敌存灭祸，敌去召过。有能知此，道大名播。惩病克寿，矜壮死暴。纵欲不戒，匪愚伊耄。我作戒诗，思者无咎。

【解题】

此文作于永州。“敌戒”即以敌为戒。文中取孟子存敌国以警君的意思，加以发挥，以警戒宪宗不得忽视平定藩镇、“敌去而舞”后所潜在的危机。忧心国事，深谋远虑。

三　　戒 并序

吾恒恶世之人，不知推己之本，而乘物以逞，或依势以干非其类，出技以怒强，窃时以肆暴，然卒迨于祸。有客谈麋、驴、鼠三物，似其事，作《三戒》。

临江之麋

临江之人，畋得麋麑，畜之。入门，群犬垂涎，扬尾皆来。其人怒，怛之。自是日抱就犬，习示之，使勿动，稍使麋与之戏。积久，犬皆如人意。麋麑稍大，忘己之麋也，以为犬良我友，抵触偃仆，益狎。犬畏主人，与之俯仰甚善，然时啖其舌。三年，麋出门，见外犬在道甚众，走欲与为戏。外犬见而喜且怒，共杀食之，狼藉道上。麋至死终不悟。

黔之驴

黔无驴，有好事者船载以入。至则无可用，放之山下。虎见之，尨然大物也，以为神。蔽林间窥之，稍出近之，慭慭然莫相知。他日，驴一鸣，虎大骇，远遁，以为且噬已也，甚恐。然往来视之，觉无异能者。益习其声，又近出前后，终不敢搏。稍近，益狎，荡倚冲冒，驴不胜怒，蹄之。虎因喜，计之曰："技止此耳！"因跳踉大㘎，断其喉，尽其肉，乃去。噫！形之尨也类有德，声之宏也类有能。向不出其技，虎虽猛，疑畏，卒不敢取。今若是焉，悲夫！

永某氏之鼠

永有某氏者，畏日，拘忌异甚。以为己生岁直子，鼠，子神也，因爱鼠，不畜猫犬，禁僮勿击鼠。仓廪庖厨，悉以资鼠不问。由是鼠相告，皆来某氏，饱食而无祸。某氏室无完器，椸无完衣，饮食大率鼠之余也。昼累累与人兼行，夜则窃啮斗暴，其声万状，不可以寝。终不厌。数岁，某氏徙居他州。后人来居，鼠为态如故。其人曰："是阴类恶物也，盗暴尤甚，且何以至是乎哉！"假五六猫，阖门撤瓦，灌穴，购僮罗捕之。杀鼠如丘，弃之隐处，臭数月乃已。呜呼！彼以其饱食无祸为可恒也哉！

【解题】

此文作于永州时。《临江之麋》讽刺那些依仗主人宠爱而骄横忘形者；《黔之驴》讽刺那些表面上声势显赫，实际上外强中干者；《永某氏之鼠》讽刺那些投机肆虐、作威作福者。三篇寓言，构思精巧，笔锋犀利，语言简洁精美。

捕蛇者说

永州之野产异蛇，黑质而白章，触草木尽死，以啮人，无御之者。然得而腊之以为饵，可以已大风、挛踠、瘘、疠，去死肌，杀三虫。其始，太医以王命聚之，岁赋其二，募有能捕之者，当其租入，永之人争奔走焉。

有蒋氏者，专其利三世矣。问之，则曰：“吾祖死于是，吾父死于是，今吾嗣为之十二年，几死者数矣。”言之，貌若甚戚者。余悲之，且曰：“若毒之乎？余将告于莅事者，更若役，复若赋，则何如？”

蒋氏大戚，汪然出涕曰：“君将哀而生之乎？则吾斯役之不幸，未若复吾赋不幸之甚也。向吾不为斯役，则久已病矣。自吾氏三世居是乡，积于今六十岁矣，而乡邻之生日蹙。殚其地之出，竭其庐之入，号呼而转徙，饥渴而顿踣，触风雨，犯寒暑，呼嘘毒疠，往往而死者相藉也。曩与吾祖居者，今其室十无一焉；与吾父居者，今其室十无二三焉；与吾居十二年者，今其室十无四五焉，非死而徙尔。而吾以捕蛇独存。悍吏之来吾乡，叫嚣乎东西，隳突乎南北，哗然而骇者，虽鸡狗不得宁焉。吾恂恂而起，视其缶，而吾蛇尚存，则弛然而卧。谨食之，时而献焉。退而甘食其土之有，以尽吾齿。盖一岁之犯死者二焉，其余则熙熙而乐，岂若吾乡邻之旦旦有是哉！今虽死乎此，比吾乡邻之死则已后矣，又安敢毒耶？”

余闻而愈悲。孔子曰：“苛政猛于虎也。”吾尝疑乎是，今以蒋氏观之，犹信。呜呼！孰知赋敛之毒，有甚是蛇者乎！故为之说，以俟夫观人风者得焉。

【解题】

此文作于永州时。文中记叙蒋氏一家三代捕蛇顶租的悲惨遭遇，揭露统治者横征暴敛给人民造成的苦难，说明苛政、重赋比猛虎、毒蛇更为凶恶可怕。选材典型，对比鲜明，语言简洁朴素，文情跌宕多姿。

鹘　　说

有鸷曰鹘者，穴于长安荐福浮图有年矣。浮图之人室宇于其下者，伺之甚熟，为余说之曰："冬日之夕，是鹘也，必取鸟之盈握者完而致之，以燠其爪掌，左右而易之。旦则执而上浮图之跂焉，纵之，延其首以望，极其所如往，必背而去焉。苟东矣，则是日也不东逐，南、北、西亦然。"

呜呼！孰谓爪吻毛翮之物而不为仁义器耶？是固无号位爵禄之欲，里闾亲戚朋友之爱也，出乎觳卵，而知攫食决裂之事尔，不为其他。凡食类之饥，唯旦为甚，今忍而释之，以有报也。是不亦卓然有立者乎？用其力而爱其死，以忘其饥，又远而违之，非仁义之道耶？恒其道，一其志，不欺其心，斯固世之所难得也。

余又疾夫今之说曰：以煦煦而嘿，徐徐而俯者，善之徒；以翘翘而厉，炳炳而白者，暴之徒。今夫枭鸺，晦于昼而神于夜；鼠不穴寝庙，循墙而走，是不近于煦煦者耶？今夫鹘，其立趯然，其动砉然，其视的然，其鸣革然，是不近于翘翘者耶？由是而观其所为，则今之说为未得也。孰若鹘者？吾愿从之。毛耶翮耶，胡不我施？寂寥太清，乐以忘饥。

【解题】

此文作于永州时。文中以鹘能纵鸟，反衬当世社会上人们互相倾轧，忘恩负义，道德败坏。言辞简洁，寓意深刻。

乘　桴　说

子曰："道不行，乘桴浮于海，从我者其由欤!"子路闻之喜。子曰："由也好勇过我，无所取材。"说曰：海与桴与材，皆喻也。海者，圣人至道之本，所以浩然而游息者也。桴者，所以游息之具也。材者，所以为桴者也。《易》曰："复其见天地之心乎?"则天地之心者，圣人之海也。复者，圣人之桴也。所以复者，桴之材也。孔子自以极生人之道，不得行乎其时，将复于至道而游息焉。谓由也勇于闻义，果于避世，故许其从之也。其终曰"无所取材"云者，言子路徒勇于闻义，果于避世，而未得所以为复也。此以退子路兼人之气，而明复之难耳。然则有其材以为其桴，而游息于海，其圣人乎？子谓颜渊曰："用之则行，舍之则藏，唯我与尔有是夫!"由是而言，以此追庶几之说，则回近得矣。而曰"其由也欤"者，当是叹也回死矣夫。

或问曰："子必圣人之云尔乎?"曰："吾何敢。以广异闻，且使遁世者得吾言以为学，其于无闷也，揵焉而已矣。"

【解题】

此文作于永州时。柳宗元对《论语》中"乘桴"一说，别作新解，虽不免"想当然"，但却表达了他作为"遁世者"的思想。

谪　龙　说

扶风马孺子言，年十五六时，在泽州，与群儿戏郊亭上。顷然，有奇女坠地，有光晔然，被缃裘白纹之裹，首步摇之冠。贵游少年骇且悦之，稍狎焉。奇女颓尔怒曰：“不可。吾故居钧天帝宫，下上星辰，呼嘘阴阳，薄蓬莱，羞昆仑，而不即者。帝以吾心侈大，怒而谪来，七日当复。今吾虽辱尘土中，非若俪也。吾复，且害若。”众恐而退。遂入居佛寺讲室焉。及期，进取杯水饮之，嘘成云气，五色翛翛也。因取裘反之，化为白龙，徊翔登天，莫知其所终。亦怪甚矣。

呜呼！非其类而狎其谪，不可哉。孺子不妄人也。故记其说。

【解题】

此文作于永州时，柳宗元在贬谪之中，隐然以“谪龙”自喻，有激而言。

复吴子松说

子之疑木肤有怪文，与人之贤不肖、寿夭、贵贱，果气之寓欤？为物者裁而为之欤？余固以为寓也。子不见夫云之始作乎？敦怒冲涌，击石薄木，而肆乎空中，偃然为人，拳然为禽，敷舒为林木，嵑巘为宫室，谁其搏而斫之者？风出洞窟，流离百物，经清触浊，呼召窍穴，与夫草木之俪偶纷罗，雕葩剡芒，臭朽馨香，采色之赤碧白黄，皆寓也，无裁而为之者。又何独疑兹肤之奇诡，与人之贤不肖、寿夭、贵贱，参差不齐者哉？是固无情，不足穷也。

然有可恨者，人或权褒贬黜陟为天子求士者，皆学于圣人之道，皆又以仁义为的，皆曰我知人，我知人。披辞窥貌，逐其声而核其所蹈者，以升而降。其所升，常多蒙瞀祸贼僻邪，罔人以自利者；其所降，率恒多清明冲淳不为害者。彼非无情物也，非不欲得其升降也，然犹反戾若此。逾千百年，乃一二人幸不出于此者。征之，犹无以为告。今子不是病，而木肤之间为物者有无之疑，子胡横讯过诘扰扰焉如此哉!

【解题】

此文作于永州时。吴子，即吴武陵。作者借松木有怪文为题，指斥当世掌握“为天子求士”之权者的全不“知人”。措辞极为激烈。

罴　说

鹿畏貙，貙畏虎，虎畏罴。罴之状，被发人立，绝有力而甚害人焉。楚之南有猎者，能吹竹为百兽之音。昔云持弓矢罂火而即之山，为鹿鸣以感其类，伺其至，发火而射之。貙闻其鹿也，趋而至。其人恐，因为虎而骇之。貙走而虎至，愈恐，则又为罴。虎亦亡去。罴闻而求其类，至则人也，捽搏挽裂而食之。

今夫不善内而恃外者，未有不为罴之食也。

【解题】

此文作于永州时，讽刺那些“不善内而恃外”，徒有其表，欺世惑众的人，终难免于原形暴露。

蝜　蝂　传

蝜蝂者，善负小虫也。行遇物，辄持取，卬其首负之。背愈重，虽困剧不止也。其背甚涩，物积因不散，卒踬仆不能起。人或怜之，为去其负。苟能行，又持取如故。又好上高，极其力不已，至坠地死。

今世之嗜取者，遇货不避，以厚其室，不知为己累也，唯恐其不积。及其怠而踬也，黜弃之，迁徙之，亦以病矣。苟能起，又不艾。日思高其位，大其禄，而贪取滋甚，以近于危坠，观前之死亡不知戒。虽其形魁然大者也，其名人也，而智则小虫也。亦足哀夫！

【解题】

此文作于永州时，以生动的形象，辛辣的笔触，讽刺那些贪得无厌、至死不悟的人，认为他们“智则小虫也”。

观八骏图说

古之书有记周穆王驰八骏升昆仑之墟者，后之好事者为之图，宋、齐以下传之。观其状甚怪，咸若骞若翔，若龙凤麒麟，若螳螂然。其书尤不经，世多有，然不足采。世闻其骏也，因以异形求之。则其言圣人者，亦类是矣。故传伏羲曰牛首，女娲曰其形类蛇，孔子如倛头，若是者甚众。孟子曰：“何以异于人哉？尧、舜与人同耳！”

今夫马者，驾而乘之，或一里而汗，或十里而汗，或千百里而不汗者，视之，毛物尾鬣，四足而蹄，龁草饮水，一也。推是而至于骏，亦类也。今夫人，有不足为负贩者，有不足为吏者，有不足为士大夫者，有足为者，视之，圆首横目，食谷而饱肉，絺而清，裘而燠，一也。推是而至于圣，亦类也。然则伏羲氏、女娲氏、孔子氏，是亦人而已矣。骅骝、白羲、山子之类，若果有之，是亦马而已矣。又乌得为牛，为蛇，为倛头，为龙、凤、麒麟、螳螂然也哉？

然而世之慕骏者，不求之马，而必是图之似，故终不能有得于骏也。慕圣人者，不求之人，而必若牛、若蛇、若倛头之问，故终不能有得于圣人也。诚使天下有是图者，举而焚之，则骏马与圣人出矣。

【解题】

此文作于永州时，从人才不得提拔而发议论，与韩愈《杂说四》命意相似。但韩愈属望于伯乐，而宗元则欲焚图，显得更为激烈，更为决绝。

序　　棋

房生直温，与予二弟游，皆好学。予病其确也，思所以休息之者。得木局，隆其中而规焉，其下方以直，置棋二十有四。贵者半，贱者半，贵曰上，贱曰下，咸自第一至十二，下者二乃敌一，用朱墨以别焉。房于是取二毫，如其第书之。既而抵戏者二人，则视其贱者而贱之，贵者而贵之。其使之击触也，必先贱者，不得已而使贵者，则皆栗焉惛焉，亦鲜克以中。其获也，得朱焉则若有余，得墨焉则若不足。

余谛睨之，以思其始，则皆类也，房子一书之而轻重若是。适近其手而先焉，非能择其善而朱之，否而墨之也。然而上焉而上，下焉而下，贵焉而贵，贱焉而贱，其易彼而敬此，遂以远焉。然则若世之所以贵贱人者，有异房之贵贱兹棋者欤？无亦近而先之耳！有果能择其善否者欤？其敬而易者，亦从而动心矣，有敢议其善否者欤？其得于贵者，有不气扬而志荡者欤？其得于贱者，有不貌慢而心肆者欤？其所谓贵者，有敢轻而使之击触者欤？其所谓贱者，有敢避其使之击触者欤？彼朱而墨者，相去千万不啻，有敢以二敌其一者欤？余墨者徒也，观其始与末，有似棋者，故叙。

【解题】

此文作于永州时。柳宗元借棋发挥，抨击世间人不以善恶定贵贱，而所谓“贵者”、“贱者”也任凭人们摆布。全文似一篇寓言，深刻而犀利。

东 海 若

东海若陆游，登孟诸之阿，得二瓠焉，刳而振其犀以嬉，取海水杂粪壤蛲蛔而实之，臭不可当也。窒以密石，举而投之海。逾时焉而过之，曰：“是故弃粪耶？”其一彻声而呼曰：“我大海也。”东海若呀然笑曰：“怪矣，今夫大海，其东无东，其西无西，其北无北，其南无南，旦则浴日而出之，夜则滔列星，涵太阴，扬阴火珠宝之光以为明，其尘霾之杂不处也，必泊之西澨。故其大也深也洁也光明也，无我若者。今汝海之弃滴也，而与粪壤同体，臭朽之与曹，蛲蛔之与居，其狭咫也，又冥暗若是，而同之海，不亦羞而可怜哉！子欲之乎？吾将为汝抉石破瓠，荡群秽于大荒之岛，而同子于向之所陈者可乎？”

粪水泊然不悦曰：“我固同矣，吾又何求于若？吾之性也，亦若是而已矣。秽者自秽，不足以害吾洁；狭者自狭，不足以害吾广；幽者自幽，不足以害吾明。而秽亦海也，狭亦海也，幽亦海也，突然而往，于然而来，孰非海者？子去矣，无乱我。”其一闻若之言，号而祈曰：“吾毒是久矣！吾以为是固然不可异也。今子告我以海之大，又目我以故海之弃粪也，吾愈急焉。涌吾沫不足以发其窒，旋吾波不足以穴瓠之腹也，就能之，穷岁月耳，愿若幸而哀我哉！”东海若乃抉石破瓠，投之孟诸之陆，荡其秽于大荒之岛，而水复于海，尽得向之所陈者焉。而向之一者，终与臭腐处而不变也。

今有为佛者二人，同出于毗卢遮那之海，而汩于五浊之粪，而幽于三有之瓠，而窒于无明之石，而杂于十二类之蛲蛔。人有问焉，其一人曰："我佛也，毗卢遮那、五浊、三有、无明、十二类，皆空也，一也，无善无恶，无因无果，无修无证，无佛无众生，皆无焉，吾何求也!"问者曰："子之所言，性也，有事焉。夫性与事，一而二、二而一者也，子守而一定，大患者至矣。"其人曰："子去矣，无乱我。"其一人曰："嘻，吾毒之久矣！吾尽吾力而不足以去无明，穷吾智而不足以超三有、离五浊，而异夫十二类也。就能之，其大小劫之多不可知也，若之何?"问者为陈西方之事，使修念佛三昧一空有之说。于是圣人怜之，接而致之极乐之境，而得以去群恶，集万行，居圣者之地，同佛知见矣。向之一人者，终与十二类同而不变也。夫二人之相远也，不若二瓠之水哉！今不知去一而取一，甚矣！

【解题】

此文作于永州时。东海若，即东海之神。文中以"二瓠"（瓠，音户，一种植物的果实）对大海的不同态度，来比喻求佛的不同方式。

舜禹之事

魏公子丕，由其父得汉禅。还自南郊，谓其人曰："舜、禹之事，吾知之矣。"由丕以来皆笑之。

柳先生曰：丕之言若是可也。向者丕若曰："舜、禹之道，吾知之矣"，丕罪也。其事则信。吾见笑者之不知言，未见丕之可笑者也。

凡易姓授位，公与私，仁与强，其道不同；而前者忘，后者系，其事同。使以尧之圣，一日得舜而与之天下，能乎？吾见小争于朝，大争于野，其为乱，尧无以已之。何也？尧未忘于人，舜未系于人也。尧之得于舜也以圣，舜之得于尧也以圣，两圣独得于天下之上，奈愚人何？其立于朝者放齐犹曰“朱启明”，而况在野者乎？尧知其道不可，退而自忘；舜知尧之忘己而系舜于人也，进而自系。舜举十六族，去四凶族，使天下咸得其人；命二十二人，兴五教，立礼刑，使天下咸得其理；合时月，正历数，齐律、度、量、权衡，使天下咸得其用。积十余年，人曰：“明我者舜也，齐我者舜也，资我者舜也。”天下之在位者，皆舜之人也。而尧隤然，聋其聪，昏其明，愚其圣。人曰：“往之所谓尧者果乌在哉？”或曰“耄矣”，曰“匿矣”。又十余年，其思而问者加少矣。至于尧死，天下曰；“久矣，舜之君我也。”夫然后能揖让受终于文祖。舜之与禹也亦然。禹旁行天下，功系于人者多，而自忘也晚。益之自系亦犹是也，而启贤闻于人，故不能。夫其始系于人也厚，则其忘之也迟。不然，反是。

汉之失德久矣，其不系而忘也甚矣。宦、董、袁、陶之贼生人盈矣。丕之父攘祸以立强，积三十余年，天下之主，曹氏而已，无汉之思也。丕嗣而禅，天下得之以为晚，何以异夫舜、禹之事耶？然则汉非能自忘也，其事自忘也；曹氏非能自系也，其事自系也。公与私，仁与强，其道不同，其忘而系者无以异也。尧、舜之忘，不使如汉，不能授舜、禹；舜、禹之系，不使如曹氏，不能受之尧、舜。然而世徒探其情而笑之，故曰：笑其言者非也。

问者曰：“尧崩，天下若丧考妣，四海遏密八音三载。子之言忘若甚然，是可不可欤？”曰：是舜归德于尧，史尊尧之德之辞者也。尧之老更一世矣，德乎尧者，益已死矣，其幼而存者，尧不使之思也。不若是，不能与人天下。

【解题】

此文作于永州时。文中借尧、舜、禹禅让治国之事，主张治国者必须以“公”、以“仁”，这才符合“舜禹之道”。或说此文为博士韦筹所作，待考。

谤　　誉

凡人之获谤誉于人者，亦各有道。君子在下位则多谤，在上位则多誉；小人在下位则多誉，在上位则多谤。何也？君子宜于上不宜于下，小人宜于下不宜于上，得其宜则誉至，不得其宜则谤亦至。此其凡也。然而君子遭乱世，不得已而在于上位，则道必咈于君，而利必及于人，由是谤行于上而不及于下，故可杀可辱而人犹誉之。小人遭乱世而后得居于上位，则道必合于君，而害必及于人，由是誉行于上而不及于下，故可宠可富而人犹谤之。君子之誉，非所谓誉也，其善显焉尔。小人之谤，非所谓谤也，其不善彰焉尔。

然则在下而多谤者，岂尽愚而狡也哉？在上而多誉者，岂尽仁而智也哉？其谤且誉者，岂尽明而善褒贬也哉？然而世之人闻而大惑，出一庸人之口，则群而邮之，且置于远迩，莫不以为信也。岂惟不能褒贬而已，则又蔽于好恶，夺于利害，吾又何从而得之耶？孔子曰："不如乡人之善者好之，其不善者恶之。"善人者之难见也，则其谤君子者为不少矣，其谤孔子者亦为不少矣。传之记者，叔孙武叔，时之贵显者也。其不可记者，又不少矣。是以在下而必困也。及乎遭时得君而处乎人上，功利及于天下，天下之人皆欢而戴之，向之谤之者，今从而誉之矣。是以在上而必彰也。

或曰："然则闻谤誉于上者，反而求之，可乎？"曰："是恶可，无亦征其所自而已矣！其所自善人也，则信之；不善人也，则勿信之矣。苟吾不能分于善不善也，则已耳。如有谤誉乎人者，吾必征其所自，未敢以其言之多而举且信之也。其有及乎我者，未敢以其言之多而荣且惧也。苟不知我而谓我盗跖，吾又安取惧焉？苟不知我而谓我仲尼，吾又安取荣焉？知我者之善不善，非吾果能明之也，要必自善而已矣。”

【解题】

此文作于永州时，细论谤誉与君子小人、上位下位的关系，警诫人们慎重地对待批评和表扬。或说此文为博士韦筹所作，待考。

咸　宜

兴王之臣，多起污贱，人曰“幸也”；亡王之臣，多死寇盗，人曰：“祸也”。余咸宜之。当两汉氏之始，屠贩徒隶出以为公侯卿相，无他焉，彼固公侯卿相器也。遭时之非是以诎，独其始之不幸，非遭高、光而以为幸也。汉、晋之末，公侯卿相劫戮困饿伏墙壁间以死，无他焉，彼固劫戮困饿器也。遭时之非是以出，独其始之幸，非遭卓、曜而后为祸也。

彼困于昏乱，伏志气，屈身体，以下奴虏，平难泽物之德不施于人，一得适其愫，其进晚尔，而人犹幸之。彼伸于昏乱，抗志气，肆身体，以傲豪杰，残民兴乱之技行于天下，一得适其愫，其死后耳，而人犹祸之。悲夫！余是以咸宜之。

【解题】

此文作于永州时，认为“兴王之臣，多起污贱”和“亡王之臣，多死寇盗”，都有其社会原因。或说此文是博士韦筹所作，待考。

鞭　贾

市之鬻鞭者，人问之，其贾宜五十，必曰五万。复之以五十，则伏而笑；以五百，则小怒；五千，则大怒；必五万而后可。有富者子，适市买鞭，出五万，持以夸余。视其首，则拳蹙而不遂；视其握，则蹇仄而不植；其行水者，一去一来不相承；其节朽黑而无文，掐之灭爪，而不得其所穷；举之翲然若挥虚焉。余曰："子何取于是而不爱五万？"曰；"吾爱其黄而泽。且贾者云。"余乃召僮爚汤以濯之。则遬然枯，苍然白，向之黄者栀也，泽者蜡也。富者不悦。然犹持之三年。后出东郊，争道长乐坂下。马相踶，因大击，鞭折而为五六。马踶不已，坠于地，伤焉。视其内则空空然，其理若粪壤，无所赖者。

今之栀其貌，蜡其言，以求贾技于朝，当其分则善。一误而过其分，则喜；当其分，则反怒，曰："余曷不至于公卿？"然而至焉者亦良多矣。居无事，虽过三年不害。当其有事，驱之于陈力之列以御乎物，以夫空空之内，粪壤之事，而责其大击之效，恶有不折其用，而获坠伤之患者乎？

【解题】

此文作于永州时。鬻鞭者以高价欺人，富家子以高价自欺，作者旁敲侧击，矛头直指当朝执政的公卿，愤世嫉邪，言辞激烈。

吏　　商

吏而商也，污吏之为商，不若廉吏之商，其为利也博。污吏以货商，资同恶与之为曹，大率多减耗，役佣工，费舟车，射时有得失，取货有苦良，盗贼水火杀夺焚溺之为患，幸而得利，不能什一二，身败禄夺，大者死，次贬废，小者恶，终不遂。污吏恶能商矣哉？廉吏以行商，不役佣工，不费舟车，无资同恶减耗，时无得失，货无良苦，盗贼不得杀夺，水火不得焚溺，利愈多，名愈尊，身富而家强，子孙葆光。是故廉吏之商博也。苟修严洁白以理政，由小吏得为县，由小县得大县，由大县得刺小州，其利月益各倍。其行不改，又由小州得大州，其利月益三之一。其行又不改，又由大州得廉一道，其利月益之三倍，不胜富矣。苟其行又不改，则其为得也，夫可量哉？虽赭山以为章，涸海以为盐，未有利大能若是者。然而举世争为货商，以故贬吏相逐于道，百不能一遂。人之知谋好迩富而近祸如此，悲夫！

或曰："君子谋道不谋富，子见孟子之对宋牼乎？何以利为也。"柳子曰：君子有二道，诚而明者，不可教以利；明而诚者，利进而害退焉。吾为是言，为利而为之者设也。或安而行之，或利而行之，及其成功，一也。吾哀夫没于利者，以乱人而自败也，姑设是，庶由利之小大登进其志，幸而不挠乎下以成其政，交得其大利。吾言不得已尔，何暇从容若孟子乎？孟子好道而无情，其功缓以疏，未若孔子之急民也。

【解题】

此文作于永州时。文中主张以廉吏为商，可以"为利也博"。这种"言利"的思想与孔孟之道不甚相符。或说此文非柳宗元所作，待考。

井　　铭 并序

始州之人各以罂甀负江水，莫克井饮。崖岸峻厚，旱则水益远，人陟降大艰。雨多，涂则滑而颠。恒为咨嗟，怨惑讹言，终不能就。元和十一年三月朔，命为井城北隍上。未晦，果。寒食洌而多泉，邑人以灌。其土坚垍，其利悠久。其相者，浮图谈康、诸军事牙将米景。凿者蒋晏。凡用罚布六千三百，役庸三十六，大砖千七百。其深八寻有二尺。铭曰：

盈以其神，其来不穷，惠我后之人。噫！畴肯似于政，其来日新。

【解题】

此文作于元和十一年（816）。柳宗元任柳州刺史，为百姓凿井，以便利百姓，故作此铭，以记其事。

龙马图赞　并序

始吾闻明皇帝在位，灵昌郡得异马于河，而莫知其形。好事者涿人卢遵以其图来示余。其状龙鳞、虺尾、拳髦、环目、肉鬣，马之灵怪有是耶？居帝闲，为马几二十年，从封禅郊籍，鸣和銮者数十事。遇祸乱，帝西幸，马至咸阳西入渭水，化为龙泳去，不知所终。且其来也宜于时，其去也存其神，是全德也。既者其形，不可以不赞：

灵和粹异，孕至神兮。倮尾童鬣，疏紫鳞兮。巍然特出，瑞圣人兮。理平和乐，百乐陈兮。鸣銮在御，大路遵兮。世庞道悖，还吾真兮。哀鸣延首，慕水滨兮。沛焉潜泳，旋𤅷沦兮。渊居海逝，灵无邻兮。出处孔时，类至仁兮。嗟尔众类，孰是伦兮。进昏死乱，阽厥身兮。匪马之慕，吾谁亲兮？赞之斯图，宜世珍兮！

【解题】

此文作期不详。柳宗元尝欲焚八骏之图，而此文又赞龙马之图，可见他内心中还是期望得到赏识和重用的。

涂山铭　并序

惟夏后氏建大功，定大位，立大政，勤劳万邦，和宁四极，威怀之道，仪刑后王。当乎洪流方割，灾被下土，自壶口而导百川，大功建焉。虞帝耄期，承顺天历，自南河而受四海，大位定焉。万国既同，宣省风教，自涂山而会诸侯，大政立焉。功莫崇乎御大灾，乃赐玄圭，以承帝命；位莫尊乎执大象，乃辑五瑞，以建皇极；政莫先乎齐大统，乃朝玉帛，以混经制。是所以承唐虞之后，垂子孙之丕业，立商周之前，树帝王之洪范者也。

呜呼！天地之道尚德而右功，帝王之政崇德而赏功。故尧、舜至德而位不及嗣，汤、武大功而祚延于世。有夏德配于二圣，而唐、虞让功焉；功冠于三代，而商、周让德焉。宜乎立极垂统，贻于后裔，当位作圣，著为世准。则涂山者，功之所由定，德之所由济，政之所由立，有天下者宜取于此。追惟大号既发，华盖既狩，方岳列位，奔走来同，山川守神，莫敢遑宁，羽旄四合，衣裳咸会，虔恭就列，俯偻听命。然后示之以礼乐，和气周洽；申之以德刑，天威震耀。制立谟训，宜在长久。厥后启征有扈，而夏德始衰；羿距太康，而帝业不守。皇祖之训不由，人亡政坠，卒就陵替。向使继代守文之君，又能绍其功德，修其政统，卑宫室，恶衣服，拜昌言，平均赋入，制定朝会，则诸侯常至而天命不去矣。兹山之会，安得独光于后欤？是以周穆遐追遗法，复会于是山，声垂天下，亦绍前轨，用此道也。故余为之铭，庶后代朝诸侯制天下者，仰则于此。辞曰：

惟禹体道，功厚德茂。会朝侯卫，统一宪度。省方宣教，化制殊类。咸会坛位，承奉仪矩。礼具乐备，德容既孚。乃举明刑，以弼圣谟。则戮防风，遗骨专车。克明克威，畴敢以渝。宣昭黎宪，耆定混区。传祚后胤，丕承帝图。涂山岩岩，界彼东国。惟禹之德，配天无极。即山刊碑，贻后训则。

【解题】

此文作期不详。文中极力歌颂禹的德政，认为“惟禹体道，功厚德茂”，表现出儒家的传统思想。

寿州安丰县孝门铭 并序

寿州刺史臣承思言：九月丁亥，安丰县令臣某，上所部编户氓李兴，父被恶疾，岁月就亟，兴自刃股肉，假托馈献。其父老病，已不能啖啜，经宿而死。兴号呼抚臆，口鼻垂血，捧土就坟，沾渍涕洟。坟左作小庐，蒙以苫茨，伏匿其中，扶服顿踊，昼夜哭诉。孝诚幽达，神为见异，庐上产紫芝白芝二本，各长一寸，庐中醴泉涌出，奇形异状，应验图记。此皆陛下孝理神化，阴中其心，而克致斯事。

谨案兴匹庶贱陋，循习浅下，性非文字所导，生与耨耒为业，而能钟彼醇孝，超出古列，天意神道，犹锡瑞物，以表殊异。伏惟陛下有唐尧如天如神之德，宜加旌褒，合于上下，请表其里闾，刻石明白，宣延风美，观示后祀，永永无极。臣昧死上请，制曰“可”。其铭云：

懿厥孝思，惟兹淑灵。禀承粹和，笃守天经。泣侍羸疾，默祷隐冥。引刃自向，残肌败形。羞膳奉进，忧劳孝诚。惟时高高，曾不是听。创巨痛仍，号于穹旻。捧土濡涕，顿首成坟。陷膺腐眦，寒暑在庐。草木悴死，鸟兽踟蹰。殊类异族，亦相其哀。肇有二位，孝道爰兴。克修厥猷，载籍是登。在帝有虞，以孝烝烝。仲尼述经，以教于曾。惟昔鲁侯，见命夷宫。亦有考叔，寤庄称纯。显显李氏，实与之伦。哀嗟道路，涕慕里邻。邦伯章奏，稽首殷勤。上动帝心，旁达明神。神锡秘祉，三秀灵泉。帝命荐加，亦表其门。统合上下，交赞天人。建此碑号，亿龄扬芬。

【解题】

此文作期不详。寿州安丰县李兴有孝行，柳宗元为之作《孝门铭》，记述李兴的事迹。此文收录于《新唐书》卷一九五《孝友传·李兴传》。

吾　　子

曰：“吾子来也，以有余而欲及人乎？”曰：“然。”“若用子而能使竭忠孝乎？”曰：“否。夫无忠而忠见，无孝而孝闻，曷若使不见而忠，无闻而孝，肃然已出，熙然已及，夫已也浑然矣乎！”

【解题】

此文作期不详，文亦不全。扬雄《法言》有《吾子篇》，此文或就扬雄之文而发议论。